Alle verhalen

Dylan Thomas

Alle verhalen

Vertaald door Bert Meelker

de Prom 2000

ISBN 90 6801 599 0
NUGI 301

Oorspronkelijke titel: *The Collected Stories*
Oorspronkelijke uitgever: J.M. Dent & Sons Ltd 1983
Verzorgd door Walford Davies, University of Wales, Aberystwyth
Inleiding: Leslie Norries, Brigham Young University, Provo, Utah
Vertaald door Bert Meelker

Ontwerp omslag: Studio Jan de Boer
Foto omslag: John Deakin (*Vogue*): Dylan Thomas op het kerkhof van Laugharne in 1952
Zetwerk: V3-Services, Baarn

Inhoud

Over de schrijver en de samenstellers

Dylan Marlais Thomas werd in 1914 in Swansea geboren. Na zijn schooltijd werkte hij korte tijd als jongste verslaggever bij de *South Wales Evening Post* om vervolgens aan een literaire carrière te beginnen in Londen, waar hij al snel naam wist te maken als een van de beste dichters van zijn generatie. *18 Poems* verscheen in 1934, *Twenty-five Poems* in 1936, en *Deaths and Entrances* in 1946; zijn *Collected Poems* verscheen in 1952. Heel zijn leven door schreef Thomas korte verhalen, met als hoogtepunt de bundel *Portrait of the Artist as a Young Dog*. Hij schreef eveneens filmscripts, deed radio-optredens, hield voordrachten in de Verenigde Staten en schreef het hoorspel *Under Milk Wood*. In 1953, kort na zijn negenendertigste verjaardag, stortte hij in en stierf te New York. Hij werd begraven in Laugharne, Wales, waar hij vele jaren woonde.

Leslie Norris is een Welshe dichter en verhalenschrijver. Zijn verhalenbundel *Sliding* won in 1978 de David Higham Prize for Fiction. Momenteel is hij verbonden aan de faculteit Engels van de Brigham Young University, Provo, Utah.

Professor Waldorf Davies is hoofd van de Extra-Mural Studies van de Universiteit van Wales te Aberystwyth. Over Dylan Thomas publiceerde hij o.a. de volgende titels: *Dylan Thomas: Early Prose Writings* (1971); *Dylan Thomas: New Critical Essays* (1972); *Dylan Thomas: Collected Poems 1934-1953* (met Ralph Maud, 1988); *Dylan Thomas: Selected Poems* (1974 en 1993).

Inleiding

Toen ik aan vrienden vertelde dat ik op het punt stond deze inleiding bij de verhalen van Dylan Thomas te schrijven, kregen ze een twinkeling in hun ogen, een glimlach op hun gezicht en kwamen ze meteen met hun eigen verhalen over de brug. Over Dylan Thomas. De anekdotes die over hem de ronde doen zijn talrijk als de duiven op Trafalgar Square. Vele ervan zijn geweldige, kleurrijke en grappige verhalen die in lang niet alle gevallen ongeloofwaardig zijn. De Dylan Thomas uit die verhalen is bij veel mensen levend gebleven, het type van de bohémiendichter, een man wiens buitengewone en raadselachtige talent voor poëzie des te overweldigender is wanneer je stilstaat bij de ogenschijnlijke chaos die zijn leven beheerste.

Hij was natuurlijk een veel gedisciplineerdere kunstenaar dan het verhaal wil. Zo beschikte hij over een grote dosis zelfkennis. Hij zou bijvoorbeeld onmogelijk zijn vele elegante, dringende en hilarische excuusbrieven geschreven kunnen hebben als hij zich niet heel goed bewust was geweest van zijn eigen tekortkomingen. Die brieven zijn documenten van zelfkennis en tonen tegelijkertijd zijn inzicht in anderen; ze vormen bijna zonder uitzondering prachtig proza. Om kort te gaan, Dylan Thomas bezat alle uitgesproken kenmerken van een verhalenschrijver. Hij wist dat. Vanaf het prilste begin van zijn carrière wist hij dat hij niet alleen maar een dichter was. Op zijn negentiende schreef hij in een brief aan Glyn Jones: 'Je vraagt me of ik je over mezelf wil vertellen, maar mijn leven is zo onbewogen dat het niet de moeite is om er ook maar iets over op te schrijven. Ik ben schrijver van gedichten en verhalen.' En dat is hij altijd geweest, hoewel zijn leven niet onbewogen zou zijn en onderwerp van veel geschrijf. Al tijdens zijn middelbareschooltijd had hij proza en poëzie gepubliceerd in het door hem geredigeerde *Swansea Grammar School Magazine* (vier van zijn schoolkrantverhalen zijn in deze verzameling als bijlage opgenomen). Uit alles blijkt dat hij zijn gedichten en verhalen als gelijkwaardige uitingen van zijn talent beschouwde en hij maakte geen helder onderscheid tussen de twee genres omdat beide immers uit dezelfde bron afkomstig waren. Het tijdschrift dat hij van plan was op te richten, het is er nooit van gekomen, zou zelfs *Prose and Verse* gaan heten. Wanneer vrienden hem in het ouderlijk huis in Cwmdonkin Drive bezochten, las hij ze zowel zijn verhalen als zijn gedichten voor.

Zijn vroege verhalen, zoals 'De boom', dat in *Adelphi* werd gepubliceerd, of willekeurig welk ander stuk uit 'Liefdes landkaart', laten zich nauwelijks van zijn gedichten onderscheiden. Ze bezitten dezelfde obsessieve verbeeldingskracht, hetzelfde koortsachtige ritme en hebben betrekking op dezelfde binnenwereld. Ze zijn onmiskenbaar het werk van een jongeman die tevens dicht. En toen Dylan Thomas op het laatst van 1934 uit huis ging om zich als freelance schrijver in Londen te vestigen, oogstte hij voor zijn gedichten en verhalen evenveel bewondering.

'De jonge Thomas zat nu even zonder werk, maar naar verluidt zou hij binnenkort naar Londen vertrekken om als freelance journalist carrière te maken in Chelsea; hij was blut en hoopte vagelijk door vrouwen onderhouden te zullen worden.' Zo schreef Dylan over een jongeman als hijzelf in *Waar de Tawe stroomt*, een van de verhalen uit het autobiografische *Portret van de kunstenaar als een jonge hond*. En het is een feit dat er geen baantje op hem wachtte toen hij op 11 november 1934 met zijn schamele bagage, zijn verhalen en zijn gedichten in Londen arriveerde. Hij was aangemoedigd om naar de stad te verhuizen door het winnen van de poëzieprijs van de *Sunday Referee*, die onder meer de publicatie inhield van zijn eerste boek *18 Poems*. De verschijning ervan, een paar weken na zijn aankomst in Londen, gaf Dylan meteen vaste voet aan de grond in de kleine wereld van eigentijdse dichters. Het is mogelijk dat die eerste publieke erkenning als dichter zijn aandacht voor verhalend werk heeft verslapt. Was dat al het geval, dan is Dylan zich daarvan niet bewust geweest. Op zijn chaotische kamer in een zijstraat van Fulham Road, die hij deelde met zijn vriend uit Swansea, Fred Janes, en waarin hij uitzag over 'meters en meters van gedichten, gedichten en nog eens gedichten, boter, eieren en aardappelpuree, in innige omarming met mijn verhalen en de doeken van Jane', schreef hij triomfantelijk over de verhalen die 'door verschillende tijdschriften' waren geaccepteerd. Hij was nog steeds ook een verhalenschrijver.

Ze werden echter niet, zoals met de gedichten wel was gebeurd, in een bundel bijeengebracht. *18 Poems* had een kleine sensatie teweeggebracht en Thomas was inmiddels een beroemde jonge dichter. Zijn reputatie groeide sterk bij het verschijnen van *Twenty-Five Poems* in september 1936, dat in korte tijd vier drukken beleefde. De bundel werd wijd en zijd en hartstochtelijk besproken. Op zijn tweeëntwintigste had Thomas het tot een toonaangevend dichter gebracht.

Maar geen rijke. Hij had een nonchalante hand van met geld omgaan en ondanks de voor een dichtbundel overweldigende verkoopcijfers is het maar zeer de vraag of hij veel aan *Twenty-Five Poems* heeft overgehouden. Het boek lag voor een kleine zestig cent in de winkel. Met het oog op zijn trouwplannen zat Dylan echter meer dan voorheen om geld verlegen en hij stapte met zijn verhalen naar Richard Church, zijn redacteur bij Dent. Al eerder, in het begin van 1936, had hij geprobeerd Church te interesseren voor een uitgave van zijn verhalen, maar Church had geweigerd, hij vond ze te obsceen. Hij zag geen aanleiding om van mening te veranderen en wist zich kort daarna in zijn opvattingen gesteund, toen drukkers weigerden het werk voor een andere uitgever te zetten. Hoe dan ook, ongebundelde verhalen en een onzekere financiële toekomst, Dylan trouwde op 11 juli 1937 met Caitlin Macnamara.

Dylan bleef van mening dat zijn verhalen het verdienden om in boekvorm te verschijnen, en David Higham, die zijn agent was geworden, wist te bewerkstelligen dat een zestal ervan, samen met zestien nieuwe gedichten, in een bundel op de markt kwamen. Dit was *Map of Love*, dat in augustus 1939 verscheen en als tweede titel *Verse and Prose* had, waarmee Dylan trouw leek te blijven aan zijn oude Swansea-droom: het uitbrengen van een tijdschrift onder bijna dezelfde naam. Eens te meer liet hij blijken een 'schrijver van gedichten en verhalen' te zijn. Dit was het boek dat mij, als beginnende jonge lezer van eigentijdse literatuur, in aanraking bracht met het proza van Dylan, en het was zeker een onstuimige kennismaking. Het was een mooi boekwerkje, prachtig uitgegeven, met de afbeelding van het beroemde, romantische portret door Augustus John op het omslag. In december van datzelfde jaar werd in Amerika *The World I Breathe* gepubliceerd, een verzameling van alle gedichten uit de eerste drie bundels en de verhalen uit *The Map of Love* aangevuld met drie nog niet eerder verschenen verhalen. Zijn vroege verhalen leken daarmee een onderdak gevonden te hebben.

Datzelfde gold ook Dylan. Hij en Caitlin hadden een klein huis betrokken in Laugharne, een stadje in Carmarthenshire, waar hij het grootste deel van zijn verdere leven zou wonen. Hier werkte Dylan met opgewekt gemoed aan verhalen die in alle opzichten anders waren dan die welke hij al had gepubliceerd. Glyn Jones, bekend vanwege zijn bijzonder treffende beschouwingen over Dylans werk, schrijft:

'Dylan heeft me al heel vroeg aangezet tot het schrijven van korte verhalen, en in 1937 kwam mijn eerste bundel *The Blue Bed* uit. In Llanstephan, het was meen ik in de zomer van 1938, zei ik tegen Caitlin Thomas dat ik aan een tweede bundel begonnen was, een reeks korte verhalen over mijn kinderjaren... Ze scheen bijzonder verbaasd en vertelde dat Dylan zich ook met dat onderwerp bezighield. Bij hem leidde dat tot de autobiografische verhalen die in 1940 verschenen onder de titel *Portrait of the Artist as a Young Dog.*'
(Glyn Jones, *The Dragon has Two Tongues*, Dent, 1968.)

De nieuwe verhalen waren rechtstreekse, levendige en ongecompliceerde herinneringen aan het Swansea waar Dylan was opgegroeid; van de beladen sfeer in het vroege proza was niets terug te vinden. Thomas had zijn gedachten al eens laten gaan over 'een boek over Wales... een persoonlijk verslag van mijn eigen Zwerftocht langs mensen en plaatsen', en ook Richard Church had hem aangespoord om over zijn vroege jeugd te schrijven. Het is zonneklaar dat zijn oude stijl geen van beide projecten zou dienen, maar welke de bronnen waren van zijn nieuwe, conventionelere aanpak, blijft vaag. Dylan was hoe dan ook een groot lezer van korte verhalen, en hij kende het werk van onder anderen Lawrence, H.E. Bates en Liam O'Flaherty. Hij was ook bijzonder geïnteresseerd in het werk van Caradoc Evans, die al met veel succes Welshe invloeden en elementen in zijn verhalen had verwerkt. In 1936 had hij samen met Glyn Jones de oude schrijver te Aberystwyth bezocht. De twee jongemannen waren, elkaars hoeden dragend, noordwaarts gereden, om de 'grote Caradoc Evans', zoals Dylan hem bij monde van een personage in *Portrait of the Artist as a Young Dog* noemt, te spreken. Het is niet onwaarschijnlijk dat Dylan zich uit bewondering voor Evans een directere schrijfstijl heeft aangemeten en het verlangen heeft opgedaan om voor het stedelijke Swansea te worden wat Evans voor het landelijke Cardiganshire betekende. Hij had jarenlang zonder de bescherming van thuis in de wereld gestaan, zijn blik was helder en zijn van nature zo gevoelige zintuigen stonden op scherp. Hij was rijp om het innerlijke universum van zijn jeugdwerk achter zich te laten en een wereld te scheppen die meer binding had met het bestaan van alledag. Hij had zich bovenal tot een geweldig verhalenverteller ontwikkeld en als zodanig faam verworven in het cafécircuit. Hij besefte dat hij grote delen van zijn talent en persoonlijkheid nooit in zijn poëzie kwijt zou kunnen, maar wel in zijn verhalen. De heersende opinie over poëzie is dat het een serieuze kunstvorm is met uitsluitend grote thema's, waarin ook dubbelzinnigheid en woordspel een ernstige ondertoon hebben. Dylan dacht in ieder geval zo over poëzie en hij diende zijn ernstige muze met overgave, maar tegelijkertijd kon hij geweldig grappig zijn. In de tien verhalen van *Portrait of the Artist as a Young Dog* toont Dylan zich een meester in het komische genre. Hij beheerst het hele spectrum, van slapstick tot het aandoenlijke lachen dat tot tranen toe ontroert. Hij is de scherp observerende Swansea-inwoner die door nauwgezet de taal van die stad te registreren en zijn blik niets te laten ontgaan de draak weet te steken met de kleinsteedse mentaliteit. Hij is een jonge hond die zich van een onschuldige jongen in de eerste drie verhalen 'De perziken', 'Een bezoekje aan grootvader' en 'Patricia , Edith en Arnold', ontwikkelt tot de wereldwijze jongeman in 'Ouwe Garbo', met zijn 'nieuwe hoed schuin op het hoofd' en zijn peuk bewonderend op dezelfde manier aan de lip als de oudere verslaggever met wie hij optrekt. Het is waarschijnlijk vooral de introductie van humor in zijn werk geweest waardoor een stijlverandering is opgetreden die er toe heeft geleid dat vanaf dit moment Dylans poëzie en proza ieder hun eigen weg gaan.

De verhalen zijn rijk aan prachtige dialogen. We horen en herkennen de stemmen van de personages wanneer ze beschrijven hoe het mannenkoor van Swansea 'de *Messiah* deed', wanneer ze voor de regen schuilend en naar de zee starend over hun alledaagse bestaan vertellen, een grote mond hebben tegen schoolmeesters en al geinend en discussiërend een wandeling naar de kust maken. Thomas was een acteur met een goed gevoel voor imitatie en mimiek dat hij wist uit te buiten bij het schrijven van zijn verhalen. De stem waarmee hij ze voorlas klinkt er moeiteloos in door. Het is juist in zijn verhalen dat Thomas' verteltalent het best naar voren komt; zijn humor, gevoel voor omgeving, zijn fijne oor voor dialoog en zijn begrijpende en onbevooroordeelde oog voor de mensen die hij creëert. Dit zijn de eigenschappen die hem behalve tot een beroemd dichter ook tot een beroemd schrijver hebben gemaakt. Had hij zijn verhalen niet geschreven, dan zou zijn dood niet eenzelfde beroering hebben teweeggebracht.

De titel *Portrait of the Artist as a Young Dog* zou een suggestie zijn geweest van Richard Hughes, de schrijver van onder meer *A High Wind in Jamaica* en Dylans buurman in Laugharne. Hughes was bevriend geraakt met het jonge echtpaar Thomas, maar ik betwijfel of hij alle eer voor die titel verdient. Deze is natuurlijk een eerbetoon aan *Portrait of the Artist as a Young Man*, van James Joyce, hoewel de verhalen van Thomas veel meer verwant zijn aan Joyce's *Dubliners*. Daarbij komt dat Dylan een paar jaar daarvoor al een keer heel dicht in de buurt van zijn titel had gezeten, in een brief aan zijn vriend Trevor Hughes, in 1933, lang voor hij in Laugharne was gaan wonen. In die brief had Dylan zijn vriend aangeraden 'Diep in de zee van jezelf,' te duiken, 'als een jonge hond'. In zijn eigen verhalen had Dylan heel beslist een diepe duik genomen in de zee van zijn vroege kinderjaren en jeugd.

Portrait verscheen in 1940 en zou het laatste in boekvorm zijn dat er tot het eind van de oorlog van Dylan uitkwam. Na een korte periode van onzekerheid, raakte Dylan bij de filmindustrie betrokken en deed hij in toenemende mate radiowerk. Verhalen en gedichten schreef hij steeds minder.

Hij was echter wel aan een roman begonnen. Dat vernam ik toen ik als jong dichter naar Londen reisde voor een gesprek met mijn uitgever. Zijn naam was Peter Baker, hij had al een kleine uitgave van mijn gedichten verzorgd, alles wat ik op dat moment had geschreven, en was bereid meer te publiceren. Ik had nog nooit een uitgever ontmoet. Ik vond het enigszins verontrustend te moeten ontdekken dat Baker jonger was dan ik. Het was 1943 en ik was tweeëntwintig. Baker vroeg me of ik iets anders onder handen had dan poëzie. Vertwijfeld, om hem niet te laten weten dat ik er nog nooit aan had gedacht om ook maar iets anders dan gedichten te schrijven, vertelde ik hem resoluut dat ik met een roman bezig was. Hij was geïnteresseerd. Een humoristische roman, zei ik. En meteen was ik hem kwijt. Hij vertelde me dat het wel leek of iedere dichter in het land naar het middel van de humoristische roman greep om zijn eigen ondergang te bewerkstelligen. Opgelucht wierp ik het pasgeboren idee van een komische roman van mij af. Zelfs Dylan Thomas, zei Baker, had er een geschreven, of gedeeltelijk dan. Hij had het manuscript zelf net een paar weken geleden gelezen en het als waardeloze rommel ter zijde geschoven. Dat luchtte me enorm op. Als Dylan Thomas er geen kon schrijven, dan stond het wel vast dat ik het zeker niet zou kunnen. Dylan's roman, nooit voltooid en postuum uitgegeven in 1955, heette *Adventures in the Skin Trade.*

Ondanks de late verschijningsdatum is het grootste deel ervan al omstreeks het begin van de zomer van 1941 geschreven, voordat Dylan als scenarioschrijver bij Strand Films ging werken. Na mijn gesprek met Peter Baker las ik het eerste deel, dat in 1941 bleek te zijn verschenen in *Folios of New Writing*, en de rest van het werkje kreeg ik pas onder ogen na publicatie bij Putnam, voorzien van een interessante inleiding van de hand van Thomas' vriend, de dichter Vernon Watkins. In zekere zin is de roman een voortzetting van de geromantiseerde autobiografie waarmee Dylan met *Portrait* een begin had gemaakt, want zijn held, Samuel Bennet, vertrekt al meteen in het begin van het verhaal uit Swansea, met dezelfde trein die ook Dylan had genomen toen hij het ouderlijk huis verliet om in Londen te gaan wonen. Watkins meende dat de roman niet voltooid was vanwege de invloed van de oorlog, in het bijzonder de luchtaanvallen op Londen, op wat hij noemde Thomas' 'wezenlijke visie op fictie', maar laat ook doorschemeren dat hij wellicht onzeker was over zijn eigen kunnen. Zeker is dat het schrijven van dit soort proza hem vlot afging, in schril contrast met het moeizame tempo waarmee, zin voor zin, als een gletsjer, zijn gedichten vorderden. Nu, vele jaren later het boek herlezend, vind ik het nog steeds grappig en inventief, en de enige reden dat Thomas er niet mee is doorgegaan ligt naar mijn idee in het feit dat hij eenvoudig niet meer te vertellen had. Hij was geen romanschrijver, hij had een natuurlijke aanleg voor het korte verhaal. De roman was te lang voor hem. Het korte verhaal en het gedicht leggen hun beperkingen op, maar in een roman kun je de hele wereld kwijt. Het is waar dat Thomas verwantschap voelde met Dickens toen hij *Adventures in the Skin Trade* een 'mengsel van *Oliver Twist*, *Little Dorrit*, Kafka, Beachcomber en de goeie ouwe drie-adjectieven-voor-eenstuiver, duizelingwekkende Thomas, de Rimbaud van Cwmdonkin Drive' noemde, maar het waren de energie, de humor en de poëzie van Dickens die hem aantrokken, niet de romanvorm. Niettemin draagt deze fragmentarische en onvoltooide roman onmiskenbaar het stempel van de schrijver. De personages zijn vanzelfsprekend en grillig als het leven zelf; het verhaal is levendig en kleurrijk. Nog jaren nadat hij het boek ter zijde had gelegd hoopte Dylan het te kunnen voltooien, en zelfs in het jaar van zijn dood, 1953, heeft hij nog beweerd dat hij de draad weer op zou pakken.

De *Skin Trade* verdween uit praktische overwegingen naar de achtergrond toen Dylan in Londen aan de slag ging als scenarioschrijver. Deze bezigheid liet hem weinig tijd voor zijn eigen schrijfwerk, vooral toen hij steeds meer in trek raakte bij de radio, eerst als schrijver en later voor het lezen uit eigen werk en dat van andere dichters. Uit deze late periode zijn maar zeven korte verhalen bekend, en zes daarvan zijn voor radio geschreven. Het is ironisch dat zijn grote populariteit berust op juist een of twee van die stukken. Maar begrijpelijk is het wel, want het zijn memorabele stukken die ons alle aspecten van zijn schrijverschap tonen, zijn warmte, zijn humor, zijn ongelooflijke geheugen voor zijn kinder- en jongensjaren, zijn ontroerende verdriet om het voorgoed voorbije en zelfs zijn poëzie. Het eerste van deze late verhalen 'Heel vroeg op een ochtend', was geschreven in 1944 en laat zich lezen als een eerste versie van *Onder het Melkwoud*, met diezelfde dromen van het slapende stadje op de vroege ochtend, waar kapitein Tiny Evans, ongetwijfeld de voorganger van kapitein Kat, sluimert op zijn 'hoge droomgolven' en een 'regenbooghagel van vliegende vissen' aanschouwt.

Maar het verhaal dat iedereen kent is 'Kerstmis van een kind in Wales'. Het bestaat uit twee op elkaar gelijkende verhalen, 'Herinneringen aan Kerstmis' en 'Gesprek over Kerstmis', en is het onvergetelijke verhaal dat elke Kerstmis opnieuw wordt uitgezonden. Wat valt er nog op te merken over deze overdadige traktatie in de vorm van geweldige, schaapachtige ooms en zingende tantes, bakken sneeuw, poolkatten, glanzend en langgerekt als jaguars, de heerlijke juffrouw Prothero, die 'altijd precies het goeie zei', het knusse, afschrikwekkende spookverhaal dat de jongen in vliegende haast naar huis deed hollen? Het is de beste Kerst sinds Dickens.

'De nalopers' is een verhaal over geestverschijningen. Maar het loopt over van de harde feiten uit de werkelijke wereld. Ik heb het vaak herlezen en raakte steeds overtuigd van het daadwerkelijke bestaan van de natte straten wanneer ik 'de jongemannen van kantoor die zich tegen de venijnige wind in huiswaarts haastten' naar elkaar hoor roepen. Juist in die manifeste en herkenbare wereld beginnen twee jongens een wildvreemd meisje te volgen, een doodgewoon meisje. In zo'n wereld zouden geesten niet horen te bestaan, maar in dit verhaal waart er een rond, en volkomen geloofwaardig.

Van deze late verhalen werd alleen 'De nalopers' niet voor radio geschreven en is 'Een verhaal' het enige dat voor televisie werd gemaakt. Ik heb Thomas zijn verhaal in oud en vertrouwd zwart-wit zien voorlezen. Het scherm vulde zich met de actie en het kleurenpalet van zijn woorden. Zijn enorme oom, 'de schreeuwerige blokjesweide van zijn vest zat, als na een picknick, onder de sigarettenpeuken, schillen, stukjes kool, vogelbotjes en jus', kwam omvangrijker dan John Wayne uit de woordbouwsels te voorschijn. Het verhaal is het verslag van een uitje naar Porthcawl, waarin de kleine Dylan zowel als deelnemer als waarnemer optreedt. De bejaarde kerels die meegaan op het uitje komen in het geheel niet in Porthcawl aan omdat ze elke kroeg aandoen die ze onderweg tegenkomen. Het kind blijft buiten om een oogje op de janplezier te houden en doet niets dan kijken en luisteren. Ik herken tot mijn grote vreugde de ontmoeting tussen een vreemde en Enoch Davies in de bar van het Kluizenaarsnest op de weg terug, waar de mannen binnengaan voor een glas rum tegen de kou.

> 'Ik heb nog voor Aberavon gespeeld, in 1898,' zei een wildvreemde tegen Enoch Davies.
> 'Da's gelogen,' zei Enoch Davies.
> 'Ik heb foto's,' zei de onbekende.
> 'Vervalst,' zei Enoch Davies.
> 'En thuis kan ik je mijn pet laten zien.'
> 'Gejat.'
> 'Mijn vrienden kunnen getuigen,' zei de onbekende spinnijdig.
> 'Omgekocht,' zei Enoch Davies.

Ik heb zelf eens zo'n soort duel meegemaakt. Een paar jaar geleden was John Osmond, gerenommeerd filmmaker, vriend van Dylan Thomas en zelf dichter, een film aan het opnemen in het westen van

Wales. Ik had een rolletje en moest afdalen naar de rivier de Teifi, die er heel fotogeniek en bruisend bijlag, en een hengel uitwerpen. Het visseizoen was gesloten en dit was dus ten strengste verboden, maar we hadden toestemming gekregen van de beheerder van het landgoed waar ons stuk rivier zich door slingerde. Het was in orde, had hij gezegd, als we maar geen aas gebruikten. Ik stond in mijn visoutfit op de stenen in het schuimende water en wierp mijn onschuldige lijn uit. De camera's liepen. Dat duurde vijf minuten. Toen verscheen de jachtopziener, groot en onverbiddelijk.

'Wat heeft dit te betekenen?' zei hij.
'Ik doe alsof ik sta te vissen,' zei ik, 'zodat deze jongens hun film kunnen maken.'
'Dat is niet toegestaan,' zei hij, 'de rivier is gesloten.'
'We hebben de beheerder gesproken,' zei ik.
'Dat is best mogelijk,' zei hij, 'maar ik ben de wet hier, en ik gelast u meteen te stoppen.'
'In hemelsnaam,' zei ik, 'ik doe toch maar alsof?'
'Dat zegt u,' zei hij.
'Kijk dan,' zei ik, terwijl ik mijn lijn inhaalde, 'geen haak, wat denkt u dat ik hier sta te doen? Lasso gooien?'
'Dat durf ik niet uit te sluiten,' zei hij nors.

De geest van Dylan Thomas voelde heel dichtbij.

De geest van Dylan Thomas. Die waart hoe dan ook rond in 'Terugreis', het lange verhaal waarin Dylan terugkeert naar Swansea om zijn vroegere 'ikken' terug te vinden, waarvan hij de eerste nogal onbevangen omschrijft als van 'meer dan gemiddelde lengte. Meer dan gemiddelde lengte voor Wales, bedoel ik, hij is één meter achtenzestig en een half. Met dikke speklippen, stompe wipneus, rossige krullen; een gebroken voortand door een spelletje kat en muis in de Meermin, in Mumbles, praat nogal bekakt, is driftig, gewiekst; een beetje een opschepper; knickerbockerdrager, een gat-in-de-dagslaper, je kent dat wel' – om vervolgens alle, reeds afgesloten, fasen in het leven van de jongen die hij achtervolgt te doorlopen. Aan het slot van de reis zegt de parkwachter die 'hem heel goed kende' en 'hem bij de duizenden heeft gekend' dat hij dood is, 'Dood... Dood... Dood... Dood... Dood... Dood.'

Ik blijf die dood, na al die jaren nog, onnodig vinden, vooral na het herlezen van al die verhalen die zo tot aan de rand toe gevuld zijn met de schrijver, zijn warmte, zijn stemmen. Tegen het eind van zijn leven schreef hij aan zijn vriend Daniel Jones (die we kennen uit 'Het gevecht' in *Portret van de kunstenaar als een jonge hond*): 'Is het leven niet verschrikkelijk? Vorige week heb ik Caitlin geslagen met een bord rode bieten, en ik bloed nog steeds. Ik breng geen gedicht tot een goed eind en kan aan geen verhaal beginnen.'

Hij is tot het eind een 'schrijver van gedichten en verhalen' gebleven. Een vriend vertelde me dat zijn moeder niets van Dylan Thomas wilde lezen 'omdat hij zo'n afschuwelijke man was'. Eenmaal overgehaald deze verhalen te lezen veranderde ze van gedachten en raakte ervan overtuigd dat hij een geweldige man was. Ik ben het met haar eens.

Leslie Norris

Beknopte biografie

27 oktober 1914	Dylan Marlais Thomas wordt geboren in Swansea.
september 1925	Gaat naar de Swansea Grammar School, waar zijn vader op dat moment docent Engels is.
27 april 1930	Begint een reeks aantekenschriftjes (de *Notebooks*) voor zijn vroege gedichten die tot april 1934 zal voortduren.
augustus 1931	Verlaat school. Komt als jongste verslaggever in dienst bij de *South Wales Evening Post* (tot december 1932).
maart 1933	Eerste gedicht gepubliceerd in Londen ('And death shall have no dominion', in de *New English Weekly*).
augustus 1933	Eerste bezoek aan Londen.
september 1933	Eerste gedicht gepubliceerd in Poet's Corner van de *Sunday Referee* ('That Sanity be Kept'). Begin van correspondentie met Pamela Hansford Johnson.
22 april 1934	Wint de literaire prijs van de Poet's Corner, hetgeen inhoudt dat de *Sunday Referee* garant staat voor de eerste uitgave van een dichtbundel.
februari-november 1934	Verschillende bezoeken aan Londen.
10 november 1934	Verhuist naar Londen.
18 december 1934	*18 Poems* verschijnt.
april 1936	Ontmoet Caitlin Macnamara.
10 september 1936	*Twenty Five Poems* verschijnt.
21 april 1937	Eerste radio-optreden (*Life and the Modern Poet*).

11 juli 1937	Trouwt met Caitlin Macnamara.
mei 1938	Verhuist naar Laugharne, Carmarthenshire.
30 januari 1939	Eerste zoon geboren, Llewelyn, in Hampshire.
24 augustus 1939	*The Map of Love* (gedichten en verhalen) verschijnt.
20 december 1939	*The World I Breathe* (een keuze uit poëzie en proza) – zijn eerste publicatie in Amerika.
4 april 1940	*Portrait of the Artist as a Young Dog*, verhalen, verschijnt.
juli 1940	Vertrekt uit Laugharne en gaat naar Londen.
september 1940	Begint als scenarioschrijver bij Strand Films.
1940-2	Woont afwisselend in Londen en in Wales.
eind 1942	Laat vrouw en zoon overkomen naar Chelsea.
februari 1943	*New Poems* (Verenigde Staten).
3 maart 1943	Dochter, Aeronwy, geboren.
1943	Werkt nu vast voor de radio.
september 1944 – zomer 1945	Woont in New Quay, Cardiganshire.
zomer 1945 – voorjaar 1946	Woont in Londen.
7 februari 1946	*Death and Entrances* verschijnt.
maart 1946 – mei 1949	Woont in of nabij Oxford.
8 november 1946	*Selected Writings* (Verenigde Staten).
april – augustus 1947	Bezoekt Italië.
september 1947	Verhuist naar South Leigh, Oxfordshire.
1948	Schrijft speelfilmscenario's voor Gainsborough.
maart 1949	Bezoekt Praag op uitnodiging van de Tsjecho-Slowaakse overheid.
mei 1949	Laugharne wordt weer zijn woonplaats (Het boothuis).
24 juli 1949	Tweede zoon, Colm, geboren.
februari – juni 1950	Eerste Amerika-reis.

januari 1951	Bezoekt Iran i.v.m. zijn werk aan een filmscript voor de Anglo Iranian Oil Company.
januari – mei 1952	Tweede Amerikaanse reis.
februari 1952	*In Country Sleep* (Verenigde Staten).
10 november 1952	*Collected Poems 1934–1952* verschijnt.
16 december 1952	Dylans vader sterft.
31 maart 1953	*Collected Poems* (Verenigde Staten).
april – juni 1953	Derde Amerikaanse reis.
14 mei 1953	Eerste uitvoering van *Under Milkwood* in New York.
14 mei 1953	*The Doctor and the Devils*. Het eerste filmscenario dat wordt uitgegeven.
oktober 1953	Begin laatste Amerikaanse reis.
9 november 1953	Overlijdt in het St Vincent's Hospital, New York.

Alle verhalen

Na de kermis

De kermis was afgelopen, de lichten in de kokosnootkramen waren gedoofd, de houten paarden stonden stil in het donker te wachten op de muziek en de brom van de motor die ze weer in gestrekte draf vooruit zou sturen. Een voor een werden in elke kraam de gaslampen uitgedraaid en werd het zeildoek over de kleine speeltafels getrokken. De menigte keerde huiswaarts en achter de ramen van de woonwagens scheen licht.

Niemand had het meisje opgemerkt. In haar zwarte kleren stond ze tegen de kant van de draaimolen; ze hoorde de laatste voetstappen knerpen op de houtspaanders en de laatste stemmen wegsterven in de verte. Toen, helemaal alleen op het verlaten terrein, omringd door de silhouetten van houten paarden en schamele sprookjesgondels, zocht ze naar een plek om te slapen. Nu hier en dan weer daar, tilde ze een dekkleed van een kokosnootkraam op en staarde in het warme donker. Ze was bang om naar binnen te gaan en wanneer een muis over de met schaafsel bezaaide vloer rende, of het canvas kraakte en begon te dansen op de wind, rende ze weg en verstopte zich opnieuw in de buurt van de draaimolen. Een keer stapte ze op het plateau, de bellen om de nek van een paard rinkelden en vielen stil. Ze durfde pas weer adem te halen toen alles rustig was en het donker het geluid van de bellen was vergeten. Toen begon ze her en der naar een slaapplaats uit te kijken, in elke gondel, onder elke tent. Maar er was nergens, nergens op de hele kermis een plek voor haar om te gaan slapen. De ene plek was te stil en op een andere had je het geluid van de muizen. Er lag stro in de hoek van de tent van de waarzegster, maar dat bewoog toen ze het aanraakte; ze knielde ernaast en stak haar hand uit; ze voelde een kinderhandje op de hare.

Nu kon ze nergens meer heen, dus liep ze langzaam naar de woonwagens aan de rand van het terrein, overal was het licht uit, behalve in twee. Ze wachtte, met haar lege tas tegen zich aan gedrukt vroeg ze zich af welke woonwagen ze zou proberen. Ten slotte besloot ze op het raam te kloppen van de kleine sjofele, die het dichtst bij stond. Zich op haar tenen oprichtend keek ze naar binnen. De dikste man die ze ooit had gezien zat voor de kachel een plak brood te roosteren. Ze klopte drie keer op het raam en kroop toen weg in het donker. Ze hoorde hoe hij naar het trapje kwam en riep: 'Wie daar? Wie daar?' maar ze durfde niet te antwoorden. 'Wie daar? Wie daar?' riep hij nogmaals.

Ze moest lachen om zijn stem, die even dun was als hij dik.

Hij hoorde haar lachen en richtte zich tot waar de duisternis haar verborgen hield: 'Eerst klop je,' zei hij, 'dan verstop je je, en dan lach je.'

Ze stapte de lichtcirkel binnen; ze wist dat ze zich niet langer hoefde te verstoppen.

'Een meisje,' zei hij. 'Kom binnen, veeg je voeten.' Hij wachtte niet, maar ging zijn woonwagen binnen en er stond haar niets anders te doen dan hem te volgen, het trapje op naar de volgepakte kamer. Hij zat al weer en roosterde dezelfde plak brood. 'Ben je d'r al?' zei hij, want hij zat met zijn rug naar haar toe.

'Moet ik de deur dichtdoen?' vroeg ze, en sloot hem voor hij antwoord kon geven.

Ze ging op het bed zitten en keek hoe hij zijn brood roosterde tot het verbrandde.

'Ik kan beter roosteren dan jij,' zei ze.

'Dat zal best,' zei de Dikke Man.

Ze keek toe hoe hij de verbrande toast op een bord naast zich legde, een volgende plak brood nam en die ook voor het vuur hield. Hij verbrandde in een ommezien.

'Zal ik het voor je doen?' zei ze. Onhandig reikte hij haar de vork en het brood aan.

'Snij,' zei hij, 'rooster en eet.'

Ze ging op de stoel zitten.

'Kijk eens naar de kuil die je in mijn bed hebt gemaakt,' zei de Dikke Man. 'Wie mag jij wel zijn, dat je hier binnenkomt en een kuil in mijn bed maakt?'

'Ik heet Annie,' zei ze.

Al snel was al het brood geroosterd en besmeerd, dus zette ze alles midden op tafel en schoof twee stoelen aan.

'Ik eet mijn brood wel op het bed,' zei de Dikke Man. 'Eet jij maar hier.'

Toen ze klaar waren met eten, schoof hij zijn stoel naar achteren en staarde naar haar over het tafelblad.

'Ik ben de Dikke Man,' zei hij, 'ik kom uit Treorchy, de waarzegster hiernaast is van Aberdare.'

'Ik heb niets met de kermis te maken,' zei ze, 'ik ben van Cardiff.'

'Dat is nog eens een stad,' vond de Dikke Man. Hij vroeg haar waarom ze was weggegaan.

'Geld,' zei Annie.

Daarop vertelde hij haar over de kermis en de plaatsen waar hij was geweest en de mensen die hij had ontmoet. Hij vertelde haar hoe oud hij was en hoeveel hij woog en hoe zijn broers heetten en hoe hij zijn zoon zou noemen. Hij liet haar een foto van de haven van Boston zien en de foto van zijn moeder, die gewichthefster was. Hij vertelde haar hoe de zomers in Ierland waren.

'Ik ben altijd al een dikke man geweest,' zei hij, 'en nu ben ik de Dikke Man, wat dikte betreft is er niemand die aan me tippen kan. Hij vertelde haar over een hittegolf op Sicilië en over de Middellandse Zee. Zij vertelde hem van de baby in de tent van de waarzegster.

'Da's weer typisch sterrenwerk,' zei hij.

'Die baby gaat nog dood,' zei Annie.

Hij deed de deur open en liep het donker in. Zij keek om zich heen, maar kwam niet in beweging, ze vroeg zich af of hij een agent was gaan halen. Het zou beroerd zijn om nog eens door de agent betrapt te worden. Ze staarde door de open deur de vijandige duisternis in en schoof haar stoel dichter naar de kachel toe.

'Dan maar liever in de warmte betrapt worden,' zei ze. Maar ze beefde bij het geluid van de naderende Dikke Man en klemde haar handen over haar ingevallen borst, toen hij als een wandelende berg het trapje opkwam. Ze zag zijn glimlach in het donker.

'Kijk 'ns wat de sterren hebben gedaan,' zei hij, terwijl hij met de baby van de waarzegster op zijn arm binnenkwam.

Nadat ze hem had geknuffeld en hem tegen haar jurk had laten uithuilen, vertelde ze hoe bang ze was geweest toen hij de deur uitging.

'Wat moet ik nou met een politieagent?'

Ze vertelde hem dat de agent achter haar aanzat.

'Wat heb je uitgespookt dat er een agent achter jou aanzit?'

Ze gaf geen antwoord, maar drukte het kind steviger tegen haar ingevallen borst. Hij zag hoe mager ze was.

'Je moet meer eten, Cardiff,' zei hij.

Toen begon het kind te huilen. Zijn stem ging van een zacht gejammer over in wanhopig krijsen. Het meisje wiegde hem heen en weer op haar schoot, maar niets kon het kind tot bedaren brengen.

'Stil! Stil, nou!' zei de Dikke Man, maar de tranen stroomden sneller. Annie overlaadde het met kussen, maar niets hielp.

'We moeten iets doen,' zei ze.

'Zing een slaapliedje voor hem.'

Ze zong, maar het kind gaf niet om haar zingen.

'Er is maar één oplossing,' zei Annie, 'we moeten met hem in de draaimolen.' Met de arm van het kind om haar nek stommelde ze het trapje af en rende het verlaten kermisterrein op, de Dikke Man hijgend in haar spoor.

Ze liep tussen de tenten en kramen door naar het midden van het terrein waar de houten paarden stonden te wachten, en klom in een zadel. 'Doe de motor aan,' riep ze. In de verte hoorde ze hoe de Dikke Man de ouderwetse motor aanslingerde die de paarden de hele dag in een houten galop voortjoeg. Ze hoorde het onregelmatige gebrom van de motor, en de draaimolenvloer rammelde onder de paardenhoeven. Ze zag de Dikke Man naast zich opduiken, de hendel overhalen en in het zadel van het allerkleinste paard klimmen. Toen de draaimolen begon, eerst langzaam en langzamerhand sneller, hield het kind aan de borst van het meisje op met huilen en begon in zijn handjes te klappen. De avondwind blies door zijn haar, de muziek schetterde in zijn oren. Alsmaar rond schoten de houten paarden, die het gieren van de wind met hun stampende hoeven overstemden.

En zo troffen de kermislui hen aan, de Dikke Man en het meisje in het zwart met een kind in haar armen, terwijl ze in de rondte snelden op hun mechanische rossen, op de alsmaar aanzwellende muziek van het orgel.

De boom

Van het huis dat heel in de verte uitzag over de heuvels van Jarvis, rees een toren op waarin de dagvogels hun nesten konden bouwen en waar 's nachts de uilen omheen konden vliegen. Vanuit het dorp gezien scheen de lamp achter het torenraam als een glimworm door de vensters, maar de kamer onder de mussennesten was zelden verlicht; over de ongewitte plafonds waren spinnenwebben geweven; het vertrek keek uit over twintig mijl glooiend landschap en de hoeken verankerden hun geheimen met klauwafdrukken in het stof.

De jongen kende het huis van de nok tot de kelder, hij kende de grillige gazons en de hut van de tuinman, waar de bloemen uit de potten barstten, maar de sleutel van de deur naar de toren kon hij niet vinden.

Het huis veranderde met zijn stemmingen mee en het grasveld was de zee of de kust of de lucht of wat hij maar wilde dat het wezen zou. Wanneer een gazon een droevige zeemijl water was en hij op een geknakte bloem over de golven gleed, kwam de tuinman uit zijn hut, die vlakbij een eiland van struiken lag, pakte een bloemsteel, en zeilde mee. Schrijlings op een bezemsteel vloog hij naar waar het kind maar wilde dat hij vloog. Hij kende alle verhalen vanaf het begin van de wereld.

'In den beginne,' zei hij dan, 'was er een boom.'

'Wat voor boom?'

'De boom waarin die merel zingt.'

'Een havik, een havik,' riep de jongen.

Dan keek de tuinman omhoog naar de boom en zag een enorme havik zitten op een tak, of een adelaar cirkelen op de wind.

De tuinman hield van de bijbel. Wanneer de zon onderging en de tuin vol mensen was, zat hij gewoonlijk bij een kaars in zijn hut en las over de eerste liefde en de legende van appels en slangen. Maar het meest van al hield hij van de dood van Christus aan een boom. Bomen vormden een scherm om hem heen, en hij herkende het kenteren van de seizoenen aan het kleuren van de bast en de sapstromen in de wortels onder de grond. Zijn wereld bewoog en veranderde zoals het voorjaar langs de takken trok en hun naaktheid veranderde. Zijn God groeide als een boom uit de appelvormige aarde, die Zijn kinderen liet uitbotten en Zijn kinderen liet wegwaaien door de winterse winden; winter en dood kwamen met een en dezelfde wind. Hij zat in zijn hut, las over de kruisiging en keek over de potten in de vensterbank heen de winternacht in. Hij was van mening dat de liefde het op zulke avonden af laat weten en dat veel van haar kinderen worden omgehakt.

De jongen veranderde de verwaaide gazons met zijn gespeel. De tuinman noemde hem bij zijn moeders naam en zette hem op zijn knie, en vertelde hem over de wonderen van Jeruzalem en de geboorte in de kribbe.

'In den beginne was er het dorp Bethlehem,' fluisterde hij het kind toe, net voordat uit de vallende duisternis de bel voor het eten klonk.

'Waar ligt Bethlehem?'

'Ver hiervandaan,' zei de tuinman, 'in het Oosten.'

In het oosten lagen de heuvels van Jarvis, die de zon verborgen en met hun bomen de maan uit het gras naar boven trokken.

De jongen lag in bed. Hij keek naar het hobbelpaard en wou dat het vleugels kreeg, zodat hij erop kon klimmen en de Arabische lucht invliegen. Maar de winden van Wales waaiden in de gordijnen en de krekels maakten kabaal in het onordelijke veldje onder zijn raam. Zijn speeltjes waren dood. Hij zette het op een huilen en hield er weer mee op, wat viel er te huilen? De nacht was winderig en kil, hij lag behaaglijk onder zijn dekens, de nacht was zo hoog als een heuvel en hij een jongen in bed.

Hij deed zijn ogen dicht en staarde in een draaiende grot die dieper was dan het donker van de tuin, waar de eerste boom – waarin de denkbeeldige vogels waren neergestreken – eenzaam en helder als vuur overeind stond. Zijn tranen kropen terug onder zijn oogleden toen hij aan de eerste boom dacht, die zo vlakbij hem was geplant, als een vriend in de tuin. Hij sloop uit zijn bed en liep op zijn tenen naar de deur. Het hobbelpaard maakte een sprong naar voren op zijn veren en joeg de jongen met een geruisloze draf terug in zijn bed. De jongen keek naar het paard, het paard stond stil; opnieuw trippelde hij langs het kleed en bereikte de deur, draaide de deurknop om en haastte zich de overloop op. Blind voor zich uit tastend vond hij zijn weg naar de trap; hij keek over de donkere treden naar beneden de hal in en zag een leger schaduwen de hoeken in en uit kronkelen; hij hoorde hun galmende stemmen en stelde zich hun oogkassen en magere armen voor. Maar ze zouden klein en vluchtig en bloedeloos zijn, niet gehuld in onzichtbare harnassen, maar gewikkeld in kleren zo fijn als spinrag; ze zouden fluisteren terwijl hij langsliep en hem op zijn schouder kloppen en in zijn oor sissen. Hij liep de trap af naar de hal; geen schaduw vertoonde zich, de hoeken waren leeg. Hij stak zijn arm uit en beklopte het donker in de gedachte dat hij zoiets als een droog en fluwelen hoofd onder zijn vingers voelde kruipen, dat zich als een mist onder zijn nagels nestelde. Maar er was niets. Hij deed de voordeur open en de schaduwen gleden de tuin in.

Eenmaal op het pad liet hij zijn angsten achter zich. De maan was over de ongewiede bedden gaan liggen en haar ijzige glans lag over het gras. Ten slotte bereikte hij het eind van het grindpad en de verlichte boom, ouder nog dan het wonder van het licht, de boom met de slapende pissebedden onder zijn bast, met zijn takken uitstaand als bevroren vrouwenarmen. De jongen voelde aan de boom, die met zijn aanraking meegaf. Boven de toren van de eerste vogels zag hij een ster, helderder dan alle andere sterren aan de hemel, standvastig stralen en op niets anders schijnen dan de bladerloze takken en de stam en de woekerende wortels.

De jongen had niet aan de boom getwijfeld. Had er zijn gebeden aan gericht met zijn knieën op de zwarte takken die op de nachtwind waren neergekomen. Toen, bevend van liefde en kou, rende hij over het gras terug naar het huis.

Er was een idioot in het oosten van het land, die als een bedelaar rondzwierf. De ene keer bij een boerderij en de keer daarop bij het huisje van een weduwe bedelde hij om zijn brood. Een dominee had hem een pak gegeven, dat om zijn magere ribben en schouders lubberde en fladderde in de wind wanneer hij over de velden sjokte. Maar zijn ogen stonden zo helder en zijn nek was zo zonder sporen van het vuil van buiten, dat niemand hem weigerde waarom hij vroeg. En vroeg hij om water, dan kreeg hij melk.

‘Waar kom je vandaan?’

‘Uit het oosten,’ zei hij steevast.

En dan wisten ze dat hij een idioot was en gaven hem een maaltijd als hij hun erf schoonmaakte.

Terwijl hij zich met de hark over de mest en platgetrapte graankorrels boog, hoorde hij een stem in zijn hart. Hij stak zijn hand in het hooi voor de koeien, ving een muis, wreef over zijn snuitje en liet hem gaan.

De hele dag was de boom in de gedachten van de jongen en de hele nacht hield hij stand in diens dromen, zoals de ster boven zijn vaste plek standhield. Op een ochtend halverwege december, toen de wind uit de verste heuvels om het huis gierde en de sneeuw uit de donkere uren nog niet van daken en gazons was verdwenen, holde hij naar de hut van de tuinman. De tuinman was een kapotte hark aan het repareren. Zonder iets te zeggen ging de jongen op een zaadkist aan zijn voeten zitten; hij keek hoe hij de tanden vastbond en wist dat de draad het niet zou houden. Hij keek naar de laarzen van de tuinman, nat van de sneeuw, naar de verstelde knieën in zijn broek, naar de losse knopen van zijn jas en naar de plooien van zijn buik onder zijn verstelde flanellen hemd. Hij keek naar zijn handen en hoe ze bezig waren met de gouden knopen in de draad. Het waren stevige bruine handen met de aanslag van aarde onder zijn gescheurde nagels en nicotinevlekken aan zijn vingertoppen. Nu stond het gezicht van de tuinman vastberaden, terwijl hij knoop op knoop om de metalen tanden legde met als enig resultaat dat ze losjes aan de steel rammelden. Het kind was bang voor de kracht en de groezeligheid van de oude man, maar door naar die lange volle baard te kijken, die smetteloos was en wit als sneeuw, raakte hij snel gerustgesteld. De baard was de baard van een apostel.

‘Ik heb tot de boom gebeden,’ zei de jongen.

‘Altijd tot een boom bidden,’ zei de tuinman, en dacht aan Golgotha en Eden.

‘Ik bid elke avond tot de boom.’

‘Bid tot een boom.’

De draad gleed over de tanden.

‘Ik bid tot die boom.’

De draad brak.

De jongen wees over de kasbloemen heen naar de boom, die als enige van alle bomen in de tuin geen spoortje sneeuw liet zien.

'Een vlier,' zei de tuinman, maar het kind stond op van zijn kist en schreeuwde zo hard dat de onherstelde hark kletterend op de vloer viel.

'De eerste boom. De eerste boom waar je me over hebt verteld. In den beginne was er een boom, zei je. Ik heb je wel gehoord,' schreeuwde de jongen.

'De vlier is zo goed als elke andere boom,' zei de tuinman, met zachte stem om het kind te kalmeren.

'De eerste boom van allemaal,' fluisterde de jongen.

Weer tot bedaren gekomen door de stem van de tuinman, lachte hij door het raam naar de boom, en andermaal kroop de draad over de kapotte hark.

'God groeit in vreemde bomen,' zei de oude man. 'Zijn bomen vinden rust op vreemde plekken.'

Toen hij het verhaal vertelde van de twaalf staties van de kruisweg, wuifde de boom met zijn takken naar de jongen. De stem van een apostel klonk op uit zijn verrookte longen.

Dus toen hesen ze hem in een boom en sloegen spijkers door zijn buik en zijn voeten.

Het bloed van de middagzon liep over de stam van de vlier en kleurde de bast.

De idioot stond op de heuvels van Jarvis en keek in het ongerepte dal; ochtendnevel steeg op van beken en weiden en verdween. Hij zag de dauw verdampen, hij zag het vee in de beek staren en hij zag de donkere wolken wegdrijven bij het eerste gerucht van de zon. De zon draaide langs de randen van de dunne, waterige lucht als een zuurbal in een glas water. Hij verlangde naar licht, terwijl de eerste en bijna onzichtbare regen op zijn lippen viel; hij plukte van het gras en voelde, al proevend, hoe het groen op zijn tong lag. Zo was er licht in zijn mond en licht was een geluid in zijn oren, en een heel rijk van licht in het dal, dat zo'n bijzondere naam had. Hij had van de heuvels van Jarvis gehoord, hun silhouet rees hoog boven de glooiingen van de streek uit en was tot vele mijlen in de omtrek te zien, maar niemand had hem verteld van het dal dat aan de voet van die heuvels lag. Bethlehem, zei de idioot tegen het dal en stond stil bij de klank van het woord en gaf het de volle glorie van een ochtend in Wales. Hij verbroederde zich met de wereld om zich heen, nipte van de lucht zoals een pasgeboren baby nipt van het licht en het begroet. Het leven van het Jarvis-dal dat uit de weiden en de bomen en de lange hand van de beek wasemde, gaf hem nieuw bloed. De nacht had de aderen van de idioot geleegd en de ochtend in het dal vulde ze weer.

De tuinman had niets om de jongen cadeau te doen, dus haalde hij een sleutel uit zijn zak en zei: 'Dit is de sleutel van de toren. Op kerstavond zal ik de deur voor je opendoen.'

Voor het donker werd, beklommen hij en de jongen de torentrap, de sleutel draaide in het slot, en de deur ging open als het deksel van een geheime doos en liet hen binnen. De kamer was leeg. 'Waar zijn de geheimen?' vroeg de jongen, terwijl het zijn blik langs de dakspar-ren, de spinnenhoeken en de glas-in-loodramen liet gaan.

'Het is voldoende dat ik je de sleutel heb gegeven,' zei de tuinman, die geloofde dat de sleutel tot het universum in zijn zak verborgen zat, tussen vogelveren en bloemzaden.

De jongen begon te huilen omdat er geen geheimen waren. Steeds opnieuw onderzocht hij het lege vertrek, joeg het stof op om naar een ongekleurd luik te zoeken, beklopte de kale muren op de holle stem van een kamer achter de toren. Hij veegde de webben van het raam en keek door het stof naar buiten, naar de sneeuwende kerstnacht. Een heuvelwereld strekte zich uit tot diep in de onmetelijke hemel en heuveltoppen die hij nog nooit had gezien klommen de vallende vlokken tegemoet. Bossen en rotsen, weidse zeeën van leeg land en een nieuwe stortvloed van berglucht die door de zwarte beuken raasde, ontrolden zich voor hem. In het oosten waren de omtrekken van naamloze heuvelvormen en een tunnel van bomen te zien.

'Wat zijn dat? Wat zijn dat?'

'Dat zijn de heuvels van Jarvis,' zei de tuinman, 'die liggen er sinds het eerste begin.'

Hij nam de jongen bij de hand en voerde het weg van het raam. De sleutel draaide in het slot.

Die nacht sliep het kind vast; er was kracht in sneeuw en duisternis; er was een toonloze muziek in de stilte van de sterren; er was een stilte in de jagende wind. En Bethlehem was dichterbij geweest dan hij had verwacht.

Op de ochtend van de eerste kerstdag liep de idioot de tuin in. Zijn haar was nat en aan zijn afgetrapte schoenen kleefde een dikke laag modder van de velden. Moe van zijn lange tocht door de heuvels van Jarvis en verzwakt door het gebrek aan eten ging hij op het houtblok onder de vlier zitten, dat de tuinman daar had neergezet. Hij sloeg zijn handen in elkaar toen hij zag hoe troosteloos de bloembedden waren en hoe het onkruid langs de randen van de paden woekerde. De toren stak als een boom van steen en glas boven de rode dakranden uit. Toen er een frisse wind opstak, die de boom belaagde, zette hij de kraag van zijn jas op; hij keek naar beneden, naar zijn handen en zag dat ze bezig waren te bidden. Toen beving hem zekere angst voor de tuin, de struiken waren zijn vijanden en de bomen die langs het pad naar het hek stonden, hieven in afschuw hun armen. De plek was te hoog omdat hij neerkeek over de hoge heuvels; de plek was te laag omdat hij angstig omhoog huiverde naar de opgetrokken schouders van een nieuwe berg. Hier was de wind te onstuimig, woedend rondom stilte, een joodse stem opwekkend uit de takken van de vlier; hier klopte de stilte als een mensenhart. En terwijl hij aan de voet van de wrede heuvels zat, hoorde hij een stem in zijn binnenste roepen: 'Waarom heb je me hierheen gebracht?'

Hij wist niet waarom hij gekomen was, zij hadden hem verteld te komen en hem begeleid, maar hij wist niet wie zij waren. De stem van een volk klonk op uit de bloembedden en regen kletterde neer uit de hemel.

'Laat me met rust,' zei de idioot en maakte een machteloos gebaar naar de hemel. Er loopt regen over mijn gezicht, de wind waait langs mijn wangen. Hij verbroederde zich met de regen.

Zo vond de jongen hem in de luwte van de boom; hij verdroeg de kwelling van het weer met goddelijk geduld; hij liet zijn lange haar de vrije loop op de wind en een droeve lach speelde om zijn lippen.

Wie was deze vreemdeling? Er lag een gloed in zijn ogen, de huid in zijn hals, onder de dichtgetrokken jas, was bloot. Toch glimlachte hij, zoals hij daar zat in zijn lompen onder een boom op eerste kerstdag.

'Waar kom je vandaan?' vroeg de jongen.

'Uit het oosten,' antwoordde de idioot.

De tuinman had niet gelogen, het geheim van de toren bestond, deze donkere en rafelige boom, die alleen bij avond schitterde, was de allereerste boom.

Maar hij vroeg nog eens: 'Waar kom je vandaan?'

'Uit de heuvels van Jarvis.'

'Ga tegen de boom staan.'

De idioot, nog steeds glimlachend, ging met zijn rug tegen de vlier staan.

'Hou je armen zo.'

De idioot stak zijn armen uit.

De jongen rende zo snel hij kon naar de hut van de tuinman en zag, toen hij over het doorweekte gazon terugrende, dat de idioot zich niet had verroerd, maar rechtop en nog steeds glimlachend met zijn rug tegen de boom stond, met zijn armen wijd.

'Laat me je handen vastbinden.'

De idioot voelde hoe de draad die de hark niet had hersteld om zijn polsen snoerde. Het sneed in zijn vlees en het bloed uit de wonden drupte glanzend op de boom.

'Broeder,' zei hij. Hij zag dat het kind zilveren spijkers in zijn handpalm hield.

Het ware verhaal

De oude vrouw boven was al stervende zo lang Helen zich kon herinneren. Ze had als een wassen vrouw tussen haar lakens gelegen al zolang Helen als kind met haar moeder meekwam om de stervende vers fruit en groenten te bezorgen. En nu was Helen zelf een vrouw onder haar schort en jurk van bedrukt katoen en droeg ze haar fletse haar in een wrong op haar achterhoofd. Elke ochtend stond ze met de zon op, maakte het vuur aan en liet de kat met de rode ogen binnen. Ze zette een pot thee, ging naar boven, naar de slaapkamer aan de achterkant van het huis en boog zich over de oude vrouw, wier nietziende ogen nooit gesloten waren. Elke ochtend keek ze in de holtes van die ogen en liet haar handen door het blikveld gaan. Maar ze knipperden niet en ze kon niet opmaken of de oude vrouw ook ademde. ‘Acht uur, het is nu acht uur,’ zei ze. En meteen glimlachten die ogen. Een magere hand kwam onder de lakens vandaan en bleef op z’n plaats tot Helen hem in haar eigen mollige hand nam en om het kopje vouwde. Wanneer het kopje leeg was, schonk Helen bij en wanneer de pot leeg was, sloeg ze de witte lakens terug. Daar lag de oude vrouw, languit in haar nachtjapon en haar vel was even grijs als haar haar. Helen streek de lakens glad en was de oude vrouw behulpzaam. Daarna nam ze de po weg.

Elke ochtend maakte ze het ontbijt klaar voor de jongen, die in de tuin werkte. Ze liep naar de achterdeur, deed open, en zag hem in de verte met zijn schop. ‘Het is nu halfnegen,’ zei ze. Het was een onooglijke jongen en zijn ogen waren roder dan die van de kat: twee slinkse gaten in zijn hoofd, altijd alert op een glimp van haar borsten. Ze zette zijn eten voor hem neer. Wanneer hij opstond zei hij altijd: ‘Moet ik nog iets voor je doen?’ Ze had nog nooit ‘ja’ gezegd. Dan ging de jongen terug naar het veldje om aardappelen te rooien of om te zien hoeveel eieren de kippen hadden gelegd, en als er bessen te plukken vielen van de struiken in de moestuin, dan hielp zij hem tot de middag. Bij het zien van de stapel rode aalbessen in haar hand dacht ze aan de plek die het geld onder het matras van de oude vrouw had gemaakt. Als er kippen geslacht moesten worden hakte ze ze de kop af op een veel klinischer manier dan de jongen, die zijn mes in de wond hield en het bebloede lemmet aan zijn mouw afveegde. Zij ving een kip, doodde hem, voelde het warme bloed en keek toe hoe het beest zonder kop het pad afrende. Dan ging ze naar binnen om haar handen te wassen.

Het was in de eerste week van de lente dat ze besloot de oude vrouw van boven te doden. Ze was twintig. En ze wilde nog zo veel. Ze wilde een man voor zichzelf en een zwarte zondagse jurk en een hoed met een bloem. Ze had geen rooie cent. Op de dagen dat de jongen de eieren en de groente naar de markt bracht, gaf ze hem het zesstuiverstuk dat de oude vrouw haar gaf, en het geld dat de jongen mee terugbracht in zijn zakdoek, stopte ze de oude vrouw in de hand. Ze werkte voor kost en inwoning, net als de jongen, alleen had zij een kamer boven en sliep hij in het stro op de vliering van de lege schuur.

Op een marktochtend liep ze de tuin in om te zien of het plan in haar hoofd wilde bekoelen. Het was een mooie meidag met niet meer dan twee wolken aan de hemel, twee vormeloze handen die het gezicht van de zon op een haar na omsloten. Als ik kon vliegen, dacht ze, kon ik door het open raam naar binnen vliegen en mijn tanden in haar keel zetten. Maar een frisse wind blies die gedachte weg. Ze wist dat ze geen gewoon meisje was, want ze had boeken gelezen op de lange winteravonden wanneer de jongen in het stro droomde en de oude vrouw alleen in het donker lag. Ze had gelezen over een in de vorm van geld neerdalende god, over slangen met mensenstemmen en over een man die op een heuveltop stond en met vuur sprak.

Achter in de tuin, waar het hek de ruige, groene velden buiten hield kwam ze bij een hoop aarde. Daar had ze de hond begraven die ze had gedood omdat hij kippen had gevangen en doodgebeten. Op een ruw kruis stond de sterfdatum geschreven, maar achterstevoren, zodat de hond nog niet gestorven was. 'Hier zou ik haar kunnen begraven,' zei Helen bij zichzelf, 'vlak naast dit graf, niemand die haar vindt.' En ze wreef zich in de handen en was terug bij de achterdeur van het huis nog voor de twee wolken de zon hadden omsloten.

Binnen moest het eten voor de oude vrouw worden klaargemaakt, moesten aardappelen worden fijngestampt met thee. Met het mes in haar hand en de schillen in haar schoot dacht ze aan de moord die ze op het punt stond te begaan. Het enige geluid kwam van het mes, de wind was gaan liggen, haar hart was stil, alsof ze het had ingepakt. Niets in het huis bewoog, haar hand lag dood in haar schoot, ze kon niet bedenken dat er rook in de schoorsteen opsteeg naar de verstilde hemel. Haar geest, alleen in de wereld, maalde door. Toen, toen alle dingen dood waren, kraaide een haan en schoot haar de jongen te binnen, die gauw terug zou komen van de markt. Ze had besloten te doden voor hij terug was, maar het graf moest gegraven en het gat gevuld. Helen voelde haar hand weer sterven in haar schoot. En in het hart van de dood hoorde ze de hand van de jongen de klink optillen. Hij kwam de keuken binnen, zag dat ze aardappelen zat te schillen en liet zijn zakdoek op tafel vallen. Bij het gerinkel van het geld keek ze naar hem op en glimlachte. Hij had haar nog nooit zien glimlachen.

Vlug zette ze hem zijn eten voor en ging bij het vuur zitten. Toen hij het mes naar zijn mond bracht, voelde hij vanuit een ooghoek haar blik op de zijne gericht. 'Heb je haar haar eten gebracht?' vroeg hij. Ze gaf geen antwoord. Toen hij klaar was stond hij van tafel op en vroeg: 'Moet ik iets voor je doen?' Hij had het al duizend keer zo gevraagd. 'Ja,' zei Helen.

Ze had nooit eerder 'ja' tegen hem gezegd. Hij had nog nooit een vrouw horen spreken zoals zij op dat moment deed. De eerste schaduw van haar borst was nog nooit zo donker geweest. Hij stommelde de keuken door naar haar toe en zij legde zijn handen op haar schouders. 'Wat zou je voor me willen doen?' vroeg ze, en maakte de bandjes van haar jurk los, zodat hij van haar afgleed en haar borsten bloot kwamen. Ze pakte zijn hand en legde die op haar huid. Hij staarde naar haar naaktheid, zei toen haar naam en pakte haar vast. Ze hield hem dicht tegen zich aan. 'Wat zou je voor me willen doen?' Ze liet haar jurk nu helemaal naar de grond glijden en rukte de rest van haar kleren af. 'Je zult doen wat ik wil,' zei ze, terwijl zijn handen over haar heen gleden.

Na een poosje werkte ze zich los uit zijn greep en holde lichtvoetig door de kamer. Met haar naakte rug naar de deur gekeerd wenkte ze hem en zei wat ze van hem verlangde. 'Help me en we zullen rijk worden,' zei ze. Hij glimlachte en knikte. Hij probeerde weer aan haar te zitten, maar zij greep zijn vingers, deed de deur open en nam hem mee naar boven. 'Verroer je niet,' zei ze. In de kamer van de oude vrouw keek ze om zich heen als was het voor de laatste keer, ze keek naar de gebarsten kruik, het halfopen raam, het bed en de spreuk op de muur. 'Het is nu één uur,' zei ze in het oor van de oude vrouw en de blinde ogen glimlachten. Helen legde haar vingers om de hals van de oude vrouw. 'Het is nu één uur,' zei ze en sloeg toen met een plotselinge beweging het hoofd van de oude vrouw tegen de muur. Drie lichte tikjes waren voldoende, het hoofd brak als een ei.

'Wat heb je nou gedaan?' riep de jongen. Helen had hem binnengeroepen. Hij staarde naar de naakte vrouw die haar handen stond af te vegen aan het laken en naar het bloed, dat een ronde, rode vlek vormde op de muur en hij slaakte een kreet van afschuw. 'Hou je stil,' zei Helen, maar hij schreeuwde nogmaals, reagerend op haar kalme stem en schoot de trap af.

'En dus moet Helen vliegen,' zei ze bij zichzelf. 'De kamer van de oude vrouw uit vliegen.' Ze duwde het raam verder open en stapte naar buiten. 'Ik vlieg,' zei ze.

Maar ze vloog niet.

De vijanden

Het was ochtend in de groene velden in het Jarvis-dal en meneer Owen zat onkruid te wieden langs zijn tuinpad. Een machtige wind rukte aan zijn baard en de plantenwereld schreeuwde onder zijn voeten. Een roek was verdwaald geraakt in de lucht en riep om zijn wijfje, maar het wijfje kwam niet opdagen en de roek vloog naar het westen met smart in zijn snavel. Meneer Owen, die overeind was gekomen om zijn schouders te ontspannen en naar de lucht te kijken, zag zijn donkere vleugelslag afsteken tegen het rood van de zon. In haar tochtige keuken treurde mevrouw Owen boven haar soep. Ooit, in het verleden, had het dal slechts plaats geboden aan koeien; de boerenjongens kwamen de heuvels af om naar de koeien te roepen en ze bijeen te drijven voor het melken, maar geen vreemdeling liet zich zien in de het dal. Meneer Owen, die eenzaam door het veld wandelde, was er op het laatst van een late zomeravond beland toen de koeien rustig in het gras lagen en de beek, die het dal doorsneed, over de kiezels fluisterde. Hier, dacht meneer Owen, zal ik een klein huis van één verdieping bouwen, midden in het dal, met een tuin rondom. En, zich precies herinnerend hoe hij door de slingerende heuvels was gekomen, keerde hij terug naar zijn dorp en de vragen van mevrouw Owen. En zo gebeurde het dat er te midden van de groene velden een huis van één verdieping werd gebouwd; er werd een tuin aangelegd en beplant en daaromheen werd een laag hek gezet om de koeien bij de groenten vandaan te houden.

Dat was vroeg in het jaar. Nu waren de zomer en de herfst al voorbij, de tuin had gebloeid en was afgestorven, over het onkruid lag een laagje rijp. Meneer Owen ging weer op de knieën en fatsoeneerde het pad terwijl de wind de toppen van het nabije gras deed buigen en van elke groene mond een orakel maakte. Geduldig vermoordde hij het onkruid; de wortels kwamen naar boven en maakten een slagveld van de omringende aarde; insecten waren in de weer in de gaten waar het onkruid was opgeschoten, maar, stervend tussen zijn vingers bleef er geen spoor van ze over. Hij werd moe van hun dood en nog vermoeider van de ondergang van het onkruid. Omhoog kwamen de wortels en neer gingen de grove groene koppen.

Mevrouw Owen tuurde in de diepten van haar kristal en had de soep al pruttelend aan haar lot overgelaten. De bol kleurde donker en klaarde op toen er een regenboog in binnentrok. Eerst opwarmend als een zon en vervolgens afkoelend als de poolster, glansde hij tussen de plooien van haar jurk, waar ze hem liefdevol vasthield. De bladeren in haar theekopje bij het ontbijt hadden haar verteld van een donkere vreemdeling. Wat zou de kristallen bol haar vertellen? vroeg mevrouw Owen zich af.

Omhoog kwamen de wortels en door woelende vingers verstoord, kronkelde een bochtige worm blind in de zon. Plotseling vulde het dal zich in hoeken en gaten met wind, met de stemmen van de wortels, met het ademen van de laaghangende lucht. Niet alleen een alruin schreeuwt, ook gescheurde wortels hebben hun schreeuw; elk onkruid dat meneer Owen uit de grond trok krijste als een baby. In het dorp over de heuvel zou de wind wild tekeergaan en zouden de kleren aan de waslijnen tot vreemde dansen bewogen worden. En vrouwen met vormen in hun buiken zouden een nieuw kloppen voelen terwijl ze over de dampende tobben bogen. Het leven zou doorgaan in hun aderen, hun botten, het bindende vlees, die hun eigen seizoenen hadden en hun eigen weer, net als het dal dat het huis verbond met het vlees van het groene gras.

De bol gaf als een open graf zijn doden prijs aan mevrouw Owen. Ze staarde naar de lippen van vrouwen en de haren van mannen, die een patroon weefden aan de oppervlakte van haar kristallen wereld. Maar plotseling werd het patroon weggevaagd en zag ze nog slechts de vormen van de Jarvis-heuvels. Een man met een zwarte hoed op liep over de paden in de richting van het onzichtbare dal beneden. Als hij nog dichterbij kwam, zou hij haar in de schoot vallen. 'Er loopt een man met een zwarte hoed door de heuvels,' riep ze door het raam. Meneer Owen glimlachte en ging door met wieden.

Het was tegen die tijd dat dominee Davies de weg kwijtraakte. Hij was al het grootste deel van de ochtend de weg kwijt geweest, maar nu was de dwaling compleet en stond hij vertwijfeld onder een boom aan de rand van de Jarvis-heuvels. Een machtige wind blies door de takken en een machtige, grijsgroene aarde bewoog onvast onder zijn voeten. Waar hij ook keek bestormden de heuvels de hemel en waar hij ook beschutting zocht tegen de wind, overal maakte het donker hem bang. Hoe verder hij liep, des te vreemder kwam het landschap hem voor; het klom tot ongedroomde hoogten en daalde dan weer tot een dal dat in zijn handpalm paste. En de bomen liepen als mannen. Door een goddelijk toeval bereikte hij de rand van de heuvels precies op het moment dat de zon het midden van de hemel bereikte. Terwijl de wijde wereld schudde van einder tot einder, stond hij onder een boom en keek naar het dal. In het veld stond een klein huis met een tuin. Eromheen raasde het dal en de wind sprong ertegenop als een boxer, maar het huis stond stil. Voor meneer Davies zag het er uit alsof het huis door een grote vogel het dorp was uitgedragen en precies in het hart van het turbulente universum weer was neergezet.

Maar toen hij de rotsige randen over klauterde en de heuvel afdaalde, verloor hij zijn plek in de kristallen bol van mevrouw Owen. Een wolk schoof voor zijn zwarte hoed en onder die wolk liep een heel oude schim, een verwaaide vorm met een baard van bevroren sterren en als glimlach een halve maan. Meneer Davies was zich van dit alles niet bewust en ondertussen schaafden de stenen zijn handen. Hij was oud, hij was dronken van de wijn van die ochtend, maar het spul dat uit zijn wonden kwam was menselijk bloed.

Ook meneer Owen, met zijn neus op de grond en zijn handen rond de halzen van het kermende onkruid, wist niets van de transformatie in de kristallen bol. Hij had mevrouw Owen de komst van een zwarte hoed horen voorspellen en had geglimlacht, zoals hij altijd moest glimlachen om haar vertrouwen in de donkere krachten. Hij had opgekeken toen ze riep, en had zich, glimlachend, weer bepaald tot de duidelijker roep van de grond. 'Vermeerder je, vermeerder je,' had hij tegen de in hun graafwerk gestoorde wormen gezegd en hij had de bruine wormen doormidden gestoken, opdat de helften zich zouden voortplanten en hun leven over de tuin verspreiden en eropuitgaan, al aantastend, de velden in en de buiken van de koeien.

Hiervan wist meneer Davies niets. Hij zag een jongeman met een baard, ijverig over de tuingrond gebogen; hij zag een huis als een plaatje, met het gezicht van een bleke jonge vrouw tegen het raam gedrukt. En, onder het afnemen van zijn zwarte hoed, stelde hij zichzelf voor als de predikant van een dorp zo'n tien mijl verderop.

'U bloedt,' zei meneer Owen.

De handen van meneer Davies zaten inderdaad onder het bloed.

Nadat mevrouw Owen de wonden van meneer Davies had verzorgd, liet ze hem in de leunstoel naast het raam zitten en zette een sterke kop thee voor hem.

'Ik zag u boven op de heuvel,' zei ze en hij vroeg haar hoe ze hem dan had gezien, want de heuvels zijn hoog en ver weg.

'Ik heb prima ogen,' antwoordde ze.

Daar twijfelde hij niet aan. Haar ogen waren de vreemdste die hij ooit had gezien.

'Wat een rust hier,' zei meneer Davies.

'We hebben geen klok,' zei ze, en dekte de tafel voor drie.

'U bent erg aardig.'

'We zijn vriendelijk voor iedereen die bij ons langskomt.'

Hij vroeg zich af hoevelen er naar het eenzame huis in het dal kwamen, maar hij stelde de vraag niet uit angst voor wat ze zou antwoorden. Hij vermoedde dat ze een enge vrouw was die van het donker hield omdat het duister was. Hij was te oud om aan de geheimen van de duisternis te twijfelen, en nu, nu zijn zwarte pak gescheurd en nat was en zijn magere handen verbonden waren met het verband van de vreemde vrouw, voelde hij zich ouder dan ooit. De winden van de ochtend zouden hem omver kunnen blazen en de plotselinge inval van het donker kon zijn ogen verblinden. De regen zou door hem heen kunnen vallen als door het lichaam van een geest. Als een vermoeide, witharige oude man zat hij onder het raam, onzichtbaar bijna, tegen de ruiten en de witte bekleding van de stoel.

Al gauw was het eten klaar en meneer Owen kwam ongewassen binnen uit de tuin.

'Zal ik bidden?' zei meneer Davies, toen ze alle drie aan tafel zaten.

Mevrouw Owen knikte.

'Almachtige Vader, zegen deze spijzen,' zei meneer Davies. En opkijkend terwijl hij zijn gebed voortzette, zag hij dat meneer en mevrouw Owen hun ogen hadden gesloten. 'Wij danken U voor de zegeningen die Gij ons hebt gegeven.' Hij zag dat meneer en mevrouw Owen hun lippen zachtjes bewogen. Hij kon niet verstaan wat ze zeiden, maar hij wist wel dat de gebeden die zij zeiden niet dezelfde waren als die hij zei.

'Amen,' zeiden ze alle drie tegelijk.

Meneer Owen, een flinke eter, boog zich over zijn bord zoals hij zich over het klagende onkruid had gebogen. Buiten het raam lagen het bruine lichaam van de aarde, de groene huid van het gras en de borsten van de Jarvis-heuvels; er stond een wind die de dierlijke aarde verkilde en een zon die het dauw van de velden dronk; schepping stroomde uit de poriën van de bomen; en de zandkorrels op de stranden in de verte zouden zich onder aanraking van de golven vermenigvuldigen. Hij proefde het grove voedsel op zijn tong; er lag betekenis in het zwoerd van het vlees en doel in het naar de mond brengen van het voedsel. Met onverwachte voldoening ontwaarde hij mevrouw Owens blote hals.

Ook zij hing gebogen over haar bord, maar ze stuurde de tanden van haar vork knabbelend langs de rand. Ze at niet, want de oude machten waren over haar gekomen en ze durfde haar hoofd niet op te richten vanwege het groene licht in haar ogen. Ze kon horen uit welke richting de wind in het dal waaide; ze kende de stand van de zon aan de hand van de kromming van de schaduw op het tafellaken. O, kon ze haar kristallen bol maar pakken en in de uitgestrekte duisternis turen, die dit winterse licht bedekte. Maar er groeide een duisternis in haar hoofd die het licht om haar heen naar binnen zoog. Er zat een geest aan haar linkerkant; met al haar kracht trok ze het ongrijpbare licht dat om hem heen hing naar binnen en mengde het in haar donkere hersens.

Meneer Davies voelde, als een man die door een vogel werd leeggezogen, troosteloosheid in zijn aderen en vertelde in een zoete roes over zijn avonturen in de heuvels en hoe koud en winderig het was geweest en hoe de heuvels maar klommen en daalden. Hij was verdwaald, zei hij en had een donkere beschutting gevonden waar hij kon schuilen tegen de terreur van de wind, maar het donker had hem beangstigd en hij was verdergelopen over de heuvels, waar de ochtend hem heen en weer slingerde als een schip op de golven. Waar hij ook ging, hij raakte verwaaid in de open ruimte of bang in de enge luwtes. Er was geen plek te bekennen, zei hij zielig, waar een oude man heen kon gaan. Hij hield van zijn parochie en dus had hij van de hele omgeving gehouden, maar de heuvels hadden meegegeven onder zijn voeten of hem de lucht in gestoten. En, uit liefde voor zijn God, had hij van het donker gehouden, daar waar mensen van oudsher het duistere, onzichtbare hadden vereerd. Maar nu waren de grotten in de heuvels gevuld met vormen en stemmen die hem bespotten vanwege zijn ouderdom.

Hij is bang voor het donker, dacht mevrouw Owen, in het heerlijke donker. Glimlachend dacht mevrouw Owen: hij is bang voor de worm in de aarde, de paring in de boom en het levende vet in de grond. Ze keken naar de oude man en zagen dat hij er meer dan eerst uitzag als een geest. Het raam achter hem wierp een rafelige lichtkrans om zijn hoofd.

Plotseling knielde meneer Davies neer om te bidden. Hij begreep de kilte in zijn hart niet, evenmin als de angst die hem verbijsterde toen hij knielde, maar, terwijl hij zijn gebeden voor verlossing zei, staarde hij omhoog naar de neergeslagen ogen van mevrouw Owen en de glimlachende ogen van haar man. Knielend op het tapijt, aan het hoofdeinde van de tafel, staarde hij verbijsterd naar die donkere ziel en dat grote, donkere lichaam. Hij staarde en bad als een oude god, belaagd door zijn vijanden.

De jurk

Ze hadden hem twee dagen lang door het hele district achternagezeten, maar aan de voet van de heuvels was hij ze kwijtgeraakt en verborgen in een gouden struik had hij ze horen schreeuwen terwijl ze door het dal strompelden. Van achter een boom op de heuvelrug had hij naar de velden beneden gekeken, waar ze als honden heen en weer holden, waar ze in heggen prikten met hun stokken en het op een bedeesd janken zetten toen er plotseling een mist uit de voorjaarshemel neerdaalde die hen aan het zicht onttrok. Maar voor hem was de mist als een moeder, zij legde een deken om zijn schouders waar zijn hemd was gescheurd en zijn bloed aangekoekt. De mist verwarmde hem, de mist gaf zijn lippen te eten en te drinken en hij glimlachte als een kat door haar deken. Hij maakte zich uit de voeten van de dalkant van de heuvel naar waar de bomen dichter stonden, de bomen die hem de weg naar een licht, een vuur en een kom soep zouden kunnen wijzen. Hij dacht eraan hoe de kolen op het haardrooster zouden sissen en hij dacht aan de jonge moeder in haar eentje. Hij dacht aan haar haar. Aan dat prettige nest voor zijn handen. Hij rende tussen de bomen door en kwam uit op een smalle weg. Welke kant zou hij opgaan: naar de maan toe of ervandaan? De mist had de stand van de maan tot een geheim gemaakt, maar in een uithoek van de hemel, waar de mist was opengebroken, zag hij de contouren van een sterrenbeeld. Hij liep naar het noorden, naar waar de sterren stonden; hij mummelde toonloos een liedje en luisterde naar het soppen van zijn voeten op de drassige bodem.

Nu had hij de gelegenheid om zijn gedachten te ordenen, maar hij was er nog niet aan begonnen of een uil riep in de bomen boven de weg en hij stopte en knipoogde naar het dier omdat hij in haar roep zijn eigen melancholie herkende. Zo meteen zou ze duiken en een muis grijpen. Even zag hij haar, hoe ze zat te krijsen op haar tak. Toen, uit angst voor haar, haastte hij zich verder, maar hij was nog maar een paar meter door het donker gevorderd toen ze met een voortvarende schreeuw opvloog. Arme haas, dacht hij, want de wezel zal haar leegzuigen. De weg steeg naar de sterren, en de bomen en het dal en de herinnering aan de geweren vervaagden in de verte achter hem. Hij hoorde voetstappen. Een oude man, die glansde van de regen, dook op uit de mist.

'Goedenavond, meneer,' zei de oude man.

'Niks geen avond voor de zoon van vrouw,' zei de gek.

De oude man floot en haastte zich half rennend naar de bomenrij langs de weg.

Waarschuw de honden maar gauw, grinnikte de gek, terwijl hij de heuvel beklom, waarschuw de honden maar gauw. En sluw als een vos rende hij terug naar waar de mistige weg een driesprong maakte. Loop naar de maan, sterren, zei hij en liep het donker tegemoet.

De aarde was een bal onder zijn voeten, ze rolde onder zijn rennen, ze viel omlaag, daar rezen de bomen op. In de verte jankte een stropershond tegen de klem om zijn poot en hij hoorde het en ging nog sneller rennen, omdat hij dacht dat de vijand hem op de hielen zat. 'Smeer 'm jongens, smeer 'm,' riep hij, maar zo ongeveer met de stem van iemand die naar een vallende ster wees.

Hij bedacht zich plotseling dat hij sinds zijn ontsnapping niet meer had geslapen en hield op met rennen. Nu vielen de regendruppels, te moe om de aarde nog te raken, nog tijdens hun val uiteen en verspreidden zich op de wind als de zandkorrels van het zandmannetje. Als hij de slaap zou tegenkomen, zou de slaap een meisje zijn. De laatste twee nachten, terwijl hij lopend en rennend over de verlaten velden had getrokken, had hij over hun ontmoeting gefantaseerd. 'Ga liggen,' zou ze zeggen, dan zou ze hem haar jurk geven om op te liggen en zelf zou ze languit naast hem komen. Zelfs tijdens die fantasieën, terwijl de twijgen onder zijn rennende voeten een geluid maakten als het ruisen van haar jurk, had de vijand in de velden geroepen. Hij had aan één stuk door gerend, de slaap steeds verder achter zich latend. Soms was er een zon, een maan, en soms had hij, onder een zwarte hemel, de wind van zich af moeten schudden voor hij er vandoor kon.

'Waar is Jack?' vroegen ze in het park van het tehuis dat hij had verlaten. 'Ginds in de heuvels met een slagersmes,' zeiden ze glimlachend. Maar het mes was weg, naar een boom gegooid en het trilde nog altijd na. Hij was geen heethoofd. Hij rende maar door, jankend van de slaap.

En zij, eenzaam thuis, naaide aan haar nieuwe jurk. Het was een kleurige boerenjurk, met bloemen op het lijfje. Nog maar hier en daar een steekje en hij was klaar om gedragen te worden. Hij zou soepel om haar schouders vallen en twee van de bloemen zouden uit haar borsten komen.

Wanneer ze op zondagochtend met haar man door het veld naar het dorp zou lopen, zouden de jongens achter hun hand naar haar glimlachen en door de manier waarop de jurk over haar buik viel zouden alle vrouwen aan het roddelen slaan. Ze gleed in haar nieuwe jurk, en zag, toen ze een blik in de spiegel boven de kachel wierp, dat hij leuker was dan ze had gedacht. Hij maakte haar bleker in 't gezicht en haar lange haar donkerder. Ze had de hals laag uitgesneden.

Ergens in de nacht tilde een hond zijn kop op en jankte. Ze wendde zich gehaast af van haar spiegelbeeld en trok de gordijnen steviger dicht.

Ginds in het donker waren ze op zoek naar een gek. Hij had groene ogen, zeiden ze, en was getrouwd met een dame. Ze zeiden dat hij haar lippen had afgesneden, omdat ze naar andere mannen lachte. Ze waren hem komen halen, maar hij stal een mes uit de keuken, verwondde zijn bewaker en was naar de woeste dalen ontkomen.

Al van ver zag hij het licht in het huis en hij strompelde naar de rand van de tuin. Hij stuitte op het lage hek om de tuin, dat hij niet zag. Het roestige draad schuurde aan zijn handen en het natte, nare gras kroop over zijn knieën. En toen hij het hekje eenmaal had overwonnen, viel het tuinleger over hem heen: de bloemhoofdigen en de tastbare kilte. Hij had zijn vingers opengehaald terwijl zijn oude wonden nog vochtig waren. Als een man van bloed liep hij de vijandelijke duisternis uit naar de stoep. Fluisterend zei hij: 'Laat ze me niet doodschieten.' En hij deed de deur open.

Ze zat middenin de kamer. Haar haar was in de war geraakt en drie knoopjes in de hals van haar jurk waren los. Wat had de hond zo aan het janken gemaakt? Bang van het gehuil, en in gedachten bezig met de verhalen die ze had gehoord, schommelde ze in haar stoel. Hoe is het met die vrouw afgelopen? vroeg ze zich al schommelend af. Een vrouw zonder lippen, ze moest er niet aan denken. Wat zou er van vrouwen zonder lippen terechtkomen? vroeg ze zich af.

De deur maakte geen geluid. Hij liep de kamer binnen, hij probeerde te glimlachen en hield zijn handen uitgestoken.

'O, je bent terug,' zei ze.

Toen draaide ze zich om in haar stoel en zag hem. Zelfs rond zijn groene ogen zat bloed. Ze bracht haar vingers naar haar mond. 'Niet schieten,' zei hij.

Maar door de beweging van haar arm viel de hals van haar jurk open en hij staarde verwonderd naar haar brede, witte voorhoofd, haar angstige ogen en mond en omlaag, naar de bloemen op haar jurk. De beweging van haar arm deed de jurk dansen in het licht. Ze zat door bloemen bedekt voor hem. 'Slapen,' zei de gek. Hij knielde neer en legde zijn verwarde hoofd in haar schoot.

De bezoeker

Zijn handen waren moe, hoewel ze de hele nacht boven de lakens hadden gelegen en hij ze alleen naar zijn mond had gebracht en over zijn wilde hart had gewreven. Zijn aderen liepen als ongezonde blauwe stromen naar de witte zee. De melk naast hem dampte uit een gebarsten bekertje. Hij rook de ochtend en wist dat de hanen op het erf hun kop in de nek gooiden en naar de zon kraaiden. Wat waren zijn lakens, anders dan een doodskleed? Wat was de kakelende klok, klinkend tussen de foto's van moeder en overleden vrouw, anders dan de stem van een oude vijand? De tijd was zo genadig om de zon op zijn bed te laten schijnen en evenzo genadeloos om de zon weer uit te luiden zodra de avond kwam en hij het rode licht en de heldere hitte zelfs nog meer nodig had.

Rhianon verzorgde een dode, en bracht de rand van het gebarsten bekertje naar een dode mond. Het kon geen hart zijn dat onder die ribben klopte. In doden klopt geen hart. Terwijl hij klaar had gelegen voor meetlint en zuur, had Rhianon zijn borst met een pennenmes opengesneden, het hart eruit getrokken en de klok erin teruggedaan. Hij hoorde haar voor de derde keer zeggen: Drink die heerlijke melk nu toch. En toen hij het zuur over zijn tong voelde lopen en haar hand zijn voorhoofd voelde strelen, wist hij dat hij niet dood was. Hij was een man die leefde. Vele mijlen lang vloeiden de maanden over in de jaren die de dorre dagen rondden.

Vandaag zou Callaghan bij hem komen zitten en met hem praten. In zijn hoofd hoorde hij de stemmen van Callaghan en Rhianon elkaar te lijf gaan, totdat hij insliep en het bloed van de woorden proefde. Zijn handen waren moe. Hij piekerde over zijn lange, witte lichaam en zag zijn ribben uit zijn borstkas steken. Zijn handen hadden andere handen vastgehouden en een bal hoog opgegooid in de lucht. Nu waren het dode handen. Hij kon ze door zijn haar halen, op zijn buik laten rusten zonder dat ze tintelden, of ze verliezen in het dal tussen Rhianons borsten. Het maakte niet uit wat hij met ze deed. Ze waren zo dood als de wijzers van de klok en even mechanisch.

Zal ik de ramen dichtdoen tot de zon wat warmer wordt? zei Rhianon.

Ik heb het niet koud.

Hij wilde haar wel vertellen dat een dode kou noch warmte voelt en dat de wind geen vat op zijn kleren heeft. Maar zij zou erom lachen, op haar eigen lieve manier, en hem op zijn voorhoofd kussen en tegen hem zeggen: Peter, waarom ben je toch zo bedrukt? Over een tijdje ben je weer gewoon op de been. Ooit zou hij als de geest van een jongen over de heuvels van Jarvis lopen en de mensen horen zeggen: Daar gaat de geest van Peter, een dichter die al jaren dood was voor ze hem begroeven.

Rhianon stopte de lakens in om zijn schouders, gaf hem een ochtendzoen en nam het gebarsten bekertje weg.

Een man met een penseel had een kleurige baan onder de zon getrokken en talloze cirkels om de schijf van de zon. De dood was een man met een zeis, maar die zomerdag viel er geen enkele levende halm te maaien.

De zieke wachtte op zijn bezoek. Peter wachtte op Callaghan. Zijn kamer was een eigen wereld. Binnenin hem tolde een wereld en binnenin hem ging een zon op en een maan onder. Callaghan was de westenwind en Rhianon blies die westelijke kilte weer weg als een bries uit Tahiti.

Hij legde zijn hand op zijn hoofd, steen op steen. Nog nooit had de stem van Rhianon van zo ver geklonken als toen ze hem zei dat de zure melk zo heerlijk was. Wat was zij anders dan een liefje dat als een bezetene babbelde tegen haar liefste, die in een doodskist van kleren lag? Iemand had hem in de nacht opgegraven en alles uit hem gehaald, behalve zijn onechte hart. Dat, onder het pantser van zijn ribben, was niet het zijne, en niet van hem was de kloppende ader in zijn voet. Zijn armen konden hun bewegingen niet meer maken, zich niet meer om een meisje heenslaan om haar tegen wind en rovers te beschermen. Er was niets zo afstandelijks onder de zon als zijn eigen naam, en poëzie was een ketting van woorden, geregen aan een bonenstaak. Met zijn lippen duwde hij een klein geluidsbolletje in vorm en uitte een woord.

Voor een dode was er geen morgen. Hij kon niet bedenken dat na de komende nacht en de bijbehorende slaap, het leven opnieuw als een bloem door de barsten in een doodskist zou ontluiken.

De kamer om hem heen was als een onmetelijke ruimte. Vanuit hun lijstjes keken de bedrieglijke gelijkenissen van vrouwen op hem neer. Dat was het gezicht van zijn moeder, dat bijna gele ovaal in zijn lijst van oud goud en dunnend haar. En naast haar de dode Mary. Callaghan mocht blazen wat hij wilde, Mary's muren zouden nooit omvallen. Hij dacht aan haar, aan hoe ze was geweest, hoe ze zich haar Peter herinnerde, liefste Peter, en aan de glimlach in haar ogen.

Hij herinnerde zich dat hij niet meer had gelachen sinds die avond, zeven jaar geleden, toen zijn hart zo wild had gebonsd in zijn borst dat hij ervan op de grond was gevallen. De ongelooflijke zonsondergang had nieuwe kracht gegeven. Boven de heuvels en het dak kwamen en gingen de volle manen en na voorjaar kwam zomer. Hoe had hij überhaupt moeten leven als Callaghan de webben van de wereld niet had weggeblazen met een machtige schreeuw, en Rhianon niet haar liefelijkheid over hem had uitgestort? Maar de doden hebben geen vrienden nodig. Hij gluurde over het deksel van de doodskist dat op z'n kant tegen de doodskist was geplaatst. Een wassen man, stijf en stram, staarde terug. Hij nam de muntstukken van die dode ogen en keek in zijn eigen gezicht.

Vermenigvuldig jullie, karton op karton, had hij geroepen, voor ik jullie geplakte huisjes met één brul uit mijn longen omleg. Toen Mary kwam, was er niets meer tussen het wisselen van de dagen, behalve de goddelijkheid die hij om haar heen had opgebouwd. Zijn kind in haar buik had Mary gedood. Hij voelde zijn lichaam verdampen en mannen die eerst zo licht als lucht waren geweest, liepen met ijzeren voeten door hem heen en hem voorbij

Hij begon te huilen: Rhianon, Rhianon, iemand heeft me zomaar omgegooid en in m'n zij geschopt. Drup, drup, doet mijn bloed van binnen. Rhianon, huilde hij.

Ze holde de trap op en veegde alsmaar opnieuw de tranen van zijn wangen met de mouw van haar jurk.

Hij bleef roerloos liggen, terwijl de ochtend rijpte en tot een prachtige middag uitgroeide. Rhianon liep voortdurend in en uit, haar jurk, merkte hij, wanneer ze zich over hem heen boog, had een geur van klaver en melk. Met verse verwondering volgde hij haar koele bewegingen door de kamer, haar zwierige handen die de dode

Mary in het lijstje afstoften. Met dit soort verwondering, dacht hij, volgen de doden de bewegingen van de bewegenden; ze zien de bloei onder hun levende huid. Ze zou moeten zingen, terwijl ze zich tussen schoorsteenmantel en raam bewoog en dingen recht zette, of ze zou moeten zoemen als een bezige bij. Maar als ze had gepraat, of gelachen, of haar nagels tegen het dunne metaal van de kandelaars had laten tikken, wat een klank als van een klok had gegeven, of als de kamer plotseling had gekrioeld van vogelgeluiden, dan was hij opnieuw in huilen uitgebarsten. Hij vond het prettig naar de verstilde golven in het beddengoed te kijken en aan zichzelf te denken als aan een eiland ergens in de Stille Zuidzee. Op dit eiland vol weelderige en wonderlijke planten hingen de uit zaad gegroeide vruchten aan de bomen, en kleiner dan appels als ze waren, vielen ze door de zuidzeewind op de grond om daar te blijven liggen als toevluchtsoord voor de zomerslakken.

En denkend aan het eiland, ergens in de zuidelijke spelonken, dacht hij aan water en verlangde naar water. Rhianons jurk, die om haar heen ruiste, maakte een zacht watergeluid. Hij riep haar bij zich en voelend aan de boezem van haar jurk, voelde hij het water op zijn handen. Water, zei hij tegen haar en hij vertelde haar hoe hij als jongetje op de rotsen had gezeten en met zijn vingers de lijnen in het koele oppervlak van de poelen had gevolgd. Ze bracht hem water in een glas en hield het glas recht voor zijn ogen, zodat hij de kamer door een muur van water zag. Hij dronk niet en zij zette het glas naast hem neer. Hij dacht aan de koelte onder zee. Nu wilde hij, even na de middag op deze zomerdag, dat het water zich opnieuw om hem zou sluiten en dat hij geen eiland was dat boven het water uitstak, maar een groene plek eronder, in een duizelingwekkende grot. Hij dacht aan koele woorden en maakte een dichtregel over een olijfboom die op de bodem van een meer groeide. Maar de boom was een boom van woorden en het meer ongerijmd.

Kom zitten en lees me wat voor, Rhianon.

Eerst eten, zei ze, en bracht hem zijn eten.

Hij kon er niet bij dat ze naar beneden was gegaan, naar de keuken, en met haar eigen handen zijn eten had klaargemaakt. Ze was weggegaan en met eten teruggekomen, zo gewoon als een dienstmeid uit het oude testament. Haar naam had geen betekenis. Het was een koele klank. Ze had een vreemde bijbelse naam. Een van die vrouwen die het lichaam, nadat het van het kruis was gehaald, had gewassen met koele en behendige vingers die als tien zegeningen de wonden aanraakten. Hij kon tegen haar roepen: Leg een zoet kruid onder mijn arm. Maak me geurig met jouw speeksel.

Wat wil je dat ik lees? vroeg ze, toen ze ten slotte naast hem zat.

Hij schudde zijn hoofd, het kon hem niet schelen wat ze voorlas, zolang hij haar maar kon horen praten en aan niets anders hoefde te denken dan de intonatie van haar stem.

Ach! kon ik zacht gaan liggen en mijn hoofd zacht laten rusten,
en kon ik zacht slapen in de dood, en de zachte stem horen
van hem die door de tuin gaat als het avond is.

Ze las door tot de Worm op het Lelieblad zat.

De dood nestelde zich weer in zijn ledematen en hij deed zijn ogen dicht. Er was geen verlichting van de pijn, evenmin als van de doodsgestalten, die hun vertrouwde bezigheden voortzetten, zelfs in het donker achter zijn zware oogleden.

Zal ik je wakker kussen? zei Callaghan. Zijn hand lag koud op die van Peter.

En alle leprozen kusten, zei Peter, en vroeg zich af wat hij daarmee had bedoeld.

Rhianon zag dat hij niet meer naar haar luisterde en liep op haar tenen de kamer uit.

Callaghan, alleen achtergebleven, leunde over het bed en spreidde zijn zachte vingertoppen over Peters ogen. Nu is het nacht, zei hij. Waar zullen we 'ns naartoe?

Peter deed zijn ogen weer open, zag de uitgespreide vingers en de kaarsen, die gloeiden als klaprozen. Het vertrek was gevuld met angst en zegen.

De kaarsen moeten niet uitgaan, dacht hij. Het moet licht zijn, licht, licht. Pit en paraffine mogen nooit opraken. De hele dag en de hele nacht moeten de drie kaarsen, als drie meisjes, boven mijn bed staan blozen. Deze drie meisjes moeten me beschermen.

De eerste vlam flakkerde en ging uit. Callaghan tuitte zijn grijze mond over de tweede en de derde vlam. De kamer was donker. Waar zullen we vannacht naartoe gaan? zei hij, maar zonder een antwoord af te wachten sloeg hij de lakens terug en nam Peter in zijn armen. Zijn jas lag vochtig en zoet tegen Peters gezicht.

O, Callaghan, Callaghan, zei Peter met zijn mond tegen de zwarte stof gedrukt. Hij voelde de bewegingen van Callaghans lichaam, het aanspannen en het ontspannen van de spieren, het krommen van de schouders, het bonken van de voeten op de razende aarde. Een windvlaag van onder de klei- en kalklagen van de aarde zwiepte op naar zijn verborgen gezicht. Pas toen boomtakken zijn rug schuurden, besefte hij dat hij naakt was. Opdat hij het niet zou uitschreeuwen, drukte hij zijn lippen stevig in een vochtige huidplooi. Ook Callaghan was naakt als een pasgeboren baby.

Zijn we naakt? We hebben onze botten en onze organen, onze huid en ons vlees. Er zit een strik van bloed in je haar. Wees niet bang. Je hebt een doek van aderen om je dijen. De wereld raasde langs hen heen, de wind was stilgevallen, en verspreidde de vruchten van de strijd onder de maan. Peter hoorde vogelgezang, maar geen wijsjes zoals hij de vogels op de vensterbank van zijn slaapkamer ooit wel uit hun keel had horen toveren. De vogels waren blind.

Zijn ze blind? zei Callaghan. Ze hebben de wereld in hun ogen. Er klinkt wit en zwart in hun gefluit. Wees niet bang. Er zitten heldere ogen onder de schalen van hun eieren.

Plotseling stopte hij, met Peter zo licht als een veertje in zijn armen, en zette hem zacht neer op een groene aarden heuvel. In de diepte was een dal, dat met zijn last van lamme bomen en gras naar een plek aan de horizon verdween, waar de maan aan een navelstreng uit het donker hing. Uit de bossen aan weerszijden klonk het scherpe geluid van geweren en het regende fazanten. Maar al gauw werd de avond stil en dempte het donker de overgaande trekkers van de gevallen takken die onder Callaghans voeten kraakten.

Peter, zich bewust van zijn zieke hart, zette een hand in zijn zij, maar voelde geen spoor van het beschermende vlees. Zijn vingertoppen tintelden in het stuwende bloed, maar de aderen waren onzichtbaar. Hij was dood. Nu wist hij dat hij dood was. De geest van Peter, onzichtbaar om de geest van het bloed gewonden, stond op zijn heuvel en verwonderde zich over de ontaardende nacht.

Welk dal is dit? zei de stem van Peter.

Het Jarvis-dal, zei Callaghan. Callaghan was ook dood. Geen bot of haar bleef overeind onder de invallende vorst.

Dit is het Jarvis-dal niet.

Dit is het naakte dal.

De maan, die de kracht van haar stralen verdubbelde, en verdriedubbelde, zette de stammen en de wortels en de takken van de Jarvisbomen, de bedrijvige luizen in het hout, de vormen van de stenen en de zwarte mieren die eronder liepen, de kiezels in de beken, het geheime gras, de onvermoeibare doodswormen onder de blaadjes, dat alles zette de maan in een heldere gloed. Uit hun holen in de hellingen kwamen – hun vachten wit in het maanlicht – de ratten en de wezels, en rolden al parend en vechtend bergafwaarts om hun tanden in de hals van een koe te zetten. En nauwelijks was het beest leeggezogen ter aarde gevallen en waren de wezels weggerend, of alle vliegen, die opstegen uit de mest op de velden, kwamen als mist opzetten en streken neer op haar flanken. Ginds uit het gevilde dal steeg de geur op van de dood en deed de bergachtige neusgaten op de maan opensperren. Nu vielen de schapen en de vliegen stoven eropaf. De ratten en de wezels, die vochten om het vlees, vielen een voor een neer, voorzien van een wond voor de teken die uit de vachten van de schapen gluurden. Het scheen Peter maar een ogenblik voor de doden, kaalgeplukt tot op hun symmetrische geraamte, tezamen onder de aarde werden gejaagd door de wind, die harder en luider blies naarmate de volgevreten vliegen in het gras stortten. Nu vraten de worm en de doodskever de laatste vezels van de dierenbeenderen, ze gingen ze opgewekt en nauwgezet te lijf. En het onkruid, opspruitend door de oogkassen, en de bloemen, opkomend op de verdwenen tepels, hadden de kleurschakeringen van het dode leven levendig op hun bladeren. En het bloed dat had gevloeid stroomde over de grond, sterkte het gras, doordrenkte in zijn loop de door de wind meegevoerde en gezaaide zaden en legde de kiem voor de lente. Plotseling waren alle beken rood van het bloed, als een leger kronkelende aderen uitgestrekt over de twintig velden, overvol van hun gestolde kiezels.

Peter, in zijn geest, riep het uit van vreugde. Er was leven in het naakte dal, leven in zijn naaktheid. Hij zag de beken en het kolkende water, zag hoe de bloemen uit de doden opschoten en hoe de grassen en de wortels dubbel zo sterk werden onder de opmars van het vergoten bloed.

En de beken stopten. Het stof van de doden waaide over de lente en de lente verstikte. Er lag stof over het water als een zwart ijs. Licht, dat sprankelend was geweest en beweeglijk, bevroor in de stralen van de maan.

Leven in de brouwerij van deze naaktheid, spotte Calaghan naast hem, en Peter wist dat hij met de geest van een vinger, naar beneden wees, naar de dode beken. Maar terwijl hij dat zei, en de vorm die Peters hart had aangenomen in de tijd van het tastbare vlees, vol was van het kloppen van de angst, barstte er een leven uit de kiezels als de duizend levens die schuilgaan in een jongenslichaam buiten de baarmoeder. De beken vervolgden wederom hun weg, en het maanlicht scheen met hernieuwde pracht over het dal en blies de schaduwen in het dal op en lokte de mollen en de dassen hun winter uit naar het doodloze middernachtelijke seizoen van de wereld.

De dag breekt aan boven de heuvel, zei Callaghan, en hij nam de onzichtbare Peter op in zijn armen. En inderdaad, de ochtend gloorde in de verte boven de woestenij van Jarvis, die nog steeds naakt lag onder de dalende maan.

Terwijl Callaghan over de kim van de heuvels snelde, het bos in en door een juichend landschap waar de bomen met hem oprenden, schreeuwde Peter het uit van vreugde.

Hij hoorde hoe Callaghans lach klonk als een ratelende donderslag, die op de vleugels van de wind in volume verdubbelde. De wind schreeuwde en onder de aarde ging het wild tekeer. Nu eens onder de wortels en dan weer in de kruinen van de wilde bomen, liepen hij en zijn vreemdeling een race tegen de klok. Ze klommen over de vallende omheiningen van het licht en kropen er onderdoor en ze schreeuwden de longen uit hun lijf.

Luister naar de klok, riep Peter en de lakens golfden omhoog naar zijn kin.

Een man met een penseel had een rode streep naar het oosten getrokken. De geest van een cirkel om de maanschijf tolde door een wolk. Hij likte met zijn tong over zijn lippen, die zichzelf op wonderlijke wijze weer hadden bekleed met huid en met vlees. Er hing een vreemde smaak in zijn mond, alsof gisteravond, driehonderd nachten geleden, hij het sap uit een papaver had geknepen en had opgedronken en in slaap was gevallen. In zijn hoofd klonk het bekende rumoer van Callaghan. Van de ochtend tot de avond had hij over de dood gepraat, had een mot in de kaarsvlam zien schroeien; hij had het lachen dat niet het zijne kon zijn geweest in zijn oren gehoord. De haan kraaide weer, en een vogel floot als een zeis door het koren.

Rhianon, met haar lieve, blote hals, kwam de kamer binnen.

Rhianon, zei hij, hou mijn hand 'ns vast, Rhianon.

Ze hoorde hem niet, maar leunde over zijn bed en keek hem aan met een ontroostbaar verdriet.

Pak mijn hand, zei hij. En toen: Waarom trek je het laken nou over mijn gezicht?

Het hemd

Hij belde. Er werd niet opengedaan. Ze was er niet. Hij draaide de sleutel om.

In het late middaglicht was de hal vol schaduwen. Ze vormden één enkele, nagenoeg dichte figuur. Hij nam zijn hoed af en trok zijn jas uit, daarbij opzij kijkend om het silhouet tegen het verlichte raam in de zitkamerdeur niet te hoeven zien.

'Is er iemand thuis?'

De schaduwen deden hem duizelen. Zij zou ze opgeveegd hebben, zoals ze het binnendringende stof opveegde.

Het vuur in de salon brandde zacht. Hij liep er naartoe en ging zitten. Zijn handen waren koud. Hij wilde dat de vlammen in de haard de hoeken van het vertrek verlichtten. Op weg naar huis had hij een hond overreden zien worden door een auto. De aanblik van het bloed had hem in de war gebracht. Hij had op zijn knieën willen gaan zitten om het bloed, dat een ronde plas vormde midden op de weg, met zijn vingers aan te raken. Iemand had hem aan zijn mouw getrokken en gevraagd of alles in orde was met hem. Hij herinnerde zich dat de klank en de kracht van de stem zijn ergste verlangen hadden gesmoord. Hij was van het bloed weggelopen met het steeds maar voor zijn ogen ronddraaiende beeld van de bebloede autowielen en de soppende duisternis onder de motorkap. Hij had behoefte aan warmte. De wind buiten had hem door zijn vingers en duimen gesneden.

Ze had haar naaiwerk op het kleed naast de kolenkit laten liggen. Ze was met een onderjurk bezig geweest. Hij pakte hem op en voelde eraan, voelde waar haar borsten zouden zitten onder het gele katoen. Die ochtend had hij haar met haar hoofd in een jurk gewikkeld gezien. Hij zag haar, tenger in haar naaktheid, als een zak van huid en henna, uit het licht verdwijnen. Hij liet de onderjurk weer op de vloer glijden.

Waarom, vroeg hij zich af, had hij toch dat beeld van de rode en kapotte hond voor ogen? Het was de eerste keer dat hij de hersens van een levend wezen uit een schedel had zien barsten. Hij had moeten overgeven bij die laatste blaf en het plotselinge inklappen van de borst van de hond. Hij had kunnen moorden en schreeuwen als een kind dat een kakkerlak tussen zijn vingers laat knappen.

Duizend nachten geleden had ze aan zijn zijde gelegen. In haar armen liggend dacht hij aan de botten in haar armen. Hij lag in alle rust naast haar geraamte. Maar de volgende ochtend herrees zij in haar verdorven vlees.

Als hij haar pijn deed, was het om zijn pijn te verbergen. Als hij haar in het gezicht sloeg totdat haar huid gloeide, dan was het om de angsten in zijn eigen hoofd te temmen. Ze vertelde hem van de dood van haar moeder. Haar moeder had een masker gedragen om de kwaal aan haar gezicht te verbergen. Hij voelde de sprinkhaan van die kwaal op zijn eigen gezicht, in zijn mond en zijn trillende oogleden.

De kamer werd donker. Hij was te moe om het vuur nieuw leven in te blazen en zag hoe de laatste vlam stierf. Een nieuwe kilte viel binnen met het vroege donker. Hij proefde de walging toen de dood van de vlam oprees tot de punt van zijn tong, en slikte. De walging reed rond op zijn hartslag, en klopte totdat dat het enige geluid was. En alle pijn van de verdoemden. De pijn van een man op wiens gezicht een fles werd stukgeslagen, de pijn van een koe met een kalf dat uit haar naar buiten walste en de pijn van de hond, trokken door hem heen, van zijn gepijnigde haarwortels tot zijn gepijnigde voetzolen.

Zijn kracht kwam terug. Hij en het druipende kalf, de man met het verscheurde gezicht en de hond op zijn trillende poten rezen als één man op, in één rood brein en lijf dat het hemelbeest tartte. Hij hoorde zijn duim en wijsvinger uitdagend knippen toen zij binnenkwam.

Hij zag dat ze haar gele hoed en jurk droeg.

'Waarom zit je zo in het donker?' zei ze.

Ze ging naar de keuken om de kachel aan te maken. Hij kwam overeind uit zijn stoel. Hield zijn armen voor zich uitgestrekt en liep tastend als een blinde achter haar aan. Ze hield een doosje lucifers in haar hand. Toen ze een afgebrande lucifer pakte en hem langs het doosje afstreek, sloot hij de deur achter zich. 'Doe je jurk uit,' zei hij.

Ze hoorde hem niet en glimlachte.

'Doe je jurk uit,' zei hij.

Haar glimlach verdween, ze pakte een goeie lucifer en stak hem aan.

'Doe je jurk uit,' zei hij.

Hij stapte op haar af, nog steeds met blinde, tastende handen. Ze leunde over het fornuis. Hij blies de lucifer uit.

'Wat is er?' zei ze.

Zijn lippen bewogen, maar er kwam geen woord.

'Waarom?' zei ze.

Hij gaf haar een voorzichtige klap met de vlakke hand tegen haar wang.

'Doe je jurk uit,' zei hij.

Hij hoorde het ruisen van de jurk over haar hoofd, en haar bange snik bij zijn aanraking. Systematisch kleedden zijn blinde handen haar uit.

Hij liep de keuken uit en deed de deur achter zich dicht.

In de hal was de enige getrouwde schaduw uiteengevallen. Toen hij zijn sjaal schikte en een aai over de rand van zijn hoed gaf, kon hij zijn eigen gezicht in de spiegel niet zien. Er waren te veel gezichten. Elk bevatte een deel van zijn trekken en elk een stugge lok van zijn haar. Hij zette de kraag van zijn jas op. Het was een natte winteravond. Onder het lopen telde hij de lantaarns. Hij duwde een deur open en stapte de warmte binnen. Het vertrek was leeg. De vrouw achter de bar glimlachte en tikte twee muntstukken tegen elkaar. 'Het is koud buiten,' zei ze.

Hij dronk zijn whisky en vertrok.

Hij liep maar door de heviger wordende regen. Weer telde hij de lantaarns maar er kwam geen einde aan.

Het café op de hoek was leeg. Hij liep met zijn borrel naar de gelagkamer, maar de gelagkamer was leeg.

De Rising Sun was leeg.

Buiten hoorde hij geen verkeer. Hij dacht eraan dat hij niemand had gezien op straat. In paniek over zijn eenzaamheid riep hij uit: 'Waar ben je, waar ben je?'

Toen klonk er verkeerslawaai en de ramen stonden in lichterlaaie. In het huis op de hoek, hoorde hij, werd gezongen.

Het café zat tjokvol. Vrouwen lachten en riepen. Ze morsten hun drankjes over hun jurken en ze tilden hun jurken op. Meisjes dansten op het zaagsel. Een vrouw greep hem bij zijn arm en duwde zijn gezicht over haar mouw en pakte zijn hand in de hare en legde hem om haar hals. Hij hoorde niets dan de stemmen van de lachende vrouwen en het gillen van de dansende meisjes. Toen kwamen de plompe vrouwen van hun stoelen en uit hun hoeken en wiegelden op hem af. Hij zag dat het vertrek vol vrouwen was. Geleidelijk aan en lachend kwamen ze dichter om hem heen staan.

Hij bracht fluisterend iets uit en voelde de oude misselijkheid verzuren in zijn buik. Hij had een waas van bloed voor zijn ogen.

Toen barstte ook hij in lachen uit. Hij stak zijn handen diep in zijn jaszakken en lachte recht in hun gezicht.

Zijn hand klemde zich om iets zachts in zijn zak. Hij haalde zijn hand naar buiten, met dat zachte er in.

Het gelach verstomde. Het vertrek was stil. Rustig en stil stonden de vrouwen naar hem te kijken.

Hij bracht zijn hand op ooghoogte. Er lag een stuk zachte stof in zijn hand.

'Wie wil er een dameshemd kopen,' zei hij, 'niet allemaal tegelijk, dames, wie koopt er een dameshemd.'

De gedweeë en gewone vrouwen in het café stonden als verstijfd, met hun glas in de hand, terwijl hij met zijn rug tegen de tap geleund stond en schaterlachte en het bebloede stuk stof voor hun ogen heen en weer zwaaide.

De brandende baby

Ze zeiden dat Rhys zijn baby verbrandde, toen er een stekelbrem vlam vatte op de top van de heuvel. De struik, die vrolijk flakkerde, had voor hen de droevige bleke trekken en de beverige ledematen van de brandende baby van de dominee. Wat de wind niet van de as van de baby had weggeblazen, had Rhys Rhys verzegeld weggeborgen in een stenen pot. Bij zijn eigen stof lag het stof van de baby, en vlak bij hem het stof van zijn dochter in een grafkist van witte planken.

Ze hoorden zijn zoon huilen in de wind. Ze zagen hem over de heuvel lopen, een dood dier omhooghoudend naar het licht van de sterren. Ze zagen hem door de schaduwen van het dal zwerven en met de motoriek van een man die koren maait boven de kim van het veld bewegen. In een sanatorium hoestte hij zijn longen uit in een schaal en roerde verrukt met zijn vingers door 't bloed. Wat er met een onzichtbare zeis door het dal bewoog was een schaduw en een handvol schaduwen van de loodzware zon.

De struik brandde af en het gezicht van de baby ging met de bladeren op in rook.

Het was, zeiden ze, op een verrukkelijke sabbatochtend midden in de zomer dat Rhys Rhys verliefd werd op zijn dochter. Die ochtend was de stekelbrem in vlammen opgegaan en Rhys Rhys, in kerkelijk zwart, had de vlammen naar de hemel zien schieten en de struik op de heuvelrand rood zien opgloeien als God te midden van het bleker brandende gras. Hij pakte de hand van zijn dochter, zoals ze daar lag in de hangmat in de tuin, en zei haar dat hij van haar hield. Hij vertelde haar dat ze mooier was dan haar dode moeder. Haar haar rook naar muizen, haar tanden staken over haar lip, en haar oogleden waren rood en vochtig. Hij zag haar schoonheid uit haar vloeien als een sapstroom. De plooien in haar jurk konden de armoedige naaktheid van haar lichaam niet voor hem verborgen houden. Het was niet haar bot, noch haar vlees, noch haar haar, dat hij plotseling mooi vond. De arme aarde huivert onder de zon, zei hij. Hij bewoog zijn hand heen en weer over haar arm. Alleen de onbeholpenen en lelijken, alleen de onvruchtbaren brengen vruchten voort. De huid van haar arm werd rood onder zijn strelende hand. Hij voelde aan haar borst. Door de aanraking van haar borst kende hij elke draad vlees die ze bezat. Waarom raak je me daar aan? zei ze.

In de kerk die ochtend, sprak hij over de schoonheid van de oogst, over de belofte van het wuivende graan en de belofte in de scherpe snede van de zeis wanneer die het koren maait en door de lucht fluit alvorens het rijpe gewas te vellen. Door de open ramen achter de laatste zijbeuken, zag hij de gele velden op de heuvel en het vlekje heide langs de rand van de weiden. De wereld was rijp.

De wereld is rijp voor de tweede komst van de mensenzoon, zei hij hardop.

Maar het was niet de rijpheid van God die glans aan de heuvel gaf. Het was de belofte en de rijpheid van het vlees, het goede vlees, het lage vlees, het vlees van zijn dochter, vlees, vlees, het vlees van de brullende stem van de donder vóór de dood van de mens.

Die avond preekte hij over de vleselijke lusten. O, God in de gedaante van ons vlees, preekte hij.

Zijn dochter zat in de voorste kerkbank en wreef over haar arm. Ze zou aan haar borst hebben gevoeld waar hij had gevoeld, maar de ogen van de hele gemeente waren op haar gericht.

Vlees, vlees, vlees, zei de dominee.

Zijn zoon, die de velden afzocht naar een molshoop of sporen van de rode vos, en die naar de vogels floot en de kalfjes aaide die onbevangen aan hun moeders zijde stonden, vond een dood konijn dat vormeloos over een steen lag. De kop van het beest was doorzeefd met hagel, de honden hadden zijn buik opengetrokken en de tanden van de fret stonden in zijn keel. Hij pakte het beest voorzichtig op, kriebelde het achter zijn oren. Het bloed uit zijn kop druppelde op zijn handen. Door de scheur in zijn buik waren zijn ingewanden naar buiten gekomen en hingen in een vlecht over de steen. Hij opende zijn jas, drukte het kleine lichaam dicht tegen zich aan en rende door de velden naar huis; het konijn danste tegen zijn vest. Toen hij bij de poort van de pastorie kwam, druppelde de kerk net leeg. Er werden handen geschud en hoeden afgenomen, er werd geglimlacht naar de arme jongen met zijn lange groene haar, zijn flaporen en de onder zijn jas toegeknoopte dood. Hij was altijd 'die arme jongen' voor de mensen.

Rhys Rhys zat in zijn studeerkamer met de steel van zijn pijp tussen de knoopsgaten van zijn gulp gestoken en de bijbel ongeopend op schoot. De dag des Heren was voorbij, en de zon zakte achter de heuvels als op elke sabbat. Hij stak de lamp aan, maar zijn eigen olie brandde vuriger. Hij deed de gordijnen dicht en sloot de onwelkome avond buiten. Maar hij opende zijn eigen hart en het monotone slaan daarbinnen was een welkome vreemdeling. Zo had hij geen liefde gevoeld sinds de vrouw die hem krabde toen zij de vrouwelijke heks in zijn mannelijke ogen zag, hem in zijn armen was gevallen, hem had gekust en Welshe woordjes had toegefluisterd toen hij haar nam. Zij was de moeder van zijn dochter geweest en was gestorven in het kraambed, hem met haar dood berovend van de zoon van zijn tweede liefde en er het groenharige wisselkind voor in de plaats latend. Dronken van verlangen smeet Rhys Rhys de bijbel op de vloer. Hij pakte een ander boek en las in het licht onder de lamp over de oude vrouw die de duivel had misleid. De duivel is laag vlees, zei Rhys Rhys.

Zijn zoon kwam binnen met het konijn in zijn armen. De schrale jongen in zijn rode jas was vleesgeworden verleden. Met de huid van de onbegraven dode aan zijn botten gekleefd, de glimlach van een ondergeschoven kind op zijn lippen en het haar van de zee op zijn schedel, stond hij voor Rhys Rhys. Als een geest van zijn moeder, hield hij het konijn zacht tegen zijn borst en wiegde het. Geslepen keek hij vanonder zijn halfgeloken oogleden hoe zijn vader ineenkromp bij het beeld van de dood. Maak dat je wegkomt, zei Rhys Rhys. Wie was deze groene vreemdeling, dat hij de dood mee naar binnen nam en als een baby onder een warme vachtige sjaal wiegde, onder zijn ogen nog wel? Heel even lag het wereldse vlees onaangeroerd; de oude angst kwam opzetten; het water van de borst droogde op; de tepels ontloken door het zand. Toen legde hij zijn hand over zijn ogen en bleef alleen het konijn over, als een kleine zak met vlees, halfleeg, bungelend in de armen van zijn zoon. Wegwezen, zei hij. De jongen hield het konijn stijf vast en wiegde het en kriebelde het weer.

Ondergeschoven kind, zei Rhys Rhys. Hij is van mij, zei de jongen, ik vil hem en houd zijn schedel. Zijn kamer op zolder was boordevol schedels en gedroogde huiden en kleine botjes in potjes.

Geef hier.

Hij is van mij.

Rhys Rhys pakte het konijn af en stopte hem diep in de zak van zijn kamerjas. Toen zijn dochter binnenkwam, in nachtpon en klaar om naar bed te gaan, kaars in haar hand, had Rhys Rhys de dood in zijn zak.

Ze was schuchter, want zijn aanraking schroeide nog steeds op haar arm en borst, maar zonder te blozen boog ze zich naar hem toe. Ze zei 'welterusten' en gaf hem een kus. Hij blies haar kaars uit. Ze glimlachte toen hij de lamp laag draaide.

Doe je nachtpon uit. Zonder pon liep ze hem in de armen.

Ik wil het kleine schedeltje, zei een stem in het donker.

Vanuit zijn kamer onder de nok van het dak, door de webben voor het raam en boven de huiden en potjes, zag de jongen een mijl groene heuvel het donker van de eerste dageraad in lopen. Zomerstorm en regenvlagen hadden de grazige mijlen geteisterd en een zekere ochtendhelderheid uit de dode nacht over de woekerende wortels gelegd.

Toen zijn zuster kuitdiep door de heide over de heuvel liep, greep de dood haar bij haar benen. Hij zag het hoge gras tot haar dijen komen. En het mes van de aanzwellende wind, met de uit vier richtingen komende vruchtbare lucht van de doden, sneed wellicht in haar voetzolen, drong door tot de aderen in haar benen, haar maag en buik, en tot in haar kloppende hart. Hij keek hoe ze klom. Ze stopte en hapte naar lucht op een heuvel bovenop een grotere heuvel, streek over haar liezen, haar begroeide borst (want op haar groeiden haren als op een volwassen man), voelde haar hart in haar pols en hield innig van haar begeerde magerheid. Zij was even lelijk voor hem als Llareggub, de vrouw met het zeugengezicht, die hem in de gruwelen van het vlees had ingewijd. Hij herinnerde zich de toenaderingen van die afstotelijke vrouw. Zij had zijn kaars uitgeblazen toen hij op haar afstapte, die avond van de machtige hagelstorm, de avond dat hij in haar rottende huis had geschuild voor het meedogenloze weer. Nu, op een halve mijl in de verte, terwijl het gespuis van de heuvel haar kon bespringen, stond zijn zuster achteloos stil in de ochtend en voelde de scherpe rondingen van haar lelijkheid. Hij glimlachte bij de gedachte aan de verslindende ratten en keek de kamer rond op zoek naar een potje voor haar hart. Haar schedel, door een oogkas aan de spijker boven zijn bed bevestigd zou hem elke ochtend een mooi welkom zijn bij de eerste pijn van het ontwaken

Maar hij zag Rhys Rhys met grote passen de heuvel opgaan en de schaal van zijn zusters hoofd, onzichtbaar boven zijn lakens bevestigd, schrompelde weg. Rechtop naast een bedauwde boom, stond zijn zuster te wenken. Daar ging Rhys Rhys, omhoog door de kuitdiepe heide, door de dood in het gras, over de keien en door de grijpende vingers van de varens, naar waar zij stond. Hij pakte haar hand. De twee schaduwen namen elkaar bij de hand en klommen samen naar de heuveltop. De jongen zag ze gaan en richtte zijn blik op de muur toen ze, als een vage schim, over de top verdwenen en afdaalden naar het dal ten westen van het liefdeslaantje.

Later herinnerde hij zich het konijn. Hij rende naar beneden en vond het in de zak van de kamerjas. Hij drukte de dood tegen zich aan en proefde wat opgehoest bloed op zijn tong toen hij, tevreden, terugklauterde naar boven, naar zijn heldere potjes en zijn wand vol schedels.

In het eerste bedauwde licht zag hij zijn vader naar haar witte hand klauteren. Zij, die zijn zuster was, liep met gezwollen buik over de heuvel. Ze voelde hem tussen zijn benen en hij zuchtte en besprong haar. Maar de zenuwen in haar gezicht mengden zich met de rilling in zijn dijen en ze sprong van hem weg. Rhys Rhys achtervolgde haar tot haar wanhoop over de rotsen. Hij zuchtte en vloog op haar af. Ze verenigde zich met hem in de vierde en vijfde verschrikking van het vlees. Je moeders ogen, zei Rhys Rhys. Het waren niet haar ogen, die hem trots zagen staan, noch de ogen in haar duim. De wimpers van haar vingers gingen omhoog. Hij zag de oogbol onder de nagel.

Het was, zeiden ze, op een verrukkelijke sabbatochtend vroeg in het voorjaar, dat ze hem een jongetje baarde. In het bed van haar vader gilde ze om een verdoving toen het kloppende hoofdje zich aandiende. Ze sliep in haar bebloede nachthemd tot de schemering kwam en een ster bloedig door haar beide oren barstte. Met schaar en doek verzorgde Rhys Rhys haar wonden, en starend naar de gerimpelde trekken en de handen als de handen van een mol, nam hij het kind voorzichtig weg, waarop zijn dochters borsten het uitschreeuwden en in de mond van de omringende schaduw stroomden. De schaduw tuitte naar de melk en de windsels. Het kind lag in zijn armen en spuugde, het geluid van de stromende lucht was blind in zijn oren, en in zijn ogen doofde het dove licht.

Rhys Rhys liep met het dode kind tegen zijn borst het donker in, hoorde de moeder jammeren in haar slaap, en de doodse schaduw, misselijk van de overvloed van melk, vloeide om het huis. Hij wendde zijn gezicht naar de heuvels. Een schaduw volgde hem op de voet, en stil in de schaduw van een zware boom, wachtte het koekoeksjong. Hij was een silhouet tegen de volle maan en het vlees van de maan viel weg en liet een sterogige schedel achter. Toen rende hij glimlachend terug, het gras over en het huilende huis binnen. Halverwege de trap hoorde hij zijn zuster sterven. Rhys Rhys klauterde door.

Boven op de heuvel legde hij de baby neer en zette hem rechtop tegen een heidestruik. De dood hield de donkere bloemen overeind. De baby verstijfde in het starre maanlicht. Arm vlees, zei Rhys Rhys terwijl hij aan de dode hei en stekelbrem stond te plukken. Arme engel, zei hij tegen het luisterende, babymondje. De vrucht van het vlees valt met de worm uit de boom. Bij het verwekken van de worm verschrompelt de bast. Daar lag de arme gevallen ster van vlees, als een parel vrouwenmelk uit de tepels van een wormstekige boom.

Hij stapelde de geplukte heidetakken midden in de cirkel waar de stenen nog altijd huilden op sabbat. Boven op de paarse stapel, stapelde hij het dode gras. De doodse stapel heide werd zo hoog als hijzelf en torende ten slotte uit boven zijn verwaaide haar.

Achter een kei schuifelde de begeleidende schaduw en de schaduw van de jongen tekende zich af onder de gloeiende stam van een boom. De schaduw merkte de jongen en de jongen bemerkte de botten van de naakte baby onder hun verkilde kleed, en hoe het gras langs de naakte schedel schraapte, en waar zijn vader zich een pad koos door de verkankerde struiken in de verstilde cirkel. Hij zag Rhys Rhys de baby optillen en bovenop de stapel leggen, zag de brandende luciferkop en hoorde de struiken knisperen, als knakkende babyarmpjes.

De stapel vatte vlam. Rhys Rhys strekte zijn armen uit naar het rode oog van het kruipende vuur en wenkte naar de schaduw tussen de stenen. Door schaduwen omringd, bad hij voor de vlammende stapel en de heidevonken vlogen langs zijn glimlach. Brand maar, kind, arm vlees, laag vlees, vlees, vlees, jammerlijk vlees uit de bedorven baarmoeder, brand en word weer stof, bad hij.

En de baby vatte vlam. De vlammen kronkelden om zijn mond en bliezen over het krimpende tandvlees. Vlammen om zijn kleine rode navelstreng likten aan het kleine buikje, totdat het rauwe vlees op de heide viel.

Een vlam gleed over zijn tong. Iiiiieuw, krijste de brandende baby en de verlichte heuvel antwoordde.

De boomgaarden

Hij had gedroomd dat honderd boomgaarden langs de weg naar het dorp aan zee in lichterlaaie stonden; vurige tongen schoten in de windstille middag door de bloesem. Toen er plotseling aan elke tak een klein rood wolkje ontsprong, waren de vogels opgevlogen, maar toen de avond viel, bij het klimmen van de maan en het aanzwellen van de zeemijl-nabije zee, blies een briesje de vlammen uit en kwamen de vogels terug. Hij was een appelboer in een droom die eindigde zoals hij begonnen was: met de vlees-en-geest-hand van een vrouw, die naar de bomen wees. Zij vervlocht haar blonde lokken met de donkere en glimlachte over de appelvelden naar een zusterfiguur die in een kringvormige schaduw bij de muur van de moestuin stond; maar de vogels streken op haar zusters schouders neer, ze waren in het geheel niet bang voor haar vogelverschrikkersgezicht en de kruishouten naaktheid onder haar lappen. Hij gaf de vrouw een kus en zij kuste hem terug. Toen gingen de kraaien op haar armen zitten, terwijl zij hem dicht tegen zich aanhield; de mooie vogelverschrikker kuste hem en wees naar de bomen, waarin het vuur doofde.

Toen Marlais die zomerochtend wakker werd, waren zijn lippen nog vochtig van haar kus. Dit verhaal was nog gruwelijker dan de verhalen over de gestoorde dominees in het Zwarte Boek van Llareggub, want de vrouw bij de boomgaarden en haar stakige zusje bij de muur waren zijn vogelschrikminnaressen voor eeuwig en voor altijd. Wat zeiden de brandende boomgaarden van het dorp aan de zee en de wolken aan het eind van de takken over zijn liefde voor deze vogeltergende vrouwen? Als alle bomen van de wereld plotseling van hun wortels tot hun hoogste blad in vuur en vlam stonden, dan zou hij nog geen druppel water over het randje van die vuurzee gooien. Zij was zijn minnares en haar zus, met de vogels op haar schouder, hield hem steviger omarmd dan de vrouwen van LlanAsia.

Door het raam van de bovenverdieping zag hij de bleekblauwe wolkenloze hemel boven de chaos van daken en schoorstenen en de belofte van een heerlijke dag in de rivieren van de zon. Ginds, in de gedaante van een schoorsteen, stonden zijn blote stenen maatje en de drie blinde babbelaarsters, die elkaars warmte zochten onder alle weersomstandigheden, en bliezen vuur uit door hun schedels. Welke man op een dak had zijn weerhanenhoofd gedraaid, over de stad heen naar de roodzwarte meisjes gestaard en ze met die blik in stenen pilaren veranderd? Een wind van het eind van de wereld had de dakenlopers bevroren toen de stad nog maar een handjevol huizen was; nu wierp een kring van steenkool tafelbergen, waarop de kinderen indiaantje speelden, zijn schaduwen over de zwarte tuintjes en de honderd straten, en de stekeblinde babbelaarsters hokten samen bij zijn kale maatje en de bakstenen maagden onder de hoog oprijzende kraanheuvels.

Links lag de zee, een stuk of tien dalen verderop, voorbij de keten van vulkanen en de uitgestrekte schoorsteenbossen en tien steden in een kuil. Ze spoelde tegen het land van Glamorgan, de plek waar een verwaaid duin uit een cluster van dorpen westwaarts een woest woud binnentuimelde en het hele zuiden van Wales liet trillen. Maar nu, dacht Marlais, is de zee traag en koel, vol dolfijnen; ze stroomt alle kanten op vanuit een groen middelpunt, likt aan de rotsen, ze laat de schelpen spreken op het gloeiende duinzand en de lijnen van de tijd zullen zelfs niet in staat zijn het blauwe oppervlak en de bodemloze diepte met elkaar te verenigen.

Hij dacht aan de bewegingen van de zee; als de zon onderging zonk er een vuur naar vloeibare grotten. Tijdens het aankleden herinnerde hij zich de honderd vuren rondom de appelbloesems en het verontrustende, zilte opsteken van de wind, die ging liggen bij het laatste wijzende gebaar van de mooie vogelverschrikkershand. Water en vuur, zee en appelboom, twee zussen en een zwerm vogels, zij bloesemden, wezen en daalden die hele midzomerochtend lang in een zolderkamer van een huis op een heuvel boven de stad met de geblakerde huizen.

Hij sleep zijn potlood, deed het raam dicht, streek zijn warrige haar naar achteren, schikte de vellen van een duivels verhaal op zijn bureau en brak de potloodpunt op een te hard neergeschreven ‘zee’ en ‘vuur’ op een leeg vel. Vuur zou rechte lijntjes niet in vlam zetten of avontuur ontsteken in de passieloze personages; geen water zou zich sluiten boven de boemanhoofden en de ongeschreven woorden. Het verhaal was dood, te beginnen bij de duivel; er was een withete boom met appels waar een kille toren met uilen had moeten staan deinen in een ijzige wind uit Antarctica; er lagen naakte meisjes met tepels als bessen op het zand in de zon waar een gemene goddeloze vrouw schril tekeer had moeten gaan aan de oever van de Kara Zee of de Zee van Azof. De ochtend keerde zich tegen hem. Hij worstelde met zijn woorden als een man met de zon en de twaalfuurzon stond glorieus aan de hemel boven het dode verhaal.

Leg een tweekleurige krans van het haar van twee vrouwen om de blauwe wereld, wit en zwart als kool tegen de zomerkleurige grenslijnen van hemel en gras, vierborstige stammen bij de polen van de zomerse zee-einders, ogen in de zeeschelpen, twee fruitbomen uit een steenkoolberg: ziedaar de naar de avond hollende morgen van de arme Marlais. Achter zijn oogleden, waar de naar binnen gekeerde nacht zich achterwaarts door zijn schedelbasis spoedde, de weidse eerste wereld tegemoet op het o zo verre oog, gloeiden twee liefdesbomen als zusters. Laat een boomgaard opkomen in de nacht, een betoverde vrouw met een ruggengraat als een reling haar hand branden aan de bladeren, en laat, mens in brand, een mijl ver van zee, een bries je hart uitblazen: Marlais' dood in leven in de neergaande spiraal van de dag, die zo om was, waait nu weer in de wind voor jou.

De wereld was het droevigst in de draaiende wereld, en de sterren in het noorden, waar de schaduw van een valse maan rondging tot een wind de schaduw wegblies, waren de geteisterde gezichten van het zuiden. Alleen de latten gaffelborst van de vrouw, de vogelverschrikker, kon zijn hoofd dragen, als een appel aan het blanke hout waarin geen worm zou doordringen, en alleen haar stekelige borst kon de worm in de droom achter de oogleden van haar lief doorboren. De echte ronde maan bescheen de vrouwen van LlanAsia en de door liefde verscheurde maagden in Deze straat.

Het woord zit ons te dicht op de huid. Hij tilde zijn potlood zo op dat de schaduw ervan als een toren van hout en grafiet op het witte papier viel; hij liet zijn vingers over de potloodtoren gaan, de halve maan van zijn duimnagel ging op en weer onder achter de spits van grafiet. De toren viel, en daar ging ook de stad van woorden, de muren van een gedicht en de symmetrische letters. Hij zag het uiteenvallen van de cijfers bij het afnemende licht, de zon zakte naar een ochtend elders, en het woord van de zee rolde over de zon. 'Beelden, allemaal beelden,' riep hij naar de gevallen toren toen de avond zich aandiende. 'Wiens harp is de zee? Wiens brandende kaars is de zon?' Gelijk een mens stond hij op en deed de gordijnen open. Vrede lag als een metafoor over de daken van de stad. 'Beelden, niets dan beelden,' riep Marlais, terwijl hij uit het raam op de platte daken klom.

Om hem heen glansden de dakleien, door de rook van de opgeblazen schoorstenen en de wasem van de heuvel. Onder hem, in een wereld van woorden bewogen dienstdoende mannen zich voort met geen ander doel dan aan de tijd te ontsnappen. Dapper in zijn eenzaamheid, klauterde hij naar de rand van de leien, om daar met gevaar voor eigen leven boven het piepkleine verkeer en de stoplichten te blijven staan. De speelgoedstad lag aan zijn voeten. Daar reden de marsepeinen auto's, schakelend en remmend over de kinderkamervloer zo een jongenshand in. Maar al gauw kreeg de hoogte hem te pakken en hij begon te wankelen, zijn benen werden slap en hij voelde zijn schedel zwellen als een blaas in de wind. Het was het beeld van een kinderstad dat zijn hart van slag maakte. Er was stof in zijn ogen; er waren ogen in de stofkorrels die uit de straten opstegen. Eenmaal op de vlakkere daken, betastte hij zijn linkerborst. De dood was het grote magnetiserende licht in de straten; de wind rekende af met de zuigende kracht van de dood en de visioenen van het vallen. Nu was hij bevrijd van zijn angst, sterk, gespierd als een nachtelijke ridder. Over de daken rende hij richting maan. Daar kwam, met haar gevolg van sterren, de maan, koeler en glorieuzer dan voorheen, en trok het tij weer aan. Vanaf een borstwering observeerde hij haar en vond een woord voor elke gestalte van haar reis langs de hemelboog, noemde haar gezicht 'uitgestreken' en piekerde over haar talloze maskers. Dodenmasker en dansmasker over haar bergachtige trekken transformeerden de hemel; ze worstelde met een wolk en kwam met een nieuwe glimlach terug over de muur van de wind. Beelden, alles bestond uit beelden; van Marlais, warrig in de wind, tot de weerzinwekkende stad; hij op de daken en aan het zicht van de straat onttrokken, de straat onder hem, blind voor zijn wandelend woord. Zijn hand voor zijn ogen was vijfvingerig leven.

Een baby huilde, maar het huilen verflauwde. Alles is één, de luidruchtige stem en de stille stem heffen een gemeenschappelijke stilte aan, de slonzige dame die haar neus plat tegen de ruiten drukt *en* de zeer betreurde dame. Het woord zit ons te dicht op de huid, het dode woord ook. Een wolk, het laatste mousselinen rijm, vormt zich boven de woningen en barst uit in koude regen boven de kleinsteedse opritten. Hagel valt op de sintelpaden en de engelachtige stenen. Alles is één, de regen en de kasseien. Het is allemaal één, de hagel en de sintels, het vlees en het rauwe stof. Hoog boven het rumoer van de huizen, ver van het hemelland en het stijve hek, ondervroeg hij elke schaduw; en als mens onder geesten en geest in goeie doen ging hij op het laatste antwoord af.

Uit een stenen mond, die niet meer rookte op dit uur, klonk de stem van het blote maatje in de leegte: 'Wie loopt er als een dwaas tussen ons door, over de daken, langs mijn koude baksteenrode zij en de door de weerhaan betoverde vrouwen, hoog boven Deze straat, de hele lange avond door onder het beeld van een zomerhemel in Wales, zonder lief, en heeft twee zuster-liefjes tien steden verderop? Voorbij de uitgestrekte schoorsteenbossen links, richting zee, gaan zijn liefjes voor hem door het vuur, eindeloos, in honderd boomgaarden.' De stemmen van de babbelaars echoden: 'Wie langs de stenen maagden loopt, dat is onze maagd Marlais, wind en vuur, de bangerik op de brandende daken.'

Hij stapte door het open raam.

Rood sap in de bomen bubbelde van de heksenketelwortels omhoog naar de laatste bloesemspray, en de takken, na de holle wandeling van die nacht, vielen als kaarsen van de stammen, maar konden niet sterven door de hitte van de zwavelige toppen van het gras, dat was doodgeschroeid door de dode zon. En daarheen vliegend omcirkelde hij, half mist, half mens, alle appelcirkels langs de Zeedorpseweg in de middaguurzon, toen de ochtend kwam; en zoals de zon opkwam als een rivier boven de heuvels, zo zonk de zon achter een boom. De vrouw wees naar de honderd boomgaarden en de zwarte vogels die om haar zus heen zwermden, maar een bries blies de bomen uit en hij werd weer wakker. Dit was onverdraaglijk, een tweede keer ontwaken uit een leven dat te mooi was om te verstoren, maar de droom was verstoord. Wie langs de maagden bij de boomgaarden was gelopen was een maagd, wind en vuur, en een bangerik in het vernietigende aanbreken van de ochtend. Maar nadat hij zich had aangekleed en had ontbeten, liep hij Deze straat door naar de top van de heuvel en richtte zijn blik naar de onzichtbare zee.

'Goeiemorgen, Marlais,' zei een oude man, die met zes windhonden om zich heen in het geblakerde gras zat.

'Goeiemorgen, mijnheer David Davids.'

'Wat ben jij vroeg uit de veren,' zei David Twee Keer.

'Ik ben op weg naar de zee.'

'De wijnkleurige zee,' zei Dubbele Dee.

Marlais struinde de heuvel over naar links, waar het groener was en naar beneden achter de ronde stad naar de rand van het Whippet-dal waar de bomen, voorgoed verknoopt met smog en sintels, aan de hemel en de zwarte aarde rukten. De dode takken hoopten vurig dat de wortels de aarde zouden opduwen en wat gangen zouden openlaten voor de bladeren en de geest van het krakende hout, een gat in het dal voor het molwroetige sap, een lang graf voor het laatste lenteskelet, dat ooit springlevend was geweest, toen de afgestompte en gespleten heuvels nog gaaf waren en recht in het ooit groene land overeind stonden. Maar de bomen van Whippet waren de langgestorven doden van 's lands schoorstenige zuiden; ze waren verdwenen uit het kaalgeslagen land en wezen, duim-naar-heuvel, met deze zwarte, waarschuwende vingers met hun bladernagels. De dood in Wales had de doden van Wales tot zulke kreupele dalbewoners gemaakt.

De dag was een voorbijgaan van dagen. Het middaguur, de verhalenmoordenaar en de vuurvlieg (de legendes van de Russische zeeën stierven toen de bomen brandend ontwaakten), gingen voorbij in alle middaguren sinds de mens van de zon was gevallen en de eerste zon de halfvoltooide hemel had bekroond. En alle dalzomers, de ooit monumentale rode en nu grafsteengrijze zomers, glinsterden die hele midzomermiddag door in die ene wandeling naar zee. Door de voorouderlijke vallei, waar zijn voorvaderen, uit hun houten stof en vol mussen, manend naar een heuvel wezen, liep hij gestadig voort; aan de rand van het gat dat LlanAsia omsloot zoals een graf een stad omsluit, werd hij overvallen door de rook van de bossen en, als een geest uit de goed zichtbare verblijven onder de schoorsteenwortels, klauterde hij naar de klimmende straten toe.

'Waar ga je naartoe, Marlais?' zei een eenbenige man die bij een geblakerd bloembed stond.

'Naar de zee, mijnheer William Williams.'

'De zeemeerminzee,' zei Wil Poot.

Marlais liep het tuberculeuze dal uit, over een puinberg en door een armetierig bosje naar een rafelig veld; een kraai op een molshoop kraste iets over de weidsheid van de hel op deze propvolle aarde; de middag begaf het, het robbelige land zuchtte, en als een bliksemboom, wortels omhoog, vertakte een wind zich in smog en sintels en daar was de avond; omgeven door echo's, de roodhete reizigers van stemmen en de duivels van de gehoornde akkers, liep hij te huiveren in het land van zijn vijanden, terwijl een nieuwe nacht zich aandiende in de nachtmerrie-gedaante van een avond. 'Laat de bomen omvallen,' zeiden de bestofte reizigers, 'laat de keien verpulveren en de stekelbrem vergaan en verdwijnen, laat aarde en gras verzwolgen worden op een heuvelrand in wankel evenwicht op het graf dat naar Eden voert. Winden in lichterlaaie, door gewelven en doodskisten en fossielen blazen we een manvol stof naar de tuin. Waar de slang de boom in vuur zet en de appel als een vonk uit haar vel valt, springt een boom op; een vogelverschrikker glanst aan de gekruiste takken, en tegen enen in het zonlicht, staan de nieuwe bomen op, en vormen een nieuwe boomgaard rondom het kruis.' Tegen middernacht lagen weer twee dalen aan zijn voeten, donker, met hun twee steden in de palm van hun ondermijnde bergen; één dal daar beneden, het was tegen enen in de ochtend, hield Aberbabel in zijn vuist. Hij was geen jonge man meer, maar een legendarische zwerver, een voetman van het volk en zijn hart was een krekel; hij liep langs Aberbabels kapel, kruiste de begraafplaats over de rusteloze grafstenen en zag een man met blozende wangen in een nachthemd, die een halve meter boven de grond lag.

Het ene dal volgde op het andere; achter de in water gehulde heuvels, de seconden van bergen, dook het elfde dal op als een vol uur. En tijdloos door het dwergoog van de telescoop, door de ring van licht als een cirkel samenvallend met de laatste heuvel voor de zee, verscheen de reusachtig uitvergrote vorm van de honderd boomgaarden bij het vlekkeloos afnemen van de maan. Dit was het schouwspel dat de telescoop bereikte en de wereld die Marlais zag op de ochtend die volgde op het eerste van de elf niet-vertelde avonturen: aan weerszijden van hem waren de intacte muren, hoger dan de bonenstaken die een verhaal op het dak van de wereld verenigden, van steen en aarde en kever en boom; voor hem liep het veld uit op een begraafplaats en dan ging het steil naar beneden en dook het met de duivel in bed, rees rillend omhoog naar de Zeedorpseweg, waar de boomgaardbloesems over de houten omheiningen hingen en zusterwegen zich naar de vier witte uithoeken van het landschap spoedden; één weidse grafiek van rotslijnen en bomenrijen; het veld verdween in de diepte, zo diep als het verhaal van het laatste vuur dat één schil boven Eden brandde, het eerste groene bouwsel na de rode ondergang; neerwaarts, neerwaarts, als een lawine van steden, als een rivier uit een glas vol plaatsen, viel de heuvel die zijn voeten vasthield. Hij was niet langer een man van het volk, maar Marlais, de zwervende dichter, hij liep over de rand van de afgrond, zijn ondergang tegemoet, door de hel in bed naar ginds het rode links, tot hij bij het eerste van de velden zou komen, waar de niet gekiemde appels spoedig brand zouden roepen in de wind van het duin dat naar het westen tuimelde, in zee. Een fotoalbum-Marlais stond tegen de middagknal bij een kring van appelbomen en telde de kringen die boven de schaduwrijke mijlen naar een cluster van dorpen reisden. Hij ging in het gras liggen, en het twaalfuurgeweld trok zich gewond terug in de zon, en hij sliep totdat er een bel over de velden klonk. Het was een windstille namiddag in de boomgaarden van de zussen en de blonde zus luidde de bel voor het eten.

Hij was nu vlak bij het onbeschrijfelijke einde van zijn reis gekomen. Het blonde meisje, in een zeewaarts hellend veld, drie velden en een overstap over de heg verderop, legde een wit laken over een platte steen. In een van de vele kopjes schonk ze melk en thee en het brood sneed ze zo dun dat ze Londen door de witte plakjes kon zien. Ze keek aanhoudend naar de overstap en de gesnoeide doorzichtige heg, en terwijl Marlais erover klom, sjofel en ongeschoren, zijn blote borst verbrand door de zon, stond ze op van het gras en glimlachte en schonk zijn thee in. Dit was het eind van de niet-vertelde avonturen. Ze gingen in het gras aan de stenen tafel zitten, als een verliefd stel dat een picknick houdt. Ze waren te verliefd om ook maar een woord uit te kunnen brengen, ze zaten als lieve vrienden zonder verlangens in de luwte van de heg. Ze had een handbel voor haar zus gehouden, en een minnaar over elf dalen aan haar zij geroepen. De kopjes van haar vele minnaars stonden leeg op de platte steen.

En hij die had gedroomd hoe honderd boomgaarden in vlammen

waren opgegaan, zag plotseling, in de windstille middag, vurige tongen door de bloesems schieten. Overal om hen heen knapten en knisperden de bomen in de zon, de vogels vlogen op toen kleine rode wolkjes aan de takken ontsproten, de bast brandde als brem, de ongeboren laaiende appels dwarrelden naar beneden en werden in een flits verslonden. De bomen waren een en al vuurwerk en fakkels, smeulden het fornuis van de velden uit als een brandende boog, wierpen hun gebrandmerkte vruchten af als sintels over de geblakerde wegen en velden.

Hij die een jongensdroom had gedroomd over haar vlees-en-geest hand in de windstille middag, zag toen, op het rode hoogtepunt, toen de houten drempelwortels bij de ingang van de boomgaard versplinterden en de gewapende torens omvielen, dat zij in een lome beweging haar hand optilde en naar de bomen en de vogels wees. De lucht was vol vleugel- en vuurverwarring en bijna-avondwind in het ondergaan van de verbrande dag. Terwijl aan de nieuwe nacht werd gewerkt, glimlachte ze, net als in haar korte droom van elf dalen geleden; lam als Pisa leunde de avond tegen de westelijke muren; geen trompet zal de muren van Wales vermorzelen voor de muziek zijn laatste adem heeft uitgeblazen; ze wees naar haar zus in een schaduw naast de verdwijnende tuin, en de donkerhoofdige figuur met de kraaien op haar schouders verscheen aan Marlais' zij.

Dit was het slot van een verhaal dat verschrikkelijker was dan de verhalen van de levenden en de ondoden in de bergachtige huizen tegen de Jarvis-heuvels, en het onnatuurlijke dal dat door de Idris wordt bevloeid is een kinderland vergeleken bij dit elfde dal in de richting van de zee. Een droom die geen droom was, hield er zich schuil; de wind uit de werkelijke wereld kwam langs om de vuren te doven; en een vogelverschrikker wees naar de uitgebluste bomen.

Dit had hij gedroomd voor het branden van de bloesem, en het doven, vóór het opkomen en zilte aanzwellen, was niet langer een droom bij deze boomgaarden. Hij kuste de twee geheime zussen en een vogelverschrikker kuste hem terug. Hij hoorde de vogels op de schouders van zijn minnares neerstrijken. Wat hij zag waren de gaffelborst, het stekeloog en de dorre twijgenhand.

Het eind van de rivier

Al twaalf generaties van de familie Quincey, de tak met de hondenkoppen, hadden hun sporen op het landgoed achtergelaten. De muren van huize Quincey stonden nog onwrikbaar overeind, maar gingen schuil onder een groene wildgroei die ondanks het nodige snoeiwerk voortwoekerde. De tuinman had de gazons niet verwaarloosd en de bloembedden, hoewel flets en rommelig, gaf hij alle aftandse zorg die hij op kon brengen, want innig verbonden als hij was met de Quincey-boezem kon Chubb nimmer sterven. Maar onkruid groeide weelderig waar onkruid juist niet moest groeien. Klimop klom langs de muren van het koetshuis naar boven en, ondanks de dagelijkse aandacht van het op een na jongste dienstmeisje, rukte het mos op tussen de stoeptreden naar de voordeur en lag er een dikke laag roest op de klopper. De kippen op het bepoepte veldje achter de keuken stierven vroegtijdig, terwijl de eieren die ze er nog uit wisten te persen zelden ovaal bleken, niet zelden een kwijnende aanblik boden en afstotelijk vlekkerig van kleur waren. De varkens werden zo uitbundig gevoerd als varkens zich maar wensen konden, maar ze vermagerden en gingen dood. De melk van de koeien smaakte naar azijn.

Huize Quincey, met zijn portrettengalerij van hondachtige heren, zijn in drie stijlen gemeubileerde eetzaal en zijn levensgevaarlijke veranda's vanwaar de bloedeloze Quincey's op midzomernachten hun loodzware commentaren op de maan uitten, was vastbesloten te vergaan en op de kameelheuvel, uitziend over de humeurige rivier, onder afwijzing van renovaties en verbeteringen, zijn einde af te wachten.

En Sir Peregrine, de twaalfde baron, kon daar alleen maar sympathie voor opbrengen. Het huis had aan twaalf generaties hondachtige aristocraten en hun jongen onderdak geboden, had kleine jongens zien opgroeien tot kleine mannen, had ze zien paren en baren en, ten slotte, zien liggen in de diepten van het familiegraf met hun dode poten op hun borst. Het had ooit bijna-koninklijk bloed over de vloer gehad en bijgevolg een koninklijke slaapkamer ingericht in de linkervleugel. Het had zijn kleurrijke daken gastvrij uitgeslagen over alle passies van de meest verdorven werelden en had, bij één opmerkelijke gelegenheid, in een kelder vol verschaalde wijn en ratten, het vermoorde lichaam van de arme Sir Thomas verborgen gehouden.

Het huis, meende Sir Peregrine, was oud genoeg om te sterven, had lang genoeg menselijke dwaasheden aan zijn hoofd gehad en was niet bang voor de dood.

Terwijl hij zijn hand over zijn baard van drie dagen liet glijden, zette hij een dekstoel op het veiligste deel van de veranda, keek omhoog naar de zon en sloeg het jaar 1889 op in de Quincey-kronieken.

Ergens spelde een romantische dochter haar zondagse muziek uit. Zijn gezellin zat, in de rust van haar vertrek, aan een Australische neef te schrijven. De butler verbleef op zijn eigen kamer en las de literaire bijlage van de *Observer*. In de warme nabije verte leunde Chubb over een tuinhekje en rookte.

Peregrine, de twaalfde baron, zo was te lezen in de kronieken, aanvaardde de titel bij de dood van zijn vader, Belphigor, in 1889. In 1902 trouwde hij de Hooggeboren Katerina Hautley, de tweede dochter van Lord en Lady Winch van Huize O-Ga-Nou-Door in Gloucestershire. Uit deze verbintenis waren drie dochters geboren: Katerina, die voor haar tweede aan griep was gestorven, Astasia, en Phoebe Mary. Sir Peregrine was kolonel in het Territoriale Leger tot aan de Eerste Wereldoorlog (1914 – 1918), en was gedurende die bange jaren werkzaam op het Ministerie van Oorlog. Hij werd in 1920, na de dood van Wethouder Meerlul, verkozen tot jachtmeester van de Tidhampton Hunt en brak in 1922 zijn arm tijdens een drijfjacht met honden. In het daaropvolgende jaar trouwde Phoebe Mary de Hooggeboren Douglas Dougal, de zoon van Sir Douglas en Lady Dougal van Kasteel Halfomhalf, te Perth. In 1924 stierf Phoebe Mary in het kraambed.

Dat was het. De kronieken van de voorgaande generaties Quincey waren tot in detail en tevens sierlijk en stijlvol opgetekend, zodat recht werd gedaan aan de literaire hoogstandjes van de familie. Maar Sir Peregrine was een man van feiten, en niets dan feiten. Zijn leven tot op het huidige moment, ontdaan van hoop en dwaasheid, krachten en zwakheden, verrukkingen en verdriet, besloeg een halve pagina van het zwaarwichtige boek. Dit kleine leventje, ingeklemd tussen de buitensporigheden van de langdradige Belphigor en ...

Sir Peregrine legde het boek neer.

Chubb leunde en rookte nog steeds. De rook rees vertikaal op in de windstille lucht. Chubb had zich niet verroerd. Zijn ogen rustten op de rivier, waarvan Sir Peregrine niet wist waar ze heenging; ze meanderde, veronderstelde hij, door een wereld vol velden en stroomversnellingen, ging ruisend over kiezels, totdat ze plotseling tot stilstand kwam. Hij had het altijd de enige rivier genoemd die zich niet veilig naar zee slingerde.

Astasia was opgehouden met spelen.

Het leven was goed, vond hij, op de meeste zondagmiddagen. Maar vandaag was hij onrustig en kon hij niet gewoon blijven zitten zoals hij al zo veel jaren had gedaan, dromend op de veranda, terwijl hij de wereld om zich heen voelde groeien en gonzen, en de muziek hoorde van een lief ontstemde piano of het gezang van de vogels.

Het was een prachtige dag. Wolken dreven langs de hemel. Er stond een warme zon. Hij keek naar beneden, naar de kronieken bij zijn voeten en plotseling en bijna gelukkig besefte hij wat er speelde. De tijd van de ontbinding van de Quincey's was aangebroken, het moment van de val van hun landgoed en het einde van hun dynastie.

Sir Peregrine tilde het boek op en pakte een potlood dat tot op een stompje was opgebruikt bij het oplossen van de talloze kruiswoordraadsels.

In 1924, las hij weer, stierf Phoebe Mary in het kraambed.

Phoebe Mary was zijn liefste dochter geweest. Na haar begrafenis had hij zes nachten liggen huilen. Toen had ook hij haar begraven onder de wolken en nevels in zijn hoofd. Een keer was hij haar naam kwijt. Phoebe Mary? zei hij, en was in gedachten verzonken over wie dat wel niet mocht zijn, met zo'n naam.

Phoebe Mary stierf in het kraambed.

De ondergang van de Quincey's, schreef hij met het potlood.

Toen zette hij de datum erbij.

In de tuin keek hij om zich heen, naar de bloemen, waarvan de kleuren even vlak waren als die in een verfdoos voor kinderen. Het kleine beetje wind bewoog de bloemblaadjes zo dat ze, in zijn ogen, voor het laatst de zoete adem van de omliggende bedden leken te ademen. Hij wist dat ze zich van de climax bewust waren en hield van ze om hun waardige kalmte. Chubb had ze vertroeteld, en het einde van de wereld zou van de tuinman een soort god maken die in een blauw vrouwenschort zijn beloning afwachtte.

Het eind van de wereld was het eind van het landgoed. En Chubb had, hoewel hij er nooit een woord over losliet, bevestigend noch ontkennend, het eerste bed voor de eerste jonge baron verzorgd.

Sir Peregrine trof hem aan bij het einde van het pad. De tuinman verroerde zich niet. Zijn armen rustten op het hek dat toegang gaf tot de zeven velden die naar de rivier glooiden.

Sir Peregrine, die een etensrestje van zijn eeuwenoude vest veegde, keek naar beneden, naar waar het water over de vuile stenen rolde. Aan het eind van het water was het einde van alles. Vandaag zou hij over de velden lopen en de rivier volgen in haar gang door steden en landen, over heuvels of er onderlangs, tot haar abrupte eindpunt.

Achter hem gonsde de tuin.

De wolken bewogen zich zachtjes tot ergens een eindpunt.

Hoe oud ben je, Chubb? vroeg Sir Peregrine. Je was al tuinman hier toen Lady Astasia op haar bonte paard over de verharde wegen naar haar koningin Elizabeth reed. Je verzorgde de bloemen toen Quentin, de derde in de rij van de Quincey's, aan zijn lief in een ivoren toren schreef door zijn verzen om de hals van een duif te knopen. Met Kerst bouwde je sneeuwpoppen voor me. Hoeveel jaren heb je staan broeden over de vuile rivier? Jij hebt altijd geweten dat het eind van alle dingen daar lag waar zij stilhield. Ik kwam er vandaag pas achter. Plotseling drong het tot me door en ik wist het.

De onsterfelijke Chubb gaf geen antwoord. Hij schoof zijn vilthoed nog meer achter op zijn hoofd en stuurde een ring van rook omhoog uit zijn witte pijp. Zijn gezicht, met een gelige baard omlijst, was rond en uitdrukkingsloos als een schoteltje. Elk ogenblik kon een windvlaag een nieuwe barst in het glazuur blazen en duizend glimlachen of fronsen veroorzaken. Door een spleetje tussen zijn tanden ademde en floot hij, en maakte hij een reeks mysterieuze toontjes wanneer hij een trek van zijn pijp nam.

De uiterlijke Chubb verloochende zijn goddelijke innerlijk. Hij zag er simpelweg uit als een eeuwenoude tuinman in een slordig omgebonden vrouwenschort.

Chubb, ik ga.

Sir Peregrine wachtte tot de woorden door de tuinmans rokerige schild waren gedrongen.

Ik ga de rivier volgen tot aan het eind. Zeg nog iets vrolijks tegen me voor ik vertrek. Zeg tot ziens, onsterfelijke Chubb.

De vogels, zei de tuinman, hebbe d'r zaad gehad.

Dat was genoeg. Sir Peregrine klom snel over het hek en rende het veld over. Aan het eind was een overstap over de heg. Hij klom erover en rende andermaal door het ongelijke gras, zijn haar waaide wild om zijn hoofd en het vest met de koperen knopen flapte op zijn heupen. Drie velden. Vier velden. Het zweet gutste van zijn voorhoofd, stroomde langs zijn hals, liep bij zijn kraag in. Hij voelde zijn hart bonken in zijn oren. Maar hij hield hetzelfde waanzinnige rennen vol, weer een overstap over, nog een veld, even opgehouden om door een klein gat in de heg te kruipen, en dan weer verder, hijgend en puffend.

Een kraai, die op de schouder van een vogelverschrikker was neergestreken, begon plotseling te krassen toen de twaalfde baron voorbij galoppeerde, daarop kwam hij boven hem vliegen en spoorde hem aan met rasperige kreten.

Nu kon hij het lawaai van de rivier horen. Vanaf de lage oever tuurde hij naar beneden, naar de kleine vissen en de glinsterende kiezels. De kraai zag dat hij stopte, slaakte een laatste sardonische kreet en vloog terug naar zijn eenzame metgezel, die zijn rafelige armen op de wind liet wiegen.

Sir Peregrine voelde zich volstromen met grote gevoelens. Hij draaide zich om en zag huize Quincey, vanaf diens majesteitelijke heuvel, op hem neerkijken. Hij volgde de rivieroever door de vuile velden en een uilenvleugelbruin bos. Hij zag de zon langs de hemel dalen. Nu rende hij niet meer, hij strompelde over de velden, een vage blik in zijn ogen, betraande ogen, half wezenloze ogen. De kleren aan zijn lijf waren vochtig. Zijn haar, dat tijdens die doldwaze run over de zeven velden zo trots op zijn hoofd had geveerd, lag nu in natte plukken over zijn voorhoofd. Hij had dorst en was moe. Maar hij strompelde verder.

Waar is het eind van de rivier? riep hij naar een oude vrouw, die haar koeien over een groene weide dreef.

Waar is het eind? vroeg hij. Maar de heggen en de varens en de lispelende kiezels gaven geen antwoord.

Ten slotte kwam hij bij een bron aan de rand van een weiland, en daar stond een kind-meisje kleren te wassen. Hij keek haar door zijn tranen aan en hoorde haar melodieuze stem.

Is hier het eind?

Ja, zei het kind-meisje.

Het eind, zei Sir Peregrine hees. Het eind van het landgoed, van de Quincey's en van mij.

Het kind was bang.

De woorden vormden zo'n aardig rijmpje dat ze met krakerige stem begon te zingen.

Het eind van het landgoed, van de Quincey's en van mij.

Twaalf generaties lang, zei hij, hebben de Quincey's hier hun kleine leventjes geleefd. En hij wees met een verward gebaar naar de hemel. Hier is het eind, zei hij.

Ja, zei het kind.

Wat is het eind? zei hij. Wat heb je me te bieden? Wat ten slotte?

Hij stak zijn armen uit.

Met een angstige schreeuw duwde het kind-meisje een ongewassen vingerdoekje in zijn hand. Hij greep het vast en zij rende er vandoor. Zonder te kijken, maar het ding stevig tegen zijn borst drukkend en onder het uitstoten van zachte, verrukte keelgeluiden, ging Sir Peregrine op het gras liggen. De maan kwam op. Chubb had niet gefaald.

En terwijl de twaalfde baron ging liggen op het bed van gras en zachte mest, rookte die onsterfelijke tuinman een witte pijp in de serene rust van de tuinen van Quincey. De zondag was bijna voorbij en daarna zou er weer een dag komen. Tevreden leunde de eeuwenoude tuinman in zijn vrouwenschort over het tuinhek en rookte.

De citroen

Op een vroege ochtend, onder de lichtboog van een lamp, voorzichtig en zwijgend, in schort en rubber handschoenen, entte de dokter de kop van een kat op het lijf van een kip. In zijn glazen couveuse stond het kattenkoppige schepsel wankel op zijn poten; hoewel het door zijn oogspleten naar buiten staarde, zag het niets; onder vacht en veren trilde een vreemde hartenklop; toen het zijn poot aan de rechterkant van de glaswand optilde, zwaaide het terug naar links. Verander het geslacht van een hond: hij jankt als een loopse teef en staat, in opperste verwarring, aan zijn blinde worp te snuffelen. Zo'n vreemde hond, met een ingeplante eierstok, jankte in zijn kooi. De dokter legde zijn oor tegen het glas en hoopte op een nieuw geluid. De zon blies naar binnen door de laboratoriumramen en het licht van de wind had de kleur van de zon. Met de klank van muziek in zijn oren bewoog hij zich tussen de reageerbuizen en de van leven barstende flessen; de verminkte wezens zwegen; de pasgeborenen in de konijnenhokken zogen de hygiënische lucht opgetogen naar binnen. Morgen zouden ze de slaapbeentjes voor de fret in de vensterbank bezorgen, maar vandaag dartelde hij nog in de zon.

De heuvel was zo groot als een berg en het huis stond als een heuvel op de hoogste piek. Met zijn overvloed aan kamers bevatte het huis een aparte kamer voor de wilde uilen en een kelder voor het ongedierte dat zich op het schone stro vermenigvuldigde en vet werd als konijnen. De mensen in het huis gleden als een leger geesten tussen de met lakens overdekte tafels door, liepen elkaar tegen het lijf in de gangen en hielden hun ogen bedekt uit angst voor een nieuwe vreemdeling, of kwamen plotseling allemaal in de grote hal samen en vroegen elkaar naar de namen van de pasgeborenen. Een voor een verdwenen de gezichten, maar er kwam altijd wel een nieuw exemplaar voor in de plaats, een vrouw met een kind aan haar borst of een blinde man uit de wereld. Allemaal bezaten ze een sleutel van het huis.

Onder hen was een jongen die de naam van het huis droeg, en als zoon van het huis dat een heuvel werd genoemd, speelde hij met de schaduwen in de gangen en sliep 's nachts in een hoge kamer waarvan de luiken waren gesloten tegen de sterren. Maar de mensen van het huis sliepen bij het licht van de maan; ze hoorden de zeemeeuwen en het lawaai van de op het zand brekende golven, wanneer wind uit het zuiden kwam, en ze sliepen met hun ogen open.

De dokter werd met de vogels wakker, zag de zon elke ochtend opkomen door een veelkleurig water en de dag, net als de groei in zijn potten, lichter en krachtiger worden naarmate de uren regen of zonneschijn en deeltjes winterlicht afschudden. Gewoontegetrouw wendde hij zich ook deze ochtend van de vensterbank, waar de wezel dartelde, naar het leven achter glas. Hij zag met zijn bovenmenselijke kalmte, met zijn eeuwig verstarde begin van een glimlach, die geen moeder met de mond van haar melk kon losweken, hoe de jongen tegen hun moeders en zijn schepsels opsprongen, en hoe het pas uit het ei gekropen leven rilde en de vogels die gevoerd werden hun snavels openden. Hij was de macht en het boetseermes, hij was het geluid en de materie, want hij maakte een hand van glas, een hand met een ader, en naaide hem aan het vlees, en de hand kwam op krachten door de warmte van het valse licht, en de glazen nagels groeiden tot grote lengte. Het leven stroomde uit zijn vingers in de zuren die boven op de kokende kruiden borrelden; hij bezat de dood in duizend poeders; hij had een crucifix van stoom laten bevriezen; alle grote chemie op aarde en het mysterie van de materie – 'Kijk,' zei hij hardop, 'een teken op de kop van een kikker, waar eerst kop noch teken was' – waren, daar in zijn kamer boven in het huis, als een open boek voor hem.

Het huis was één groot mysterie. Alles gebeurt in een zee van licht; het blinde rondtasten van de handen van de jongen langs de gangmuren was een beweging van licht, hoewel de laatste kaars boven aan de trap doofde en de lichtlijnen op de drempels van de gesloten deuren plotseling werden weggenomen. Nant, de jongen, was niet alleen; hij hoorde het ruisen van een jurk, een hand onder die van hem schuurde over de verf van de muur. 'Van wie is die hand?' zei hij zachtjes. Toen, terwijl hij in paniek over de donkere loper wegholde, riep hij, duidelijker nu: 'Nooit antwoord geven.' 'Jouw hand,' zei het donker, en Nant stond stokstijf stil.

De dood duurde te lang voor de dokter en de eeuwigheid nam te veel tijd.

Ik was die jongen in een droom en ik stond stokstijf stil en wist dat ik alleen was, en wist dat de stem van mij was en het donker niet de dood van de zon, maar het donkere licht dat door de muren in de raamloze gangen werd geworpen. Ik stak mijn arm uit en hij veranderde in een boom.

Vroeg die ochtend, in de lichtkring van een lamp, maakte de dokter een nieuw zuur, roerde het om en om met een lepel, zag het kleuren in het bekerglas en daarna, door de verandering in temperatuur, de kleur van water aannemen. Het was het allersterkste zuur, het verbrandde de lucht, maar worstelde zich zoet als stroop tussen zijn vingers door en brandde helemaal niet. Voorzichtig en stil nam hij het bekerglas op en opende de deur van een kooi. Dit was een nieuwe soort melk voor de kat. Hij schonk het zuur in een schoteltje en het kattenkoppige wezen schoof aan om te drinken. Ik was die kattenkop in een droom; ik dronk dat zuur en sliep; ik ontwaakte in de dood, maar daar vergat ik de droom en ging voort als een ander wezen in de gedaante van de jongen die doodsbang was in het donker. Mijn arm was niet langer een boomtak, en ik haastte me als een lichtschuwe mol naar het licht; een blinde seconde lang was ik een met kinderhand gravende mol – opwaarts of neerwaarts, welke van de twee richtingen wist ik niet – in de aarde van Wales. Ik wist dat ik droomde, maar plotseling werd ik in het harde, heuse gebrek aan licht in de gangen van het huis wakker. Niemand om me de weg te wijzen; de dokter, de vreemdeling in zijn witte stofjas die een nieuwe orde aanlegde in zijn vogeltoren, was mijn enige vriend. Nant zette het op een lopen naar de toren van de dokter. De wenteltrap op, langs een kapotte ladder omhoog en bij kaarslicht een bord lezend met de woorden 'Naar Londen en de Zon', klom hij mijn gedaante binnen, en ik in de zijne, en we waren als twee klimmende broers.

De sleutel hing aan een ketting om mijn middel. Toen ik de deur opendeed, trof ik de dokter aan zoals altijd: met de blik op een glazen kooi. Hij glimlachte maar besteedde geen aandacht aan mij, die honderd tellen lang had verlangd naar zijn glimlach en zijn witte jas. 'Ik gaf het beest mijn zuur en toen is het doodgegaan,' zei de dokter. 'En na tien minuten stond de dode kip op; ze wreef langs het glas als een kat en ik zag haar kattenkop. Dit was een dood van tien minuten.'

Er kwam een onweer opzetten, als een zwart monster uit zee, en bracht regen mee en twaalf winden om de heuvelvogels uit de lucht te vegen; de storm, de zwarte man, de fluiter van de zeebodem en de rand van de visstenen, de donder, het weerlicht, de almachtige kiezels, die allemaal kwamen op; als een ziekte, een nageboorte die te voorschijn kwam uit de onderbuik van de storm; als het waanzinnige opkomen van de mist, de antichrist uit een zeevlam of een crucifix van stoom, kwam de losbarstende regen opzetten; naarmate het zuur sterker werd, kwamen de aanwakkerende storm en de kleur van woede, het al en het voze, rotshandig op onder veel kabaal.

Dit was de uitwendige wereld.

En de schaduwen in huis, met hun zwempoten en hun gespleten hoeven, met hun vogelbekken, de geschaarde schaduwen die in iedere hand een vrouw droegen, waren inhoudsloos; en de schuimpaarden van de uitwendige zee klommen als vossen over de heuvels. Dit, al datgene wat Nant en de dokter in haar greep hield, de schedel van een paard, de os en de zwarte man, die oprezen uit een kleibeeld, was de innerlijke wereld. Dit was de innerlijke wereld waarin het zuur sterker werd en de dood in het zuur tien dagen aan de dode tijd toevoegde.

Nog steeds zag de dokter mij niet. Ik, die de dokter was in een droom, de vreemde beoefenaar van de logica, de maker van vogels, die opging in het versterken van het zuur en het zoeken naar vergetelheid, die ik bracht gauw de beker naar zijn mond toen het onweer opzette. Het donderde terwijl ik dronk; en toen hij viel, de dokter, spleet het weerlicht de wind.

'Er ligt een dode man in de toren,' galmden de echo's in de hoeken, en hun stemmen doortrokken het huis. Plotseling was het overvol in de hal; de mensen uit het huis krioelden door elkaar en vroegen elkaar naar de naam van de nieuwe dode.

Nant stond over de dokter gebogen. Nu was de dokter dood. Er was een gang die naar de toren van de tiendaagse dood voerde, waar een vrouw in haar eentje aan het dansen was, met op haar schouders de handen van een man. En al gauw voegden de maagden zich bij haar, ze waren halfnaakt en maakten danspassen; ze dansten naar de open deuren van de gangen, stonden losjes op de drempels; ze dansten vier passen naar de deuren en dan weer vier stappen terug. In de lange hal dansten ze ter ere van de dode. Dit was de dans van de stilstand, de blinden en de halfdoden, dit was de dans van de verloochening van de doden, dit was de dans van de kinderen, de halfblote grafstemmige meisjes, dit was de dans van de dromers, de wijdogige en de naakte junkies, die zich slapend voortbewogen. De dokter lag dood aan mijn voeten. Ik knielde neer om zijn ribben te tellen, om zijn mond dicht te duwen en het bekerglas met zuur uit zijn hand te pakken. Maar de dode hand verstijfde.

Zei een stem bij mijn elleboog: 'Maak die hand open.' Ik maakte aanstalten om de stem te gehoorzamen, maar een zachtere stem bij mijn oor zei: 'Laat de hand verstijven.' 'Geef de tweede stem een mep.' 'Mep de eerste.' 'Doe de hand open.' 'Laat hem verstijven.' Ik haalde met mijn vuist uit naar de twee stemmen, en de hand van Nant veranderde in een boom.

Tegen het middaguur was het onweer heviger, die hele middag stond de toren te schudden, de pannen vlogen van het dak; het kwam uit de zee en de aarde uit de zeebodem en de wortels uit de bossen. Ik hoorde niets dan de stem van de donder die de twee van me afgeslagen stemmen verdronk; ik zag het weerlicht de heuvel op marcheren, een heldere gespleten man die me door de torenramen heen verblindde. En nog steeds dansten ze, de vroeg invallende avond in; het onweer werd heviger, en nog steeds dansten de halfnaakte maagden naar de deuren. Dit was de eredans voor de dood in de innerlijke wereld.

Ik hoorde een stem boven de donder uitkomen: 'De dode zal begraven worden. Dit was geen eeuwigdurende dood, maar een dood van dagen; dit was een slaap zonder hart. Wij begraven de dode,' zei de stem die mijn hart hoorde, de kortstondige en de eeuwigdurende. Het onweer boven de wind was de maat voor de afstand van de stem, maar een pauze in de regen maakte dat de twee strijdende stemmen aan mijn zijde mij herinnerden aan de hand en het zuur. Ik tilde de verstijfde hand op, deed de vingers open en bracht het bekerglas naar mijn lippen. Terwijl ik me brandde aan het glas werd er geklopt en klonk er een schreeuw van de mensen in het huis. Zij die het lichaam van de nieuwe dode zochten rukten aan de deur. Mijn jongenshart brak. Snel keek ik naar de tafel, daar lag een citroen op een bord. Ik prikte een gat in de citroenschil en goot het zuur naar binnen. Toen barstte het onweer van de donkere stemmen los en het geklop, en de torendeur sprong uit zijn voegen. De dode werd gevonden. Ik vocht me tussen de lichamen van de binnenstormende vreemdelingen door, en hen aan hun plukwerk overlatend, spiraalde ik naar beneden en vloog door de gangen, met de citroen stijf tegen me aan.

Nant en ik waren broers in deze wilde wereld, ver van de grensdorpen, van de zee die Engeland in haar hand houdt, ver van de hoge torenspitsen en de onaangevreten graven aan hun voet. Als één renden we éénhoofdig en tweebenig door de gangen en kamers en we zagen geen schaduwen en hoorden geen enkele van die verdorven vrijpostigheden van het huis. De kamers waren vrij van verderf. We zochten naar een duivel in de hoeken, maar hun geheimen waren de onze. Dus renden we verder, bang voor het geluid van onze eigen voetstappen, dolblij met het kloppen in ons bloed, want de dood lag aan onze borst, een bijtende vrucht, een volle, gele tumor gevormd naar de huid. Nant was een eenzame afstandsrenner in het huis; ik nam afscheid van hem, liet hem achter met een halve pijn en een halve angst, en volgde mijn eigen weg, de weg van het licht dat daagde boven de Cathmarw-heuvel en de Zwarte vallei. En, zijn eigen weg volgend klauterde hij in zijn eentje de stenen trap op naar de laatste toren. Hij legde zijn mond tegen haar wang en voelde aan haar tepel. Het onweer bedaarde toen zij hem aanraakte.

Hij sneed de citroen doormidden met de schaar die aan het koord aan haar rok bungelde.

En het onweer zette op terwijl ze dronken.

Dit was de komst van de dood in de innerlijke wereld.

De spotlach van het paard

Hij zag de pest op een wit paard het dorp binnenkomen. Het was een verkankerde ruiter met een steenpuist als hoed, die zijn beest over het gras, de keien en de kleurige heuvel galoppeerde. Pest, pest, riep Tom Twp, toen het paard aan de horizon zijn witte hoofd optilde en aan de sterren snuffelde. De kruidenier en de slager kwamen naar buiten, de eerste met een ei in zijn hand en de slager in zijn bebloede witte jas. Ze volgden de lijn van de opgeheven vinger met hun ogen, maar het paard was verdwenen, de bomen waren weinig spraakzaam en de vogels, die kris kras door de lucht vlogen, spraken geen enkel waarschuwend woord in de richting van de roekenkolonie van de dominee of naar de geketende spreeuwen in de salon van ApLlewelyn. 'Zo wit,' zei Tom Twp, 'als het ei in je hand.' Hij dacht aan de rauwe kop van de ruiter en fluisterde verlegen: 'Zo rood als moeders biefstuk in jouw vitrine.' De wolken kleurden donker, de zon verschool zich, de plotseling onstuimige wind legde drie hekken om en de koeien met blauwe ogen van de pest stonden midden in de pompoenenbedden te eten. Het ei viel en de rode dooier worstelde zich door de voegen tussen de klinkers, het wit mengde zich met de regen die van de rode jas druppelde. De kruidenier ging naar binnen met zijn besmeurde hand en de slager ging weer naar zijn stukken kalfsvlees. Tom Twp, die zijn uitgestrekte vinger nakeek naar de horizon, waar het pestpaard had staan stampen en was verdwenen, bereikte de donkere kerk toen de regen de aarde beu werd en zich in de hemel terugtrok. Hij rende tussen de graven door, waar de worm zich wentelde in de handen van de handelaar. Mevrouw ApLlewelyn stak een stenen borsthoogte boven het gras uit. Voorzichtig deed hij de deur open en stuitte op de dominee, die in het middenpad in gebed voor ontwapening verzonken was. 'Ontwapen leger en marine,' hoorde hij de dominee murmelen tegen de gebrandschilderde Christus, die met zijn geitige glimlachje boven hem hing en het roepen uit Cardiff en het rokende westen kon horen. 'Ontwapen de landstrijdkrachten,' bad de dominee. Daardoor verstoord, strafte God hem. 'Er heerst pest,' zei Tom Twp. ApLlewelyn, in de orgelgalerij, reikte naar de basknoppen. De witte pest zweefde door de kerk op de klanken van de muziek van de wilde vrijwilliger. Dominee en zondaar stonden onder de weerspiegelingen van de heilige familie en werden in elke rossige stralenkrans het bloedige haar gewaar. Voor de een klonk de stem van een bewapenende God in de echo van elk akkoord, en voor de ander de lach van het paard.

Een voor een gingen de spreeuwen dood; de laatst overgebleven vogel zong, met pijn in zijn keel, de late middag tegemoet. ApLlewelyn, die terugkwam van het musiceren en hemelbewonderen, hoorde de stem van de laatste spreeuw toen hij de afrit opliep. Waarom hoor ik geen begroeting, vroeg de vogelhouder zich af, van mijn spreeuwenparochie. Altijd, iedere dag van het jaar waren ze hevig in hun wiek geschoten geweest, hadden aan de schuiven van het raam gerukt dat op de vliegende wereld uitkeek; ze hadden tegen de vensters gekrast en met hun vleugels geflapperd op hun ondergescheten stokken, en hem begroet. Op de mat voor zijn voeten lagen zes spreeuwen, koud en stijf, de zevende rouwde om hen. De dood had in zijn afwezigheid zes zangers omgelegd. 'Hij die de mussen ziet vallen, heeft geen oog voor mijn vogels,' zei ApLlewelyn. Hij gaf de grote, bloedige dood een opdonder, en de dood, toegevend, ontlokte een laatste scheet aan de lichamen van de dode vogels.

'Pest, pest,' riep Tom Twp, staande in een nieuwe regen. Waar het huis van de begrafenisondernemer tussen de bomen was verdwenen, bulderde hij net als ApLlewelyn over de grote, bloedige dood; hij hoorde de roeken krassen in de bomen en zag een schaduw in galop. De bomen roken naar opium en muizen, wat Tom betreft twee versies van het helhoofdige beest dat binnen de grafkaders rondrende. In de boomtakken zaten, loodrecht van de aarde af, de uilen die de muizen aten en de monden van de rooskleurige bloemen die zich met opium voedden. Hij verkondigde de pest aan de schoorstenen van het Laatste Huis en het ene verlichte raam. De begrafenisondernemer kwam naar buiten in een lange overjas; niet vertrouwend op het licht van de maan, droeg hij een kaars in zijn gehandschoende hand en de kaars wierp drie schaduwen. Aan de middelste schaduw richtte Tom Twp zijn woorden over de komst van het witte. 'Zal ik,' zei de linkerschaduw, 'de ondoden van Wales de maat nemen?' 'De pest gaat te paard,' zei Tom Twp tegen de linkerschaduw en hij hoorde de donkerder rechterschaduw antwoorden.

'Geen enkel mensenmiddel helpt tegen de dood.' De dominee zoog door zijn pijp een dode rook naar binnen uit de neusgaten van het rondtrekkende paard, dat nu vanaf een verafgelegen berg naar Afrika hinnikte. En terwijl het donker zich verdiepte om de maan, die in een zee van licht aan het klimmen was, telde de dominee, gekastijd door God, zijn zegeningen, het laaiende vuur, de gloeiende tabak en de vorm van de diepe schedel. Dit vuur was de hel, de donkere ontkenning brandde als onkruid en de papaver brandde uit de rokende aarde. De lijnen van de schedel die zijn graf tekenden, waren de lijnen van de onkruidwereld; het gloeien in de tabak verflauwde; het onkruid stond tot aan de benen van de dominee, sleurde hem een diepere val in dan de val uit de hemel, en in een diepe slaap, zwaarder dan door de papaver.

Slager en bakker vielen die avond in slaap aan de zij van hun slapende vrouwen. Slager en bakker namen hun vrouwen gedachteloos; voor hen braken hun vrouwen andermaal hun vertrouwde maagdenvlies, hun opgerichte redders trokken, in mijn taal, de behaarde heuvel over. Boven hun winkels, de koude eieren die het leven bevatten, de kist waar de ratten de hele nacht met het adellijke vlees bezig waren, hadden de winkeliers geen tijd voor de dood. Ze voelden, in de overbevolkte ruimte tussen heup en buik, de actie van een derde minnaar. De dood in het laatste kraakbeen, diende zich op de valreep aan, en om twaalf uur op de spits van Cathmarw, vielen de torens.

'Zal ik de ondoden de maat nemen? Dit,' zei de begrafenisondernemer in zijn salon en wees door het gordijnloze raam naar de vorm van de nacht, 'dit is het graf voor degenen die bewegen en ademhalen. Hier lagen het slaperige lichaam, het rokende lichaam, het vlees dat een kaars brandde en de smeltende mensenwas.' 'Ga naar huis en sterf,' had hij tegen Tom Twp gezegd, en datzelfde andermaal tegen de malende maan zeggend, herinnerde hij zich het verhaal van de wederopstandige mannen, die een pratend lichaam uit het Cathmarw-veld hadden gestolen. Hij hoorde de doden om hem heen sterven, en een levende man in zijn verstelde pak het grind betreden op de laan naar het Laatste Huis. Cathmarw, badend in bloed, sliep een gat in de dag, Tom opgevouwen in de heg, slager en bakker stijf tegen hun liefjes aan en de dominee met een uitgebrande pijp losjes tussen zijn kaken. ApLlewelyn vilde de zes spreeuwen; op het laatst ging hij van zijn stokje met beide handen vol rode en geknakte veren; de zevende vogel, even naakt als zijn dode maatjes, zong, nog steeds rillend, op zijn ondergescheten stok. 'De pest is over ons gekomen,' zei mijnheer Montgomery, de begrafenisondernemer, want de wind echode het geluid van afscheid, en ook raakte de wind doortrokken van de stank van ontbindend vlees. In de huid van deze westelijke heuvels van Wales, door de aderen van het land, veranderde de wrijving van de pest in een kringloop van een zieke en onzichtbare belofte aan de wereld van het zaad; borrelend in de wortelstokken van de bomen, vergiftigde de dood de groene knoppen en kleurde de moedervlekken van het bos met een nieuwe tint. Mijnheer Montgomery gooide zijn glas azijn in het gezicht van de pest; het glas brak tegen het raam en de azijn liep in straaltjes langs de gebarsten ruiten. Hij plakte karton voor elk gat en elke barst en snoof de druipende azijn op, terwijl hij een doek voor het raam spijkerde om zich af te schermen tegen de nacht; hij vergrendelde en barricadeerde de deuren van zijn houten huis en stopte hoeken en gaten van de salon op zodat hij ten slotte begraven was in een doodskist met schoorstenen; hij pakte zijn moeders boek. 'Middeltjes voor de kwalen van lichaam en geest, ingrediënten voor een kom vol wederopstanding, oproepen aan de doden,' noemde Bronwen Montgomery het. De hand die openhartig aan de overvolle planeet schreef, hield een worm vast, en de regen striemde de letters van haar levende naam neer, en over Cathmarws pest schreef ze, in vertaling, dat het paard een wit beest was dat over de heuvel liep en bereden werd door een ruiter met een rauwe kop. 'Neem,' zei Bronwen, 'het bloed van een vogel en meng dat met wat menselijk materiaal. Neem, van een dode man en een dode vogel de dode schedels en giet het bloed van de vogel en het sterfelijke sap door de oogholtes. Roer met een vinger en, indien een dode vinger, drink dan mijn brouwsel op mijn graf.' Hij wierp haar boek terzijde. Er waren een vogel en een man in de niet buitengesloten duisternis, pest in de lendenen, gekriebel van veren in het vlees en de botten, opgestoken vingers in de bomen en er was een oog in de lucht. Dit waren zijn gewoonlijke visioenen; de pest kon het oog niet vertroebelen, noch kon de wind in de bomen zijn vingernagel splijten. De doodskist met schoorsteen ontgrendelend en ontsluitend liep hij het eenduidige visioen van de nacht in; de nacht was het bloed van één vogel, één zakje man, één vinger, opgestoken naar de veelvuldige en de bovenliggende wereld. Hij liep door het bos en door naar de stoffige weg die allerwegen naar Wales leidde, naar links, naar rechts, naar het noorden, naar het zuiden, neerwaarts door de begroeiing en omhoog door het oog van de hemel. Kijkend naar de verstilde bomen in het donker, arriveerde hij tenslotte bij het huis van ApLlewelyn. Hij opende het hek en liep het erf op. Daar, in de salon, lag ApLlewelyn met zes kaalgeplukte spreeuwen naast zich, de zevende was in de rouw. 'Neem, pak,' zei Bronwen vanaf het erf van Cathmarw, 'pak het bloed van een vogel.' Hij pakte een dode vogel op, rukte zijn keel open en ving het koude bloed op in zijn handen. 'Drink mijn brouwsel op mijn graf,' zei Bronwen in zijn oor. Hij vond een kopje op het buffet en vulde het voor de helft met het bloed van de gekrompen spreeuw. 'Hij ontbindt, maar hij moet wachten,' zei mijnheer Montgomery tegen de organist, 'tot ik haar brouwsel heb gedronken op haar graf.' 'Neem,' neem zei zijn moeder, 'het materiaal van de mens.' Hij haastte zich naar buiten en weg, hoorde nog het verdriet van de laatste spreeuw om dit nieuwe vertrek.

Tom Twp lag opgevouwen in de heg. Hij voelde het knipmes niet in zijn vinger en dat zijn groen uitgeslagen trouwring van zijn vinger gleed verontrustte hem niet in het minst.

De dominee, dood in zijn stoel, gaf geen kik toen zijn broek omlaag gleed tot op zijn laarzen, en belofte vulde de blaas van een vulpen.

Het kopje was vol. Mijnheer Montgomery roerde erin met een trouwringvinger en dronk ervan op het erf van Cathmarw, op het graf van zijn moeder. Naar binnen ging het rode brouwsel. De graven tolden om hem heen, de engelen bewogen op hun stenen, en de kistdeksels, maar dat kon de stille drinker niet zien, knarsten in hun scharnieren. Het vergif deed hem rillen en hij draaide op één voet om en om in zijn moeders graf. Het dode Cathmarw bewoog zich uit het houten gehucht naar de behaarde heuvel. Het haar op zijn schedel stond recht overeind. Bloed in zijn bloed, en terwijl de kouwe hap zaad van de dominee popelde om tot iets scheppends te komen, berekende hij het afnemen van de maan; de stilstaande zon gleed neerwaarts en het stelsel dat hij niet naar de aarde kon krijgen brak doormidden en viel in honderd sterren uiteen. Drie dagen gingen voorbij in een zucht, de vierde brak wolkenloos aan en ging weer onder aan te veel slagen van de uitgetelde torenspits. De vierde nacht stond op als een man; het visioen veranderde, een vrouw in de maan verlichtte de erven. Hij telde het afnemen van de zon. 'Te veel dagen,' zei hij, misselijk van zijn moeders brouwsel en de vergiftigde uren die hem voorbijgingen en nogmaals voorbijgingen en die op het grindpad een oude lap en een bot gewikkeld in een fletse overjas achterlieten. Maar naarmate de dagen vorderden werden de doden moe van het wachten. Tom, ongemakkelijk in die heg, stak een viervingerige hand omhoog om een gaap te onderdrukken die de laatste nog overgebleven huid op zijn gezicht deed scheuren. Slager en bakker leden pijn in een liefde die te lang duurde en vervloekten de bedden waar ze in geboren waren. De zes naakte spreeuwen namen de vleugels, de zevende zingend, en ApLlewelyn zweefde vanuit een diepe slaap de weer ontwaakte wereld in, waar de vogels om hem heen dansten. Dus, moe van het wachten, stonden de doden op en gingen op zoek naar de begrafenisondernemer, want het rotten was begonnen en hun vlees viel van hun botten tijdens het lopen, bij hun gang in die vreemde processie over de stoffige weg, die allerwegen naar de graven van Catmarw voerde.

Mijnheer Montgomery zag ze komen en terwijl een nieuw zonlicht over het veld neerdaalde, bood hij hun zijn kop met het brouwsel aan. Maar de doden weigerden zijn uitgestoken hand. Tom Twp hurkend, de dominee steriel, de slager en de bakker lomp in hun liefdes, en ApLlewelyn met zijn handen om de veren geklemd, klauwden aan de aarde en groeven een gezamenlijk graf. Ver, ver boven hen, krabden de naakte spreeuwen aan de hemel. Een duisternis daalde neer over het erf, maar trok weer op toen mijnheer Montgomery de dominee vragen stelde over de God van de dood. 'Wat is Gods dood?' Hij tilde zijn hoofd een stukje op van de grond en toen zei de dominee: 'God heeft mijn belofte afgenomen en hij kastijdde de aarde.' 'Ik ben uw grafdelver,' zei mijnheer Montgomery, toen de dominee zich zonder lijkwade het graf in liet zakken. 'Ik, ik heb u de belofte afgenomen,' zei hij terwijl de aarde zich sloot. 'Wat is de muziek van de dood? Eén noot of vele? Wat is het akkoord van verderf?' Aldus stelde de begrafenisondernemer zijn vragen, met het nu driekwart lege kopje in zijn in handschoen gestoken hand. 'Hij die de mussen ziet vallen heeft geen aandacht voor mijn vogels,' zei ApLlewelyn. 'Welke muziek is de dood? Wat moet ik, die niet langer de hoeder van de vogels is, weten over de muziek van de dood?' ApLlewelyn verdween in het tweede kwart van het graf. 'Ik, ik heb uw vogels omgebracht,' zei de begrafenisondernemer tegen de verdwijnende man. De slager was dood vlees. 'Laat mij uw banaliteiten beantwoorden,' zei de vrouw van de slager, terwijl ze de vloer van de dubbele kuil in de grond boende. 'Ik was liefde, ik ben dood en mijn man loopt nog altijd in mij rond.' 'Wat is de liefde van de dood?' zei de begrafenisondernemer tegen de vrouw. 'Laat mij uw banaliteiten beantwoorden,' zei de vrouw van de kruidenier. 'Ik was dood, ik ben liefde en mijn man gaat nog steeds zijn gang in mij.' Zij die vulden en werden gevuld, in een tweeruggige dood, vulden het derde kwartier. En Tom Twp, die zijn vingers telde aan de rand van hun akker, vond een tiende miraculeuze vinger, met een bloedrode nagel en een heldere halve maan, 'de Dood is mijn laatste vinger,' zei Tom Twp en dook het zich sluitende graf in. En zo bleef mijnheer Montgomery alleen achter bij de verlaten kerk, onder een verdwijnende maan. Een voor een gingen de sterren uit, een geperforeerde hemel achterlatend. Hij keek naar het graf en trok langzaam zijn jas uit.

De heksenschool

Op de Cader Piek was een school voor heksen waar de dochter van de dokter zeven plattelandsmeisjes in de leer van de onheilige wieg en de duivels angel onderwees. Op de Cader Piek bood het legendarische huis, eens half verwoest tijdens zwaar weer, aan de zeven meisjes onderdak, met echo's in de kelder en een omgekeerd kruis boven de ingang naar de binnenkamers. Hier, in het holst van de knolvormige heuvel, dromend van ziekte, hoorde de dokter zijn dochter de onder de Westelijke wortels woekerende machten aanroepen. Ze riep één duivel in het bijzonder aan, maar de Gehenna gaapte zelfs niet onder de heuvel, en de dag en de nacht gingen voort met hun beider vertrek; de hanen kraaiden en het koren viel in de dorpen en op de gele velden, terwijl zij de zeven meisjes leerde hoe de lust van de man, als een dood paard, het hoofd bood aan zijn geïnjecteerde mengsels. Zij was klein met stevige dijen; ze had rode wangen; ze had rode lippen en onschuldig uitkijkende ogen. Maar haar lichaam verstijfde wanneer ze de zwarte bloemen onder het wortelgetij aanriep; en wanneer ze de stolsels uit de bomen haalde om door de uiers van de koeien te wringen, staarden de starende zeven naar het opzwellen van de aderen in haar borst; zij stond naakt, bij het aanroepen van de duivel, en de zeven naakte figuren sloten zich in een kring om haar heen.

Wanneer ze ze over de complexe duivel onderwees, hief ze haar armen om hem binnen te laten. Drie jaren en een dag waren vervluchtigd sinds ze zich voor het eerst aan de maan had onderworpen, en, verdwaasd door het middernachtlicht, haar haren zeven malen in de zilte zee had gedoopt, en een muis in de honing. Zo stond ze, ongenomen nog, met haar liefde voor de verloren man; haar vingers verstijfden als het licht werd, als aan het borstbeen van de niet binnentredende duivel.

Mevrouw Price klauterde de heuvel omhoog en de zeven zagen haar. Het was de eerste avond van het nieuwe jaar, de wind hield zich stil op Cader Piek en een halfrode, veelbelovende schemering gleed over de rotsen. Achter de vroedvrouw zakte de zon, zoals een steen zinkt in een moeras, het donker borrelde eroverheen, en de modder zoog hem de bubbels van de bodemloze velden in.

In Bethlehem staat een gevangenis voor gekke vrouwen, en in Cathmarw, onder de bomen bij de pastorie, schreeuwde een zwart meisje het uit tijdens haar weeën. Ze was bang om als een koe in het stro te sterven en ze was bang voor het gekras van de roeken. Ze riep om de dokter op Cader Piek terwijl het oproerige Westen zich roerde in zijn graf. De vroedvrouw hoorde haar. Een zwart meisje lag te schudden in haar bed. Haar ogen waren stenen. Mevrouw Price klauterde de heuvel omhoog en werd door de zeven gezien.

Vroedvrouw, vroedvrouw, riepen de zeven meisjes. Mevrouw Price sloeg een kruis. Ze droeg een snoer van knoflook om haar hals. Voorzichtig voelde ze eraan. De zeven riepen uit alle macht en renden van het raam naar de binnenkamers, waar de dochter van de dokter knielend op haar blote knieën raad vroeg aan de zwarte pad, haar vertrouweling, en waar de helderziende kat tegen de muur lag te slapen. De vertrouweling bewoog zijn kop. De zeven dansten en schuurden met hun dijen langs de witte muur totdat het bloed er de fijne lijnen van vruchtbaarheid op aftekende. Hand in hand dansten ze tussen de duistere symbolen, onder de kaarten die de opkomst en neergang van de satanische seizoenen markeerden, en hun witte jurken zwierden om hen heen. De uilen begonnen te zingen, vloekend met de klanken van de plotseling ontwakende winter. Hand in hand draaiden de dansers om de zwarte pad en de dochter van de dokter, als zeven dansende herten met schuddende geweien, in het tumult van de onheilige zaal.

Ze is een heel zwarte vrouw, zei mevrouw Price, en maakte een buiginkje naar de dokter.

Hij ontwaakte bij het verhaal van de vroedvrouw uit een droom over ziekte, herinnerde zich de gebroken levenden, de zwarte ooglap en de echo, en de verwrongen silhouetten van het zevende zintuig.

Ze heeft het gedaan met een zwarte scharensliep.

Hij heeft haar diep verwond, zei de dokter, en veegde een lancet af aan zijn mouw.

Samen strompelden ze de rotsachtige heuvel af.

Aan de voet stuitten ze op een verschrikking, de verschrikking van de blinden die met hun witte stokken en armstompen op het ondoordringbare donker klopten; als twee wormen in de bast van een boom, hun buiken dicht tegen het rubberen sap en de lijmen van een tegendraads bos, kropen ze, hoed en tas stevig vasthoudend, nu over het pad dat naar de zwarte geboorte leidde. Van rechts en van links klonken de kreten van de kraamvrouw onder de takken door, doorboorde het dode hout, kwam uit de aarde, waar een mol nieste, en uit de lucht, uit het zicht van de worm.

Zij waren niet de enigen die die nacht overvallen waren door een stortvloed van blindheid; voor hen, zo voortstrompelend, was het land leeg en zonder mensen en slechts de slechtweerprofeten waarden rond. Drie ketellappers doken op uit de stilte naast de muur van de kapel. Kapel Cader, zei de pannenman. De dominee heeft het niet op ketellappers, zei Jan Emmer. Cader Piek, zei de scharensliep, en daar gingen ze, naar boven. Ze kwamen vlak langs de vroedvrouw; ze hoorde de schaar klikken, en het slaan met een tak op de emmers. Een, twee, drie en ze waren verdwenen, onzichtbaar schuifelend, terwijl zij haar rokken bijeenpakte. Mevrouw Price sloeg een kruis voor de tweede keer die dag en voelde aan de knoflook om haar hals. Een vampier met een schaar was een Pembroke duivel. En het zwarte meisje ging tekeer als een mager speenvarken.

Zuster, til je rechterhand op. Het zevende meisje hief haar rechterhand. Zeg nu, zei de dochter van de dokter: Sta op uit de bebaarde gerst. Sta op uit het groene, sluimerende gras in het dal van mijnheer Griffiths. Grote man, zwarte man, een en al oog, één tand, sta op uit het moeras van Cader. Zeg kus me duivel. Duivel kus me, zei het meisje, koel in het midden van de keuken. Kom uit de baardige gerst en kus me. Kom uit de baardige gerst en kus me. De meisjes giechelden in hun kring. Kom uit het groene gras en neem me. Kom uit het groene gras en neem me. Mag ik nu mijn kleren aandoen? zei de jonge heks, na haar ontmoeting met het onzichtbare kwaad.

Gedurende de uren van de vroege avond, bij de walm van de zeven kaarsen, sprak de dochter van de dokter over het sacrament van de duisternis. In de ogen van haar vertrouweling las ze het nieuws van de komst van iets groots en onheiligs; de toekomst lezend in de groene, lome ogen, zag ze, even duidelijk als de ketellappers de torenspits zagen, de zich verheffende komst van een beest in de huid van een hertenbok, het gehoornde beest met de omgekeerde naam, en de zwarte, zwarte, zwarte zwerver die een heuvel beklom voor de zeven wijze meisjes van Cader. Ze wekte de kat. Arme Bel, zei ze, terwijl ze hem tegen de haren in streek. En, Ding dong Bel, zei ze, en gaf de blazende kat een slinger.

Zuster, doe je linkerhand omhoog. Het eerste meisje hief haar linkerhand. Vooruit, nu prik je met je rechterhand een speld in je linkerhand. Waar is een speld? Hier, zei de dochter van de dokter, hier is een speld, hier in je haar. Ze maakte een gebaar over het zwarte haar en trok een speld uit de vlecht boven haar oor. Zeg ik bekruis je. Ik bekruis je, zei het meisje, en, met de speld in haar hand haalde ze uit naar de zwarte kat op de pijnbank van de schoot van de dochter.

Want de liefde kent vele vormen, kat, hond, varken of geit; er was een minnaar, eens geboeid door de mis, nu gevormd en gekneed naar het beeld van de wegschietende kat; met bloedende buik schoot hij langs de zeven meisjes, door de salon en langs de medicijnkamer de nacht in, de heuvel over; de wind likte aan zijn wond, en watervlug roetsjte hij de rotsen af, neerwaarts naar de verkoelende beek.

Hij passeerde de drie ketellappers als een bliksemschicht. Een zwarte kat brengt geluk zei de pannenman. Een bloedende kat brengt ongeluk, zei Jan Emmer. De scharensliep zei niets. Ze doken op uit de stilte naast de muur van het huis op de Piek en hoorden helse muziek uit de open deur. Ze keken steels door het gebrandschilderde raam en zagen de zeven meisjes voor hun ogen dansen. Ze hebben snavels, zei de pannenman. Zwemvliesvoeten, zei Jan Emmer. De ketellappers gingen naar binnen.

Om middernacht baarde het zwarte meisje haar baby, een zwart beest met de ogen van een jonge poes en een vlek bij een van de mondhoeken. De vroedvrouw dacht aan moedervlekken en fluisterde iets tegen de dokter over de wijnvlek op de arm van zijn dochter. Is-ie al rijp? zei mevrouw Price. De hand van de dokter schoot uit en zijn lancet sneed de baby onder zijn kin. Vooruit, huilen jij, zei mevrouw Price, die alle baby's even lief waren.

De wind huilde boven Cader en wekte de slaperige roeken, die vanuit de bomen hun gekras lieten horen en, luidruchtiger als ze waren dan de uilen, de overpeinzingen van de vroedvrouw verstoorden. Het was verkeerd van de roeken, die slaperige vogels op de zinken daken, om 's nachts te krassen. Wie had er een vloek over de roeken gelegd? De zon zou wellicht om tien over één in de ochtend opkomen.

Huilen jij, zei mevrouw Price, met de baby in haar armen, Dit is een gemene wereld. De gemene wereld sprak met een verwaaide stem tot de baby, die half smoorde tussen de plooien van de jas van de vroedvrouw. Mevrouw Price droeg een mannenpet en haar machtige borsten gingen op en neer onder haar zwarte blouse. Huilen jij, zei de gemene wereld, ik ben een oude man die je verblindt, een gemeen klein vrouwtje dat je kietelt en een droge dood die je verschrompelt. De baby begon te huilen, alsof er een vlo op z'n tong zat.

De ketellappers waren verdwaald in het huis en konden de binnenkamer niet vinden waar de meisjes met de vogelsnavels nog steeds op hun blote zwemvliesvoeten over de kasseien dansten. De pannenman opende de deur van de medicijnkamer, maar de potjes en het blad met messen brachten hem aan het schrikken. De gangen waren te donker voor Jan Emmer en de scharensliep verraste hem om een hoek. Jezus help, riep hij. De meisjes hielden op met dansen, want de naam van Jezus had geklonken in de buitenvertrekken. Kom binnen, en, Kom binnen, riep de dochter van de dokter tegen de welkome duivel. Het was de scharensliep die de deur vond, de kruk omdraaide en het kaarslicht binnenliep. Op de drempel kwam hij oog in oog met Gladwys te staan; hij was een inktzwarte reus met een baard van drie dagen. Zij bracht haar gezicht dicht bij het zijne en haar boetekleed viel af.

Op de heuvel liep de vroedvrouw al koerend met het pasgeboren kind in haar armen en achter haar zwoegde de dokter met zijn rammelende zwarte zak. De nachtvogels vlogen langs hen, maar de nacht was leeg en deze rusteloze vleugels en stemmen, die de leegte voor altijd in de weg stonden, waren de veren van schaduwen en de tongval van een onzichtbaar vliegen. Het plan achter de vorm van Cader Piek, van de met keien bezaaide borst van de heuvel en de kraters die als pokken in het groenzwarte vlees zaten, was slechts het plan van de wind, die tegen wil en dank uit alle hoeken van de ongevormde wereld zoden en stenen aanwaaide. De grassige vodden en botten van de steile heuvel, zo dacht de dokter bij zichzelf, terwijl hij omhoog klom in het spoor van de baby, die in herinneringen wegwiegde op de rug van een vreemd beest, waren samengekolkt uit de rommeltrommel van een winterwind. Maar de bedenksels van de dokter liepen op niets uit, want het zwarte kind stootte een zo schelle en harde schreeuw uit dat mijnheer Griffiths het in zijn tempel in de vallei kon horen. De vereerder van groenten, die onder zijn met vier spijkers aan de muur geslagen heilige pompoen stond, hoorde de schreeuw uit de hoogte neerdalen. Het was een wilde alruinwortel die op Cader schreeuwde. Mijnheer Griffiths haastte zich in de richting van de sterren.

Jan Emmer en de pannenman stapten het kaarslicht binnen en zagen een vreemd gezelschap. Nu in de binnenste kring in de kamer, omgeven door onvaste lichtjes, stonden de scharensliep en een naakt meisje; zij lachte naar hem, hij lachte naar haar, zijn handen grepen naar haar lichaam, zij verstijfde en ontspande, hij trok haar dicht tegen zich aan, ze glimlachte en verstrakte opnieuw en hij likte zijn lippen.

Jan Emmer kende hem niet als het werktuig van het kwade die de borsten en de blanke dijen van de adellijke vrouw ontblootte, had hem niet gezien als een onweerstaanbare zwarte man met een glimlach die vrouwen deed smelten en de poorten van de liefde forceerde. Hij herinnerde zich een zwarte reisgenoot die de dorpsscharen sleep, en in de schaduwen, wanneer de ketellappers zich te slapen legden, een koolzwarte schaduw, stil als de meereizende heggen.

Was deze lange vent, mompelde de pannenman, die zo, zonder zich zelfs ook maar even voor te stellen, plompverloren, de dochter van de dokter nam, was dat Tom de scharensliep? Ik ken hem van onderweg in de hitte van de zon: een zwarte, driedubbelgejaste ketellapper.

En, als een god, boog de scharensliep zich over Gladwys, hij genas haar wond, zij verdroeg zijn balsem en zijn vuur, ze brandde voor het torenaltaar en het zwarte offer was gebracht. Ze maakte zich van hem los, haar offergave, het vlies van een lam, was doorsneden en kapot, maar ze glimlachte en riep dapper: Dans, dans, mijn zeven. En de zeven dansten, met schuddende geweien in het tumult van de onheilige kamer. Een heksenraad, een heksenraad, riepen de zeven onder het dansen. Ze wenkten de pannenman bij de deur vandaan. Hij liep langzaam naderbij en ze namen hem bij de hand. Dans, dans, vreemde man van ons, riepen de zeven. Jan Emmer sloot zich aan, zijn emmers rammelden, en meteen sleurden ze hem mee in een steeds vuriger dansritme. De scharensliep in de kring danste als een toren. Ze vlogen rond en rond en geen riep er harder dan de twee ketellappers in het midden van het zwierende gezelschap en de dochter van de dokter was als een veertje in hun midden. Ze dreef hen tot een sneller ritme, willig als weerhanen in honderd grillige winden; ze waren tollende figuren in de wind van hun jurken, op de muziek van de scharen en de metalen pannen; ze draaide duizelingwekkend tussen de dansende hoepels, de wielen van kleed en van haar en de draaiende bloedige kegels; de kaarsen werden bleek en scheef in de wind van de dans; ze zwierde in de armen van de ketellapper, van de scharensliep, tegen zijn donkere vochtige lijf, ze rook zijn vel en ze rook de zeven feeksen.

Op dat moment kwamen de dokter, de vroedvrouw en de baby zo stil als maar mogelijk was de deur binnen. Slaap zacht, Pembroke, want je duivels hebben je verlaten. En wee Cader Piek, dat de zwarte man danst in mijn huis. Die wilde avond moest wel het einde van het kwaad betekenen. Het graf had gegaapt en de zwarte adem was opgestegen.

Hier dansten de metamorfosen van het stof van Cathmarw. Bezink, as van de mensheid, want de feniks zal, wee Cader, uit u oprijzen in mijn mooie vierkante huis. Mevrouw Price liet haar vingers over haar knoflook gaan en de dokter stond er treurend bij.

De zeven zagen hen. Een heksenraad, een heksenraad, riepen ze. Eén, die langs hen danste, deed een greep naar de dokters hand; een volgende danseres greep hem om zijn middel en, ondersteboven van het blanke vlees van hun armen, danste de dokter. Wee, wee Cader, riep hij, terwijl hij tussen de maagden zwierde, en zijn danspassen alsmaar sneller werden. Hij hoorde zijn stem omhoogschieten; zijn voeten scheerden over de zilveren kasseien. Een heksenraad, een heksenraad, riep de dansende dokter en hij boog bij het dansen.

Plotseling werd mevrouw Price, die de zwarte baby knuffelde, omringd bij de ingang van de kamer. Twaalf dansers sloten haar in, en vreemde handen trokken aan de baby aan haar borst. Kijk, kijk, zei de dochter van de dokter: Het kruis in de zwarte hals. Er zat bloed onder de kin van de baby op de plek waar een scherp mes was uitgegleden. De kat, riepen de zeven, De kat, de zwarte kat. Ze hadden de behekste duivel vrijgelaten, die in het lichaam van de kat huisde, in het menselijke geraamte, in vlees en hart uit de Gehenna van de dalwortels en in het beeld van het schepsel dat zijn wonden likte in de verafgelegen beek. Hun magie was volbracht; ze legden de baby neer op de stenen en de dans werd voortgezet. Slaap zacht, Pembroke, fluisterde de dansende vroedvrouw, Verroer je niet, jij lege landstreek.

Aldus trof de laatste bezoeker die avond de dertien dansers in de binnenkamer van Cader House aan: een zwarte man en een blozend meisje, twee sjofele ketellappers, een dokter, een vroedvrouw en zeven plattelandsmeisjes, die hand in hand onder de kaarten met opkomst en val van de satanische seizoenen zwierden. Ze waren omgeven door de symbolen van de duistere ambachten en draaiden duizelingwekkend en met hoogopklinkende stemmen in de rondte terwijl ze buigingen maakten naar het omgekeerde kruis boven de ingang naar de binnenste kamer.

Mijnheer Griffiths, half verblind door het staren van de maan, wierp een blik naar binnen en zag hen. Hij zag de pasgeboren baby op de koude stenen. Onopgemerkt in de schaduw naast de deur, sloop hij naar de baby toe en zette het kind op zijn voeten. De baby viel. Geduldig zette mijnheer Griffiths hem nogmaals overeind. Maar de kleine alruinwortel wilde niet lopen die avond.

De muis en de vrouw

I

Onder de goten van het gekkenhuis kondigden vogels met hun gezang de lente aan. Een gek achter een van de bovenramen kon ze met zijn hondengehuil niet van de wijs brengen en hun melodietjes hielden zelfs niet op toen hij zijn handen tussen de tralies door stak en vlak bij hun nesten naar de lucht graaide. Een frisse geur waaide op de wind mee rond het witte gebouw en over de omliggende terreinen. De gestichtsbomen wuifden als groene handen over de muur naar de buitenwereld.

In de tuinen zaten de patiënten en keken naar de zon of naar de bloemen of naar niets, of ze liepen sereen over de paden en hoorden het grind onder hun voeten knarsen, een hard, opdringerig geluid. Op de gazons zou je haast spelende kinderen verwachten, niet luidruchtig, in veelkleurige kleren. Het gebouw bood, eveneens, een liefelijke aanblik, alsof het alleen maar weet had van de vriendelijke dingen van het leven en verfijnde gevoelens. In een tussenkamer zat een kind dat zijn dubbele duim had afgeknipt met een schaar.

Een stukje van het hoofdpad af, dat van het huis naar de poort liep, zat een meisje dat met haar opgeheven armen naar de vogels gebaarde. Ze lokte de mussen met kleine beweginkjes van haar vingers, maar zonder succes. Het is vast voorjaar, zei ze. De mussen kwetterden uitbundig en hielden toen op.

Het gehuil in de bovenkamer begon opnieuw. Het gezicht van de gek was stijf tegen de tralies gedrukt. Hij deed zijn mond wijd open, blafte naar de zon en luisterde met meedogenloze concentratie naar de buigingen van zijn stem. Met zijn niet-ziende ogen gefixeerd op de groene tuin, hoorde hij het rondgaan van de jaren, en ze weken zachtjes terug. Nu was er geen tuin. De ijzeren tralies smolten onder de zon. Als een bloem opende zich trillend een nieuwe kamer.

2

Hij werd wakker toen het nog donker was en hij keerde de droom in gedachten om en om, totdat elk symbooltje zwaar werd van een eigen betekenis. Maar er waren symbolen die hij zich niet kon herinneren, want die kwamen en gingen te snel, tussen het geratel van de bladeren, de gebaren van vrouwenhanden die de lucht bezweerden, het vallen van regen en het neuriën van de wind. Hij herinnerde zich haar ovale gezicht en de kleur van haar ogen. Hij herinnerde zich wel de klank van haar stem, maar niet wat ze zei. Ze liep weer vermoeid heen en weer over dezelfde strook gras. Wat ze zei dwarrelde neer met de bladeren en stierf weg in de wind, wiens broer de ruiten liet rammelen als een oude man.

Er waren zeven vrouwen geweest, in een bizarre tragedie van een Griek, elk met hetzelfde gezicht en elk gekroond met eenzelfde hoepel van dwaas, zwart haar. Een voor een liepen ze over de strook gras en verdwenen. Ze trokken hetzelfde gezicht naar hem, onuitstaanbaar uitgeput en met hetzelfde lijden.

De droom was veranderd. Waar eerst de vrouwen waren, was nu een laan met bomen. En de bomen leunden voorover, stonden hand in hand en werden een zwart bos. Hij had er zichzelf, absurd in zijn naaktheid, diep in zien lopen. Toen hij op een dode tak trapte werd hij gebeten.

Toen was daar weer haar gezicht. Zijn droom was leeg, op haar vermoeide gezicht na. En de kleine veranderingen in de droom, en ook de hemelse veranderingen, de hendels van de bomen, alsook hun getande twijgen, dat waren de mechanismen van haar delirium. Niet de ziekte van de zonde lag op haar gezicht. Het was eerder de ziekte van nooit te hebben gezondigd of goedgedaan.

Hij stak de kaars aan op het grenen tafeltje naast zijn bed. Kaarslicht maakte een kermis van de schaduwen in de kamer en wekte de vervormde schaduwmannen uit de hoeken tot leven. Voor het eerst hoorde hij de klok. Tot op dat moment was hij doof geweest voor alles behalve de wind aan de andere kant van het raam en de heldere wintergeluiden van de nachtwereld. Maar nu klonk het gestage tik-tak-tik als het hart van iemand die in zijn kamer verstopt zat. Nu kon hij de nachtvogels niet horen. De luidruchtige klok smoorde hun roepen, of de wind was te koud voor ze en veroorzaakte opschudding in hun veren. Hij herinnerde zich het donkere haar van de vrouw in de bomen en dat van de zeven vrouwen die over de strook gras liepen.

Hij kon de stem van de rede niet langer aanhoren. Hij voelde de klop van een nieuw hart aan zijn zijde. Voldaan liet hij de droom het ritme ervan voorschrijven. Vaak stond hij op wanneer de zon onderging en liep hij, in de maanzieke zwartheid onder de sterren de heuvel op en voelde de wind in zijn haar en neusgaten kriebelen. De ratten en de konijnen op zijn hoge heuvel kwamen in het donker naar buiten en de schaduwen boden troost voor het licht van de verblindende zon. De donkere vrouw was ook uit de duisternis opgestaan en trok de sterren bij honderden naar beneden en toonde hem een mysterie dat hoger in de nachthemel hing en scheen dan alle planeten die zich achter de gordijnen verdrongen.

Hij viel weer in slaap en werd wakker van de zon. Toen hij zich aankleedde, krabbelde de hond aan de deur. Hij liet hem binnen en voelde zijn natte snoet tegen zijn hand. Het was warm voor een midwinterdag. Het kleine beetje wind dat er was kon de bijt van de hitte niet wegnemen. Toen hij het slaapkamerraam opendeed, vervormden de ongelijke de beelden op zijn netvlies tot harde lichtbanen.

Tijdens het eten probeerde hij niet aan de vrouw te denken. Ze was uit de diepe duisternis opgekomen. Nu was ze weer weg. Ze is verdronken, dood, dood. In de schone schittering van de keuken, tussen de witte planken, de reproducties van oude vrouwen, de koperen kandelaars, de borden op de planken en de geluiden van ketel en klok, aarzelde hij tussen in haar geloven en haar ontkennen. Nu concentreerde hij zich op de lijntjes in haar nek. De jungle van haar haar doorbrak het donkere oppervlak. Hij zag haar vlees in het gesneden brood; haar bloed, dat nog steeds door de kanalen in haar mysterieuze lichaam stroomde, zag hij in het bronwater.

Maar een nieuwe stem vertelde hem dat ze dood was. Ze was een vrouw in een krankzinnig verhaal. Hij dwong zichzelf de stem te horen die zei dat ze dood was. Dood, levend, verdronken en opgestaan. De twee stemmen schreeuwden tegen elkaar op in zijn hoofd. Hij kon de gedachte niet verdragen dat de laatste vonk in haar was gedoofd. Ze leeft, ze leeft, schreeuwden de twee stemmen tegelijk.

Toen hij de lakens op zijn bed gladstreek, zag hij een notitieblok en hij ging aan tafel zitten met een potlood in de aanslag in zijn hand. Boven de heuvel vloog een havik. Zeemeeuwen, zwevend op bewegingloze vleugels, kwamen roepend voorbij zijn raam. In een hol in de heuvelhelling vlak bij de konijnenholen, zoogde een moederrat haar jongen en de zon klom hoger tussen de wolken.

Hij legde zijn potlood neer.

3

Op een winterochtend, tijdens een wandeling in de tuin, nadat de laatste roep van de haan was weggestorven, verscheen zij, die zo lang met hem had opgetrokken in al haar jeugdige schoonheid voor hem. Ze had gehuild om haar vrijheid, om niet langer in zijn dromen te hoeven vertoeven. Was zij er niet geweest, in den beginne, dan was er geen begin geweest. Ze had in zijn buik bewogen, toen hij een jongen was, en zijn jongenskruis geprikkeld. En ten slotte had hij haar die vanaf het begin bij hem was geweest geboren laten worden. Een hond, een muis en een donkere vrouw waren toen zijn huisgenoten.

4

Het is niet gering, dacht hij, dit geschrijf hier voor me. Het is het verhaal van de schepping. Het is het verhaal van geboorte. Er was iets uit hem ontstaan. Er was een wezen geboren, niet uit de baarmoeder, maar uit de ziel en het malende hoofd. Hij was naar het huis op de heuvel gekomen om het wezen in zijn binnenste te laten rijpen en uit het zicht van de mensen geboren te laten worden. Hij begreep wat de wind die de schreeuw van de vrouw had meegenomen had geschreeuwd in zijn laatste droom. Laat me geboren worden, had de wind geschreeuwd. Hij had een vrouw het leven gegeven. Zijn vlees zou het hare zijn en het leven dat hij haar had gegeven, zou haar doen lopen, praten en zingen. En hij wist ook dat zij op de blocnote haar definitieve vorm zou vinden. In de potloodpunt schuilde een orakel.

Hij ging naar de keuken om af te wassen. Na het laatste bord keek hij de kamer rond. In de hoek naast de deur zat een gat niet groter dan een halve kroon. Hij vond een klein vierkant stukje blik en spijkerde het over het gat, zodat er absoluut niets door naar binnen of naar buiten kon. Toen deed hij zijn jas aan en liep de heuvel over naar zee.

Brekende golven sprongen op van het inkomende tij en kwamen neer in de rotsspleten, waar ze ontelbare poelen vormden. Hij klom naar beneden, naar het halvemaanvormige strand en de schelpenclusters braken niet toen zijn voet erop landde. Hij voelde zijn hart in zijn zij kloppen en liep naar waar de grotere rotsen halsbrekend naar het gras omhoog klommen. Daar, aan hun voet, met haar ovalen gezicht op hem gericht, stond zij en glimlachte. De zilte spray streelde haar naakte lichaam en het schuim van de zee gleed ongemerkt over haar voeten. Ze tilde haar hand op. Hij liep naar haar toe.

5

Ze wandelden door de avondkoelte in de tuin achter het huis. Ze had haar naaktheid bedekt nu, maar geen sprankje van haar schoonheid verloren. Op slippers liep ze even bevallig als op blote voeten. Er was iets waardigs in hoe ze haar hoofd hield en haar stem klonk als een klok. Naast haar lopend over het smalle pad, hoorde hij geen enkele wanklank in het massale gekrijs van de meeuwen. Ze wees met haar vinger op vogels en struiken, verleende nieuwe glans aan vleugels en bladeren, aan het zuur kolkende water over de kiezels en bracht de dode boomtakken opnieuw tot leven.

Het is rustig hier, zei ze, toen ze naar de zee en het vallen van de avond boven land stonden te kijken. Is het altijd zo rustig?

Niet wanneer er stormen meekomen met het tij, zei hij, over de heuvel spelen jongens, verliefde stellen gaan naar het strand.

De late avond ging zo snel over in nacht dat waar zij stond een schim stond onder de maan. Hij pakte de schim bij de hand en samen renden ze naar het huis.

Je was eenzaam voor ik kwam, zei ze.

Toen er een sintel sissend door het rooster viel, schoot hij in zijn stoel naar achteren en maakte een verschrikt gebaar met zijn hand.

Wat schrik jij snel, zei ze, mij kan niets bang maken.

Maar ze overdacht haar woorden en begon weer te praten, zachtjes, deze keer.

Op een dag heb ik misschien geen benen meer om op te lopen, geen handen om mee aan te raken. Geen hart in mijn borst.

Kijk naar de miljoenen sterren, zei hij. Ze vormen een patroon in de lucht. Het lijkt een patroon van letters, ze spellen een woord. Op een nacht kijk ik omhoog en dan lees ik het woord.

Maar ze kuste hem en verjoeg zijn angst.

6

De gek herinnerde zich haar stembuigingen, weer hoorde hij het ruisen van haar jurk en zag hij de ontzagwekkende welving van haar borsten. Zijn eigen ademhaling donderde in zijn oren. Het meisje op het bankje gebaarde naar de mussen. Ergens zat een kind tevreden geluidjes te maken, het aaide de benen van een houten paard dat hinnikte en toen ging liggen.

7

De eerste nacht sliepen ze samen, zij aan zij in het donker, hun armen om elkaar heen. De schaduwen in de hoek waren gefatsoeneerd en goedgevormd in haar aanwezigheid, ze raakten hun oude gedrochtelijkheid kwijt. En de sterren keken op hen neer en schenen in hun ogen.

Morgen moet je me vertellen wat je droomt, zei hij.

Dat zal dan zijn wat ik altijd al droom, zei zij, ik loop over een strook gras heen en weer en heen en weer, tot mijn voeten ervan bloeden. Zeven verschijningen van mij die almaar heen en weer lopen.

Dat droom ik ook, zeven is een magisch getal.

Magisch? zei ze.

Een vrouw maakt een wassen man, doet een naald in zijn borst; en de man sterft. Iemand heeft een kleine duivel en vertelt hem wat-ie moet doen. Een meisje sterft, je ziet haar lopen. Een vrouw verandert in een heuvel.

Ze legde haar hoofd op zijn schouder en viel in slaap.

Hij kuste haar op de mond en liet zijn hand door haar haar glijden.

Zij sliep, maar hij niet. Klaarwakker staarde hij de duisternis in. Nu was hij ondergedompeld in angst en het zuigende water sloot zich boven zijn schedel.

Ik, ik heb een duivel, zei hij.

Ze bewoog zich even bij het geluid van zijn stem en toen lag haar hoofd weer stil en haar lichaam lang langs de plooien van het koele bed.

Ik heb een duivel, maar ik zeg hem niet wat-ie moet doen. Hij tilt mijn hand op, ik schrijf. Plotseling komen de woorden tot leven. En zij is dus een vrouw van de duivel.

Ze maakte een tevreden geluidje en kroop zelfs nog dichter tegen hem aan. Haar adem voelde warm in zijn nek en haar voet lag, als een muis, op de zijne. Hij zag hoe mooi ze was in haar slaap. Haar schoonheid kon onmogelijk uit het kwaad zijn voortgekomen. God, naar wie hij in zijn eenzaamheid had gezocht, had haar voor hem gemaakt net als hij Eva voor Adam had gemaakt, uit een rib van Adam.

Hij kuste haar weer en zag haar glimlachen in haar slaap.

God aan mijn zijde, zei hij.

8

Hij had niet met Rachel geslapen en was naast Lea wakker geworden. Over haar wangen lag een bleek ochtendlicht. Hij liet er zachtjes zijn nagel over gaan. Ze bewoog niet.

Maar er was geen vrouw geweest in zijn droom. Er had zelfs geen haar van een vrouw uit de hemel gehangen. God was neergedaald in een wolk en de wolk was veranderd in een slangennest. Het valse gesis van slangen had de indruk gegeven van stromend water, en hij was verdronken. Steeds dieper was hij gezonken, tussen groene coulissen en de bellen die de vissen uitbliezen, dieper en dieper, tot aan de benige bodem van de zee.

Toen, tegen de achtergrond van een wit gordijn, hadden er mensen bewogen, bewogen met geen ander doel dan het uitbrengen van onzinnigheden.

Wat heb je onder de boom gevonden?

Een piloot.

Nee, nee, onder de andere boom?

Daar lag een fles met een foetus.

Nee, nee, onder de andere boom?

Een muizenval.

Hij was onzichtbaar geweest. Van hem was er alleen maar zijn stem geweest. Hij was over zwarte tuinen gevlogen, en zijn stem, gevangen in een wirwar van radioantennes, had gebloed alsof het iets van vlees en bloed was. Mannen in dekstoelen luisterden naar de luidsprekers die zeiden:

Wat heb je onder de boom gevonden?

Een man van was.

Nee, nee, onder de andere boom?

Hij kon zich niet veel meer herinneren dan de losse flarden van zinnen, de beweging van een zich draaiende schouder, de plotselinge vlucht of val van lettergrepen. Maar langzaam drong de betekenis tot hem door. Hij kon elk symbool van zijn dromen vertalen, en hij pakte het potlood op om te zien of ze in klare taal op het papier op eigen benen konden staan. Maar de woorden wilden niet komen. Hij dacht dat hij fluwelen pootjes hoorde krabbelen achter de muur. Maar toen hij zich stilhield om aandachtig te luisteren, hoorde hij geen geluid.

Ze deed haar ogen open.

Wat ben je aan het doen? zei ze.

Hij legde het papier weg en kuste haar voor ze opstonden om zich aan te kleden.

Wat heb je gedroomd vannacht? vroeg hij haar na het ontbijt.

Niets. Ik sliep, meer niet. Wat heb jij gedroomd?

Niets, zei hij.

9

Schepping gilde in de stoom uit de ketel, in de lichtmonden op het aardewerk en over de vloer, die zij veegde zoals een kind de vloer van een poppenhuis veegt. Haar verschijning was één groot eb en vloed van schepping, één en al transcendente vaart van zijn en leven in de zorgeloze plooi vlees van schouderblad tot elleboog. Hij wist niet, na de verschrikking die hij had ontdekt bij het vertalen van de symbolen, waarom de zee nou met de kam van elke golf naar de vruchtbare en feilloze sterren moest wijzen en waarom een beeld van vruchtbaarheid de maan moest verstoren in haar dode koers.

Die avond bepaalde zij de vorm van zijn beelden. Ze gaf licht, en naast haar, bij wie de olie van het leven in elke porie van haar hand glinsterde, verbleekte het licht van de lamp.

En nu, in de tuin, herinnerden zij zich hoe ze de eerste keer in de tuin hadden gelopen.

Je was eenzaam voor ik kwam.

Wat ben je toch schrikachtig.

Met het bedekken van haar naaktheid had ze niets van haar schoonheid verloren. Hoewel hij naast haar had geslapen, had hij zich tevredengesteld met de verkenning van haar buitenkant. Nu trok hij haar haar kleren uit en legde haar op een bed van gras.

10

De muis had op deze huwelijksvoltrekking gewacht. Met knipperende ogen kroop hij heimelijk door de gang achter de keukenmuur, die bezaaid was met stukjes aangevreten papier. Heimelijk, op zijn kleine kussenvoetjes, tastte hij zich een weg door de duisternis, zijn nagels krasten over het hout. Heimelijk tripte hij tussen de muren, schreeuwde naar het blinde licht door de spleten en knaagde zich een weg door het blikken vierkant. Maanlicht viel traag de ruimte binnen, waar de muis zich, door middel van zijn vernietigende werk, naar het licht toe werkte. Het laatste obstakel viel weg. En de muis stond roerloos op de kraakheldere tegels van de keukenvloer.

11

Die avond vertelde hij over de liefde in de Hof van Eden.

In het oosten was een tuin aangelegd en daarin woonde Adam. Eva was voor hem gemaakt, uit hem, been van zijn been, vlees van zijn vlees. Ze waren naakt als jij op het strand, maar Eva was zeker lang zo mooi niet. Ze aten met de duivel en zagen dat ze naakt waren, en ze bedekten hun naaktheid. Voor het eerst zagen ze het kwaad in hun onbedorven lichamen.

Dan zag je kwaad ook in mij, zei ze, toen ik naakt was. Ik ben net zo lief naakt als gekleed. Waarom heb je mijn naaktheid toegedekt?

Het was niet goed om naar te kijken, zei hij.

Maar het was mooi. Je zei zelf dat het mooi was, zei ze.

Het was niet goed om naar te kijken.

Je zei dat het lichaam van Eva goed was. En toch zeg je dat het niet goed was om naar mij te kijken. Waarom heb je mijn naaktheid toegedekt?

Het was niet goed om naar te kijken.

12

Welkom, zei de duivel tegen de gek. Kijk me aan. Ik word groter en groter. Kijk hoe ik groei. Zie mijn droevige Griekse blik. En het verlangen in mijn donkere ogen om geboren te worden. O, dat was de beste grap van allemaal.

Ik ben een gestichtsjongen en ik ruk vogels hun vleugels af. Denk aan de leeuwen die werden gekruisigd. Wie weet dat niet ik het was die de deur opende van Christus' graf, zodat hij eruit kon kruipen.

Maar de gek had dat welkom keer op keer gehoord. Steeds sinds de avond van de tweede dag, na hun liefde in de tuin, toen hij haar had verteld dat het niet goed was naar haar naaktheid te kijken, had hij het welkom in de stromende regen horen klinken en de welkomswoorden in de zee gebrand zien staan. Toen de eerste lettergreep in zijn oor had geklonken, had hij geweten dat niets ter wereld hem kon redden, en dat de muis zich zou gaan vertonen.

Maar de muis was er al.

De gek schreeuwde naar beneden, naar het wenkende meisje, dat nu steeds dichter werd benaderd door een leger van vogels op een tak.

13

Waarom heb je mijn naaktheid toegedekt?

Het was niet goed om naar te kijken.

Waarom, dan: Nee, nee onder de andere boom?

Het was niet goed, ik vond een kruis van was.

Terwijl zij hem ondervroeg, niet scherp, maar verbaasd dat hij, van wie ze hield, haar naaktheid onrein kon vinden, begon hij flarden van oude klaagzang in haar vragen te herkennen.

Waarom dan, zei ze, Nee, nee, onder de andere boom?

Hij hoorde zichzelf antwoorden: Het was niet goed, ik vond een sprekende doorn.

Werkelijke dingen bleven maar van plaats wisselen met onwerkelijke en, toen een vogel in een lied losbarstte, hoorde hij diens stembandveren diep in zijn keel ratelen.

Ze verliet hem met een glimlach en een vraag op haar lippen en verdween over de heuvel in het halfdonker, waar het huis stond als een tweede vrouw. Maar ze keerde tien keer terug, in tien verschillende vormen. Ze ademde in zijn oor, aaide met de rug van haar hand over zijn droge mond en deed de lamp aan in de woonkamer van het huis, meer dan een mijl verderop.

Het werd donkerder, terwijl hij naar de sterren staarde. De wind sneed door de nieuwe nacht. Heel plotseling schreeuwde er een vogel boven de bomen, en een uil, belust op muizen, floot in het verafgelegen bos.

Zijn hartslag liep niet synchroon met de groene Sirius die een oog in het oosten was. Hij sloeg zijn hand voor zijn ogen, zo verdween de ster, en liep langzaam naar de lamp die in de verte brandde, in het huis. En alle elementen samen, van wind en zee en vuur, van liefde en het voorbijgaan van liefde, kwamen tezamen in een hem nauw omsluitende kring.

Ze zat niet, zoals hij had verwacht, voor het vuur met een glimlach de plooien in haar jurk te bekijken. Beneden aan de trap riep hij haar naam. Hij wierp een blik in de lege slaapkamer, en riep haar naam in de tuin. Maar ze was weg, samen met alle mysterie van haar aanwezigheid. En de schaduwen waarvan hij had gedacht dat ze bij haar komst waren verdwenen, krioelden weer in de hoeken en mompelden tegen elkaar in hun vrouwenstemmen. Hij draaide de kous in de lamp omlaag. Toen hij naar boven ging, hoorde hij de stemmen in de hoeken sterker en sterker worden tot uiteindelijk het hele huis ervan schudde en de wind niet meer te horen was.

14

Met tranen over zijn wangen en een stekende pijn in zijn hart viel hij in slaap, waar hij eindelijk belandde bij een in een wolk uitgesneden nis waarin zijn vader zat.

Vader, zei hij, ik ben de wereld overgetrokken op zoek naar iets dat mijn liefde verdient, maar ik heb het weggejaagd en nu loop ik van de ene plaats naar de andere en klaag over mijn afzichtelijkheid en hoor mijn eigen stem in de stemmen van de kwartelkoningen en de kikkers en zie mijn eigen gezicht in de orakelkoppen van de beesten.

Hij strekte zijn armen uit, wachtend tot er woorden vielen uit die oude mond, die schuilging onder een van tranen berijpte, witte baard. Hij smeekte de oude man om iets te zeggen.

Zeg iets tegen mij, je zoon. Weet je nog hoe we samen op het bordes uit de klassieken lazen. Of hoe je op een Ierse harp zat te tingelen tot de ganzen, als de zeven ganzen van de Wandelende Jood, gakkend het luchtruim kozen. Vader, praat tegen mij, je enige zoon, een verloren zoon uit de bloemperkpleinen van de plattelandsstadjes, uit de geuren en geluiden van de stad, uit de doornige woestijn en de diepzee. Je bent een wijze oude man.

Hij smeekte de oude man om iets te zeggen, maar toen hij dichterbij kwam en hem in het gezicht keek, zag hij de kleur van de dood over zijn mond en ogen liggen en een nest muizen in de wirwar van de bevroren baard.

Het was zwak om te vliegen, maar hij vloog. En het was een zwakheid van het bloed om onzichtbaar te zijn, maar hij was onzichtbaar. Tegelijkertijd redeneerde hij en was hij een onberedeneerde dromer, hij kende zijn zwakheid en de waanzin van het vliegen, maar hij bezat de kracht niet om het te overwinnen. Hij vloog als een vogel over de velden, maar algauw verdween het vogellichaam en was hij een vliegende stem. Een open raam wenkte hem dichterbij met klapperende luiken, zoals een vogelverschrikker een wijze vogel wenkt met zijn wapperende lappen, en daar vloog hij het open raam naar binnen en streek neer op een bed naast een slapend meisje.

Wakker worden, meisje, zei hij, ik ben je minnaar in de nacht.

Ze werd wakker van zijn stem.

Wie riep daar?

Ik.

Waar ben je?

Ik zit op het kussen, naast je hoofd en ik praat in je oor.

Wie ben je?

Ik ben een stem.

Hou dan op met in mijn oor te roepen en hup in mijn hand, zodat ik je kan aanraken en kietelen. Hup in mijn hand, stem.

Hij vleide zich stil en warm in haar palm.

Waar ben je?

Ik zit in je hand.

Welke hand?

De hand op je borst, je linkerhand. Maak geen vuist, anders druk je me nog fijn. Voel je mijn warmte niet in je hand? Ik zit vlak tegen je vingers aan.

Praat tegen me.

Ik had een lichaam, maar ben altijd een stem geweest. Nu kom ik in mijn ware gedaante naar je toe in de nacht, als een stem op jouw kussen.

Ik weet wat je bent. Jij bent de stille kleine stem waar ik niet naar moet luisteren. Ze hebben tegen me gezegd dat ik niet moest luisteren naar die stille, kleine stem in de nacht. Het is slecht om naar je te luisteren. Je moet niet meer komen. Je moet weggaan.

Maar ik ben je minnaar.

Ik moet niet naar je luisteren, zei het meisje, en kneep plotseling haar hand dicht.

15

Hij kon de tuin in gaan, zonder acht te slaan op de regen, en zijn gezicht in de natte aarde begraven. Met zijn oren dicht tegen de aarde gedrukt zou hij onder grond en gras het machtige hart horen zwoegen alvorens het brak. In zijn dromen zou hij tegen een bepaalde persoon zeggen, Til me op. Ik weeg nog maar tien pond. Lichter ben ik. Zes pond. Twee pond. Je kunt mijn ruggengraat door mijn borst heen zien. Het geheim van die alchemie die een kleine revolutie van de wisselvallige zintuigen in een moment van goud had veranderd, was verloren gegaan, zoek, als een sleutel in struikgewas. Een geheim was gedurende de nacht in wanorde gebracht, en de wanorde van de laatste waanzin voor het graf zou de hersenen als een beest op het lijf vallen.

Hij schreef op de blocnote, zonder te weten wat hij schreef, en doodsbenauwd voor de woorden die ten slotte naar hem opkeken en die niet vergeten konden worden.

16

Het zat als volgt: er was een vrouw geboren, niet uit een baarmoeder, maar uit een ziel en een malend hoofd. En hij die haar uit de duisternis had gebaard, hield van zijn schepping en zij hield van hem. Maar het zat als volgt: een man overkwam een wonder. Hij raakte er verliefd op, maar kon het niet vasthouden en het wonder ging voorbij. En bij hem woonden een hond, een muis en een donkere vrouw. De vrouw ging weg en de hond stierf.

17

Hij begroef de hond achterin de tuin. Rust in vrede, zei hij tegen de dode hond. Maar het graf was niet diep genoeg en er zaten ratten in holen onderin de berm die de jute lijkzak stukbeten.

18

In de stad zag hij de vrouw door de straten flaneren, haar stevige borsten onder een jas met daarop, wit op zwart, de verdwaalde haren uit oude mannenhoofden. Haar leven, wist hij, was slechts een leven van dagen. Haar lente was samen met hem voorbijgegaan. Na de zomer en de herfst, die goddeloze tijd tussen het volle leven en de dood, zou de winter haar charmes verschrompelen. Hij, die de seizoenen tot in de finesses kende, en de aanwezigheid voelde van alle vier in elk aards symbool, zou de juiste opeenvolging van de seizoenen verstoren. De winter mocht niet komen.

19

Zie nu het oude beeld van de tijd, zijn lange baard grijs geworden onder een Egyptische zon, zijn blote voeten door de Wierzee omspoeld. Let op hoe ik die ouwe ervan langs geef. Ik heb zijn hart stilgezet. Het barstte als een pispot. Nee, dit is niet de regen die valt. Dit is het vocht uit een gebroken hart.

Bijzon en zon stralen aan dezelfde hemel als de gebroken maan. Duizelig van de jacht van zon op maan, en door het getwinkel van zo talloos veel sterren, ren ik naar boven om nogmaals te lezen over de liefde van een bepaalde man voor een zekere vrouw. Ik neem een duik en zie dat het halve-kroonsgat in de muur weer is open geknaagd en zie de pootafdrukken van een muis op de vloer.

Zie nu de oude beelden van de seizoenen. Verbreek het ritme van de beweging van de oude figuren, de draf van de lente, zomers galop, de droeve pas van de herfst en het schuifelen van de winter. Breek, stukje bij beetje, die voortdurende verandering van beweging af tot een spillebeengangetje.

Zie de zon voor wie ik geen ander beeld voor ogen heb dan het oude beeld van een bloeddoorlopen oog, en de gebroken maan.

20

Langzamerhand nam de chaos af, en de dingen uit de omgevende wereld werden niet langer uit hun eigen materie getrokken en naar zijn gedachten omgevormd. Er kwam een licht gevoel van vrede over hem en weer kwamen de scheppingsklanken omhoog trillen uit de kristalheldere wateren, uit de heilige hemelboog tot aan de westelijke rand van de aarde waar de zee overliep. Het werd langzaam donker en de heuvel klom naar de nog niet geklommen sterren. Hij draaide de blocnote om en op het laatste vel schreef hij duidelijk leesbaar:

21

De vrouw stierf.

22

Zo'n moord had wel iets waardigs. En de held in hem stond op in al zijn heiligheid en kracht. Het was goed dat hij die haar uit de duisternis had opgewekt, haar ook weer liet opkrassen. En het was goed dat ze stierf zonder te weten welke hand uit de hemel over haar was neergedaald en haar had geveld.

Hij liep de heuvel af, met trage pas, als in een processie, en zijn lippen glimlachten naar de donkere zee. Hij klauterde naar het strand, voelde zijn hart in zijn zij kloppen, en liep naar waar de grotere rotsen gevaarlijk steil naar het gras klommen. Daar, onderaan, met haar gezicht naar hem toe, lag zij en glimlachte. Het zeewater rolde over haar naakte lichaam, maar ze negeerde het. Hij liep naar haar toe en liet zijn nagels over haar koude wang glijden.

23

Bekend met het laatste verdriet, stond hij voor het open raam van zijn kamer. En de nacht was een eiland in de zee van geheimen en betekenissen. En de stem uit de nacht was een berustende stem. En het gezicht van de maan was een deemoedig gezicht.

Hij kende de laatste verwondering voor het graf en het mysterie dat hemel en aarde verbijstert en omvat. Hij wist dat hij in de ogen van God en Sirius had gefaald in het vasthouden van zijn wonder. De vrouw had hem laten zien dat het heerlijk was om te leven. En nu, nu hij uiteindelijk besefte hoe heerlijk en hoe aangenaam het bloed in de bomen was, en hoe diep de bron van de wolken, moest hij zijn ogen sluiten en sterven. Hij opende zijn ogen en keek omhoog naar de sterren. Een miljoen sterren spelden hetzelfde woord. En het woord van de sterren verscheen helder aan de hemel.

24

Alleen in de keuken, tussen de kapotte stoelen en het gebroken serviesgoed, zat de muis, die uit zijn hol was gekomen. Zijn pootjes rustten losjes op de vloer die kamerbreed was beschilderd met de groteske figuren van vogels en meisjes. Heimelijk kroop hij terug in zijn hol. Heimelijk tripte hij tussen de muren door terug. Er was geen ander geluid in de keuken dan dat van krassende muizennagels over hout.

25

Onder de goten van het gekkenhuis zongen de vogels nog steeds, en de gek, dicht tegen de tralies van het raam vlakbij hun nesten gedrukt, blafte naar de zon.

Op de bank op enige afstand van het hoofdpad, gebaarde het meisje naar de vogels en op een vierkant stukje gras dansten drie oude vrouwen hand in hand en grijnzend in de wind op de maat van een Italiaans orgel ergens in de buitenwereld.

Het is lente, zeiden de oppassers.

Uitzicht over zee

Het was volop zomer en de jongen lag in het koren. Hij was gelukkig, want hij hoefde niet te werken en het was warm. Hij hoorde het wiegen van het koren boven zijn hoofd en het zingen van de vogels in de takken van de bomen die het huis verborgen. Hij lag op zijn rug en keek omhoog naar hoe de smetteloos blauwe hemel over de rand van het koren viel. De wind, na de warme regen van voor de middag, geurde naar konijnen en koeien. Hij rekte zich als een kat en legde zijn armen achter zijn hoofd. Nu reed hij over de zee, zwom door de gouden korengolven, gleed als een vogel langs de hemel; in zevenmijlslaarzen sprong hij over de velden; hij bouwde een nest in de zesde van de zeven bomen, die met hun handen zwaaiden op een glanzende, groene heuvel. Nu was hij een jongen met een verwarde haardos die lui overeind kwam en het korenveld uit slenterde naar het streepje rivier aan de voet van de heuvel. Hij stak zijn vingers in het water, maakte een namaakzeegolf om de kiezelstenen te laten kantelen en de waterplanten aan het zwaaien te brengen; zijn vingers stonden als tien grote pilaren overeind in het vergrotende water, en een vis met een wijze kop en een zwiepende staart zwom tussen de pilaren heen en weer. Hij verzon een verhaal terwijl de vis door de pilaren naar de rollende kiezels en het wiegende plantenbed zwom. Daar was een verdronken prinses uit een boek dat hij als kerstcadeau had gekregen, ze had geknakte schouders en haar twee rode vlechtjes spanden als de snaren van een viool over haar gebroken hals; ze zat gevangen in het net van een visser en de vissen tokkelden aan haar haar. Hij was vergeten hoe het einde van het verhaal ging, zelfs *of* er wel een eind was aan het verhaal dat ook een begin miste. Kwam de prinses weer tot leven, herrees ze als een meermin uit het net? Of spande een prins uit een ander verhaal haar vlechten over haar schouderblad dat hij tot een harp had gebogen en tokkelde hij tot in lengte van dagen de dode, donkere deuntjes aan de hoven van het koninkrijk? De jongen liet een steen over het water ketsen. Hij zag een konijn zich uit de voeten maken en gooide een steen naar zijn staart. Een vis hapte naar de muggen en een leeuwerik schoot uit de groene aarde omhoog. Dit was de beste zomer sinds de eerste seizoenen op aarde. Hij geloofde niet in God, maar God had deze zomer gevuld met blauwe winden en warmte en duiven in het bos om het huis. Er stonden geen schoorstenen op de naamloze heuvels in de verte, alleen bomen, die erbij stonden als vrouwen en mannen die van de zon genoten; er waren geen kranen of mijnafvalbergen, alleen de naamloze verte en de heuvel met de zeven bomen. Hij kon geen woorden vinden om te zeggen hoe mooi de zomer was, of hoe mooi het geluid van de houtduiven, of hoe mooi het luie koren was dat wiegde in de halve wind uit zee aan het eind van de rivier. Er waren geen woorden voor de hemel en de zon en het zomerse land: de vogels waren mooi en het koren was mooi.

Hij stak de mooie akker over en beklom de heuvel. Onder het onschuldige groen van de bomen, terwijl merels opfladderden naar de zon, stierf het verhaal van de prinses. Die middag was er geen verzwelgende zee om aan haar vlechtjes te trekken; de zee was weggestroomd, verdwenen, met achterlating van een heuvel, een korenveld en een verborgen huis; lang als de eerste lage boom klauterde ze naar beneden uit de zevende en stond voor hem in haar gescheurde katoenen jurk. Haar blote bruine benen zaten onder de schrammen, haar mond zag rood van de bessen, haar nagels waren zwart en gescheurd en haar tenen staken door haar gummischoenen naar buiten. Ze stond op een heuvel, niet hoger dan een huis, maar het veld beneden en het blinkende lint van de rivier waren zo klein dat de heuvel als een berg boven een enkele grasspriet en een enkele druppel water uitrees; de bomen rond de boerderij waren aanmaakhoutjes; en de toppen van de Jarvis-heuvels, en de Cader-piek daarachter, tot waar Engeland begon, waren molshopen en de schaduw van stenen in het stille aaneengesloten erf van de verte. Vanaf de eerste schaduw staarde de jongen naar beneden, naar de verdwijnende rivier, het koren dat tegen grond werd geblazen, de honderd bomen om het huis die tot één staak samensmolten, en de vier hoeken van het gele veld, die een vierkant vormden waar hij precies zijn hand over kon leggen. Hij zag het veelkleurige landschap krimpen als een jas in de was. Toen stak er een nieuwe wind op uit het miezerige watertje aan het einde van de rivierdruppel, en blies het heuvelland op tot ware grootte, en het koren kwam overeind als voorheen, en de ene staak die het huis verborg ging in honderd bomen uiteen. Dit gebeurde in een halve seconde.

Merels vlogen opnieuw, in een kegelvormige wolk, uit de hoogste takken omhoog; er kwam geen einde aan de zwarte, driehoekige zwerm vogels naar de zon; geruisloos steeg de gevleugelde brug tussen heuvel en zon; en toen – opnieuw – stak er een wind op, deze keer van de uitgestrekte zee zelf, en brak de rug van de brug. Als patrijzen vielen de simpele vogels in een regen neer.

Het gebeurde allemaal in een halve seconde. Het meisje in de gescheurde katoenen jurk ging in het gras zitten en deed haar benen over elkaar; een werkelijke wind uit het niets tilde haar jurk op en tot aan haar middel was ze zo bruin als een eikel. De jongen, die nog steeds heel bedeesd in de schaduw van de eerste boom stond, zag de vakantieprinses voor de tweede keer sterven en haar plaats op de levende heuvel innemen door een dorpsmeisje. Wie was er bang geweest voor een paar vogels die uit de bomen opvlogen en voor een plotselinge verblinding door de zon die de rivier en de velden in de verte zo klein had doen lijken onder de heuvel? Wie had hem verteld dat het meisje zo lang als een boom was? Ze was niet langer of vreemder dan de fleurige meisjes die altijd op zondag gingen picknicken in de Windhond-vallei.

'Wat deed je boven in die boom?' vroeg hij haar, beschaamd over zijn zwijgen tegenover haar glimlach, en plotseling verlegen, toen ze ging verzitten en het gras onder haar zich krom en groen tussen haar bruine benen oprichtte. 'Zocht je nesten?' zei hij, en ging naast haar zitten. Maar daar op het geplette gras in de zevende schaduw dook zijn aanvankelijke angst voor haar weer op als een zon die herrees uit de zee die hem had doen zinken, en verblindde zijn ogen tot diep in hun kassen en deed zijn haar overeind staan. De kleur op haar lippen was bloed, geen bessen; haar nagels waren niet gescheurd maar bijgevijld als tien zwarte scheermesjes die op het punt stonden hem zijn tong af te snijden. Als hij zijn oom in het verborgen huis zou roepen, zou zij voor nieuwe beesten zorgen, ze zou Welshe tijgers uit het bos in de verte op hem afsturen en hem in zijn handen laten bijten; ze zou nieuwe, lawaaierige vogels de lucht in sturen om zijn roepen met gefluit en gekwetter te overstemmen. Hij zat doodstil aan haar linkerzij en hoorde haar hart in haar borst elk zomergeluid verstikken; elk blad aan de boom die hun schaduw gaf, werd zo groot als een mens, de ribbels in de bast waren kanalen en rivieren zo breed als een groot schip; en het mos op de boom en de dunne ring van gras aan haar voet waren de hele fluwelen bedekking van de weiden van het groene land die van heg tot heg zweefden. Nu, op de heuvel van wereldse omvang, onder een hemel van bomen die stormweer tegenhielden, in het uitvergrote zomerweer, leunde zij naar hem toe en kon hij het korenveld noch het huis van zijn oom nog zien door haar dikke rode haar; en de lucht en verre heuvelrand waren lichtpuntjes in haar pupillen.

Dit is de dood, zei de jongen bij zichzelf, tbc en kinkhoest en stenen in je binnenste ... en hoe je gezicht blijft staan als je te veel rare koppen in de spiegel trekt. Haar mond was een duimbreed van de zijne. Haar lange wijsvingers raakten zijn oogleden aan. Dit is een verhaal, zei hij bij zichzelf, over een jongen die op vakantie door een heks op een bezemsteel wordt gekust; ze vloog vanuit een boom naar een heuvel die van grootte verandert als een opgewonden kikker; ze streelde zijn ogen en leunde tegen hem aan; en wanneer ze hem had liefgehad totdat hij stierf, nam ze hem diep in zich mee naar een hol in het bos. Maar het verhaal was, zoals dat gaat met verhalen, aan scherven gegaan toen ze hem kuste; nu was hij een jongen in de armen van een meisje en zag de heuvel uit over een echte rivier en de pieken en hun bomen richting Engeland waren zoals Jarvis ze had gekend toen hij er met zijn liefjes en paarden had rondgelopen, een halve eeuw lang en een eeuw geleden.

Wie was er bang geweest voor een wind uit het licht dat het kleine land deed zwellen? Het vlaagje wind in de zon was als de wind in een leeg huis; het maakte bergen van de hoeken en bevolkte de vlieringen met legers schaduwen die door het dak barstten; het racete met honderd stemmen door de gangen van het land en elke stem was luider dan de vorige, totdat de laatste stem naar beneden tuimelde en het huis vol gefluister was.

'Waar kom je vandaan?' fluisterde ze in zijn oor. Ze liet haar armen zakken, maar bleef dicht bij hem zitten, een knie tussen zijn benen, een hand op zijn handen. Wie was er bang geweest voor een zongebruind meisje, niet langer of vreemder dan de bleke meisjes van thuis, die baby's kregen voor ze trouwden?

'Ik kom uit het Amman-dal,' zei de jongen.

‘Ik heb een zus in Egypte,’ zei ze, ‘die in een piramide woont...’ Ze trok hem dichter naar zich toe.

‘Ze roepen me voor het eten,’ zei hij.

Ze trok haar jurk op tot haar middel.

Als ze me liefheeft tot ik sterf, zei de jongen bij zichzelf onder de zevende boom op de heuvel die nooit drie minuten hetzelfde was, zal ze me binnen in haar wegdragen en wegrennen met mij rammelend in haar binnenste, naar een hol in het bos, naar een holle boom waar mijn oom me nooit zal vinden. Dit is het verhaal van een jongen die wordt gestolen. Ze heeft een mes in mijn buik gestoken en mijn maag omgekeerd.

Ze fluisterde in zijn oor: ‘Ik zal op elke heuvel een baby krijgen; hoe heet je, Amman?’

De middag stierf weg; zweefde lui en naamloos westwaarts door de insecten in de schaduw; over heuvel en boom en rivier en koren en weide naar de uit zee opstaande avond; waaide weg; werd uit Wales geblazen op de wind, in de trage, blauwe korrels, als een wind vol dromen en medicijnen; mee met het getij van de zon op de grijze, zingende kust, waar de vogels uit de ark van Noah voorbij zweven met braambossen in hun snavels, en waar alle dagen die nog komen moeten, uittorenen boven de ingestorte zandkastelen.

Dus streek ze haar kleren glad en fatsoeneerde ze haar haar toen de dag begon te sterven; ze rolde op haar linkerzij, zonder acht te slaan op de lage zon en de donker wordende vertes. De jongen ontwaakte behoedzaam in een nog vreemdere droom, een zomervisioen, breder dan de eenzame zwarte wolk die in het ongebroken midden van een lichtkolom hing; hij verliet de liefde door een wind van draaiende messen en een grot vol vleeswitte vogels en belandde op een nieuwe top en stond stil als een steen die uitziet op de sterrenwind en die zich niets van de zeewind aantrekt, een harde jongen, boos, op een heuvel omgeven door een landelijke avond; hij stak zijn borst vooruit en voegde de wereld harde woorden toe. Uit de liefde kwam hij aangemarcheerd, geheven hoofd, door een grot tussen twee deuren naar de hal met een ijzeren uitzicht over de aarde. Hij liep tot aan de laatste leuning voor de gapende ruimte; hoewel de aarde snel ronddraaide, zag hij elke ploegvoor en de voetafdruk van ieder beest, mensenspoor en waterdruppel, kam, kuif en veerpluim, stof en doodsspoor, schrifttekens en in tijd gestolde schaduw, van ijsveld tot ijsveld, zeestrand tot zeemidden, overal over de appelvormige bol onder de ijzeren leuningen voorbij de levende deuren. Hij keek door de zwarte duimafdruk van een mensenstad naar de fossiele duimafdruk van een eens levende mens van de groene vlakten; door het gras en het klaverfossiel van de afdruk van het land naar de hele hand van een vergeten, onder Europa verdronken stad; door de handafdruk naar de arm van een als Venus geknakt imperium; door de arm naar de borst, van de geschiedenis naar de dij, door de dij in het donker naar de eerste en westelijke afdruk tussen het donkere en groene Eden; en de tuin werd boven water gehaald, tot in deze volgende minuut en voor altijd, onder Azië in de aarde die draaide op het ritme van de muziek in de vallende avond. Toen God sliep, was hij een ladder opgeklommen en de kamer drie sprongen boven de laatste trede had een vloer en een plafond gekregen van de levende bladzijden van het boek der dagen; de bladzijden waren tuinen, de woordbouwsels waren bomen en Eden werd tot Eden boven zijn hoofd en Eden werd Eden beneden hem, tot aan de aarde in de diepte, door eindeloze gangen van takken en vogels en bladeren. Hij stond op een helling die niet breder was dan de liefdevolle kamer van de wereld en de twee polen kusten elkaar tussen zijn schouderbladen; de jongen strompelde als Atlas naar voren, schreed over het ijzeren uitzicht door de grot vol messen en de gekantelde woekergroei van de tijd naar de heuvel in het veld, dat een kleine vlek was geweest onder het platvorm in de wolken boven de zich vermenigvuldigende tuinen.

'Wakker worden,' zei ze in zijn oor; de ijzeren figuren smolten in haar glimlach en Eden verschrompelde in de zevende schaduw. Ze zei dat hij haar in haar ogen moest kijken. Hij had gedacht dat haar ogen bruin of groen waren, maar ze waren blauw als de zee met zwarte wimpers, en haar dikke haarbos was zwart. Ze maakte zijn haar in de war en legde zijn hand diep tussen haar borsten, zodat hij voelde dat de tepel van haar hart rood was. Hij keek haar in haar ogen, maar ze werden ronde glazen zonnen en toen hij zich snel afwendde ging zijn blik dwars door de transparante bomen; ze kon iedere boom in een lang kristal veranderen en het hele bos om het huis in gaas. Ze vertelde hem hoe ze heette, maar terwijl ze het zei was hij het alweer kwijt; ze vertelde hem hoe oud ze was, en dat was een nieuw getal. 'Kijk in mijn ogen,' zei ze. Het was nog maar een uur voordat het echt nacht zou zijn, de sterren kwamen te voorschijn en de maan stond klaar. Ze pakte zijn hand en leidde hem in een vaart tussen de bomen door over de rand van de bedauwde heuvel, over de bloeiende netels en de gesloten bloemen in het gras, over de stilte het zonlicht binnen en in het ruisen van een zee die op zand en rotsen breekt.

De heuvel stond in een scherm van bomen: tussen de landinwaarts gelegen velden en de rijzende zee, de nacht boven het bos en het besmeurde strand geel in de zon, het wijkende koren over de tien droge mijlen akkerland en de gouden wildernis waar het uiteengejaagde zand over de rotsen dolde, verstild in de tijd boven een verborgen wortel. De heuvel in twee schijnwerpers: de zwarte maan scheen op zeven bomen en de zon van een vreemde dag gleed voort boven het water in de spetterende voorgrond. De heuvel tussen een uil en een zeemeeuw: de jongen hoorde de stemmen van de twee vogels terwijl bruine vleugels door de takken opstegen en de witte vleugels voor hem op de zeegolven klapwiekten. 'Toe-wit-toe-woe, geen avonturen meer.' Nu gaven de meeuwen die in de lucht zwommen, hem de opdracht om over het warme zand te rennen totdat het water hem in zijn golven zou nemen en het vlokschuim als wind en ketting om hem heen zou jagen. Het meisje had haar hand in de zijne en ze wreef haar wang tegen zijn schouder. Hij was blij dat ze dicht bij hem was, want de prinses was gebroken en het monsterachtige meisje was in een boom veranderd, en het angstaanjagende meisje, dat het landschap in een gekkenhuis van groottes stortte, en hem uit de liefde het mistige huis had binnengejaagd, bleef alleen achter in de kring van de maan en de zeven schaduwen achter het scherm.

Het was warm die ochtend in de onverwachte zonneschijn. Een meisje in een katoenen jurk legde haar mond tegen zijn oor. 'Wie het eerst bij de zee is,' zei ze, en haar borsten dansten op en neer terwijl ze met wapperende haren voor hem uit holde naar de waterkant zonder water en de kleine donderende kiezels, die in miljoenen stukjes uiteenspatten toen de droge zee opkwam. Langs de scherpe vloedlijn, vanaf de horizon, waar enorme vogels zweefden als zeilschepen uit de vier windstreken van het kompas, opbollend door de wierbedden, smeltend van oosten en tropen, opkomend tussen de ijsbergen en de walvisgronden, door de poorten van de zonsopkomst en de zonsondergang, de zoute tuinen en de haringgronden, draaikolk en rotspoel, uit de bergstroompjes, mee met de watervallen, kwam een witte mensenzee – het verschrikkelijke dodelijke aantal van de golven, de zee van alle eeuwen gedrenkt in de hagelzegen vóór Christus, die de storm van morgen verduurde – samen met de stemmen van de hele wereld aan op het eindeloze strand.

'Kom terug! Kom terug!' riep de jongen naar het meisje.

Ze rende zonder iets te zien over het zand en ging verloren tussen de golven. Nu was haar gezicht een witte waterdruppel in de horizontale regen, en haar ledematen waren wit als sneeuw en gingen onder in het witte wandelende tij. Nu was het hart in haar borst een kleine rode klok die klonk onder een golf, haar kleurloze haar waaierde in het vlokschuim en haar stem kabbelde over de vlees-en-bottenzee.

Hij riep nog een keer, maar ze had zich onder de in- en uittredende mensen begeven. Hun getijden werden aangetrokken door een ernstige maan die altijd maar haar ronde maakte. Hun lange zeegebaren waren doelbewust, hun vlakke handen gebarend, hoofden opgericht, de ogen in de gezichtsmaskers keken strak één richting uit. O, waar was ze gebleven in die zee? Te midden van de witten, de lopenden en de koraalogigen. 'Kom terug! Kom terug! Liefste, ren die zee uit.' Te midden van de processie van golven. De klok in haar borst klonk over het zand.

Over zijn schouder roepend rende hij naar de gele voet van de duinen. 'Ren die zee uit.' In het eens groene water, waar de vissen zwommen, waar de meeuwen rustten, waar de blinkende stenen werden gewreven en gewenteld op de schubben van het groene bed, toen de schepen over de handelsroutes stampten en de waanzinnige, naamloze dieren afdaalden om het zout te drinken. Te midden van de maatnemende mensen. O, waar zou ze nu zijn? De zee was verdwenen achter de duinen. Hij strompelde verder over zand en zandbloemen, als een blinde jongen in de zon. De zon draaide om zijn schouders.

Er was eens een verhaal dat werd gefluisterd met een waterstem; het verstomde de echo uit de bomen achter het strand in de gouden duinpannen, schraapte langs de bomen totdat de muzikale vogels en beesten het zonlicht binnensprongen. Een raaf kwam hem voorbij, vloog uit een raam in de Zondvloed naar de blinden, windmolenwiekend in de woede van morgen als een uit stormen vervaardigde vogelverschrikker.

'Er was eens,' zei de waterstem.

'Geen avonturen meer,' zei de echo.

‘Ze luidt een klok voor je in de zee.’

‘Ik ben de uil en de echo: nooit zul je teruggaan.’

Op de heuvel aan de horizon stond een oude man die een boot bouwde, en het licht dat weerkaatste van de zee wierp de heilige berg van een schaduw over de drie lagen dek en het oosterse timmerhout. En langs de hemel, uit de bedden en tuinen, neerwaarts langs de afgrond van witte veren, luide richels en bulten, en uit de grotten in de heuvel, dreven de schimmige vormen van vogels en beesten en insecten door de uitgehakte deur naar binnen. Een duif met een groen bloemblad volgde de raaf in zijn vlucht. Het begon koel te regenen.

De Zes Heiligen

De Zes Heiligen uit Wales zaten zwijgend bij elkaar. De dag naderde zijn einde en het vuur van de eerste discussie doofde met het zakken van de zon. De hele middag lang hadden ze het over niets anders gehad dan het verdwijnen van de predikant van Llareggub, en nu, nu het eerste gebrek aan licht in een zichtbare vorm en kleur door de kamer gleed, hun tongen moe waren en hun stemmen alleen nog vanbinnen hoorbaar, was het wachten nog slechts op het intreden van de eerste duisternis. Bij de eerste tekenen van de avond zouden ze van tafel opstaan, hoed en glimlach schikken en de verdorven straten inlopen. Daar waar de vrouwen glimlachten onder hun lampen en de belofte van de oude ziekte zich roerde in de vingertoppen van de meisjes in de donkere deuropeningen, zouden de Zes voorbijgaan, op de schrapende maat van hun laarzen op het trottoir, dromend van de vrouwen in de stad die lachten en liefde oplapten. Voor meneer Ulst zweefden de vrouwen in een labyrint van haar en raakten in hem een tere snaar. De vrouwen zweefden rond meneer Zubhecht. Hij trok ze dicht tegen zich aan en hield hun schimmige ledematen zonder liefde of hartstocht tegen de zijne. De vrouwen slopen bevallig als katten dieper de donkere steegjes in, waar meneer Gunstaf, afgunstig op hun spleetogige schoonheid, diep door het stof zou kruipen en een buiging maken. Voor meneer Stang was hun in bloed gedrenkte schoonheid een vijand voor de knipperende ogen en begaven ze zich in de verschijningsvorm van hun keuze, grote borsten, op fluwelen voeten, naar de slachting van het vlees. Hij zag hun rode nagels en rilde. De vormende baarmoeders dienden geen ander doel dan de dood van het vlees dat ze voortbrachten, en hij deinsde terug voor de aanraking met de dood, en het mannelijke gemoed verstrakte. Rukkend en trekkend en zout wrijvend in de oude liefdeswonden, trok meneer Heidweder denkbeeldig ten strijde tegen de maagdelijkheid. In het wilde weg reet hij de vrouwen open en al kussend beet hij ze in hun lippen. Meneer Dijn keek vol nijd toe. De vrouwen vielen neerwaarts op het scherpe mes, en binnen in hem glimlachte zijn hart wanneer ze opstonden om hun wonden te likken.

Het heilige leven was een voortdurende verheffing voor deze zes heren. Juffrouw Megleufy kwam binnen met een brief.

Meneer Zubhecht opende de envelop. Die bevatte een rechthoekig stukje papier, het zou een bankbiljet kunnen zijn. Het was een brief van mevrouw Amabel Owen die was geschreven in een achterwaarts hellend handschrift.

Ze legde boosaardigheid in de rondingen en uithalen van de letters, een gespleten voet, een vork en de giftand van een slang leiden hun eigen levens boven de woorden die het duizelingwekkend spoor waren van haar over de lijntjes rollende pen.

Ze schreef, net als dichter Petrus, over het Jarvis-dal. Maar waar zij bij elke kale boom een nog kalere geest zag en de geest van het laatste voorjaar en zomer, zag hij het standbeeld van de boom en geen geest dan zijn eigen, die het ziekbed uitfloot en over de velden richting zee snelde.

Hier in het dal, schreef mevrouw Owen, wonen mijn man en ik, vredig als twee muizen.

Terwijl ze schrijft, dacht meneer Ulst, voelt ze het gewicht van haar borsten op haar inktzwarte arm.

Geloven de heilige heren in geesten?

Met de kettingen van wolken en ijzer aan hun ledematen hangend, dacht meneer Stang, zouden ze de dodelijke nachtschade in mijn oor druppelen.

Dat ze een vampierbaby moge baren, zei meneer Dijn. Dominee Davies uit Llareggub logeert bij ons voor onbepaalde tijd, schreef ze in haar geheime schrift.

Over de vlakkere weg door de lagere heuvels, in een door een zwetende pony voortgetrokken drafkar, reisden de Zes Heiligen op zoek naar mevrouw Owen. Juffrouw Megleufy, ongemakkelijk ingeklemd tussen meneer Ulst en meneer Heidweder, en zich zeer bewust van haar blote kuit en de druk van meneer Heidweders hand op haar heiligbeen, hoopte vurig dat de maan niet zou verdwijnen. Daar in die volgepakte kar zou het donker de tastende heilige handen aan het oog onttrekken en meneer Ulsts lust vermeerderen.

De wielen van de kar stootten op een steen.

Daar gaan we, zei meneer Stang, te bang om zich zorgen te maken over het uiteenvallen van zijn kwetsbare lichaam terwijl hij over de helling naar beneden tuimelde.

Daar gaan we, zei meneer Gunstaf, denkend aan hoe ondraaglijk het was dat de dood kwam nu hij de lijfelijke juffrouw Megleufy zo dicht naast zich had.

Terwijl de kar op één wiel balanceerde, en de pony, zijn volledige gewicht op één achterpoot, met zijn hoeven door de lucht maaide, stak meneer Ulst zijn hand diep onder juffrouw Megleufy's rok en duwde meneer Heidweder, met een glimlach richting vernietiging, zijn vingers in haar rug tot zijn knokkels begonnen te tintelen en het onzichtbare vlees rood werd van de pijn. Meneer Zubhecht greep zich vast aan alles wat binnen zijn bereik was, zonder zijn fallische hoed los te laten. Meneer Dijn leunde plotseling over naar één kant. De pony gleed uit op de natte zoden, hinnikte en viel. God is goed, zei oude Fiedel, de menner, en daar ging hij, snel vaart makend en stortte, als een grijsharig rotsblok, vijftien meter in de diepte het stenige weiland in. De rest van het gezelschap rolde als een compacte, zwarte bal over de rand. Is er bloed? Is er bloed? riep juffrouw Megleufy terwijl ze vielen. Meneer Ulst glimlachte en legde zijn arm nog steviger om haar heen.

Op het gras beneden lag de oude Fiedel roerloos op zijn rug. Hij keek naar de wintermaan, die niet was uitgegleden, en de vrede over de velden. Toen zes priesterhoeden en een bemodderde muts naast zijn voeten belandden, keerde hij zich op zijn zij en zag de lichamen van zijn passagiers op hem af komen vallen als knokig manna.

Voor de tweede keer kwam de duisternis. Nu, nu de maan zich verborg, arriveerden de Zes Heiligen aan de voet van de heuvels die het Jarvis-dal scheidden van de velden van het woeste land. De bomen op de kammen waren hoger dan ze tot nu toe op hun reis sinds die fatale weide hadden gezien, rechter en groener dan de bomen in de stadsplantsoenen. In elke boom zat een krankzinnige. Dat wisten ze niet, want ze hadden alleen oog voor het volle verstand van de bomen op de brede rug van de hoger gelegen graslanden. De heuvels, die de hele dag in een kring van licht hadden gegolfd, rechtten zich nu aan de kim, stegen in honderd rechte lijnen op naar de wolken en verdreven met één grimmige schaduw de maan. Glijdend over de vormen van de aarde mengde het door woedende winden geoogste chemische mensenbloed zich met het stof van de heilige heren dat ze, als zes oude paarden in wolken opwierpen. Het stof lag in een dikke laag over hun zwarte laarzen; in de baard van de oude Fiedel schuurde het, grijs als water, tussen rossig en wit; het dwarrelde neer over juffrouw Megleufy's lakleren laarsjes en verdween tussen haar tenen. Een moment stonden ze stil, overweldigd door de hoogte van de heuvels, toen zetten ze hun hoeden recht.

De een na de ander klauterden ze naar boven, heel ver van de sterren. De wortels onder hun voeten huilden in de stemmen van de opschietende bomen. Het was voor elk lid van de veldtocht een vreemde en andere stem die uit de takken klonk. Ze bereikten de heuveltop en daar strekte het Jarvis-dal zich voor hen uit. Juffrouw Megleufy rook de klavers in het gras, maar meneer Heidweder rook niets dan dode vogels. Er waren zes klinkers in de taal van de takken. De oude Fiedel hoorde de bladeren. Hun weemoedig stemgeluid, ze zaten dicht opeen, sprak van het seizoen van de ooievaren en de baby's onder de bosjes. De Zes Heiligen gingen de heuvel naar beneden en de menner volgde hen op de donkere voet.

Maar, voor ze wisten waar ze waren, en voor het tiende Jarvis-veld onder hen had gekermd, en voor mevrouw Owen hun vlees en bloed had ontcijferd in de grote bol op haar tafel, verraste hen de ochtend; de weiden waren omzoomd door eiken die zich meer dan zeegroen oprichtten in een samenspel van rust en morgenlicht in de luwte van de wind, terwijl het zuidwesten openging; de eeuwenoude takken droegen alle vogels van Wales, en vanuit de boerderijen tussen de bomen en de velden, op de onzichtbare heuvelhelling, kraaiden de hanen en blaatten de schapen. Het bos voor hen, dat gloeide vanuit een bloedig midden, brandde als Spaanse Vlieg, een troepje halfgeopende bloesems en takken rechtop op het land dat omhoog spoot naar de toppen van de heuvels en engelachtig afdaalde over de ribbelige kelen van bloemen en opschietend vergif naar het hart van dit land. Het gras, zwaar van dauw, met slechts lichtbrekende kristallen op de halmen, bewoog niet toen ze er liepen: de roerloosheid van een vrouw onder de last van de man, liggend onder de ontwakende brem, en de ruggen van de ribben van de halfhoge heide op de heuvel, de helften van goud en groen bij de groeven van de helling bevlekten een rijk graafschap en allemans grond. Het was vroeg in de ochtend en de wereld was vochtig toen de echtgenoot van de kristalstaarster, een rare man in knickerbockers en met een pluizebos en een zondagse plu, over de stenen naast zijn huis liep, de heilige reizigers tegemoet.

Zijn baard wiegde toen hij boog. Uwe heiligheden, zei meneer Owen tegen de Zes. Gebroken en geblutst, en met de zolen van hun laarzen als zwarte, bemodderde vleugels over de grond slepend, beantwoordden de Zes vroom zijn groet. Meneer Owen boog naar juffrouw Megleufy, die, omdat zijn hemd als een baard uit zijn open broek waaide, diep terugboog en bloosde.

In de salon, waar mevrouw Owen de bloedige komst had voorspeld, schaarden de Zes zich kouwelijk rond het vuur en twee ketels zongen. Een oude haveloze man sleepte een tobbe naar binnen. Waar is de mosterd, meneer Davies? vroeg de kristalstaarster vanuit haar stoel in de donkerste hoek. Zich voor het eerst bewust van haar aanwezigheid, draaiden de Zes Heiligen zich abrupt om en zagen de grote bol naderen, het onverdraaglijke hoofd van het kwaad, groen als de ogen van de vrouw en zwarter dan de gezwollen schaduwen onder haar oogleden, kronkelend boven de natte hint van heuvels langs de randen van de bol. Ze had een gezond ogend klein lichaam met lompe handen en voeten en op haar voorhoofd glansde een liefdeskrul; gekleed, als op zondag, in koelglanzend zwart, met een broche van moeders ivoor en een beenwitte hanger, zag zij de Zes Heiligen weerspiegeld als zes massieve palen, de geamputeerde ledematen van de doodse man, die binnenin haar rotte terwijl zij voor zijn ogen slingerde, voor zijn twaalf heldere ogen en de macht van de starende Zes.

Haar baarmoeder en haar keel en haar haar.

Haar groene heksenogen.

Haar kostbare hanger.

De moedervlekken op haar wang.

Haar jonge huid.

De botten in haar benen, haar nagels, haar duim.

De zes stonden voor haar en betastten haar steels, als de oude mannen bij Suzanna, en staarden naar waar haar ongeboren baby in zijn achtste maand zich manhaftig roerde.

De oude man kwam met de mosterd.

Dit is dominee Davies uit Llareggub, zei mevrouw Owen.

De Zes Heiligen wreven in hun handen.

Dit zijn de Zes Heiligen van Wales.

Meneer Davies boog, pakte de ketels, vulde de zinken tobbe voor de helft en schudde de mosterd over het kokende water. Meneer Owen, die plotseling aan zijn zijde verscheen, gaf hem een gele spons. Verward door het gele water dat aan de lepel zoog, door de druipende spons tussen zijn vingers en de stilte in de salon, wendde meneer Davies zich bevend tot de heilige heren. Een tijdloze stem sprak in zijn oor en een hand op zijn omhulde schouder zonk door zijn sleutelbeen; een hand lag op zijn hart en de onverdraaglijke bloedhitte velde een sterke schaduw. Hij knielde neer in de woestenij van de kleine salon en uit gingen de heilige sokken en laarzen. Ik, Davies, waste hun voeten, mompelde de grijze dominee. Opdat hij het zich zou herinneren, zei de oude gekke man tegen zichzelf: ik, Davies, de arme ziel, heb de zes zonden in mosterd en water gewassen.

Er was licht in de kamer, de wereld aan licht en het heilige joodse woord. Op de klok en het zwarte vuur bracht het licht de innerlijke wereld op gang, en de vorm naar zijn beeld die veranderde met de stille veranderingen van de vorm van het licht, verdraaide zijn woorden van de laatste mens. Het woord groeide als het licht. Hij hield van het laatste, donkere licht, hunkerde ernaar en daalde uit zijn herinneringen neer naar de gele zee en de gebogen lepel. In de wereld van liefde, door de wegzakkende herinneringen, bracht hij de glimlach van de ene minnaar over op de mond van een stoute minnaar, wreed tegen de beslapen doden die stierven voor het opstaan, en wendde zich langzaam naar het verlichte gezicht en de stoker van de doden. Toen hij meneer Ulsts enkel aanraakte, sprong zijn zwoegende geest op – nu was hij driekwart geest en zijn mannelijkheid verwelkte als de sappen in de staak onder het voddenpak van een vogelverschrikker – om met Maria te trouwen; van twee seksen en geen van beiden, als onaantastbare hermafrodiet die de geslachtsloze doden berijdt, beklom Gods dominee in grijs gewaad de dode Maria. Mevrouw Owen, thuis in zondige werelden, zag via het innerlijke oog dat de ronde maar onsamenhangende aarde rotte terwijl zij rijpte; een kring, niet van haar eigen heksenmakelij, vormde zich om haar; de smetteloze cirkel dijde uit en nam de vorm aan van een generatie. Meneer Davies raakte aan de randen van de generatie; omhoog rees het mensbelagende zaad; en de cirkel werd verbroken. Het was meneer Ulst, de wellusteling, de vader van de bastaarden van Aberystwyth, die over de doorbroken cirkel sprong en, hand in hand met de grijze geest, de godheid kuste totdat de hemel smolt.

De vijf Heiligen waren zich hiervan niet bewust.

De spillepotige meneer Zubhecht stak zijn rechtervoet uit en meneer Davies waste hem; bedacht op de temperatuur van het water dat rimpelde op de glazige huid, waste Gods dominee de linkervoet; hij herinnerde zich de arme Davies, de arme spookachtige Davies, de man van been en boordje, vanaf een vrome heuvel huilend over de oneindige curve van materie en de klank van het onuitgesproken woord; en zich Llareggub herinnerend, het dorp met een rottend huis, deed hij een graai naar de vette herinneringen, de relikwieën van het vlees die om hem heen lubberden, en de onweerlegbare verlangens; hij greep naar het laatste afgetakelde haar op de schedel, terwijl de winderige wereld Davies opbrak en de geest, vrij, immers, van hebzucht of verlangen, ondood uit de deeltjes te voorschijn kwam.

Ook daar waren de vier Heiligen zich niet van bewust.

Het was meneer Gunstaf met de vossensnor die vanuit de duisternis tegen de Davies-geest zei: Mooi is mevrouw Amabel Owen, de bijna-moeder, de nageslacht-dragende, mooi van haar tanden tot aan haar tien tenen. Mijn glimlach is een rood gat, en mijn tenen zijn als vingers. Hij slaakte een zucht achter Maria's rug en kwam weer op adem bij de zaaddragende rand van de cirkel, toen hij zag hoe mooi ze was terwijl ze om hem heen draaide in het moederende midden van de aarde. En uit de wortels van de aarde, slank als bomen en witter dan voorjaarsrijp, stonden haar lange helpers op. Toen de kristalstaarster en de maagd in één magie over hun dubbele graf liepen, riepen de dode Davies en de dode Gunstaf afgunstig: Mooi is Amabel Maria, de onteerde maagd, van haar schedel tot aan haar graftredende voeten.

Waar slechts een uur eerder de verre zeewind de zon had voortgeblazen, viel nu de zwarte nacht. De tijd op de klok ontkende de zwarte komst.

Meneer Stang was banger voor het donker dan voor wat ook ter wereld. Met wijdopen witte ogen volgde hij het aansteken van de lamp in de salon. Wat zou de rode lamp onthullen? Een muis die in een hoekje met een ivoren tand stoeide, een kleine vampier die op zijn schouder aasde, een bed van spinnen waarin een lange vrouw ligt.

Zou de mooie mevrouw Owen plotseling een skelet blijken met een worm binnenin haar? O, o, Gods toorn op zulk klein spul, en de honden zo groot als je duim. Meneer Owen draaide de kous op.

En steels hand in hand, in het uur tussen de seconden, in het leven waarin geen tijd is voor tijd, buiten, onder de donkere hemel, liepen meneer Stang en de Davies-geest. Was het gras dood onder de nacht, en ontsproot de geest van het gras, groener dan Niagara's duivel, door het zwarte weer als de bloemen door de barsten in een lijkkist? Niets dat niet ook maar half geest was, bewoog zich, tot in de verre omtrek. En, zoals de dominee zijn begraven heren uit het systeem van de doden had zien wervelen en blozender dan ooit om de cirkel van een bloem heen had zien dansen in de laatste, lange loodjes van Llareggub, zo zag hij nu het begraven gras door de nieuwe nacht schieten en bewegen op de heuvelwind. Waren de gezichten van de westelijke sterren de ruggen van de oostelijke? vroeg hij aan zijn dode gemeenteleden. De wrake Gods, schreeuwde meneer Stang, met de schaduw van een stem, niets dat niet half mens was kronkelde in zijn schaduw die schuin over de heuvel viel, op de dubbelduimige elfen om mij heen. Neer, neer – hij haalde uit naar het gras – neer, jullie kale meisjes uit Merthyr. Hij haalde uit naar de lopende echo's, Ach, ach, o, ach, riep de stem van Jeruzalem, en Maria, vanaf de maanschijf boven de heuvel, rende als een wolf op de jammerende dominees af.

Middernacht, raadde mevrouw Owen. De uren waren in een zucht van de wind voorbijgegaan.

Meneer Dijn stak zijn rechtervoet uit en probeerde het water met zijn linker. Hij kroop met geest Davies door een smalle wereld; in zijn haar zaten de uitwerpselen van vogels in de takken van de gewone bomen; hij leidde de geest door de donkere dalletjes, boog de naalddragende struiken terug en piste tegen de wind in. Hij siste tegen de dertig doden die op hun lippen beten en hij gaf hun een droge kers; hij floot op zijn vingers en daar kwam Lazarus als een wezel te voorschijn. En toen de maagd op een witte ezel naar zijn graf kwam, stak hij een gerafelde hand op en kietelde de ezel onder zijn buik tot hij balkte en Maria tussen de kadavereters en de kiftende kraaien wierp.

Meneer Heidweder was hiervan niet op de hoogte.

Voor hem draaide de wereld op een geknakte voet; de uiteengespatte scheermesscherpe zee, de groendoorspiesde massa met een vulling van ogen, de rode zeetrog zelf en de dode schepen die langs de rand kropen en pijnigden door kraakbeen en been, de gebeten plek, de geschubde en borrelende maandpijnen, de elastische uitstromingen van de diepte, het geprikkelde, gevlekte en geknipte, slijmgestolde, gezaagde en doornige vlees, leed aan een nooit eindigende pijn. Als aan een kruis en draaiend aan haar nagels hing de magere aarde, met elk land doorgeprikt tot aan de blaas, elke gefolterde zee uiteengereten door het getij, wanhopig in een manke ruimte. Wat moest de wrede Heidweder, die geest Davies door een tijdloze doodstrijd sleept op haar wonden smeren? Roest en zout en azijn en alcohol, de melk van de oepasboom, het smeersel van de schorpioen en een spons gedoopt in waterzucht.

De Zes Heiligen stonden op.

Ze namen de zes glazen melk van meneer Owens dienblad.

En zouden de heilige heren ons vanavond met hun gezelschap willen vereren?

In mevrouw Owen roerde zich een leven achter het veilige muurtje. Ze glimlachte naar meneer Davies, deze keer met een vertrouwelijke trek om haar mondhoeken; meneer Owen glimlachte over zijn schouder; en gevangen tussen twee glimlachen zonder een ervan te begrijpen, voelde hij zijn eigen lippen krullen. Ze wisselden een mysterieuze glimlach uit en de Zes stonden zwijgend achter hen.

Mijn kind, zei mevrouw Owen uit haar hoek, zal grootser zijn dan alle grote mannen.

Jouw kind is mijn kind, zei meneer Owen.

En nu boog meneer Davies, net zo plotseling als hij in zijn eerste verwarring op zijn knieën was gevallen om te bidden, naar voren en streelde de hand van de vrouw. Hij had zijn handen wel op de plooi in de schoot van haar rok willen leggen om de ongeborene onder de katoenen stof te zegenen, maar zijn angst voor haar wilskrachtige blik hield zijn hand in bedwang.

Jouw kind is mijn kind, zei meneer Davies.

De geest in hem had gepaard met de maagd, de geest van de maagd die onder alle geweldige oprispingen van haar mans liefde zo intact was gebleven als een bloem in een beker melk.

Maar meneer Owen barstte in lachen uit; hij wierp zijn hoofd achterover en lachte naar de zich vervlechtende schaduwen, naar de olie in de heldere glazen bol van de lamp. Dat er zaad zou kunnen zijn dat naar de hittebron schuifelde, in de klieren van die oude man. Dat er leven in de aloude lendenen zou kunnen zitten. Als vader van kaakbeen van ezels en de behaardpotige kamelenvlooien, zwaaide meneer Davies voor hem heen en weer in een nevel van gelach. Hij kon de oude man met één zuchtje de lucht inblazen.

Het is jouw kind, zei mevrouw Owen.

Ze lachte naar de schaduw tussen hen in, de ontmande schaduw van een man die in de welving tussen hun schouders paste.

Dus meneer Davies lachte nogmaals, wetende dat de schaduw de zijne was. En meneer Owen, die om geen andere schaduw gaf dan die in zijn aderen gegrift stond door het opkomen en ondergaan van het bloed, lachte naar hen beiden.

De Heilige heren zouden hen die avond met hun gezelschap vereren.

En de Zes omringden de drie.

Inleiding tot een avontuur

Terwijl ik door de wildernis van deze wereld liep, terwijl ik door de wildernis liep, terwijl ik door de stad liep en de schreeuwerige elektrische gezichten en oververzadigde benzinedampen me verblindden en verzwolgen, op die winteravond voor het westen stierf, herinnerde ik me de winden van de hoge witte wereld die mij voortbrachten en de gezichten van een zwijgend miljoen in het hemelse gewoel, starend naar de nageboorte. Zij die zich door het geletterde licht van de stad werkten, mij aanstootten en opzij duwden, mijn hoed vingen in de baleinen van hun paraplu's, die mij muziek en muze boden, zagen mij door hun mannenogen aan voor een lopende mannengedaante. Maar denk, zei ik stilletjes tegen ze, de fluwelen praatjes weg en 't katoen, het goedkope vilt en 't leer, dan ben ik van top tot teen van het naaktste, kaalste niets, een wethouder van spoken, die zich vastklemt aan horlogeketting en portefeuille op het natte trottoir, de verhaler van echo's die door de mensentijd trekken. Ik heb mijn neus in de *Old Moore*-almanak en het wereldnieuws is geen werelds nieuws, het hemels geroddel en de gevallen geruchten zijn genoeg en te veel voor een schaduw die geen schaduw werpt, zei ik tegen de blinde bedelaars en de krantenjongens die stonden te schreeuwen in de regen. Zij die zich langs mij repten in hun enghartig werelds winstbejag, met de tijd om hun polsen gebonden of geblinddoekt in hun vestzakken, die de aan een heilige toren gesnoerde klok raadpleegden en zich dan tussen wielen en hoeden heenwrongen, hoorden in de voetstappen van mijn vriend de tijdloze accenten van een ander lopen. Op de glanzende trottoirs, onder een rokerige maan, terwijl hun mensenwereld zich richtte op het zware ritme van het verkeer, zagen ze in de gedaante van mijn vriend een ander staren onder de bleke oogleden, en ze hoorden de sferen draaien als hij sprak. Dit is een vreemde stad, heren op uzelf, heren arm in arm, gerepeteerd groetend, heren met dames, dames, dit is een vreemde stad. Ter wille van hen kwam in de eenzame huizen in de straten van poen en plezier een miljoen dames en heren hogerop in bed, de tijd vergleed met de ervaren maan boven een miljoen daken die nacht, en op iedere straathoek stonden verbeten agenten in de zwarte wind. O, allene meneer, zeiden de allene dames, we zullen naakt als pasgeboren muizen zijn en je langdurig liefhebben in de korte schittering van de nacht. Wij zijn niet de dames met de veren tussen hun borsten, die eieren leggen op het donsbed. Terwijl ik door het wolkenkrabbende centrum liep, waar de lantaarns aan mijn zijde meeliepen als elektrische mannen of de bomen uit een nieuwe Schrift, gaf ik de duivel een duw met mijn elleboog, maar de wellust in de schaduwen van zijn stad achtervolgde me onder de bogen en door de nachtblinde straten. Nu eens in de gestalte van een glimlachend kaal meisje, een lamenterende lichtekooi met handboeien als oorhangers, of de magere meiden die van de kruimels leefden, dan weer als een sjofele vrouw met een mestvork, buigend in de modder, fluisterde de geest van engelen over mijn schouder: We zullen naakt zijn op onze kousenbanden en zwarte kousen na en je lang liefhebben op een bed van aardbeien met slagroom en des te naakter zijn door een lint dat onze tepels verbergt. Wij zijn niet de dames die een hap uit de hersens nemen achter het oor, of zich te goed doen aan het vet om het hart. Ik herinnerde mij de seksloze, glanzende vrouwen van de eerste uren in de wereld die mij voorbracht, en de gouden seksloze mannen die de loftrompet staken over het geluid van de vorm. Kracht winnend uit een onverwacht schijnsel roep ik hard 'Ik heb de Oude Heintje Pik bij zijn baard.' Maar de vluchtige gestalten bleven volgen en de pleiter voor een onheilige naaktheid hapte naar mijn hielen. Nee, het was niet zomaar dat de overvolle wegen mij bij elke kruising en kromming van het trottoir confronteerden met deze figuren in de vorm van geluiden, de lampberoete silhouetten en de lopende raamwerken van dromen uit een donkerder allegorie dan de aardse ficties konden opbrengen in een twaalfzonnig tijdsbestek. Er was meer dan mensenzin aan de mensbeschedelde boze geesten die een lange skelet-neus maakten, aan de pompoenvrolijke mannetjes die hun oksels krabden in een herberglicht, en aan de dode man, lachend door zijn windsels, die zijn hand op mijn mouw legde en met een niemandsstem zei: Er is meer dan mensenzin in het spreken van een opgestopte mens, opengehaald van navel tot aars, en meer in de gehoornde dames aan je hielen dan een vleugje van de gespleten heerlijkheden en de smaak van zwavel. Hemel en hel strijden om de stad. Ik zie de god van Israël in het beeld van een geverfde jongen, en Lucifer, in vrouwenkleren, pist uit een raam in Damaroid Alley. Kijk nou eens, voortreffelijken, hoe de stemmer van de harpen is gevallen, en hoe de verver van de winden als een zak henna in de goot ligt. De hoge verwachtingen liggen aan duigen naast de kapotte flessen en jarretels, de witte modder valt als veren, daar, uit het Pessarium-hof komt bisschop Van Bildom, gekleed als een rattenvanger, een heilige zuster uit de Fellatio-stallen wet haar hoektand op een bloedsteen, twee wezels paren op het altaar van de Pauluskerk. Het had een goddeloze betekenis of het was het doel van de gevallen goden wier stralenkransen de tegendraads gekruiste hoorns op de spitse hoofden uitvergrootten, die mij opgeblazen op de hoogte brachten van de lagere levensloop van de mens, en toen ik de dood-en-verbonden en een als kool gekliefde vijand rechts van mij afschudde, kwamen mijn niet-groter-dan-een-vingerhoed vrienden te voorschijn uit het naakte links. Hij die de tovenaar speelde, kwam plotseling te voorschijn in een twaalftal zwavelige gebaren, en sprak uit een twaalftal monden: We zullen naakt zijn als de dijige koninginnen van Azië in je dromen; hij was een symbool in het verhaal van de reis van de mens door de zinnebeeldige stad. En dat wat veranderde met de geoliede schichten van een slang uit de nestholen in de voetstukken van de pilaren van de kathedraal, en omkrulde langs de randen van de vier sintelwinden, was ook een symbool in de steedse reis. In de gedaanten van een vrouw met een muizenstaart en een heilige slang kronkelden de symbolen van de stad voor mijn ogen. Maar bij één rode fluit zag ik dat dubbele beeld, en scheurde het bontcorset en de leren jas af. We zullen naakt zijn, zei Oude Heintje Pik, die af en toe opdook als een joods meisje dat aan de bedstijlen was gekruisigd. We zijn allemaal metaforen van het geluid van vorm, van de vorm van geluid, breek ons en we nemen een andere vorm aan. Zijdelings aaiden de slang en de vrouw een kruis in de lucht. Ik zag de sterrenregen die een wolk deed openbarsten, en wrong mij tussen hoeden en wielen door naar de minder verlichte straten, waar ik Freddie Frik achter een geverfde schaduw aan zag slingeren.

We liepen de Zeven Zonden binnen. Twee kleine meisjes dansen blootsvoets over het zaagsel en een fles versplinterde op hun benen. Een negerin liet de bandjes van haar gele jurk vieren, ontblootte een borst en hield een bord onder het zwarte vlees. Koop een pondje, zei ze, en zwaaide haar borst in Freddies gezicht. Hij staarde naar de vrouwen, die als een gele, lawaaierige golf op ons af kwamen en greep de halfnaakte negerin bij haar pols. Als een vrouw die oog in oog stond met een toren, zei ze: Wat ben jij sterk, schat, en ze kuste hem vol op de mond. Maar voor de zee ons kon omringen, waren we al weer op weg door de draaideur naar buiten en de midwinteravond, waar het maanlicht, niet meer zoutachtig wit, windstil boven de stad hing. Nachtvijanden waren het die een lamp maakten van het oog van de duivel, maar we volgden een middernachtelijke straling voorbij de straathoek, als twee vreemde broers die in glinsterende webafdrukken traden. In hun natte hoeden en regenjassen, in de gloed van de etalageruiten, botsten de mensen ons over het trottoir tegemoet, en een straatjongen greep me bij de mouw. Koop een almanak, zei hij. Het was het bittere jaareinde. Nu was de sterrenregen gedoofd, de hemel was een gat in de ruimte. Hoe lang, hoe lang, zegenrijke Heer, moet mijn stad nog zo op zijn grondvesten schudden en de zeven dodelijke zeeën getijdenloos wachten op de maan, het bittere einde van de laatste getijde-wending van de volle cirkel, klaagde Freddie. Hij volgde de middernachtelijke straling naar de deur van de Dodelijke Deugd, waar het licht doofde en de zeven webafdrukken vervaagden. Eindeloos beklommen we de treden van een zeetoren, en al klimmend in de toren schalden we dat we op moesten passen voor de roestige reling en de getande maagd in de torenhoeken. Aan de kant voor mijnheer Frik en zijn vriend. De Dodelijke Deugd binnenlopend, hoorden we onze namen afroepen door een luidsprekertrompet in het houten beeld boven de centrale spiegel, en erin starend terwijl het orakel doorging, zagen we twee misvormde gezichten door de rook grijnzen. Maak plaats, zei de luidspreker, voor Freddie, kanjer van de vernietiging, ouwe Frik, zuiplap van de Ondergangskeuken, en voor de wethouder der spoken. Is de vertaler van het manuscript van het mensdom, van diens lopende hoofdstukken, zei het trompetgezicht, lid van mijn Dodelijke Deugd? Wat is de kleur van het bloed van de verteller? Zet een bloedzuiger op zijn onderarm. Aan de kant, riep het beeld, voor de kale en naakte mijnheer de Dromer met de blauwste aderen aan deze zijde van de bloedkleurige zee. Toen de zee van gezichten uiteenviel, weken de dames met hun blote ruggen weg van de bar, en zochten de mannen met tailles als luciferhoutjes, die ingebonden en gecorsetteerde steltlopers met tieten als vrouwen, de donkerder hoeken van het café op, en stommelden wij voorwaarts naar de vurige flessen. Brandewijn voor de dromer en de pelgrim, zei de houten stem. Heren, dit rondje is voor mij, zei de levende luidspreker, dood over het huis. Het was op dat moment, in de verwarde uren van een nieuwe ochtend, omgeven door de dode gezichten van de drinkers, de drein van de verloren stemmen en de woorden van het ene elektrische beeld, dat Freddie, de haren te berge gerezen, zich voor het eerst tegen mij beklaagde over de dood over de stad en de verloren held van het hart. Er kan geen wapenstilstand zijn voor de seksloze, gouden zangers en de zwavelige hermafrodieten, het vliegende beest en de lopende vogel die boven ons strijden om de hoorn en de vleugel. Ik kon de stemmen aansteken van de vurige maagden die in mijn glas naar me wenkten, het brandewijnbruine beest en de vogel vangen terwijl ze voor mijn neus opstegen, en de engel met het dubbele gewei kussen. Nee, niet voor niets omgaven deze twee ongrijpbare brandymaagden Freddie, die riep, naald in de hand: Doe je cokewitte benen wijd, jullie naaldendames, Frik flitsende Freddie is de bliksemende drug en de dokter.

Nu buitelde er een wind door de kamer vanuit de dode straat; van de gehavende toren waar twee geketende mannen lagen en een gat in de muur viel, hoorden we onze kreten door de brandynevels en de luidspreker reizen; in onze torenangst grepen we naar de dansende gestalten in de club, naar de zwarte meisjes, van schouder tot tepel getatoeëerd met een witte dansende figuur, in rieten jurkjes met slangenkoppen en met een gewei op hun hoofd. Maar ze gleden van ons weg naar de rubberen hoeken waar hun zwarte minnaars onzichtbaar op hen wachtten; en de muziek werd harder totdat de torenschreeuw er in verloren ging; en weer ging Freddie achter een geverfde schaduw aan, die hem door rook en dansers naar het gebrandschilderde raam leidde.

Onder hem lag de stad te slapen, opgerold in haar straten en huizen, beschenen door haar eigen roodwassen en ijzeren sterren, met een gemaakte maan erboven en de torenspitsen gekruist boven het bed. Ik stond wiegend aan zijn zijde, en keek naar beneden, naar de niet-rokende daken en de uitgebrande kaarsen. De vernietiging sliep. Langzaam vloeide de kamer achter ons, als vier wateren, door de zeven goten van de stad naar een zwarte zee. Een golf ving de levende luidspreker in haar mond, zoog hout en muziek naar binnen; voor de laatste keer omspoelde een reusachtige golf de drinkers en sleurde ze mee, weg uit de wereld van het licht naar een kruipend zeebed; we zagen een golf opspringen en de laatste heldere ogen ondergaan, het laatste bloederige hoofd viel, als een strootje geveld, schreeuwend door het vernietigende water. Freddie en ik stonden alleen in de stad. De vernietigende zee klotste om onze voeten. We zagen de sterrenregen die de nacht brak. De glazen lichten op het ijzer doofden en de golven zakten weg in het wegdek.

Liefdes landkaart

Hier wonen, zei Sam Rib, de beesten met twee ruggen. Hij wees op zijn landkaart van Liefde, een vierkant van zeeën en eilanden en vreemde continenten met een woud van duisternis in alle uithoeken. Het tweeruggige eiland, op de lijn van de evenaar, gaf mee als lupushuid onder zijn aanraking en de omringende bloedzee ervoer een nieuwe beweging in haar wateren. Hier brak het zaad, met het tij op de kokende kusten; de zandkorrels vermenigvuldigden zich; de seizoenen gingen voorbij; de zomer, in vaderlijke bronst, ging over in de herfst en de eerste steken van de winter en liet het eiland de vier tegengestelde winden uit zijn holten vormen.

Hier, zei Sam Rib, en duwde zijn vingers in de heuvels van een klein eiland, wonen de eerste beesten van de liefde. En hier mengden zich de vruchten van de eerste liefdes, naar hij wist, met de grassen die hun groene opgang olieden, en met hun eigen wind en vocht het eerste knagen van de liefde voedden die pas in het voorjaar het antwoord van de zenuwen in omringende halmen vond.

Beth Rib en Reuben markeerden de groene zee rond het eiland. Ze liep door de aardscheuren als een jongen door zijn eerste grotten. Onder de zee markeerden ze, in skeletstructuur, de kanalen die het eiland van het eerste beest verbonden met de moeraslanden. Uit schaamte over de half vloeibare planten die uit het moeras opschoten, de pengetekende giffen kokend in het gras, en het paren in de tweede modder, bloosden de kinderen.

Hier, zei Sam Rib, gaan twee buien. Met zijn vinger volgde hij de oppervlakkig getekende driehoeken van twee buien en de monden van twee cherubijnen in de hoeken. De buien bewogen in een en dezelfde richting. Afzonderlijk kropen ze over het gruwelijke moeras, tevreden in de schaduw van hun eigen regen en sneeuw, in het geluid van hun eigen zuchten en de genoegens van hun eigen groene pijnen. De buien trokken door de deinende wereld als een jongen en een meisje, de zeestorm trok onder hen door en de wolken waaiden in vele wilde flarden uiteen toen ze tegen de rauwe stormmuur opliepen.

Kom terug, verloren kunstkinderen, bulderde Sam Rib, naar uw vaders laboratorium en het gemeste kalf in een reageerbuis. Hij gaf de verschuiving van locaties aan, de pennenstreken van de afzonderlijke buien die over de diepzee trokken en de tweede kloof tussen de werelden van de minnaars. De cherubijnen bliezen harder; de wind van de twee dansende buien en het schuim van de meedansende zee stoven verder en verder; op het enige strand van twee gepaarde landen hielden de buien halt. Twee naakte torens op de twee-liefdes-in-één-korrel van het eindeloze zand versmolten, aldus de pijlen op de kaart, tot één enkele kracht. Maar de pijlen van inkt schoten ze terug; twee verzwakte torens, nat van liefde, beefden van de schrik over hun eerste samengaan, en twee bleke schaduwen waaiden over het land.

Beth Rib en Reuben tekenden een heuvel die een stenen oog op het gestreepte dal liet vallen; hand in hand renden ze al zingend de heuvel af, en ze trokken bij het natte gras van het eerste van de twintig velden hun beenkappen uit. Er heerste een geest in het dal die zou voortduren nadat alle heuvels en bomen, alle rotsen en beken onder de dood uit het westen zouden zijn begraven. Hier was het eerste veld, waarin gekke Jarvis, honderd jaar eerder, zijn zaad had gezaaid in de buik van een kaalhoofdig meisje dat uit een ver land was komen zwerven en samen met hem de pijnen van de liefde had beleefd.

Hier was het vierde veld, een wonderveld, waar de doden tollend van de drank uit hun droge graven konden opstaan, of de gevallen engelen ten strijde trokken op het water van de beken. Dieper in de bodem van het dal geplant dan de blinde wortels achter hun makkers aan konden wroeten, verrees de geest van het vierde veld uit de duisternis en trok de diepte en de duisternis uit de harten van eenieder die het dal twintig mijl of meer van de grenzen van het bergachtige land betrad.

In het tiende en centrale veld klopten Beth Rib en Reuben op de deuren van de bungalows om te vragen naar de positie van het eerste, door minnende heuvels omgeven, eiland. Ze klopten aan de achterdeur en kregen een spookachtige vermaning.

Blootsvoets en hand in hand renden ze over de tien overgebleven velden naar het water van de Idris, waar wind naar zeewier rook en de geest van het dal nat was van de zeeregen. Maar de avond viel onverhoeds, en de vormen verderop in de inmiddels mistige rivier tekenden vlak voor hen een nieuwe vorm. Een eilandvorm, met duisternis ommuurd, een halve mijl stroomopwaarts. Steels liepen Beth Rib en Reuben op hun tenen naar het kabbelende water. Ze zagen de vorm groeien, lieten elkaars handen gaan, trokken hun zomerkleren uit en plonsden naakt in de rivier.

Stroomopwaarts, stroomopwaarts, fluisterde ze.

Stroomopwaarts, zei hij.

Ze dreven eerst afwaarts omdat een stroom aan hun benen trok, maar ze overwonnen de stroming en zwommen naar het alsmaar groeiende eiland. Toen kwam er modder omhoog van de bedding en zoog aan Beths voeten.

Stroomafwaarts, stroomafwaarts, riep ze, en bevrijdde zich van de modder.

Reuben, verstrikt in het wier, vocht met de grijze toppen die met zijn handen vochten en volgde haar terug naar de oever van het zeewaartse dal.

Maar het water kietelde Beth terwijl ze zwom; het water drukte in haar zij.

Mijn liefste, riep Reuben, opgewonden door het kietelende water en de wiervingers.

En, toen ze naakt op het twintigste veld stonden, fluisterde zij: Mijn liefste.

Eerst hield de angst hen tegen. Nat als ze waren, trokken ze hun kleren aan.

Over de velden, zei ze.

Over de velden, in de richting van de heuvels en het heuvelthuisland van Sam Rib, renden de kinderen als verzwakte torens, niet langer hand in hand, in de war door de modder en blozend door de eerste prikkels van het mistige eilandwater.

Hier wonen, zei Sam Rib, de eerste beesten van de liefde. In de koelte van een nieuwe morgen stonden de kinderen stil te luisteren, te bang om elkaars handen aan te raken. Hij raakte opnieuw de doorbuigende heuvel boven het eiland aan en wees op de voortgang van het kanalengeraamte dat modder met modder verbond, groene zee met donkerder zee, en alle liefdesheuvels en eilanden in één gebied ving. Hier paart het gras, het groene paart, de korrels, zei Sam Rib, en de scheidende wateren paren en worden gepaard. De zon met het gras en het groen, zand met water en water met het groene gras, allemaal paren ze en worden gepaard voor het dragen en slagen van de aarde. Sam Rib had gepaard met een groene vrouw, zoals oudoom Jarvis met zijn kaalhoofdige meisje; hij had gepaard met een vrouwelijk water voor het dragen en grootbrengen van het kind dat aan zijn zijde bloosde. Hij gaf aan hoe dicht de moerassen bij het eerste beest lagen dat een rug verdubbelde, hij markeerde de kromming van verdubbelde beesten onder een heuvel zo hoog als Oudooms heuvel, die er gisteravond dreigend had uitgezien en zichzelf met stenen had omgeven. Oudooms heuvel had de voeten van de kinderen opengehaald, want de beenkappen waren voor altijd verloren gegaan in het gras van het eerste veld.

Met hun gedachten bij de heuvel zaten Beth Rib en Reuben stil bij elkaar. Ze hoorden Sam zeggen dat de heuvel van het eerste eiland zacht als wol werd voor de afdaling, of glad als ijs voor het sleeën. Ze dachten aan de matte afdaling van de avond ervoor.

Tamme heuvel, zei Sam Rib, wordt wild voor de beklimming. In de adolescentenheuvel was een witte weg van stenen en ijs gegroefd, gevormd door het glijdend spoor van voet of slee van kinderen die naar beneden gingen; een andere weg, aan de voet, klom opwaarts in een lijn van rode steen en bloed, en was getekend door de gebarsten voetafdrukken van de kinderen die naar boven gingen. De afdaling was zacht als wol. Faal op het eerste eiland en de stijgende weg wikkelt zichzelf in iets scherps en stenigs.

Beth Rib en Reuben, die de gebochelde rotsen en het vuursteen in het gras steeds in gedachten hielden, wendden zich die dag voor de eerste keer tot elkaar. Sam Rib had haar gemaakt en zou hem vormen, zou de jongen en het meisje samen maken en vormen tot een dubbele klimmer die het eiland zocht en daar zou versmelten tot één enkele kracht. Weer vertelde hij hun over de modder, maar zonder ze bang te maken. En de grijze koppen van het wier werden gebroken om nooit meer in de handen van de zwemmer te zwellen. De dag van het klimmen was voorbij; de eerste afdaling bleef over, een heuvel op de landkaart van de liefde, twee takken van steen en olijven in de handen van de kinderen.

Verloren kunstkinderen keerden die nacht naar de kamer op de heuvel terug, door grotten en vertrekken die naar het dak leidden, zagen het sterrendak en waren gelukkig, hand in hand. Daar lag het gestreepte dal voor hen en het gras van de twintig velden voedde het vee; het nachtvee trok langs de heggen of slobberde van het warme water van de Idris. Beth Rib en Reuben renden van de heuvel af en de zachte stenen lagen stil onder hun voeten; sneller nu, renden ze de Jarvis-helling af, de wind in hun haren, zeegeuren uit het noorden en zuiden waar geen zee was drongen hun trillende neusgaten binnen; en vaart minderend bereikten ze het eerste veld en de rand van het dal, waar ze hun beenkappen aantroffen, keurig naast elkaar in een door een koe geplette plek in het gras.

Ze deden hun beenkappen aan en renden door de vallende halmen.

Hier is het eerste veld, zei Beth Rib tegen Reuben.

De kinderen stopten, de maanverlichte nacht duurde voort, een stem sprak uit de duisternis van een haag.

De stem zei: Jullie zijn de liefdeskinderen.

Waar zit je?

Ik ben Jarvis.

Wie ben je?

Hier, schatten, hier in de heg, samen met een wijze vrouw.

Maar de kinderen vluchtten weg van de stem in de heg.

Hier in het tweede veld.

Ze stopten om op adem te komen en een wezel rende piepend over hun voeten.

Hou me steviger vast.

Ik zal je steviger vasthouden.

Een stem zei: Steviger vasthouden, liefdeskinderen.

Waar zit je?

Ik ben Jarvis.

Wie ben je?

Hier, hier lig ik, naast een maagd uit Dolgelley.

In het derde veld lag de man uit Jarvis een groen meisje te beminnen, en terwijl hij hen de liefdeskinderen noemde, ging hij op in haar geest en haar naar karnemelk geurende adem. Hij beminde een kreupele in het vierde veld, want de draai in haar ledematen verlengde het beminnen en hij vervloekte de regelmatige kinderen die hem met een liefje, recht van lijf en leden, aantroffen in het vijfde veld bij de vierde grenssteen.

Een meisje uit Tiger Bay hield Jarvis dicht tegen zich aan, en haar lippen drukten een rood, gebroken hart in zijn hals; dit was het zesde, het stormbui doortrokken veld waar hij, toen hij zich van het geweld van haar handen afkeerde, hun onschuld zag, twee bloemen wiegend in het oor van een zeug. Mijn roos, zei Jarvis, maar het zevende lief geurde in zijn handen, zijn vingervoelende handen die Glamorgans kankergroei onder de achtste heg hielden. Een heilige vrouw uit Bethels Heart, het klooster, bediende hem de negende keer.

En de kinderen in het middenveld schreeuwden toen tien stemmen opstegen, opstegen en neerdaalden uit de tien ruimten van de halve nacht en de behagende wereld.

Het was volop nacht toen ze antwoordden, toen de stemmen van één stem met mededogen de tweestemmige vraag beantwoordden die klonk op de slagen van de opwaartse, opwaartse en de neerwaartse lucht.

Wij, zeiden ze, zijn Jarvis, Jarvis onder de heg, in de armen van een vrouw, een groene vrouw, een vrouw zo kaal als een kikker op een dij van een non.

Ze telden het aantal van hun liefdes onder het oor van de kinderen. Beth Rib en Reuben hoorden de tien orakels en gaven zich schuchter over. Over de overgebleven velden, op het ritme van het fluisteren van de laatste tien minnaars, op het ritme van de stem van de ouder wordende Jarvis met zijn grijze haar in de laatste schaduwen, vlogen ze naar Idris. Het eiland glansde, het water murmelde, er was beweging van ledematen in ieder zuchtje wind dat de gladde rivier deed kabbelen. Hij trok haar zomerkleren uit en zij maakte met haar armen een zwaan. De blote jongen kwam naast haar staan; en zij draaide zich naar hem toe en zag hem in de rimpelingen van haar bellenspoor duiken. Achter hen gleed haar vaders stem uit het gehoor.

Stroomopwaarts, riep Beth, stroomopwaarts.

Stroomopwaarts, antwoordde hij.

Alleen de warme, in kaart gebrachte wateren spoelden die nacht over de heggen van het eiland van de eerste beesten, dat wit was bij nieuwe maan.

In de richting van het begin

In de lichte tent op het slingerende veld in de geweldige voorjaarsavond, bij de zee en het spanen schip met de cederhouten mast en het achterdek dat krioelde van de snavels en de schelpen, met een gestreken zalmkleurig zeil en twee gevinde riemen; met meeuwen in een hoge vlucht en ooievaar, pelikaan en mus op weg naar het eind van de zee en het eerste graan van een tijdloos in een zandloper ronddraaiend land, een hoepel van veren door het voorjaarsdonker in een janboel van een jaar; toen de rotsen in de geschiedenis in heel hun lijf en gegroefde leden, met het oog van een naald, de schim van een zenuw, een snee in het hart, in gekloofde vezels en kleien draad, voor de gezwollen ode van de odyssee het dwarrelen van de laurierbladtuimeling van de eikenboom-versplintering van de maansteen tegen de dodelijke ondode openbaring en de getelde golven vastlegden, werd een man geboren in de richting van het begin. En ontwaakt, daar waar de maan hem door de bergen van haar ogen had getild en met de sterke ziende armen, die vol getijden en vingers achter haar aansleepten naar de gezwollen zee, vocht hij zich over de rand van de avond, zette koers naar het begin als een gans naar de hemel, en noemde zijn wraakgodinnen bij hun namen uit de wind geschreven index van het graf en de wateren. Wie was deze vreemde die aankwam als een hagelsteen, in ijs gebeiteld, met haar als een zeestruik vol sneeuwblad en langer dan een cedermast, die aankwam uit een stad van vissers op het drijvende eiland terwijl de noordelijke witte regen viel en de walvisonstuimige zee zich tegen de grotten van het oog opwierp? Ze was zout en wit en op reis toen het veld, als één halm, zijn vogels om haar heen liet zwermen met de avond in het holst van het altijd onrustige hart, hoorde hij haar handen tussen de boomtoppen – een veer dook, haar vingers vlogen over de stemmen – en de wereld zonk dieper door het visioen van een vreemde sirene van gras en waterleven en sneeuw. De hele wereld werd leeggezogen tot op de laatste druppel in het laatste meer; de waterval van het laatste deeltje schoot jachtig naar de grond, alsof de hemelregen zijn wolken doldraaiend als manna uit fluweelgebuikte seizoenen had laten vallen, en de harde hagel, al vallend, verspreidde zich en wervelde in een wolk, half bloem half as, of in de kamvoetige, vuilruimende wind door een hoog opgerezen modderpyramide, of in de zachte trage gang van zich mengende bladeren en nevel. In het exacte midden van de betovering was hij een landman in diepe zee, bij zijn haren vastgesjord aan het oog van de cyclopenborst, met zijn in haar stem gespannen geteisterde dijen; witte beren zwommen en zeelui verdronken op de maat van de muziek, die zij toonzette en met handen en fabels aan zijn rechtopstaande haar ontlokte; ze pakte zijn angst bij de oren en bracht hem zingend naar het licht door het bos van de krulharigen en de verstenende stem. De openbaring staarde achterom over zijn vastgepinde schouder. Wat was haar oorsprong, de laatste vonk des oordeels of het eerste spuiten van de walvis uit het waterland? De grote vuurzee aan het eind, een razend begrafenisvuur, een verteerde vuurpijl nog heet aan zijn staart, of waar de eerste lente en haar dwaasheid de zeeriffen beklommen en de tuinsloten werden gekneusd en afgedekt, terwijl het bluswater over de kaarsenbergtop viel. Van wie was het beeld in de wind, de afdruk op het klif, de echo die aanklopte om te worden binnengelaten? Ze was goudomkranst en krulharig. Ze liep door het verzwelgende, zilte veld, de kroniek en de rotsen, de donkere vormen en de verankerde zee in persoon. Ze ging te keer in de buik van de ezel. Ze strompelde door de galopperende dynastie. Ze was luidruchtig in het oude graf, had een stille, vlugge tong in de zon. Hij merkte haar verworpen gedaante op, getekend met de in vergif gedoopte poot van een nachtmerrie, in een omlijsting van wind, afdruk van haar duim die ontwricht raakte van haar hand met de schaduw van een vlieghuid, terwijl de vertrouwde echo werd ondervraagd: wat is mijn oorsprong, de granieten fontein die blust waar de eerste vlam opspringt in de gebeeldhouwde wereld, of het vreugdevuur met de manen van een leeuw op de drempel van de laatste tombe? Eén stem schoot toen op die avond langs het licht en over de watergolven, één gezichtsuitdrukking weerspiegelde de verglijdende stemmingen; vanwaar de goudgroene zeevlieg het spoor van de octopus kleurt, kroop één venijn door het schuim, en uit de hoeken van de vier windstreken op de kaart blies één eilandvormige engel de wolken naar zee.

Een avontuur uit een werk in uitvoering

De boot rukte aan haar anker en het anker schoot van de zeebodem omhoog als een ijzeren pijl, hing stil in een nieuwe wind en wees hoog boven de spiralende zee-engten naar de donkere gaten en grotten aan de horizon. Terwijl hij met een zeehond aan zijn zij naar de stampende boot zwom, zag hij door zijn anker verblinde vogels verschroeiend uit de pokdalige verte te voorschijn komen. Hij greep zich aan de boeg vast als aan een manenkam, het pijlende ankerijzer schoot noordwaarts en de boot beneden vloog mee onder rukwinden en het hissen en likken van een vluchtig vlammenspel. Zijn dierlijke boot spleet het water in duizend bootgrote zeeën, beet zich diep in de vliegende scholen en halveerde en vermenigvuldigde de vliegende vissen, dook onder de golven als een houten dolfijn en schudde het tastende zwerk van zijn staart, zwenkte langs een zwartgouden boei met een kerkelijk klokkenspel en koerste pal naar het koude noorden. Zeeschuim werd ijs toen het door zijn haren striemde en stak in zijn wangen en oogleden, en het stromende bloed raakte stijf bevroren. Dwars door een laag rood ijs kon hij zien dat de zee transparant was; onder zijn boot brandden de verdronken doden in een bleekgroen, grashoog vuur; de zee regende op de vlammen. Maar verder noordwaarts, tussen glazen bergen, beklommen door berinnen die naar hun weerkaatsing keken en van de zee aten tussen de drijvende ijsschotsen, door een schild van blinkende vezels scherend en schotsend onder een ankerschicht, heen en weer geschud en opgeblazen tussen de bevroren raamwieren, door een trage sneeuwstorm, wier vlokken stuk voor stuk als heuvels uit de witte lucht vielen, verloren in een plots opdoemend rond huis van de zesjarige nacht, en glijdend door een boog van slapende vogels, allemaal op stok op een ijspegel, bereikte de boot blauw water. Vogels met door de zon aangestoken blauwe veren, met kammen van levende vlammen, vlogen langs het zwevende anker naar de bomen en struiken aan de rand van zacht zand om de zee, die kalmpjes om zijn boot kabbelde en hem – als een naam in letters van splijtende wateren – naar een veilig bos fluisterde en naar een traag draaiend eiland met een schoot vol hagedissen. De zalm van het windstille zeil keerde naar het blauw van de vogeleieren in de toppen van het wuivende woud op iedere golf. De veren knisperden van de vogels en dwarrelden neer en landden op kale twijgen en staken die de ingang van het eiland afsloten, de twijgen en staken werden bomen met melodieuze bladeren die stilletjes brandden. De geschiedenis van de boot werd gespeld in het water dat op de hangende havenoever kletste; elke lettergreep van zijn avontuur sloeg tegen gras en steen en galmde luid door de gangen van de verstoorde rotsplanten en werd doorgekwebbeld van vlam tot boom. Het anker dook onder om te rusten. Hij beende door de laaiende haag. De afdruk van het ijs smolt. Het eiland draaide. Tussen de bomen door zag hij een grote vrouw staan op de oever aan de overkant. Hij rende recht op haar af, maar haar groene dijen sloten zich. Hij rende langs de rand naar haar toe, maar ze bleef even ver van hem verwijderd op het draaimoleneiland. Het uur stond op vallen; het had zonder gerucht onder en boven vuurgloed en draaiing geslapen; nu was het klaarwakker. Bloemen midden op het eiland vingen tranen van de tijd in een kelk. Het stolde en schreeuwde en scheen in dode echo's en parels. Het viel terwijl hij over de buitenrand rende, en eiken werden geveld in de eikel en hagedissen gelegd in het ei. Hij hield de vrouw vast die in zijn armen verdronk, haar drijfhouten ledematen, haar twinkelende ballasthoofd van glas; hij vocht met haar bloed als een man met een waterval die verandert in visstof en as, en haar gezegende zeewierhaar danste blind voor zijn ogen. De boot met haar zwevende anker en gevinde riemen, hunkerend naar water na land, met de snaterende snavels op het achterdek en de levende schelpen, werd hem langszij geblazen, door een wind die in één adem de bocht omkwam, geblazen vanaf de havenoever waar boomwortels naar de hemel schoten en het veraste bladerdak neersmeulde, de slaphangende poot van een vogel tegen de rotsen schuurde, een galmende grot recht overeind zat en met de opening naar beneden in zee denderde; hij liet de riembladen zakken, de cedermast beefde als een riet, de boot ging er weer vandoor in de richting van het warme noorden, een eiland achterlatend dat niet meer draaide maar spleet in verdwijnende grotten en tegendraadse bomen. Het gevallen uur rustte op het scherp van het mes van de tijd en in de hangmat van de vuren van de tijd, de herinnering aan de vrouw stond in zijn handen gegrift, haar klauwen en anemonen, wierweelde en zee-egelhaar, de zee was kaal en kleurloos, richting was dood als het eiland en het noorden was een cirkel, een vogel boven het anker zwiepte door een verstilde wolk om zijn eigen roep te vangen, de boot ploegde met zwemmende gekieuwde riemen door het schuim van het kielwater, haar bleke voorhoofd glansde in de nieuwe maan van zijn nagels en haar doorweekte zenuwdraden sprongen achter hen op en neer, de achterdeksnavels snaterden en gaapten, krabben klepten uit hun schelpen, een opkomende mist omhulde en ontvormde de hemel, en de zee deinde heimelijk. Door de mist, een zwarte storm meeslepend en met een schepvormige wolkenmassa die aan haar top klitte, alsook een gebroken maan en een trompettenwind, boorde zich plots een berg. De boot raakte een rots. De snavels zwegen. De schelpen klapten dicht. Hij sprong in de modder toen de wind zijn naam riep tegen de klapwiekende scholen; zijn naam rolde van de berg naar beneden, galmde door grotten en kloven, dook onder in giftige poelen, weerkaatste tegen zwarte muren, ging over in de stem van stervend gesteente en ging grommend ten onder in slijk in stilte. Hij staarde naar de bergtop; er hing een wolk voor, lichtkoorden van de maan lagen in lussen om de tentakels van de rotswanden. Weerlicht met hoorn en been, met wervelwit kraakbeen, hardde en halveerde de gevorkte flanken, brak door de aangeklitte wolkenhoed, verlichtte het stenen hoofd, schroeide de mistomrande kam en sneed de maanlichtkoorden door tot de maan naar boven zeilde als een vlieger. Met het uitdoven van de weerlicht en het als een zakmes inklappen van de manke rugwervels, kwam de op sleeptouw genomen storm schokkend in beweging en vervloog in een verzegelde lucht, de berg verdween en liet een gat achter in de ruimte als aandenken aan zijn gruwel terwijl hij zonk, terwijl de monumenten van de donkere modder voorover vielen en zijn geheven armen tegen de rotsen werden gemetseld, met de natte madennesten en het mengsel van kruipend gedierte van standbeelden en schepsels die eens op de richels aan de voet van de berg stonden of de roepende monden van de grotten versperden. De wind, lawaaiig materie verwaaiend, kleefde aan zijn wang. De zee beklom zijn leden als een zeeman. Gebonden aan en verdrinkend in dat ontlede metselwerk, zijn ogen op gelijke hoogte met de wirwarrige kring van drijvende kopstukken, zag hij de weerlicht aanstuiven voor een nieuwe slag, en het gehoornde been verstijven tussen de vorken; hoop, als een extra spier, verbrak de omarmingen van de wringende lichamen, wierp het gezicht af dat het zijne tot een doodsmasker maakte, want de berg verscheen op slag van licht en de holle vorm van zijn verschrikking was gevuld met rotspunten en pantserkoepels, steenwebben en nesten, tollende zwarte balkons, het luidruchtig samengebald smijten van afzonderlijke stortgolven en de bedroevende substantie van een nieuwe kleur. De wereld geschiedde terstond. En er was een beklede berg ontstaan uit het samengaan van weerlicht en donder. De vormen van vallende regen gaven een nieuw geluid en een nieuw getal. En het weerlicht bleef toeslaan; zijn doelgerichte, zaagtandige schicht flitste, en beet zich vast in een onophoudelijk licht; één verblindende flits was goed voor een rouwvol jaar. De mummieplooien, de modderpieten, de witte maskers, de snelle gietsels, de sluitende schedes, smolten onder bevriezende hitte van dat nimmer knipperende weerlicht. Hij bokste zich los van de standbeelden en de afkalvende en voorovervallende wachters. Uit een bluts zo groot als een mens in een smeltende dij, behangen met schelpen en onder de wieren, als een kind uit de wortels van de oorspronkelijke zee, kwam hij te voorschijn in een oogverblindend bed. Eenmaal op het vasteland, met schelpen zwaaiend in zijn haar en klinkend uit de staart van een wier, en met schelpen die de zee weerklonken, schudde hij de rampen af, wierp de wieren van zijn blote borst, wierp zijn hoofd achterover tot de beierende schelpen de stemmen van heel het mengwerk van water in hun echo opnamen, en greep zich vast aan de flank van de berg. Zijn schaduw leidde de weg en wenkte; hij liep de bochten van de palingpaden, zijn schaduw wees op de voetafdrukken die voor zijn voeten verschenen; hij volgde zijn voetafdrukken in hun spoor, zag de uitgelopen omtrek van zijn hand op een natte steen terwijl hij, ernaar onderweg door een vijandige vallei, streed met stenen en bomen; dieren sloten hun lippen om de roep van een passerende wind en schepten, verwelkomend, zijn naam op uit holle stammen en wallen. Hij volgde de vlucht van zijn naam, die al voortglijdend op de top tot stilstand kwam: daar ving een grote vrouw de vliegende naam op haar lippen. Hij bloeide op in het centrum van de pijn van de berg en vreugde spoedde met zijn schaduw heen, de sterke herinnering aan de drijfhoutvrouw lag dood in zijn handen, die diep in de aarde groeven naar deze vreemdeling, lang als een boom en blanker – op die grootse, afnemende afstand – dan de weerlichtkleurige zee die honderd gevaren diep lag. De dijen, zacht als steenstof en de verlangende kloof, het zeeslak-oog en de mosselmond, de blanke gebogen geronde rotsen, blauwe schaduwen en stekelbessen, de stortregenbloemen en het zwart van 't struikgewas op de schedel en in de behaarde holtes, de beklede kelders, de gestriemde stenen, het gerimpelde gezicht op de knieën, alles was, heel even – terwijl hij verliefd stilstond – stil en nabij. Toen verrees, door een gat in de wolken – in een abdij uitgehouwen dieren, wind in een schouderdoek, welvend en haar beschuldigend – langzaam haar top, samen met zijn betoverende bravoure uit de stilte. Langzaam kwam haar piek boven de bewolkte bogen, de stenen waarover hij strompelde volgden haar in gelijke tred. Hoewel hij zich kranig weerde en snel klom, wist zij de afstand te bewaren. De berg in zijn adempauzes nam vele malen in grootte toe, tot het moment daar was en er een brandend eind aan kwam. De piek stortte neer, de berg verschrompelde, hij klemde de vrouw vast die in zijn armen verdween; de stortbuien van haar haar waren korte buien, haar ledematen werden beknot, haar handen stomp, haar tanden waren klein en hoekig als dobbelstenen en getekend door verval. Een lichtkrans viel als aardewerk aan scherven, vleugels stokten. Bloed klapperde achter alle vensters van de wereld. En met het verdwijnen van haar ledematen werd ze plotseling weer jong. Met haar kleine lichaam in zijn armen huilde hij in de nachtmerrie over een naakt kind nabij, kussend en blasfemerend, met als peren zo kleine borsten waar melk uit schuimt, de onschuldige openingen van de open ogen, de smalle, rode mosselmond en wanneer het hoofd valt, de ogen uitpuilen, het kleine nekje breekt, ligt het hoofdloze kind liefdevol in het donker. De gekke kever draafde het oor binnen met de hele aarde op een voelspriet. Met zijn roepen bezweek ze jonger nog. Hij hield haar stevig vast. Het merg in haar beenderen was zacht als stroop. Uit een litteken in de piek steeg een schaduw met een zwarte plu en een rode schaal. Ze bungelde daar met kale en monsterlijke schedel, gezwollen apensnoet en doorweekte navelstrengstaart. Vanuit het gewebde zeevarken en de waterporrende vis spatte een witte plas in de palm van zijn hand. Duizelend rende hij ervandoor naar de zee en betrad de golvende vlakten. De versplinterde schaar van een kreeft sloeg toe vanuit de gedode achterdekschelpen. En in het spoor van het zich door blinde wolken worstelende anker roeide en zeilde hij, opdat de wereld hem eens mocht overkomen, langs de taferelen van wentelende eilanden en elastische heuvels, over de gangbare zee.

Portret van de kunstenaar als een jonge hond

De perziken

De grasgroene kar, waarop in beverige letters 'J. Jones, Gorsehill' was geschilderd, stopte op de klinkers in de smalle steeg tussen Het Hazenpootje en De Klare Slok. Het was laat op een avond in april. Oom Jim, in zijn zwarte marktpak, gesteven witte overhemd zonder boord, schreeuwerige nieuwe laarzen en ruitjespet, klom knarsend naar beneden. Hij trok een tenenmand uit een berg stro in een hoek op de kar en slingerde hem over zijn schouder. Ik hoorde een schrille kreet uit de mand komen en zag er het puntje van een roze staart uitkrullen toen oom Jim de deur van De Klare Slok binnenging.

'Twee minuten maar,' zei hij tegen me. De bar was vol; twee dikke vrouwen in felgekleurde jurken zaten vlak bij de deur, de een had een klein, donker kind op haar knie; ze zagen oom Jim en maakten plaats op de bank.

'Ik ben d'r zo weer,' zei hij vinnig, alsof ik hem had tegengesproken, 'rustig blijven zitten daar.'

De vrouw zonder kind stak haar handen in de lucht. 'O, mijnheer Jones,' zei ze, uitschietend van de lach. Ze schudde als een gelatinepudding.

Toen ging de deur dicht en werden de stemmen gedempt.

Ik zat alleen op de dissel van de kar in de smalle steeg en gluurde door een zijraam van Het Hazenpootje. Een smoezelige jaloezie hing half naar beneden. Ik kon de helft van een rokerig en geheimzinnig vertrek zien; er zaten vier mannen te kaarten. Eén man was reusachtig groot en donker, met een krulsnor en een spuuglok; naast hem zat een magere, kale, bleke oude man die zijn wangen naar binnen zoog; de gezichten van de andere twee waren in de schaduw. Ze dronken uit bruine bierpullen en zeiden geen enkel woord terwijl ze hun kaarten op tafel smeten, lucifers aan hun doosjes afstreken, aan hun pijpen zogen, droevig slokten, en de koperen handbel op de tap luidden om vervolgens met een aantal opgestoken vingers bij te bestellen bij een zure vrouw in een gebloemde bloes en met een mannenpet op.

De steeg werd al te plotseling donker, de muren kwamen naar elkaar toe en de daken hurkten neer. Voor mij, bedeesd voor me uit starend in die duistere steeg in een vreemde stad, leek de donkere man een reus in een kooi omgeven door wolken, en de kale oude man verschrompelde tot een zwarte bult met een witte plek bovenop; uit een hoek schoten twee witte handen met onzichtbare kaarten. Zo meteen zou er nog een man met rubberen hakken onder zijn laarzen en een tweesnijdend mes met verende passen uit Union Street op mij afkomen.

Ik riep: 'Oom Jim, oom Jim,' zo zacht dat hij het niet zou horen.

Ik begon tussen mijn tanden te fluiten, maar toen ik stopte dacht ik dat het geluid achter mijn rug verder siste. Ik klom van de dissel en ging vlak voor het half geblindeerde raam staan; een hand graaide langs het venster omhoog naar het trekkwastje van de jaloezie; in de kleine, overvolle ruimte tussen mij op de straatstenen en de kaartspelers aan tafel, kon ik niet opmaken aan welke kant van het glas de hand was die de jaloezie langzaam naar beneden trok. Ik werd van de nacht afgesneden door een smoezelig vierkant. Een verhaal dat ik in het warme, veilige hol van mijn bed had verzonnen, terwijl het slaperige, middernachtelijke Swansea deinde en golfde buiten het huis, kwam op dat moment klepperend over de klinkers op me af gewaaid. Ik herinnerde me de duivel in het verhaal, die zich met zijn vleugels en haken als een vleermuis in mijn haar vastklemde, terwijl ik heel Wales doorkruiste op zoek naar een lang, wijs en gouden, koninklijk meisje uit het klooster van Swansea. Ik probeerde me haar echte naam te herinneren, haar keurige, lange, zwarte-kousenbenen, haar giechelend lachje en haar papieren krullen, maar de vleugels met de haken trokken aan me en de kleur van d'r haar en ogen vervaagde en verdween als het grasgroen van de kar, die nu als een donkergrijze berg tussen de muren van de steeg stond.

En al die tijd bleef de oude, brede, geduldige, naamloze merrie roerloos staan, zonder ook maar één keer op de klinkers te stampen of haar leidsels te schudden. Ik zei dat ze een braaf beest was en ging net op mijn tenen staan in een poging haar oren te aaien, toen de deur van De Klare Slok openzwaaide en het warme lamplicht uit de bar me verblindde en mijn verhaal in vlammen deed opgaan. Ik voelde me niet langer bang, alleen boos en hongerig. De twee dikke vrouwen vlak bij de deur giechelden 'Goeienavond, meneer Jones,' vanuit het veelstemmige lawaai en de prettige luchtjes. Het kind lag opgekruld te slapen onder de bank. Oom Jim zoende de twee vrouwen op hun mond.

'Goeienavond.'

'Goeienavond.'

'Goeienavond.'

Toen was de steeg weer donker.

Door half tegen haar flank te hangen, haar onverstoorbaarheid te vervloeken en zachtjes op haar neus te kloppen, wist hij de merrie achterwaarts Union Street in te manoeuvreren, toen klommen we allebei op de kar.

'Er lopen te veel dronken zigeuners rond,' zei hij, terwijl we door de flikkerende, lampverlichte stad ratelden en rolden.

De hele weg naar Gorsehill zong hij met een warme basstem allerlei psalmen, en dirigeerde hij de wind met zijn zweep. Hij hoefde de leidsels niet eens vast te houden. Eenmaal op de hobbelige weg tussen de heggen, waarvan de twijgen zich in allerlei bochten wrongen om achter het hoofdstel van de merrie te blijven haken en onze petten af te stoten, stopten we na een gefluisterd 'Ho-ho-maar', opdat oom zijn pijp kon aansteken en het donker in vlam zetten en mij zijn langwerpige, rode, dronken vossenkop kon onthullen, met de borstelige bakkebaarden en zijn natte, gevoelige neus. Een wit huis met licht uit een slaapkamerraam stond glanzend in een veld op een kleine heuvel naast de weg.

Oom fluisterde 'Rustig, rustig maar beestje' tegen de merrie, hoewel ze er kalm bijstond, en met een plotseling luide stem zei hij over zijn schouder tegen mij: 'Daar heeft een beul gewoond.'

Hij gaf een stamp op de dissel en we ratelden weer verder door de snijdende wind. Oom rilde en trok zijn pet over zijn oren; maar de merrie leek wel een lomp dravend standbeeld, en al zouden alle duivels uit mijn verhalen naast haar voorthollen of haar als één man recht in haar ogen grijnzen, dan nog zou ze niet met haar kop schudden of sneller gaan.

'Ik wou dat hij mevrouw Jezus had opgehangen,' zei oom.

Tussen de gezangen door, schold hij in het Welsh op de merrie. Het witte huis verdween in de verte, het licht en de heuvel werden opgeslokt.

'Nu woont er niemand,' zei hij.

We reden het boerenerf van Gorsehill op, waar de klinkers ratelden en de zwarte, lege stallen het ratelen overnamen en uitholden, zodat we tot stilstand kwamen in een holle kring van duisternis en de merrie een hol dier was, en er in het holle huis aan het eind van het erf niets leefde dan twee staken met in knollen uitgesneden gezichten.

'Ga jij eens snel naar Annie toe,' zei oom. 'Ze heeft vast hete soep en aardappelen.'

Hij leidde het holle standbeeld naar de stal; klop, klop, klop naar het muizenhuis. Ik hoorde de sloten rammelen toen ik naar de deur van de boerderij rende.

De voorkant van het huis was de enkele schaal van een zwarte schelp en de deur met de boog was het luisterende oor. Ik duwde de deur open en liep de beschutte gang in. Het leek alsof ik de holle nacht en de wind binnenliep, terwijl ik een hoge rechtopstaande schelp doorging op een eilandstrand. Toen ging er een deur open aan het eind van de gang; ik zag de borden op de planken, de aangestoken lamp op de lange, met een zeiltje gedekte tafel, het borduurwerk met 'Weest Bereid om Voor Uw Schepper te Verschijnen' boven de haard, de grijnzende porseleinen honden, de bruingevlekte houten bank en de opoeklok, en rende de keuken in, recht in Annies armen.

Er volgde een verwelkoming. De klok sloeg twaalf toen ze me kuste, en ik stond te midden van glans en galm als een prins die zijn vermomming aflegt. Het ene moment was ik klein en koud, sloop ik doodsbang door een zwarte steeg in mijn, stijve, zondagse kleren, met een knorrende holle buik en een hart als een tijdbom, gymnasiumpet stijf in de hand, als een vreemde voor mezelf, als een wipneuzige verhaaltjesverteller verloren geraakt in zijn eigen avonturen en met heimwee naar huis; het volgende moment was ik de koninklijke neef in snelle stadskleren, omhelsd en verwelkomd, door mijn veilige verhalen omgeven, en luisterend naar de mij aankondigende klok. Ze bracht me snel naar de zitplaats bij de spelonkachtige haard en trok mijn schoenen uit. De heldere lampen schitterden en de plechtige klok galmde alleen voor mij.

Ze maakte een mosterdbad, zette sterke thee en liet me een paar sokken van mijn neef Gwilym aantrekken en een oude jas van oom, die rook naar konijnen en tabak. Ze kloekte en deed en knikte en vertelde me, terwijl ze brood sneed en smeerde, hoe Gwilym nog steeds voor dominee leerde en hoe tante Rach Morgan, die negentig was, met haar buik in een zeis was gevallen.

Toen kwam oom Jim binnen als de duivel met een rooie kop, natte neus en bevende, behaarde handen. Zijn pas was zwaar. Hij stommelde tegen het dressoir, bracht de kroningsborden aan het wankelen, een magere kat schoot opgejaagd uit de zithoek bij het vuur. Oom leek bijna twee keer zo lang als Annie. Hij had haar onder zijn jas kunnen hebben en haar plotseling te voorschijn kunnen toveren: een klein, getaand, tandeloos, gebocheld vrouwtje met een gebroken, eentonig stemgeluid.

'Je had hem niet zo lang buiten moeten houden,' zei ze, boos en schuchter tegelijk.

Hij ging in zijn eigen stoel zitten, de kapotte troon van een bankroete bard, stak zijn pijp aan, strekte zijn benen en pafte wolkjes naar het plafond.

'Hij had wel een dodelijke kou kunnen vatten.'

Ze praatte tegen zijn achterhoofd terwijl hij zich in wolken hulde. De kat sloop terug. Ik zat aan tafel met mijn avondeten al op, en vond een klein leeg flesje en een witte ballon in mijn jaszakken.

'Ga nu maar gauw naar bed, lieverd,' fluisterde Annie.

'Mag ik nog even naar de varkens kijken?'

'Morgenvroeg, jongen,' zei ze.

Dus zei ik welterusten tegen oom Jim, die zich omdraaide, naar me glimlachte en door de rook heen knipoogde, gaf Annie een zoen en stak mijn kaars aan.

'Welterusten.'

'Welterusten.'

'Welterusten.'

Ik beklom de trap, elke trede klonk anders. Het huis rook naar rottend hout en vocht en dieren. Ik bedacht dat ik mijn hele leven door lange, vochtige gangen had gelopen en donkere trappen had beklommen, helemaal alleen. Ik stopte voor Gwilyms deur op de tochtige overloop.

'Welterusten.'

De kaarsvlam danste in mijn slaapkamer, waar een lamp heel laag brandde en de gordijnen in de wind bewogen; het water in een glas op de ronde tafel naast het bed trilde, dacht ik, toen de deur dichtging, en kabbelde tegen de rand. Onder het raam stroomde een beek; ik dacht dat die de hele nacht tegen het huis kabbelde, tot ik sliep.

‘Mag ik naar de varkens gaan kijken?’ vroeg ik Gwilym de volgende ochtend. De holle angst voor het huis was verdwenen en toen ik de trap af rende naar mijn ontbijt, rook ik de zoete geur van hout en het malse voorjaarsgras en het rustige, rommelige erf, met de bouwvallige, vuilwitte koestal en de lege paardenstallen waarvan de deuren open stonden.

Gwilym was een lange jongen van bijna twintig met een lichaam als een bonenstaak en een gezicht als het blad van een schep. Je zou zo de tuin met hem om kunnen spitten. Hij had een lage stem, die in tweeën brak wanneer hij opgewonden was, hij zong liedjes voor zichzelf, hoge en lage tonen, alles op dezelfde droevige psalmenwijs en hij schreef psalmen in de schuur. Hij vertelde me verhalen over meisjes die stierven uit liefde. ‘En ze legde een touw om de boom, maar het was te kort,’ zei hij; ‘ze stak een zakmes in haar borst, maar het was te bot.’ We zaten samen op de stropakken die dag, in het halfdonker van de geblindeerde stal. Hij draaide zich om en boog met een geheven wijsvinger naar me toe, en het stro kraakte.

‘Ze sprong in de koude rivier, ze sprong,’ zei hij, met zijn mond tegen mijn oor, ‘met kop en kont en verdomd, ze was dood.’ Hij gilde als een vleermuis.

De varkenshokken waren achter op het erf. We liepen ernaartoe, Gwilym in kerkelijk zwart, hoewel het een doordeweekse dag was, ik in een kamgaren pak met een stop op de kont, en kwamen langs drie kippen die tussen de modderige stenen pikten, en een collie met maar één oog, dat open bleef wanneer-ie sliep. De gammele bijgebouwen hadden vervallen, wegrottende daken, rafelige gaten in de zijwanden, kapotte luiken en afbladderende witkalk; roestige schroeven staken uit de loshangende, kromgetrokken planken; de magere kat van de vorige avond zat op z’n gemak zijn snoet te likken tussen versplinterde flessenkaken boven op de afvalbult, die als een piramide, wee en sterk ruikend tot aan het doorzeefde dak van het koetshuis reikte. Er was geen tweede boerenerf als dit, nergens in dit hele samengeraapte zootje van een landschap, nergens vond je een zo armzalige en grootse en smerige plek als dit vierkantje modder en rotzooi en rot hout en rondslingerend puin, waar een handvol oude en flodderige kippen rondscharrelden en kleine eitjes legden. Een eend kwaakte uit de trog in een verlaten varkenshok. Nu stonden een jonge man en een jongen met krullen over een muur te staren en te snuiven naar een zeug die met haar tepels in de modder lag te zogen.

‘Hoeveel biggen zijn er?’

‘Vijf. Mevrouw heeft er eentje opgegeten.’ zei Gwilym.

We telden ze terwijl ze wurmden en wriemelden, op hun buik rolden en terug op hun rug en over hun moeder drongen, duwden, knepen en krijsten. Het waren er vier. We telden nog eens. Vier biggen, vier naakte roze staartjes die krulden terwijl de bekjes slurpten en de zeug knorde van pijn en genot.

‘Ze heeft er zeker nog een opgegeten,’ zei ik. Ik pakte een prikstok op en porde de knorrende zeug en duwde haar aangekoekte borstelhaar opzij. ‘Of er is een vos over de muur gesprongen.’

‘Nee, de zeug of de vos hebben het niet gedaan,’ zei Gwilym. ‘Het was vader.’

Ik zag oom al voor me, lang en leep en rood, met het spartelende biggetje in zijn twee harige handen, hoe hij zijn tanden stevig in een dij zette en de pootjes afkloof, hoe hij over de muur van het hok leunde met de poten van het beestje nog uit z’n mond. ‘Heeft oom Jim het varkentje opgegeten?’

Nu, op ditzelfde ogenblik, stond hij achter de wegkwijnende schuren tot aan z’n knieën in de veren de levende koppen van zijn kippen af te bijten.

‘Hij heeft hem verkocht voor de zuip,’ zei Gwilym op zijn allerdiepste, afkeurende fluistertoon, zijn ogen vast op de zeug gericht. ‘Vorig jaar met Kerst nam-ie een schaap over zijn schouder en daarna was-tie tien dagen straalbezopen.’

De zeug rolde dichter naar de haar krabbende prikstok toe, en de drinkende biggetjes lagen verdwaald en krijsend te worstelen in het plotselinge donker onder haar kwabben en plooien.

‘Kom mee naar mijn kapel kijken,’ zei Gwilym. Hij vergat op slag het verloren biggetje en begon te praten over de steden die hij had bezocht tijdens een godsdienstexcursie: Neath, Bridgend, Bristol en Newport, met hun vijvers en weelderige tuinen en hun lichte, kleurige straten die zinderden van de verleiding. We liepen bij de stal en de teleurgestelde zeug vandaan.

‘Ik zag de ene actrice na de andere,’ zei hij.

Gwilyms kapel was de laatste oude schuur voor het veld dat naar de rivier glooide; het stak een flink stuk boven het erf uit, boven op een morsig heuveltje. De deur was intact en er zat een zwaar hangslot op, maar je kon makkelijk naar binnen door de gaten aan weerskanten in de muur. Hij haalde een volle sleutelring te voorschijn, schudde er zachtjes mee en probeerde elke sleutel op het slot. 'Lekker chic,' zei hij, 'ik heb ze bij de uitdragerij in Carmarthen gekocht.' We klommen de kapel binnen door een van de gaten.

Middenin stond een stoffige wagen waarvan de naam was overgeschilderd, op de zijkant was een kruis gekalkt. 'Mijn rijdende kansel,' zei hij, en hij stapte er plechtig in over de kapotte dissel. 'Ga jij maar in het hooi zitten; pas op voor de muizen,' zei hij. Toen zette hij weer zijn allerzwaarste stem op en riep naar de hemel, de met vleermuizen behangen balken en de neerhangende webben: 'Zegen ons op deze heilige dag, o Heer, zege mij en Dylan en Uw eigen kleine kapel hier, voor eeuwig en altijd, Amen. Want ik heb er een hoop werk en aandacht in gestopt.'

Ik zat in het hooi en staarde naar de prekende Gwilym, hoorde zijn stem rijzen en breken, dalen tot een fluistertoon, in het Welsh en in gezangen losbarsten, triomfantelijk schallen en onstuimig worden en weer deemoedig. De zon scheen door een gat in het dak op zijn prekende schouders en hij zei: 'O, God, Gij zijt altijd en overal, in de ochtenddauw, in de rijp van de avond, op het veld en in de stad, in de prediker en in de zondaar, in de mus en in de machtige buizerd. Gij kunt alles zien, tot op de bodem van ons hart; Gij kunt ons zien wanneer de zon is ondergegaan; Gij kunt ons zien wanneer er helemaal geen sterren zijn, in het donkerste donker, in de diepe, diepe, diepe, diepe put; Gij kunt ons de hele tijd zien en bespioneren en begluren, in alle zwarte hoeken en gaten, op de grote prairies van de cowboys, onder de dekens wanneer we luid liggen te snurken, in de verschrikkelijke schaduwen; in het pikkedonker, in het pikkedonker; Gij kunt alles zien wat wij doen, overdag en 's nachts, 's nachts en overdag, alles en alles; Gij kunt altijd maar zien. O God, man, verdomd, je bent net een kat.'

Hij liet zijn verstrengelde handen zakken. De kapel in de schuur was stil en met bundels zonlicht doorboord. Er was niemand om 'Halleluja' te roepen, of 'Gezegend zij God'; ik was te klein en in de ban van de stilte. Buiten kwaakte de ene eend.

'Nu ga ik rond voor de collecte,' zei Gwilym.

Hij kwam van de wagen, graaide wat rond in het hooi eronder en hield een geblutst blikje voor mijn neus.

'Ik heb geen echte collectebus,' zei hij.

Ik deed twee pennies in het blikje.

'Etenstijd,' zei hij, en zonder een woord te zeggen liepen we terug naar het huis.

Toen we klaar waren met eten zei Annie: 'Doe voor vanmiddag je nette pak aan. Dat gestreepte.'

Het zou een bijzondere middag worden, want mijn beste vriend Jack Williams, uit Swansea, zou samen met zijn rijke moeder in de auto hierheen komen, en Jack zou een vakantie van twee weken met mij komen doorbrengen.

'Waar is oom Jim?'

'Die is naar de markt,' zei Annie.

Gwilym knorde als een speenvarken. Wij wisten wel waar oom was; hij zat ergens in de kroeg met een koekalf over zijn schouder en met twee varkentjes die uit zijn jaszakken piepten en zijn lippen rood van stierenbloed.

'Is mevrouw Williams erg rijk?' vroeg Gwilym.

Ik vertelde hem dat ze drie auto's had en twee huizen, maar dat was gelogen. 'Ze is de rijkste vrouw van Wales en ze is ooit burgemeesteres geweest,' zei ik. 'Krijgen we thee in de mooie kamer?'

Annie knikte. 'Ja, en een groot blik perziken,' zei ze.

'Dat ouwe blik perziken staat al in de kast sinds Kerst,' zei Gwilym, 'moeder heeft het bewaard voor een dag als vandaag.'

'Het zijn verrukkelijke perziken,' zei Annie. Ze ging naar boven om zich op haar zondags uit te dossen.

De mooie kamer rook naar mottenballen en bont en vocht en dode planten en bedompte, zure lucht. Langs de muur met het raam stonden twee glazen uitstalkastjes op houten, grafkistachtige onderstellen. Door de poten van een opgezette vos, over de kop van een patrijs en langs de met rode verf besmeurde borst van een stijve wilde eend, keek je uit over de met onkruid overwoekerde moestuin. Een uitstalkast vol porselein, tin, snuisterijen, tanden en familiesieraden stond achter de krompotige tafel; op het gehandwerkte tafellaken prijkten een grote olielamp, een bijbel met een slot, een grote vaas met een vrouw in een laken die net in bad zou gaan, en een ingelijste foto van Annie, oom Jim en Gwilym, die stonden te glimlachen voor een pot met een varen. Op de schoorsteenmantel stonden twee klokken, wat honden, koperen kandelaars, een herderin, een man in een kilt en een ingekleurde portretfoto van Annie, met haar haar op zolder en uitpuilende borsten. Stoelen stonden om de tafel en verder in alle hoeken: rechte, gebogen, gevlekte stoelen, stoelen met kussens en allemaal met een kanten doekje over de rugleuning. Een wit versteld laken omhulde het harmonium. De haard lag vol koperen tangen, schepjes en poken. De mooie kamer werd zelden gebruikt. Annie stofte, borstelde en wreef er eens in de week, maar uit het kleed ontsnapte toch nog steeds een grijze wolk als je erover liep, en het stof lag in een egale laag over de zittingen van de stoelen, en uit de scheuren in de bank puilden bollen katoen en troep en zwarte vulling en lange, zwarte paardenharen. Ik blies tegen het glas om de foto's te zien. Gwilym, kastelen en koeien.

'Ga je nu verkleden,' zei Gwilym.

Ik wilde mijn oude pak aanhouden, en er als een echte boerenjongen uitzien en koeienstront aan mijn schoenen hebben en ze horen zompen wanneer ik liep, ik wilde een koe zien kalven en een stier bovenop een koe zien springen, het dal in rennen en natte voeten krijgen, eropuitgaan en 'Vooruit verdomme' roepen en de kippen opjagen en ik wilde plat praten. Maar ik ging naar boven om mijn streepjespak aan te trekken.

Vanuit mijn slaapkamer hoorde ik het lawaai van een auto die het erf opdraaide. Het waren Jack Williams en zijn moeder.

Gwilym schreeuwde van onder aan de trap: 'Daar zijn ze, in een Daimler!' En ik rende met ongestrikte das en ongekamd haar naar beneden om ze te begroeten.

Bij de deur zei Annie: 'Goeiemiddag, mevrouw Williams, goeiemiddag. Komt u binnen, het is een prachtige dag, mevrouw Williams. Hebt u een goeie reis gehad? Deze kant op, mevrouw Williams, denk om het opstapje.'

Annie droeg een zwarte, glimmende jurk, die naar mottenballen rook, net als de hoezen over de stoelen in de mooie kamer; ze was vergeten haar gympen te verwisselen, die onder de modder zaten en vol gaten waren. Ze dribbelde zenuwachtig voor mevrouw Williams uit de betegelde gang door, schichtig achterom kijkend, kakelend, frunnikend, zich verontschuldigend voor het kleine huis en driftig met één ruwe, plompe hand haar kapsel fatsoenerend.

Mevrouw Williams was groot en gezet, ze had vooruitstekende borsten en dikke benen met opgezette enkels boven haar spitse schoenen; ze was opgetuigd als een burgemeesteres of een schip, en ze zeilde in Annies kielzog de mooie kamer in.

Ze zei: 'Alstublieft, m'n lieve beste mevrouw Jones, toe, u moet zich niet zo voor mij uitsloven.' Voor ze ging zitten klopte ze met een kanten zakdoekje uit haar tasje het stof van de stoel.

'Ik kan maar heel even blijven, weet u,' zei ze.

'Maar u hebt toch wel tijd voor een kopje thee,' zei Annie, zodanig de stoelen rond de tafel verschuivend en schikkend dat niemand nog een voet kon verzetten en mevrouw Williams met haar boezem, haar ringen en haar tasje stevig ingeklemd raakte; vervolgens opende Annie de porseleinkast, waarbij ze de bijbel op de grond stootte, die ze opraapte en haastig met haar mouw schoonwreef.

'En perziken,' zei Gwilym. Hij stond in de gang, met zijn hoed nog op.

Annie zei: 'Doe je hoed af, Gwilym, en zorg jij eens voor mevrouw Williams.' Ze zette de lamp op het ingepakte harmonium, spreidde een wit tafelkleed uit, dat precies in het midden een theevlek had, haalde het porselein te voorschijn en dekte messen en kopjes voor vijf.

'Doet u nu alstublieft geen moeite voor me,' zei mevrouw Williams. 'O, wat een enige vos!' Ze wees met een vinger vol ringen naar de uitstalkast.

'Het is echt bloed,' zei ik tegen Jack, en we klommen over de bank heen naar de tafel.

'Helemaal niet,' zei hij, 'da's rode inkt.'

'O, niet met je schoenen!' zei Annie.

'Niet op de bank lopen, Jack, gedraag je.'

'Als het geen inkt is, is het vast verf.'

Gwilym zei: 'Wilt u een plakje cake, mevrouw Williams?'

Annie rammelde met de theekopjes. 'We hebben geen kruimel cake in huis,' zei ze, 'we zijn het vergeten te bestellen bij de winkel, echt, geen kruimel. Ach ja, mevrouw Williams.'

Mevrouw Williams zei: 'Alleen een kopje thee dan alstublieft.' Ze zweette nog steeds vanwege het eind lopen van de auto. Haar poeder begaf het. Ze liet haar ringen flonkeren en depte haar gezicht.

'Drie klontjes,' zei ze. 'En ik weet zeker dat Jack het hier erg naar zijn zin zal hebben.'

'Reuze naar ons zin.' Gwilym ging zitten.

'U moet echt een paar perziken proberen, mevrouw Williams, ze zijn verrukkelijk.'

'Dat mag ook wel, we hebben ze al lang genoeg in huis,' zei Gwilym.

Weer rammelde Annie met de theekopjes in zijn richting.

'Nee, dank u, ik hoef geen perziken,' zei mevrouw Williams.

'Ach toe, mevrouw Williams, eentje dan. Met slagroom.'

'Nee, nee, mevrouw Jones, heus, vriendelijk bedankt,' zei ze. 'Peren of ananas, graag, maar perziken, die verdraag ik niet.'

Jack en ik waren opgehouden met praten. Annie staarde naar haar gympen. Een van de klokken op de schoorsteenmantel kuchte en sloeg. Mevrouw Williams worstelde zich uit haar stoel.

'Wat vliegt de tijd!' zei ze.

Ze baande zich een weg langs de meubelstukken, stootte tegen de kast, liet de snuisterijen en sieraden rinkelen en gaf Jack een zoen op zijn voorhoofd.

'Je hebt een luchtje op,' zei hij.

Ze gaf me een klopje op mijn hoofd.

'Nou, gedraag je jongens!'

Tegen Annie zei ze zachtjes: 'En denk eraan, mevrouw Jones, alleen gezonde daagse kost. U moet hem niet verwennen.'

Annie volgde haar de kamer uit. Ze liep langzaam nu. 'Ik zal mijn uiterste best doen, mevrouw Williams.'

We hoorden haar 'Tot ziens, mevrouw Williams' zeggen, de keukentrap afgaan en de deur dichtdoen. De auto brulde het erf over, waarna het geluid zachter werd en ten slotte wegstierf.

Jack en ik renden de dichtbegroeide helling naar beneden. We schreeuwden, scalpeerden de braamstruiken met een tak als strijdbijl, we dansten en we joelden. We kwamen glijdend en slippend tot stilstand en slopen door het struikgewas langs de oever van de beek. Boven ons, in de hoogte, zat de éénogige, trefzekere, sinistere, magere, superieure Gwilym zijn wapens te laden in de Galgenhof. We kropen en pauwauwden door de bosjes, doken op het afgesproken fluitsignaal in het hoge gras en hurkten neer, de oren gespitst op het knappen van een twijg of het mysterieuze breken van takken.

Op mijn hurken, gespannen en alleen met mijn zwarte schaduw in de gonzende stekelbrem-jungle, tussen de gewelddadige, waanzinnige vogels en de springende vissen, verscholen onder de vierstengelige, als steigerende paarden zo hoge bloemtrossen, in de vroege avond in een dal bij Carmarthen met mijn vriend Jack Williams onzichtbaar in de buurt, voelde ik mijn jonge lichaam als een opgewonden dier om mij heen, en met mijn geschaafde knieën gebogen, met bonkend hart, de lange diepe warmte tussen mijn benen, het brandende zweet in mijn handen, de oneindige tunnel naar mijn trommelvliezen, de kleine modderbolletjes tussen mijn tenen, mijn ogen diep in hun kassen, mijn stokkende stem, mijn rondgierende bloed, herinneringen in en om mij heen vliegend, springend en zwevend, was ik klaar voor de aanval. Daar, 's avonds indiaantje spelend, voelde ik mijzelf haarscherp in het middelpunt van een levend verhaal, en mijn lichaam was mijn avontuur en mijn naam. Ik barstte van opwinding en sloop weer verder door de schrammende braamstruiken.

Jack riep: 'Ik zie je! Ik zie je!' Hij galoppeerde achter me aan. 'Pang! pang! je bent dood!'

Maar ik was jong en fel en levend, hoewel ik braaf dood lag.

'Nu moet jij proberen mij dood te schieten,' zei Jack. 'Tel tot honderd.'

Ik deed één oog dicht, zag hem haastig richting het bovenste veldje stampen, vervolgens terugsluipen en in een boom klimmen; ik was bij vijftig en rende naar de voet van de boom en schoot hem nog tijdens het klimmen dood. 'Je moet vallen,' zei ik.

Hij weigerde te vallen, dus klom ik ook en samen hingen we in de bovenste takken en keken neer op de plee in de hoek van het veldje. Gwilym zat op de pot met zijn broek op zijn hakken. Hij leek klein en zwart. Hij las een boek en bewoog zijn handen.

'We kunnen je zien!' riepen we.

Hij trok haastig zijn broek op en stopte het boek in zijn zak.

'We kunnen je zien, Gwilym!'

Hij liep het veldje op. 'Waar zitten jullie dan?'

We zwaaiden naar hem met onze petten.

'Boven in de lucht!' riep Jack.

'We vliegen!' riep ik.

We staken onze armen uit als vleugels.

'Kom dan hierheen vliegen.'

We zwaaiden en lachten in de takken.

'Mooi stel vogels!' riep Gwilym.

Onze jassen waren gescheurd, onze sokken nat en onze schoenen plakkerig; er zat groen mos en bruine bast op onze handen en gezichten toen we naar binnen gingen voor het avondeten en een uitbrander. Annie was stil die avond, hoewel ze me voor schooier uitmaakte en zei dat ze niet wist wat mevrouw Williams ervan zou denken, en Gwilym aan zijn verstand bracht dat hij toch beter moest weten. We trokken rare bekken tegen Gwilym en deden zout in zijn thee, maar na het eten zei hij: 'Als jullie willen mogen jullie best naar de kapel komen. Voor 't naar bed gaan.'

Hij stak een kaars aan op de kanselwagen. Het licht was klein in de grote schuur. De vleermuizen waren verdwenen. Er hingen nog steeds schaduwen ondersteboven aan het dak. Gwilym was niet langer mijn neef in een zondags pak, maar een lange, in een mantel gehulde vreemdeling met de trekken van een schep, en zijn stem zakte al te diep. De hopen stro kwamen tot leven. Ik dacht aan de preek op de kar: wij werden in de gaten gehouden, Jacks hart werd in de gaten gehouden, Gwilyms tong werd geboekstaafd, mijn fluisterend 'Kijk die oogjes' stond voor eeuwig in de herinnering.

'Nu zal ik de biecht afnemen,' zei Gwilym vanaf de wagen.

Jack en ik stonden blootshoofds in de lichtkring van de kaars en ik voelde hoe Jack over zijn hele lichaam beefde.

'Jij eerst.' Gwilyms vinger, helderstralend, alsof hij hem in de kaarsvlam had gehouden tot hij brandde, wees naar mij, en ik deed met geheven hoofd een stap naar de kanselwagen.

'Biechten jij,' zei Gwilym.

'Wat moet ik nou biechten?'

'Het slechtste wat je ooit hebt gedaan.'

Ik had Edgar Reynolds een pak met de lat bezorgd omdat ik zijn huiswerk had overgeschreven; ik pikte uit mijn moeders tas; ik pikte uit Gwyneths tas; ik had in drie keer twaalf boeken uit de bibliotheek gepikt en ze in het park weggegooid; ik had een hele kop vol van mijn eigen pis gedronken om te weten hoe het smaakte; ik had een hond geslagen met een stok om hem te leren op zijn rug te rollen en daarna mijn hand te likken; ik had samen met Dan Jones door het sleutelgat gekeken toen hun dienstmeisje in bad ging; ik had in mijn knie gesneden met een zakmes en het bloed op mijn zakdoek gedaan en gezegd dat het uit mijn oor kwam, zodat het leek alsof ik ziek was en mijn moeder zich een ongeluk schrok; ik had mijn broek laten zakken voor Jack Williams; ik had Billy Jones een duif aan gort zien slaan met een haardschep en erom gelachen en gekotst; Cedric Williams en ik hadden ingebroken bij mevrouw Samuel en inkt over haar beddengoed gesprenkeld.

Ik zei: 'Ik heb niks slechts gedaan.'

'Vooruit, biecht op,' zei Gwilym. Hij wierp me een fronsende blik toe.

'Ik kan het niet! Ik kan het niet!' zei ik. 'Ik heb niks slechts gedaan.'

'Vooruit nou, biecht!'

'Nee! Nee!'

Jack begon te huilen. 'Ik wil naar huis,' zei hij.

Gwilym opende de deur van de kapel en we liepen achter hem aan over het erf langs de zwarte, gebochelde schuren naar het huis, en Jack snikte de hele weg.

Naast elkaar in bed biechtten Jack en ik onze zonden op.

'Ik pik ook uit mijn moeders tas; stapels geld zitten erin.'

'Hoeveel pik je?'

''n Paar pennies.'

'Ik heb een keer een man gedood.'

'Niks van waar.'

'Ik zweer het, ik heb hem recht door z'n hart geschoten.'

'Hoe heette hij dan?'

'Williams.'

'Moest-ie d'r erg van bloeden?'

Ik dacht dat ik de beek tegen het huis hoorde kabbelen.

'Als een rund, verdomme,' zei ik.

Jacks tranen waren gestopt. 'Ik mag die Gwilym niet, hij is gestoord.'

'Nee, hoor. Ik heb een keer een hele stapel gedichten gevonden in zijn slaapkamer. Ze waren allemaal voor meisjes geschreven. Hij heeft ze later aan mij laten zien en toen had-ie alle meisjesnamen in God veranderd.'

'Hij is gelovig.'

'Nee, niet waar, hij gaat uit met actrices. Hij kent Corinne Griffith.'

Onze deur stond open. Ik wilde de deur graag dicht 's nachts, want als het moet heb ik liever een spook in de slaapkamer dan dat ik steeds bang moet zijn dat er eentje binnenkomt, maar Jack wilde hem graag open, en we hadden kop of munt gegooid en hij won. We hoorden de voordeur rammelen en voetstappen naar de keuken gaan.

'Dat is oom Jim.

'Hoe is-ie?'

'Net een vos, hij eet varkens en kippen.'

Het plafond beneden was dun en we konden elk geluid horen, het kraken van de stoel van de bard, het gerinkel van de borden, Annies stem die zei: 'Midden in de nacht!'

'Hij is dronken,' zei ik. We bleven doodstil liggen in de hoop dat we een ruzie konden opvangen.

'Misschien gaat-ie met borden gooien,' zei ik.

Maar Annie gaf hem er mild van langs. 'Fraai hoor, Jim.'

Hij mompelde iets.

'Er is een big verdwenen,' zei ze. 'O, hoe kun je dat nou doen, Jim? Nu is er niets meer over. Dit houden we nooit vol zo.'

'Geld! geld! geld!' zei hij. Ik wist dat hij nu zijn pijp zou opsteken.

Toen werd Annies stem zo zacht dat we haar woorden niet meer konden horen, en oom zei: 'Heeft ze je wel betaald?'

'Ze hebben het over je moeder,' zei ik tegen Jack.

Een hele poos praatte Annie heel zachtjes, en wij maar op woorden wachten. 'Mevrouw Williams' zei ze, en 'auto,' en 'Jack,' en 'perziken.' Ik dacht dat ze huilde, want bij het laatste woord begaf haar stem het.

De stoel van oom Jim kraakte weer, misschien omdat hij met zijn vuist op tafel sloeg, en we hoorden hem schreeuwen: 'Ik zal haar perziken leren! Perziken, perziken! Wie denkt ze wel niet dat ze is? Is mevrouw te goed voor perziken soms? Laat 'r barsten met haar kloteauto en haar klotezoontje! Ons een beetje kleineren!

'Niet doen, niet doen, Jim!' zei Annie, 'je maakt de jongens wakker.'

'Jazeker, ik zal ze wakker maken en ze kunnen er verdomme van langs krijgen ook!'

'Alsjeblieft, Jim, alsjeblieft!'

'Of jij zet die jongen de deur uit,' zei hij, 'of ik doe het zelf. Terug naar die drie verdomde huizen van 'm.'

Jack trok de lakens over zijn hoofd en snikte in zijn kussen: 'Ik wil het niet horen, ik wil het niet horen, ik zal moeder schrijven. Ze komt me wel halen.'

Ik klom uit bed om de deur dicht te doen. Jack zei verder niets meer tegen me en ik viel in slaap bij het lawaai van de stemmen beneden, die algauw rustiger werden.

Oom Jim zat niet aan het ontbijt. Toen we beneden kwamen waren Jacks schoenen voor hem gepoetst en zijn jasje hersteld en gestreken. Annie gaf Jack twee gekookte eieren en mij één. Ze zei er niets van toen ik de thee uit mijn schoteltje slurpte.

Na het ontbijt liep Jack naar het postkantoor. Ik nam de éénogige collie mee naar het hoge veld om konijnen te jagen, maar het beest blafte naar eenden, sleepte een zwerfschoen aan uit een heg en ging kwispelend in een konijnenhol liggen. Ik gooide stenen in de verlaten eendenvijver en de collie kwam met stokken teruggesjokt.

Jack sloop het vochtige dal in, handen in de zakken, pet over één oog. Ik liet de collie snuffelend aan een molshoop achter en klom tot boven in de boom in de hoek van het veldje met de plee. Onder mij was Jack moederziel alleen indiaantje aan het spelen, hij schoot scalperend door de struiken, verraste zichzelf achter een boom en verstopte zich voor zichzelf in het gras. Eén keer riep ik hem, maar hij deed alsof hij me niet hoorde. Hij speelde alleen, zwijgzaam en kwaad. Ik zag hem staan, met zijn handen in zijn zakken, nietsdoend als een Ierse wegwerker, aan de modderige oever van de beek in het diepst van het dal. Mijn tak maakte een duikeling, de toppen van de struiken spiraalden als groene tollen op me af. 'Ik val!' riep ik, maar mijn broek redde me, ik slingerde en greep me vast, dit was een kort en woest avontuurlijk ogenblik, maar Jack keek niet op en het ogenblik ging verloren. Ik klom, zonder waardigheid, naar beneden.

Vroeg in de middag, na een zwijgzame maaltijd, toen Gwilym in de schrift las of psalmen aan meisjes schreef, of sliep in zijn kapel, Annie brood bakte en ik een houten fluit sneed in de balken boven de stal, kwam de auto voor de tweede keer het erf oprijden.

Jack rende in zijn beste pak naar buiten om zijn moeder te begroeten, en terwijl zij, haar korte rok optillend, op de losse klinkers stapte, hoorde ik hem zeggen: 'En hij zei dat jij een stomme koe was en datie mij d'r van langs zou geven, en Gwilym heeft me in het donker mee naar de schuur genomen en muizen over me heen laten lopen, en Dylan is een dief en die ouwe vrouw heeft m'n jasje verpest.'

Mevrouw Williams stuurde de chauffeur naar binnen om Jacks spullen te halen. Annie kwam aan de deur, ze probeerde te glimlachen en een knikje te maken, ze fatsoeneerde haar haar en veegde haar handen af aan haar schort.

Mevrouw Williams zei 'Goedemiddag', ging naast Jack achter in de auto zitten en staarde naar de puinhoop van Gorsehill.

De chauffeur kwam terug. De auto reed weg, de kippen stoven alle kanten op. Ik rende de stal uit om Jack uit te zwaaien. Hij zat stil en stijf naast zijn moeder. Ik zwaaide met mijn zakdoek.

Een bezoekje aan grootvader

Midden in de nacht werd ik wakker uit een droom vol zwepen en lasso's zo lang als slangen, en op hol geslagen koetsen door bergpassen, en een weidse, winderige galop over cactusvelden, en ik hoorde de man in de kamer naast mij roepen 'Huu-paard!' en 'Ho-hoo!' en met zijn tong tegen zijn verhemelte klakken.

Het was de eerste keer dat ik bij grootvader logeerde. Toen ik in mijn bed klom hadden de vloerplanken gepiept als muizen en de muizen achter het behang hadden geknerpt als vloerplanken, alsof er nog een andere bezoeker was, die over ze heen liep. Het was een zachte zomeravond, maar de gordijnen hadden geflapperd en de takken tegen het venster geslagen. Ik had de lakens over mijn hoofd getrokken en was bijna meteen joelend en rijdend in een boek vertrokken.

'Ho-hoo maar, schoonheidjes van me!' riep grootvader. Zijn stem klonk erg jong en hard, en zijn tong had machtige hoeven en hij was bezig zijn slaapkamer in één grote weide te veranderen. Ik dacht dat ik maar eens moest gaan kijken of hij ziek was, of dat hij misschien zijn beddengoed in brand had gezet, want mijn moeder had gezegd dat hij zijn pijp aanstak onder de dekens en me gewaarschuwd hem onmiddellijk te hulp te schieten als ik 's nachts iets van rook merkte. Ik liep op mijn tenen door het donker – tastend langs de meubelen en met een bons een kandelaar omverduwend – naar zijn slaapkamerdeur. Toen ik licht in de kamer zag, werd ik bang, en toen ik de deur opendeed hoorde ik grootvader 'Huu-paard!' schreeuwen, zo hard als een stier met een megafoon.

Hij zat rechtop in bed en zwaaide van links naar rechts, alsof het bed over een hobbelige weg reed; de geknoopte randen van de bedsprei waren zijn teugels, zijn onzichtbare paard stond in de schaduw achter de kaars op het nachtkastje. Over zijn witte flanellen nachthemd had hij een rood vest met koperen knopen zo groot als walnoten. De overdreven volle kop van zijn pijp smeulde tussen zijn snor- en baardharen als een kleine, brandende hooiberg op een stok. Toen hij mij zag, lieten zijn handen de teugels schieten en bleven blauw en rustig liggen, het bed stopte op een vlakke weg, hij bracht zijn tong tot zwijgen en de paarden hielden zachtjes stil.

'Is er iets aan de hand, opa?' vroeg ik. Ik vroeg het, hoewel het beddengoed niet in brand stond. Zijn gezicht zag er bij het kaarslicht uit als een gerafelde lappendeken die rechtop tegen de zwarte lucht was gespijkerd en overal was bestikt met plukken geitenhaar.

Hij staarde me zachtmoedig aan. Toen blies hij in zijn pijp, waarbij de vonken in het rond sprongen en de steel een schrille, natte hondenfluit werd, en hij schreeuwde: 'Je moet me geen vragen stellen.'

Na een stilte zei hij sluw: 'Heb jij ooit nachtmerries, jongen?'

Ik zei: 'Nee.'

'O, jawel hoor,' zei hij.

Ik zei dat ik wakker was geworden van een stem die tegen paarden schreeuwde.

'Nou, wat zei ik?' zei hij. 'Jij eet te veel. Wie heeft er nou ooit gehoord van paarden in een slaapkamer?'

Hij rommelde wat onder zijn kussen, haalde een klein rinkelend buideltje te voorschijn en knoopte voorzichtig het koordje los. Hij stopte mij een gouden pondstuk in de hand en zei: 'Koop hier maar een gebakje voor.' Ik bedankte hem en zei welterusten.

Toen ik mijn slaapkamerdeur dichtdeed, hoorde ik zijn stem luid en vrolijk 'Huu-paard! Huu-paard!' roepen en kon ik het reizende bed horen dansen.

In de ochtend werd ik wakker uit een droom over vurige paarden op een vlakte die bezaaid lag met meubelen, en grote, schimmige mannen die zes paarden tegelijk bereden en ze met zwepen van brandende bedspreien sloegen. Grootvader zat in zijn zwarte pak aan het ontbijt. Na het ontbijt zei hij 'De wind ging verschrikkelijk tekeer vannacht,' en ging in zijn leunstoel voor de haard zitten om kleiballetjes te maken voor het vuur. Later die ochtend nam hij me mee voor een wandeling door Johnstown en over de velden langs de weg naar Llanstephan.

Een man met een windhond zei 'Wat een mooie ochtend, meneer Thomas,' en toen hij, mager als zijn hond, was verdwenen in het bos met de korte groene bomen, waar hij niet in had mogen gaan vanwege de bordjes, zei grootvader: 'Heb je wel gehoord hoe hij je noemde? Meneer!'

We liepen langs wat kleine huizen en alle mannen die over hun hekjes leunden feliciteerden grootvader met de mooie ochtend. We kwamen door het bos dat barstte van de duiven en toen ze naar hoger in de bomen fladderden, braken ze de takken met hun vleugels. Temidden van de zachte, tevreden stemmen en het luidruchtige, bange gefladder, zei grootvader, als een man die een heel veld beschreeuwde: 'Als jij die oude vogels 's nachts zou horen, dan zou je me wakker maken en zeggen dat er paarden in de bomen zaten.'

We liepen langzaam terug, want hij was moe, en de magere man kwam het verboden bos uitgeslopen met een konijn dat hij teder over zijn arm hield, als een meisjesarm in een warme mouw.

Op de één na laatste dag van mijn bezoek gingen we naar Llanstephan in een sjees die door een kleine, krachteloze pony werd getrokken. Het leek wel of grootvader een bizon mende, zo stevig hield hij de teugels vast, zo woest liet hij de lange zweep knallen, zo godslasterlijk schreeuwde hij de jongens die op de weg speelden aan de kant, en zo vastberaden stond hij met zijn benen wijd en zijn beenkappen om de duivelse kracht en halsstarrigheid van zijn wankelende pony te vervloeken.

'Kijk uit, jongen,' schreeuwde hij, telkens wanneer we bij een bocht kwamen en hij trok, en sjorde en schokte en zweette en zwaaide met zijn zweep als een rubberen zwaard. En nadat de pony in een miezerig gangetje zijn bochtje had gedraaid, keek grootvader me opgelucht glimlachend aan en zei: 'Die hebben we weer overleefd, jongen.'

We kwamen aan in Llanstephan, op de top van de heuvel. Hij parkeerde de sjees voor de Edwinsford Arms, aaide de pony over zijn neus, gaf hem een suikerklontje en zei: 'Je bent een zwak beestje, Jim, zulke grote kerels als wij hoor jij niet te trekken.'

Hij nam een zwaar bier en ik kreeg limonade. Hij betaalde mevrouw Edwinsford met een gouden pondstuk uit het rinkelende buideltje. Ze vroeg hoe het met zijn gezondheid ging en hij antwoordde dat Llangadock beter was voor zijn longen. We gingen naar het kerkhof kijken en naar de zee, we zaten in een bosje dat de Staken heette en gingen midden in het bos op het muziekpodium staan waar de bezoekers op midzomernachten zongen en waar ze, elk jaar weer, de dorpsgek tot burgemeester verkozen. Grootvader rustte uit bij het kerkhof en wees over het ijzeren hek naar de met engelen versierde stenen en de armoedige houten kruisen. 'Je hebt er niets aan om daar te liggen,' zei hij.

We reden stormachtig terug: Jim was weer een bizon.

Op mijn laatste ochtend werd ik laat wakker uit een droom waarin op de zee van Llanstephan heldere zeilboten voeren, zo lang als lijnschepen; en in de Staken zongen hemelse koren, gekleed in Keltische gewaden en vesten met koperen knopen, in een vreemd soort Welsh voor de vertrekkende zeelui. Grootvader zat niet aan het ontbijt; hij was vroeg opgestaan. Ik liep met mijn nieuwe slinger door het veld en richtte op de meeuwen van Towy en de roeken in de bomen van de pastorie. Een warme wind waaide uit zomerse hoogten en ochtendnevel steeg op van de grond, zweefde tussen de bomen en onttrok de lawaaierige vogels aan het oog; door nevel en wind vlogen mijn kiezels dartel omhoog, als hagelstenen door een ondersteboven wereld. De ochtend ging voorbij zonder dat er een vogel viel.

Ik brak mijn slinger en liep door de boomgaard van de pastorie terug naar huis voor het middageten. Op een keer, had grootvader verteld, had de dominee drie eenden gekocht op de markt in Carmarthen en midden in de tuin een vijvertje voor ze gemaakt, maar ze waggelden steeds naar de goot onder de afbrokkelende stoep bij de voordeur om daar te zwemmen en te kwaken. Toen ik bij het eind van het pad door de boomgaard kwam, keek ik door een gat in de heg en zag dat de dominee een tunnel door de rotspartij tussen de vijver en de goot had gemaakt en er een bordje bij had gezet waarop in simpel handschrift stond: 'Hierlangs naar de vijver.'

De eenden zwommen nog steeds bij de stoep.

Grootvader was niet in huis. Ik liep de tuin in, maar grootvader stond niet naar de fruitbomen te staren. Naar een man die over een schop gebogen stond in het veld achter de heg, riep ik: 'Heeft u mijn opa nog gezien vanmorgen?'

Hij stopte niet met spitten en antwoordde over zijn schouder: 'Ik zag hem lopen in zijn mooie vest.'

Griff, de kapper, woonde in het volgende huis. Ik riep hem door de openstaande deur: 'Meneer Griff, heeft u mijn opa gezien?'

De kapper kwam in zijn hemd naar buiten.

Ik zei: 'Hij heeft zijn mooie vest aan.' Ik wist niet of dat belangrijk was, maar grootvader droeg dat vest anders alleen maar 's nachts.

'Is je grootvader naar Llanstephan geweest?' vroeg meneer Griff ongerust.

'Hij is er gisteren in een kleine sjees naartoe geweest,' zei ik.

Hij haastte zich naar binnen, ik hoorde hem Welsh praten, en hij kwam weer naar buiten in zijn witte jas en met een wandelstok met gekleurde zuurstokstrepen in de hand. Hij marcheerde de dorpsstraat door en ik rende naast hem.

Toen we bij de winkel van de kleermaker stopten riep hij 'Dan!' waarop Dan de kleermaker opstond uit zijn etalage, waar hij zat als een Indiase priester met een bolhoed op. 'Dai Thomas heeft zijn vest aan,' zei meneer Griff, 'en hij is naar Llanstephan geweest.'

Terwijl Dan de kleermaker zijn overjas zocht, marcheerde meneer Griff alweer verder. 'Will Evans,' riep hij voor de timmerwerkplaats, 'Dai Thomas is naar Llanstephan geweest, en hij heeft zijn vest aan.'

'Ik zal het meteen aan Morgan zeggen,' zei de vrouw van de timmerman vanuit de hamerende, zagende duisternis in de werkplaats.

We gingen bij de slager langs en bij meneer Price, en meneer Griff herhaalde zijn mededeling als een stadsomroeper.

We verzamelden ons op het dorpsplein van Johnstown. Dan de kleermaker was op de fiets en meneer Price was in zijn ponykar. Meneer Griff, de slager, Morgan de timmerman en ik klommen in de wankele ponykar en draafden in de richting van Carmarthen. De kleermaker wees de weg, hij rinkelde met zijn bel alsof er brand was of een overval, en een oude vrouw bij het hek van een huisje achter in de straat stoof als een opgejaagde kip naar binnen. Een andere vrouw zwaaide met haar felgekleurde zakdoek.

'Waar gaan we heen?' vroeg ik.

Grootvaders buren keken ernstig als de oude mannen met hun zwarte hoeden en jassen die je altijd van een afstandje naar de kermis ziet kijken. Meneer Griff schudde zijn hoofd en somberde: 'Ik had dit niet nog 'ns van Dai Thomas verwacht.'

'Niet na de laatste keer,' zei meneer Price droevig.

We draafden verder, we kropen Constitution Hill omhoog en rammelden Lammas Street door, de kleermaker rinkelde maar met zijn bel en een hond liep luid jankend voor onze wielen. Terwijl we over de kasseien naar de Towy-brug klopperdeklopten, moest ik denken aan grootvaders lawaaierige, nachtelijke tochten waar het bed van schudde en die de muren deden trillen, en ik zag zijn vrolijke vest in een visioen en ik zag zijn gekuifde lappenkop glimlachen in het kaarslicht. De kleermaker voor ons draaide zich om in zijn zadel, zijn fiets zwabberde en slipte. 'Ik zie Dai Thomas!' riep hij.

De kar ratelde richting brug en daar zag ik grootvader: de knopen van zijn vest glommen in de zon, hij had zijn strakke, zwarte zondagse broek aan en de hoge, stoffige hoed op die ik in een kast op zolder had zien staan, en hij droeg een antieke tas. Hij maakte een buiging naar ons. 'Goeiemorgen, meneer Price,' zei hij, 'en meneer Griff en meneer Morgan en meneer Evans.' Tegen mij zei hij: 'Goeiemorgen, jongen.'

Meneer Griff wees met zijn gekleurde stok naar hem.

'En wat spookt u daar nou uit op de brug van Carmarthen, zo midden op de middag,' zei hij streng, 'in uw beste vest en met uw oude hoed op?'

Grootvader antwoordde niet, maar hield zijn gezicht in de wind die van de rivier opsteeg, zodat zijn baard aan het dansen en wiegen sloeg alsof hij praatte, en keek naar de vissers beneden, die als schildpadden over de oever bewogen.

Meneer Griff hief zijn miniatuur kappersuithangstok. 'En waar denkt u naar toe te gaan,' zei hij, 'met uw ouwe zwarte tas?'

Grootvader zei: 'Ik ga naar Llangadock om begraven te worden.' En hij zag hoe de vissersbootjes lichtjes in het water gleden en de meeuwen klagerig boven het visrijke water hingen, net zo klagerig als meneer Price zei: 'Maar Dai Thomas, je bent nog niet dood.'

Grootvader dacht een ogenblik na en zei: 'Je hebt er niets aan om in Llanstephan begraven te liggen. In Llangadock heb je lekkere grond; je kunt er je benen uitstrekken zonder ze in zee te steken.'

Zijn buren kwamen vlak bij hem staan. Ze zeiden: 'U bent nog niet dood, meneer Thomas.'

'Hoe kun je dan begraven worden?'

'Niemand zal u in Llanstephan begraven.'

'Ga mee naar huis, meneer Thomas.'

'Er is zwaar bier bij het avondeten.'

'En gebak.'

Maar grootvader stond vastberaden op de brug en hield zijn tas stevig tegen zich aan, en staarde naar de stromende rivier en de lucht, als een profeet die nergens aan twijfelt.

Patricia, Edith en Arnold

De kleine jongen in zijn onzichtbare locomotief – de Cwmdonkin Special, haar oogverblindend opgewreven wielen knarsend door de kleine achtertuin, die bezaaid lag met broodkruimels voor de vogels en wit zag van de sneeuw van gisteren, haar rook dun en bleek opkringelend als adem in de koude namiddag – toeterde onder de waslijn, schopte tegen het etensbord van de hond bij perron washok, en pufte en pompte trager en trager, terwijl het dienstmeisje de paal liet zakken, de zwaaiende hemden van de lijn haalde, de bruine plekken onder haar armen blootgaf en over de muur riep: 'Edith, Edith, kom hier, ik moet met je praten.'

Edith klom op twee wastobbes aan de andere kant van de muur en riep terug: 'Hier ben ik, Patricia.' Haar hoofd verscheen boven de glasscherven.

Hij stuurde de Flying Welshman achterwaarts van het washok naar de open deur van het kolenhok en gaf een harde ruk aan de rem, die een hamer in zijn broekzak was: assistenten in uniform renden naar buiten met brandstof; hij sprak tot een saluerende brandweerman en de locomotief gleed ervandoor, rond de met scherven beplante Chinese muren, die de katten buiten hielden, langs de bevroren rivieren bij het afvoerputje en in en uit de tunnel van het kolenhok. Maar tussen al het gefluit en gegil door luisterde hij gespannen naar Patricia en het dienstmeisje van de buren, van mevrouw Lewis, die praatten in plaats van te werken, zijn moeder mevrouw T. noemden en grof waren over mevrouw L.

Hij hoorde Patricia zeggen: 'Mevrouw T. is niet voor zes uur terug.'

En bij de buren antwoordde Edith: 'Die ouwe mevrouw L. is naar Neath gegaan om meneer Robert te zoeken.'

'Hij is weer 'ns de hort op,' fluisterde Patricia.

'Hort, bord, schort!' riep de jongen vanuit het kolenhok.

'Maak een smeerboel van jezelf en ik breek je nek,' zei Patricia afwezig.

Ze deed geen poging hem tegen te houden, toen hij de berg met kolen beklom. Kalmpjes stond hij op de top, de Koning van het Kolenkasteel, hoofd tegen het dak, en luisterde naar de bezorgde stemmen van de meisjes. Patricia was haast in tranen, Edith stond snikkend te wiebelen op de wankele wastobbes. 'Ik sta bovenop de kolen,' zei hij, en wachtte tot Patricia boos zou worden.

Ze zei: 'Ik hoef hem niet te zien, ga jij maar alleen.'

'We moeten, we moeten wel samen gaan,' zei Edith. 'Ik wil het weten.'

'Ik wil het niet weten.'

'Ik hou het niet meer, Patricia, je moet met me mee.'

'Ga jij nou maar alleen, hij wacht op je.'

'Alsjeblieft, Patricia!'

'Ik lig languit in de kolen,' zei de jongen.

'Nee, het is jouw dag met hem. Ik wil het niet weten. Ik wil alleen maar denken dat-ie van me houdt.'

'O, alsjeblieft, Patricia, gebruik je verstand! Ga je mee of niet? Ik moet gewoon horen wat hij te zeggen heeft.'

'Goed dan, over een halfuur. Ik geef wel een schreeuw over de muur.'

'Je kunt maar beter snel komen,' zei de jongen, 'ik ben smerig als de hel.'

Patricia rende naar het kolenhok. 'Wat een taal, zeg! Kom d'r meteen uit, nu!' zei ze.

De wastobben begonnen te glijden en Edith verdween.

'Haal het niet in je hoofd om nog eens zulke dingen te zeggen. O! Je kleren!' Patricia sleepte hem mee naar binnen.

Ze liet hem zich voor haar ogen omkleden. 'Anders weet ik nog niet wat je uitspookt.' Hij trok zijn broek uit en riep, terwijl hij om haar heen danste: 'Kijk mij eens, Patricia!'

'Gedraag je,' zei ze, 'of ik neem je niet mee naar het park.'

'Ga ik dan naar het park?'

'Ja, we gaan met z'n allen naar het park, jij en ik en Edith van hiernaast.'

Hij kleedde zichzelf netjes aan, om haar te vriend te houden, en spuugde in zijn handen voor hij de scheiding in zijn haar duwde. Zij leek niet te merken hoe stil en netjes hij was. Ze hield haar brede handen stijf tegen elkaar geklemd en staarde naar de witte broche op haar borst. Ze was een groot, forsgebouwd meisje met lompe handen, haar vingers leken wel tenen, haar schouders waren breed als die van een man.

'Ben ik niet onberispelijk?' vroeg hij.

'Wat een duur woord,' zei ze, en keek hem liefdevol aan. Ze tilde hem op en zette hem boven op de ladenkast. 'Nu ben je net zo groot als ik.'

'Maar niet zo oud,' zei hij.

Hij wist dat dit een middag was waarop er van alles zou kunnen gebeuren. Er kon genoeg sneeuw vallen om op een dienblad te sleeën; uit Amerika, waar hij geen ooms had, konden ooms komen met revolvers en St. Bernards; de winkel van Ferguson kon in brand vliegen en dan vielen alle lunchpakketten op straat; en hij was zelfs niet verbaasd toen zij haar hoofd met het zwarte sluike haar zwaar op zijn schouder legde en in zijn kraag fluisterde: 'Arnold, Arnold Matthews.'

'Stil maar,' zei hij, en wreef met zijn vinger over haar scheiding en knipoogde naar zichzelf in de spiegel achter haar en keek op haar rug bij haar jurk in.

'Huil je?'

'Nee.'

'Jawel hoor, ik voel je tranen.'

Ze droogde haar tranen aan haar mouw. 'Niet verklappen dat ik heb gehuild.'

'Ik zal tegen de hele wereld zeggen, tegen mevrouw T. en mevrouw L., ik zeg tegen de politieagent en Edith en tegen mijn vader en meneer Chapman dat Patricia op mijn schouder heeft gehuild als een geit, twee uur lang, een ketel vol tranen. Nee hoor, doe ik niet,' zei hij.

Zodra hij en Patricia en Edith naar het park vertrokken, begon het te sneeuwen. Onverwachts daalden grote vlokken op de stenige heuvel neer en de grijze lucht werd schemerdonker, hoewel het nog maar drie uur in de middag was. Ergens in de tuintjes achter de huizen riep een jongen toen de eerste sneeuwvlokken vielen. Mevrouw Ocky Evans gooide de bovenste erkerramen van huize Voorjaarsweide open en stak handen en hoofd naar buiten, alsof ze de sneeuw wilde vangen. Hij wachtte gelaten tot Patricia zou zeggen 'Schiet op!

Snel terug, het sneeuwt,' en hem mee naar binnen zou sleuren nog voor zijn voeten nat waren. Patricia heeft de sneeuw zeker nog niet gezien, dacht hij, bovenaan de heuvel, hoewel het in dichte drommen naar beneden kwam en in haar gezicht waaide en haar zwarte hoed bedekte. Toen ze de hoek omsloegen en de weg naar het park opliepen, durfde hij geen woord te zeggen uit angst haar wakker te maken. Hij bleef een paar passen achter haar hangen, zodat hij zijn pet af kon nemen en de sneeuw in zijn mond op kon vangen.

'Doe je pet op,' zei Patricia, terwijl ze zich omdraaide, 'je komt om van de kou.'

Ze stopte zijn das bij zijn jas in en zei tegen Edith: 'Zou hij d'r zijn, met deze sneeuw, wat denk je? Hij moet er haast wel zijn, niet? Hij was er altijd op mijn woensdagen, weer of geen weer.' Het puntje van haar neus was rood, haar wangen gloeiden als kooltjes, in de sneeuw zag ze er knapper uit dan 's zomers, dan hing haar haar slap over haar klamme voorhoofd en kwam er een warme zweetplek op haar rug.

'Natuurlijk is ie er,' zei Edith. 'Een keer op een vrijdag plensde het, en toen was ie d'r ook. Hij heeft nergens anders om naartoe te gaan, hij is er altijd. Arme Arnold!' Ze zag er wit en netjes uit in haar jas met bontkraag, en leek twee keer zo klein als Patricia; ze stapte door de dichte sneeuw alsof ze uit winkelen ging.

'De wonderen zijn de wereld niet uit,' zei hij hardop tegen zichzelf. Dit was echt Patricia, die hem hier door de sneeuw liet lopen, dit was echt zij aan zij met twee grote meisjes door een sneeuwstorm banjeren. Hij ging op de weg zitten. 'Ik zit op een slee,' zei hij, 'trek me dan, Patricia, sleep me als een eskimo.'

'Kom overeind, apenkop, of ik breng je naar huis.'

Hij zag dat ze het niet meende. 'Lieve Patricia, mooie Patricia,' zei hij, 'toe, sleep me nou, op m'n kont.'

'Nog één zo'n vies woord, en je weet wel aan wie ik het zeggen zal.'

'Arnold Matthews,' zei hij.

Patricia en Edith kropen dichter tegen elkaar aan.

'Die jongen heeft alles in de gaten,' fluisterde Patricia.

Edith zei: 'Ik ben blij dat ik jouw baantje niet heb.'

'Ach,' zei Patricia, terwijl ze hem bij zijn hand pakte en die stevig tegen haar arm drukte, 'ik zou hem voor geen goud willen missen!'

Hij rende het grindpad op naar het hoger gelegen wandelpad van het park. 'Ik ben verwend,' schreeuwde hij, 'ik ben verwend! Patricia verwent me!'

Gauw zou het park helemaal wit zijn; de omtrekken van bomen rondom de vijver en de fontein werden al vager en het schoolgebouw op de heuvel met de brem ging schuil in een wolk. Patricia en Edith namen het steile pad naar beneden naar het afdak. Volgend over het verboden gras, gleed hij hen voorbij en belandde midden in een kale struik, waarvan hij de hardhandige aanraking en de stekels onder veel geschreeuw heelhuids overleefde. De meisjes babbelden bedroefd verder. Onder het verlaten afdak schudden ze hun jassen uit, de sneeuw dwarrelde op de bankjes, en gingen dicht tegen elkaar aan zitten voor het raam van de bowlingclub.

'We zijn maar net op tijd,' zei Edith. 'Lastig om stipt te zijn in de sneeuw.'

'Mag ik hier spelen?'

Patricia knikte. 'Maar wel rustig; pas een beetje op met die sneeuw.'

'Sneeuw! sneeuw! sneeuw!' zei hij, en schepte wat uit de goot en maakte een kleine bal.

'Misschien heeft-ie een baantje gevonden,' zei Patricia.

'Arnold? Van z'n leven niet.'

'Wat als hij het helemaal laat afweten?'

'Hij komt vast, Patricia, zulke dingen moet je niet zeggen.'

'Heb je je brieven meegenomen?'

'Zitten in m'n tas. Hoeveel heb jij er?'

'Nee, hoeveel heb *jij* er, Edith?'

'Ik heb ze niet geteld.'

'Laat me 'ns een van jou zien,' zei Patricia.

Ondertussen had hij het wel gehoord, hun gepraat; ze waren oud en niet goed snik, onder dat verlaten afdak zitten snikken om niks. Patricia las een brief, waarbij ze haar lippen bewoog.

'Dat heeft hij mij ook verteld,' zei ze, 'dat ik zijn sterretje was.'

'Begon hij met "Lief Hartje"?'

'Altijd: "Lief Hartje."'

Edith brak in hartstochtelijk snikken uit. Met een sneeuwbal in zijn handen zag hij hoe ze zat te schudden op het bankje en haar gezicht in Patricia's besneeuwde jas begroef.

Terwijl ze Edith streelde en kalmeerde zei Patricia hoofdschuddend: 'Ik zal hem eens flink de waarheid vertellen als-ie komt!'

Als wie komt? Hij gooide een sneeuwbal hoog in de stil en gestaag vallende vlokken. Het huilen van Edith in het gedempte park klonk helder en dun als een fluit; hij nam wat afstand van de sentimentele meisjes om er niet bij te hoeven horen ingeval er een vreemde langskwam – een man in lieslaarzen, of een grijnzende, grotere jongen van de Uplands – en stapelde sneeuw tegen het harmonicahek van de tennisbaan en stak zijn handen in de sneeuw als een bakker die brood bakt. Terwijl hij in de sneeuw woelde en er broden van kneedde en fluisterde 'Ja, zo gaat dat dames en heren,' keek Edith op en zei: 'Patricia, beloof me, wees niet boos op hem. Laten we allemaal kalm en vriendelijk blijven.'

'"Lief Hartje" schrijven, aan ons allebei,' zei Patricia boos. 'Heeft hij ooit je schoenen uitgetrokken en aan je tenen getrokken en –'

'Nee, nee, niet doen, niet doorgaan, zo mag je niet praten!' Edith legde haar vingers tegen haar wangen. 'Ja, dat heeft-ie gedaan,' zei ze.

'Iemand heeft aan Ediths tenen zitten trekken,' zei hij bij zichzelf, en rende grinnikend om het afdak heen naar de andere kant. 'Edith ging eens naar de markt,' riep hij lachend en zweeg plotseling, toen hij een jongeman in de hoek zag zitten, die geen jas aanhad en in zijn tot een kom gevouwen handen blies. De jongeman droeg een witte sjaal en een geruite pet. Toen hij de jongen zag, trok hij zijn pet diep over zijn ogen. Zijn handen zagen blauw en zijn vingertoppen waren geel.

De jongen rende terug naar Patricia. 'Patricia, daar zit een man!' schreeuwde hij.

'Waar zit een man?'

'Aan de andere kant van het afdak; hij heeft geen jas aan en hij zit in zijn handen te blazen, zo.'

Edith sprong overeind. 'Dat is Arnold!'

'Arnold Matthews, Arnold Matthews, we weten dat je d'r bent!' riep Patricia om een hoek van het afdak, en na een trage minuut kwam de jongeman, glimlachend en met geheven pet, te voorschijn en stelde zich op tegen een houten pilaar.

De broek van zijn glimmende blauwe pak had wijd uitlopende pijpen, de schouders waren hoog en hard, met scherpe kanten, zijn spitse lakschoenen glommen, uit zijn borstzak stak een rode zakdoek. Hij had niet in de sneeuw gelopen.

'Wat een toeval, zeg, dat jullie elkaar kennen,' zei hij luid, oog in oog met de meisjes met hun rode ogen en de onbeweeglijke, sprakeloze jongen, die naast Patricia stond met zijn zakken vol sneeuwballen.

Patricia gooide het hoofd in haar nek en haar hoed gleed over één oog. Terwijl ze haar hoed rechtzette zei ze met haar 'vrijdag-wasdagstem': 'Kom hier maar 'ns even zitten, Arnold Matthews, jij hebt het een en ander uit te leggen!'

Edith greep haar arm: 'Toe, Patricia, je had het beloofd.' Ze plukte wat aan de rand van haar zakdoek. Een traan rolde over haar wang.

Toen zei Arnold zacht: 'Zeg tegen die kleine dat hij zich even ergens anders moet gaan vermaken.'

De jongen rende een rondje om het afdak en kwam bijtijds terug om Edith te horen zeggen: 'Er zit een gat in je elleboog, Arnold,' en te zien hoe de jongeman naar de sneeuw voor zijn voeten schopte en naar de namen en harten tuurde, die in de muur achter de hoofden van de meisjes waren gekrast.

'Met wie ging je op woensdag altijd uit?' vroeg Patricia. Haar lompe handen hielden Ediths brief dicht tegen de besneeuwde plooien op haar borst.

'Met jou, Patricia.'

'Met wie op vrijdag?'

'Met Edith, Patricia.'

Hij zei tegen de jongen: 'Hé, jochie, kun je een sneeuwbal maken zo groot als een voetbal?'

'Tuurlijk, zo groot als twee voetballen.'

Arnold richtte zich weer naar Edith en zei: 'Hoe komt het dat je Patricia Davies kent? Jij werkt in Brynmill.'

'Ik ben net in Cwmdonkin begonnen,' zei ze. 'En sindsdien heb ik je nog niet gezien om het je te kunnen vertellen. Ik wou het je vandaag vertellen, maar ik was erachter gekomen. Hoe kon je dat nou doen, Arnold? Met mij op mijn vrije middag en met Patricia op woensdag.'

De sneeuwbal had zich tot een soort sneeuwman ontpopt, met een scheve, vuile kop en een gezicht vol takjes, hij had een jongenspet op en rookte een potlood.

'Ik bedoelde er niets kwaads mee,' zei Arnold, 'ik hou van jullie allebei.'

Edith gaf een gil. De jongen sprong naar voren en de sneeuwpop zakte met gebroken rug in elkaar.

'Je moet geen onzin verkopen, hoe kun je nou van ons allebei houden?' schreeuwde Edith en zwaaide driftig met haar handtas naar Arnold. De tas vloog open en een bundeltje brieven viel in de sneeuw.

'Waag het niet die brieven op te pakken,' zei Patricia.

Arnold verroerde zich niet. De jongen zocht tussen de brokstukken van de sneeuwpop naar zijn potlood.

'Je moet kiezen, Arnold Matthews, hier en nu.'

'Zij of ik,' zei Edith.

Patricia keerde hem haar rug toe. Edith stond er roerloos bij, haar tas hing open in haar hand. Een sneeuwvlaag krulde de bovenste bladzijde van een brief om.

'Jullie twee,' zei hij, 'jullie laten je veel te veel gaan. Ga zitten en wees redelijk. Niet zo schreeuwen, Edith. Er zijn honderden mannen die van meer dan één vrouw houden, dat lees je overal. Geef ons nog een kans, Edith, toe.'

Patricia keek naar de harten en pijlen en oude namen. Edith zag de brieven omkrullen.

'Jij bent het, Patricia,' zei Arnold.

Patricia stond nog steeds van hem afgekeerd. Edith maakte aanstalten om te gaan schreeuwen, maar hij legde een vinger op zijn lippen. Hij leek iets te fluisteren, te zacht voor Patricia om het te horen. De jongen zag hoe hij Edith suste en dingen beloofde, maar ze begon opnieuw te gillen en rende weg van het afdak, het pad op, haar handtas schokte tegen haar heup.

'Patricia,' zei hij, 'kijk me aan. Ik moest het wel zeggen. Jij bent het, Patricia.'

De jongen boog zich over de sneeuwpop en vond zijn potlood, dat dwars door de kop stak. Toen hij overeind kwam, zag hij Patricia en Arnold arm in arm.

Sneeuw lekte door zijn zakken, sneeuw smolt in zijn schoenen en sneeuw drupte langs zijn kraag bij zijn hemd in: 'Moet je jezelf nou toch eens zien,' zei Patricia, terwijl ze naar hem toe snelde en bij de hand nam, 'je bent doorweekt.'

'Alleen maar een beetje sneeuw,' zei Arnold, die plotseling alleen onder het afdak stond.

'Ja, ja, een beetje sneeuw, hij is ijskoud en zijn voeten lijken wel sponzen. Kom, meteen mee naar huis!'

Met z'n drieën klommen ze naar het hoger gelegen pad en Patricia's voetstappen stonden zo groot als die van een paard in de dikker wordende sneeuw.

'Kijk, daar is ons huis, het dak is wit!'

'We zijn er zo moppie, zo.'

'Ik blijf liever buiten om een sneeuwpop te maken als Arnold Matthews.'

'Stil! sst! je moet mee naar huis, je moeder wacht op ons.'

'Nee hoor. Ze is de hort opgegaan met meneer Robert. Hort, bord, schort!'

'Je weet best dat ze is gaan winkelen met mevrouw Partridge, je moet niet van die gemene leugens vertellen.'

'Nou, Arnold Matthews vertelde ook leugens. Hij zei dat-ie meer van jou hield dan van Edith, maar hij fluisterde achter je rug om naar haar.'

'Ik zweer je dat het niet waar is, Patricia, ik hou helemaal niet van Edith!'

Patricia hield stil. 'Je houdt niet van Edith?'

'Nee, dat zei ik toch, jij bent het. Ik hou helemaal niet van haar,' zei hij. 'O, mijn God, wat een dag! Geloof je me niet? Jij bent het, Patricia. Edith doet me niks. Ik kwam haar gewoon altijd tegen, ik ben altijd in het park.'

'Maar je zei tegen haar dat je van d'r hield.'

De jongen stond in verwarring tussen hen in. Waarom was Patricia zo boos en ernstig? Er lag een blos op haar gezicht en haar ogen schitterden. Haar borst ging op en neer. Hij zag de lange zwarte haren op haar benen door een scheur in haar kous. Haar been is zo dik als mijn middel, dacht hij. Ik heb 't koud; ik wil thee; er zit sneeuw in mijn gulp.

Arnold liep langzaam ruggelings het pad af. 'Ik moest dat wel tegen haar zeggen, anders was ze niet weggegaan. Ik moest wel, Patricia. Je zag zelf hoe ze deed. Ik haat haar. Ik zweer het!'

'Beng! Beng!' brulde de jongen.

Patricia deelde rake klappen uit aan Arnold, ze trok aan zijn sjaal en gaf hem porren met haar ellebogen. Ze ranselde hem het pad af en schreeuwde uit alle macht: 'Ik zal je leren tegen Edith te liegen! Jij varken! Stuk verdriet! Ik zal je leren haar hart te breken!'

Hij schermde zijn gezicht af tegen haar klappen terwijl hij achteruit strompelde. 'Patricia, Patricia, niet slaan! Er lopen mensen hier!'

Toen Arnold viel, stonden achter de struiken twee dames met opgestoken paraplu's door de dansende sneeuwvlokken naar ze te gluren.

Patricia stond over hem heen gebogen. 'Je hebt tegen haar gelogen en gelogen tegen mij,' zei ze. 'Sta op, Arnold Matthews!'

Hij kwam overeind, deed zijn sjaal recht, bette zijn ogen met de rode zakdoek, nam zijn pet af en liep naar het afdak.

'En wat jullie betreft,' zei Patricia, zich tot de kijkende vrouwen wendend, 'jullie moesten je schamen! Twee oude vrouwen die nog in de sneeuw spelen.'

Ze doken weg achter de struiken.

Patricia en de jongen klauterden, hand in hand, terug naar het hoger gelegen pad.

'Ik heb m'n pet bij de sneeuwpop laten liggen,' herinnerde hij zich. 'Het is mijn Tottenham-pet.'

'Ren snel terug dan,' zei ze, 'natter dan je bent kun je toch niet worden.'

Hij vond zijn pet half onder de sneeuw. In een hoek onder het afdak zat Arnold de brieven te lezen die Edith had laten vallen, langzaam sloeg hij de blaadjes om. De jongen zag hij niet, en de jongen, achter een pilaar, stoorde hem niet. Arnold ging aandachtig en stuk voor stuk door de brieven.

'Daar heb je lang over gedaan, je pet zoeken,' zei Patricia. 'Heb je die jongeman nog gezien?'

'Nee,' zei hij, 'hij was weg.'

Thuis, in de warme woonkamer, moest hij zich opnieuw omkleden van Patricia. Hij hield zijn handen voor het haardvuur en algauw begonnen ze te tintelen.

'Mijn handen staan in brand,' zei hij tegen haar, 'en mijn tenen ook, en mijn gezicht.'

Nadat ze hem had getroost zei ze: 'Goedzo, dat is beter. Weg pijn. Klaar is Kees. Ze liep bedrijvig door de kamer heen en weer. 'Hebben we allemaal eens lekker gehuild vandaag.'

Het gevecht

Ik stond aan het eind van het lagergelegen deel van het speelplein en was meneer Samuels aan het jennen, die in het huis vlak achter het hoge hek woonde. Meneer Samuels kwam elke week wel een keer klagen dat jongens van school appels, stenen en ballen door zijn slaapkamerraam naar binnen gooiden. Hij zat in een ligstoel in het keurige rechthoekje van zijn tuin en deed een poging de krant te lezen. Ik stond maar een paar meter bij hem vandaan. Ik probeerde hem eruit te staren. Hij deed alsof hij me niet zag, maar ik wist dat hij wist dat ik er stond, irritant en doodkalm. Af en toe wierp hij me een snelle blik toe over zijn krant en zag me staan, stil en ernstig en alleen, mijn ogen op de zijne gericht. Zodra hij boos werd zou ik naar huis gaan. Ik was al te laat voor het eten. Ik had hem bijna te pakken, hij ademde al zwaar en de krant begon te beven toen een vreemde jongen, die ik niet had horen aankomen, me het talud afduwde.

Ik gooide een steen naar zijn hoofd. Hij zette zijn bril af, stak hem in zijn jaszak, trok zijn jas uit, hing hem keurig over het hek, en vloog me aan. Toen ik me omdraaide tijdens het gevecht op het talud, zag ik dat meneer Samuels zijn krant over de ligstoel had gevouwen en opstond om naar ons te kijken. Dat omdraaien was een vergissing. De vreemde jongen gaf me twee rake klappen in mijn nek. Meneer Samuels maakte sprongetjes van opwinding toen ik tegen het hek viel. Ik lag in het stof, verhit, onder de schrammen, ik beet wild van me af, ik kwam overeind en danste, stompte de jongen in zijn buik en we rolden over elkaar heen. Door één dichtzwellend oog zag ik dat zijn neus bloedde. Ik sloeg op zijn neus. Hij trok aan mijn kraag en sleurde me rond aan mijn haar.

'Vooruit. Zet hem op!' hoorde ik meneer Samuels roepen.

We keken allebei naar hem om. Hij zwaaide met zijn vuisten en sprong met namaak-bokspassen door zijn tuintje. Toen stopte hij, hoestte, zette zijn panamahoed recht, ontweek onze blikken, keerde ons de rug toe en liep langzaam naar zijn ligstoel.

We gooiden met grind naar hem.

'Dat zal hem leren met z'n "Zet hem op!"' zei de jongen, terwijl we over de speelplaats wegrenden van het geschreeuw van meneer Samuels en de treden afliepen op weg naar onze heuvel.

We liepen samen naar huis. Ik bewonderde zijn bloedneus. Hij zei dat mijn oog wel een gepocheerd ei leek, alleen paars.

'Ik heb nog nooit zoveel bloed gezien,' zei ik.

Hij zei dat ik het mooiste blauwe oog van Wales had, misschien wel het mooiste blauwe oog van Europa; hij wilde er wel om wedden dat zelfs Tunney nooit zo'n blauw oog had gehad.

'En je hele bloes zit onder het bloed.'

'Soms spuit het eruit,' zei hij.

Op Walters Road kwamen we voorbij een groepje middelbareschoolmeisjes en ik trok mijn pet scheef en hoopte dat mijn oog zo groot was als een zakje blauwsel, en hij liep erbij met opengeslagen jas om zijn bloedvlekken te showen.

Tijdens het eten was ik een herrieschopper en een bullebak en zo crimineel als de jongens van de Sandbanks, ik zou wat meer respect moeten tonen en ondertussen zat ik daar maar, zwijgend als een Tunney over mijn pudding gebogen. Die middag ging ik naar school met een kapje voor mijn oog. Als ik ook nog een zwarte, zijden mitella had gehad, zou ik er net zo vrolijk en wanhopig hebben bijgelopen als de gewonde kapitein in het boek waar mijn zusje altijd in las en dat ik 's nachts stiekem onder de dekens las, bij een zaklantaarn.

Onderweg riep een jongen van zo'n school waarvoor de ouders helemaal geen schoolgeld hoefden te betalen 'Eénoog!' naar me, met een rauwe stem als van een volwassene. Ik negeerde het en liep fluitend door, mijn goeie oog zeilde over de zomerwolken, ik was boven elke belediging en Terrace Road verheven.

De wiskundeleraar zei: 'Ik zie dat meneer Thomas achter in de klas iets te veel van zijn gezichtsvermogen heeft gevraagd. Maar vast niet voor zijn huiswerk, of wel, heren?'

Gilbert Rees, naast mij, lachte het hardst.

'Na school breek ik je benen!' zei ik.

Hij zou jankend naar de kamer van het schoolhoofd hinken. Intense stilte door de hele school. Een briefje door de conciërge op een dienblad aangedragen. 'Met de complimenten van het schoolhoofd, meneer, en wilt u wel meteen meekomen?' 'Hoe heeft u het klaargespeeld om deze jongen een been te breken?' 'O, die verdomde ellendige rotpijn!' gilde Gilbert Rees. 'Gewoon een simpel knakje,' zou ik zeggen. 'Ik ken mijn eigen kracht niet. Het spijt me. Maar maakt u zich geen zorgen. Laat mij het been zetten, meneer.' Een snelle handbeweging, botgekraak. 'Dokter Thomas, meneer, geheel tot uw dienst.' Mevrouw Rees op haar knieën. 'Hoe kan ik u ooit bedanken?' 'Ach, 't was niets, m'n beste mevrouw. Was hem elke ochtend de oren. Gooi zijn linialen weg. Spoel zijn rode en groene inkt door de gootsteen.'

Onder de tekenles van meneer Trotter maakten we krukkige tekeningen van blote meisjes op losse velletjes papier onder onze tekeningen van een vaas en gaven ze onder de banken aan elkaar door. Sommige tekeningen hadden vreemde details en andere hadden een staart als een zeemeermin. Gilbert Rees tekende alleen maar de vaas.

'Mag ik het met uw vrouw doen, meneer?'

'Wat zei je daar?'

'Mag ik alles met blauw doen, meneer?'

'Wat zou jij doen als je een miljoen had?'

'Dan kocht ik een Bugatti en een Rolls en een Bentley en ik zou met tweehonderd per uur over het strand van Pendine rijden.'

'Ik kocht een harem en zou de meisjes in het gymlokaal opsluiten.'

'Ik kocht een huis als dat van mevrouw Cotmore-Richard, alleen twee keer zo groot, met een cricketveld en een voetbalveld en een eigen garage compleet met monteurs en brug.'

'En een plee zo groot als, zo groot als het Melba-paviljoen, met pluchen bril en een gouden trekker en...'

'En ik zou sigaretten roken met gouden filters, beter dan die dingen van Morris.'

'Ik kocht alle spoortreinen, en dan mocht alleen vier A d'r in mee.'

'Ja, behalve Gilbert Rees dan.'

'Wat is de verste plek waar je ooit bent geweest?'

'Edinburgh.'

'Mijn vader is naar Salonika geweest in de oorlog.'

'Waar ligt dat, Cyril?'

'Cyril, vertel ons nog eens van mevrouw Poes Edwards in Hanover Street.'

'Nou, mijn broer zegt dat ie alles kan maken bij d'r.'

Ik tekende een wilde gok onder de gordel en schreef er in heel kleine letters "Poes Edwards" bij, onderaan het velletje.

'Pas op!'

'Verstop je tekeningen.'

'Ik wed dat een windhond sneller kan dan een paard.'

Iedereen was dol op de tekenles, behalve meneer Trotter.

's Avonds, voordat ik naar mijn nieuwe vriend zou gaan, zat ik op mijn slaapkamer naast de boiler en las mijn schoolschriften boordevol gedichten door. Op de omslagen stond het vol met 'Levensgevaar, afblijven!' Aan de muren in mijn slaapkamer hingen plaatjes van Shakespeare en Walter de la Mare, die ik uit mijn vaders kerstnummer van *Bookman* had gescheurd, Robert Browning, Stacy Aumonier, Rupert Brooke, een man met baard van wie ik had uitgedokterd dat het Whittier was, *Hope* van Watts en een zondagsschooldiploma, waarvan ik tot mijn schande moet bekennen dat ik het het liefst zou weghalen. Op de spiegel zat een gedicht van me dat ze hadden geplaatst in de rubriek 'Wales door de Week' van de *Western Mail* en dat ik daar had geplakt om me het schaamrood op de kaken te bezorgen, maar de gêne over het gedicht was weggeëbd. Over het gedicht heen had ik met een gestolen ganzenveer in krulletters geschreven: Homerus Knikkebolt. Ik wachtte altijd op een gelegenheid om iemand in mijn slaapkamer binnen te laten – 'Kom binnen in mijn hol, let niet op de troep, pak een stoel. Nee! niet die, die is kapot!' – en hem te dwingen tot een toevallige confrontatie met mijn gedicht. 'Ik heb het daar gehangen om me er voor te schamen.' Maar er kwam nooit iemand anders binnen dan mijn moeder.

In de vroege schemering naar zijn huis lopend, door de degelijke, deftige en uitgestorven straten met bomen aan beide kanten, reciteerde ik stukken uit mijn gedichten en hoorde ik, op de klikkende maat van mijn bespijkerde laarzen, mijn eigen stem als de stem van een vreemde ijl opstijgen in de mooie herfstavond.

'Mijn geest gaat gestileerd
Langs een onderhuidse baan;
Gesluierd en gepassioneerd
Zijn de gedachten die ontstaan
Uit haar bron vol steelse lust,
Gevoed uit des duivels fust.'

Als ik in een raam langs de weg keek, dan zag ik een jongen met een rode pet en stevige laarzen midden over de rijbaan marcheren en vroeg me af wie dat kon zijn. Als ik een jong meisje was, dat mij zag, met een gezicht als Mona Lisa, gitzwarte lokken opgekruld in twee koptelefoons, dan zou ik onder dat 'jongensafdelingconfectiepak' een behaard en zongebruind mannelijk lichaam zien, en hem roepen en vragen 'Wat kan ik u aanbieden, thee of een cocktail?' en zijn stem in het halfdonker van de kleurrijke salon met de zware gordijnen, waar het vol hing met beroemde reproducties en boeken en wijnflessen glansden, de *Grashalmpsalm* horen reciteren:

'De vorst is ingetreden,
Een vorst, donker van al wat is overleden,
En broos overdaan
Met vlekjes licht van de maan,
Boven mijn eenzaam hoofd in een slap en oneerzaam rood.

De vorst heeft gesproken,
Geheimzinnige vorst, in stille vlokken ontloken,
Met lippen van ongezien blauw
Glas in de glazen sterrendauw,
Sprak in tranen voor mij alleen, naar 't scheen.

De vorst is zich bewust,
Uit verwaaid vergaren door weinige winden gesust,
Dat ginds uit een veelvoud van vruchten,
Het eenzaam genie uit mijn kiem wil ontvluchten,
En een groen jaar is geplant, in deugd in het hart van mijn opgroeiende jeugd.

De vorst heeft mijn hart vervuld
Van verlangen door 't nachtelijk omhulsel onthuld,
Vorst, overloop van hemelse dampen,
Vorst waaraan zich pijlers van niet gevallen sneeuw vastklampen,
Uit verlangen naar de weidse velden gaan, zwevend rond mijn eenzaam bestaan.'

'Kijk! daar is een vreemde jongen, eenzaam zwervend als een prins.'
'Nee, nee, als een wolf! Kijk dan, die lange pas! De kerk van Sketty
luidde zijn klokken voor mij.

'Wanneer ik ben verstrooid, wel en goed
En mijn as danst her en der
Als stof in de stomme opruiende gloed
Van een dreigende ster...'

Reciteerde ik. Een jong stel kwam plotseling innig gearmd uit een zwart laantje tussen de huizen. Ik veranderde mijn voordracht in een deuntje en liep ze neuriënd voorbij. Ze zouden nu wel lopen giechelen, met hun angstaanjagende lichamen dicht tegen elkaar. Watje, dromer, artiest. Ik floot hard en schel, gaf een schop tegen de deur van een leveranciersingang en gluurde over mijn schouder. Het stel was verdwenen. Hup, een schop tegen De Iepen. 'Waar staan die verdomde iepen nou, meneertje?' Hupsakee, een handvol grind tegen je ruiten, mevrouw Ons Honk. Ooit op een avond zou ik nog eens levensgroot 'Klote' kalken over de hele voorgevel van Kia-ora.

Een vrouw stond op de stoep van Lyndenhorst met een blazende dwergkees, en terwijl ik mijn pet in mijn zak propte, liep ik alweer een stukje verder; daar had je het huis van Dan, Warmley, er kwam harde muziek naar buiten.

Hij was componist en ook dichter, hij had zeven historische romans geschreven voor zijn twaalfde, en hij speelde piano en viool; zijn moeder borduurde landschapen van wol, zijn broer had een kantoorbaan in de haven en speelde jazz, zijn tante had een privé-kleuterklasje op de eerste verdieping en zijn vader schreef orgelmuziek. Dat had hij me allemaal verteld terwijl we bloedend naar huis liepen en langs de meisjes in gymrokjes paradeerden, die zwaaiden naar de jongens in de trams.

De moeder van mijn nieuwe vriend deed open met een kluwen wol in haar hand. Dan, in de zitkamer boven, hoorde dat ik er was en verhoogde zijn tempo op de piano.

'Ik hoorde je niet binnenkomen,' zei hij, toen ik hem boven aantrof. Hij eindigde met een groot akkoord, waarbij hij al zijn vingers spreidde.

In de kamer was het een fantastische bende, overal wol en papier en open kasten volgestapeld met dingen die je nooit van z'n leven meer terug kon vinden; al het chique meubilair zat vol blutsen, en aan de kroonluchter hing een vest. Ik zou wel voor altijd in die kamer kunnen wonen en schrijven, vechten, inkt morsen en met mijn vrienden na middernacht feesten bouwen met rumtoffees van Walker, charlotte russe van Eynon, appellimonade en rode gazeuse.

Hij liet me zijn boeken en zijn zeven romans zien. Alle romans gingen over veldslagen, belegeringen en koningen. 'Jeugdwerk,' zei hij.

Ik mocht zijn viool uit de kist halen en er een kat op laten jammeren.

We gingen op een bank in de erker zitten, en praatten alsof we elkaar al ons hele leven hadden gekend. Zouden de Swans de Spurs verslaan? Wanneer konden meisjes baby's krijgen? Was Arnotts gemiddelde vorig jaar beter dan dat van Clay?

'Daar heb je mijn vader, ginds op straat,' zei hij, 'die lange, die zo met z'n armen staat te zwaaien.'

Twee mannen stonden te praten op de tramrails. Meneer Jenkyn zag eruit alsof hij probeerde Eversley Road over te zwemmen, hij borstcrawlde door de lucht en stampte met zijn voeten op de grond, en toen begon hij te hinken en trok één schouder hoger op dan de andere.

'Misschien doet hij een gevecht na,' zei ik.

'Of vertelt-ie meneer Morris een verhaal over een kreupele,' zei Dan. 'Kun je pianospelen?'

'Ik kan akkoorden, maar geen melodieën,' zei ik.

We speelden een duet met gekruiste handen.

'Weet je van wie die sonate is?'

We maakten een Dr. Percy, die de grootste componist voor quatre-mains ter wereld was, en ik was Paul America, de pianist, en Dan was Winter Vaux.

Ik las hem een heel schoolschrift met gedichten voor. Hij was een wijs toehoorder, als een jongen van honderd, met zijn hoofd schuin en zijn bril wipte op zijn opgezwollen neus. 'Dit dingetje heet *Schering*,' zei ik:

'Als zonnen rood van rollende tranen,
Glijden vijf zonnen geruisloos langs het glas,
Samen, maar toch apart en ieder afzonderlijk rond,
Rood misschien, maar het glas is bleek als gras.

Gezamenlijk rollen vijf tranen, ooglid-open, zonnen nog, maar zout,
Vijf ondoorgrondelijke speren over het gezicht,
Elke zon een doodsstrijd op zich,
Een werveling wellicht van pijn en bloed en haat,
Vijf in een, de ene gemaakt van vijf tot één, vroege
Zonnen verwrongen tot late.
Alle nu, waanzinnig en verlaten,
Verweven met het weefsel van vijf, rollen
Weids en schuimend, wild en desolaat,
Schieten door en hollen. Een van de vijf is de zon.'

Het lawaai van de trams die voor het huis langs reden ratelde weg in de verte, tot zo ver als de zee of verder, tot de baai met de baggermolens. Nog nooit had iemand op deze manier geluisterd. De school was verdwenen en had op Mount Pleasant een diep gat achtergelaten dat geurde naar garderobe en kluisjes-muizen, en Warmley gloeide in het donker van een stad die ik niet kende. In de stille kamer die mij nooit vreemd was geweest, zaten wij, dikneus en éénoog, op stapels kleurige wol en waren vervuld van onze talenten. Buiten het raam breidde onze toekomst zich uit boven Singleton park, dat krioelde van rotzooiende stellen, en tot diep in het rokerige Londen dat geplaveid was met gedichten.

Mevrouw Jenkyn stak haar neus om de deur en deed het licht aan. 'Zo, dat is gezelliger,' zei ze. 'Jullie zijn geen katten.'

Het licht deed de toekomst uit, en we speelden een dreunend stuk van Dr. Percy – 'Heb je ooit zoiets moois gehoord? Harder, harder, America!' zei Dan. 'Laat wat bassen voor mij liggen,' zei ik – totdat er op de muur met de buren werd gebonkt.

'Dat zijn de Careys. Meneer Carey is van Kaap Hoorn,' zei Dan.

We konden nog net nog een luid en krachtig stuk speciaal voor hem spelen, voordat mevrouw Jenkyn, compleet met wol en naalden, de trap kwam opgerend.

Toen ze weg was zei Dan: 'Waarom moet een man zich toch altijd zo schamen voor zijn moeder?'

'Misschien gaat het over als hij ouder wordt,' zei ik, maar ik betwijfelde het. Een week eerder liep ik na school met drie jongens door High Street en toen zag ik mijn moeder met ene mevrouw Partridge voor de Kardomah staan. Ik wist gewoon dat ze mij, waar de anderen bij waren bij zich zou roepen en zeggen: 'Denk erom dat je op tijd thuis bent voor het eten,' en ik wou dat High Street zich zou openen en mij zou opslurpen. Ik hield van haar en verloochende haar. 'Kom, laten we oversteken,' zei ik, 'er staan zeemanslaarzen bij Griffith in de etalage.' Maar er viel alleen maar een etalagepop in golfuitrusting te zien en een rol tweed.

'Het avondeten is pas over een halfuur. Wat zullen we gaan doen?'

'Laten we doen wie die stoel het langst boven zijn macht kan houden,' zei ik.

'Nee, laten we een krant gaan maken: jij doet de literatuur, ik de muziek.'

'Hoe zullen we hem noemen?'

Op de achterkant van een hoedendoos die hij onder de bank vandaan trok, schreef hij: '*De–*, een uitgave van D. Jenkyn en D. Thomas.' Het liep beter met D. Thomas en D. Jenkyn, maar het was zijn huis.

'Wat dacht je van *De Meesterzangers*?'

'Nee, dat is te muzikaal,' zei ik.

'*Het Warmley Magazine*?'

'Nee,' zei ik, 'ik woon in Glanrhyd.'

Toen de hele doos was volgekalkt schreven we met krijt op een stuk karton:

'*De Donderaar*, uitgegeven door D. $\frac{\text{Jenkyn}}{\text{Thomas}}$,' en prikten het aan de muur.

'Wil je de slaapkamer van ons dienstmeisje zien?' vroeg Dan. We slopen fluisterend naar zolder.

'Hoe heet ze?'

'Hilda.'

'Is ze jong?'

'Nee, ze is twintig of dertig.'

Haar bed was onopgemaakt. 'Mijn moeder zegt dat je een dienstmeisje altijd kunt ruiken.' We snuffelden aan de lakens. 'Ik ruik helemaal niks.'

In haar hutkoffer met koperbeslag lag een ingelijste foto van een jongen in knickerbockers.

'Dat is haar vriendje.'

'Laten we hem een snor geven.'

Er was iemand onder aan de trap, een stem riep: 'Aan tafel!' We schoten naar buiten en lieten de koffer open. 'Op een nacht verstoppen we ons onder haar bed,' zei Dan, toen we de deur naar de eetkamer opendeden.

Meneer Jenkyn, mevrouw Jenkyn, Dans tante en een zekere dominee Bevan en zijn vrouw zaten al aan tafel.

Meneer Bevan ging voor in het gebed. Toen hij opstond was het net alsof hij nog zat, zo klein was hij. 'Zegen deze maaltijd, vanavond,' zei hij, op een manier alsof het eten hem helemaal niet aanstond. Maar zodra het 'Amen' was gezegd, stortte hij zich als een hond op het koude vlees.

Mevrouw Bevan leek niet helemaal goed wijs te zijn. Ze zat naar het tafelkleed te staren en maakte onzekere bewegingen met haar mes en vork. Het leek wel of ze zich afvroeg wat ze het eerst zou aansnijden, haar vlees, of het tafelkleed.

Dan en ik keken verrukt naar haar; hij gaf me een schop onder tafel en ik morste met het zout. In de verwarring slaagde ik erin om azijn op zijn brood te doen.

Terwijl iedereen, behalve meneer Bevan, toekeek hoe mevrouw Bevan haar mes langzaam langs de rand van haar bord bewoog, zei mevrouw Jenkyn: 'Ik hoop dat u van koud lamsvlees houdt.'

Mevrouw Bevan lachte naar haar, knikte bevestigend, en begon te eten. Ze had grijs haar en een grijs gezicht. Misschien was ze wel overal grijs. Ik probeerde haar uit te kleden, maar mijn verbeelding kreeg het Spaans benauwd toen ik bij haar korte flanellen onderrok kwam en haar tot de knieën reikende marineblauwe onderbroek. Ik kreeg het niet eens gedaan om haar rijglaarzen uit te trekken om te zien hoe grijs haar benen waren. Ze keek op van haar bord en wierp me een zondig lachje toe.

Blozend wendde ik me tot meneer Jenkyn, die me vroeg hoe oud ik was. Ik vertelde het hem, met toevoeging van een extra jaar. Vanwaar die leugen? vroeg ik me af. Als ik mijn pet kwijt was en hem in mijn slaapkamer terugvond, en mijn moeder me vroeg waar ik hem had teruggevonden, dan zei ik 'Op zolder,' of 'Onder de kapstok.' Ik vond het spannend om steeds op mijn hoede te moeten zijn voor het geval dat ik mezelf zou tegenspreken, en om het verhaal te verzinnen van een film die ik zogenaamd had gezien en waarin ik Jack Holt de rol van Richard Dix toebedeelde.

'Vijftien jaar en negen maanden,' zei meneer Jenkyn, 'dat is een heel precieze leeftijd. Ik begrijp dat we een rekenwonder in ons midden hebben. Nu eens kijken of hij een sommetje kan doen.'

Hij at zijn bord leeg en legde lucifers uit op het bord.

'Dat is al een ouwe, pa,' zei Dan.

'O, maar ik wil hem graag zien,' zei ik op m'n best. Ik wilde hier graag nog eens terugkomen. Dit was beter dan thuis, en ze hadden zelfs een vrouw die niet goed snik was.

Toen ik de lucifers niet goed kon neerleggen, liet meneer Jenkyn zien hoe het moest, en ik, het was me nog steeds niet duidelijk, bedankte hem en vroeg om nog een truc. Het voelde bijna net zo goed om een hypocriet te zijn als een leugenaar, je voelde je warm en beschaamd.

'Waar had je het over op straat met meneer Morris, pa?' vroeg Dan. 'We zagen jullie van boven.'

'Ik vertelde hem hoe het mannenkoor van Swansea en Omstreken de *Messiah* deed, dat is alles. Waarom vraag je dat?'

Meneer Bevan kon geen hap meer naar binnen krijgen, hij zat vol. Voor het eerst sinds het avondeten was begonnen, keek hij de tafel rond. Wat hij zag scheen hem niet aan te staan. 'Hoe gaat het op school, Daniel, ga je mooi vooruit?'

'Luister naar meneer Bevan, Dan, hij vraagt je iets.'

'O, gaat wel.'

'Gaat wel?'

'Ik bedoel het gaat mooi vooruit, dank u wel, meneer Bevan.'

'Jonge mensen moeten proberen hun gedachten juist te formuleren.'

Mevrouw Bevan giechelde en vroeg om meer vlees. 'Meer vlees,' zei ze.

'En jij, jongeman, heb je een wiskundeknobbel?'

'Nee, meneer,' zei ik, 'ik hou meer van taal.'

'Hij is een dichter,' zei Dan, niet erg op z'n gemak.

'Een collega-dichter,' verbeterde meneer Bevan hem, en liet zijn tanden zien.

'Meneer Bevan heeft boeken gepubliceerd,' zei meneer Jenkyn. '*Proserpine, Psyche...*'

'*Orpheus,*' zei meneer Bevan scherp.

'En *Orpheus*. Je moet meneer Bevan eens wat van je gedichten laten zien.

'Ik heb er geen bij me, meneer Jenkyn.'

'Een echte dichter,' zei meneer Bevan, 'draagt zijn gedichten bij zich, in zijn hoofd.'

'Maar ik ken ze ook uit m'n hoofd,' zei ik.

'Zeg dan je laatste voor me op; ik ben altijd zeer geïnteresseerd.'

'Wat een gezelschap,' zei mevrouw Jenkyn, 'dichters, musici, predikanten. Het enige wat er nog ontbreekt is een schilder, of niet soms?'

'Ik geloof niet dat u mijn allerlaatste zo zult waarderen,' zei ik.

'Misschien,' zei meneer Bevan glimlachend, 'moest je dat oordeel maar aan mij overlaten.'

'Frivool is mijn haat,' zei ik, terwijl ik naar meneer Bevans tanden keek en wou dat ik dood was.

'Zinderend van bloedig beklag
Over onbevredigd verlangen, over verlangd gezag
En lust van vertraagd openrijten;

Kon ik nu gaan
Met haar donker, dood lichaam tegen het mijne,
Het vrolijk ruisen van haar beenderen verstaan,
En in haar ogen een dode vuurzee zien schijnen;

Nu kon ik mij wreken
In passie na de dood, en de emotie
Proeven van 't haar haten, haar verdorven negotie,
En haar donker, dood lichaam breken, breken.'

Dan schopte tegen mijn schenen in de stilte die viel voor meneer Bevans commentaar: 'De invloed is overduidelijk, natuurlijk. "Breken, breken, breken, op uw koude, grijze rotsen, O, golven."'

'Hubert kent Tennyson van achter naar voren,' zei mevrouw Bevan, 'van achter naar voren.'

'Mogen we nu naar boven?' vroeg Dan.

'Als jullie meneer Carey niet meer pesten.'

En we deden de deur zachtjes achter ons dicht en renden met de handen voor de mond de trap op.

'Verdomme! verdomme! verdomme!' zei Dan. 'Zag je dat gezicht van de dominee?'

Door de kamer heen en weer lopend deden we hem na en we vochten een robbertje op het kleed. Dans neus begon weer te bloeden. 'Geeft niks, houdt zo wel weer op. Ik kan bloeden op commando.'

'Hoe zit het met mevrouw Bevan, is ze getikt?'

'Ze is behoorlijk krankjorum, ze weet niet wie ze is. Ze heeft 'ns geprobeerd uit het raam te springen, maar hij besteedde er volkomen geen aandacht aan, dus is ze naar ons toegekomen en heeft moeder er alles over verteld.'

Mevrouw Bevan klopte en kwam binnenlopen. 'Ik hoop dat ik jullie niet stoor.'

'Nee, natuurlijk niet, mevrouw Bevan.'

'Ik moest even iets anders om me heen hebben,' zei ze. Ze ging op de bank bij het raam zitten, bovenop de wol.

'Vindt u het ook zo benauwd?' zei Dan. 'Zal ik het raam opendoen?

Ze keek naar het raam.

'Ik kan het zo voor u opendoen,' zei Dan, en knipoogde naar me.

'Laat mij het maar even voor u opendoen, mevrouw Bevan,' zei ik.

'Heerlijk om het raam open te hebben.'

'En dit is ook zo'n prettig hoog raam.'

'Volop zeelucht.'

'Laat maar jongen,' zei ze. 'Ik blijf hier gewoon even zitten en wacht op mijn man.'

Ze speelde met de bollen wol, pakte een naald en tikte er zachtjes mee op haar handpalm.

'Blijft meneer Bevan nog lang?'

'Ik blijf gewoon even op mijn man zitten wachten,' zei ze.

We gingen nog een poosje tegen haar door over ramen, maar ze glimlachte alleen maar wat en haalde de wol uit elkaar. Eén keer stopte ze het stompe eind van een breinaald in haar oor. We kregen er al gauw genoeg van naar haar te kijken en Dan klom achter de piano – 'Mijn twintigste sonate,' zei hij, 'deze heet *Hommage aan Beethoven'* – en om halftien moest ik naar huis.

Ik zei goedenavond tegen mevrouw Bevan, die met haar breinaald zwaaide en al zittend een buiging maakte. Beneden stak meneer Bevan me zijn ijskoude hand toe. Meneer en mevrouw Jenkyn zeiden dat ik vooral nog eens terug moest komen en de stille tante gaf me een Mars.

'Ik breng je een stukje,' zei Dan.

Buiten, op het trottoir, in de warme avond, keken we omhoog

naar het verlichte raam van de zitkamer. Het was het enige licht in de straat.

'Kijk! daar heb je d'r.'

Mevrouw Bevans gezicht was stijf tegen het venster gedrukt, haar haviksneus plat, haar lippen stijf dicht, en we renden helemaal tot aan het eind van Eversley Road, voor het geval ze zou springen.

Bij de hoek zei Dan: 'Ik laat je gaan, ik moet nog een trio voor strijkers afmaken vanavond.'

'Ik werk aan een lang gedicht,' zei ik, 'over de prinsen van Wales en de tovenaars en de hele rest.'

We gingen allebei naar huis en naar bed.

Typisch Hoestje

Op een middag tijdens een bijzonder heldere en gloeiende maand augustus, een paar jaar voor ik wist dat ik gelukkig was, zaten George Kink, die we Hoestje noemden, Sidney Evans, Dan Davies en ik op het dak van een vrachtwagen op weg naar de punt van het schiereiland. Het was een hoge zeswieler vanwaar we op de daken van passerende personenauto's konden spuwen en de klokhuizen van onze appels naar vrouwen op het trottoir gooien. Een klokhuis raakte een man op een fiets midden op zijn rug, hij zwenkte de weg over, heel even zaten we als verstijfd, en George Kinks gezicht trok wit weg. En als de vrachtwagen hem overrijdt, dacht ik kalm, terwijl de man op de fiets richting heg zwaaide, is-ie d'r geweest en moet ik over mijn broek kotsen en vast ook over die van Sidney, en worden we allemaal gearresteerd en opgehangen, behalve George Kink dan, want die had geen appel.

Maar de vrachtauto schoot voorbij en achter ons reed de fietser de heg in, de man kwam overeind en zwaaide met zijn vuist, en ik zwaaide terug met mijn pet.

'Je had niet met je pet moeten zwaaien,' zei Sidney Evans, 'straks weet-ie op welke school we zitten.' Hij was slim, donker en voorzichtig en had een portemonnee en een portefeuille.

'We zitten niet op school nu.'

'Niemand kan mij nog van school sturen,' zei Dan Davies. Hij vertrok het komende trimester om in de groentezaak van zijn vader te gaan werken, 't was een betaald baantje.

We hadden allemaal een rugzak bij ons, behalve George Kink, die van zijn moeder een bruin papieren pakket mee had, dat steeds maar losging. Verder hadden we ieder een koffer. Ik had een jas over mijn koffer gelegd, omdat er de initialen N.T. opstonden, waardoor iedereen kon zien dat hij van mijn zusje was. Binnen in de vrachtwagen lagen twee tenten, een doos met eten, een pakkist vol ketels, steelpannen, messen en vorken, een olielamp, een primus, grondzeilen, dekens, een grammofoon met drie platen en een tafelkleed van de moeder van George Kink.

We gingen twee weken kamperen in Rhossilli, op een terrein boven een baai met vijf mijl strand. Sidney en Dan hadden er vorig jaar gekampeerd. Ze waren bruin en vloekend teruggekomen, met verhalen over dansen rond het kampvuur om middernacht, over oudere meisjes van de kweekschool die helemaal naakt lagen te zonnen op de rotsen, omringd door lachende jongens, en over zingen in bed tot het weer licht werd. Maar George was nooit langer dan een nacht van huis geweest; en dan nog, vertelde hij me op een vrije middag, toen het regende en er niets te doen viel dan kriskras tussen de rekken in het washok door achter zijn marmotten aan te rennen, dan nog was het alleen maar voor een tripje naar St. Thomas, drie mijl van zijn huis, naar een tante die dwars door de muren kon zien en die precies wist wat ene mevrouw Hoskin in de keuken uitspookte.

'Hoe ver is het nog?' vroeg George Kink, die zijn opengescheurde pakket stevig tegen zich aanhield en stiekem bezig was met het terugduwen van sokken en bretels en ondertussen jaloers naar de veilige groene velden keek, die voorbijvlogen alsof het dak een door een motor aangedreven vlot op de oceaan was. Zijn maag raakte van het minste of geringste van streek, zelfs van drop of snoep, maar ik was de enige die wist dat hij ook in de zomer lang, wollen ondergoed aanhad, met zijn naam erop gestikt in rode letters.

'Nog heel wat mijlen,' zei Dan.

'Een paar duizend mijl,' zei ik. 'Het is Rhossilli in de Verenigde Staten. We gaan kamperen op een rotspunt die wiebelt in de wind.'

'En we moeten de rots aan een boom vastbinden.'

'Hoest kan zijn bretels gebruiken,' zei Sidney.

De vrachtwagen raasde door een bocht – 'Hupsakee! Voelde je dat, Hoest? Dat was op twee wielen!' – en schuin beneden ons, over velden en boerderijen, met een puffende stoomboot aan de horizon, glinsterde de zee.

'Zie je de zee daarginds, Dan, hij glinstert,' zei ik.

George Kink deed alsof hij het linke gladde dak en de vanaf onze hoogte bangmakende kleinheid van de zee even uit zijn hoofd had gezet. Hij greep de reling van het dak en zei: 'Mijn vader heeft eens een zwaardwalvis gezien.' Zodra hij begon te spreken stierf de overtuiging in zijn stem weg. Hij knokte met zijn gebroken, schrille stem tegen de wind in, om ons te overtuigen. Ik wist dat hij probeerde de grote meneer uit te hangen met iets zo geweldigs dat ons de haren te berge zouden rijzen en de woeste vrachtwagen zou stoppen.

'Je vader is een kruidendokter.' Maar de rook aan de horizon was de witte, wervelende fontein uit het spuitgat van de walvis en diens zwarte neus was de boeg van het stampende schip.

'Waar hield-ie het beest, Hoest, jongen, in het washok?'

'Het was in Madagaskar. Hij had slagtanden van hier tot, van hier tot...'

'Van hier tot Madagaskar.'

Plotseling raakte hij van z'n stuk door de dreiging van een steile heuvel. Niet langer bezig met de avonturen van zijn vader – een schriel, stoffig mannetje in lamajas en kalotje, dat de hele dag liep te mompelen tussen de talloze kruiden in zijn winkel, waar, achter gordijntjes, oude mannen met rugklachten en jonge meisjes in de problemen in het halfdonker op advies zaten te wachten – staarde hij naar de opschietende heuvel en greep zich aan Dan en mij vast.

'Hij gaat wel tachtig!'

'De remmen hebben het begeven, Hoest!'

Hij werkte zich van ons los, greep zich stevig met beide handen aan de reling vast, trok en beefde, zocht met één voet steun tegen een koffer achter zich, en stuurde de vrachtwagen veilig door een bocht met stenen muren naar een vriendelijker heuvel en het hek van een haveloze boerderij.

Vanaf het hek liep een pad naar beneden, naar het eerste strand. Het was vloed en we konden de branding horen. Vier jongens op een dak – één lang, donker, regelmatige trekken, welbespraakt, goed in de kleren, een jongen van de wereld; één gedrongen, lomp, roodharig, wiens rode polsen zich uit te korte, versleten mouwen wrongen; één met flinke bril, buikje, binnenzitschoudertjes en nooit gestrikte veterschoenen aan zijn voeten, die altijd twee kanten tegelijk uitwilden; en één klein, dun, ongecoördineerd en altijd meteen weer smerig, met pluizenbol – zagen hun weide zich aan hun voeten uitstrekken, hun nieuwe thuis voor twee weken, met dichte stekelige heggen als muren, de zee als voortuin, een groene greppel als plee, en een schuingewaaide boom precies in het midden.

Ik hielp Dan de vrachtwagen uitladen terwijl Sidney de chauffeur een fooi gaf en George worstelde met het toegangshek van de boerderij, en de eenden aan de andere kant in de gaten hield. De vrachtwagen vertrok.

'Laten we onze tenten rond de boom in het midden opbouwen,' zei George.

'Op*zetten*!' zei Sidney, terwijl hij het hek voor hem van de klink deed.

We zetten onze tenten op in een hoek, uit de wind.

'Iemand moet de primus aandoen,' zei Sidney, en nadat George nog zijn hand had gebrand gingen we in een kring voor de slaaptent over auto's zitten praten. We vonden het lekker om buiten te zijn, voelden ons lui en op ons gemak in elkaars gezelschap en we droomden weg tijdens het praten, en het raakte geen moment uit onze gedachten dat de golven niet ver beneden ons op de rotsen sloegen en de wereld inrolden, dat we morgen zouden zwemmen en met een bal gooien op het strand en een fles stenigen op de rotsen en misschien wel drie meisjes zouden tegenkomen. Het oudste zou voor Sidney zijn, het simpelste voor Dan en het jongste voor mij. George brak zijn bril wanneer hij met meisjes praatte en moest zich dan als een blinde mol terugtrekken en de volgende morgen zou hij zeggen: 'Sorry dat ik jullie alleen moest laten, maar ik bedacht me plotseling dat ik nog iets moest doen.'

Het was vijf uur geweest. Mijn vader en moeder waren net klaar met eten; de borden met de beroemde kastelen werden afgeruimd; pa met krant en moeder met sokken zaten ver weg in de blauwe nevel ergens links van mij, op een heuvel in een landhuis, ze hoorden de flauwe klanken van kinderstemmen uit het park over de tennisbaan zweven en vroegen zich af waar ik was en wat ik deed. Ik was alleen met mijn vrienden in een weiland, kauwde op en grasspriet en zei: 'Dempsey had hem knock-out geslagen,' en dacht aan de grote walvis die de vader van George nooit over de golven had zien springen of zien onderduiken, als een berg.

'Ik wed dat ik eerder aan de andere kant ben dan jij.'

Dan en ik raceten tussen de koeienvlaaien, George stampte achter ons aan.

'Laten we naar het strand gaan.'

Sidney ging voorop. Hij rende rechtop als een soldaat in zijn khaki shorts, over een hek, het ene na het andere weiland door, een bebost dal in, omhoog door heidestruiken naar een open plek aan de rand van het klif, waar twee potige jongens aan het worstelen waren voor een tent. Ik zag de een de ander in zijn been bijten, ze sloegen elkaar vakkundig en wild in het gezicht, de een wist los te komen, en, met één sprong, werkte de ander hem vervolgens tegen de grond. Het waren Brazell en Skully.

'Ha, die Brazell en Skully!' zei Dan.

Skully had Brazells arm in de tang, gaf twee korte rukken en stond glimlachend op.

'Hallo, jongens! Hé, hallo, Hoestje! Hoe gaat het met je pa?'

'Heel goed, dank je.'

Brazell, die nog in het gras lag, controleerde zichzelf op gebroken botten. 'Hallo, jongens! Hoe gaat het met jullie vaders?'

Zij waren de ergste en grootste jongens van de hele school. Elke dag gedurende een heel kwartaal hadden ze me voor school bij de kraag gepakt, in de papierbak geduwd en op de tafel van de meester gezet. Soms kwam ik eruit, soms ook niet. Brazell was slank, Skully dik.

'We kamperen op de weide van Button,' zei Sidney.

'Wij houden een rustkuur hier,' zei Brazell. 'En hoe gaat het met Hoestje tegenwoordig. Heeft pa hem een pil gegeven?'

We wilden naar het strand rennen, Dan, Sidney, George en ik, om alleen met z'n vieren te zijn, langs de plattelandszee lopen joelen en stenen naar de golven gooien, herinneringen ophalen aan oude avonturen en nieuwe beleven voor later.

'We lopen met jullie mee naar het strand,' zei Skully.

Hij haakte zijn arm om die van Brazell en samen hobbelden ze achter ons aan, ze imiteerden Georges rare loopje en zwiepten het gras met twijgen.

Dan zei hoopvol: 'Blijven jullie hier nog lang kamperen, Brazell en Skully?'

'Nog twee volle weken, Davies en Thomas en Evans en Kink.'

We kwamen op het strand van Mewslade en ploften neer, en terwijl ik zand schepte en het korrel voor korrel door mijn vingers liet glijden, George naar de zee tuurde door zijn dubbelfocusglazen en Sydney en Dan zijn benen ingroeven, zaten Brazell en Skully als twee bewakers achter ons.

'We hadden er eerst over gedacht twee weekjes naar Nice te gaan,' zei Brazell – hij sprak het uit alsof het rijmde op maïs, gaf Skully een por tussen z'n ribben –, 'maar de lucht hier is wel net zo *nice* voor je huid.'

'Net zo weldadig en *nice* als kruiden,' zei Skully.

Ze vonden het enorm grappig en gingen opnieuw over tot slaan, bijten, worstelen en elkaar zand in de ogen gooien totdat ze slap van de lach achterover vielen en Brazell zijn bloedneus afveegde aan een rondslingerend stuk papier. George lag tot zijn middel in het zand. Ik keek naar de zee, die zich terugtrok, de bekvechtende vogels erboven, en de zon die geduldig begon te zakken.

'Moet je Hoestje zien,' zei Brazell. 'Is-ie niet typisch? Hij steekt zijn kop uit het zand. Hoest heeft geen benen.'

'Arm Hoestje,' zei Skully, 'hij is wel de meest typische jongen van de wereld.'

'Typisch Hoestje,' zeiden ze tegelijk, 'typisch, typisch, typisch.' Ze maakten er een liedje van en gebruikten hun twijgen als dirigeerstokken.

'Hij kan niet zwemmen.'

'Hij kan niet rennen.'

'Hij kan niet leren.'

'Hij kan niet bowlen.'

'Hij kan niet batten.'

'En ik wed dat-ie niet kan pissen.'

George schopte het zand van zijn benen. 'Dat kan ik best!'

'Kun je zwemmen?'

'Kun je rennen?'

'Kun je bowlen?'

'Laat hem met rust,' zei Dan.

Ze schoven dichterbij. De zee ging er als een haas vandoor inmiddels. Brazell zwaaide met zijn opgestoken vinger en zei op ernstige toon: 'Alle gekheid op een stokje, Hoest, ben je niet typisch? Heel erg typisch? "Ja" of "Nee" zeggen.'

'Op de man af "Ja" of "Nee,"' zei Skully.

'Nee,' zei George. 'Ik kan best zwemmen, en rennen en cricketspelen kan ik ook. Ik ben voor niemand bang.'

Ik zei: 'Hij was de op één na beste van de klas vorig trimester.'

'Nou, is dat nou niet typisch? Als hij de op één na beste kan zijn, kan hij ook de beste zijn. Maar nee, dat is al te typisch. Hoestje moest weer tweede zijn.'

'De vraag is beantwoord,' zei Skully. 'Hoestje is typisch.' Ze begonnen weer te zingen.

'Hij kan verschrikkelijk goed rennen,' zei Dan.

'Nou, dat moet-ie dan maar eens bewijzen. Skully en ik hebben het strand van Rhossilli afgerend vanmorgen, het hele eind, nietwaar Skull?'

'Elke korrel.'

'Kan Hoestje dat ook?'

'Ja,' zei George.

'Doe het dan.'

'Dat wil ik niet.'

'Typisch Hoestje kan niet rennen,' zongen ze, 'kan niet rennen, kan niet rennen.'

Drie meisjes, alle drie blond, alle drie in witte korte broeken, kwamen arm in arm het klif naar beneden. Hun armen en benen en halzen waren koffieboonbruin; toen ze lachten zag ik dat ze heel erg witte tanden hadden; ze stapten het strand op en Brazell en Skully hielden op met zingen. Sidney streek zijn haar achterover, kwam nonchalant overeind, stak zijn handen in zijn zakken en liep naar de meisjes toe, die nu, goud en bruin, dicht tegen elkaar aan stilstonden, met een half oog de zonsondergang bewonderden, aan hun sjaaltjes friemelden en naar elkaar glimlachten. Hij ging vlak voor ze staan, grijnsde en groette: 'Hallo, Gwyneth! ken je me nog?'

'Wat een kwast!' fluisterde Dan naast mij, en deed de begroeting spottend na richting George, die nog steeds naar de zich terugtrekkende golven staarde.

'Nou zeg, wat een verrassing!' zei het langste meisje. Met kleine, gekunstelde handbeweginkjes, aslof ze bloemen uitdeelde, stelde ze Peggy en Jean voor.

Dikke Peggy, vond ik, was te jolig voor mij, met haar hockeybenen en korte kapsel, en dus geknipt voor Dan; Sidney's Gwyneth was een bekakt stuk van zeker zestien, even keurig en onbereikbaar als de verkoopsters bij Ben Evans; maar Jean, verlegen, boterkleurige krullen, was voor mij. Dan en ik liepen langzaam op de meisjes af.

Ik bedacht twee opmerkingen: 'Eerlijk is eerlijk, Sidney, geen bigamie in 't buitenland, en 'Sorry dames, dat we even geen hoogwater voor jullie hebben kunnen regelen.'

Jean glimlachte en draaide met haar hak in het zand. Ik nam mijn pet af.

'Hallo!'

De pet viel voor haar voeten.

Toen ik me bukte vielen er drie suikerklontjes uit de zak van mijn jasje. 'Ik heb een paard staan voeren,' zei ik, en begon schuldig te blozen toen alle drie de meisjes lachten.

Ik had met mijn pet de grond voor hun voeten kunnen vegen, vrolijk mijn hand kunnen kussen, ze señorita's noemen en ze laten glimlachen zonder het minste spoortje welwillend medeleven. Of ik had, veel beter nog, op een afstandje kunnen blijven staan, met mijn haar wapperend in de wind, hoewel er die avond geen zuchtje wind stond, in mysterie gehuld en starend naar de ondergaande zon, te gereserveerd om met de meisjes te spreken. Maar ik wist dat mijn oren de hele tijd gegloeid zouden hebben en dat mijn maag zo hol zou zijn geweest als een schelp en net zo vol met stemmen. 'Snel, zeg iets tegen ze, voor ze weglopen!' zou een doordringende stem door de aangrijpende stilte hebben geroepen, terwijl ik als een Valentino aan de rand van de heldere, onzichtbare zandarena stond. 'Is het niet prachtig hier?' zei ik.

Ik had het alleen tegen Jean; o, dit is liefde, dacht ik, toen ze met haar hoofd knikte en haar krullen schudde en zei: 'Het is mooier dan Porthcawl.'

Brazell en Skully waren twee enorme botteriken in een nachtmerrie; ik vergat ze zodra Jean en ik het klif op liepen en, omkijkend om te zien of ze George weer zaten te jennen of met elkaar vochten, zag ik dat George om de bocht van de rotsen was verdwenen en dat zij aan de voet van het klif met Sidney en de twee meisjes stonden te kletsen.

'Hoe heet je?'

Ik zei mijn naam.

'Dat is Welsh,' zei ze.

'Jij hebt een prachtige naam.'

'O, nee, heel gewoon.'

'Zie ik je nog 'ns?'

'Als je wilt.'

'Tuurlijk wil ik dat! We kunnen morgenvroeg gaan zwemmen. En we kunnen proberen een adelaarsei te vinden. Wist je dat, dat er hier adelaars zaten?'

'Nee,' zei ze. 'Wie was die knappe jongen op het strand, die lange in die smerige broek?'

'Die is niet knap, dat is Brazell. Hij wast zich nooit, kamt zijn haar niet of niks. Het is een etter en een oplichter.'

'Ik vind hem knap.'

We liepen het weiland van Button in en ik liet haar onze tenten van binnen zien en gaf haar een van Georges appels. 'Ik heb zin in een sigaret,' zei ze.

Het was al bijna donker toen de rest kwam. Brazell en Skully hadden allebei een arm van Gwyneth vast, Sidney was met Peggy, en Dan liep er fluitend achter met zijn handen in de zakken.

'Wat een stel!' zei Brazell, 'die zijn hier helemaal alleen en houden niet eens elkaars hand vast. Ben je ziek of zo,' zei hij tegen me.

'Britse baby's maken,' zei Skully.

'Schei toch uit!' zei Gwyneth. Ze duwde hem weg, maar ze lachte en zei er niets van toen hij zijn arm om haar middel legde.

'Wat dachten jullie van een kampvuurtje?' zei Brazell.

Jean klapte in haar handen als een actrice. Hoewel ik wist dat ik van haar hield, verafschuwde ik alles was ze zei of deed.

'Maar wie regelt dat?'

'Hij kan het het best, dat weet ik zeker,' zei ze naar mij wijzend.

Dan en ik zochten stokken bij elkaar en tegen de tijd dat het helemaal donker was knapperde er een vuurtje. Binnen in de slaaptent zaten Brazell en Jean dicht tegen elkaar aan, haar gouden hoofd rustte op zijn schouder. Skully zat vlak naast ze tegen Gwyneth te fluisteren en Sidney hield onhandig Peggy's hand vast.

'Heb je ooit zo'n melig stel bij elkaar gezien?' zei ik, terwijl ik Jean zag glimlachen in het gloeiende donker.

'O, kus me dan, moppie!' zei Dan.

We zaten om het vuur in een hoek van de weide. In de verte ruiste nog steeds de zee. We hoorden een paar nachtvogels. '"Hoe! Oehoe!" Hoor! Ik heb het niet op uilen,' zei Dan, 'ze pikken je ogen uit!' – en we probeerden de zachte stemmen in de tent te negeren. Het lachen van Gwyneth golfde over het plotseling maanverlichte weiland, maar Jean, met het beest, glimlachte en zat stil in de overdekte warmte; ik wist dat haar kleine hand in die van Brazell lag.

'Meiden!' zei ik.

Dan spuwde in het vuur.

We waren oud en op onszelf en zaten van passie verstoken bij elkaar in het holst van de nacht, toen George als een spook opdook in het schijnsel van het vuur en bevend als een riet voor ons bleef staan tot ik zei: 'Waar heb jij nou gezeten? Je bent uren weggeweest. Waarom sta je zo te beven?'

Brazell en Skully staken hun koppen naar buiten.

'Hallo, Hoest, ouwe jongen! Hoe gaat het met je pa? Wat heb jij uitgespookt vanavond?'

George Kink kon nauwelijks overeind blijven. Ik legde mijn hand op zijn schouder om hem te bedaren, maar hij duwde me weg.

'Ik heb over het Rhossilli-strand gerend! Ik heb alles gerend, het hele stuk! Jullie zeiden dat ik het niet kon, maar ik heb het gedaan! Ik heb gerend, gerend en nog eens gerend!'

Iemand in de tent had een plaat opgezet. Het was een selectie uit *No, No, Nanette.*

'Heb je die hele tijd in het donker lopen rennen, Hoestje?'

'Ja, en ik durf te wedden dat ik het zelfs sneller heb gedaan dan jij!' zei George.

'Ik geloof het graag,' zei Brazell.

'Geloof je nou heus dat wij vijf mijl zouden rennen?' zei Skully.

Inmiddels speelde *Tea for Two.*

'Heb jullie ooit zoiets typisch gehoord? Ik zei toch dat Hoest hier een rare was. Hoestje heeft de hele avond gerend.'

'Typisch, typisch, typisch Hoestje,' zeiden ze.

Zo, lachend vanuit de beschutting van de tent leken ze wel één jongen met twee koppen. En toen wij ons weer omdraaiden naar George, lag hij languit op zijn rug, diep in slaap in het hoge gras, en zijn haar raakte de vlammen.

Als jonge honden

Ik stond alleen en uit de wind onder het gewelf van een spoorbrug en keek naar het mijlenlange strand – dat er breed en smerig bijlag in het vroege donker, met alleen maar een paar jongens bij de waterlijn en een of twee haastige stellen in regenjassen, die bol als ballonnen om hen heen stonden – toen er twee jongens, schijnbaar uit het niets opgedoken, bij me kwamen staan en lucifers afstaken voor hun sigaretten, wat hun gezichten onder de fel geruite petten deed oplichten.

De een had een vriendelijk gezicht, zijn wenkbrauwen krulden grappig omhoog naar zijn slapen, hij had warme ogen, bruin, diep en onschuldig, en volle, weke lippen. De andere jongen had een boksersneus en een zware kin met rossige stoppels.

We keken hoe de jongens van de olieachtige zee terugkwamen; ze liepen schreeuwend onder de galmende spoorbrug door, waarna hun stemmen wegstierven. Al gauw was er geen stelletje meer te bekennen; de verliefden waren tussen de duinen verdwenen, en lagen nu tussen de blikjes en kapotte flessen van de voorbije zomer; stukken oud papier waaiden om hen heen. Niemand met ook maar een beetje gezond verstand was nu nog buiten. De onbekenden, dicht tegen de muur aangekropen, met hun handen diep in de zakken, met hun gloeiende peuken, staarden, dacht ik, naar de dichter wordende duisternis boven het lege strand, maar misschien hadden ze hun ogen wel dicht. Een trein denderde over ons heen, de brug schudde. Boven land, in het spoor van de verdwijnende trein, waaiden rookwolken over elkaar heen – vleugelflarden en holle lichamen van grootse vogels zo zwart als tunnels – en gleden lui weer uit elkaar; sintels vielen door een zeef in de lucht en de vonken werden door het vochtige donker gedoofd nog voor ze het strand bereikten. De vorige nacht hadden kleine, snelle vogelverschrikkers zich over de rails gebogen en alles schoongepikt en een eenzame, statige schooier had drie mijl langs het spoor gelopen met een verfrommelde kolenzak en een parkwachterstok met stalen punt. Nu sliepen ze in zakken gewikkeld ergens bij het rangeerspoor, hun hoofden in afvalemmers, hun baarden in stro, of zaten in kolenwagons met hun gedachten bij een brandende kachel, of lagen, voorgoed uitgeschooierd op het marmer in Jack de Kouwes lijkenhuisje vlakbij de kroeg in de Fishguard steeg, waar de spiritusdrinkers recht in de armen van de politie dansten, en waar vrouwen als doorweekte hoopjes kleren in deuren en openingen in de kletsnatte muur stonden te wachten op vampiers of brandweermannen. Het was nu echt donker. De wind draaide. Het begon te miezeren. Zelfs het strand was nu niet meer te zien. We stonden in de holle, tochtige ruimte onder de brug en luisterden naar de geluiden uit de gedempte stad: het rangeren van een goederentrein, een sirene aan de kade, de schorre trams door de straten in de verte, een enkele blaf van een hond, ondefinieerbare geluiden, metaal op metaal, het verre kraken van hout, deuren die dichtsloegen op plaatsen waar geen huizen waren, een locomotief die hoestte als een schaap op een heuvel.

De twee jongens, zoals ze daar naast mij stonden, waren rokende standbeelden, met open hemd en stoere pet uitgeruste wachters en ooggetuigen, uitgehouwen in de stenen sokkel van deze winderige ruimte, met nergens om naartoe te gaan en niets om te doen en nog de hele kletsnatte, bijna-winternacht voor de boeg. Ik stak een lucifer aan in de luwte van mijn handen om ze mijn gezicht te laten zien in een dramatisch spel van schaduwen, mijn geheimzinnig diepliggende ogen, wellicht in een ijzingwekkend bleek gezicht, en mijn jonge trekken, als verwilderd in een plotselinge flakkering van het licht. Ze zouden zich afvragen wie ik was, terwijl ik, aan mijn laatste peuk trekkend over hen stond te piekeren. Waarom stond die jongen met zijn weke gezicht en zijn tamme-duivelswenkbrauwen daar als een stenen beeld verlicht door een glimworm? Hij zou een leuk meisje moeten hebben dat hem lievig achter de vodden zat en hem meenam naar de film om te huilen, of anders een stel kinderen, dat ronddolde in een keuken in Rodney Street. Het sloeg nergens op om urenlang zwijgend onder een spoorbrug te staan tijdens een barre nacht aan het eind van een beroerde zomer, wanneer de meisjes je gretig en gewillig stonden op te wachten in de cafetaria's, bij winkelingangen en in nachtcafé Rabbiotti, wanneer het een vrolijke boel was in café Bay View op de hoek, met haardvuur, kegelspel en een donker, sensueel meisje met twee verschillend gekleurde ogen, wanneer de poolhallen open waren, behalve die in High Street, waar je er zonder jasje en dasje niet inkwam, wanneer de muziekkoepels in de afgesloten parken leeg waren en afgedekt en je gemakkelijk over de hekken kon klimmen.

Ergens rechts klonken flauw uit de nacht een hoop slagen van een kerkklok, maar ik telde niet mee.

De andere jongen, minder dan een halve meter bij me vandaan, moest met zijn vrienden keten, de grote jongen uithangen in de stad, aan de bar hangen, dollen en ravotten in Mannesmann Hall of zitten smoezen bij de emmer in een hoek van de boksring. Waarom was hij hierheen gesleept en stond hij nu samen met een sombere man en mijzelf te luisteren naar onze ademhaling, naar de zee, de wind die zandkorrels onder de brug verstrooide, een hond aan de ketting, een misthoorn en het geratel van de tram een stuk of tien straten verderop, en waarom keek hij naar het afstrijken van een lucifer, naar een fris jongensgezicht, starend in een schaduw, naar de lichtbundels van de vuurtoren, de beweging van een hand naar een peuk, waarom, als de hele stad, slordig uitgespreid onder de motregen, de bars, de clubs en de cafés, de sjacheraars' stegen en de passages bij de promenade, met vriend en vijand waren bevolkt? Hij had ergens in een schuurtje op een houtopslag bij kaarslicht kunnen zitten klaverjassen.

Gezinnen zaten nu aan tafel voor het avondeten in hun kleine rijtjeshuizen, de radio stond aan, de vrijer van de dochter zat in de voorkamer. In naburige woonkamers lag het nieuws uitgespreid op het tafelkleed en werden de van het middageten overgebleven aardappelen opgebakken. In de voorkamers van de huizen halverwege de heuvels werd kaart gespeeld. In de huizen bovenop de heuvels hadden families vrienden te gast en waren de jaloezieën in de voorkamer net niet helemaal dicht. En in de kilte van deze vrolijke nacht luisterde ik naar de zee.

Plotseling zei een van de onbekenden met een hoge, heldere stem: 'Wat staan we hier nou eigenlijk te doen met z'n allen?'

'Een beetje onder een domme brug staan,' zei de andere.

'Terwijl het koud is,' zei ik.

'Niet bepaald gezellig,' zei de hoge stem van de jongen met het vriendelijke gezicht, dat nu onzichtbaar was. 'Ik heb wel eens een beter hotel gehad dan dit.'

'Wat dacht je van die nacht in het Majestic?' zei de andere stem.

Er viel een lange stilte.

'Sta je hier vaak?' zei de vriendelijke jongen. Het leek alsof hij nooit de baard in de keel had gekregen.

'Nee, dit is mijn eerste keer,' zei ik. 'Soms sta ik onder de Brynmill-brug.'

'Ooit de oude pier geprobeerd?'

'Maar dat is toch niks als het regent, wel?

'Onder de pier bedoel ik, tussen de steunders.'

'Nee, ben ik nooit geweest.'

'Tom zit elke zondag onder die pier,' zei de jongen met de bokserskop bitter. 'Ik moet hem er zijn eten bezorgen, ingepakt in een stuk papier.'

'Daar komt weer een trein aan,' zei ik. Hij scheurde over ons heen, het hele bruggewelf bulderde, de wielen gierden door ons hoofd, we werden verdoofd, en verblind door de vonken, raakten verpletterd onder het vurige gevaarte en stonden als door elkaar gerammelde zwarte mannen weer op uit het graf onder de brug. Geen enkel gerucht uit de verzwolgen stad. De trams hadden zichzelf sprakeloos gerateld. De beweging van de verborgen zee wiste de smerigheid van de kades. Slechts drie jongens waren nog in leven.

De ene zei: 'Het is een droevig bestaan zonder thuis.'

'Heb je dan geen thuis? zei ik.

'O, jawel hoor, ik heb een thuis.'

'Ik ook.'

'En ik woon in de buurt van Cwmdonkin Park,' zei ik.

'Dat is ook een van de plekken waar Tom wel eens in het donker zit. Hij zegt dat-ie naar de uilen luistert.'

'Ik heb ooit een vent op het platteland gekend, die woonde in de buurt van Bridgend,' zei Tom, 'en daar hadden ze een kruitfabriek in de oorlog, die alle vogels verpestte. De vent die ik ken zegt dat je altijd kunt horen of een koekoek uit Bridgend komt, hij roept: Lulkoek, lulkoek!'

'Lulkoek!' echode het bruggewelf.

'Waarom sta je dan onder de brug?' vroeg Tom. 'Thuis is het warm. Je kunt de gordijnen dichtdoen en lekker knus voor de kachel kruipen. Gracie is op de radio vanavond. Dus niks geen aanstellerij in die stomme maneschijn.'

'Ik wil niet naar huis, ik wil helemaal niet voor de kachel zitten. Ik verveel me krom als ik binnen ben en nog niet naar bed wil. Ik vind het lekker, een beetje in m'n eentje rondhangen en niksen in het donker,' zei ik.

En dat was nog waar ook. Ik was een eenzame nachtbraker en vaste gast op vele straathoeken. Ik hield ervan om na middernacht door de natte stad te struinen, wanneer de straten verlaten waren en de etalages donker, ik liep alleen en springlevend over de glanzende tramrails door een uitgestorven High Street in het maanlicht en gigantisch bedroefd door de vochtige straten rond de spookachtige Ebenezer Kerk. En nooit voelde ik me zo zeer één met de ontoegankelijke en overladen wereld, of zo vol van liefde en trots en medelijden en nederigheid, niet alleen voor mezelf, maar voor de hele levende aarde waaronder ik gebukt ging, en voor de meedogenloze stelsels in de bovenste luchtlagen, Mars en Venus en Brazell en Skully, de mensen in China en St. Thomas, afwijzende meisjes en welwillende meisjes, soldaten, bullebakken, agenten en alerte, achterdochtige kopers van tweedehands boeken, slechte, verlopen vrouwen die het zogenaamd met je deden tegen de muur van het museum voor een kop thee, en volmaakte, onbereikbare vrouwen uit de modebladen, twee meter tien, die in hun lege, gepolijste creaties door een wereld van staal, glas en fluweel zeilden. Ik leunde tegen de muur van een verlaten huis in een woonwijk, of zwierf door de lege vertrekken, bleef in doodsangst staan op de trap, of staarde door de ingegooide ruiten naar de zee of naar niets, terwijl straatlantaarns een voor een uitgingen. Of ik hing wat rond in een half afgebouwd huis, waar de hemel in het dak was blijven steken en waar katten op de ladders zaten en de wind door het rammelend geraamte van de slaapkamers gierde.

'Jij hebt mooi praten,' zei ik, 'waarom zit je zelf niet thuis?'

'Ik wil niet thuis zijn,' zei Tom.

'Mij kan het niet schelen,' zei zijn vriend.

Toen een lucifer oplichtte, schommelden en groeiden hun hoofden op de muur, en silhouetten van gevleugelde stieren en emmers werden groter en krompen weer. Toen begon Tom een verhaal te vertellen. Ik dacht aan een volgende onbekende die langs de brug over het strand voorbij zou komen en hoe die plotseling dat snerpende stemgeluid uit de duisternis zou horen komen.

Ik miste het begin van het verhaal toen ik aan die onbekende op het strand dacht, die in paniek meeluisterde of zich met de schijnbewegingen van een voetballer door het dansende donker uit de voeten maakte in de richting van het licht achter de spoorlijn. Midden in een zin belandde ik weer bij de stem van Tom.

'...ging naar ze toe en zei dat het een prachtige avond was. Het was helemaal geen prachtige avond. Het strand was leeg. We vroegen ze hoe ze heetten en zij vroegen hoe wij heetten. Tegen die tijd liepen we al samen op. Walter hier vertelde ze over het zangkoor in de Melba en over wat er allemaal gebeurde in de kleedkamer van de dames. Ze moesten de tenoren er als fretten vandaan slepen.'

'Hoe heetten ze?' vroeg ik.

'Doris en Norma,' zei Walter.

'Dus we liepen over het strand naar de duinen,' zei Tom, 'en Walter was met Doris en ik met Norma. Norma werkte in de stomerij. En we hadden zo nog maar een paar minuten of zo lopen kletsen of ik wist het al, mijn God, ik wist dat ik tot over m'n oren verliefd was op dat meisje, en ze was niet eens de mooiste van de twee.'

Hij omschreef haar. Ik zag haar duidelijk voor me. Haar plompe, lieve gezicht, vrolijke bruine ogen, vriendelijke, brede mond, dichte, korte krullenbos, grof lichaam, flessenbenen en dikke kont ontsprongen moeiteloos aan Toms verhaal, en ik zag haar loodzwaar over het strand kuieren in haar jurk met stippen, door een buiige herfstavond met chique handschoenen aan haar stevige handen, een gouden armband met een zijden zakdoek er bij in gepropt en een marineblauwe handtas met brieven, vakantiekiekjes, een poederdoos, een buskaartje en een shilling.

'Doris was de knapste,' zei Tom, 'knap, lekker opgemaakt en vlijmscherp. Ik was zesentwintig en nog nooit verliefd geweest, en daar stond ik ademloos naar Norma te staren, midden op het strand aan de Tawe, doodsbenauwd om ook maar een vinger op haar handschoen te leggen. Walter had zijn arm toen al om Doris.'

Ze zochten beschutting achter een duin. Het werd snel donker. Walter ging voortvarend te werk met Doris, hij knuffelde haar en zat met haar te dollen, en Tom zat dicht tegen Norma aan, dapper genoeg, inmiddels, om haar hand in de koude handschoen vast te houden en haar al zijn geheimen prijs te geven. Hij vertelde haar zijn leeftijd en beroep. Het liefst zat hij 's avonds thuis met een goed boek.

Norma hield van dansen. Hij hield ook van dansen. Norma en Doris waren zussen. 'Dat had ik nooit gedacht,' zei Tom, 'je bent mooi, ik hou van je.'

Nu maakte het verhaal-evenement onder het bruggewelf plaats voor een liefdesnacht in de duinen. Het gewelf was zo hoog als de hemel. De flauwe geluiden uit de stad stierven weg. Ik lag als een pooier in de bosjes aan Toms zijde en gluurde er door om te zien hoe hij zijn handen om Norma's borst vouwde. 'Hé, afblijven!' Walter en Doris lagen stil naast hen. Je kon een speld horen vallen.

'En het gekke was,' zei Tom, 'dat we na een tijdje allemaal rechtovereind in het zand gingen zitten en naar elkaar glimlachten. En toen schuifelden we allemaal wat heen en weer over het zand, en door het donker, zonder ook maar een woord te zeggen. En toen lag Doris naast mij en was Norma met Walter.'

'Maar waarom ruilde je van plaats, je hield toch van haar?' vroeg ik.

'Ik heb nooit begrepen waarom,' zei Tom, 'ik moet er elke nacht aan denken.'

'Het was in oktober,' zei Walter.

En Tom ging verder: 'We zagen de meisjes bijna niet, tot juli. Ik durfde Norma niet onder ogen komen. Toen deden ze ons allebei een vaderschapsproces aan de broek, en Meneer Lewis, de rechter, was tachtig en stokdoof bovendien. Hij hield een klein soort trompetje tegen zijn oor en Norma en Doris legden een verklaring af. Daarna moesten wij, en hij haalde alles door elkaar. Ten slotte schudde hij wat met zijn hoofd heen en weer en wees met zijn trompet en zei: "Net jonge honden!"'

Plotseling voelde ik weer hoe koud het was. Ik wreef mijn verdoofde handen tegen elkaar. Wat een toestand, de hele nacht in de kou staan. Wat een toestand, dacht ik, naar een lang, onbevredigend verhaal te luisteren in de steenkoude nacht onder een poolgewelf. 'Wat gebeurde er toen?' vroeg ik.

Walter gaf antwoord. 'Ik ben met Norma getrouwd,' zei hij, 'en Tom met Doris. We konden ze toch niet in de kou laten staan, of wel? Daarom wil Tom niet naar huis, hij gaat nooit naar huis voor het ochtend is. Ik moet hem gezelschap houden. Hij is mijn broer.'

Het zou me tien minuten kosten om naar huis te rennen. Ik zette de kraag van mijn jas op en trok mijn pet over mijn oren.

‘En het gekke is,’ zei Tom, ‘ik hou van Norma, en Walter houdt niet van Norma of van Doris. We hebben twee lieve jongetjes. Die van mij noem ik Norman.’

We gaven elkaar de hand.

‘Tot ziens,’ zei Walter.

‘Ik hang hier altijd wel ergens rond,’ zei Tom.

‘De groeten!’

Ik liep onder de brug vandaan, stak Trafalgar Square over en stormde als een idioot de steile straten omhoog.

Waar de Tawe stroomt

Humphries, Roberts en de jonge Thomas klopten stipt om negen uur 's avonds aan op de voordeur van Emlyn Evans' kleine landhuis Lavengro. Verborgen achter een veronicastruik wachtten ze op Evans, die op pantoffels uit de achterkamer de gang door kwam schuifelen en de nodige moeite met de grendels had.

Humphries was een onderwijzer, een lange blonde man die stotterde en een roman op zijn naam had staan die slecht was ontvangen.

Roberts, een vrolijke man van middelbare leeftijd met een slechte reputatie, was ontvanger bij een verzekeringsmaatschappij; onder collega's heette hij een lijkenrover en bij zijn vrienden stond hij bekend als Burke en Hare, en als de Welshe Nationalist. Ooit was hij iets belangrijks bij een brouwerij geweest.

De jonge Thomas zat nu even zonder werk, maar naar verluidt zou hij binnenkort naar Londen vertrekken om als freelance journalist carrière te maken in Chelsea; hij was blut en hoopte vagelijk door vrouwen onderhouden te zullen worden.

Toen Evans de deur opendeed en zijn zaklantaarn op de smalle oprit richtte, waarbij hij de garage en het kippenhok bescheen, maar de fluisterende struik volledig miste, sprongen de drie vrienden te voorschijn en riepen op dreigende toon: 'Geheime Politie, huiszoeking!'

'We zijn op zoek naar subversieve teksten,' zei Humphries met enige moeite, terwijl hij salueerde.

'Heil Saunders Lewis! en we weten waar we moeten zoeken,' zei Roberts.

Evans knipte zijn zaklantaarn uit. 'Kom gauw uit de kou en neem iets te drinken, jongens. Er is alleen maar pastinaakwijn,' voegde hij eraan toe.

Ze ontdeden zich van jassen en hoeden, stapelden alles over de trapleuning, spraken zachtjes om de tweeling, George en Celia, niet wakker te maken, en volgden Evans naar zijn kamer.

'Waar is Binnenlandse Zaken, Evans?' zei Roberts met een namaak-accent. Hij warmde zijn handen voor de haard en keek, hoewel hij toch elke vrijdag over de vloer kwam, met een verraste glimlach naar de keurige rijen boeken, het barokke cilinderbureau dat van de voorkamer een studeervertrek maakte, de glanzende pendule, de foto's van kinderen die ongemakkelijk naar het vogeltje staarden, de oude bierfles met de mooi uitgerijpte en verrukkelijke zelfgemaakte wijn die zo'n geweldige uitwerking had, en de slapende kater op het rafelige kleed. 'Op bezoek bij de bourgeoisie.'

Zelf was hij een zwervende vrijgezel met een verleden, die tot zijn nek in de schulden zat en geen groter genoegen kende dan zijn vrienden hun vrouwen en hun luxe te benijden en met minachtende vertrouwelijkheid over ze te spreken.

'In de keuken,' zei Evans, terwijl hij glazen uitdeelde.

'De enig juiste plek voor een vrouw,' zei Robert enthousiast, 'op één uitzondering na dan.'

Humphries en Thomas schikten de stoelen rond de haard en de vier gingen zitten, dicht bij elkaar, vertrouwd, ieder met een vol glas in de hand. Zo zaten ze eerst een tijdje te zwijgen. Ze wierpen elkaar veelbetekenende blikken toe, nipten en zuchtten, staken de sigaretten op die Evans uit een doos voor damstenen te voorschijn haalde, en één keer keek Humphries vluchtig naar de pendule, knipoogde en legde een vinger op zijn lippen. Toen, terwijl de gasten bijkwamen, de wijn zijn werk deed en ze de bittere kou buiten begonnen te vergeten, zei Evans met een lichte huivering van verboden genot: 'De vrouw gaat over een halfuur naar bed. Dan kunnen we met het grote werk beginnen. Heeft ieder zijn spullen bij zich?'

'Plus het gereedschap,' zei Roberts, op de zak van zijn jasje kloppend.

'En wat doen we ondertussen?' zei de jonge Thomas.

Humphries knipoogde weer. 'Stommetje spelen!'

'Ik heb me verheugd op vanavond zoals ik me vroeger als kleine jongen altijd op zaterdag verheugde,' zei Evans, 'dan kreeg ik een penny, en die ging helemaal op aan toverballen en winegums.'

Hij was handelsreiziger in rubberartikelen, rubberen speelgoed, spuiten en badmatten. Soms noemde Roberts hem wel de vriend van de armen, om hem aan het blozen te krijgen. 'Nee! nee! nee!' zei hij dan, 'kijk maar naar mijn demonstratiemateriaal, dat soort dingen heb ik niet.' Hij was een socialist.

'Ik kocht altijd een pakje Cinderella's voor mijn penny,' zei Roberts, 'en die rookte ik dan op in het slachthuis. De lekkerste sigaretjes ter wereld. Je ziet ze tegenwoordig niet meer.'

'Herinner je je die ouwe Jim, de portier van het slachthuis?' vroeg Evans.

'Die was van na mijn tijd, ik ben niet zo'n broekje als jullie, jongens.'

'Zo oud ben je niet Roberts, kijk naar George Bernard Shaw.'

'Niets voor mij, dat strenge Shaw-gedoe, ik zet mijn tanden zonder problemen in een stukje vlees of gevogelte,' zei Roberts.

'En eet je ook bloemen?'

'Ja zeg, stelletje literatuurfanaten, ik ben maar een arme huis-aanhuis lijkenrover, dat soort dingen gaat me boven de pet.'

'Voor een biertje liet die man zijn hand in de bak met vleesafval zakken en haalde er een rat uit met een als een luciferhoutje geknakte nek.'

'En dat was nog eens bier, toen.'

'Ho, ho!' Humphries tikte met zijn glas op tafel. 'Verspil nou geen verhalen, we zullen ze allemaal nodig hebben,' zei hij. 'Heb je die slachthuis-anekdote in je schrift staan, Thomas?'

'Hij zit in mijn hoofd.'

'Denk erom, alleen vaag gebabbel vanaf nu,' zei Humphries.

'Oké, Roderick!' zei Thomas vlug.

Roberts deed zijn handen voor zijn oren. 'Dit gesprek wordt esoterisch,' zei hij, 'sorry voor mijn taalgebruik, Evans, heb je misschien een luchtbuks voor me? Even de snobs wegjagen. Heb ik ooit verteld over die keer dat ik een lezing heb gehouden voor de John O' London's Society over 'Het Nut van de Nutteloosheid'? Dat was een mooie hersenbreker. Ik had het de hele tijd alleen maar over Jack London, en toen ze me na afloop kwamen vertellen dat het geen lezing was geweest over wat ik had beloofd, zei ik: "Het was nutteloos om daarover een lezing te geven, nietwaar?" en toen stonden ze met de mond vol tanden. De vrouw van dokter Davies zat op de voorste rij, herinneren jullie je haar nog? Ze had die eerste lezing gegeven, over W.J. Locke, en halverwege begon ze de boel te verhaspelen. Weet je nog dat ze het over de *Veliefde Gagebond* had, Humphries?'

'Toe nou!' kreunde Humphries, 'bewaar het toch voor straks.'

'Nog een glaasje pastinaak?'

'Alsof er een engeltje over je tong piest, dat spul, Evans.'

'Als moedermelk.'

'Zeg maar stop, Roberts.'

'Een vierlettergrepig woord dat een opening afsluit. Stop, dank u! Dat las ik op een luciferdoosje.'

'Waarom zijn er geen luciferdoosjes met vervolgverhalen erop? Dan zou je de hele winkel leegkopen om erachter te komen wat Daphne's volgende zet zou zijn,' zei Humphries.

Hij stopte en keek verlegen naar de gezichten van zijn vrienden. Daphne was de naam van de groene weduwe in Manselton voor wie Roberts zowel zijn goeie naam als zijn baan bij de brouwerij te grabbel had gegooid. Hij had er een gewoonte van gemaakt om haar flesjes thuis te bezorgen, gratis, en hij had haar een huisbar cadeau gedaan en honderd pond gegeven, plus de ringen van zijn moeder. Als tegenprestatie gaf zij grote feesten waarop ze hem nooit uitnodigde. Alleen Thomas was de naam opgevallen en hij zei: 'Nee, Humphries, op het toiletpapier, dat zou veel beter zijn.'

'Toen ik in Londen was,' zei Roberts, 'logeerde ik bij een stel in Palmer's Green dat Armitage heette. Hij maakte jaloezieën en gordijnen. Die twee gaven elkaar elke dag allerlei berichtjes door via het toiletpapier.'

'Hoe krijg je een Londense in de gordijnen,' zei Evans, '...met een roede.' Hij voelde zich er altijd een beetje buitenstaan op zijn avondjes thuis en hij wachtte op zijn vrouw, die ieder moment met een afkeurende blik uit de keuken zou komen binnenstappen.

'Ik heb me nogal eens moeten afvegen met "Lieve Tom, denk eraan dat de fam. Watkins langskomt vanavond," of, "Voor Peggy, liefs Tom." Armitage was een zwarthemd.

'Tuig,' zei Humphries.

'Maar nu even serieus, wat moeten we met die uniformisering van het individu?' vroeg Evans. Maud was nog steeds in de keuken; hij hoorde haar met borden tekeergaan.

'Om je vraag met een tegenvraag te beantwoorden,' zei Roberts, terwijl hij een hand op Evans knie legde, 'wat is er nog over van het individu? De massa-eeuw produceert de massamens. De machine produceert de robot.'

'Als zijn slaaf,' articuleerde Humphries scherp, 'niet, let wel, als zijn meester.'

'Dat bedoel ik. Daar heb je het nou. Tirannieke overheersing door een ontstekingsmechanisme, Humphries, en wie trekt er zoals altijd aan het kortste eind, vlees en bloed.'

'Wie kan ik bijschenken?'

Roberts zette zijn glas op de kop. 'Vroeger, in Llanelly, zei je daarmee: "Ik daag de sterkste man in deze tent uit voor een partijtje knokken." Maar zonder gekheid, het is zoals Evans zegt, de ouderwetse individualist is een vreemde eend in de bijt geworden.'

'En wat voor een bijt!' zei Thomas.

'Neem nou onze nationale – hoe noemde Pottenkijker ze nou vorige week ook weer? – onze nationale *mis*leiders.'

'Neem jij ze maar hoor, Roberts, *wij* hebben al ratten,' zei Evans met een nerveus lachje. In de keuken was het stil. Maud was klaar.

'Pottenkijker is een schuilnaam van Basil Gorse Williams,' zei Humphries. 'Wisten jullie dat?'

'Geuzennaam zul je bedoelen, heb je zijn stuk over Ramsay Mac gezien? "Een schaap in wolfskleren".'

'Die ken ik wel!' zei Roberts smalend, 'ik heb nog wel eens over hem heen gekotst.'

Mevrouw Evans hoorde die laatste opmerking toen ze de kamer binnenkwam. Ze was een magere vrouw met verbeten trekken, vermoeide handen, een paar bruine ogen waarvan je nog kon zien hoe mooi ze vroeger geweest moesten zijn, en een weergaloze neus. Ze was een onverstoorbare vrouw, ze had ooit op een oudejaarsavond een uur lang naar Roberts' beschrijvingen van zijn aambeien zitten luisteren, en zonder een spier te vertrekken aangehoord hoe hij ze zijn 'druiven der gramschap' noemde. In nuchtere toestand sprak hij haar altijd aan met m'vrouw en beperkte hij zich in zijn gespreksonderwerpen tot het weer en verkoudheden. Hij veerde overeind en bood haar zijn stoel aan.

'Nee, dankjewel, Roberts,' zei ze luid en helder. 'Ik ga meteen door naar bed. Ik kan niet goed tegen de kou.'

Gauw naar bed, lelijke Maud, dacht de jonge Thomas. 'Wilt u niet nog even een opkikkertje, mevrouw Evans, voor u naar bed gaat?' zei hij.

Ze schudde haar hoofd, gaf de vrienden een dun glimlachje en zei tegen Evans: 'Zorg dat je de hele wereld op z'n pootjes krijgt voor je naar bed gaat.'

'Welterusten, mevrouw Evans.'

'Deze keer maak ik het niet later dan twaalf uur, Maud, dat beloof ik. En ik zal Sambo de achterdeur uitzetten.'

'Welterusten m'vrouw.'

Slaap lekker, van truttem.

'Ik zal jullie niet langer lastigvallen, heren,' zei ze. 'De overgebleven pastinaakwijn van Kerstmis staat in de laarzenkast, Emlyn. Laat hem niet bederven. Welterusten.'

Evans trok een wenkbrauw op en floot zachtjes tussen z'n tanden. 'Nou, jongens!' Hij deed of hij zich koelte toezwaaide met zijn stropdas. Toen bleef zijn hand in de lucht hangen. 'Ze was een groot huis gewend, vroeger,' zei hij, 'met bedienden en zo.'

Roberts haalde potloden en vulpennen uit de zak van zijn jasje te voorschijn. 'Waar is het onschatbare manuscript? *Tempus fugit*, mensen.'

Humphries en Thomas legden een blocnote op hun knie, namen elk een potlood en keken naar Evans, die het deurtje van de pendule opendeed. Onder de slinger lag een stapel papier met een blauw lint erom. Dat werd door Evans op tafel gelegd.

'Ik open de vergadering,' zei Roberts. 'Waar waren we gebleven, heb je de notulen, Thomas?'

'"*Waar de Tawe stroomt*," zei Thomas. '"Een roman over het leven in de provincie. Eerste hoofdstuk: een beschrijving in vogelvlucht van de stad, havengebied, achterbuurten, buitenwijken etc." Daar zijn we mee klaar. De titel waartoe we besloten hebben luidt: *Eerste hoofdstuk, Stadsleven*. Hoofdstuk twee gaat *Privé-leven* heten, en Humphries heeft het volgende voorgesteld: "Ieder van de deelnemers neemt een personage uit een andere sociale groep of laag van de stad en introduceert die bij de lezer door een korte geschiedenis van zijn leven tot aan het moment waarop ons verhaal begint, d.w.z. deze winter. Deze inleidingen over de personages, hierna te beschouwen als de hoofdpersonen, en hun biografische achtergronden zullen het tweede hoofdstuk vormen." Zijn er vragen, heren?'

Humphries was het eens met alles wat hij had gezegd. Zijn personage was een gevoelige hoofdonderwijzer met progressieve ideeën, die verkeerd werd begrepen en onheus behandeld.

'Geen vragen,' zei Evans. Hij had de buitenwijken onder zijn hoede. Hij ritselde in zijn aantekeningen en wachtte om te kunnen beginnen.

'Ik heb nog niets opgeschreven,' zei Roberts, 'het zit allemaal in m'n hoofd.' Hij had de achterbuurten genomen.

'Persoonlijk,' zei Thomas, 'ben ik er nog niet uit of ik een serveerster of een hoer zal nemen.'

'Wat dacht je van een serveerster die tevens hoer is?' stelde Roberts voor. 'Of waarom zouden we niet ieder een paar personages nemen? Ik zou graag een wethouder doen. En een geldgeile meid.'

'Wie hadden daar toch zo'n mooi woord voor, Humphries?' zei Thomas.

'De Grieken.'

Roberts stootte Evans aan en fluisterde: 'Ik heb net een eerste regel voor mijn stukje bedacht. Moet je horen, Emlyn: Op de gammele tafel in een hoek van het stampvolle, haveloze vertrek had een toevallige passant bij het flakkerende licht van een kaars in een jeneverfles, een gebarsten beker vol custardpudding of kots kunnen waarnemen.'

'Maak het nou, Ted,' zei Evans lachend, 'die zin had je al opgeschreven.'

'Nee, ik zweer het je, het kwam zomaar in me op!' Hij knipte met zijn vingers. 'En wie heeft er hier in mijn aantekeningen zitten neuzen?'

'Heb jij iets op papier staan, Thomas?'

'Nog niet, Evans.' Hij had juist die week het verhaal geschreven over een kat die over een stervende vrouw was gesprongen, waardoor ze in een vampier was veranderd. Hij was bij de passage beland waarin de vrouw een ondood kindermeisje was, en had alleen nog niet duidelijk voor ogen hoe hij dat in de gezamenlijke roman moest inpassen.

'Het is toch ook niet zo,' zei hij, 'dat we het fantastische element helemaal uit de weg moeten gaan?'

'Ho! Wacht 'ns even! zei Humphries, 'Laten we vooral ons realistisch gehalte in de gaten houden. Voor je het weet heeft Thomas al onze personages in paradijsvogels veranderd. Een ding tegelijk graag. Is er al iemand die het verhaal van zijn personage klaar heeft?' Hij had zijn eigen biografie in de hand, geschreven in rode inkt. Het was een geleerd, verzorgd en klein handschrift.

'Ik geloof dat mijn personage wel klaar is om ten tonele te verschijnen,' zei Evans. 'Ik heb alleen nog niet alles uitgeschreven. Ik zal op mijn aantekeningen moeten leunen en de rest er gaandeweg bij verzinnen. Het is een heel raar verhaal.'

'Oké, jij moet beginnen natuurlijk,' zei Humphries teleurgesteld.

'Ieders biografie is raar,' zei Roberts. 'Met die van mij zou je een kat aan het lachen krijgen.'

Humphries zei: 'Daar kan ik het niet mee eens zijn. Het leven van die mythische gemeenschappelijke deler, de man in de straat, is saai, doodsaai, Roberts. Deze kapitalistische maatschappij heeft hem gereduceerd tot een stijf hoopje nutteloze gewoontetjes onder zijn symbool van de goddelijke middenklasse: de bolhoed.' Hij keek snel weg van de aantekeningen in zijn hand. 'De onophoudelijke strijd voor brood op de plank, het spook van de werkeloosheid, de kwelgeesten van de hogere klasse, de holle leugens van het echtelijke bed. Het huwelijk,' zei hij, terwijl hij zijn as op het kleed liet vallen, 'dat wettelijke instituut van monogame prostitutie.'

'Hoera, hoera! Hij is los!'

'Humphries zit weer op zijn stokpaardje.'

'Ik ben bang,' zei Evans, 'dat ik niet kan tippen aan de enorme woordenschat van mijn vriend. Heb meelij met een arme zondagschrijver. Zo hoef ik niet eens meer aan mijn verhaal te beginnen, het is nu al belachelijk.'

'Ik denk nog steeds dat het leven van de gewone man juist buitengewoon is,' zei Roberts, 'neem dat van mij...'

'Als notulist,' zei Thomas, 'stel ik voor dat we het verhaal van Evans nemen. We moeten *Tawe* op de fondslijsten van het voorjaar zien te krijgen.'

'Mijn *Morgen en Morgen* verscheen in de zomer, tijdens een hittegolf,' zei Humphries.

Evans kuchte, keek naar de haard en begon.

'Ze heet Mary,' zei hij, 'maar dat is niet haar echte naam. Ik noem haar zo omdat ze een echte vrouw is en we willen geen gedoe met aanklachten wegens smaad tenslotte. Ze woont in een huis dat Bellevue heet, maar dat is natuurlijk ook niet de echte naam. Het is een villa met een willekeurig gekozen naam, Humphries. Ik heb haar als personage genomen omdat haar leven een kleine tragedie is, maar toch ook niet helemaal verstoken van humor. Het is bijna Russisch. Mary – Mary Morgan nu, en Mary Phillips voor ze trouwde, maar dat komt later, dat is de anticlimax – kwam oorspronkelijk niet uit een voorstad, ze ging niet gebukt onder de schaduw van de bolhoed, zoals jullie en ik. Of zoals ik in ieder geval. Ik ben geboren in The Poplars en woon nu in

Lavengro. Van bolhoed naar bolhoed dus, al moet ik wel zeggen, terugkomend op de tirade van Humphries, en ik ben natuurlijk de eerste om zijn standpunt te respecteren, dat de gewone man als personage net zo interessant is als de neurotische Bloomsbury-dichters.'

'Help me herinneren dat ik je de vijf geef,' zei Roberts.

'Jij hebt de zondagskranten zitten lezen,' zei Humphries beschuldigend.

'Misschien kunnen jullie het later uitvechten,' zei Thomas.

'*Is de gewone man een muis*? Goed, hoe zit het met Mary?'

'Mary Phillips,' ging Evans verder, '– en nog één interruptie van de intelligentsia of ik laat Roberts jullie zonder pardon het verhaal van zijn operatie vertellen – woonde op een grote boerderij in Carmarthenshire, ik zal jullie niet uit de doeken doen waar precies, en haar vader was weduwnaar. Het ging hem in alle opzichten voor de wind en hij dronk als een tempelier, maar wist zich altijd als een gentleman te gedragen. Ho, ho! Geen sprake van een klassenkwestie, die voelde ik al aankomen. Hij kwam uit een goed en degelijk nest en wist hem alleen flink te raken af en toe, dat is alles.'

Roberts zei: 'Jage, visse en zuipe.'

'Nee, hij was geen landadel en ook niet *nouveau riche*. Geen spatje Phillipsteins ook, hoewel ik geen antisemiet ben. Denk maar aan Einstein en Freud. Je hebt ook slechte christenen. Hij was gewoon wat ik jullie probeer te vertellen, een man uit een goed boerengeslacht die een smak verdiend had en het nu uitgaf.'

'Over de balk smeet.'

'Hij had maar één kind, en dat was Mary, en zij was zo keurig en netjes dat ze er niet tegen kon om hem in aangeschoten toestand te zien. Iedere avond wanneer hij thuiskwam, altijd aangeschoten, sloot ze zichzelf op in de slaapkamer en dan hoorde ze hoe hij door het huis doolde en haar riep en soms het serviesgoed brak. Maar dat was maar soms, en Mary zou hij nooit een haar krenken. Ze was een jaar of achttien en zag er mooi uit, geen filmster, let wel, dus in geen geval Roberts' type, en misschien had ze wel een oedipuscomplex, maar ze haatte haar vader en schaamde zich voor hem.'

'Wat is mijn type dan, Evans?'

'Doe nou maar niet of je dat niet weet, Roberts. Evans bedoelt het type dat je mee naar huis kan nemen om je postzegelverzameling te laten zien.'

‘Een beetje kalmte graag,’ zei Thomas.

‘“Koppe dicht” zul je bedoelen,’ zei Roberts. ‘Thomas, je bent zeker bang dat wij denken dat je de werkende klasse te vriend wilt houden als je gewoon praat.’

‘Geen kritiek,’ Roberts,’ zei Humphries.

‘Mary Phillips werd verliefd op een jongen die ik Marcus David zal noemen,’ vervolgde Evans, die de blikken van zijn vrienden nog steeds ontweek door strak in het haardvuur te staren en zich tot de dansende vlammen te richten, ‘en ze zei tegen haar vader: “Vader, Marcus en ik willen ons gaan verloven. Ik nodig hem binnenkort een keer uit voor het avondeten, en je moet me beloven dat je dan nuchter zult zijn.”

Hij zei: “Ik ben altijd nuchter!” maar toen hij dat zei was hij niet nuchter, en na een poosje beloofde hij het.

“Als je geen woord houdt, zal ik je nooit vergeven,” zei Mary tegen hem.

Marcus was de zoon van een rijke boer uit een andere streek, een beetje een soort provinciale Valentino, als jullie je daar iets bij kunnen voorstellen tenminste. Ze nodigde hem uit voor het avondeten en hij kwam, op z’n paasbest, haar in de brillantine. Het personeel was uit. Meneer Phillips was die ochtend naar de markt gegaan en nog niet teruggekomen. Ze deed zelf open. Het was op een winteravond.

Stel je voor. Een keurig en welopgevoed plattelandsmeisje boordevol fixaties en fobieën, trots als een hertogin en blozend als een melkmeid, dat de deur opent voor haar geliefde en hem dan verlegen en knap voor zich ziet, in de gitzwarte deuropening. Tot zover mijn aantekeningen.

Die avond was de zijden draad waaraan haar toekomst hing. “Kom binnen,” drong ze aan. Ze kusten elkaar niet, maar zij wilde dat hij een buiging maakte en zijn lippen op haar hand drukte. Ze gaf hem een rondleiding door het huis, dat speciaal voor die gelegenheid was opgeruimd en gepoetst en liet hem de vitrine met Swansea-aardewerk zien. Er was ook een uitstalling van portretten, dus liet ze hem de kiekjes van haar moeder zien en de foto van haar vader, lang, jeugdig en nuchter, in het pak waarin hij op otters joeg. En de hele tijd dat ze vol trots hun bezittingen showde in een poging om Marcus, wiens vader kantonrechter was, ervan te overtuigen dat haar familie rijk genoeg was om haar zijn bruid te laten worden, wachtte ze in angstige spanning de komst van haar vader af.

"O, God," bad ze, toen ze aan hun koude avondmaal gingen zitten, "laat mijn vader toch alstublieft toonbaar thuiskomen." Noem haar gerust een snob, maar bedenk wel dat het leven van de landadel of bijna-landadel met handen en voeten aan verouderde rituelen vastzat en dat bezit heilig was. Tijdens het eten vertelde ze hem over haar stamboom en hoopte ze dat het eten hem smaakte. Het had eigenlijk een warme maaltijd moeten zijn, maar ze wilde niet dat hij de bedienden onder ogen kreeg, die oud en vuil waren. Haar vader wilde geen andere nemen omdat ze al altijd bij hem in dienst waren geweest en daar heb je nu weer dat hardnekkige conservatisme van die wereld. Ik zal het verder kort houden (dit is slechts de kern van het verhaal, Thomas). Ze waren halverwege de maaltijd, hun gesprek begon al intiemer te worden en zij dacht al bijna niet meer aan haar vader, toen de voordeur open knalde en meneer Phillips zo dronken als een tor de gang binnen strompelde. De deur van de eetkamer stond op een kier, ze konden hem duidelijk zien. Ik zal hier geen poging doen tot een beschrijving van de mallemolen van Mary's gevoelens toen haar vader schommelend en lallend door de gang naderde. Hij was een forse man – dat was ik nog vergeten te vertellen – één meter tachtig en meer dan honderd kilo.

"Vlug! vlug! onder tafel!" fluisterde ze haastig. Ze greep Marcus bij zijn hand en samen kropen ze onder de tafel. De vertwijfeling die Marcus ervaren moet hebben zullen we nooit te weten komen.

Meneer Phillips kwam binnen, zag niemand, schoof aan, en nam de rest van de maaltijd geheel voor zijn rekening. Hij likte beide borden af en onder de tafel hoorden ze hem vloeken en schrokken. Telkens als Marcus zenuwachtig bewoog deed Mary: "Ssst!"

Toen alles schoon op was, zwalkte meneer Phillips de kamer uit. Ze konden zijn benen zien. Vervolgens wist hij op de een of andere manier de trap op te klimmen, waarbij hij woorden gebruikte die Mary onder de tafel deden huiveren. Woorden van drie lettergrepen.'

'Laat ons drie keer raden,' zei Roberts.

'En ze hoorde hem zijn slaapkamer binnen gaan. Zij en Marcus kropen te voorschijn en gingen achter hun lege borden zitten.

"Hoe kan ik dit ooit goedmaken, meneer David," zei ze, ze huilde bijna.

"Er is niets aan de hand," zei hij, hij stond bekend als een inschikkelijke jongeman, "hij is gewoon naar de markt in Carmarthen geweest. En zelf moet ik ook niks van geheelonthouders hebben."

"Drank verandert mannen in opgeblazen beesten," zei ze.

Hij zei dat ze zich nergens zorgen over hoefde te maken, dat het hem allemaal niets kon schelen, waarop zij hem wat fruit aanbood.

"Wat zul je nu wel niet van ons denken, meneer David? Ik heb hem nog nooit zo gezien."

Het kleine avontuur bracht ze dichter bij elkaar en algauw zaten ze naar elkaar te glimlachen en haar gekrenkte trots was bijna genezen toen meneer Phillips plotseling zijn slaapkamerdeur opendeed en met zijn hele honderd kilo naar beneden stormde. Het huis schudde ervan.

"Ga weg!" riep ze zacht tegen Marcus, "ga alsjeblieft weg, voor hij binnenkomt!"

Het was te laat. Meneer Phillips stond al in de gang, naakt.

Ze sleurde Marcus weer onder de tafel en deed een hand voor haar ogen om haar vader niet te hoeven zien. Ze hoorde hoe hij in de paraplubak in de gang stond te rommelen en ze wist ook wat hij van plan was. Hij zou naar buiten gaan om te plassen. "O God," bad ze, "laat hem alsjeblieft een paraplu vinden en naar buiten gaan. Niet in de gang! Niet in de gang!" Ze hoorden hem om zijn paraplu roepen. Ze liet haar hand zakken en zag hem aan de voordeur rammelen. Hij rukte hem uit de scharnieren, tilde het ding plat boven zijn hoofd en wankelde ermee het donker in.

"Vlug! vlug alsjeblieft!" zei ze. "Laat me alleen, meneer David." Ze duwde hem onder de tafel vandaan.

"Alsjeblieft, ga nou, alsjeblieft," zei ze, "we kunnen elkaar nooit meer zien. Laat me alleen met mijn schande." Ze barstte in snikken uit en hij rende het huis uit. Zij bleef de hele nacht onder de tafel zitten.'

'Is dat alles?' zei Roberts. 'Dat is een heel ontroerend voorval, Emlyn. Hoe kom je eraan?'

'Hoe kan dat nou alles zijn?' zei Humphries. 'Nu weten we nog niet hoe Mary Phillips op Bellevue is beland. We hebben haar achtergelaten onder een tafel in Carmarthenshire.'

'Ik vind die Marcus een verachtelijke kerel,' zei Thomas. 'Ik zou een meisje nooit zo in de steek laten, jij wel, Humphries?'

'En nog wel onder een tafel. Dat vind ik het leukste stuk. Wat een situatie. Mensen keken toen anders tegen de dingen aan,' zei Roberts. 'Die bekrompen rechtzinnigheid heeft zijn beste tijd wel gehad. Probeer je mevrouw Evans eens onder een tafel voor te stellen. En, wat gebeurde er daarna? Ging het meisje dood van de kramp?'

Evans draaide zich van de haard af om hem terecht te wijzen. 'Je kunt ermee spotten wat je wilt, maar het blijft een feit dat zo'n voorval van blijvende invloed is op een trots en gevoelig meisje als Mary. Ik verdedig haar overgevoeligheid niet, en de reden van haar trots zou tegenwoordig achterhaald zijn. Maar het maatschappelijk systeem, Roberts, daar gaat het hier niet om. Ik vertel jullie simpelweg over iets dat is voorgevallen. De maatschappelijke context staat hier niet ter discussie.'

'Ja, bedankt voor de terechtwijzing, Evans.'

'Wat gebeurde er daarna met Mary?'

'Hou op met dat gestang, Thomas, hij vreet je op.'

Evans ging weg om nog wat pastinaakwijn te halen en toen hij terugkwam zei hij:

'Wat er verder gebeurde? O, Mary ging natuurlijk bij haar vader weg. Ze had gezegd dat ze hem nooit zou vergeven, en dat deed ze ook niet, en dus trok ze in bij haar oom in Cardiganshire, een zekere dr. Emyr Lloyd. Ook een kantonrechter, stinkend rijk, een jaar of vijfenzeventig – onthoud die leeftijd – had een grote praktijk en invloedrijke vrienden. Een van zijn oudste vrienden was John William Hughes – niet zijn echte naam – een stoffenhandelaar uit Londen die eigenaar was van een landhuis vlak bij het zijne. Herinneren jullie je die uitspraak van de grote Caradoc Evans? Wanneer ze de Londenaren genoeg hebben opgelicht en een smak geld aan ze hebben verdiend, keren de lui uit Cardiganshire steevast terug naar Wales om er te sterven.

En zijn enige zoon, Henry William Hughes, een welopgevoede jongeman, ontmoette Mary en werd op slag verliefd op haar. Zij vergat Marcus en haar vernedering onder die tafel en werd ook verliefd op hem. Nu niet meteen een teleurgesteld gezicht zetten, dit is geen liefdesgeschiedenis. Maar ze besloten wel te trouwen en John William Hughes gaf zijn toestemming, want Mary's oom was een van de meest gerespecteerde mannen van de streek en bovendien bezat haar vader geld, dat haar zou toekomen bij zijn dood, waar hij overigens hard naartoe werkte.

Ze zouden in alle stilte trouwen in Londen. Alles was geregeld. Meneer Phillips was niet uitgenodigd. Mary's uitzet was compleet.

Dr. Lloyd zou haar naar het altaar brengen. Beatrice en Betti William Hughes waren de bruidsmeisjes. Mary ging samen met Beatrice en Betti naar Londen en logeerde bij een nichtje. Henry William Hughes logeerde in het appartement boven de winkel van zijn vader. De dag voor de bruiloft arriveerde dr. Lloyd uit de provincie, ging op de thee bij Mary en dineerde in gezelschap van John William Hughes. Waarbij ik me trouwens afvraag wie de rekening betaalde. Toen ging dr. Lloyd naar zijn hotel. Ik vertel jullie deze saaie details zodat jullie kunnen zien hoe geordend en gewoon alles verliep. Alle acteurs waren op hun plaatsen, alles was in orde.

De volgende dag. Vlak voor de plechtigheid zou beginnen, stonden Mary en haar nichtje, wier naam en persoonlijkheid er verder niet toe doen, en de twee zussen, beiden onopvallende dertigers, ongeduldig op de komst van dr. Lloyd te wachten. De minuten kropen voorbij, Mary huilde, de zussen zaten te mokken, het nichtje liep iedereen voor de voeten, maar de dokter kwam niet opdagen. Het nichtje belde naar het hotel van de dokter, maar kreeg te horen dat hij er de nacht niet had doorgebracht. "Ja," zei de hotelbediende, hij wist dat de dokter naar een trouwerij zou gaan. "Nee," zijn bed was niet beslapen. De bediende opperde dat hij misschien bij de kerk stond te wachten.

De taximeter tikte maar door, tot grote ongerustheid van Beatrice en Betti, en ten slotte vertrokken de zussen, het nichtje en Mary samen naar de kerk. Buiten had zich een menigte verzameld. Het nichtje stak haar hoofd uit de taxi en vroeg aan een agent of hij de koster wilde roepen, en de koster zei dat dr. Lloyd er niet was, maar dat de bruidegom en de getuige stonden te wachten. En je kunt je voorstellen hoe Mary Phillips zich voelde toen ze plotseling opschudding bij de ingang van de kerk opmerkte, en zag dat een politieagent haar vader naar buiten voerde. Meneer Phillips' zakken puilden uit van de flessen, hoe hij het heeft klaargespeeld om sowieso de kerk binnen te komen was voor iedereen een raadsel.'

'Dat was de druppel,' zei Roberts.

'Beatrice en Betti zeiden tegen haar: "Niet huilen, Mary, de politie neemt hem mee. Ach, kijk! hij is in de goot gevallen! Wat een toestand! Trek het je niet aan, het is allemaal zo voorbij. Straks ben je mevrouw Henry William Hughes." Ze deden hun best.

"Je kunt best zonder dr. Lloyd trouwen," zei het nichtje tegen haar, en door de tranen heen begon haar gezicht al wat op te klaren – wie zou het wel droog houden onder zulke omstandigheden – toen een volgende agent...'

'Nog een!' zei Roberts.

'...zich een weg door de menigte baande, naar de deur van de kerk liep en een boodschap doorgaf. John William Hughes, Henry William Hughes en de getuige kwamen naar buiten en gingen met z'n allen in gesprek met de agent; ze maakten wilde armgebaren en wezen naar de taxi met Mary, de bruidsmeisjes en het nichtje.

John William Hughes rende het pad af naar de taxi en riep door het raampje: "Dr. Lloyd is dood! We moeten het huwelijk uitstellen."

Henry William Hughes kwam hem achterna, opende het portier van de taxi en zei: "Ga jij maar naar huis, Mary, wij moeten naar het politiebureau."

"En naar het mortuarium," zei zijn vader.

Dus bracht de taxi de aanstaande bruid naar huis; onderweg huilden de zussen harder dan zij.'

'Wat een droevig einde,' zei Roberts waarderend. Hij schonk zichzelf nog eens in.

'Het is nog niet echt afgelopen,' zei Evans, 'want het huwelijk werd niet alleen uitgesteld, het is nooit voltrokken.'

'Maar waarom niet?' vroeg Humphries, die het verhaal in alle ernst had aangehoord, zelfs toen meneer Phillips in de goot viel. 'Waarom zou de dood van de dokter alles tegenhouden? Ze kon toch iemand anders regelen om haar naar het altaar te brengen. Ik zou het zo gedaan hebben.'

'Het zat hem niet in de dood van de dokter, maar in het waar en hoe ervan,' zei Evans. 'Hij stierf in bed, in een appartement, in de armen van een zekere dame. Een vrouw van lichte zeden.'

''t Zal niet waar zijn!' zei Roberts. 'Vijfenzeventig jaar oud. Goed dat je dat in onze oren had geknoopt, Evans.'

'Maar hoe kwam Mary Phillips nu in Bellevue terecht? Dat heb je ons nog niet verteld,' zei Thomas.

'De familie William Hughes wilde niet dat het nichtje van iemand die onder zulke omstandigheden aan z'n eind was gekomen –'

'Hoe vleiend ook voor zijn mannelijkheid,' zei Humphries stotterend.

' – de familie in trouwde, en dus ging ze terug naar haar vader, die op slag zijn leven beterde – ze liet absoluut niet met zich sollen in die dagen – en op een dag ontmoette ze een vertegenwoordiger in granen en varkensvoer, met wie ze uit pure wrok is getrouwd. Ze gingen op Bellevue wonen en toen meneer Phillips stierf, liet hij zijn geld aan de kerk na, zodat Mary uiteindelijk met lege handen stond.'

'Net als haar man. Wat verkocht-ie ook weer, zei je?' vroeg Roberts.

'Granen en varkensvoer.'

Daarna las Humphries zijn biografie voor, die lang, treurig, minutieus en goedgeschreven was; en Roberts vertelde een verhaal over de achterbuurten, dat zich niet in het boek liet inpassen.

Toen keek Evans op zijn horloge. 'Het is twaalf uur, ik heb Maud beloofd dat we niet langer door zouden gaan. Waar is de kat? Die moet ik er nog uit zetten, hij trekt de kussens kapot. Niet dat het me echt kan schelen trouwens. Sambo! Sambo!'

'Daar zit-ie, Evans, onder de tafel.'

'Net als die arme Mary,' zei Roberts.

Humphries, Roberts en de jonge Thomas pakten hun hoeden en jassen van de trapleuning.

'Weet je wel hoe laat het is, Emlyn?' riep mevrouw Evans van boven.

Roberts deed de deur open en haastte zich naar buiten.

'Ik kom eraan, Maud, ik laat ze net uit. Tot ziens hoor,' zei Evans extra hard. 'Tot volgende vrijdag, klokslag negen,' fluisterde hij. 'Ik zal mijn verhaal nog wat fatsoeneren. Dan maken we het tweede hoofdstuk af en gaan aan de slag met nummer drie. Welterusten vakbroeders.'

'Emlyn! Emlyn!' riep mevrouw Evans.

'Slaap lekker, Mary,' zei Roberts tegen de dichte deur.

De drie vrienden liepen het pad af.

Wie wou je dat er bij ons was?

De vogels zongen in de bomen van Crescent Street; jongens op fietsen lieten hun bellen rinkelen en trapten de flauwe helling naar beneden om de vrouwen die op hun stoepjes in de zon zaten te kletsen aan het schrikken te maken met de ratels tussen hun spaken; kleine meisjes op het trottoir duwden jongere broertjes en zusjes in kinderwagens en droegen kleurige linten op hun mooiste zomerkleren; op de draaischijf van het openbare speeltuintje tolden de kinderen van de kakschool zich vrolijk en misselijk en riepen 'Wie wil ons duwen! Wie wil ons duwen!' en 'Ho! ik val eraf!'; de ochtend was licht en levendig, als voor een interland of een jubileumfeest, toen Raymond Price en ik blootshoofd, in sportieve broek, met wandelstok en rugzak, samen van start gingen voor een wandeling naar de Worm's Head. In de pas over het plein van het deftige Uplands banjerend, bruisten we langs ballen in witte broeken met messcherpe vouwen en patserige blazers, meisjes met hockeybenen en handdoeken om hun nek en filmster-zonnebrillen op, sloegen we op een brievenbus met onze stokken, en drongen we ons door een menigte dagjesmensen bij de halte voor de bus naar Gower, waarbij we achteloos over en op hun picknickmanden stapten.

'Waarom gaan die buskanaries toch niet lopen?' zei Ray.

'Die zijn al moe geboren,' zei ik.

We liepen met grote vaart Sketty Road door, onze rugzakken dansten op onze rug. We gaven een ratel over elk hek om de mensen in die verstikkende huizen eens een uitbundige reizigersgroet te brengen. Als een frisse ademteug passeerden we een man in driedelig kantoorgrijs, die met een hondenriem in zijn hand op een straathoek stond te fluiten. We schudden met zwaaiende schouders en losse pas de geuren en geluiden van de stad van ons af, en we waren al halverwege de straat toen we een stel vrouwen op een uitstapje hoorden roepen: 'Hé, Jut en Jul!' Want Ray was lang en mager en ik was klein.

Serpentines wapperden uit de janplezier. Ray, die als een gek aan zijn pijp zoog, liep te snel om te zwaaien en glimlachte niet eens. Ik vroeg mij af wie ik was misgelopen onder de vrouwen die wuivend over de heuveltop verdwenen. Wie weet zat mijn toekomstige lief, met een papieren hoedje op, naast het biervat op de achterste bank; maar toen de bekende weg eenmaal achter ons lag en we richting kust slingerden, vergat ik haar stem en gezicht, die nachtelijke fantasieën waren, en zoog de buitenlucht diep in mij op.

'De lucht is hier anders. Dit is pas ademhalen. Het is alsof je een mengsel van platteland en een beetje van de zee opsnuift. Diep inademen, dat verjaagt de nicotine,' zei Ray.

Hij spuwde in zijn handpalm. 'Nog steeds grijs van de stad,' zei hij.

Hij deed de spuug terug in zijn mond en we liepen verder, met onze koppen in de wind.

Ondertussen waren we drie mijl van het centrum. De twee-onder-een-kap huizen met hun garage met golfplaten dak, hun hondenhok in de achtertuin en gemaaide gazon en soms een halve kokosnoot aan een paal, of een vogelbadje, of een tot pauw gesnoeide struik, werden schaarser naarmate we de buitenwijken achter ons lieten.

Ray hield stil, zuchtte en zei: 'Ogenblikje, even de pijp stoppen.' Hij hield er een lucifer bij alsof we midden in een orkaan stonden.

Met verhitte en bezwete gezichten keken we elkaar aan en grijnsden. Nu al had deze dag ons als spijbelaars bij elkaar gebracht; we vluchtten, of liever, liepen met opgeheven hoofd, trots en tegendraads weg van de straten waar we woonden, het onvoorspelbare platteland tegemoet. Ik dacht dat het tegen onze bestemming in was om hier in de zon te sjouwen zonder begeleiding van duizelingwekkende etalages, of grasmaaiermuziek die de vogels overstemt. Er viel een vogelpoepje op een hek. Die was raak, weg met de stad. 'Bèè,' riep ergens een onzichtbaar schaap, dat zou ze leren daar in Uplands. Maar wat precies wist ik niet. 'We zijn zwervers in het woeste Wales,' zei Ray met een knipoog, toen ons een vrachtwagen met cement passeerde op weg naar de golfbaan. Hij gaf een klap op mijn rugzak en rechtte zijn schouders. 'Kom op, we gaan.' En nog sneller dan eerst liepen we de heuvel op.

Langs de kant van de weg zat een clubje fietsers paardebloem- en kliswortellimonade te drinken uit papieren bekertjes. Ik zag lege flessen in de struiken slingeren. Alle jongens waren in sporthemd en korte broek en de meisjes droegen open cricketshirts en grijze lange jongensbroeken, waarvan ze de pijpen met veiligheidsspelden in plaats van met broekklemmen bij elkaar hielden.

'Hé lekker ding, ik heb nog een plaatsje voor je achterop,' zei een meisje op een tandem tegen mij.

'Hij had liever een trouwkoets, Daisy,' zei Ray.

'Dat was vlot, zeg,' zei ik tegen Ray terwijl we van ze wegliepen en de jongens begonnen te zingen.

'Mijn god, wat is dit prachtig!' zei Ray. Op de eerste de beste top van de stoffige weg door de weidse heidevelden hield hij een hand boven zijn ogen en keek om zich heen; hij rookte als een schoorsteen en wees met zijn takachtige wandelstok naar de groepjes bomen in de verte en de zee daartussen. 'Daar beneden ligt Oxwich, maar je kunt het niet zien. Dat daar is een boerderij. Zie je het dak? Nee, daar, langs mijn vinger kijken. Dit is het echte leven,' zei hij.

Zij aan zij, met onze stokken door de bermen maaiend, marcheerden we over het midden van de weg, en Ray zag een konijn wegschieten. 'Je zou niet zeggen dat we vlakbij de stad zaten. Dat was een wilde.'

We wezen elkaar op de vogels waarvan we de namen kenden, en van de rest verzonnen we de namen er gewoon bij. Ik zag meeuwen en kraaien, hoewel de kraaien misschien wel roeken waren, en terwijl wij naarstig en neuriënd verder liepen zei Ray dat er lijsters en zwaluwen en leeuweriken over ons heen vlogen.

Hij stopte om een paar grassprieten te plukken. 'Het moesten eigenlijk strootjes zijn,' zei hij, en stak ze naast zijn pijp tussen zijn lippen. 'God, wat een blauwe hemel! Wat moet een mens in de trein als dit alles aan zijn voeten ligt. Konijnen, velden en boerderijen. Als je me zo zag, zou je toch niet denken dat ik het moeilijk heb gehad. Ik zou van alles kunnen doen. Koeien hoeden, een akker ploegen.'

Zijn vader, broer en zus waren dood, en zijn moeder sleet haar dagen in een rolstoel, ze had reuma. Hij was tien jaar ouder dan ik. Hij had een getekend en mager gezicht en een gespannen scheve mond. Zijn bovenlip was verdwenen.

We liepen alleen in de middagzon op de lange weg, met aan weerskanten de eindeloze velden in de wazige hitte, we werden dorstig en duizelig, maar lieten ons tempo geen moment verslappen. Al snel kwam het groepje fietsers voorbijrijden, drie jongens en drie meisjes, plus dat ene meisje op de tandem. Het hele stel lachte en belde.

'Hoe gaat het met de voetjes?'

'We zien jullie wel op de terugweg.'

'Dan lopen jullie d'r nog steeds.'

'Krukken nodig?' riepen ze.

Toen waren ze weg. Het stof dwarrelde weer neer. We hoorden nog flauw het gerinkel van hun bellen in het bosje langs de weg voor ons. Op iets meer dan zes mijl van de stad nu, lagen de ruige velden er verlaten bij; we zaten onder de bomen, rookten zo hard we konden om ons de muggen van het lijf te houden en, met onze rug tegen een stam, aan de rand van die onbetreden vlakte, praatten we met elkaar als mannen die in geen jaren een andere man hadden gesproken.

'Herinner jij je Parry nog, de Krullenkop?'

Ik had hem twee dagen geleden nog gezien bij de snookertafels, maar terwijl ik aan hem dacht, ging zijn gezicht met de kuiltjes op in de kleuren van onze wandeling, het asgrijs van de weg, de heide, het groen en blauw van de velden en de stukjes zee in de verte, en de herinnering aan zijn malle stem ging verloren in vogelgeluiden en het onnavolgbare ruisen van de bladeren in de afwezige wind.

'Ik vraag me af wat hij nu uitspookt. Hij zou d'r meer uit moeten, buitenlucht opsnuiven, 't is zo'n typische stadsjongen. Kijk ons hier nou zitten.' Ray zwaaide met zijn pijp naar de bomen en de bladerrijke lucht. 'Geef mij maar dit, in plaats van High Street.'

En ik zag ons zitten: een jongen en een jongeman met zonverbrande maskers over hun bleke stadskoppen, buiten adem en met warmgelopen voeten, die in de vroege middag langs de weg in een geliefd bosje zaten te rusten; en ik zag het onwennige geluk in de ogen van Ray en de onwaarschijnlijke zachtheid in de mijne, en Ray, die in opstand kwam tegen zijn verleden, telkens wanneer hij weer versteld stond of naar het landschap wees, en ik, die meer liefde voelde dan ik ooit kon wensen of weggeven.

'Ja, kijk ons hier nou rondhangen,' zei ik. 'Worm's Head is nog twaalf mijl. Nog geen heimwee naar het geluid van een tram, Ray? Hé, dat is een houtduif. Kijk! De krantenjongens gaan nu de straat op met de sportedities. De krant! de krant! Ik wed dat de Krullenkop op dit moment de rooie bal scoort. Kom op! Vooruit!'

'Hoofd rechts!' zei Ray. 'Ik ben doodop! Herinner je je dat verhaal nog?'

Een eind verderop uit het bos kwam ons een dubbeldekker achterop ronken.

'Daar heb je de bus naar Rhossilli,' zei ik.

We staken allebei onze stok in de lucht om hem aan te houden.

'Waarom heb je de bus laten stoppen?' zei Ray, toen we eenmaal bovenin zaten. 'Dit zou een dagje wandelen worden.'

'Jij liet hem net zo goed stoppen.'

We zaten helemaal voorin, als twee extra chauffeurs.

'Zeg, let je een beetje op de kuilen?' zei ik.

'Jij zwalkt,' zei Ray.

We maakten onze rugzakken open en deelden de boterhammen, de hardgekookte eieren en de paté en namen om de beurt een slok uit de thermoskan.

'Als we thuiskomen moet je niet zeggen dat we de bus gepakt hebben,' zei ik. 'Doe net of we de hele dag hebben gelopen. Daar gaat Oxwich! Het lijkt helemaal niet ver, of wel? Man, ver genoeg om een baard te kweken.'

De bus passeerde de fietsers die tegen de heuvel op zwoegden. 'Hé, willen jullie even op sleeptouw?' riep ik, maar ze hoorden het niet. Het meisje op de tandem kwam een heel stuk achter de rest aan.

We zaten met onze lunch op schoot, vergaten te sturen, lieten de chauffeur in de cabine onder ons zijn eigen route over de bochtige weg kiezen en keken naar de grijze kapelletjes met verweerde engelen; aan de voet van de heuvels die het verst landinwaarts lagen zagen we lievige roze landhuisjes – verschrikkelijk, dacht ik, om daar in te moeten wonen, want gras en bomen zouden me nog meer beklemmen dan elke jungle van overvolle en krioelende straten en daken waar hele scholen schoorstenen op waren neergestreken – en benzinepompen, hooibergen en een man op een karrenpaard, dat stokstil in een wolk van vliegen in een greppel stond.

'Dit is *de* manier om het platteland te zien.'

Op een smalle heuvel dwong de bus twee rugzakkers tot een veilig heenkomen tegen de heg; ze hielden hun armen wijd en trokken hun buik in.

'Dat hadden jij en ik kunnen zijn.'

We keken blij achterom naar de mannen tegen de heg. Ze stapten de weg weer op, liepen langzaam als slakken verder en werden kleiner en kleiner.

Net buiten Rhossilli drukten we op het knopje, de bus stopte en we liepen met verende pas de laatste paar honderd meter naar het dorp.

'Dat hebben we lekker snel gedaan,' zei Ray.

'Ik denk dat het een record is,' zei ik.

We stonden lachend op het klif boven het ontzettend lange gouden strand en wezen elkaar, alsof de ander blind was, de machtige rots van Worm's Head aan. Het was laag water. We gingen op weg over glibberige stenen en ten slotte stonden we triomfantelijk op de winderige top. Er woekerde daar een monsterlijk, taai gras dat onze voeten deed opveren, we sprongen erop in de rondte en lachten zo, dat de schapen van schrik als berggeiten langs de verweerde hellingen op en neer schoten. Zelfs op deze windstille dag waaide het nog bij de Worm. Aan het eind van het gebochelde en kronkelige lichaam van de Worm hingen meer meeuwen dan ik ooit bij elkaar had gezien krijsend boven hun dode jongen en de uitwerpselen van vele eeuwen. Op het uiterste puntje werd het geluid van mijn zachte stem geschept en opgeblazen tot een holle kreet – alsof de wind een schelp of grot om mij heen had gemaakt, met blauwe ongrijpbare daken en muren, zo hoog en weids als de hemelboog zelf – en het gefladder van de meeuwen werd een donderstorm. Terwijl ik daar zo stond, benen wijd, één hand in mijn zij, de andere boven mijn ogen, als Raleigh op een schilderij dat ik ken, waande ik mezelf alleen in het duizelingwekkende moment voor verkeerd in slaap vallen, wanneer je benen lang worden en de nacht ingroeien en je hart zo bonst dat de buren er wakker van worden en je adem een orkaan is in je elastisch geworden slaapkamer. In plaats van klein te worden daar op die geweldige rots, ergens tussen hemel en zee zwevend, voelde ik me zo groot als een ademend flatgebouw, en de enige ter wereld die tegen mijn prachtige bulder opkon was Ray, en ik zei: 'Waarom blijven we hier niet voor altijd wonen? Voor eeuwig en altijd. We bouwen verdomme een huis en leven als een stel vorsten!' Het bericht bulderde tussen de krijsende vogels, ze stuurden het op de trommels van hun vleugels naar het vasteland; als een toren steigerde Ray op de wankele rand van een losliggende steen en sloeg in het rond met zijn stok, die elk moment in vlammen of slangen kon veranderen; en we lieten ons op de grond zakken, op het veerkrachtige, door meeuwen ondergepoepte gras, op de stenen met schapenkeutels, de stukken been en veren, en hurkten neer op het uiterste puntje van het schiereiland. We hielden ons zo lang stil dat de vuilgrijze meeuwen rustig werden en sommige zelfs vlak bij ons neerstreken.

Toen maakten we de rest van ons eten op.

'Zo'n plek vind je nergens,' zei ik. Ik was bijna weer mijn vertrouwde formaat, één meter vijf-en-zestig en vijftig kilo en mijn stem zwiepte niet langer omhoog naar de alles uitvergrotende hemel. 'Het lijkt of we midden op zee zitten. Je zou je kunnen voorstellen dat de Worm beweegt, niet? Stuur hem naar Ierland, Ray. Komen we W. B. Yeats tegen en kussen we de Blarney. En gaan we knokken in Belfast.'

Ray zag er bizar uit, daar op die rotspunt. Hij weigerde het zich makkelijk te maken door in de zon te gaan liggen of op zijn zij te rollen om naar de zee in de diepte te staren, maar hij probeerde rechtop te blijven zitten, als op een keukenstoel, en wist niet wat hij met zijn handen moest doen. Hij klungelde wat met die nutteloze stok van hem en wachtte tot alles netjes op z'n plaats zou vallen met deze dag, wachtte tot de Worm paadjes zou krijgen en er relingen uit de gekartelde rotsranden zouden groeien.

''t Is hier te ruig voor een stadsmens,' zei ik.

'Wie is er hier nou een stadsmens! Wie hield die bus aan?'

'Ben je niet blij dat we hem aangehouden hebben? Anders liepen we nu nog, als de Wandelende Jood. Je doet maar alsof je het niet leuk vindt hier. Je stond te dansen op die rots.'

'Alleen maar een paar sprongetjes.'

'Ik weet wel wat er is, de inrichting bevalt je niet. Er staan je hier geen sofa's en stoelen genoeg,' zei ik.

'Jij denkt dat je een boerenjongen bent, maar je kent het verschil niet tussen een koe en een paard.'

We begonnen te bekvechten en al gauw voelde Ray zich weer op zijn gemak en vergat hij het eentonige buitenleven. Als het plotseling was gaan sneeuwen zou hij het niet hebben gemerkt. Hij bouwde een muurtje om zich heen, en de rots werd, voor hem, zo donker als een huis met alle blinden dicht. De hemelhoge silhouetten die hadden rondgesprongen en naar vogels hadden staan bulderen, zochten beschutting, twee kleinsteedse mompelaars in een kuil.

Aan de manier waarop Ray zijn hoofd liet zakken en zijn schouders optrok zodat hij eruitzag als een man zonder nek, en de manier waarop hij de lucht tussen zijn tanden naar binnen zoog, kon ik zien wat er ging gebeuren. Hij staarde naar zijn stoffige witte schoenen en ik wist welke vormen zijn verbeelding eraan gaf, ze werden de voeten van een dode man in bed, en hij zou over zijn broer beginnen. Soms, als we tegen een hek geleund naar het voetballen keken, betrapte ik hem erop dat hij naar zijn eigen magere hand stond te turen; hij dacht hem almaar magerder, keek al het vlees eraf en zag Harry's hand voor zich, met de botten die door het broze vel prikten. Als hij het contact met de wereld om hem heen ook maar even kwijtraakte, als ik hem alleen liet, als hij zijn ogen neersloeg, als zijn greep om de harde, tastbare stang van het hek of zijn warme pijpenkop verslapte, viel hij terug in verschrikkelijke slaapkamers en liep hij heen en weer met doeken en kommen en was gespitst op het handbelletje.

'Ik heb nog nooit zoveel meeuwen gezien,' zei ik. 'Heb jij er ooit zoveel bij elkaar gezien? Zo'n hoop meeuwen. Probeer die maar eens te tellen. Daarginds zijn er twee aan het vechten; kijk, ze pikken elkaar als kippen in de lucht. Hoeveel zet je op die dikke? Vieze ouwe snater! Ik had niet graag met hem meegegeten vanavond, een brok schaap en een stuk dode meeuw.' Ik kon mezelf wel ik weet niet wat doen toen ik het woord 'dode' zei. 'Was het geen vrolijke toestand in de stad vanmorgen?' zei ik.

Ray staarde naar zijn hand. Niets kon hem nu nog tegenhouden. 'Ja hoor, een vrolijke toestand in de stad. Al die lachende en glimlachende mensen in hun zomerkleren. De kinderen speelden en iedereen was gelukkig; het scheelde verdomme niet veel of ze hadden de fanfare van stal gehaald. Ik moest mijn vader altijd in bedwang houden op zijn bed als hij weer een aanval had. Twee keer per dag moest ik de lakens van mijn broer verschonen, overal zat bloed op. Ik moest toezien hoe hij almaar dunner werd, op het laatst kon je hem met één hand optillen. En zijn vrouw wilde niet naar hem toe omdat hij haar in het gezicht hoestte. Moeder kon niet lopen dus koken deed ik ook, koken, verplegen, lakens verschonen en vader in bedwang houden wanneer-ie doldraaide. Het heeft mijn kijk op de wereld behoorlijk verpest,' zei hij.

'Maar je vond het een geweldige wandeling, je liep te genieten op de hei. Het is een prachtige dag, Ray. Het spijt me heel erg van je broer. Kom, we gaan op verkenning uit. Laten we naar beneden gaan naar de zee. Misschien is er een grot met prehistorische tekeningen, dan kunnen we er een artikel over schrijven en rijk worden. Laten we naar beneden klimmen.'

'Mijn broer riep me altijd door met een belletje te rinkelen; hij kon alleen maar fluisteren. Hij zei altijd: "Ray, kijk eens naar mijn benen. Zijn ze alweer dunner vandaag?"'

'De zon gaat al onder. Laten we gaan klimmen.'

'Vader dacht altijd dat ik hem wilde vermoorden als ik hem op het bed vasthield. Toen hij stierf moest ik hem ook neerduwen en hij rochelde. Moeder zat in haar rolstoel in de keuken, maar ze wist dat hij dood was en begon om mijn zuster te schreeuwen. Brenda zat in een sanatorium in Craigynos. Harry luidde de bel in de slaapkamer op het moment dat moeder losbarstte, maar ik kon niet naar hem toe en vader lag dood in bed.'

'Ik daal af naar de zee,' zei ik. 'Ga je mee?'

Hij kwam overeind uit de kuil, terug in wereld, en volgde mij aarzelend over de top en langs de steile helling naar beneden; de meeuwen stoven stormachtig op. Ik zocht houvast aan dorre stekelige bosjes, maar de wortels schoten los; een steunpunt onder mijn voet brokkelde af en een spleet begaf het toen ik mijn vingers erin zette; ik klauterde naar een zwarte rots met een platte rug waarvan de kop, als die van de Worm in het klein, op een paar hachelijke passen bij me vandaan uit zee krulde, en doorweekt door opspattend water keek ik op en zag Ray in een lawine van stenen naar beneden komen. Hij landde pal naast me.

'Ik dacht dat ik er was geweest,' zei hij, zodra hij niet meer beefde. 'Ik zag mijn hele leven in een flits voorbijkomen.'

'Alles?'

'Nou ja, bijna. Ik zag het gezicht van mijn broer net zo duidelijk als dat van jou.'

We keken naar de ondergaande zon.

'Net een sinaasappel.'

'Net een tomaat.'

'Een goudviskom.'

We boden tegen elkaar op in onze omschrijvingen van de zon. De golven beukten tegen onze rots, sopten onze broekspijpen en prikten onze wangen. Ik deed mijn schoenen uit, pakte Ray's hand en gleed op mijn buik de rots af om mijn voeten in zee te laten bungelen. Daarna liet Ray zich naar beneden glijden en hield ik hem vast terwijl hij het water liet opspatten.

'Kom nu terug,' zei ik, terwijl ik aan zijn hand trok.

'Nee, nee,' zei hij, 'dit is verrukkelijk. Ik wil mijn voeten er nog even in houden. Het is net zo warm als in het zwembad.' Hij schopte, gromde en sloeg als een bezetene met zijn vrije hand op de rots en deed alsof hij bezig was te verdrinken. 'Red me niet!' riep hij. 'Ik verzuip! Ik verzuip!'

Ik trok hem op en door al zijn gespartel maaide hij een schoen van de rots. We visten hem op. Hij zat vol water.

'Geeft niks, het was de moeite wel waard. Ik heb niet meer pootjegebaad sinds ik zes was. Ik kan je niet vertellen hoe ik hiervan genoten heb.'

Hij dacht niet meer aan zijn vader en broer, maar ik wist dat wanneer zijn verrukking over het gepoedel in dat warme wilde water was bekoeld, hij zou terugkeren naar dat tragische huis en zijn alsmaar dunner wordende broer. Ik had Harry al talloze keren horen doodgaan en zijn gekke vader was mij even vertrouwd als Ray zelf. Ik kende elk kuchje en iedere kreet, elke graai in de lucht.

'Van nu af aan ga ik elke dag pootjebaden,' zei Ray. 'Ik ga elke avond naar het strand om eens lekker pootje te baden. Ik ga lopen plonsen en nat worden tot aan mijn knieën. En het kan me niet schelen of ze me uitlachen.'

Hij bleef een poosje roerloos zitten en dacht er ernstig over na. 'Als ik 's morgens wakker word, heb ik niets om naar uit te kijken, behalve dan op zaterdag,' zei hij toen, 'of wanneer we bij jou thuis het woordenboekspel gaan doen. Ik kon net zo goed dood zijn. Maar voortaan kan ik opstaan en denken: vanavond ga ik lekker in zee ploeteren. En nu ga ik nog een keer.' Hij rolde zijn natte broekspijpen op en gleed van de rots af. 'Hou me stevig vast.'

Terwijl hij met zijn voeten in het water spartelde zei ik: 'Dit is een rots aan het eind van de wereld. We zijn helemaal alleen. Alles hier is van ons, Ray. We kunnen iedereen uitnodigen die we willen en de rest laten stikken. Wie wou je dat er bij ons was?'

Hij had het te druk om antwoord te geven, hij ploeterde, snoof en blies alsof hij kopje-onder ging, maakte kringen in het water of liet zijn tenen loom over het oppervlak glijden.

‘Wie zou je willen dat er bij ons was, hier, op deze rots?’

Hij hing lui languit, als een dode, zijn voeten lagen roerloos in het water, zijn mond rustte op het randje van een uitholling met water in de rots, zijn hand zat stevig om mijn voet geklemd.

‘Ik wou dat George Gray bij ons was,’ zei ik. ‘Dat is die man uit Londen die in Norfolk Street is komen wonen. Jij kent hem niet. Het is de wonderlijkste man die ik ken, hij is gekker dan Oscar Thomas, en ik dacht altijd dat die alles sloeg. George Gray draagt een bril, maar zonder glazen, ’t is alleen maar een montuur. Je ziet het pas als je dicht bij hem komt. Hij doet van alles. Hij is een kattendokter en hij gaat iedere ochtend naar ergens in Sketty om een vrouw te helpen haar kleren aan te trekken. Hij zegt dat het een oude weduwe is, en dat ze zichzelf niet kan aankleden. Ik heb geen idee hoe hij haar heeft leren kennen. Hij woont pas een maand in de stad. Hij is ook doctorandus in de letteren. En wat-ie al niet in zijn zakken heeft! Een tangetje en een schaar voor katten en stapels dagboeken. Hij heeft me uit een paar voorgelezen, over de baantjes die hij heeft gehad in Londen. Hij ging altijd naar bed met een vrouwelijke politieagent, waar zij hem dan voor betaalde. Ze hield haar uniform erbij aan. Ik heb nog nooit zo’n vreemde man ontmoet als hij. Ik wou dat-ie nu hier was. Wie wou jij dat er bij ons was, Ray?’

Ray zette zijn benen weer in beweging, schopte ze recht naar achteren, liet ze hard op het water kletsen en begon te trappelen.

‘Ik wou dat Gwilym ook hier was,’ zei ik. ‘Over hem heb ik je wel verteld, hij zou een zeepreek kunnen houden. Dit is *de* plaats ervoor, geen eenzamer plek dan deze.’ O, geliefde zonsondergang! O, verschrikkelijke zee! Heb meelij met de zeelui, heb meelij met de zondaren, meelij met Raymond Price en mij! O, de avond nadert als een wolk! Amen. Amen. ‘Toe, wie wordt het nou, Ray?’

‘Ik wou dat mijn broer bij ons was,’ zei Ray. Hij klom op de platte rots en droogde zijn voeten. ‘Ik wou dat Harry hier was. Ik wou dat hij hier was, nu, op dit moment, op deze rots.’

De zon was bijna onder, gehalveerd door de schemerdonkere zee. Kou kwam opzetten, als een schuimnevel uit zee, en ik bedacht er een lichaam bij, een ijzig gewei, een druipende staart en een gerimpelde kop waar vissen doorheen zwommen. Een wind die de Head in zijn greep nam sneed kil door onze shirtjes, en de zee begon in hoog tempo onze rots te bedekken, onze rots die al vol stond met onze vrienden, levende en dode vrienden die tegen de duisternis renden. We zeiden niets tijdens het klimmen. Ik dacht dat als we onze mond opendeden we tegelijk zouden zeggen: 'Te laat, het is te laat.' We renden over het springplankgras en de schurende rotspunten, door de kuil waar Ray over bloed had gepraat, over ritselende bulten en over het ruige plateau. We stonden aan het begin van de Head en keken naar beneden, hoewel we allebei ook zonder te kijken hadden kunnen zeggen: 'Het is hoogwater.'

Het was hoogwater. De glibberige stapstenen waren verdwenen. Op het vasteland stonden een paar figuurtjes in de schemering naar ons te wenken. Zeven duidelijke figuren die op en neer sprongen en riepen. Ik dacht dat het de fietsers waren.

Ouwe Garbo

Meneer Farr liep voorzichtig en vol afkeer de donkere smalle trap naar beneden, als een oude man over een beijzelde stoep. Hij wist, zonder te kijken of uit te glijden, dat kwajongens op de donkerste plekjes bananenschillen hadden gelegd, en eenmaal bij de toiletten zou blijken dat de potten verstopt waren en de trekkers opzettelijk stukgetrokken. Hij herinnerde zich het 'Meneer Farr, bastaard' in bruine hanenpoten op de muur en de dag dat de wasbak vol bloed stond waarvan niemand wilde toegeven het verloren te hebben. Een meisje stoof langs hem heen naar boven, stootte de kranten uit zijn hand, zonder zich te verontschuldigen, en bij de toiletten verbrandde het laatste losse eindje van zijn peuk zijn onderlip toen hij vergeefs probeerde de deur open te krijgen. Ik was binnen en hoorde zijn ophef en gerammel, zijn klagende zeurstem, het driftige stampen van zijn kleine lakleren schoenen, zijn favoriete scheldwoorden – hij vloekte heftig en privé, als een mijnwerker die gewend is aan hardop denken in het donker – en liet hem erin.

'Doe je de deur altijd op slot?' vroeg hij, terwijl hij zich naar de betegelde muur haastte.

'Hij klemt,' zei ik.

Hij rilde en knoopte zijn gulp dicht.

Hij was de eerste verslaggever, een groot stenoschrijver, kettingroker, bierdrinker, en een geweldige grapjas met een rond gezicht, een ronde buik en een neus als een dartbord. Best mogelijk, dacht ik, terwijl ik zo naar hem stond te kijken in de toiletten van de redactie van *Tawe News*, dat hij ooit een soort dandy is geweest, met zo'n aanstellerig loopje en bijpassende wandelstok, horlogeketting over de buik van zijn vest, gouden tand en zelfs, wie weet, een bloem uit eigen tuin in het knoopsgat. Maar nu werd elke poging tot een accuraat of elegant gebaar in de kiem gesmoord; wanneer hij de toppen van duim en wijsvinger tegen elkaar plaatste, zag je vooral zijn nagels die afgebrokkeld en in de rouw waren, en de nicotinevlekken van zijn Woodbines. Hij gaf me een sigaret en schudde aan zijn jasje of hij ergens lucifers hoorde.

'Hier is vuur, meneer Farr,' zei ik.

Het was verstandig om met hem op goede voet te staan, hij versloeg al het grote nieuws, de sporadische moordzaken, zoals die keer dat Thomas O'Connor zijn vrouw met een fles had bewerkt – maar dat was voor mijn tijd – de stakingen en de mooiste branden. Ik droeg mijn sigaret net als hij als een bungelend onderscheidingsteken van slechte gewoonten op mijn onderlip.

'Kijk nou wat daar op de muur staat,' zei hij. 'Dat lijkt toch nergens op. Voor alles is een tijd en een plaats zou ik zeggen.'

Hij gaf me een knipoog, krabbelde op zijn kale kruin, alsof het idee daar zijn oorsprong had en zei: 'Dat heeft meneer Salomo geschreven.'

Meneer Salomo was de nieuwsredacteur en een methodist.

'Die ouwe Salomo,' zei meneer Farr, 'zou de eerste de beste baby doormidden hakken, gewoon voor de lol.'

Ik glimlachte en zei: 'Dat lijkt me ook!' Maar ik wou dat ik een antwoord had kunnen formuleren waar mijn minachting, maar niet heus, voor meneer Salomo dik bovenop lag. Dit was een groots mannelijk moment en ook het plezierigste sinds ik drie weken eerder in deze baan was begonnen: tegen een gebarsten tegeltjeswand leunen en, al rokend en grijnzend, met de blik op mijn schoen, die kringetjes trok over de natte vloer, een samenzweerderig onderonsje hebben met een oude, belangrijke man. Ik had aan mijn recensie van *De Kruisiging* moeten zitten, dat de vorige avond was gespeeld, of met mijn nieuwe hoed scheef op het hoofd door de kerstdrukte door de stad moeten slenteren, hopend op een ongeval.

'Je moet eens keer een avondje met me meegaan,' zei meneer Farr traag. 'Dan gaan we naar de Fishguard, in de haven, kun je zien hoe de zeelui zitten te breien in de bar. Wat dacht je van vanavond? En in de Lord Jersey heb je vrouwen voor een shilling. Maar jij houdt je bij je Woodbines, net als ik.'

Hij waste zijn handen op de manier waarop jongens dat doen, het vuil afvegen aan de handdoekrol, tuurde eindeloos in de spiegel boven de wasbak en draaide de punten van zijn snor omhoog om ze onmiddellijk weer te zien afzakken.

'Ga maar aan je werk,' zei hij.

Ik liep de hal in en liet hem achter met zijn gezicht tegen de spiegel en een vinger op reis door zijn harige neusgaten.

Het was bijna elf uur en het werd tijd voor een kop chocola of Russische thee in Café Royal boven de sigarenzaak in High Street, waar jongste bedienden, winkelpersoneel en jongens die bij pa op kantoor waren of stage liepen bij effectenmakelaars en advocaten, elkaar elke ochtend ontmoetten om te kletsen en verhalen uit te wisselen. Ik werkte me door de massa's en het gedrang: de types uit de Valley die voor het voetballen kwamen; het winkelend en etalagekijkend publiek uit de provincie; de zwijgende, sjofele mannen op de hoeken van de stampvolle straten, die verloren in de regen stonden; moeders met kinderwagens; oude vrouwen in zwarte, opgesmukte jurken en een mand aan de arm; knappe meiden in glimmende regenjassen en natgespette kousen; tengere en fatterige Indische matrozen, helemaal uit hun doen door het weer; zakenlui met doorweekte slobkousen; en een paddenstoelenwoud van paraplu's; en daarbij dacht ik de hele tijd aan de regels die ik nooit zou schrijven. Ik zal jullie allemaal, stuk voor stuk, nog eens in een verhaal verwerken.

Mevrouw Constable, bepakt en bezakt en rood van het winkelen, herkende me toen ze als een dolle stier uit Woolworth kwam zetten. 'Ik heb je moeder al in geen tijden gezien! O, die kerstdrukte! Doe je de groeten aan Florrie? Ik ga een kopje thee drinken in Modern. O jee,' zei ze, 'ik ben een pan kwijt!'

Ik zag Percy Lewis, die kauwgom in mijn haar smeerde op school.

Een lange man staarde naar de ingang van een hoedenwinkel, hij weerstond de schuivende menigte en bleef stokstijf staan. De hele wirwar van onbeduidende voorvallen zwol maar aan en speelde om mij heen tot ik het portiek van het café bereikte en de trap opging.

'Wat zal het zijn, meneer Swaffer?'

'Hetzelfde als altijd, alstublieft.' Chocolademelk en een koekje van 't huis.

De meeste jongens waren er al. Sommigen hadden een vaag snorretje, anderen een bakkebaard en gefriseerd haar, sommigen rookten een kromme pijp en voerden een gesprek met het ding tussen hun tanden geklemd, je zag krijtstrepen en gesteven boorden en er was zelfs een waaghals met een bolhoed.

'Kom d'r bij,' zei Leslie Bird. Hij stond in de schoenenafdeling bij Dan Lewis.

'Nog naar de film geweest van de week, Thomas?'

'Ja. In The Regal. *White Lies.* Verdomd goeie film was dat, zeg! Connie Bennett was super! Weet je nog hoe ze in dat schuimbad zat, Leslie?'

'Ach jongen, veel te veel schuim.'

De slepende klinkers van de taal op straat werden onderdrukt en het zangerige toontje van thuis werd flink onder de duim gehouden en gladgestreken.

Achter het raam op de bovenverdieping van de International Stores aan de overkant stond een groepje meisjes in winkelkleding met theekopjes in de hand. Eentje zwaaide met haar zakdoekje. Ik vroeg me af of het misschien naar mij was. 'Daar heb je dat donkere stuk weer,' zei ik. 'Ze heeft een oogje op je.'

'Ze zien er wel lekker uit in die pakjes,' zei hij. 'Maar kom je ze in de stad tegen, helemaal opgetut en zo, dan is er niks aan. Ik heb eens een verpleegstertje gekend, man, wat een prachtmeid was dat in dat uniform van d'r, echt klasse. Nee heus, ik meen het. En op een avond zou ik haar oppikken op de boulevard. Had ze haar zondagse spullen aan. Jongen, wat een afknapper, alsof ze zo uit Marks en Spencer weggelopen was.' Al pratend hield hij met een scheef oog het raam in de gaten.

Het meisje zwaaide weer en draaide zich giechelend om.

'Stelt niks voor!' zei hij

Ik zei: 'En die kleine Audrey maar lachen.'

Hij haalde een vergulde sigarettenhouder te voorschijn. 'Cadeautje,' zei hij. 'Dat ligt geheid binnen een week bij Ome Jan. Maar neem een stevige Turkse.'

Zijn lucifers heetten Allsopps. 'In het Carlton gekregen,' zei hij. 'Leuk ding achter de bar, weet van wanten. Jij bent daar nog nooit geweest geloof ik, of wel? Ga mee vanavond, dan nemen we d'r eentje. Gil Morris komt ook. Op zaterdag slaan we d'r altijd een stel achterover. En in de Melba wordt gedanst.'

'Het spijt me,' zei ik, 'maar ik ga uit met onze eerste verslaggever. Een ander keer, Leslie. Tot ziens!'

Ik legde mijn geld op tafel.

'Dag Cassie.'

'Dag Hannen.'

De regen was opgehouden en High Street blonk. Over de tramrails liep een keurige man met opgeheven vaandel een lans te breken voor godvrezendheid. Ik kende hem als meneer Matthews; hij was een paar jaar geleden gered van de Britse port en liep nu elke avond in rubber overschoenen en met een gebedenboek en een zaklantaarn door de straten. Daar ging Kruidenier Evans, door de zij-ingang van de Jachthoorn. Drie typistes haastten me voorbij op weg naar hun lunch, gepocheerd eitje en een milkshake, en lieten een spoor van lavendel na. Zou ik de lange route door de galerij nemen, even kijken naar de oude man die altijd met zijn kapotte, lege kinderwagen voor de muziekwinkel stond en voor een penny zijn pet afnam en zijn haar in de fik zette? Meer een trucje voor schooljongens eigenlijk, en ik nam de kortere weg via Chapel Street, aan de rand van een achterbuurt die Strand heette en langs de verleidelijke Italiaanse cafetaria, waar jonge jongens met oplettende ouders 's avonds laat voor twee penny patat kochten om hun kegel te maskeren voor ze de laatste tram naar huis namen. Dan de smalle trap omhoog naar kantoor en de redactieruimte binnen.

Meneer Salomo stond door te telefoon te brullen. Ik ving de laatste woorden op: 'Je bent een dromer, Williams.' Hij legde de hoorn neer. 'Die jongen is een dromer, potverblomme,' zei hij tegen niemand in het bijzonder, hij vloekte nooit.

Ik maakte mijn stuk over *De Kruisiging* af en gaf het aan meneer Farr.

'Te veel banale breedsprakigheid.'

Een halfuur later kwam Ted Williams schuchter binnen in zijn golfoutfit; hij glimlachte, maakte achter diens rug een lange neus tegen meneer Salomo, en ging stil met een nagelvijl in een hoekje zitten.

Ik fluisterde: 'Waarom stond-ie zo op je te schelden?'

'Ik was naar een zelfmoord, ene Hopkins, een tramconducteur, en de weduwe vroeg me of ik nog even een kop thee bleef drinken. Dat is alles.' Met zijn innemende gebaartjes had hij meer van een meisje dan van een man die van Fleet Street droomt en zijn veertien dagen vakantie doorbrengt met heen en weer lopen voor het gebouw van de *Daily Express* en het uitkijken naar beroemdheden in de cafés.

Zaterdags had ik mijn vrije middag. Het was één uur en tijd om te vertrekken, maar ik bleef nog wat hangen; meneer Farr zei niets. Ik deed alsof ik druk bezig was, krabbelde wat woorden neer en maakte slecht gelijkende tekeningetjes van meneer Salomo's toekanprofiel en de stompneuzige trekken van de jongste bediende, die vals stond te fluiten achter het glas van de telefooncabine. Ik schreef mijn naam, redactie *Tawe News*, Tawe, Zuid-Wales, Engeland, Europa, Aarde. En een lijstje met boeken die ik niet had geschreven: *Land van mijn voorvaderen*, een studie naar alle aspecten van de Welse volksaard; *Achttien*, een autobiografie uit de provincie; *Vrouwen zonder genade*, een roman. En nog steeds keek meneer Farr niet op. Ik schreef *Hamlet*. Meneer Farr, die hardnekkig doorging met het uitwerken van zijn verslag over de raadsvergadering zou het toch zeker niet vergeten zijn? Ik hoorde meneer Salomo, die over zijn schouder meekeek, mompelen: 'Die wethouder Daniels kan in de s zakken.' Halftwee. Ted zat te dromen. Ik deed een eeuw over mijn jas aantrekken en knoopte mijn oude schooldas eerst op de ene manier om en toen op de andere.

'Sommige mensen zijn nog te lui om hun vrije middag op te nemen,' zei meneer Farr plotseling. 'Zes uur in de achterzaal van de Lampen.' Hij keek niet eens op van zijn schrijfwerk.

'Ga je een lekkere wandeling maken?' vroeg mijn moeder.

'Ja, buiten de stad. Wacht maar niet met het avondeten.'

Ik ging naar de Plaza. 'Pers,' zei ik tegen het meisje met de Tiroolse hoed en jurk.

'Er zijn al twee verslaggevers geweest deze week.'

'Achtergrondstuk.'

Ze bracht me naar een stoel. Tijdens de informatieve voorfilm, oog in oog met elkaar omklemmende en kiemende zaden en planten als armen en benen, dacht ik aan de vrouwen van een shilling en de nichterige zeelui in de kroegen. Wie weet werd er een ruzie uitgevochten met scheermessen, en Ted Williams had een keer een bovenlip gevonden voor de zeemansmissie. Er zat een klein snorretje op. De buigzame planten dansten over het scherm. Was Tawe maar een grotere havenplaats, dan had je achterafzaaltjes met pornofilms gehad. Het leven van de aardappel liep ten einde. Vervolgens ging ik een Amerikaanse universiteit binnen en danste met de dochter van de president. De held, Lincoln, lang en donker, met een prachtgebit, wist ik snel weg te werken en zijn schim omarmend zei het meisje *mijn* naam; het studentenkoor, in badpak en met matrozenpetjes op, bezong mij als de grote jongen, als de koning; Jack Oakie en ik renden het sportveld op, en op de schouders van de menigte lieten de presidentsdochter en ik het veelkleurig verlichte doek vallen, onder een kus waarvan ik draaierig en springlevend de bioscoop uitliep, het felle lamplicht en de nieuwe regen in.

Een lang en nat uur om stuk te slaan in de menigte. Ik keek naar de rij voor de Empire, bestudeerde de affiches van *Nuit de Paris*, en dacht aan de lange benen en overrompelende gezichten van de koormeisjes die ik eerder in de week arm in arm in de winterzon door de straten had zien flaneren. Hun monden waren, dat detail had ik opgemerkt en gekoesterd voor de openingspagina van mijn *Vrouwen zonder genade* (nooit van de grond gekomen), als karmozijnen littekens; ze hadden ravenzwart of zilverkleurig haar; en hun geur en kleur deed me denken aan de warme en chocoladekleurige oriënt en hun ogen waren als stille wateren. Lola de Kenway, Babs Courcey en Ramona Day zouden mijn hele leven bij me blijven. Tot het moment dat ik aan een kwijnende, pijnloze ziekte zou sterven en mijn zorgvuldig gerepeteerde laatste woorden uitsprak zouden ze me altijd vergezellen, me herinneren aan mijn dode jeugd, mijn lang vervlogen nachten in High Street, toen de etalageruiten schitterden, gezang uit de kroegen schalde en de verleidsters van het platteland met rinkelende oorhangers en hun handtasjes op schoot in de walmende cafetaria's zaten. Ik stopte om de etalage van Vuile Blacky, Feestartikelen, te bekijken, maar er lag onschuldig spul, alleen maar jeuk-en niespoeder, stinkbommen en rubberen pennen en Charlie Chaplin-maskers; alle nieuwigheden lagen binnen, maar ik durfde de winkel niet in uit angst door een vrouw te worden bediend: mevrouw Vuile Blacky met haar snorretje en doorgrondende blik, of een schriel meisje met een hondengezicht dat ik er ooit had gezien en dat knipoogde en naar zeewier rook. Op de markt kocht ik wat roze adempastilles, je wist maar nooit.

Het achterzaaltje van De Drie Lampen zat stampvol oudere mannen. Meneer Farr was er nog niet. Ik stond aan de bar, tussen een wethouder en een advocaat, dronk een bier en wilde dat mijn vader me zo kon zien, maar was tegelijkertijd ook blij dat hij bij oom A. in Aberavon op bezoek was. Hij zou zeker inzien dat ik geen kleine jongen meer was, en evenzo zeker boos worden over mijn hangende peuk en de scheve stand van mijn pet en de dreiging die uitging van de bierpul in mijn vuist. Ik hield van de smaak van bier, het bruisende witte schuim, de koperheldere diepte, de overrompelende wereld door de natte bruine wanden van het glas, de schuine zwaai naar de lippen, en het trage wegklokken naar de klotsende buik, het zout op de tong en het schuim in de mondhoeken.

'Nog een keer hetzelfde, juffrouw.' Ze was van middelbare leeftijd. 'Neem je d'r zelf ook eentje?'

'Niet in werktijd, maar toch bedankt.'

'Geen dank.'

Was dat een uitnodiging voor een drankje na afloop, om bij de achterdeur te blijven wachten tot ze naar buiten glipte en samen door het donker langs de promenade en het strand te lopen en een zacht duin op te zoeken waar de stelletjes onder hun jassen lagen te vrijen en naar de vuurtoren van Mumbles keken? Ze was mollig en gewoontjes, haar in een netje gevangen haar was kastanjebruin met grijze plukken. Ze gaf me mijn wisselgeld zoals een moeder haar zoontje wat geld in de hand drukt voor de film, maar ik wilde niet met haar uit, al deed ze er slagroom op.

Meneer Farr haastte zich door High Street, waarbij hij bruusk elk aanbod van schoenveters en lucifers afsloeg en zijn blik van de smoezelige menigte afwendde. Hij wist dat de arme, zieke, afstotelijke en ongewenste mensen hem zo dicht op de huid zaten dat hij, door één blik van herkenning, één sympathiek gebaar, tussen hen ten onder zou gaan en de avond definitief bedorven zou zijn.

'Je bent halveliter-drinker, zie ik,' zei hij bij mijn elleboog.

'O, goeienavond, meneer Farr. Alleen zo af en toe, voor de verandering. En wat drinkt u? Smerig weer, niet?' zei ik.

Veilig in een bloeiende kroeg, buiten het bereik van de regen en het rumoer op straat, waar de armen en het verleden hem niet konden raken, hief hij in gezelschap van zakenmensen en lui die gestudeerd hadden zijn glas in een trage beweging naar het licht. 'En het wordt nog smeriger,' zei hij. 'Wacht maar tot je in de Fishguard bent. Op je gezondheid! Daar kun je de zeelui zien breien. En de oude viswijven in de Jersey. Je moet er naar de w. voor een hapje frisse lucht.'

Kruidenier Evans, kwam schichtig binnen door een zijdeur die schuilging achter een gordijn, fluisterde zijn drankje, schermde het af met een flap van zijn jas en sloeg het in het geheim achterover.

'Hetzelfde,' zei meneer Farr, 'en een kleintje voor meneer hier.'

De bar had te veel pretenties om enige kerstsfeer uit te stralen en een bordje liet weten: 'Geen Dames'.

We lieten meneer Evans drinkend in zijn tent achter.

In Goat Street joelden kinderen en één jongen trok aan mijn mouw en vroeg met al zijn data in de war om een penny voor Guy Fawkesdag. Grote vrouwen met mannenpetten op stonden onverzettelijk in hun deuropening en een bekakt meisje gaf ons een knipoog bij de hoek van het groene ijzeren openbare toilet tegenover het Carlton Hotel. Binnen klonk muziek, de bar was versierd met slingers en ballonnen, een tuberculeuze zanger kleefde aan de piano, achter de tap stak Leslie Birds knappe barmeisje de gek met een groepje jongens die zo ver mogelijk over de bar hingen en vroegen of ze haar jarretels mochten zien en die haar gin-citroen, eenzame wandelingetjes bij maanlicht en kleffe avonturen in de bioscoop aanboden. Meneer Farr grijnsde spottend in zijn glas, ik keek jaloers naar de jongens en zag hoe hun heisa bij haar in de smaak viel, hoe ze hen zachtjes op hun handen tikte en, trots op haar uiterlijk schoon en vrolijkheid, wiegend achterover leunde om de bierkranen te bedienen.

''n Stel domme jochies uit de Valley.' Dat wordt nog kotsen vanavond,' zei hij met zichtbaar genoegen.

Andere jongens, sluik haar, bleek, gedrongen, met hoge jukbeenderen en diepliggende ogen, felgekleurde dassen, dubbele rijen knopen op hun vesten en wijde broeken, sommigen pokdalig van de mijn, hun brede handen met littekens en beschadigd, allemaal opgetogen en halfdronken, stonden rondom de piano te zingen, en de tenor met de ingevallen borst gaf met heldere stem de toon aan. O! kon ik me bij het flikflooien of het swingende koor aansluiten, *Manna uit de Hemel* loeien met mijn schouders naar achteren en inhaken bij *Little Moscow*, of 'brutaaltje' en 'lekker ding' naar mijn hoofd krijgen terwijl ik stond te geinen en te lonken naar de bar en onschuldig en geil sjanste, wat alleen maar tot niets kon leiden te midden van al dat gemorste bier en de groeiende stapels glazen.

'Ga je mee bij deze verdomde nachtegalen vandaan?' zei meneer Farr.

'Ja, weg uit die klereherrie,' zei ik.

'Nu komt het betere werk.' We slopen door steegjes in Strand, langs het lijkenhuis, door een gasverlicht straatje waar onzichtbare baby's in koor lagen te brullen en bereikten de ingang van de Fishguard op het moment dat een als meneer Evans ingepakte man voor onze neus naar buiten schoof met een fles of een kroes in zijn gehandschoende hand. De bar was leeg. Achter de tapkast zat een oude man met bevende handen; hij staarde naar zijn knol van een polshorloge.

'Vrolijk Kerstfeest, pa.'

'Goeienavond, meneer F.'

'Slokje rum, pa.'

Een rode fles beefde boven twee glazen.

'Heel speciaal soort gif, jongen.'

'Van dit spul gaan je ogen bol staan,' zei meneer Farr.

Mijn ijzeren kop stond fier overeind, van een beetje zeemansrum zou mijn granieten maag niet van streek raken. Arme Leslie Bird, de port-nipper, en kleine Gil Morris, die elke zaterdagavond losbandige uitputting onder zijn ogen aanbracht met een potlood. Ik wou dat ze me nu hadden kunnen zien, in dit donkere zaaltje met de loslatende foto's van boksers aan de muur.

'Meer gif, pa,' zei ik.

'Waar zit de hele club vanavond? Aan de Riviera?'

'Ze zitten in de gelagkamer, meneer F., er is een feestje voor de dochter van mevrouw Prothero.'

In de achterkamer, onder een beslagen koninklijke familie, zat een rij in het zwart gestoken vrouwen op een harde bank te lachen en te huilen, hun borrelglas geflankeerd door hun Guinness. Op een bank tegenover hen zaten twee mannen in truien onder het intense genot van hun bier met de emoties van de vrouwen mee te knikken. En op de ene stoel in het midden van het vertrek zat een oude vrouw met een onder haar kinnen gestrikte muts, een veren boa en witte gymschoenen. Ze giechelde en snikte boven iedereen uit. Wij gingen op de mannenbank zitten. Een van de twee tikte even met een gewonde hand tegen zijn pet.

'Waar is het feestje voor, Jack?' vroeg meneer Farr. 'Laat me je voorstellen aan mijn collega, meneer Thomas; dit is Jack de Kouwe, hij is de beheerder van het mortuarium.'

Jack de Kouwe sprak uit een mondhoek. ''t Is voor mevrouw Prothero daar. Wij noemen haar Ouwe Garbo, omdat ze niet op haar lijkt, begrijp je. Een uur geleden of zo kreeg ze bericht uit het ziekenhuis, Winifred van mevrouw Harris kwam er mee aan, dat haar tweede dochter in het kraambed was gestorven.'

'Een meisje, ook dood,' zei de man naast hem.

'Dus kwamen alle ouwe vriendinnen langs om haar verdriet te delen, en ze hebben een flinke collecte gehouden voor d'r, en daar drinkt en trakteert ze nu van. We hebben al een paar glazen van d'r gekregen.'

'Schandalig!'

De rum brandde en stak in het snikhete vertrek, maar mijn hoofd was een rots in de branding en ik kon wel twaalf boeken schrijven nog voor het weer licht zou worden en de barkeepster van het Carlton als een tonnetje het hele Tawe-strand over rollen.

'Een rondje voor iedereen!'

Voor een nieuw publiek gingen de vrouwen nog luidruchtiger te keer, klopten mevrouw Prothero op haar knieën en handen, zetten haar muts recht en prezen haar dode dochter.

'Wat zal het zijn, m'n lieve mevrouw Prothero?'

'Nee, lieve, 't is mijn beurt, het beste van het huis.'

'Nou, een Guinness zou niet gek zijn.'

'Met een scheutje van iets erin, lieverd.'

'Nou, op Margie dan maar.'

'Denk je eens in dat ze hier nu was, lieverd, en *One of the Ruins* of *Cockles and Mussels* zong; ze had een stem als een dame.'

'O, toe nou, mevrouw Harris!'

'Ach, we willen u alleen maar een beetje opfleuren. Verdriet is des duivels oorkussen, mevrouw Prothero. Kom, lieverd, laten we wat zingen samen.'

'De bleke maan rees boven de grijze bergen uit,
De zon gleed in de blauwe zee,
En naar de kristalfontein nam ik mijn liefje mee,'

zong mevrouw Prothero.

'Het was haar dochters lievelingslied,' zei de vriend van Jack de Kouwe.

Meneer Farr tikte me op de schouder; zijn hand viel traag en van grote hoogte op me neer, en zijn dunne vogelstem praatte vanuit een gonzende kring op het plafond. 'Wij gaan even wat frisse lucht halen.' De paraplu's, de mutsen, de witte gymschoenen, de flessen en de meeldauw-koning, het zingende mortuarium-type en *the Rose of Tra-*

lee, zwommen gezamenlijk door de gelagkamer; twee kleine mannen, meneer Farr en zijn tweelingbroer, geleidden me over een ijsvloer richting deur, de koele avondlucht was een klap in mijn gezicht. De avond rolde over me heen. Een muur bezweek en sloeg me mijn vilthoed af; de broer van meneer Farr verdween onder de kasseien. Daar kwam een muur als een buffel; spring aan de kant, jongen. Hier, een slokje angostura, neem een slokje brandewijn, Fernet Branca, Polly, O, oo! Hé moederskindje, hier, neem er nog eentje tegen de kater.

'Voel je je al wat beter?'

Ik zat in een pluchen stoel die me nog niet eerder was opgevallen, nipte van een mottenballenbrouwsel en genoot van een woordenwisseling tussen Ted Williams en meneer Farr. Meneer Farr beweerde streng: 'Jij was op zoek naar een matroos.'

'Nee, helemaal niet,' zei Ted. 'Ik was op zoek naar wat *couleur locale*.'

Op de bordjes aan de muur stond: 'The Lord Jersey. Eigen.: Titch Thomas'. 'Gokken Verboden'. 'Niet Vloeken, GVD'. 'Zelfredzaamheid geldt alleen Onze Lieve Heer'. 'Geen Dames toegestaan, behalve Dames'.

'Dit is een grappige kroeg,' zei ik. 'Heeft u die bordjes gezien?'

'Alles in orde nu?'

'Alleen een beetje draaierig.'

'Daar heb je een leuk meisje voor jou. Kijk, ze lonkt naar je.'

'Maar ze heeft geen neus.'

Mijn drankje was als bij toverslag in bier veranderd. Hamergeklop. 'Stilte! Stilte!' Bij dat geluid in een nieuwe bar riep een voorzitter zonder das, maar met sigaar, plotseling ene meneer Jenkins op om *The Lily of Laguna* te spelen.

'Op verzoek,' zei meneer Jenkins.

'Stilte! Stilte! voor Katie Sebastopol Street. Wat ga je doen, Katie?'

Ze zong het volkslied.

'Meneer Fred Jones komt weer over de brug met iets uit zijn schalkse repertoire.'

Een gebroken baritonstem bedierf het koor: ik herkende de stem als die van mijzelf en spoelde hem weg.

Een meisje van het Leger des Heils probeerde het onheil van twee brandweermannen van zich af te houden en verkocht ze een *Strijdkreet*.

Een jongen met een oogverblindende zakdoek om zijn hoofd, zwart-witte zomerschoenen met uitsparingen voor de tenen en geen sokken danste tot de hele bar riep: 'Mabel!'

Naast mij stond Ted te klappen. 'Wat een stijl! "*De Nijinsky van het nachtleven,*" dat zou nog eens een artikel zijn! Zou ik een interview met hem kunnen regelen?'

'Leuk geprobeerd, hoor,' zei meneer Farr.

'Je moet me niet kwaad maken.'

Een wind uit de haven sneed door de straat, ik hoorde de ronkende baggermachine in de baai en de hoorn van een binnenkomende boot, de gaslantaarns bogen en bukten, en toen sloot de rook zich andermaal voor de groezelige muren met het druipende koninklijke stel George en Mary boven de vrouwenbank, en Jack de Kouwe fluisterde, met zijn hand als de klauw van een beest voor zich uit: 'De Ouwe Garbo is weg.'

De droevige en vrolijke vrouwen kropen tegen elkaar aan.

'Die kleine meid van mevrouw Harris had het verkeerd begrepen. De dochter van Ouwe Garbo is zo gezond als een vis, de baby was doodgeboren. En nu willen de meiden hun geld terug, maar ze kunnen Garbo nergens vinden.' Hij likte aan zijn hand. 'Maar ik weet waar ze naartoe is.'

Zijn vriend zei: 'Naar een kroeg over de brug.'

Op gedempte toon maakten de vrouwen mevrouw Prothero uit voor leugenaarster, bedriegster, overspelige moeder en dievegge.

'Ze heeft je weet wel wat.'

'Nooit van genezen.'

'Ze heeft een tatoeage, "Charlie".'

'Ze is me nog bijna vier shilling schuldig.'

'Mij bijna drie.'

'Het geld voor mijn gebit.'

'Een shilling en een zesstuiverstuk van mijn AOW.

Wie bleef mijn glas maar vullen? Het bier stroomde over mijn wangen en kraag. Mijn mond liep over van speeksel. De bank tolde. Het zaaltje in de Fishguard kapseisde. Meneer Farr trok zich langzaam terug; de telescoop draaide om en zijn gezicht, met de grote, harige neusgaten, ademde tegen het mijne.

'Meneer Thomas moet dadelijk kotsen.'

'Pas op uw plu, mevrouw Arthur.'

'Hou zijn hoofd vast.'

De laatste tram rammelde naar huis. De penny voor een kaartje had ik niet. 'Jij moet er hier uit. Voorzichtig!' De draaiende heuvel naar mijn ouderlijk huis klom tot in de hemel. Er was niemand meer op. Ik ging op handen en voeten naar een woest bed en alle behangmeren liepen in elkaar over en verzwolgen me.

Zondag was een rustige dag, hoewel de klokken van St. Mary een mijl verderop nog tot lang na kerktijd in de holtes van mijn hoofd naklonken. Ervan overtuigd dat ik van mijn leven geen drup meer zou drinken, lag ik tot het middageten in bed en herinnerde me de onvaste vormen en de verre stemmen van de stad na sluitingstijd. Ik las de kranten. Al het nieuws was beroerd die ochtend, maar één artikel met de kop *Onze Lieve Heer hield van bloemen*, bracht me tot tranen van verwarring en berouw. Ik meldde me af voor het zondagse braadvlees en de drie groenten.

Die middag zat ik alleen in het park vlakbij de verlaten muziekkapel. Ik onderschepte een prop papier die door de wind over het grindpad naar de rotstuin werd geblazen, streek hem glad over mijn knie en schreef de eerste drie regels van een gedicht zonder hoop. Een hond kwam me besnuffelen op het plekje waar ik neergehurkt zat, achter een kale boom in de kou, en hij wreef zijn snoet tegen mijn hand. 'Jij bent mijn enige vriend,' zei ik. Hij snufte en krabde aan één stuk door en bleef bij me tot het begon te schemeren.

Op maandagmorgen, overlopend van schaamte en haat en te bang om er weer naar te kijken, verscheurde ik het artikel en het gedicht. Ik smeet de snippers boven op de klerenkast, en tegen Leslie Bird zei ik onderweg naar kantoor in de tram: 'Man, je had erbij moeten zijn zaterdag, Jezus!'

Vroeg op dinsdagavond, de avond voor Kerstmis liep ik met een geleende halve kroon op zak het achterzaaltje van de Fishguard binnen. Alleen Jack de Kouwe zat er. De vrouwenbank lag bedekt met stukken krant. Aan de lamp hing een tros ballonnen.

'Op je gezondheid!'

'Vrolijk Kerstfeest!'

'Waar is mevrouw Prothero?'

Zijn hand zat inmiddels in het verband. 'O! Heb je dat nog niet gehoord? Ze heeft haar hele collecte erdoor gejast. Ze is ermee naar De Hartelust gegaan, over de brug. Ze heeft zich voor de hele ouwe vriendinnenclub onzichtbaar gemaakt. Meer dan een pond was het. Ze had er al een hoop van uitgegeven toen ze erachter kwamen dat haar dochter niet dood was. Toen durfde ze hen niet meer onder ogen komen. Hier, deze krijg je van mij. Dus heeft ze de rest opgemaakt, maandag bij het sluiten van de kroegen was het op. Toen zagen een paar mannen op de bananenboten haar over de brug lopen. En halverwege stopte ze. Maar ze kwamen te laat.'

'Vrolijk Kerstfeest.'

'Nu hebben we een paar gymschoenen op de tafel in het lijkenhuisje.'

Geen van Ouwe Garbo's vriendinnen kwam die avond opdagen.

Toen ik dit verhaal een hele poos later aan meneer Farr liet zien, zei hij: 'Je zit er helemaal naast. Je hebt de mensen door elkaar gehaald. Die jongen met de zakdoek danste in de Jersey. Fred Jones zong in de Fishguard. Doet er niet toe. Ga mee vanavond, dan nemen we d'r eentje in de Nelson. Er is daar een meisje dat je zal laten zien waar een matroos haar heeft gebeten. En er is een politieagent die Jack Johnson heeft gekend.'

'Ik zal ze allemaal en één voor één nog eens in een verhaal verwerken,' zei ik.

Een warme zaterdag

De jongen in zijn schipperstrui, die vlakbij de strandhutjes zat om te kijken naar de bruine en witte vrouwen die naar buiten kwamen, en naar de groepjes knap uitziende meisjes met bleke v-halzen en geroosterde ruggen, die op lelijke voeten met roodgelakte teennagels voorzichtig hun weg naar zee zochten over de scherpe steentjes, tekende een grote vrouwenfiguur in het zand; een naakt kind, net uit zee, rende er overheen, druppels afschuddend, en bezorgde de figuur twee grote waterige ogen en een gat in haar vertrapte middel. Hij veegde de vrouw uit en tekende een man met een bierbuik; het kind rende erover, schudde haar haar uit en spatte een rij knopen recht over zijn buik naar beneden en een serie druppels als een plasje op een kindertekening tussen de lange met schelpen ingelegde benen.

Te midden van een menigte picknickende vrouwen met hun kinderen, die loom en klam in de snikhete zon lagen, of druk in de weer waren met papieren draagtassen, of kastelen bouwden die meteen weer vernield werden door een onbehouwen menigte andere picknickers op weg naar het volgende stuk strand, en omgeven door ijsgeroep, het driftige en vrolijke geschreeuw van balspelende jongens en het gillen van meisjes wanneer de zee tot hun middel kwam, zat de jongen eenzaam naast de schaduwen van zijn falen. Enkele zwijgende echtgenoten, met opgerolde broekspijpen en afhangende bretels liepen traag langs de waterlijn, pootjebadende vrouwen in zware, zwarte picknickjurken lachten om hun eigen benen, honden renden stenen na, en een trotse jongen bereed de golven op een opblaaszeehond. De jongen zag, vanuit zijn eigen wildernis, het tafereel van de vrije zaterdag vals en mooi, als een platte ansicht onder een alledaagse zon voor zich uitwaaieren; de families die zich vermaakten met papieren zakken, emmertjes, schepjes, parasols en flessen, de blije, bakkende en verlangende meisjes met zonnebrandolie in hun tassen, de gebronsde jongens met de brede schouders, en de jaloerse, witte jongens in hun mouwloze vesten, de dunne, melkwitte, harige, meelijwekkende benen van de huisvaders, die stil door het water waadden, de plompe krulharige, kortgeknipte en kromgebogen kinderen dwaas van dit genot zonder weerga in het smoezelige zand, maakten in hem, zo dacht hij niet zonder pathos in zijn afzondering, een oud gevoel van schaamte en medelijden wakker; en buiten elk idee van een vrije dag staand, als een jongen die voor eeuwig veroordeeld was tot het gezelschap van zijn knagende fantasieën, verheven boven de krachtige en alledaagse, zwetende, zon-gewekte kracht en stompzinnigheid van het zomervlees op een dagje uit in een andere wereld, ving hij toch de bal die een jongetje met een blikken dienblad de lucht in had geslagen, en stond op om hem terug te gooien.

Het jongetje vroeg of hij mee wilde doen. Een klein stukje verderop stond een vriendelijke familie te wachten, de vrouwen met verwaaid haar en de punten van hun jurk bij de pijpen van onderbroek in, de mannen in hemd en op blote voeten, een stel kinderen in zwembroek en vermaakt ondergoed. Hij wierp de bal verbeten naar een vader die met een dienblad voor een wicket van hoeden stond. 'De eenzame wolf aan de bal,' zei hij tegen zichzelf, toen het dienblad een slinger maakte.

Hij joeg de bal achterna, richting golven, vloog met een knipoog langs zich uitkledende vrouwen, viel struikelend over een zandkasteel in een slangennest van natte meiden, doorweekte zijn schoenen toen hij de bal van een golf plukte en voelde zijn geluk terugkeren in de triomf van zijn lichaam. 'Hou je vast, Duckworth, d'r komt een knaller!' riep hij naar de moeder achter de hoeden. De bal ketste tegen het hoofd van een jongen. Tussendoor en langs de verspreide families, de broodjes en de kleren, speelden ooms en moeders de carambolerende bal terug. Een kale man met zijn hemd uit de broek gooide hem de verkeerde kant op terug, en een collie sjouwde ermee naar zee. Nu was de moeder aan de beurt met het dienblad. Dienblad en bal vlogen allebei over haar hoofd. Een oom met een panamahoed smeet de bal naar de hond, die ermee buiten ieders bereik zwom. Ze boden de jongen broodjes 'ei-en-waterkers' aan en lauw donker bier, en hij en een oom en een vader gingen op de *Evening Post* zitten tot de zee hun voeten raakte.

Weer alleen – heet en ongelukkig, want het triomfantelijke moment dat hij zo in harmonie en met veel kabaal had rondgerend tussen al die liggende en rennende onbekende mensen, was weggeslagen, als een bal de zee in, zei hij bij zichzelf – liep hij naar een plek op het strand waar een hel-en-verdoemenis-preker op een zeepkist met de tekst 'Mr. Matthews' het woord tot een verzameling uitdrukkingloze vrouwen richtte. Jongens met proppenschieters zaten rustig naast hem. Een haveloze man ging met de pet rond maar haalde niets op. Meneer Matthews zwaaide met zijn koude handen en ging zo tekeer tegen de vakantiedag en de vervloekte zomer dat zijn kist ervan schudde. Hij riep luid om nieuwe warmte. De krachtige zon drong zijn botten binnen en hij knoopte zijn jaskraag dicht. Kinderen uit de Valley, met diepliggende brutale ogen, ratelende tongen, zangerige stemmen en schelpdunne borstkasjes, verzamelden zich rond de poppenkast en de ijscokar en hij loochende ze allemaal. Hij voer uit over de meisjes in hun ondergoed die hun haar kamden en zich optutten, en de zedige meisjes die zich handig omkleedden onder handdoektentjes.

Terwijl meneer Matthews de zondige stad kastijdde, de jongens met hun blote buiken die om de ijscoman heen dansten in de ban deed en de zonverbrande dijen van de meisjes bedekte met zijn zwarte overjas – 'Neer! Neer!' riep hij, 'de nacht is over ons gekomen,' – stond de jongen er neerslachtig bij, naast zijn schaduw, en dacht aan Porthcawl en aan Coney Beach, waar zijn vrienden met hun meisjes over de achtbaan roetsjten of door de tunnel met de geraamtes in het spookhuis vlogen. Leslie Bird zou armenvol kokosnoten hebben. Brenda stond met Herbert bij de schiettent. Gil Morris trakteerde Molly op een cocktail met een kers in de Esplanade. En hier stond hij, en luisterde naar meneer Matthews, de drinker-in-ruste, die duisternis afriep over het avondstrand. Het geld brandde in zijn zak en de zaterdag doofde langzaam uit.

In zijn eenzaamheid had hij hun uitnodigingen afgeslagen. Herbert was in zijn lage, rode sportwagen, GB-landensticker achterop, blonde mooie meid op de radiator, bij zijn ouderlijk huis langsgekomen, maar hij had gezegd: 'Ach nee, jongen, ik ben niet in de stemming, ik ga er een rustig dagje van maken. Maak een hoop lol, jullie. En drink niet te veel limonade!' Slechts in afwachting van de zonsondergang nog, stond hij in de droeve kring van vreugdeloze vrouwen, die naar een punt in de lucht achter hun profeet staarden, en wilde dat het weer ochtend was. O, verdomme! Nu je geld over de balk te kunnen smijten op de kermis, in de spiegelbar zitten met een dure borrel en een Turkse sigaret, de laatste schuine mop aan de meiden vertellen, de zon door de palmen van de bar zien ondergaan over de promenade, de rolstoelen, de kreupelen en de weduwen, de besjaalde weekend-echtgenotes in hun strandbroeken, de knappe meiden met kuslippen en hun saaie vriendinnen met bril, de onschuldige, luidruchtig paraderende kwajongens, de naar de enkels happende dwergkezen en de rondfietsende snoepventers. Ronald had de boot naar Ilfracombe genomen, de Lady Moira, en zou nu met een gezelschap uit Brynhyfryd in de stampvolle bar staan en borrels achteroverslaan zonder ook maar een gedachte aan zijn eenzame vriend op het strand, broodnuchter om zes uur, en met een avond zo saai als een kerkdienst in het vooruitzicht. Al zijn vrienden waren in hun pleziertjes opgegaan.

Hij dacht: dichters leven en lopen met hun gedichten om zich heen; een man met ideeën heeft geen gezelschap nodig; zaterdag is en rauwe dag; ik moet naar huis en op mijn kamer bij de verwarmingsketel gaan zitten. Maar hij was geen levende en lopende dichter, hij was een jonge jongen in een badplaats op een warme vrije dag met twee pond om stuk te slaan; hij had geen ideeën, alleen maar twee pond en een klein lichaam dat met beide voeten op het met rotzooi bezaaide strand stond; waardigheid was voor oude mannen; en hij liep weg, de spoorwissels over naar de straat waar de tramsporen liepen.

Hij sneerde naar de bloemenklok in het Victoriapark.

'En hoe nu verder met deze eigenwijze kwast?' zei hij hardop, en een jonge vrouw op een bankje tegenover het witbetegelde urinoir schoot in de lach en legde haar roman neer.

Ze had haar kastanjebruine haar ouderwets hoog opgestoken, met een paar losse krullen en een knotje waaruit een witte warenhuisroos met een boogje naar haar oor groeide. Ze had een witte jurk aan met een rode papieren bloem op haar borst, en ze droeg ringen en armbanden van de kermis. Ze had kleine, helgroene ogen.

Hij overzag, nauwkeurig, koel, in één oogopslag alle opmerkelijke details van haar verschijning; het was die rustige, onaantastbare zekerheid in haar pose onder zijn aftastende blik, die onbevangen overtuiging – in haar glimlach en houding van haar hoofd – dat haar vriendelijke, open vreemdheid haar beschermde tegen lompe toenaderingen en brutale blikken, die zijn vingers deed trillen. Hoewel haar jurk lang was en hooggesloten, had ze net zo goed naakt op die afgebladderde bank kunnen zitten. Haar glimlach bekende: ik ben naakt en volmaakt en verlangend en warm onder deze stof en ik wacht op je, zonder enig schuldgevoel.

Wat is ze beeldschoon, dacht hij, terwijl zijn verstand naar woorden zocht en zijn ogen naar haar haar en die rode en blanke huid keken, wat zit ze daar prachtig op mij te wachten, maar ze weet niet dat ze zit te wachten en ik zal het haar nooit kunnen vertellen.

Hij was blijven staan en staarde. Ze zat te glimlachen als een zelfverzekerd meisje voor een camera, haar handen gevouwen en haar hoofd een beetje schuin, zodat de roos haar nek streelde. Ze nam zijn bewondering in ontvangst. Het meisje uit duizenden zoog zijn lange blik in zich op en koesterde zijn onbeholpen liefde.

Steekmugjes vlogen zijn mond binnen. Hij haastte zich beschaamd verder. Bij het parkhek draaide hij zich om, om haar voor de laatste keer van zijn leven te zien. Zij had bij zijn abrupte en klungelige vertrek haar kalmte laten varen en staarde hem vertwijfeld na. Eén hand ging de lucht in, als om hem terug te wenken. Als hij bleef staan zou ze hem roepen. Hij liep de hoek om en over de begroeide muren hoorde hij haar stem, honderd stemmen, zijn naam roepen en nog honderd namen die allemaal de zijne waren.

En hoe nu verder, met deze doodsbange, eigenwijze kwast van een smoorverliefde jongen? vroeg hij stil aan zijn tegenpool in de misvormende spiegel van het verlaten café Victoria. Zijn aapachtig hangende gezicht, met BASS op het voorhoofd, antwoordde met een gebarsten sneer.

Als ze Venus binnenbrachten op een presenteerblaadje, zeiden de twee meloenlippen, zou ik om azijn erbij vragen.

Zij had me van mijn wroeging kunnen bevrijden; zij had mijn schaamte kunnen wegnemen; waarom ben ik niet gestopt om met haar te praten? vroeg hij.

Wat jij zag in het park was een verknipte hoer, antwoordde zijn spiegelbeeld. Een kind van moeder natuur, ja hoor, maak het nou! Dauwdruppels in haar haar gezien soms? Hou nou maar op met dat gepraat tegen de spiegel, je lijkt wel een vent in een tijdschrift. Ik ken je veel te goed.

Een nieuw hoofd, pafferig en met een scheve mond, wiegde achter zijn schouder. Hij draaide zich om en hoorde de barman zeggen: 'Heeft je grote liefde je laten zitten? Je ziet eruit als een opgewarmd lijk. Neem er eentje van het huis. Gratis bier vandaag. Extra sterk. Hij haalde de bierhendel over. 'Wij schenken alleen het allerbeste. Zo uit het vat. Man, jij ziet er bescheten uit,' zei hij, 'de enige overlevende uit het wrak en het enige wrak dat het heeft overleefd. Op je gezondheid!' Hij dronk het bier dat hij had getapt.

'Mag ik een glas bier alstublieft?'

'Wat een vraag, is dit geen café soms?'

Op de gladgepoetste tafel midden in het café tekende de jongen, zijn vinger in het bier dopend, het ronde hoofd van een meisje en klodderde er een gele pluk schuimend haar op.

'Ach! Smeerkees!' zei de barman. Hij kwam vanachter zijn tapkast gerend en wreef de kop weg met een droge doek.

De viezigheid met zijn hoed afschermend, schreef de jongen zijn naam op de tafelrand en keek hoe de letters droogden en wegtrokken.

Door het open erkerraam, voorbij de in onbruik en onder het zand geraakte spoorrails, zag hij de zwarte stipjes van de badgasten, de gedrongen strandtenten, de rondspringende dwergen bij de poppenkast en de kleine kring van gelovigen. Sinds het moment dat hij daar had gelopen en gespeeld in die overvolle wildernis, als excuus voor zijn wanhoop en op zoek naar gezelschap, dat hij tegelijkertijd afwees, had hij zijn eigen ware geluk gevonden en meteen weer verspeeld in een vertwijfelde en klungelige halve minuut bij de HEREN onder de bloemenklok. Ouder en wijzer, en niets opgeschoten, zou hij in de spiegel hebben gekeken om te zien of zijn ontdekking en zijn verlies zich op zijn gezicht hadden afgetekend, in schaduwen onder zijn ogen of lijnen om zijn mond, maar hij wist bij voorbaat welk antwoord hij van het misvormde spiegelbeeld zou krijgen.

De barman kwam bij hem zitten en zei met valse stem: 'Goed, vertel nou maar eens precies wat er is gebeurd, mij kun je een geheim wel toevertrouwen.'

'Er valt helemaal niets te vertellen. Ik zag een meisje in het Victoriapark en ik was te verlegen om iets tegen haar te zeggen. Maar mijn lieve God, wat een hemels ding was ze.'

Zich schamend voor zijn behoefte aan een luisterend oor, zelfs in het diepst van zijn liefdesverdriet, met haar rustige gezicht op zijn netvlies en haar glimlach die hem vermaande en vergaf terwijl hij sprak, belasterde de jongen zijn meisje op de bank. Hij haalde haar omlaag, door het spuug en het zaagsel op de vloer, en dofte haar op en gaf haar zo veel mee dat de barman zei:

'Ik hou zelf ook van lekker mollig. Een rondje Bessy is een rondje gasfabriek. Man, heb ik eens de kans van mijn leven gemist. Vijftig schatjes in hun blootje, maar mijn aansteker weigerde dienst.

De barman tapte een glas bier, dronk het leeg, en tapte een volgend glas.

'Ik drink er altijd eentje met de klant mee,' zei hij, 'dat brengt ons op gelijke voet. Nu zijn we gewoon twee vrijgezelle jongens met liefdesverdriet.' Hij ging weer zitten.

'Mij kun je niets nieuws meer vertellen,' zei hij. 'Ik heb eens meer dan twintig danseressen van de Empire hier in 't café gehad, het hele stel was ladderzat. Jongen, wat een beauty's! En o la la, die benen!'

'Komen ze vanavond?'

'Deze week hebben ze alleen maar een vent die een vrouw doormidden zaagt.'

'Hou een helft voor me achter.'

Er kwam een dronken man binnenlopen over een onzichtbare witte streep, en de barman wankelde, een en al sympathie, meteen op hem af en serveerde hem een glas bier. 'Gratis bier vandaag,' zei hij. Gratis extra sterk. Jij hebt in de zon gezeten.'

'Ik heb de hele dag in de zon gezeten,' zei de man.

'Ik vond al dat je er verbrand uitzag.'

'Da's van de drank,' zei de man, 'ik heb wat gedronken.'

'Deze vrije dag nadert zijn einde,' fluisterde de jongen in zijn glas. Zeg maar dag met je handje, alles is voorbij, dacht hij, terwijl hij met meer interesse dan hem lief was de lollige ansichten van vrouwen met bergen van billen en spillebenige janhennen met verrekijkers op het strand bestudeerde, die op de muur zaten geplakt onder een plaat van een terriër die een glas donker bier achteroversloeg. En nu zat hij met een jolige barman en een dronkelap onder een gekreukte pet de mislukte dag weg te spoelen. Hij schoof zijn hoed schuin over zijn voorhoofd en een vrijkomende haarlok kriebelde zijn ooglid. Met de scherpe blik van een vreemdeling die geen subtiliteit van zijn ironische glimlach miste, noch van het flauwste gebaar dat de omtrek van zijn dood in de lucht tekende, zag hij in een hoek van het beschimmelde vertrek een jongen met verwarde haren zitten, die in zijn hand kuchte en een zware Weight rookte.

Maar toen de dronkelap op tegendraadse voeten naar hem toe kwam slingeren, zijn waardigheid ophoudend zoals een man op een stampend schip zijn volle glas, en de barman achter de tap rinkelde en floot en zich naar zijn bierglas boog voor een slok, schudde hij zijn geveinsde, geheime tragedie met een blos en een schimp van zich af, zette zijn melancholieke hoed in een recht-door-zee-stand, en stuurde de gekunstelde vreemdeling de laan uit. Weer in het veilige centrum van zijn eigen identiteit en met de vertrouwde wereld als een tweede huid om zich heen, zat hij treurig en tevreden in de sobere ruimte van het doodgewone café aan de zeekant van de morsige, uitdijende stad, waar van alles gaande was. Hij had geen enkele behoefte aan die donkere binnenwereld wanneer Tawe over hem heen kwam en de onalledaagse alledaagse mensen, luidruchtig en kleurrijk, stormenderhand en schuifelend te voorschijn kwamen uit hun huizen, uit de stijve gebouwen, de fabrieken en straten, de blinkende winkels, de lasterende kerken, de stations en de vergaderzalen, de inzakkende passages, bakstenen stegen, viaducten en schuilplaatsen achter schuttingen, uit de gemeenschappelijke, wilde geest van de stad.

Ten slotte had de dronken man hem bereikt. 'Leg je hand 'ns hier,' zei hij, en draaide zich om en klapte zichzelf op zijn achterste.

De barman floot en keek op van zijn bierglas om te zien hoe de jongen de dronken man bij het zitvlak van zijn broek pakte.

'Wat voel je daar?'

'Niets.'

'Klopt. Niets. Niets. Er valt helemaal niets te voelen daar.'

'Hoe moet je dan zitten?' vroeg de barman.

'Ik zit maar op wat de dokter heeft overgelaten,' zei de man verongelijkt. 'Vroeger had ik net zo'n kont als jij. Ik werkte in de mijn in Dowlais en toen verging de wereld boven mijn hoofd. Weet je wat ik kreeg in ruil voor het kwijtraken van mijn kont? Vier shilling en drie penny! Twee shilling en drie halve penny per bil. Voor een varken betaal je meer.'

Het meisje van het Victoriapark kwam samen met twee vriendinnen het café binnen: een jong blond meisje dat bijna even mooi was als zijzelf, en een vrouw van middelbare leeftijd die te jong was gekleed en opgemaakt. Het drietal ging aan de tafel zitten. Het meisje waarop hij verliefd was bestelde drie port en een rondje gin.

'Wat een verrukkelijk weer, vindt u ook niet?' zei de vrouw van middelbare leeftijd.

De barman zei: 'Ja, flink wat blauw in de lucht vandaag.' Onder talloze knikjes en glimlachjes zette hij hun drankjes voor ze neer. 'Ik dacht dat mijn prinsessen naar een chiquere gelegenheid waren gegaan,' zei hij.

'Wat is een chiquer café nou zonder jou, knapperd?' zei het blonde meisje.

'Dit is de Ritz en de Savoy in één, nietwaar, *garçonnetje* van me?' zei het meisje van het park, en wierp hem een kushand toe.

De jongen in de stoel bij het raam, nog steeds van zijn stuk door haar plotselinge verschijning in het donker wordende vertrek, ving dezelfde kushand en bloosde. Hij overwoog het vertrek uit te rennen en via het wonderen veroorzakende park recht zijn huis binnen te stormen en zich onder de lakens te verstoppen om daar bevend en aangekleed en wel de hele nacht te blijven liggen, met haar stem in zijn oren en haar wakkere groene ogen achter zijn gesloten oogleden. Maar alleen een zieke jongen met opvliegend bloed zou van zijn heuse liefde wegvluchten in een droom, zich in zijn kamer, die vol was van zijn schaamte, op het bed storten en liggen snikken tegen de brede borst van zijn donsbed en met zijn gezicht op het vochtige kussen. Hij dacht aan zijn leeftijd en aan zijn gedichten en bleef zitten.

'Duizendmaal dank, Lou,' zei de barman.

Ze heette Lou, Louise, Lousia. Ze was vast Spaans of Frans of een zigeunerin, maar hij kon wel raden uit welke straat haar stem kwam; aan het op en neergaan van hun schelle stemmen kon hij horen waar haar vriendinnen woonden, en de vrouw van middelbare leeftijd bleek mevrouw Emerald Franklin te heten. Je kon haar elke avond in de Harp van de Jood tegenkomen, waar ze vanachter haar glas iedereen en de klok in de gaten hield.

'We hebben naar Vagevuur Matthews staan luisteren op het strand. Weg met dit en weg met dat, en die man dronk vroeger een halve liter port voor zijn ontbijt,' zei mevrouw Franklin. 'Dat noem ik nog eens lef hebben!'

'En ondertussen een scheef oog op het vrouwelijk schoon,' zei het blonde meisje. 'Ik zou hem net zo min vertrouwen als onze Ramon Navarro achter de tap hier.'

'Kijk es aan! Ik ga vooruit in de wereld. Vorige week was ik nog Charley Chase,' zei de barman.

Mevrouw Franklin hield haar lege glas omhoog in haar gehandschoende hand en schudde ermee als een bel. 'Mannen zijn eeuwige bedriegers,' zei ze. 'En een rondje gin graag.'

'Vooral meneer Franklin,' zei de barman.

'Maar toch zit er wel een hoop waars in wat die prediker zegt,' zei mevrouw Franklin, 'over al dat geflirt en gescharrel. Als je na sluitingstijd nog even een frisse neus gaat halen op het strand waan je je in Sodom en Gomorra.'

Het blonde meisje lachte. 'Hoor nou wie het zegt! Ik zag haar afgelopen woensdag nog in de buurt van het museum rondhangen, in gezelschap van een zwarte man.'

'Dat was een Indiër,' zei mevrouw Franklin, 'iemand van de universiteit, en knoop dat nou goed in je oren alsjeblieft. We zijn in wezen natuurlijk allemaal familie, maar in die van mij zul je geen roetmop tegenkomen.'

'O alsjeblieft, alsjeblieft!' zei Lou. 'Hou nou op, gedraag je een beetje. Dit is mijn verjaardag. Het is feest. Laten we het alsjeblieft gezellig houden. Miauw! Miauw! Marjorie, geef Emerald een zoen, vooruit, vriendjes worden.' Ze glimlachte en straalde naar beiden. Ze gaf de barman een knipoog; hij vulde hun glazen tot de rand. 'Op je blauwe ogen, *garçon*!' Ze had de jongen in de hoek nog niet opgemerkt. 'En ook eentje voor opa hier,' zei ze, glimlachend tegen de zwabberende dronkelap. 'Hij is eenentwintig geworden vandaag. Ha, kijk! Ik heb hem aan het lachen gemaakt.'

De dronken man maakte een diepe, riskante buiging, nam zijn hoed af en stommelde tegen de schoorsteenmantel, maar het volle glas bleef rotsvast overeind in zijn hand. 'Op het mooiste meisje in Carmarthenshire,' zei hij.

'Dit is Glamorganshire, vader,' zei ze, 'hou wel je aardrijkskunde in de gaten. Kijk hem eens walsen! Let op jullie glazen! Hij voelt zich kiplekker. Vooruit, sneller! Trakteer ons eens op een Charleston.'

De dronken man hield zijn glas hoog in de lucht en danste tot hij onderuitging, en de hele tijd had hij geen drup gemorst. Hij lag aan Lou's voeten op de vuile vloer en grijnsde naar haar, een en al vertrouwen en aanhankelijkheid. 'Ik viel,' zei hij, 'maar ik kon dansen als een dragonder toen ik mijn ka-o-en-tee nog had.'

'Hij is zijn kont kwijtgeraakt bij het laatste bazuingeschal,' legde de barman uit.

'Wanneer is-ie zijn kont kwijtgeraakt?' vroeg mevrouw Franklin.

'Toen Gabriël zijn laatste trompetstoot gaf in Dowlais.'

'Ach man, je zit me beet te nemen.'

‘Als dat zou kunnen, mevrouw Em. Hé, jij! Kom eens omhoog uit het dal der kotsenden.’

De man zwaaide met zijn achterste als een staart en gromde naar Lou’s voeten.

‘Leg je hoofd op mijn voet. Maak het je gemakkelijk. Laat hem maar liggen zo,’ zei ze.

Hij viel als een blok in slaap.

‘Ik kan geen dronkelappen in mijn zaak hebben.’

‘Dan ga je maar een eindje om.’

‘Wreed hoor, mevrouw Franklin!’

‘Hup, aan je werk. Ga die jongeman daar in de hoek eens iets brengen, z’n tong hangt naar buiten.’

‘O, wrede dame!’

Toen mevrouw Franklin de aandacht op de jongen vestigde, tuurde Lou met bijziende blik het café door en zag hem zitten met zijn rug naar het raam.

‘Ik moet een bril,’ zei ze.

‘Ach, nog een paar drankjes, dan wordt alles vanzelf helder.’

‘Nee, zonder gekheid, Marjorie, ik had helemaal niet gezien dat daar iemand zat. Neem me niet kwalijk, jij daar in de hoek,’ zei ze.

De barman deed het licht aan. ‘Een beetje *lux in tenebris*.’

‘O!’ zei Lou.

De jongen durfde geen vin te verroeren uit angst dat hij de lange nacht van haar onderzoekende blik, de betovering, die als een lint van licht tussen hen beiden was gespannen, zou verbreken, of dat hij haar met een schok tot praten zou brengen. En hij verborg de liefde in zijn ogen niet, want zij wist erin door te dringen met hetzelfde gemak als waarmee ze zijn hart in zijn borst op z’n kop zou kunnen zetten en laten uitbonzen boven het gehakketak van haar vriendinnen, het gerinkel van de glazen achter de tap, waar de barman spuugde en wreef en zich niets liet ontgaan, en het behaaglijke gesnurk van de slaper. Niets kan mij kwetsen. Laat de barman maar schimpen. Giechel maar in je glas, beste Em. De hele wereld mag het weten, ik ben in de zevende hemel, ik zit als een idioot naar Lou te staren, zij is mijn meisje, zij is mijn lelie. O, liefde! O, liefde! Ze is geen dame, met haar stem als van een nachtclubzangeres, en ze drinkt als een kikvorsman, maar Lou, ik ben de jouwe, en Lou, jij bent van mij. Hij weigerde nu over haar kalmte te peinzen of haar schoonheid in woorden te wringen. Ze was niets onder de zon of de maan dan de zijne. Schaamteloos en zeker van zijn zaak glimlachte hij naar haar, en hoewel op alles voorbereid, bezorgde haar glimlach hem opnieuw, net als in het park, trillende vingers en een blos op zijn wangen, en ging zijn hart over in galop.

'Harold, schenk die jongeman eens bij,' zei mevrouw Franklin.

De barman stond stil, stofdoek in de ene hand en een druipend glas in de andere.

'Heb je stront in je oren? Schenk die jongeman nou bij!'

De barman bracht de stofdoek naar zijn ogen. Hij snikte. Hij droogde zijn neptranen.

'Ik dacht dat ik bij een première was en dat ik in de koninklijke loge zat,' zei hij.

'Hij heef stront in z'n kop, niet in z'n oren,' zei Marjorie.

'Ik droomde dat het een prachtige tragikomedie was met als titel *Liefde op het eerste gezicht*, of *Weer een prima kerel voor de bijl*. Eerste acte, in een kroeg aan zee.'

De twee vrouwen tikten tegen hun voorhoofd.

Nog steeds glimlachend zei Lou: 'En waar was de tweede acte?'

Haar stem klonk net zo lief als hij zich had voorgesteld voor ze op het vrolijke en gespannen spel met de veel te familiaire barman en de tweederangs vrouwen inging. Hij zag in haar een wijs, zachtmoedig meisje, dat zich door geen enkel platvloers gezelschap liet bederven, want haar zachte zelf, dat zich blootgaf tot op haar hart, wist door elke barrière van haar sensuele vermommingen heen te breken. Terwijl hij dit bedacht, haar zachtheid in zinnen goot, en trouweloos achter zijn woorden aanrende, weg uit de werkelijkheid van het café en zijn liefje in het centrum daarvan, werd hij met een schok wakker en zag haar levendige lichaam op een kleine zes stappen voor zich staan: niks kalm hart met volzinnen omkleed, maar een mooi meisje om te hebben en te houwen. Hij moest haar snel beet zien te pakken. Hij stond op om naar haar toe te gaan.

'Ik werd wakker voor de tweede acte begon,' zei de barman. 'Ik zou mijn eigen lieve moeder verkopen om die te zien. Gedempt licht. Paarse sofa's. Extase. *Oh là, là chèrie!*'

De jongen ging aan de tafel zitten, naast haar.

Harold, de barman, leunde over de tap en legde zijn hand achter zijn oor.

De man op de vloer draaide zich om in zijn slaap, zijn hoofd belandde in de kwispedoor.

'Je had meteen bij ons moeten komen zitten,' fluisterde Lou. 'Je had ginds in het park moeten blijven staan om met me te praten. Durfde je niet?'

'Ik was te verlegen,' fluisterde de jongen.

'Niet fluisteren in gezelschap. Ik kan er geen woord van verstaan,' zei de barman.

Op een teken van de jongen, een vingerknip die de obers in avondkleding door de immense salon oesters liet aandraven, vulde de barman hun glazen met port, gin en Nutbrown-bier.

'Wij drinken nooit met onbekenden,' zei mevrouw Franklin lachend.

'Hij is geen onbekende,' zei Lou, 'of wel, Jack?'

Hij gooide een biljet van een pond op tafel: 'Wat is de schade?'

De avond die al afgelopen was geweest voor hij begon, vloog voorbij onder het gelach van de charmante vrouwen, die vlijmscherp uit de hoek kwamen, de verhalen van de barman, die een carrière aan het toneel was misgelopen, en Lou's verrukte glimlach en stiltes aan zijn zij. Nu is ze veilig in de haven, dacht hij, nu zij net als ik zo vertwijfeld haar eenzame afstanden door deze feestdag heeft afgelegd. In het warme, wervelende middelpunt waren ze intiem en gelijk. De stad en de zee en de laatste boemelaars zonken weg in het donker dat volledig aan hen voorbijging en lieten dit ene vertrek tintelend achter.

Een voor een schuifelden enkele verloren mannen vanuit het donker het café binnen, dronken somber iets en vertrokken weer. Met rode konen en vochtige mondhoeken zwaaide mevrouw Franklin ze uit met haar glas. Harold knipoogde achter hun ruggen om naar ons. Marjorie liet ze haar lange, blanke benen zien.

'Niemand houdt van ons, behalve wijzelf,' zei Harold. 'Zal ik de tent dichtgooien om het schorem buiten de deur houden?'

'Lou wacht op meneer O'Brien, maar laat dat je niet tegenhouden,' zei Marjorie. 'Hij is haar suikeroom uit het goeie ouwe Ierland.'

'Hou je van meneer O'Brien?' fluisterde de jongen.

'Hoe zou ik dat nou kunnen, Jack?'

Hij zag meneer O'Brien voor zich als een geestige, lange kerel van in de vijftig, met golvend grijs haar en een goed getrimde schaduw op zijn bovenlip, een blitse ring om zijn trouwvinger, wijze ogen met wallen, gekleed als een etalagepop in een getailleerd pak, de gelikte jongen uit Cardiff en Lou's verschrikkelijke minnaar, op dit moment in zijn auto van de zaak door de bedompte straten scheurend naar haar onderweg. De jongen klapte zijn hand op de met lijken bezaaide tafel en beschermde haar in de warme kracht van zijn vuist. 'Mijn rondje, mijn rondje,' zei hij, 'nog een keer hetzelfde! Dubbele, driedubbele, mevrouw Franklin krabbelt terug.'

'Mijn moeder krabbelt nooit terug.'

'O, Lou!' zei hij, 'ik ben zo dolgelukkig met jou.'

'Roekoe! Hoor die tortelduifjes.'

'Laat ze toch koeren,' zei Marjorie. 'Ik zou ook wel kunnen koeren.'

De barman keek verbaasd om zich heen. Hij hief zijn handen in de lucht, palmen naar boven en hield zijn hoofd schuin.

'Ik heb een café vol vogels,' zei hij.

'Emerald legt een ei,' zei hij, toen mevrouw Franklin in haar stoel zat te wippen.

Algauw liep het café vol met klanten. De dronken man werd wakker en rende de deur uit, zijn pet in een bruine plas achterlatend. Er warrelde zaagsel uit zijn haar. Een kleine, oude, opgewekte man met een rond, rood gezicht kwam erbij zitten, recht tegenover de jongen en Lou, die onder tafel elkaars hand vasthielden en voetjevreeën.

'Wat een mooie avond voor de liefde!' zei de oude man. 'Op een avond als deze bestal Jessica heimelijk de rijke jood. Weten jullie waar dat uit is?'

'*De koopman van Venetië*,' zei Lou. 'Maar u bent een Ier, meneer O'Brien.'

'Ik zou gezworen hebben dat u een lange man met een klein snorretje was,' zei de jongen ernstig.

'Welk wapen kiest u, meneer O'Brien?'

'Cognac bij dageraad, dacht ik zo, mevrouw Franklin.'

'Ik heb je nooit verteld hoe meneer O'Brien eruitziet. Je zit te fantaseren!' fluisterde Lou. 'O, ik wou dat deze nacht altijd maar door kon gaan.'

'Maar niet hier. Niet in het café. In een kamer met een groot bed.'

'Een bed in een café,' zei de oude man, 'sorry dat ik even meeluisterde, maar dat is iets wat ik altijd nog eens heb gewild. Stel je voor, mevrouw Franklin.'

De barman dook op vanachter de tap.

'Hoogste tijd, heren en ander volk!'

De nuchtere vreemdelingen vertrokken onder het gelach van mevrouw Franklin.

De lichten gingen uit.

'Lou, raak me niet kwijt.'

'Ik heb je hand vast.'

'Stevig knijpen, doe me pijn.'

'Knijp hem verdomme helemaal fijn,' zei mevrouw Franklin in het donker. 'Sorry hoor, niet kwaad bedoeld.'

'Marjorie deelt klappen uit' zei Marjorie. 'Laten we maken dat we het donker uitkomen. Harold is een piraat in het donker.'

'En het meisje wijst de weg.'

'Laten we ieder een fles meenemen en naar Lou's huis gaan,' zei ze.

'Ik betaal de flessen,' zei meneer O'Brien.

'Aan jou om me niet kwijt te raken nu,' fluisterde Lou. 'Hou me stevig vast, Jack. De rest zal vast niet lang blijven. O, Jezus, ik wou dat we met z'n tweetjes waren!'

'Alleen jij en ik, zou dat lukken?'

'Jij en ik, samen onder de maan.'

Meneer O'Brien hield de deur van het café open. 'Klim vast in de Rolls, dames. De heren gaan even voor medicijn zorgen.'

De jongen voelde Lou's vluchtige zoen op zijn mond voor ze achter Marjorie en mevrouw Franklin aanliep naar buiten.

'Wat zou je ervan zeggen als we de drank deelden?' zei meneer O'Brien.

'Moet je zien wat ik in de wc gevonden heb,' zei de barman, 'Hij zat te zingen op de plee.' Hij verscheen achter de tap met de dronken man leunend op zijn arm.

Ze klommen met z'n allen in de auto.

'Eerste halte, bij Lou.'

De jongen, bij Lou op schoot, zag de stad in een waas langswervelen, de pijpen en masten in het rookblauwe silhouet van de roerloze, ronkende kades, de alsmaar lengende lichtlijnen van de armoedige straten, en de twinkelende winkels, die een voor een werden uitgedaan. De auto rook naar parfum en poeder en vlees. Hij stootte per ongeluk met zijn elleboog tegen de overdadige borstpartij van mevrouw Franklin. Haar dijen droegen, als kussens, het deinende gewicht van de dronken man. Hij werd door elkaar geschud en gedaan op één grote klomp vrouw. Borsten, benen, buiken en handen voelden, verwarmden en verstikten hem. Voorwaarts door de nacht, naar Lou's bed, richting het ongelooflijke slot van de wegstervende feestdag, raasden ze langs zwarte huizen en bruggen en een station in een rookwolk, en reden een steile zijstraat in met bovenaan één zwakke lantaarn midden in een hekwerk van ijzer. Ze draaiden een pleintje op met een hoge huurkazerne, die omringd was door hijskranen, staande ladders, palen en steunbalken, kruiwagens en stapels bakstenen.

Ze beklommen de vele treden van een donkere en gevaarlijke trap naar Lou's kamer. Voor de dichte deuren hing wasgoed te drogen over de leuning. Mevrouw Franklin kwam samen met de dronken man op de tast achteraan. Ze stapte in een emmer en een gelukbrengende zwarte kat sprong over haar voeten. Lou leidde de jongen bij zijn hand door een gang vol naambordjes en deuren, ze streek een lucifer af en fluisterde: 'Het zal niet lang duren. Wees aardig, heb een beetje geduld met meneer O'Brien. Hier is het. Kom als eerste binnen. Wees welkom, Jack!' In de deuropening van haar kamer kuste ze hem voor de tweede maal.

Ze deed het licht aan en hij liep trots achter haar aan haar kamer in, de kamer waar hij kind aan huis zou worden, en zag een breed bed, een grammofoon op een stoel, een wastafel, half weggestopt in een hoek, een gaskachel en een kookstel, een dichte kast en haar foto in een kartonnen lijstje op de kast met laden zonder knoppen. Hier sliep en at zij. In dat tweepersoonsbed lag zij de hele nacht, bleek en opgekruld te slapen op haar linkerzij. Wanneer hij voorgoed met haar samenwoonde, zou hij niet toestaan dat ze droomde. Geen andere mannen mochten naast haar liggen of haar liefhebben in haar dromen. Hij spreidde zijn vingers op haar kussen.

'Hoe kom je d'r bij om boven op de Eiffeltoren te gaan wonen!' zei de barman, toen hij binnenkwam.

'Wat een klim!' zei meneer O'Brien. Maar wel erg mooi en op jezelf.'

'Moet je er wel eerst zien te komen!' zei mevrouw Franklin. 'Ik ben totaal afgepeigerd, dit stuk verdriet weegt een ton. Ga liggen, ga op de vloer liggen en val in slaap. Ouwe lastpost!' zei ze lievig. 'Hoe heet je?'

'Ernie,' zei de dronken man, en hield zijn arm beschermend voor zijn gezicht.

'Wij bijten niet hoor, Ernie. Hier, geef hem een slokje whisky. Voorzichtig! Mors het niet over je vest; anders kun je het ding morgenvroeg uitwringen. Trek de gordijnen dicht, Lou, ik heb die ellendige maan in mijn gezicht,' zei ze.

'Krijg je daar rare gedachten van of zo?'

'Ik hou van de maan,' zei Lou.

'Er heeft nog nooit een jongverliefde bestaan die niet van de maan hield.' Meneer O'Brien glimlachte opgewekt naar de jongen en gaf hem een klopje op zijn hand. Zijn eigen hand was rood en behaard. 'Ik zag in één oogopslag dat Lou en deze aardige jonge knul voor elkaar geschapen waren. Ik zag het aan hun ogen. Potverdorie! Ik ben nog niet zo oud en blind dat ik zo'n duidelijk geval van verliefdheid mis. Zag u het niet, mevrouw Franklin? En jij dan, Marjorie?'

Tijdens de lange stilte die volgde pakte Lou glazen uit de kast, alsof ze de woorden van meneer O'Brien niet had gehoord. Ze trok de gordijnen dicht, sloot de maan buiten, ging op de rand van haar bed zitten met haar voeten onder zich, keek naar haar foto als naar een vreemde, en vouwde haar handen zoals ze had gedaan bij hun eerste ontmoeting, oog in oog met de haar aanbiddende jongen in het park.

'En een schare engelen trok voorbij,' zei meneer O'Brien. 'Wat een stilte! Heb ik iets verkeerds gezegd? Vooruit, drink en wees vrolijk, morgen zijn we dood. Waarvoor heb ik anders deze schitterende flessen meegesleept?'

De flessen gingen open. De lege kwamen in een rijtje op de schoorsteenmantel te staan. De whisky gleed naar binnen. Harold, de barman, en Marjorie, met haar jurk opgetrokken, zaten samen in de enige leunstoel. Mevrouw Franklin, met Ernie's hoofd op schoot, zong *Het meisje van de herder,* in een mooie en geoefende altstem. Meneer O'Brien tikte met zijn voet mee in de maat.

Ik wil Lou in mijn armen houden, zei de jongen bij zichzelf, terwijl hij keek hoe meneer O'Brien zat te tikken en te glimlachen en hoe de barman Marjorie steeds dieper de stoel in trok. De stem van mevrouw Franklin klonk zoet in de kleine slaapkamer, waar hij en Lou samen in het witte bed zouden moeten liggen, zonder enig glimlachend gezelschap dat hen zou zien verdrinken. Hij en Lou zouden samen, als één koel lichaam, verzwaard met een kokende steen, kunnen wegzinken in die wijkende, smetteloos witte, volmaakt lege zee, om er nooit meer uit op te staan. Zoals ze daar zat, op hun huwelijksbed, zo dichtbij dat ze zijn adem kon voelen, was ze onbereikbaarder dan voor hun ontmoeting. Toen had hij alles behalve haar lichaam; nu had ze hem twee kussen gegeven, en alles was verdwenen, alles, behalve dat begin. Hij moest aardig zijn en een beetje geduld met hem hebben, maar hij kon die innemende, oude glimlach wel met de ijzeren rug van zijn hand van meneer O'Briens gezicht meppen. Zink dieper, veel dieper weg, Harold en Marjorie, tuimel als walvissen naar meneer O'Briens voeten.

Hij hoopte op een stroomstoring. In het donker konden hij en Lou onder de lakens kruipen en zich dood houden. Wie zou er daar naar hen komen zoeken, als ze zich roerloos en doodstil hielden? De anderen zouden hun namen roepen in het duizelingwekkende trapgat, of in stilte de nauwe overlopen vol hindernissen afzoeken, of buiten in de duisternis rondstommelen om tussen de kranen en ladders in de woestenij van de puinhopen naar hen te zoeken. In zijn ingebeelde duisternis hoorde hij de stem van meneer O'Brien roepen: 'Lou, waar zit je? Geef antwoord, geef antwoord!' Hij hoorde de holle echo van het 'antwoord!' en hoorde en voelde in de koele diepte van het bed stilletjes een andere naam van haar lippen komen.

'Knap gezongen, Emerald, en wat een ondeugende woorden ook. En een mooi sujet van een herder zeg,' zei meneer O'Brien.

Op de vloer zette Ernie het op een stroperig en klagend zingen, maar mevrouw Franklin legde haar hand over zijn mond; toen zoog en snuffelde hij aan haar hand.

'En hoe zit het met deze jonge herder hier?' zei meneer O'Brien, met zijn glas op de jongen wijzend. 'Kan hij net zo goed zingen als vrijen? Vraag hem dat eens heel lief, moiccie,' zei hij tegen Lou, 'dan zal-ie de sterren van de hemel zingen voor ons.'

'Kun je zingen, Jack?'

'Als een kraai, Lou.'

'Kan hij zelfs geen gedicht voordragen? Wat heb je nou aan zo'n jongen die er niet een dichtwerkje uit kan gooien voor zijn dame!' zei meneer O'Brien.

Lou haalde een in een rood kaft gebonden boek uit de kast en gaf het aan de jongen met de woorden: 'Wil je ons hier iets uit voorlezen? Het tweede deel ligt in de hoedendoos. Lees ons iets dromerigs voor, Jack. Het is bijna middernacht.'

'Alles, als het maar een liefdesgedicht is,' zei meneer O'Brien. 'Ik wil uitsluitend liefdesgedichten horen.'

'Teder en zoet,' zei mevrouw Franklin. Ze haalde haar hand van Ernies mond en keek naar het plafond.

De jongen las, maar niet hardop, en zijn ogen kleefden aan haar naam in de opdracht op het schutblad van deel I van de verzamelde gedichten van Tennyson: 'Voor Louisa, van haar lerares op de zondagschool, juffrouw Gwyneth Forbes. God waakt over de wereld'.

'Denk erom, een liefdesgedicht.'

Met één oog toegeknepen om het dansende drukwerk op z'n plaats te houden las de jongen *Kom naar de tuin, Maud.* En toen hij bij de vierde strofe kwam begon zijn stem harder te klinken:

'Ik zei tot de lelie, "Het is er maar één
Met wie ze verlangt te zijn.
Waarom laten de dansers haar niet alleen?
Zij is moe van het dansfestijn."

Op weg is de helft naar waar de maan verdween
En de andere naar waar het zo dag zal zijn;
Zacht over zand en schril tegen steen
Weerklinkt nog hun laatste refrein.

Ik zei tot de roos: "De nacht is broos
En vergaat met praten en feesten en wijn
O, jonge Lord-minnaar, wat is er toch loos,
Zo zuchten, om wie nooit de jouwe zal zijn?
Maar de mijne, de mijne," zo bezwoer ik de roos,
"Voor eeuwig en altijd mijn."'

Aan het eind van het gedicht, met zijn hoofd over de stoelleuning, zijn haar volledig in de war en zijn mond onder de lippenstift zei Harold plotseling: 'Mijn grootvader kan zich Lord Tennyson nog herinneren, het was een klein mannetje met een bochel.'

'Nee,' zei de jongen, 'hij was lang en had lang haar en een baard.'

'Heb je hem ooit gezien dan?'

'Ik was nog niet geboren toen.'

'Mijn grootvader heeft hem gezien, hij had een bochel.'

'Dan was het niet Alfred Tennyson.'

'Lord Alfred Tennyson was een klein mannetje met een bochel.'

'Dat moet een andere Tennyson zijn geweest.'

'Jij hebt de verkeerde Tennyson in je hoofd, die van mij was de beroemde gebochelde dichter.'

Lou, op het prachtige bed, die van alle mannen, lelijk of knap en oud of jong, van de grootse stad en de kleine wereld, die vast en zeker zou instorten, uitgerekend op *hem* lag te wachten, boog haar hoofd naar beneden en wierp hem een kushand toe en legde haar hand in de rivier van licht op de beddensprei. Voor hem scheen die hand transparant te worden, en het licht op de sprei gloeide er gestaag doorheen, in de fragiele vorm van haar palm en haar vingers.

'Vraag eens aan meneer O'Brien hoe Lord Tennyson eruitzag,' zei mevrouw Franklin. 'Wij doen een beroep op u, meneer O'Brien, had hij nu een bochel of niet?'

Niemand behalve de jongen, voor wie ze nu leefde en op wie ze nu wachtte, merkte Lou's liefdevolle gebaartjes op. Ze legde haar gloeiende hand op haar linkerborst. Ze maakte een samenzweerderig gebaar met haar vinger op haar lippen.

'Dat hangt ervan af,' zei meneer O'Brien.

Opnieuw deed de jongen één oog dicht, want het bed slingerde als een schip; een misselijkmakende, hete storm sigarettenrook bracht kast en commode aan het draaien. De bewegingen van de het zeegat kiezende slaapkamer werden wel tot rust gebracht door zijn uitgekookte knipoog, maar hij verlangde naar de frisse avondlucht. Op zeemansbenen liep hij naar de deur.

'Nummer honderd is op de tweede verdieping, eind van de gang,' zei meneer O'Brien.

Bij de deur draaide hij zich om naar Lou en maakte zijn gevoelens voor haar publiek door een glimlach die overliep van liefde en die aan haar, onder de jaloerse blikken van meneer O'Brien, ook een glimlach ontlokte en de woorden: 'Kom gauw terug, Jack, alsjeblieft, je moet gauw terugkomen.'

Nu wisten ze het allemaal. In één avond was een liefde ontloken.

'Ogenblikje, liefste,' zei hij. 'Ik ben zo terug.'

De deur ging achter hem dicht. Hij botste tegen de muur in de gang. Hij streek een lucifer af. Hij had er nog drie. Hij liep de trap af, klemde zich vast aan de stroeve, schuddende leuning, wiebelde over losse treden, schaafde zijn scheenbeen tegen een emmer, passeerde het rumoer van geheime levens achter gangdeuren, hij gleed uit en strompelde en vloekte en hoorde in een nieuwe koortsvlaag de stem van Lou die hem opjoeg, terugriep, en met zo veel passie en verlatenheid tegen hem sprak, dat hij zelfs in het donker en in de pijn van zijn haast als verdoofd stilhield. Ginds, op de rottende trap, in het hart van dat armzalige huis, sprak zij een huiveringwekkende stroom woorden van liefde; van haar mond, naar zijn oor, werden lievigheden afgevuurd. Schiet op! Schiet op! De tijd dringt. Liefste, lieveling, beminde, kom snel, fluit naar me, doe de deur open, roep mijn naam, kom bij me liggen. Meneer O'Brien heeft zijn handen op mijn heupen.

Hij rende een spelonk in. De tocht blies zijn lucifers uit. Hij stampte een kamer binnen waar twee figuren op een zwarte hoop op de vloer lagen te fluisteren, en hij vluchtte in paniek weg. Hij deed een plas tegen de blinde muur aan het eind van de gang en haastte zich weer naar Lou's kamer om ten slotte op een stil stukje trap boven in het huis terecht te komen. Hij stak zijn hand uit, maar de leuning was kapot en niets verhinderde een lange val naar de grond door een bochtig trapgat waarin zijn kreet zou weergalmen en verdubbelen, en de slapende of nog in de weer zijnde families, de fluisterende figuren en de blinde, opgeschrikte nachtbrakers zouden uit hun holen te voorschijn komen. Verloren in een tunnel vlak onder het dak, tastte hij de vochtige muren af op zoek naar een deur; hij vond een kruk en gaf er een ruk aan, maar het ding schoot los en hij stond ermee in zijn hand. Lou had hem door een langere gang gevoerd dan deze. Hij herinnerde zich het aantal deuren: er waren drie aan elke kant. Hij rende de gammele trap af naar een volgende gang en sleepte met zijn hand langs de muur. Drie deuren, telde hij. Hij deed de derde deur open, liep het donker in en grabbelde naar de lichtknop links. In het plotselinge licht zag hij een bed, een kast en een commode met laden zonder knoppen, een gaskachel en een wastafel in de hoek. Geen flessen. Geen glazen. Geen foto van Lou. De rode sprei op het bed was glad. Hij kon zich de kleur van Lou's sprei niet herinneren.

Hij liet het licht branden en deed de tweede deur open, maar een vreemde vrouwenstem riep slaperig: 'Wie is daar? Ben jij dat Tom? Tom, doe het licht eens aan.' Hij keek uit naar een lichtstreep onder de volgende deur en bleef staan of hij stemmen hoorde. De vrouw in de vorige kamer riep nog steeds.

'Lou, waar ben je?' riep hij. 'Geef antwoord, geef antwoord!'

'Lou, welke Lou? Er woont hier geen Lou,' zei een mannenstem door de openstaande deur van de eerste donkere kamer aan het begin van de gang.

Hij stoof een volgende trap naar beneden en telde vier deuren met zijn geschaafde hand. Een ging er open en een vrouw in nachtpon stak haar hoofd naar buiten. Beneden naast haar verscheen het hoofd van een kind.

'Waar woont Lou? Weet u waar Lou woont?'

De vrouw en het kind staarden hem sprakeloos aan.

'Lou! Lou! Zo heet ze, Lou!' hoorde hij zichzelf roepen. 'Ze woont hier, in dit huis! Weet u waar ze woont?'

De vrouw pakte het kind bij de haren en trok het naar binnen. Hij greep zich vast aan haar deurpost. De vrouw zwaaide met een arm om de hoek en schampte zijn handen met een sleutelbos. De deur knalde dicht.

In een open deur aan de overkant van de gang stond een jonge vrouw met een baby in een doek. Ze greep hem bij zijn mouw toen hij voorbijrende. 'Lou hoe nog meer? Je hebt mijn baby wakker gemaakt.'

'Ik weet niet hoe ze verder heet. Ze is samen met mevrouw Franklin en meneer O'Brien.'

'Je hebt mijn baby wakker gemaakt.'

'Kom binnen en ga in bed naar d'r liggen zoeken,' zei een stem uit het donker achter de jonge vrouw.

'Hij heeft mijn baby wakker gemaakt.'

Hij rende de gang door, hield zijn vochtige hand voor zijn mond. Hij smakte tegen de leuning van de laatste trap. Nog één keer hoorde hij Lou's stem in zijn hoofd fluisteren dat hij terug moest komen, terwijl de begane grond als een liftvol doden achter de leuning naar boven kwam. Schiet op! Schiet op! Ik kan niet en ik zal niet langer wachten, de bruidsnacht gaat eraan.

Weer klom hij, misselijk als hij was, die verrotte, schavende, bergachtige trap op, naar de gang waar hij het licht had laten branden op één van de laatste kamers. Het licht was uit. Hij klopte op alle deuren en fluisterde haar naam. Hij beukte op de deuren en schreeuwde, en een vrouw in nachthemd en met een hoed op, joeg hem de gang uit met een wandelstok.

Lange tijd bleef hij op de trap staan, hoewel er nu geen uitzicht meer op liefde was en geen ander bed dan het zijne, veel te ver weg om in te gaan liggen, en slechts de naderende dag om aan zijn ontdekking terug te denken. Overal om hem heen vielen de verstoorde bewoners van het huis weer in slaap. Toen liep hij het huis uit, naar de lege ruimte tussen de leunende kranen en ladders. Het licht uit de ene zwakke lantaarn binnen de ronde roestige omheining viel op de stapels bakstenen, het sloophout en het stof die ooit huizen waren geweest waar de kleine, de naamloze en de om-nooit-te-vergeten mensen van de smerige stad hadden gewoond en liefgehad en waren gestorven en, zoals altijd, hadden verloren.

Onder pelsjagers*

* De drie volgende verhalen zijn voor het eerst samen verschenen onder de titel: *Adventures in the Skin Trade*.

Een mooi begin

I

Die vroege ochtend in januari 1933 was er maar één iemand wakker in de straat, en hij was de stilste. Laten we hem Samuel Bennet noemen. Hij droeg de gleufhoed, die naast zijn bed had gelegen voor het geval de twee insluipers, een man en een vrouw, terug zouden komen voor de tas die zij hadden laten liggen.

In zijn gestreepte pyjama, die knelde onder de oksels en een scheur in het kruis had, tripte hij op blote voeten naar beneden en opende de deur naar de eetkamer in de zeskamerwoning van zijn ouderlijk huis. Het vertrek rook sterk naar zijn vaders pijp van voor het slapen gaan. De ramen waren gesloten en de gordijnen dicht, de achterdeur zat op de knip, insluiper Nacht kon nergens naar binnen. Eerst keek hij schichtig de vertrouwde, flikkerende hoeken van de kamer af, alsof hij vreesde dat zijn familie er zwijgend in het donker bijeen zat, en toen stak hij met zijn kaars de gaslamp aan. Zijn oogleden waren nog zwaar van een droom over ongenaakbare vrouwen uit de stad en vielen af en toe dicht, maar hij zag wel dat Tinker, de dwergkees met het gezicht van tante, voor het uitgebrande haardvuur lag te slapen, en dat de klok tussen de holle, nep-ebbenhouten, stampvoetende paarden op de schoorsteenmantel, het vijf voor twee had. Hij stond stil en luisterde naar de geluiden van het huis: er was niets om bang voor te zijn. Boven lag de familie zwaar te ademen en te snurken. Hij hoorde zijn zus slapen in de bergkamer; ze lag onder de gesigneerde foto's van repertoireacteurs en de jaloerse kiekjes van huwelijken van vrienden. In de grootste slaapkamer, die uitzag op het veld dat ze 'de achterkant' noemden, liep zijn vader in diens enige droom de maandelijkse rekeningen door; zijn moeder werkte zich in bed al vegend en soppend door een woud van keukens. Hij deed de deur dicht: niemand die hem nu nog kon storen.

Maar alle geluiden van de anderszins dode of slapende, donkere vroege ochtend, het vertrouwde ademen van drie onzichtbare familieleden, de luidruchtige oude hond, konden de buren wakker maken. En het licht van de bruisende gaslamp zou zijn aanwezigheid op dit vroege uur in de eetkamer kunnen verraden aan buurvrouw Probert die vermomd als geit in een nachtpon de lucht doorkliefde met haar haarklemmen; en aan haar keurige zoon de zakenman met zijn horlogeketting over zijn vooruitstekende buik getatoeëerd; en aan de tuberculeuze kostganger met zijn nette paraplu op en zijn spuugbak in de hand. De regelmatige getijdenbeweging van de familieadem kon tegen de muur van het huis aan de andere kant kaatsen en de Baxters op de been brengen. Hij draaide de gaslamp laag en bleef een ogenblik bij de klok staan om naar het geslaap te luisteren en om mevrouw Baxter naakt, met alleen een rouwband om haar dij, uit haar weduwbed te zien stappen.

Al gauw stierf haar beeld weg, ze kroop treurend terug naar haar geliefdes weerspiegeling onder de dekens, en de echte voorwerpen van de kamer kwamen langzaam terug naarmate hij zijn angst kwijtraakte dat de vreemdelingen boven, die hij al kende zolang hij zich kon herinneren, wakker zouden worden en met kachelpoken en kaarsen de trap af zouden komen.

Allereerst was er die lange serie fotootjes van zijn moeder die tegen het geslepen glas op de vensterbank stond. Een beroeps onder een doek had haar met een 'kijk-eens-naar-het-vogeltje' geschoten toen ze in december door Chapel Street liep. Hij had de foto's afgedrukt terwijl zij stond te wachten en naar de thermosflessen en rookstelletjes in de dichtstbijzijnde etalage keek, en 'goedemorgens' riep naar de overkant van de straat, naar de passerende boodschappentassen die ze kende, naar de uitgaansuitdossing van de dames, en naar de hoeden als bloem- en pispotten op de knisperende, pasgepermanente hoofden. Daar liep ze door de vensterbankstraat, stap voor stap, stellig, safe, zelfverzekerd, beladen met boodschappen, haar handtas stevig vasthoudend en uitwijkend voor het gewone vrouwvolk, dat blind en zwaar gebukt voortmaakte onder de last van een hele week kruidenierswaren, terwijl ze steels in de deurspiegels van de meubelzaken keek.

'Uw foto is genomen.' In een vereeuwigd ogenblik winkelde zij altijd maar door tussen de geslepen vaas met de onvergankelijke bloemen en de doos met haarspelden, knopen, schroeven, lege shampooverpakkingen, garenklosjes, vliegenstrips en sigarettenplaatjes. Om bijna twee uur in de ochtend haastte zij zich door Chapel Street, met op de achtergrond een tegengestelde stroom van gleufhoeden en regenjassen, de tegen de eerste regendruppels van vorige maand opgestoken paraplu's, de gezichtloze gezichten van mensen die altijd vreemden zouden blijven en half afgedrukt achter haar zouden blijven hangen, en de schaduwen van het winkelcentrum in de vormeloze, verzonken stad. Hij hoorde haar hakken klikken op de tramrails. Onder de pastelkleurige zijden sjaal zag hij het metalen insigne van mevrouw Rossers Vereniging en op de v-hals van haar in klaversteek gebreide jumper ontwaarde hij grootmoeders camee.

De klok sloeg twee. Samuel stak zijn hand uit, pakte de fotostrip, en scheurde hem aan flarden. Het stuk van haar dode weldoorvoede gezicht bleef op een snipper gespaard, en die scheurde hij dwars over haar wangen en van haar kinnen tot haar ogen doormidden.

De dwergkees gromde in een nachtmerrie en liet zijn dwergtandjes zien. 'Ga af, Tinker. Slapen jongen.' Hij stopte de snippers in de zak van zijn pyjama.

Dan was er nog de ingelijste foto van zijn zus, naast de klok. Haar vernietigde hij met één handbeweging, en samen met het verscheuren van haar gefixeerde glimlach en tot een prop verkreukelen van haar kortgeknipte hoofd, werden ook de meisjesschool en de langbenige, glimlachende meiden met hun zwarte sportbroekjes en strikjes neergehaald; de meisjes met de hockeybenen, die achter hun handen lachend de poort uit renden als hij passeerde, gingen aan flarden en vermorzeld in zijn pyjamazak; ze verdwenen, kapot, in zijn borstzak en lagen aan stukken tegen zijn hart. Op Stanley Road, waar de meisjesschool stond, zouden ze hem nooit meer zien. Daar ga je, Peggy, fluisterde hij tegen zijn zus, met al die lange benen en dansfeesten van de Jonge Liberalen, en de jongens die je zondagsavonds meenam om te komen eten, en Lionel, met wie je in het portiek stond te zoenen. Die is advocaat inmiddels. Toen ik elf was, en jij zeventien, kon ik op mijn slaapkamer horen hoe je de *Desert Song* speelde. Overal ter wereld zaten mensen beneden.

De meeste geschiedenisproefwerken op tafel waren al nagekeken en veroordeeld in zijn vaders paarsblauwe handschrift. Met behulp van een kooltje uit het gedoofde vuur deed Samuel het nakijkwerk nog eens over. Hij duwde het kooltje stevig over de nauwgezette correcties, tekende benen en borsten in de kantlijnen en bekladde de namen en klasnummers. Geschiedenis is een pak leugens. Neem nou koningin Elizabeth. Ach nee, neem Alice Phillips, neem haar mee de bosjes in. Zij was de dochter van de rector. Neem die ouwe Bennet en jaag hem de gang over, prop jaartallen in zijn keel, doop zijn gesteven boordje in de corrigeerinkt en ram zijn tanden met zijn eigen roffel-over-de-knokkels liniaal uit dat keurige, kale, vervelende smoelwerk van hem. Draai meneer Nicholson op zijn tellurium in de rondte tot zijn staart eraf valt. Zeg aan meneer Parsons dat ze zijn vrouw op de rug van een dronken zeeman uit Het Kompas hebben zien komen terwijl ze pennies in haar kousenbanden ving. Allemaal net zo waar als Geschiedenis.

Op het laatste vel zette hij een paar keer zijn handtekening onder een reusachtige speldenfiguur met drie benen. Het bovenste vel liet hij ongemoeid. Op het eerste gezicht was er niets aan de hand. Toen gooide hij het kooltje op het rooster. Een aswolk warrelde op en daalde neer op de rug van de dwergkees.

Kon hij nu maar tegen het plafond schreeuwen, tegen de donkere kring van de gaslamp, tegen de barsten en lijnen die al eeuwen dezelfde gezichten en figuren vormden, twee mannen met baarden die een beest achternajoegen over een heuvelrand, een knielende vrouw met gezichten op haar knieën: Kom kijken hoe Samuel Bennet zijn ouderlijk huis in Mortimer Street bij Stanley's Grove aan het slopen is, ze zullen hem nooit meer binnenlaten. Mevrouw Baxter, haal je neus eens onder die kouwe lakens vandaan en kom kijken, want meneer Baxter, die op het havenkantoor werkte, kan ook nooit meer terugkomen. Mevrouw Probert Chestnuts, je geitenbok is weg en heeft een harige leegte in het bed achtergelaten. Meneer Bell, je kostganger, hoest de hele nacht onder zijn plu. Je zoon kan niet slapen, telt zijn peperdure herensokken die over het omgewoelde beddengoed springen. Met onderdrukte stem schreeuwde Samuel: 'Kom kijken hoe ik het bewijsmateriaal vernietig, mevrouw Rosser, kijk eens even onder uw haarnetje uit. Ik heb uw schaduw op het rolgordijn gezien toen u zich uitkleedde, ik stond te kijken onder de lantaarn naast de melkboer, u verdween onder een tent en kwam dun en gebocheld en zwart weer te voorschijn. Ik ben de enige gluurder in Stanley's Grove die weet dat u een zwarte vrouw met een bochel bent. Meneer Rosser is met een kameel getrouwd, iedereen is dol en dwaas in zijn doos wanneer de rolluiken naar beneden zijn. Kom kijken hoe ik geruisloos het serviesgoed stukgooi, zodat ik nooit meer terug kan komen.'

'Stil,' zei hij tegen zichzelf. 'Ik ken je.'

Hij deed de deur van de servieskast open. Daar stonden de duurste borden naast elkaar te glimmen, een wilg naast een door klimop overwoekerd kasteel, manden met kanjers van bloemen op allerlei fruit en met bloemen omslingerde spreuken. Op een plank stond een stapel dekschalen, op een volgende de slakommen, de vingerkommetjes, de toastrekjes met 'Porthcawl' en 'Baby' erop, de puddingschaaltjes en de snorrenkop, die een erfstuk was. Het theeservies was broos als beschuit en had gouden randjes. Hij sloeg twee schoteltjes tegen elkaar, en de als een hoorn gevormde tuit van de theepot liet los in zijn hand. Binnen vijf minuten had hij het hele servies naar de maan geholpen. Laat alle dochters van Mortimer Street binnenkomen en me bezig zien, fluisterde hij in de nauwe kast: de bleke jonge meisjes die thuis helpen, die al rekenend over het trottoir naar de duurglimmende winkels lopen, en die in hun zolderkamertjes hun steile droge haar in de krullen zetten; hun bloed is als een zoutstroom door hun aderen. En ik hoop dat de kantoormeisjes met hun vingertoppen op de deur zullen kloppen, en 'Meneer' of 'Mevrouw' op het glas van het voorportaal tikken, die kille, snuggere schatten, die nooit eens te ver zullen gaan. Je kunt ze horen in het laantje achter het postkantoor terwijl jij langssluipt. Ze zeggen: 'En toen zei hij, en ik zei en hij zei en o ja, ik zei,' en de uitsluitend mannelijke stemmen stemmen zachtjes in. Jaag ze naar binnen uit het snurkende Stanley's Grove, ik weet dat ze onder de lakens slapen, tot aan hun pony's barstensvol verlangens. Beryl Gee trouwt met de Kamer van Koophandel in een peper-en-zout-kerk. Mevrouw Burgemeestersketting, Mevrouw Scheefhoed, Dame Canapé, hé, ik sta dekschalen kapot te smijten in de kast onder de trap.

Een deksel van een schaal viel uit zijn handen aan scherven.

Hij wachtte om te horen of zijn moeder wakker werd. Maar boven bewoog niemand. 'Dat heeft Tinker gedaan,' zei hij hardop, maar het hese geluid van zijn stem deed hem meteen weer zwijgen. Zijn vingers werden zo koud en doof dat hij wist geen enkel bord meer te kunnen oppakken om het te breken.

'Wat sta je nou te doen?' zei hij ten slotte tegen zichzelf, met een kille, vlakke stem. 'Laat de straat met rust. Laat haar slapen.'

Toen sloot hij de deur van de servieskast.

'Wat doe je, onzin uitkramen?'

Zelfs de hond was niet wakker geworden.

'Onzin uitkramen,' zei hij.

Hij moest nu snel zijn. Het ongeluk in de kast had hem zo aan het beven gebracht dat hij nauwelijks in staat was de rekeningen die hij in de lade van het dressoir had gevonden te verscheuren en onder de bank te strooien. Het haakwerk van zijn zus was te moeilijk om te vernielen, de kantkleedjes en de versierde theemutsen waren taai als rubber. Hij rukte ze naar zijn beste vermogen uit elkaar en propte ze in het schoorsteenkanaal.

'Dit heeft toch allemaal eigenlijk niets te betekenen,' zei hij. 'Ik zou eigenlijk de ruiten moeten ingooien en de kussens vullen met de scherven.' Hij zag zijn ronde, zachte gezicht in de spiegel onder de Mona Lisa. 'Maar dat doe je niet,' zei hij, en wendde zich af, 'je bent bang voor de herrie.' Hij richtte zich weer tot zijn spiegelbeeld. 'Nee, dat is het niet. Je bent bang dat zij zich in d'r vingers snijdt.'

Hij schroeide de rand van zijn moeders parasol aan de kous van de gaslamp en voelde de tranen over zijn wangen lopen en op de kraag van zijn pyjama vallen.

Zelfs in de eerste aanloop van zijn schaamte en schuldgevoel dacht hij eraan om zijn tong uit te steken en aan het tranenspoor te proeven. Nog steeds huilend zei hij: 'Het proeft zout. Het is heel erg zout. Net als in mijn gedichten.'

Hij ging met een bevende kaars door het donker naar boven, liep langs de bergkamer zijn eigen kamer binnen en deed de deur achter zich op slot. Hij stak zijn handen uit en voelde aan de muren en zijn bed. Goeiemorgen en tot ziens, mevrouw Baxter. Zijn raam, dat uitzag op haar slaapkamer, stond open naar de windstille, sterloze vroege ochtend, maar hij kon haar niet horen ademen of slapen. Alle huizen waren stil. De straat was een eng graf. De Rossers en de Proberts en de Bennets waren stil en veilig verzonken in hun afzonderlijke stiltes. Zijn hoofd raakte het kussen. Maar hij wist dat slapen niet meer zou gaan. Zijn ogen vielen dicht.

Kom in mijn armen, want slapen zal ik niet, jullie meisjes, die overal op alle zolders slapen, en op de logeerkamertjes van de vierkante, rode huizen met de erkerramen die uitkijken op de bomen achter de schuttingen. Ik ken jullie kamers als mijn eigen broekzak, als jullie silhouet in de bioscoop, wanneer jullie op buurmans schouder hangen. Ik kan niet meer slapen. Morgen, nee, vandaag, vertrek ik met de trein van 7.15 uur, met tien pond op zak en een nieuwe koffer. Leg jullie krulspelden op mijn kussen, de wekker zal jullie om halfzeven haastig terugroepen om de luiken open te doen en de kachels aan te maken voor de rest naar beneden komt. Kom snel, het huis van de Bennets smelt. Ik hoor jullie hijgen, ik hoor mevrouw Baxter woelen in haar droom. Ach, de melkboeren staan al op!

Hij sliep met zijn hoed nog op en zijn handen stevig verstrengeld.

2

De familie werd voor zessen wakker. Nog half in slaap verzonken hoorde hij ze rommelen op de overloop. Ze zouden in ochtendjas zijn, een duffe blik hebben en warrige haren. Peggy had misschien al twee blosjes aangebracht. De familie vloog de badkamer in en uit, ze bleven geen moment staan om zich te wassen, botsten op de nauwe overloop tegen elkaar aan en waren koortsachtig en vittend in de weer om hem reisklaar te krijgen. Hij liet zichzelf dieper wegzakken, totdat de golven hem weer om de oren dansten, en de lichten van een stad rondzwaaiden en schitterden in de ogen van de vrouwen uit de droom die hem nog vers in het geheugen lag. Uit de kabbelende verte hoorde hij zijn vader roepen, als een man op de oever aan de overkant:

'Heb je zijn toilettas gepakt, Hilda?'

'Ja, natuurlijk,' antwoordde ze vanuit de keuken.

Laat haar alsjeblief niet in de porseleinkast kijken, bad Samuel tussen de als lantaarnpalen voortschuivende vrouwen. Ze neemt nooit het beste servies voor het ontbijt.

'Rustig maar, 't was maar een vraag.'

'Waar is zijn nieuwe borstel?'

'Goedzo, schreeuw de oren maar van mijn hoofd. Hier is-ie. Hoe kan ik hem nou aan je geven als je in de keuken bent? Het is die borstel met zijn voorletters – S.B.'

'Ja, z'n voorletters ken ik.'

'Moeder, moet hij al die hemden mee? Je weet toch dat hij ze nooit draagt.'

'Het is januari, Peggy.'

'Dat weet ze wel, Hilda, dat het januari is. En de buren trouwens ook. Zeg, staat er iets aan te branden?'

''t Is moeders parasol maar,' zei Samuel in zijn afgesloten slaapkamer.

Hij kleedde zich aan en ging naar beneden. De gaslamp in de eetkamer brandde weer. Zijn moeder kookte een ei voor hem op het fornuis. 'Wij ontbijten later wel,' zei ze, 'jij moet je trein halen. Heb je lekker geslapen?'

'Geen insluipers geweest vannacht, Sam,' zei zijn vader.

Zijn moeder kwam met het ei aanzetten. 'Die kunnen ook niet elke nacht komen.'

Peggy en zijn vader gingen voor het lege haardrooster zitten.

'Wat denk je dat je het eerst gaat doen als je aankomt, Sam?' zei Peggy.

'Dan zorgt hij eerst voor een mooie kamer natuurlijk, niet te dicht bij het centrum. En pas op dat je geen Ierse hospita neemt.' Zijn moeder borstelde zijn kraag terwijl hij at. 'Zorg dat je meteen een beetje op je plek komt, dat is het allerbelangrijkste.'

'Dat zal ik doen.'

'En denk eraan dat je achter het behang kijkt of er ongedierte zit.'

'Zo kan-ie wel weer, Peggy. Sam weet best of het ergens schoon is of niet.'

Hij zag zichzelf al aankloppen bij een logement midden in hartje stad, en een Ierse mevrouw deed open. 'Goedemorgen, mevrouw. Hebt u een goedkope kamer voor me?' 'Voor jou voor een schijntje, Danny Boy.' Ze was niet ouder dan eenentwintig. 'Zit er ongedierte?' ''t Krioelt ervan, God zij dank.' 'Dan neem ik 'm.'

'Ik red me prima,' zei hij tegen zijn moeder.

'De auto van Jenkins is er nog niet,' zei Peggy. 'Misschien heeft-ie een lekke band.'

Als hij niet snel komt, zullen ze alles zien. Dan snij ik mijn keel door met een van de scherven.

'Denk eraan dat je mevrouw Chapman opzoekt. Doe haar de hartelijke groeten van ons allemaal op nummer 42.'

'Ik zal morgen bij haar langsgaan, moeder.'

De taxi reed voor. In de hele straat zouden hoekjes van de slaapkamergordijnen even omhoog gaan.

'Hier is je portefeuille. Pas nou op en stop hem niet in dezelfde zak als je zakdoek. Je weet maar nooit wanneer je je neus wilt snuiten.'

'En dan strooi je vrijgevig in het rond,' zei Peggy. Ze gaf hem een kus op zijn voorhoofd.

Laat me eraan denken dat ik het in de taxi afveeg.

'Nu kus je de hoofdredacteur van de *Times*,' zei zijn moeder.

'Nou, zo ver zijn we nog niet. Toch Sam, nog niet, hè? Je moet onderaan de ladder beginnen,' zei zijn vader en keek de andere kant op.

'Schrijf meteen morgenvroeg. Laat weten hoe het is gegaan daar.'

'Maar schrijven jullie mij dan ook over hier. Meneer Jenkins staat te toeteren.'

'Klinkt beter dan die loftrompet over jou,' zei Peggy, 'en hier in Mortimer Street gebeurt toch nooit iets.'

Wacht maar, wijsneus. Wacht maar tot de vlammen aan het kantkleedje met de reigers likken.

Hij hurkte om Tinker te aaien.

'Kom op, stel je niet zo aan over die ouwe hond; hij zit onder de vlooien. Het is al zeven uur.'

Peggy hield de deur van de taxi voor hem open. Zijn vader schudde hem de hand. Zijn moeder kuste hem op zijn mond.

'Tot ziens, Mortimer Street,' zei hij, en daar ging de taxi. 'Tot ziens, Stanley's Grove.'

Door het achterraam zag hij drie vreemden zwaaien. Hij trok het schermpje omlaag.

3

Hij zat met zijn tas en al op het toilet van de rijdende trein, nergens was plaats, las zijn schrift door en scheurde er een voor een de bladzijden uit. Hij droeg een gloednieuwe, bruine tweedjas, een bruin pak, een gesteven wit overhemd met een wollen stropdas en een dasspeld en glimmend zwartgepoetste schoenen. Zijn bruine dophoed had hij in het fonteintje gelegd. Daar had je het adres van mevrouw Chapman, vlak naast het telefoonnummer van ene meneer Hewson, die hem zou voorstellen aan iemand die bij een krant werkte; en daaronder het adres van de literaire instelling die hem ooit eens een geldbedragje had toegekend voor zijn bijdrage aan een poëziewedstrijd: *Will*

Shakespeare bij het Graf van de Onbekende Soldaat. Hij rukte de pagina eruit. Toen naam en adres, in rode inkt, van een verzamelde dichter die hem een bedankbrief had geschreven voor een sonnettencyclus. En een pagina met namen die van pas konden komen.

De deur van het toilet ging half open, en hij duwde hem snel dicht met zijn voet.

'O, pardon.'

Hoor haar verontschuldigingen mompelend en eivol de gang aflopen. Ze kon elke deurkruk in de hele trein proberen en zou op elk toilet een volledig geklede man met zijn voet tegen de deur aantreffen, die moederziel alleen in dat lange, bewegende huis op wielen in een raamloze stilte reisde, en met een noodgang van negentig kilometer per uur onderweg was naar elders, naar waar men niet op hem zat te wachten, en die nergens thuis was, waar de trein ook stopte. De kruk ging weer naar beneden en Samuel kuchte iemand weg.

De laatste pagina van het schrift was de enige die hij hield. Onder de tekening van een meisje met lang haar, dat half door een adres danste, had hij geschreven: Lucille Harris. Een man die hij op de promenade was tegengekomen had gezegd, toen ze op een bankje waren gaan zitten en naar de passerende benen keken: 'Ze is oké. Ik ken dat meisje. Zij is de allerbeste; die zal je wel helpen. Ga eens bij d'r langs als je in de stad bent. Zeg dat je een vriend van Austin bent.' Die bladzijde deed hij in zijn portefeuille tussen twee biljetten van een pond.

De overige bladzijden raapte hij op van de vloer, frommelde ze tot een prop en gooide ze tussen zijn benen door in de pot. Toen trok hij door. Weg spoelden de behulpzame namen, de invloedrijke nummers, de adressen die zoveel hadden kunnen betekenen, door de kolkende, klotsende zee naar de rails. Nu lagen ze al mijlenver achter hem, wervelden over het spoor en over de razende heggen de voorbijflitsende velden in.

Huis en hulp lagen achter hem. Hij had acht pond en tien shilling en het adres van Lucille Harris. Veel mensen hebben een slechtere start gehad, zei hij hardop. Ik ben onnozel, lui, oneerlijk, en sentimenteel; ik heb nergens een voet tussen de deur.

De kruk ging weer.

'Je staat zeker op springen,' zei hij tegen de persoon aan de andere kant van de dichte deur.

Voetstappen trappelden weg door het gangpad.

Zodra ik aankom neem ik eerst een glas bier en een klef broodje, besloot hij. Ik ga er mee aan een hoektafeltje zitten, veeg de cakekruimels weg met mijn hoed en zet mijn boek tegen het olie- en azijnstel. Ik moet mijn uitgangspositie tot in detail voor elkaar hebben. De rest moet vanzelf gaan. Ik zal daar nog voor de middag zitten, koel en beheerst, hoed op de knie, glas in de hand, geen dag jonger lijken dan twintig, doen of ik lees en uit mijn ooghoeken loeren naar de wachtende, drinkende, rusteloze mensen die het in hun eentje druk staan te hebben aan de bar. De andere tafeltjes zullen allemaal bezet zijn. Je zult er vrouwen zien die stil achter hun koude koffie zitten te lonken, oude anonieme mannen met snuif op hun wangen, bevend boven hun thee, rustige mannen die niemand verwachten met de volgende trein waar ze ieder uur weer verlangend naar uitkijken, vrouwen die van plan zijn er vandoor te gaan en de trein te pakken naar St Ives of Liverpool, of naar waar dan ook, maar die wel weten dat ze van hun leven die trein niet zullen nemen en ondertussen niets doen dan kopjes thee drinken en tegen zichzelf zeggen: 'Ik zou die van twaalf uur kunnen halen, maar laat ik nog even wachten op die van kwart over', vrouwen uit de provincie met hele roedels losgeslagen kinderen, winkelmeisjes, kantoormeisjes, meisjes van de straat, mensen die niks beroerders te doen hebben, alle ongelukkige, gelukkig geketende, vertwijfelde vreemde mannen en vrouwen in de stationsrestauratie van de stad die ik door en door ken.

Er werd aan de deur gerammeld. 'Hé, jij daar,' zei een stem buiten. 'Je zit daar al uren.'

Hij draaide de warme kraan open. Nog voor hij zijn hoed te pakken had, spoot er koud water in de wasbak. 'Ik ben de directeur van deze club,' zei hij, maar zijn stem klonk hem zwakjes en zonder over tuiging in de oren.

Zodra het geluid van de voetstappen was weggestorven, pakte hij zijn spullen bij elkaar, stapte het toilet uit en liep het gangpad door. Toen hij voor de eerste klas stond, zag hij een man samen met een conducteur naar de deur gaan en er op bonzen. De kruk probeerden ze niet.

'Al vanaf Neath,' zei de man.

Nu minderde de trein vaart, liet het verloren land achter zich en liep smog en een woud van fabrieken binnen, pufte langs de perrons van de voorsteden en voorbij de hoge huizen met kapotte ruiten en dansend ondergoed boven groezelige binnenplaatsjes. Geen enkel kind achter de ramen wuifde naar de trein. Het had net zo goed de wind kunnen zijn die voorbijvloog.

Toen de trein onder het grootse glazen dak tot stilstand kwam, stond er een drom mensen voor de deur te ruziën.

4

‘’n Kleintje Bass, alstublieft, en een broodje ham.’ Hij nam het mee naar een tafeltje in een hoek, sloeg de kruimels weg met zijn natte hoed en ging zitten. ’t Was nog net geen middag. Hij telde zijn geld: acht pond, negen shilling en een penny, bijna drie pond meer dan hij van z’n leven bij elkaar had gezien. Sommige mensen hadden dit elke week. Hier moest hij tot aan zijn dood mee doen. Aan het tafeltje naast hem zat een vlezige man van middelbare leeftijd met een chocoladebruine moedervlek op zijn wang en kin, als een halve baard. Hij zette net zijn boek tegen een lege fles, toen er een jongen naar hem toe kwam van de bar.

‘Hallo, Sam.’

‘Hallo, Ron. Dat ik jou hier zie, zeg.

‘Het was Ronald Bishop die vroeger in het hofje achter Stanley’s Grove woonde.

‘Zit je al lang in de smog, Sam?’

‘Ik kom net aan. Hoe gaat-ie?’

‘Net als ik dus, hard kans dat we in dezelfde trein hebben gezeten. Ach ja, het gaat. Doe jij nog steeds hetzelfde, Sam?’

‘Ja, ik moest hier even een paar dingetjes regelen. Doe jij nog altijd hetzelfde?’

‘Ja.’

Ze hadden elkaar al nooit veel te vertellen gehad.

‘Waar logeer je, Ron?’

‘’t Vertrouwde adres. Strand Palace.’

‘Nou, dan zie ik je vast nog wel.’

‘Oké, wat dacht je van morgen, in de bar, een uur of half acht.’

‘Oké.’

‘Da’s dan afgesproken, niet vergeten, hè.’

‘Wees maar niet bang.’

Ze waren het allebei op slag vergeten.

'Nou, tot later dan.'

'En gedraag je een beetje, hè.'

Terwijl Ronald Bishop wegliep, mompelde Samuel stilletjes in zijn glas: 'Een mooi begin. Als ik straks buiten het station de hoek om loop, ben ik zo terug op nummer 42. Zitten de Probertjes doktertje te spelen voor de Hooiberg. De enige onbekende aan de horizon is een zakenman met een vlek in z'n gezicht die zijn handpalmen zit te lezen. Ah, nee, daar heb je een vrouw in een bontjas, ze komt naast me zitten. Ja, nee, nee. Ik rook haar toen ze langskwam: eau de cologne, poeder en lakens.'

De vrouw ging twee tafeltjes verderop zitten, sloeg haar benen over elkaar en poederde haar neus.

Dit is het begin van een toenadering. Nu zit ze net te doen of ze niet weet dat haar knieën bloot zijn. Er is een lynx in de zaal, dame. Knoop je jas maar dicht. Ze rinkelt met haar lepeltje op haar schoteltje om mijn aandacht te trekken, maar wanneer ik naar haar hand staar, zonder te glimlachen, zie ik dat ze lief en onschuldig naar beneden zit te kijken alsof ze een kind op schoot had. Hij was blij dat ze ingetogen was.

Lieve moeder – schreef hij met zijn vinger op de achterkant van een envelop, ondertussen na elke paar onzichtbare woorden opkijkend naar de nietsvermoedende vrouw tegenover hem – even een paar woorden om je te vertellen dat ik veilig ben aangekomen en dat ik nu in de restauratie wat zit te drinken met een hoer. Ik zal je nog laten weten of ze Iers is. Ze is een jaar of achtendertig en haar man is vijf jaar geleden bij haar weggegaan omdat ze vreemdging. Haar zoontje zit in een tehuis en ze gaat om de andere zondag naar hem toe. Ze vertelt hem altijd dat ze in een hoedenwinkel werkt. Je hoeft niet bang te zijn dat ze er met mijn geld vandoor zal gaan, want het is liefde op het eerste gezicht. En je hoeft je ook geen zorgen te maken dat ik stokongelukkig word door te proberen haar op het rechte pad te krijgen, want jullie hebben me altijd geleerd dat Mortimer Street de norm is, en dat zou ik niemand anders toewensen. Trouwens, ik wil haar helemaal niet op het rechte pad brengen. Niet dat ik haar slecht vind. Haar vak is een crime voor haar kousen, dat wel, dus zal ik de eerste week huur van onze kleine kamer in Pimlico betalen. Nu loopt ze naar de bar om nog een kop koffie te halen. Het zal je hopelijk niet ontgaan dat ze zelf betaalt. Iedereen in de restauratie is ongelukkig, behalve ik.

Toen ze bij haar tafeltje terugkwam verscheurde hij de envelop en staarde haar aan, zonder spoor van een glimlach, gedurende een volle minuut op de instantsoepreclame-klok. Eén keer sloeg ze haar ogen naar hem op maar ze keek meteen weer weg. Ze tikte met haar lepeltje tegen de rand van haar kopje, knipte haar tas open en sloot hem weer, draaide haar gezicht langzaam in zijn richting en keek toen snel weer de andere kant op, door het raam naar buiten. Ze is vast nieuw hier, bedacht hij met een plotseling opkomend warm gevoel, maar hij bleef haar aanstaren. Zal ik een knipoog geven? Hij schoof zijn natte dophoed over één oog en knipoogde: een lange, gekunstelde knipoog die zijn gezicht totaal verwrong en zijn brandende sigaret bijna tegen het stompe puntje van zijn neus deed komen. Ze graaide haar handtas, schoof twee pennies onder het schoteltje, en liep regelrecht het vertrek uit, zonder hem in het voorbijgaan ook maar een blik waardig te keuren.

Ze heeft haar koffie niet opgedronken, dacht hij. En toen: Lieve hemel, ze bloosde.

Een mooi begin.

'Zei u iets?' vroeg de man met de moedervlek, terwijl hij spiedend opkeek. Waar het niet bruin was, was zijn gezicht rood en paars, een tikje verlopen, ongeschoren, en er lag een ongrijpbaar soort woede in zijn blik, alsof zijn eigen geslepenheid hem op een bijna ondraaglijke manier irriteerde.

'Ik dacht dat ik zei dat het een mooie dag was.'

'Nieuw in de stad?'

'Ja, net aangekomen.'

'En wat vind je d'r van?' Het leek hem niets te kunnen schelen.

'Ik ben het station nog niet uit geweest.'

Inmiddels zou de vrouw in de bontjas haar verhaal doen tegen een agent: 'Er is zojuist tegen me geknipoogd door een kleine jongen met een natte hoed.' 'Maar mevrouw, het regent niet.' Dat zou haar kalmeren.

Hij legde zijn hoed onder het tafeltje.

'Er is een hoop te zien,' zei de man, 'als dat is wat je wilt tenminste, museums en galerieën.' Zonder te spreken liep hij een lijst met namen van andere bezienswaardigheden langs, maar hij keurde ze allemaal af. 'Museums,' zei hij na een lange stilte. 'Er is er eentje in South Kensington, en je hebt het British Museum natuurlijk, en dan is er nog dat ene met kanonnen in Whitehall. Ik heb ze allemaal bekeken,' zei hij.

Nu waren alle tafeltjes bezet. Koude, stijve mensen met een overvloed aan tijd zaten naar hun thee en de klok te staren, antwoorden te verzinnen op vragen die niet gesteld zouden worden, hun verleden en toekomstige handelingen goed te praten, elke glimp van het nu om zeep te helpen zodra het de kop op stak, te liegen en te verlangen en bangelijk alle treinen van hun verbeelding te missen; ieder van hen was eenzaam op het eindstation. Door het hele vertrek lag de tijd op sterven. En toen waren alle tafeltjes, behalve dat ene naast Samuel, plotseling weer vrij. De eenzame menigte trok als een begrafenisstoet naar buiten, met achterlating van as, theeblaadjes en kranten.

'Op een gegeven moment zul je toch het station uit moeten, weet je,' zei de man, terugvallend op een conversatie waarin er voor hem niets te halen viel. 'Als je wilt rondkijken. Prima. Maar het geeft geen pas om de trein naar de stad te pakken, in de restauratie te blijven plakken en dan terug te gaan en te zeggen dat je Londen hebt gezien, of wel?'

'Ik ga nu zo naar buiten.'

'Goed zo,' zei de man, 'geef Londen een kans.'

Hij is zo zat van dit gesprek dat hij bijna boos wordt, dacht Samuel.

Hij keek weer om zich heen, naar de somberaars die naar de bar schuifelden, naar de snelle whiskydrinkers op een kluitje bij de theeketel en naar de serveersters die verveeld in de weer waren met kartonnen gebak en kleingeld.

'Anders is het net als in je nest blijven liggen, toch?' zei de man. 'Je moet rondsjouwen, weet je, op een gegeven moment zul je in beweging moeten komen. Net als iedereen,' zei hij plotseling met een leeg soort passie.

Samuel haalde nog een kleintje Bass bij een meisje dat eruitzag als Joan Crawford.

'Dit is de laatste, daarna ga ik,' zei hij toen hij weer bij zijn tafeltje was.

'Denk je dat het mij wat kan schelen hoeveel je d'r nog neemt? Blijf vooral de hele dag, je bekijkt het maar.' De man keek al kwaaier wordend weer naar zijn handpalmen. 'Ik ben niet mijn broeders hoeder.'

Ronald Bishop stond nog steeds aan de bar.

Mortimer Street zit me op de hielen, dacht Samuel bitter, zelfs tot en met deze malle ruzie met die handlezer hier, in een stationsrestauratie. Er was geen ontsnappen aan. Maar hij was ook niet uit op ontsnapping. De Straat was een veilig gat in de muur achter de wind in een ander land. Hij wilde aankomen en in de kraag gepakt worden. Ronald stond daar maar als een wraakgeest met een ingeklapte paraplu. Kom d'r in, mevrouw Rosser, met je geelbruin en beige rugleuninghaakkleedjesjas, met je clanhoed op je watergolven, en schreeuw de nieuwtjes van de Straat over tafel met je bridgedoorlopen stem. Op een vogelrots zou ik je woede nog niet ontlopen, met je snavel opengesperd als een boodschappentas.

'Ik heb de pest aan bemoeiallen,' zei de man, en stond op. Onderweg naar de bar kwam hij langs het tafeltje waar de Ierse hoer had gezeten. Hij griste de pennies onder het schoteltje vandaan.

'Houd de dief!' zei Samuel zachtjes. Niemand hoorde hem. Denk aan de serveerster die die pennies nodig heeft voor haar man, die tbc heeft. En haar twee kinderen Tristram en Eve. Vlug veranderde hij de namen. Tom en Marge. Toen liep hij erheen en legde een sixpence onder het schoteltje, net op het moment dat de serveerster het tafeltje kwam doen.

'Was op de vloer gevallen,' zei hij.

'O ja?'

Toen hij terugliep zag hij dat de serveerster met drie mannen aan de bar stond te praten en met haar hoofd in zijn richting knikte. Een van de mannen was Ronald Bishop. Eén was de man met de moedervlek.

O, geweldig! Als hij het aardewerk niet had gebroken, had hij de eerstvolgende trein terug genomen. De scherven zouden nu wel zijn opgeveegd, alleen zouden er door het hele huis tranen vloeien. 'Mam, mama, hij heeft mijn haakwerk in de schoorsteen gepropt,' hoorde hij zijn zus dwars door een conducteurfluit roepen. Reigers, bloemenmandjes, palmbomen, windmolens, Roodkapjes, opgepropt in vlammen en roet. 'Geef me eens een gummetje om die koolstrepen uit te vegen, Hilda. Dit gaat me mijn baan kosten. Daar kun je donder op zeggen.' 'O, mijn theepot, ach, mijn blauwe servies, o, die arme jongen van me.' Hij weigerde naar de bar te kijken, waar Ronald Bishop hem onhoorbaar zwart stond te maken. De serveerster had meteen al toen ze hem zag, geweten dat hij de blikjes van blinde bedelaars leegroofde en hen aan hun mouw het drukke verkeer in stuurde. De man met de moedervlek zei dat hij een bepaald soort ansichtkaart aan een klant in een bontjas had laten zien. De stemmen van zijn ouders verketterden hem boven het gerinkel van de kopjes uit. Hij staarde strak naar zijn boek, maar de regels dansten en slingerden alsof de tranen van het door hem verlaten huis over de rails achter hem aan waren komen rennen, recht deze benauwde, argwanende ruimte binnen en over de theedampen heen in zijn ogen waren gesprongen. Valse voorstelling van zaken, zijn boekkeuze was met het oog op passanten. Hij vond er niks aan en begreep het evenmin.

'Mijn rekeningen.' 'Mijn kantkleedjes.' 'Mijn wilgenbord.'

Ronald Bishop liep naar buiten naar het perron.

'Tot ziens, Ron.'

Het gezicht van Ronald Bishop werd knalrood van het hem negeren.

Heerlijk, zei Samuel bij zichzelf, dat ik geen idee heb wat me te gebeuren staat. Hij lachte naar de serveerster achter de bar, en zij keek meteen schuldbewust de andere kant op, alsof hij haar een graai in de kassalade had zien doen. Ik ben niet zo onschuldig als ik eruitzie, dacht hij. Ik verwacht heus niet dat er een beschimmelde ouwe uitzuiger als een Fagin met een griezelverhaal-air uit een hoek komt stappen om mij mee te sleuren naar zijn grote, schreeuwerige, smerige huis. Geen hoertje als Nance voor uw intiemste wens in een huisje vol zakdoeken en lonkende, onopgemaakte bedden. Ik dacht niet dat er meteen een heel koor zingende en dansende, losbandige vrouwen in sjieke kleren en reclamezuil-beha's om de tafeltjes heen zou zweven toen ik rammelend met mijn fortuin en groen als David Copperfield voor het eerst door Londen liep. Ik kon de strootjes in mijn haar op de vingers van een hand tellen.

Stil! Ik ken jou, zei hij, valsspeler met patience, sleutelgatgluurder, verzamelaar van afgeknipte nagels en oorsmeer, wellustig azend op silhouetten tegen de gordijnen van huize Goudenregen, speurend naar dijen in de Bibliotheek der Klassieken, Sam die als Klein Duimpje in een mangat op winderige dagen zijn kop opsteekt.

Zo ben ik helemaal niet, zei hij, toen de man met de moedervlek naar zijn tafeltje kwam en tegenover hem plaatsnam.

'Ik dacht dat je wegging,' zei de man. 'Je zei tegen me dat je wegging. Je zit hier nou al een uur.'

'Ik zag u wel,' zei Samuel.

'Ik weet dat je me zag. Dat kan ook niet anders, wel? Want je hield me in de gaten,' zei de man. 'Niet dat ik die twee pennies nodig heb hoor, ik heb een huis vol meubels. Drie kamers propvol tot aan het plafond. Ik heb genoeg stoelen om heel Paddington op te laten zitten. Maar twee pennies zijn twee pennies,' zei hij.

'Maar dat geldt ook voor de serveerster.'

'Maar die heeft haar sixpence nu toch? Die heeft vier pennies netto winst gemaakt. Dat zij nu denkt dat je ze probeerde te pikken zal jou heus de kop niet kosten.

'Het was mijn sixpence.'

De man stak zijn handen in de lucht. Zijn palmen zaten onder de berekeningen met pen. 'En dan hebben ze het over gelijkheid. Doet het er iets toe wiens sixpence het was? Hij had net zo goed van mij kunnen zijn als van wie dan ook. Er was even sprake van dat ze de cheffin erbij zouden halen,' zei hij, 'maar ik heb een lans voor je gebroken.'

Allebei zwegen ze een poosje.

'En, al bedacht waar je naartoe gaat als je hier de deur uit stapt?' zei de man ten slotte. 'Want dat ogenblik komt onvermijdelijk, weet je.'

'Nee, ik weet niet waar ik naartoe ga. Al sla je me dood. Daarom ben ik juist naar Londen gekomen.'

'Luister,' zei de man, zijn stem in bedwang houdend, 'alles heeft een reden. Dat kan niet anders. Anders hielden we het niet vol, waar of niet? Iedereen weet waar hij naartoe gaat, en al helemaal als hij met de trein is gekomen. Anders zou hij om te beginnen nooit zijn ingestapt. Dat is heel wezenlijk.'

'Mensen gaan ervandoor.'

'Ben jij ervandoor gegaan?'

'Nee.'

'Zeg het dan ook niet. Zeg het niet.' Zijn stem trilde. Hij keek naar de cijfers in zijn handpalmen. Toen begon hij vriendelijk en geduldig van voren af aan. 'Laten we eerst het begin op een rijtje krijgen. Mensen die komen moeten ook weer vertrekken. Mensen moeten weten waar ze naartoe gaan, anders zou de wereld niet op een gezonde manier kunnen worden gerund. De straten zouden uitpuilen van de mensen die zomaar een beetje rondliepen, of niet soms? Die rondliepen en zinloze gesprekken aanknoopten met mensen die *wel* wisten waar ze naartoe gingen. Ik heet Allingham, en ik woon in Sewell Street, een zijstraat van Praed Street, ik doe in meubels. Doodsimpel, of niet? Het is helemaal niet nodig om de dingen ingewikkelder te maken dan ze zijn, als je je kop d'r maar bij houdt en weet wie je bent.'

'Ik ben Samuel Bennet. Ik woon niet speciaal ergens. En werken doe ik evenmin.'

'Waar ga je dan naartoe? Ik ben geen bemoeial en ik heb je verteld wat ik doe.'

'Geen idee.'

'Hij heeft geen idee,' zei meneer Allingham. 'Geloof maar niet dat je al ergens bent, denk er goed om. Dit hier kun je toch niet 'ergens' noemen, of wel? 't Is een plek om even op adem te komen.'

'Ik heb me afgevraagd wat er zou gebeuren. Daarover heb ik met mezelf zitten heen en weren. Ik ben eigenlijk gewoon gekomen om te zien wat er met me zou gaan gebeuren. Ik wil zelf nergens de hand in hebben.'

'Hij zat met zichzelf te heen en weren. Met een jongen van twintig. Of hoe oud ben je?'

'Twintig.'

'Precies. Discussiëren over zo'n probleem met een jongen die net tiener-af is. Wat dacht je dat er zou gebeuren?'

'Ik weet het niet. Misschien zouden er om te beginnen mensen naar me toe komen voor een praatje. Vrouwen,' zei Samuel.

'Waarom zouden die met je komen praten? Waarom zou ik met je praten? Je gaat nergens heen. Je doet niks. Je bestaat niet,' zei hij.

Maar al Samuels kracht lag in zijn buik en in zijn ogen. Eigenlijk moest hij zijn ogen afschermen om te voorkomen dat het marmeren bovenblad van de bar zou smelten, de kleren van de meisjes achter zijn rug hun van het lijf zouden vallen en de glazen op de planken zouden barsten.

'Iedereen zou naar me toe kunnen komen,' zei hij. Toen dacht hij aan zijn mooie begin. 'Wie dan ook,' zei hij, moedeloos.

Een klerk van de binnenplaats een dozijn deuren verderop, een koele, alledaagse vrouw uit Birmingham, door een knipoog verdreven, wie dan ook, een geestelijke uit de provincie, liederlijk op kroegentocht en met zijn zakboek in zijn ondergoed genaaid, een oudere verkoopster op vakantie uit een stoffenzaak waar het wisselgeld in bakjes aan een rails langs het plafond snort. Niemand waar hij op had zitten wachten.

'Ach ja, wie dan ook. Janet Gaynor,' zei meneer Allingham. 'Marion Davies en Kay Francis en...'

'U begrijpt het niet. Dat soort mensen verwacht ik niet. Ik heb ook geen idee van wat ik dan wel verwacht, maar dat is het niet.'

'Bescheiden.'

'Nee, ik ben ook niet bescheiden. Ik geloof niet in bescheidenheid. Het punt is gewoon, hier ben ik en ik weet niet waar ik naartoe zal gaan. En ik wil het niet weten ook.'

Meneer Allingham begon aan te dringen, leunde over het tafeltje, trok zachtjes aan Samuels kraag, en gaf de berekeningen in zijn handen bloot. 'Zeg nou niet dat je niet wil weten waar je naartoe gaat. Alsjeblieft. Werk even mee. We moeten kalm blijven, vind je niet? We moeten niet te moeilijk doen. Neem nou deze simpele vraag. Denk goed na. Haast je niet.' Hij pakte een theelepeltje. 'Waar zul je vanavond zijn?'

'Ik weet het niet. Ergens anders, maar niet op een plaats die ik zelf heb uitgekozen, want ik ben niet van plan om ook maar één keuze te maken.'

Meneer Allingham legde het verbogen theelepeltje neer.

'Wat wil je nu eigenlijk, Samuel?' fluisterde hij.

'Ik weet het niet.' Samuel streek over zijn borstzak, waar zijn portefeuille zat. 'Ik weet alleen dat ik Lucille Harris wil vinden,' zei hij.

'Wie is Lucille Harris?'

Toen keek meneer Allingham hem aan.

'Hij weet het niet,' zei hij, 'o, god, hij weet het niet!'

Een man en een vrouw gingen aan het volgende tafeltje zitten.

'Maar je had beloofd dat je hem zou vernietigen,' zei de vrouw.

'Zal ik ook doen, zal ik ook doen,' zei de man. 'Maak je geen zorgen. Drink jij je thee nou maar en maak je geen zorgen.'

Ze hadden lange tijd samengewoond en waren op elkaar gaan lijken met hun onbewogen, opgezwollen gezichten en hun knabbelende monden. De vrouw schuurde zichzelf bij het drinken, zo bibberde ze toen ze haar asgrauwe lippen tegen de rand van het kopje zette.

'Ik wed om twee pennies dat ze een staart heeft,' zei Samuel op onderdrukte toon, maar meneer Allingham had ze niet zien plaatsnemen.

''t Zal wel,' zei hij. 'Jij je zin, en ze is helemaal behaard ook.'

Samuel stak zijn pink in de hals van het lege bierflesje.

'Ik geef het op,' zei meneer Allingham.

'Maar meneer Allingham, u begrijpt het niet.'

'Ik begrijp er genoeg van,' zei hij iets te luid. Het stel aan het andere tafeltje hield op met praten. 'Jij wilt de dingen niet laten gebeuren, waar of niet? Nou, dan zal ik het maar doen. Je kunt hier niet zomaar binnenlopen en tegen mij gaan zitten praten zoals jij hebt gepresteerd. Lucille Harris. Lucy Ammehoela!'

De man en de vrouw begonnen te fluisteren. 'En het is pas halftwee,' zei de vrouw. Ze trilde als een rat met haar kopje.

'Kom op, we gaan.' Meneer Allingham raspte zijn stoel naar achteren.

'Waar naartoe?'

'Wacht jij maar af. Ik breng de dingen aan het rollen hier, toch?'

'Ik krijg mijn vinger niet uit die fles,' zei Samuel.

Meneer Allingham pakte de spullen en stond op. ''t Is maar een klein flesje,' zei hij, 'neem maar mee, jongen.'

'Vader en zoon ook nog,' zei de vrouw, toen Samuel achter hem aanliep naar buiten.

De fles hing zwaar aan zijn vinger.

'En nu?' Buiten, op het lawaaierige perron.

'Kom maar mee. En doe je hand in je zak, het ziet er bezopen uit.'

Terwijl ze het talud naar de straat opliepen zei meneer Allingham: 'Dit is de eerste keer dat ik vergezeld word door iemand met een fles aan zijn vinger. Niemand anders heeft ooit een fles aan zijn vinger gehad. Waarom steek je nou in vredesnaam je vinger in een fles?'

'Ik duwde hem er gewoon in. Met een beetje zeep krijg ik hem er wel weer uit, het is echt niets om je druk over te maken.'

'Ik zeg alleen dat niemand anders ooit met zeep een fles van zijn vinger heeft hoeven halen, da's alles. Dit is Praed Street.'

'Saaie boel, niet?'

'Alle paarden zijn verdwenen,' zei meneer Allingham. 'Dit is mijn straat. Sewell Street. Saaie boel?'

'Het is net als de straten thuis.'

Er kwam een jongen voorbij die 'Ikey Mo' tegen meneer Allingham riep.

'Dit is nummer drieëntwintig. Zie je? Daar heb je het bordje, 23.'

Meneer Allingham opende de voordeur met een sleutel. 'Tweede verdieping, eerste deur rechts.'

Hij klopte drie keer. 'Meneer Allingham,' zei hij, en ze gingen naar binnen.

De kamer stond vol met meubels.

Meubels bij de vleet

I

Elke vierkante centimeter van de kamer was bedekt met meubelstukken. Stoelen stonden op banken die op tafels lagen; spiegels bijna zo hoog als de deur stonden in stapels met de achterkanten tegen elkaar tegen de wanden te spiegelen en legden eindeloze heuvellandschappen aan van tafels en stoelen met hun poten in de lucht, dientafels, dressoirs, ladenkasten, nog meer spiegels, lege boekenkasten, wasbakken en klerenkasten. Een tweepersoonsbed, keurig opgemaakt, met het hoofdeinde van de lakens teruggeslagen, stond op een eettafel op een andere tafel; er waren elektrische lampen en lampenkappen, schalen en vazen, wc-potten en wasbakken, alles opgestapeld in de fauteuils bovenop kasten en tafels en bedden, tot aan het plafond. Het enige raam, dat uitzag op de straat, was nog net te zien tussen de gebogen poten van dientafels die op hun kop lagen. De wanden achter de staande spiegels waren overladen met schilderijen en lijsten voor schilderijen.

Meneer Allingham klom de kamer binnen over een stapel matrassen en was verdwenen.

'Spring d'r in jongen.' Zijn stem kwam van achter een hoge keukenkast waarover kleden hingen. En terwijl hij erover klom kon Samuel hem beneden zich zien zitten op een stoel op een bank, gemakkelijk achteroverleunend, zijn elleboog op de schouder van een standbeeld.

'Het is jammer dat we hier niet kunnen koken,' zei meneer Allingham. 'Want ik kom om van de fornuizen. Dat is een vliegenkast,' zei hij, naar een hoek wijzend. 'Net onder het slaapkamer-ameublement.'

'Heeft u een piano?'

'Er was er wel een,' zei hij, 'in de andere kamer, geloof ik. Zij heeft er een kleed overheen gelegd. Speel je?'

'Een beetje, zo voor de vuist weg. Maar de deuntjes die ik doe herken je meteen. Ziet die andere kamer er ook zo uit?'

'De andere twee kamers, maar ik denk dat de piano op slot is. Ja ja, meubels zat,' zei meneer Allingham, terwijl hij vol afkeer om zich heen keek. 'Telkens wanneer ik zeg "Zo is het wel genoeg," komt zij aanzetten met haar "Ach, nog ruimte zat, nog ruimte zat." Er komt een dag dat ze er niet meer in kan, let op mijn woorden. Of er niet meer uit, ik weet niet wat het ergste zou zijn. Soms vliegt het je naar de keel, weet je,' zei hij, 'al die meubels.'

'Is die zij uw vrouw, meneer Allingham?'

'Ze komt er nog wel achter dat aan alles een grens is. Je gaat je opgesloten voelen.'

'Slaapt u hier?'

'Daarboven. Het is bijna vier meter hoog. Ik heb het gemeten. Als ik wakker word kan ik bij het plafond.'

'Ik vind het een mooie kamer,' zei Samuel. 'Ik geloof dat het de mooiste kamer is die ik ooit heb gezien.'

'Daarom heb ik je ook meegenomen. Ik dacht wel dat je hem mooi zou vinden. Echt een lekker hol voor een vent met een fles aan zijn vinger, vind je niet? Dat zei ik al, je bent een buitenbeentje. Niemand anders kan er tegen. Heb je je spullen bij je?'

'Ginds, in het bad.'

'Hou ze maar goed in de gaten. Ik ben een sofa kwijtgeraakt. Nog een stel meubels en dan is mijn bed aan de beurt. En wat gebeurt er wanneer er een klant komt? Ik zal het je zeggen. Die werpt één blik door de deur en licht zijn hielen. Je kunt alleen dat kopen wat bovenop ligt, begrijp je.'

'Kun je de andere kamers binnen?'

'Ja, hoor,' zei meneer Allingham. 'Zij duikt naar binnen, hoofd naar voren. Zelf heb ik alle belangstelling voor de andere kamers verloren. Je zou er kunnen leven en sterven zonder dat iemand het wist. Er staan een paar mooie chippendales. Bovenaan ergens, bij het dakraam.'

Hij liet zijn andere elleboog op een staande kapstok rusten.

'Ik ging me verloren voelen,' zei hij. 'Daarom ga ik naar de stationsrestauratie, daar staan alleen tafels en stoelen.'

Samuel zat op zijn hoge zitplaats, zwaaide met de fles en trommelde met zijn voeten tegen de rand van een badkuip, meters boven de vloer van matrassen. Op een vloerkleed achter hem, dat zich breed uitgemeten in de lucht uitstrekte zonder zichtbaar ergens op te rusten, stond een geweldige aardewerken kruik gevaarlijk op de ruggen van geweven vogels. Hoog boven zijn hoofd in de hoge kamer, balanceerde een schommelstoel op een kaarttafeltje, en de ranke poten van het tafeltje rustten op een wandkast die recht overeind stond tussen dekens en haardschermen, met zijn spiegeldeur wijdopen.

'Bent u niet bang dat er dingen zullen omkiepcren? Kijk die schommelstoel. Eén klein duwtje en daar gaat-ie.'

'Heb het lef eens. Natuurlijk ben ik bang,' zei meneer Allingham. 'Als je ginds een la opentrekt, komt er hier een wastafel naar beneden. Je moet zo snel als een slang zijn. Er ligt zeker niks bovenop dat je zou willen kopen, of wel?'

'Er zijn een hoop dingen bij die ik mooi vind, maar ik heb geen geld.'

'Ach nee, dat is ook zo. Klopt. Andere mensen hebben geld.'

'Ik vind die grote kruik mooi. Daar zou je een man in kunnen verstoppen. Heeft u wat zeep voor mijn vinger?'

'Natuurlijk is er geen zeep, alleen wastafels. In bad gaan is ook onmogelijk, en er zijn vijf badkuipen. Wat moet jij met een kruik waar je iemand in kunt verstoppen? Ik ben nog nooit iemand tegengekomen die een man in een kruik wil verstoppen. Iedereen zegt dat die kruik veel te groot is voor wat dan ook. Waarom ben je op zoek naar Lucille Harris, Sam?'

'Ik bedoelde niet dat ik echt van plan was om er een man in te verstoppen, alleen maar dat het zou kunnen, als je wou. O, een kennis vertelde me over Lucille, meneer Allingham, ik weet niet waarom ik haar zoek, maar haar adres is het enige in Londen dat ik heb bewaard. Alle andere heb ik in de trein door de plee gespoeld. Toen de trein reed.'

'Goed zo.' Meneer Allingham legde zijn hand in de dikke, witte nek van het naakte standbeeld, en spande zijn vingers.

De deur naar de overloop ging open. Er kwamen twee mensen binnen die zonder een woord te zeggen de matrassen beklommen. De eerste, een kleine dikke vrouw met zwart haar en een Spaanse haarkam in, die haar gezicht had opgeschilderd alsof het een buitenmuur was, nam een plotselinge duik naar een hoek achter Samuel en verdween tussen twee stapels stoelen. Ze moet op een stapel kussens of een bed zijn geland, want je hoorde niets. De tweede bezoeker was een lange, jong uitziende man met een vastgeroeste glimlach en grote tanden, als van een paard, maar wel bijzonder wit. Zijn glanzende blonde haar zat in stijve krullen en was door de hele kamer te ruiken. Hij stond op een spiraalmatras vlak voor de deur op en neer te springen. 'Kom op nou, Rose, doe niet zo flauw,' zei hij. 'Ik weet wel waar je zit.' Toen, terwijl hij deed alsof hij Samuel nog niet eerder had opgemerkt, zei hij: 'Allemachtig, je lijkt wel een vogel daarboven. Houdt Donald zich daar ook ergens schuil?'

'Ik verschuil me niet,' zei meneer Allingham. 'Ik zit bij het standbeeld. Sam Bennet, George Ring.'

George Ring boog, en veerde tegelijk bijna een halve meter de lucht in.

Hij en meneer Allingham konden elkaar niet zien. Niemand kon de vrouw met de Spaanse haarkam zien.

'Ik hoop dat je je bij meneer Bennet hebt verontschuldigd over de kamer,' zei George Ring. Hij veerde een paar stapen in de richting van het verborgen standbeeld.

'Ik vind niet dat hij zich ergens voor hoeft te verontschuldigen, meneer Ring,' zei Samuel. 'Dit is de gezelligste kamer die ik ken.'

'O, maar hij is verschrikkelijk.' George Ring sprong nu heel snel op en neer. 'Heel vriendelijk van je om te zeggen dat het hier gezellig is, maar kijk nou eens naar de chaos. Stel je voor dat je hier zou moeten wonen. Je hebt iets aan je vinger, wist je dat? Drie keer raden. Het is een fles.' Hij schudde zijn krullenkop en lachte terwijl hij sprong.

'Je weet nog helemaal niets,' zei de stem van meneer Allingham. Door het wilde gespring was er een kleed naar beneden getrild en over de kapstok gegleden, en zat hij als het ware verborgen in een ander, lager vertrek. 'Je weet helemaal niets over hem. Wacht maar. Waarom sta je zo te springen, George? Binnenkomen en meteen als een stuiterbal tekeergaan, zoiets doe je niet.'

'Wat weet ik niet van jou?' Met één sprong stond George Ring recht onder Samuel, en streek zijn krullen uit zijn nek.

'Om te beginnen weet hij niet waar hij naartoe gaat. En hij is op zoek naar een meisje dat hij niet kent, ene Lucille.'

'Waarom ben je naar d'r op zoek?' George Rings hoofd raakte de badrand. 'Heb je haar foto in de krant gezien?'

'Nee, ik weet helemaal niets van haar, maar ik wil haar ontmoeten, want zij is de enige persoon in Londen die ik bij naam ken.'

'Maar nu ken je er nog twee, toch? Weet je zeker dat je niet verliefd op d'r bent?'

'Natuurlijk weet ik dat zeker.'

'Ik dacht dat ze misschien een soort Heilige Graal was. Je weet wel wat ik bedoel. Een soort ideaal.'

'Schiet eens op, stuk verdriet,' zei meneer Allingham. 'Haal me hier uit.'

'Is dit je eerste keer in Londen? Toen ik hier voor het eerst kwam voelde ik me precies zo. Een eeuwigheid geleden was dat. Ik had het gevoel dat ik iets wilde vinden, ik kan het niet goed uitleggen. Iets om de hoek. Ik zocht me een ongeluk. Ik was zo naïef. Ik voelde me een soort ridder.'

'Haal me hier uit,' zei meneer Allingham. 'Ik voel me alsof ik de hele kamer op mijn schouders heb.'

'Ik heb het nooit gevonden.' George Ring lachte en zuchtte en streelde de rand van het bad. 'Misschien heb jij meer geluk,' zei hij. 'Loop je straks de hoek om en daar staat ze. Lucille. Lucille. Heeft ze telefoon?'

'Ja. Haar nummer staat in mijn adresboek.'

'O, nou, dat maakt het een stuk eenvoudiger. Kom maar, Rose,' zei hij. 'Ik weet precies waar je zit. Ze is niet te genieten vandaag.'

Samuel schommelde zachtjes op zijn kist te midden van de meubelstukken. Dit was de volste kamer in Engeland. Hoeveel honderden huishoudens hadden hier niet hun sporen achtergelaten in de tafels en stoelen die binnenkwamen op een vloedgolf van hout, en koffers en kasten die aan touwen door het raam zeilden en als vogels neerstreken. De andere kamers, achter die veelgeplaagde deur, zouden zelfs nog hoger en duisterder zijn dan deze, met die verstomde, zwarte vorm van de afgesloten piano als een berg onder een lijkwade van vloerkleden, en Rose, die met haar haarkam als boegspriet hun duisternis doorkruiste en de hele nacht stil en roerloos zou blijven liggen op de plek waar ze was gebotst. Nu lag ze doodstil op een bed verzonken tussen twee stapels stoelen, levend begraven, zacht en dik en verloren in een graf in een huis.

'Ik ga een hangmat kopen,' zei George Ring, 'ik word gek van het slapen onder al die meubels.'

Misschien wemelde de kamer 's nachts wel van de mensen die elkaar niet konden zien, maar die languit onder stoelen en banken lagen, of duizelig boven op de opgestapelde tafels lagen te dromen en elke ochtend wakker werden met de kreet 'Aardbeving, aardbeving!' op hun lippen.

'En dan ga ik naar bed als een matroos.'

'Zeg tegen Rose dat ze me hier uithaalt,' zei meneer Allingham vanachter de omhulde kapstok, 'ik wil eten.'

'Ze ligt te mokken, Donald. Ze heeft haar zinnen gezet op een Japans kamerscherm.'

'Hoor je dat, Sam? Wat dacht je van de privacy in deze kamer? Iedereen kan alles doen en niemand die het ziet. Ik wil eten. Ik wil een hapje eten bij Dacey. Blijf je slapen vannacht?'

'Wie?' vroeg Samuel. 'Ik?'

'Je kunt in een van de andere kamers pitten, als je tenminste weer overeind kunt komen. Er zijn bedden genoeg voor een harem.'

'Harem,' zei George Ring, hij sprak het anders uit. 'Er is bezoek, Rose, lieverd. Kom te voorschijn, dan zal ik je voorstellen.'

'Graag, meneer Allingham,' zei Samuel.

'Had je echt helemaal geen flauw idee?' George Ring hopte op en neer en heel even kwam zijn geparfumeerde hoofd op ooghoogte met dat van Samuel. Eén brede, stralende, paardenglimlach, en weg was zijn hoofd. 'Over overnachten en zo. Ik vind het verschrikkelijk dapper. Je had allerlei types in de armen kunnen lopen. "Hij kwam bij dieven terecht." Ken je dat gedicht van Sir Henry Newbolt?'

'Hij slingerde zijn leeggeschoten revolver de helling af,' zei Samuel.

De dag bewoog zich losjes richting een beloofd einde in een donkere kamer propvol meubels, waar hij zich zou neervlijen te midden van zijn stel vrouwen in een bed als een kraaiennest, of misschien zou hij ze zacht wiegen in een hangmat aan het plafond.

'O, enig! Het is zo spannend iemand tegen te komen die iets van poëzie weet. "De stemmen verflauwden en de heuvels sliepen." Is dat niet schitterend? De stemmen verflauwden...? Ik kan urenlang gedichten zitten lezen, waar of niet, Donald? Het kan me niet schelen wat voor soort gedichten het zijn, ik vind alles mooi. Ken jij: "Is daar iemand, zei de reiziger?" Waar zou u de klemtoon leggen, meneer Bennet? Mag ik Sam zeggen? Zeg je nou: "Is daar *iemand*" of "Is *daar* iemand."?'

'Het is niet normaal,' zei meneer Allingham, 'dat je geen enkele van die 'iemanden' kunt zien, terwijl ze toch vlak naast je zitten. Ik klaag niet hoor, maar ik zie geen snars, dat is alles. Het is alsof ik niet in de kamer ben.'

'Stil nou, Donald. Sam en ik proberen een serieus gesprek te voeren. Tuurlijk ben je wel in de kamer, doe niet zo belachelijk.'

'Ik geloof dat ik alle woorden ongeveer evenveel klemtoon zou geven,' zei Samuel.

'Maar vind je niet dat die regel dan nogal vlak wordt? "*Is* daar iemand, zei de reiziger,"' mompelde George Ring, terwijl hij, hoofd schuin, over het matras ijsbeerde. 'Ik heb toch echt het gevoel dat je ergens wat nadruk aan moet brengen.'

Zal ik vannacht alleen zijn in de kamer met de piano? vroeg Samuel zich af. Alleen als een man in een meubelpakhuis, en zal ik alle bedden proberen en kasten openmaken en er mijn hand in steken, en zal ik in het donker naar mezelf in de spiegels staren?

'Zeg nou niet dat ik belachelijk ben, George Ring,' zei meneer Allingham. Hij deed een poging op te staan, maar het standbeeld viel tegen zijn stoel. 'Ik weet nog dat ik een keer achter elkaar negenenveertig glazen Guinness heb gedronken, en dat ik toen op het dak van een bus thuis ben gekomen. Een man die dat klaarspeelt is niet belachelijk. Let wel, boven op de bus, op het dak, niet gewoon maar bovendeks.'

Of zal de kamer vol zijn als een kerkhof, maar met onzichtbare doden, ademend en snurkend om mij heen, de liefde bedrijvend in de kasten, en met een stuk in hun kraag onderuit in de droge badkuipen? En wellicht zeilde er plotseling een warm lichaam door de deur om de hele nacht in mijn bed te komen liggen, naamloos en zonder iets te zeggen.

'Ik vind negenenveertig glazen Guinness te gek om los te lopen,' zei George Ring.

'Het regende,' zei meneer Allingham, 'en ik word nooit agressief. Ik zal wat zingen en misschien een paar danspasjes maken, maar ik word nooit hinderlijk. Help me eens, Sam.'

Samuel trok het kleed van de kapstok en duwde het standbeeld aan de kant. Het was tussen meneer Allinghams benen gevallen. Hij kwam traag overeind en in beeld en wreef in zijn ogen als iemand die net wakker wordt.

'Ik zei het toch,' zei hij, 'je raakt opgesloten. Ga je mee naar Dacey's, George?'

'Ik zit hier nog uren vast, dat weet je best,' zei George Ring. 'Je weet dat ik de enige ben die wat met Rosie kan als ze weer 'ns een van haar buien heeft. Hé, toe nou, Rosie, wees redelijk en doe niet zo humeurig. Het is negentig percent humeur en tien percent rede. Denk nou niet dat je een hele middag onder een tafel kunt kruipen, alleen maar omdat je actrice bent. Ik tel tot vijf...'

Samuel volgde meneer Allingham naar de deur.

'Vijf, zes, zeven,' zei George Ring, terwijl meneer Allingham de deur met een klap dichtsmeet, en zijn stem verloren ging in het lawaai van vallend meubilair. Ze liepen de trap af naar het portaal, waar het naar kool rook, en stapten de grijze straat op.

'Daar ging de schommelstoel, geloof ik,' zei Samuel.

'De zaak van mevrouw Dacey is vlak om de hoek,' zei meneer Allingham. 'Daar is het al. Zie je dat Cadbury-bord?'

2

De etalageruit van mevrouw Dacey was aan de binnenkant gewit, en daaroverheen stonden de woorden 'Prima Kwaliteit' gekrabbeld. 'Susan Dacey, tabaksvergunning,' las Samuel hardop. 'Is het ook een restaurant?'

'Dat moet je 'ns tegen haar zeggen,' zei meneer Allingham, terwijl hij de deur opende. Er rinkelde een bel. 'Zo heeft nog nooit iemand het genoemd.' Hij hield zijn voet tegen de deur, zodat de bel bleef rinkelen. ''t Is een vrouw van één uit duizend.'

Uit de deur met 'privé' achter in de winkel kwam een lange, magere, waardige vrouw, met de handen voor zich gevouwen. Ze was bijna tot aan haar enkels in het zwart gekleed, met een strenge witte kraag en ze hield haar hoofd keurig rechtop, alsof het er anders af zou vallen. God helpe de andere negenhonderd-en-negenennegentig. Maar toen glimlachte ze, en haar ogen waren scherp en licht en de saaiheid vervluchtigde van haar mond, die nu wreed en gelukkig stond.

'Haal je poot van de deur,' zei ze.

De bel zweeg.

'Dat is beter. Wat een herrie, zo meteen staan de doden nog op.' Ze was een welbespraakte vrouw, helder en precies, als een schooljuf.

'Alles goed, mevrouw Dacey? Dit hier is een nieuwe vriend van me, Sam Bennet. Twee gebak en twee koffie, alstublieft. Waar is Polly?'

'Die zit ergens iets in d'r schild te voeren,' zei mevrouw Dacey achter haar toonbank stappend. Haar wijde jurk zweefde om haar heen. 'Dus je komt uit de provincie,' zei ze over haar schouder, terwijl ze het kraantje van de koperen koffieketel opendraaide. 'Hoe ben je zo bij Ikey Mo terechtgekomen?'

'Dat ben ik.' Meneer Allinghams ene gezichtshelft bloosde.

'Ik kom niet echt uit de provincie.' Samuel vertelde haar waar hij vandaan kwam. 'Ik heb meneer Allingham op het station ontmoet. Ik slaap vannacht in zijn flat.'

'Dan zou ik nog liever in een kolenkelder slapen,' zei ze.

De koffie was drabbig, melkig en smakeloos. Ze namen hun kopjes mee naar een tafeltje en met zijn mouw veegde Samuel de kruimels van zijn stoel. Zijn hoed was verdwenen. In het stof aan zijn voeten lag het bezaaid met bolletjes vuil.

'Je hebt een fles aan je vinger,' zei ze.

'Aha, zie je nou, het valt iedereen op. Waarom haal je hem er niet af, Sam? Het is geen sieraad, het dient nergens toe, het is alleen maar een fles.'

'Ik denk dat mijn vinger opgezet is, meneer Allingham. De fles zit nu veel strakker dan eerst.'

'Laat me je nog 'ns bekijken.' Mevrouw Dacey zette een bril op met een stalen montuur en een kettinkje. ''t Is nog maar een kind.'

'Ik ben twintig.'

'Ikey Mo, de kinderjuf.' Ze liep behoedzaam naar achter in de winkel en riep: 'Polly, kom 'ns hier. Polly. Polly.'

Een meisjesstem antwoordde van ergens hoog in het huis: 'Wat is er, ma?'

'Kom, je moet even een meneer van zijn fles verlossen.'

'Klinkt als iets van een Russische componist, nietwaar schat?' zei George Ring bij de deur. 'Wat een fantastische jurk, je ziet eruit alsof je iemand gaat vermoorden.'

Hij ging naast Samuel zitten.

'Ik kon Rose niet in beweging krijgen. Die houdt dat nog de hele dag vol met die bui van d'r. Zo jongens, praat me eventjes bij.'

'Het gaat alweer over die fles,' zei meneer Allingham. 'Waarom kon-ie zijn vinger niet gewoon in een glas stoppen of zo. Ik heb trouwens geen idee waarom hij die vinger zo nodig ergens in moest stoppen. Het is me een raadsel.'

'Voor jou is alles een raadsel. Je hebt niet het minste benul van originaliteit. O, wat lijkt het me verschrikkelijk om geen fantasie te hebben. Fantasie is als gevoel voor humor.'

'Ik wil alleen maar zeggen dat als je niet gewoon ergens naar binnen kunt stappen voor een flesje Bass zonder dat je zo nodig met de fles aan je vinger weer naar buiten moet komen, dat me dat een nachtmerrie lijkt. Da's alles.'

Samuel hoorde de dochter van mevrouw Dacey de trap af rennen. Toen zag hij haar hand om de hoek van de deur. In de ene seconde die ze erover deed om de deur open te duwen en binnen te komen, gaf hij haar honderd gezichten; hij liet haar praten en rondlopen in alle vermommingen van zijn nachtelijke liefdes; hij gaf haar gouden lokken, zwarte lokken, hij wist dat ze een zigeunerhuidje had, en roomblank was ook. Polly, kom en zet de ketel op, met je blanke, slanke, bruine, brede handen, en zie hoe ik hier als een keursoldaat of een kalief aan een piepklein tafeltje op je zit te wachten.

'Het is als een zo'n nachtmerrie waarin je staat te biljarten en je keu blijkt van elastiek,' zei meneer Allingham.

Er kwam een meisje binnen met een langwerpig, bleek gezicht en een bril. Haar haar miste elk van Samuels tinten, het was donker en dof.

'Help die jongen even met zijn fles,' zei mevrouw Dacey.

Polly ging op het tafeltje zitten en pakte zijn hand. 'Doet het pijn? Ik doe dit voor het eerst.' Ze trok aan zijn vinger.

'En ook voor het laatst, mag ik hopen,' zei meneer Allingham. 'Het kan me niet schelen dat ik geen fantasie heb. Ik ben blij dat ik ben zoals ik ben, zonder iets aan mijn vinger.'

Polly boog zich over Samuels hand en hij keek bij haar jurk in. Ze wist dat hij keek, maar ze trok zich niet terug en legde ook geen hand over de hals van haar jurk. Ze richtte haar hoofd op en keek hem recht in zijn ogen. Dit zal ik nooit meer vergeten, zei hij bij zichzelf. In 1933 trok er een meisje aan een fles om mijn linkerpink, terwijl ik bij haar jurk inkeek. Dit is iets dat al mijn gedichten en moeilijkheden zal overleven.

'Ik krijg hem er niet af,' zei ze.

'Neem hem dan mee naar boven naar de badkamer en doe er wat

zeep op,' zei mevrouw Dacey, in haar droge, keurige stem. 'En denk erom, alleen zijn fles.'

Toen ze opstonden om te gaan zei George Ring: 'Geef een gil als je me nodig hebt, ik ben in een wip bij je. O, zij is zo'n verschrikkelijk persoontje, nietwaar, meid? Kleine George krijg je met geen stok in z'n eentje mee naar boven.'

Polly ging hem voor de trap op.

'Ik klaag niet,' zei meneer Allingham, 'ik maak alleen maar een opmerking. Ik beweer niet dat niet alles is zoals het zou moeten zijn. Hij heeft een fles aan zijn vinger en ik heb een tand in mijn gebak.'

Zijn stem stierf weg.

3

Iemand had de gerafelde gordijnen in de badkamer dichtgedaan om de vochtige, saaie dag buiten te sluiten, en het bad stond halfvol water. Er dobberde een rubbereendje in. Toen Polly de deur dichtdeed en op slot draaide begonnen er vogels te zingen.

'Het zijn de vogels maar,' zei ze. Ze stopte de sleutel bij haar jurk in. 'Wees maar niet bang.'

Aan het plafond hingen twee kooien.

Maar Samuel had een angstig gezicht getrokken toen ze de sleutel omdraaide en wegstopte op een plaats waar hij er van zijn leven niet naar wilde zoeken, en was niet bang geweest toen het vertrek plotseling een bos leek in de kluwen schaduwen van de groene gordijnen.

'Wat een typische plaats om vogels te houden,' zei hij.

'Ze zijn van mij.' Polly liet de warme kraan lopen, en de vogels begonnen harder te zingen, alsof ze een waterval hoorden. 'Meneer Allingham komt hier altijd op woensdag een bad nemen en hij zegt dat ze hem de hele tijd uitfluiten en scheetgeluidjes naar hem maken terwijl hij zich zit te wassen. Maar ik geloof niet dat hij zich erg wast. Moet jij ook zo om meneer Allingham lachen?'

Hij verwachtte een glimlach te zien toen ze zich naar hem omdraaide, maar haar gezicht stond onbewogen en ernstig, en plotseling zag hij dat ze mooier was dan alle meisjes die hij zich in zijn hoofd had gehaald voor ze beneden door de deur was gekomen. Maar hij wantrouwde haar schoonheid vanwege die sleutel. Hij moest denken aan wat mevrouw Dacey had gezegd, toen meneer Allingham vroeg waar Polly was. 'Die voert iets in d'r schild.' Hij verwachtte niet dat ze haar armen om hem heen zou slaan. Dat was anders. Als ze probeerde zijn hoofd onder water te duwen, zou hij George Ring roepen, en die zou als een paard de trap opkomen, hinnikend in een wolk van parfum.

'Ik heb de deur alleen maar op slot gedaan omdat ik niet wil dat George Ring binnenkomt. Die jongen is niet normaal. Hij doet parfum op zijn ondergoed, wist je dat? De Wandelende Wolk, zo noemen we hem. De Wandelende Wolk.'

'Maar je had die sleutel niet juist op die plek hoeven stoppen, toch?' zei Samuel. 'Straks duw ik je nog op de grond om hem op te vissen, wie weet ben ik er wel zo een.'

'Kan me niet schelen.'

Had ze nou maar geglimlacht toen ze dat zei. Maar ze keek alsof het haar werkelijk niet kon schelen of hij haar op de vloer duwde of gewoon op de badrand zat en het eendje een zetje gaf met zijn fles.

Het eendje dreef in kringen op het tweedehandse, vettige sop.

'Hoe heet je?'

'Sam.'

'Ik heet Mary. Maar ze korten het af tot Polly.'

'Da's niet veel korter, wel?'

'Nee, het is precies even lang.'

Ze ging naast hem op de rand van het bad zitten. Hij wist niets te zeggen. Hier was nou die afgesloten deur die hij zo vaak had laten opdraven in zijn verhalen en in zijn fantasie, in bed in de Mortimer Street, en de warme, verborgen sleutel, plus het meisje dat tot alles bereid was. Maar de badkamer moest een slaapkamer zijn en zij iemand zonder bril.

'Zou je je bril af willen doen, Polly?'

'Als jij dat wilt. Maar heel ver kan ik niet zien.'

'Dat hoeft ook niet, dit is maar een klein kamertje,' zei hij. 'Kun je mij zien?'

'Ja, natuurlijk. Je zit pal naast me. Vind je me zo leuker?'

'Je bent heel erg mooi, als je 't mij vraagt, Polly.'

'Mooie Polly,' zei ze, zonder te glimlachen.

Nou, zei hij bij zichzelf, daar zit je dan, en zij ook, en zonder bril.

'In Sewell Street gebeurt nooit iets.' Ze pakte zijn hand en legde zijn vinger met de fles eraan in haar schoot.

Daar zit je dan, zei hij bij zichzelf, met je hand in haar schoot.

'Waar ik vandaan kom gebeurt ook nooit iets. Het zal wel zo zijn dat dingen altijd gebeuren daar waar je niet bent. Andere mensen overkomt altijd van alles. Zeggen ze,' zei hij.

'Een man die twee deuren verderop in de kost was heeft zich de keel doorgesneden, zomaar,' zei ze, 'voor het ontbijt.'

Op zijn eerste vogelvrije dag sinds zijn geboorte zat Samuel met een meegaand meisje in een afgesloten badkamer boven een tearoom, de groezelige gordijnen waren dicht, en zijn hand lag op haar dij. Hij voelde geen spatje emotie. Mijn God, dacht hij, laat me alsjeblieft iets voelen, laat me voelen wat ik zou moeten voelen, er staat iets te gebeuren hier en ik ben kil en slap als een man in een stadsbus. Breng mijn verhalen bij me terug. Ik sloot haar in mijn armen, mijn hart sloeg tegen het hare, haar lichaam beefde, haar mond ging open als een bloem. De lotus van Osiris opende zich voor de stralen van de zon.

'Moet je die malle vogels nou eens horen,' zei ze, en hij zag dat het warme water over de rand van de wasbak liep.

Ik ben vast impotent, dacht hij.

'Waarom heeft hij zijn keel doorgesneden, Polly? Uit liefde? Als ik liefdesverdriet had, denk ik, dan zou ik me op de cognac storten, en whisky, crème de menthe en dat spul waar zo veel eieren in zitten.'

'Het was niet om de liefde, bij meneer Shaw. Ik weet niet waarom hij het heeft gedaan. Mevrouw Bentley zei dat alles onder het bloed zat, het zat overal, ook op de klok. Hij heeft een kort briefje achtergelaten, in de brievenstander, en het enige wat daar in stond was dat hij het al sinds oktober van plan was geweest. Kijk, het water lekt nu door naar de keuken.'

Hij deed de kraan dicht. De vogels hielden op met zingen.

'Misschien was het toch uit liefde. Misschien hield hij van jou, Polly, maar hield hij het voor zich. Van een afstand.'

'Hoe kom je d'r bij, hij liep mank,' zei ze. 'Een ouwe hinkepoot. Hoe oud ben je?'

'Twintig.'

'Maak het nou.'

'Nou ja, bijna.'

'Ik geloof er niks van.'

Toen zwegen ze en zaten op de rand van het bad, zijn hand in haar schoot. Zij liet haar bleke hand door het water glijden. De vogels begonnen weer.

'Bleke handen, daar hou ik van,' zei hij.

'Naast de Shalimar. Echt waar, Sam? Hou je van mijn handen? Wat een grappig iets om te zeggen.' Ze keek mat naar het lange, drijvende wier in het water en liet het golven. 'Het lijkt wel avond hier.'

'Het is als een avond op het platteland,' zei hij. 'Zingende vogels en water. We zitten nu aan de oever van een rivier.'

'Te picknicken.'

'En daarna trekken we onze kleren uit en gaan we zwemmen. Jee, wat zal het koud zijn. Je zal de vissen om je heen voelen zwemmen.'

'Ik kan lijn 47 ook horen,' zei ze. 'De mensen gaan naar huis om te eten. Koud niet? Zo zonder kleren. Moet je mijn arm voelen, als sneeuw, alleen niet zo wit. Bleke handen, daar hou ik van,' begon ze te zingen. 'Hou je verder ook van me?'

'Ik weet het niet. Zulke gevoelens heb ik geloof ik helemaal niet. Ik voel nooit zo heel veel, altijd pas daarna, en dan is het te laat.'

'Nu is het niet te laat. Het is niet te laat, Sam. We zijn alleen. Polly en Sam. Als je wilt gaan we samen zwemmen. In die vieze ouwe rivier met het eendje.'

'Lach jij nooit, Polly? Ik heb je nog niet één keer zien glimlachen.'

'Je kent me pas twintig minuten. Ik hou niet zo van lachen, ik vind me op m'n mooist wanneer ik ernstig ben, zoals nu.' Ze zette haar ogen en mond een tikje droeviger. 'Ik ben een tragédienne. Ik huil omdat mijn geliefde dood is.'

Langzaam vulden haar ogen zich met tranen.

'Hij heette Sam en hij had groene ogen en bruin haar. Hij was verschrikkelijk klein. O, mijn lieve, lieve Sam, hij is dood.' De tranen rolden over haar wangen.

'Niet huilen, Polly. Alsjeblieft. Niet meer huilen. Je doet jezelf verdriet.'

Maar ze huilde jammerlijk.

'Stop nou, Polly, mooie Polly.' Hij legde zijn arm om haar schouder. Hij kuste haar op haar wang, die warm en vochtig was. 'Er is niemand dood, lieve Polly,' zei hij. Zich overgevend aan haar zelf gefabriceerde verdriet zei ze huilend en kreunend zijn naam, trok aan de losse, lage hals van haar jurk, gooide haar haar achterover en sloeg haar vochtige ogen op naar de vogels in hun kooien en de barsten in de plafondhemel.

'Dat doe je prachtig,' zei hij in zijn wanhoop, terwijl hij aan haar schouders rukte. 'Ik heb nog nooit iemand zo mooi zien huilen. Maar alsjeblieft, wil je nu ophouden, Polly, alsjeblieft, nu je nog kunt.'

Achtennegentig procent van het menselijk lichaam bestaat uit water, dacht hij. Polly Dacey is een en al zout water. Ze zat naast hem als een wolkbreuk in een schort.

'Ik zal alles voor je doen, als je maar ophoudt,' zei hij. 'Je verdrinkt nog, Polly. Ik beloof je dat ik alles ter wereld voor je zal doen.'

Ze veegde haar ogen af aan haar blote arm.

'Dacht je dat ik echt mijn hart zat te breken, rare. Ik deed maar alsof. Vertel eens wat je allemaal voor me zult doen? Alles? Ik kan ook spelen dat ik blij ben omdat mijn minnaar toch niet dood is. Ze hebben een vergissing gemaakt bij het Ministerie van Oorlog.'

'Wat je maar wilt,' zei hij. 'Maar dat blij zijn wil ik morgen zien, je moet het een niet pal na het ander doen.'

'Kleine moeite, ik kan naadloos overschakelen. Ik doe een bevalling, stomdronken zijn en...'

'Doe maar gewoon rustig zijn. Doe een kalme dame op een badrand, Polly.'

'Ik doe het als jij met mij gaat zwemmen. Beloofd is beloofd.' Ze duwde haar haar in model.

'Waar?'

'In het bad. Jij gaat er eerst in, vooruit. Je moet je belofte nakomen.'

George Ring, fluisterde hij, kom in galop naar boven en bijt jezelf door de deur. Ze wil dat ik in mijn jas en met een fles aan mijn vinger in het koude vettige bad ga zitten, in deze halfdonkere badkamer, recht onder die spottende vogels.

'Ik heb een nieuw pak aan,' zei hij.

'Dat trek je toch uit, gekkie. Ik wil niet dat je in bad gaat met je kleren aan. Kijk, ik doe wel iets voor het raam, dan kun je je in het donker uitkleden. Daarna kleed ik me ook uit. Kom ik bij jou in bad zitten. Hé, Sam, ben je bang?

'Ik weet het niet. Kunnen we niet onze kleren uittrekken en niet in bad gaan? Ik bedoel, als we ze al willen uittrekken. Er kan iemand binnenkomen. Het is verschrikkelijk koud, Polly. Verschrikkelijk.'

'Jij bent bang. Je bent bang om met mij in het water te liggen. Die kou duurt maar even.'

'Maar het is nergens voor nodig. Ik wil helemaal niet in bad. Kom, laten we hier blijven zitten, Polly, en dan doe jij blij zijn.

Hij kon zijn hand niet bewegen, zij had de fles klem tussen haar benen.

'Je hoeft helemaal niet bang te zijn. Ik ben niks ouder dan jij,' zei ze, en haar fluisterende lippen waren vlakbij zijn oor. 'Zodra jij in het bad zit, spring ik in het donker boven op je. En dan doe je maar of ik iemand ben waar je verliefd op bent, als je niet echt om me geeft. Je mag me noemen zoals je wilt.' Ze zette haar nagels in zijn hand. 'Geef me je jas, dan hang ik hem voor het raam. Zo donker als de nacht,' zei ze, terwijl ze de jas ophing, en haar gezicht in het groene licht door de gordijnen was als dat van een meisje onder de zee. Toen ging het groen uit en hij hoorde haar frutselen. Ik wil niet verdrinken. Ik wil niet verdrinken in Sewell Street, zijstraat van Circe Street, fluisterde hij stilletjes.

'Sta je je nou uit te kleden? Ik hoor je niet. Vlug, opschieten, Sam.'

Hij deed zijn jasje uit en trok zijn hemd over zijn hoofd. Kijk eens goed in het donker, Mortimer Street, kijk mij eens in Londen.

'Ik heb het koud,' zei hij.

'Ik zal je warm maken, heerlijk warm, Sam.' Hij kon niet zien waar ze was, maar ze bewoog zich door het donker en rinkelde met een glas. 'Ik zal wat cognac voor je inschenken. Want, lieve schat, er staat cognac in het medicijnkastje. Ik zal je een groot glas geven. Je moet het in een keer opdrinken.'

Naakt liet hij een been over de badrand glijden, en hij voelde het ijskoude water.

Moet je die impotente Samuel Bennet zien, van Mortimer Street, bij Stanley's Grove, hoe hij zich doodbibbert in een koud bad in het donker ergens in de buurt van Paddington Station. Ik ben het spoor kwijt in de metropool in gezelschap van een rubbereendje en een meisje dat ik niet kan zien terwijl ze cognac in een wastafelglas staat te schenken. De vogels worden dol in het donker. Het was maar een heel kort dagje voor ze, Polly.

'Ik zit in het bad.'

'Ik kleed me ook uit. Hoor je wel?' zei ze zacht. 'Dit is het ruisen van mijn jurk. Daar gaat de onderjurk. Nu ben ik naakt.' Een koude hand voelde aan zijn gezicht. 'Hier is de cognac, Sam. Sam, lieverd, drink op, dan kom ik bij je. Ik zal je liefhebben, Sam, tot op de bodem. Drink maar op, dan mag je me aanraken.'

Hij voelde het glas in zijn hand, bracht het naar zijn mond en dronk het leeg.

'Allejezus!' zei hij op heldere, alledaagse toon. 'Allejezus!'

Toen daalden de vogels neer en trapten hem tegen zijn hoofd, voorzichtig tussen zijn ogen, ruwer tegen beide slapen, en hij viel achterover in het bad.

Onder water zongen vogels, en de zee was vol veren die zijn neusgaten en zijn mond binnen zwommen. Een eend zo groot als een schip kwam aangevaren op een waterdruppel met de omvang van een huis en snuffelde aan zijn adem, die over zijn gebarsten, bloedende lippen naar buiten vloog als vlammen en waterstralen. Daar kwam een golf cognac met vogels, en meneer Allingham, bloot als een pasgeboren baby, zat er bovenop met zijn moedervlek als een regenboog, en George Ring zwom schoolslag door de open deur en drie mevrouwen Dacey gleden een paar meter boven de deinende vloer naar binnen.

De duisternis verdronk in een heldere lichtbal, en de vogels zwegen.

4

Van heel uit de verte begonnen stemmen tot hem door te dringen, ze reisden in de toiletten van treinen die over vloeibare rails voortsnelden en plonsden van het onmetelijk hoge plafond in de koude zee van het enorme bad.

'Zie jij wat ik zie?' Dat was de stem van de man die Allingham heette, die onder stoelen en banken sliep. 'Hij is even een duikje nemen.'

'Laat me niet kijken, Donald, hij is helemaal in zijn blootje.' Die ken ik, dacht Samuel. Dat is George Ring, het paard. 'En hij is niet lekker ook. Gekke Sam.'

'Mazzelkont Sam. Hij is dronken, George. Nou, nou, nou, en hij zit nog steeds aan die fles vast. Waar is Polly?'

'Moet je zien,' zei mevrouw Dacey. 'Daar op de plank. Hij heeft alle eau de cologne opgedronken.'

'Hij moet wel erge dorst hebben gehad.'

Grote handen zonder lichaam eraan verschenen boven het bad en tilden hem er uit.

''t Is wel een buitenbeentje,' zei meneer Allingham, terwijl ze hem op de vloer legden. ‘Meer zeg ik niet. Ik hou geen zedenpreek en ik veroordeel niets. Ik zeg alleen dat andere mensen dronken worden waar het hoort.’

De vogels zongen weer in de elektrische zonsopgang en Samuel viel zacht in slaap.

Vier dolende zielen

I

Hij zonk voor de tweede keer in het vlokkige groene water en toen hij naakt overeind kwam met zeewier en een vrouw onder elke arm en een mondvol kapotte schelpen, zag hij zijn hele dode leven bevend voor zich staan, onvernietigbaar en onzinkbaar op de cognackleurige golven. Het zag eruit als een staande kapstok.

Hij deed zijn mond open om iets te zeggen, maar een warme golf sloeg naar binnen.

'Thee,' zei mevrouw Dacey. 'Thee met een hoop suiker, om de vijf minuten. Dat gaf ik hem altijd, en het hielp geen snars.'

'Niet te veel worcestersaus, George, je moet het ei niet verdrinken.'

'Ik wil niet,' zei Samuel.

'O, hoor die vogels nou. Het is wel een heel kort nachtje voor de vogels geweest, Polly.'

'Hoor die vogels nou,' zei hij duidelijk, en een brandende slok overspoelde zijn tong.

'Ze hebben een ei gelegd,' zei meneer Allingham.

'Probeer eens wat Coca Cola, Donald. Dat kan geen kwaad, hij heeft al thee gehad, en een rauw ei met gin, angostura bitter, bouillon, en noem maar op.'

'Ik goot er altijd hele glazen thee in,' zei mevrouw Dacey liefdevol, 'en dat kwam er meteen weer uit, met suikerklontjes en al.'

'Hij wil geen Coca Cola. Geef hem maar een slokje van je haarlotion. Ik kende een man die altijd schoensmeer door een hoofddoek kneep.'

'Jij kent alle rare lui. Hij probeert rechtop te zitten, de arme jongen.'

Samuel vocht zich naar de droge wereld waar hij om zich heen keek in een vertrek met mevrouw Dacey, die nu op wonderbaarlijke wijze was teruggebracht tot één lange vrouw die met haar zwartzijden armen over elkaar in de deuropening stond, met George Ring, die zich met zijn glimlach en zijn haar naar de roestige kranen boog, en met meneer Allingham, die gelaten boven hem hing.

'Polly is weg,' zei hij.

Op dat moment drong het tot hem door waarom de drie mensen in de badkamer zo lang en zo ver weg waren. Ik lig op de vloer, en kijk omhoog, zei hij bij zichzelf. Maar de anderen hoorden het.

'En je bent bloot ook,' zei meneer Allingham, 'onder die handdoek.'

'Hier heb je een lekkere natte spons.' George Ring bette en wreef zachtjes. 'Hou 'm tegen je voorhoofd. Kijk, zo. Al beter?'

'Eau de cologne is voor uitwendig gebruik,' zei mevrouw Dacey neutraal, 'en onze Polly zal er van lusten. Die kan een draai om de oren krijgen elke keer als ze haar mond durft opendoen.'

Meneer Allingham knikte. 'Whisky, daar kan ik inkomen,' zei hij, 'maar eau de cologne! Dat doe je op je zakdoek. Whisky doe je niet op een zakdoek.' Hij keek naar Samuel. 'Ik niet tenminste.'

'Nee, niet zuigen op die spons, Sam.'

'Ik geloof dat een grog voor hem als brood en melk is,' zei meneer Allingham.

Ze raapten zijn kleren bij elkaar van de badrand en kleedden hem haastig aan. En pas toen hij aangekleed en op de been was en bibberend over de overloop naar het donkere trapgat schuifelde, deed hij weer een poging iets te zeggen. George Ring en meneer Allingham hielden hem bij zijn armen vast en geleidden hem naar de bovenste trede van dat wentelgraf. Mevrouw Dacey, de enige rouwende, volgde in een ruis van zijde.

'Het was de cognac uit het medicijnkastje,' zei hij, en ze daalden af in de rauwe, aardse stilte van de trap.

'Geef mij maar meubelolie,' zei meneer Allingham. 'Krak. Denk om je hoofd. Vooral wanneer ik uitgeteld in bad lig.'

Het donker daalde als een extra laag vuil en stof over de stille zaak. Iemand had een bordje 'Gesloten' tegen de etalageruit gehangen, maar met de tekst naar binnen. 'Brandspiritus komt veel te precies,' zei meneer Allingham.

Ze zetten Samuel op een stoel achter de toonbank en hij hoorde mevrouw Dacey, nog steeds op de trap, een schreeuw naar Polly omhoog geven in de donkere, vieze andere verdiepingen en krochten van het benevelde huis. Maar Polly gaf geen antwoord.

Ze zou nu wel in haar slaapkamer met de deur op slot om haar verloren Sam zitten snikken; ze zou uit haar raam naar buiten staren naar de kleurloze, langzaam verdwijnende straat en de hoge haveloze huizen, of ze deed kronkelend en kermend boven de overvolle gootsteen in de keuken een vrouw met barensweeën na, of ze zat blij in een hoekje van de vochtige overloop.

'Dom gansje,' zei George Ring, die met zijn benen languit op de tafel zat en meedogenloos koket naar Samuel glimlachte. 'Het scheelde niet veel of je was verdrinkt. Verdrinkt,' herhaalde hij, met een geslepen blik vanonder de penseellijn van zijn wenkbrauwen.

'Nog een geluk dat je de deur had opengelaten,' zei meneer Allingham. Hij stak een sigaret op en keek naar de lucifer tot hij zijn vinger brandde. 'Of niet?' zei hij, met zijn vinger in zijn mond.

'"Verdrinkt", dat zei ons dienstmeisje thuis altijd,' zei George Ring.

'Maar ik zag Polly de deur op slot doen. Ze stopte de sleutel bij haar jurk in.' Samuel had moeite met praten achter de zwevende toonbank. De woorden kwamen in een stroomversnelling naar buiten, maar keerden om en gingen over elkaar heen buitelend verloren in de zure struiken onder zijn tong. 'Ze deed hem bij haar jurk in,' zei hij en hield een pauze aan het eind van elk woord om het volgende te kunnen ontkoppelen. Nu was de zaak bijna helemaal donker.

'En fenuis voor fornuis. Nou, lieverd, toen wij boven kwamen was de deur open. Geen sleutel, geen Polly.'

'Alleen een jongen in bad,' zei meneer Allingham. 'Heb je daar vaker last van, Sam? Het water stond tot aan je lippen.'

'En het vuil!'

'Het was niet mijn vuil. Er was iemand voor mij in bad geweest. Het water was koud,' zei Samuel.

'Ja, ja.' Samuel zag meneer Allinghams hoofd knikken. 'Dat verandert de situatie, nietwaar? Mijn God,' zei hij, 'je had er met kleren en al in moeten stappen, net als iedereen.'

'Polly is weg,' zei mevrouw Dacey. Ze kwam zomaar uit de muur en stond plotseling achter de toonbank naast Samuel. Haar ruisende jurk veegde langs zijn handen en hij trok ze vinnig terug. Aanraking met een begrafenis, zei hij tegen de bedwelmde jongen in zijn stoel.

Haar lijkkoude hand kwam tegen zijn wang en ijsde hem uit een heel kort slaapje. De kist is rechtop mijn stoelbed ingestapt.

'Aaah,' zei hij hardop.

'Nog steeds koud, kleintje?' Mevrouw Dacey boog krakend als een ouwe deur voorover en streelde hem moederlijk over zijn haar en mond.

De hele dag was er weinig licht geweest, zelfs in de ochtend en vroege middag; voornamelijk dat besloten, valse slaapkamer- en restaurantlicht. De hele dag had hij in kleine, donkere plaatsen gezeten, badkamer, reizend toilet, een meubeljungle en een volgestouwde winkel, waar niemand langskwam behalve stemmen die zeiden:

'Je zag er zo weerloos uit, Sam, zoals je daar lag, door en door koud en wit.'

'Waar zat Mozes toen het licht uitging, mevrouw Dacey?'

'Net een van die engeltjes bij de Italiaanse primitieven, alleen met een fles aan je vinger natuurlijk.'

'In het donker. Net als nu.'

'Wat heeft onze Polly met je uitgespookt? De kleine slet,' zei mevrouw Dacey met haar keurige damesstem.

Meneer Allingham stond op. 'Ik wil het niet horen. Niets zeggen, Sam, zelfs al kon je het. Geen uitleg. Hij lag gewoon ladderzat in bad, om half vijf in de middag. Klaar.'

'Ik wil naar buiten,' zei Samuel.

'Moet je naar achteren?'

'Naar buiten.'

Weg uit die duisternis, uit dat je kleren afstropende gat in de muur, die volière, dierentuin, koud-waterwinkel, de straat op, waar geen sloten waren. Ik wil niet met Polly in een la slapen. Ik wil niet naast een klef mens in een kolenkelder meubelolie liggen te zuipen. Londen leeft overal, laat me eruit, laat me eruit. Mevrouw Dacey is een en al koude vingers.

'Naar buiten dus. Het is zes uur. Kun je lopen, jongen?'

'Lopen gaat prima, 't is alleen mijn hoofd.'

Een onzichtbare mevrouw Dacey streelde zijn haar. Niemand ziet het, zei hij stilletjes, maar mevrouw Susan Dacey, tabaksvergunning, aait over mijn haar met haar hagedissen, en hij gaf een schreeuw.

'Eigen schuld,' zei meneer Allingham. 'Ga je ook mee Sue?'

'Hangt er vanaf waar je heengaat.'

'Een frisse neus halen in Edgware Road. Hij moet toch wat zien, niet? Je komt niet uit de provincie om hier in een badkuip eau de cologne te gaan zitten drinken.'

Ze gingen met z'n allen naar buiten en mevrouw Dacey sloot de winkel af.

Het goot.

2

'Leuk!' zei George Ring.

Ze liepen arm in arm Sewell Street uit richting Pread Street.

'Ik ben dol op regen.' Hij schudde zijn plakkerige krullen los en maakte en paar danspassen op het trottoir.

'Mijn nieuwe bruine jas ligt nog in de badkamer,' zei Samuel, en mevrouw Dacey hield haar paraplu boven hem.

'Kom op, jij bent toch niet van het soort dat een jas aantrekt als het regent, wel? Schei uit met dat gedans, George.'

Maar George Ring danste in de stromende regen over het trottoir en trok de anderen met zich mee. Met tegenzin zetten ze het op een dansend soort rennen in het druilerige schijnsel van de straatlantarens; mevrouw Dacey, zwart als een geestelijke, sprong ruisend en krakend hoog over de plassen, meneer Allingham, aan de buitenkant, stampte langs en door de goot en Samuel gleed licht en duizelig mee, zijn voeten raakten nauwelijks de grond.

'Kijk uit, mensen,' riep meneer Allingham, en sleurde ze, nog steeds dansend, de glibberige straat op. Gevangen in een kring van koplampen en door claxons opgejaagd, stampten en sprongen ze de stoep weer op, ze hadden elkaar stevig vast, hun gezichten glansden, ze waren koud en nat.

'Waar is de brand, George? Rustig aan, jongen, kalm.' Maar meneer Allingham, één been in de goot, sprong maar door als een konijn, en sjorde aan George Rings arm om hem sneller te laten dansen. 'Het is allemaal de schuld van Sam,' zei hij huppelend, en zijn stem klonk schril en hard als die van een jongen in de regen.

Kijk Londen nou voorbijschieten, bussen en glimwormen, paraplu's en lantarenpalen, sigaretten en ogen vanachter de watergordijnen, ik dans met drie vreemden door Edgware Road in de regen, riep Samuel tegen de om hem heen zwevende jongen. Licht en willoos als een verenpak hield hij zich aan hun armen overeind, en boven hen vloog de paraplu als een vogel mee.

Koud en met verstrakt gezicht, hupte mevrouw Dacey aan zijn zij; ze zag niets door haar beslagen brillenglazen.

En George Ring zong en sprong, zijn doorweekte haar ging in vlakke golven op en neer: 'Onder moeders paraplu, Donald, mevrouw Dacey, George en Sam.'

Toen ze voor de Antilope stilhielden, leunde meneer Allingham tegen de muur en hoestte tot de tranen hem over de wangen rolden. Hij hoestte en hoestte, maar hield zijn sigaret in zijn mond.

'Ik heb in geen veertig jaar gerend,' zei hij met schokkende schouders en zijn zakdoek als een vlag voor zijn mond. Hij ging hen voor naar de bar, waar drie jonge vrouwen met hun schoenen uit voor het elektrische houtvuur zaten.

'Drie whisky. Wat drink jij, Sam? 'n Kiwietje?'

'Hij neemt ook whisky,' zei mevrouw Dacey. 'Kijk maar, hij heeft al weer kleur gekregen.'

'Kiwi is schoensmeer,' fluisterde een van de jonge vrouwen, en ze boog giechelend voorover naar het houtvuur. Plotseling kwam haar grote teen door een gat in haar kous naar buiten, als een koude, nieuwsgierige neus, en weer giechelde ze.

Dit was een bar in Londen. Lieve Peggy, schreef Samuel met zijn vinger op de tap, ik zit te drinken in een bar die de Antilope heet, ergens in Egdware Road, met een handelaar in meubels, de eigenares van een tearoom, drie jonge meiden en George Ring. Ik heb deze feiten maar even duidelijk opgeschreven, want het geurtje dat ik in bad heb gedronken plaagt me nog steeds en de mensen willen maar niet stil blijven zitten. Het gaat prima met me, maar ik kan je niet zeggen hoe lang nog.

'Wat doe je, Sam? Tekenen? Mijn borst is een waar slagveld vanbinnen, geloof ik. Uche, uche,' zei meneer Allingham geprikkeld na elke rochel.

''t Was niet van het geblaf, dat-ie de pijp aan Maarten gaf,' zei de jonge vrouw. Haar hele plompe lichaam giechelde.

Het is allemaal nogal banaal, schreef Samuel. Meneer Allingham is dronken van één whisky. Zijn hele gezicht wordt bleek, behalve zijn vlek.

'Daar zitten we dan,' zei meneer Allingham, 'vier dolende zielen, wat een plek om een mens neer te poten.'

'De Antilope is charmant,' zei George Ring, 'er hangen een paar heuse jachtprenten in het chique gedeelte.' Hij glimlachte naar Sam en liet zijn lange, stompe vingers snel over de tap gaan, alsof hij piano speelde. Ik ben een en al ritme. Het is net een soort stroompje in me.'

'Ik bedoel de wereld. Dit is er maar een heel klein stukje van. Hier is het wel oké, inderdaad, vaste tijden, de gordijnen kunnen dicht, je weet wat je kunt verwachten hier. Maar kijk naar de wereld. Jij met je stroompjes,' zei meneer Allingham.

'Nee heus, het borrelt zomaar in me op.' George Ring tapdanste met één voet en maakte een ritmisch, kussend geluid met zijn tong tegen zijn verhemelte.

'Wat een plek om een mens in los te laten. Midden tussen de straten en de huizen en het verkeer en de mensen.'

De jonge vrouw stak een vinger op tegen haar teen. 'Hou je gedeisd.' Nu giechelden haar vriendinnen, ze verborgen hun gezichten in hun handen, keken tussen hun vingers door naar meneer Allingham, en zeiden 'hupsakee' en 'holadiee' en 'Hop Marianneke, stroop in 't kanneke' terwijl George Ring met één smalle, gele lakleren schoen tapte en op de tap roffelde. Ze rolden met hun ogen en zeiden 'Zet 'm op meid,' en lagen in een stuip.

'Ik ben nu al vijftig jaar aan het afknabbelen,' zei meneer Allingham, 'en moet je me zien. Kijk mij nou.' Hij nam zijn hoed af.

'Er zit haar,' fluisterde de jonge vrouw met het gat in haar kous.

Zijn haar had een fretachtige kleur en was dun op de kruin; bij de slapen verdween het, om uit zijn oren weer te voorschijn te komen. Zijn hoed had hem een diepe witte rimpel op zijn voorhoofd bezorgd.

'Dag en nacht, afknabbelen is alles wat we doen, mevrouw Dacey. Knabbel knabbel.' Hij stak zijn bruine tanden over zijn onderlip. 'Geen zin, geen doel, van alles niks, we zijn allemaal gek en ellendig. Neem nou onze Sam hier. Een aardige en onschuldige knul, krullenkop, grote ogen en ga maar door. Maar wat voert-ie uit? Kijk naar die verdomde fles van 'm.'

'Zeg, let op je woorden,' zei de vrouw achter de bar. Ze zag eruit als een rijdende gravin; ze ging traag op en neer terwijl ze sprak, alsof ze meedeinde met de bewegingen van een paard.

'Rengalop,' zei Samuel, en bloosde toen meneer Allingham met een verkleurde vinger naar hem wees.

'Precies. Altijd het juiste woord op de juiste plaats. Rengalop! Ik zei het toch, alle mensen op de wereld zijn gek. Ze weten niet waar ze naartoe gaan en ze hebben geen idee waarom ze zijn waar ze zijn. Het enige wat ze willen is liefde, bier en slaap.'

'Tegen dat eerste zou ik anders geen nee zeggen,' zei mevrouw Dacey. 'Let u vooral niet op hem,' zei ze tegen de vrouw achter de bar, ''t is een filosoof.'

'Die iedereen voor ellendig uitmaakt,' zei de vrouw, omhoogkomend. 'Sommige mensen wonen in een glazen huisje.' Daar gaat ze over de hindernis, bedacht Samuel voor de lol, en daar zakte ze weer in haar denkbeeldige zadel. Ze legt vast een hele afstand af op zo'n avond, mompelde hij in zijn lege glas.

'De mensen denken aan van allerlei andere dingen.' George Ring keek naar het plafond voor een ingeving. 'Muziek,' zei hij, 'en dansen.' Hij liet zijn vingers door de lucht draven en danste op zijn tenen.

'Seks,' zei meneer Allingham.

'Seks, seks, seks, jij denkt alleen maar aan seks, Donald. Jij zit vast iets te verdringen of zo.'

'Seks,' fluisterde de jonge vrouw voor het vuur.

'Seks, daar is niks mis mee,' zei mevrouw Dacey. 'Dus hou op over seks.'

'Natuurlijk zit ik iets te verdringen. Al vijftig jaar doe ik niet anders.'

'Je moet seks erbuiten laten.' De vrouw achter de bar kwam in galop uit het zadel. 'En godsdienst ook,' zei ze.

Hup eroverheen, vlekkeloos, over de heg en de sloot.

Samuel haalde een pondbiljet uit zijn portefeuille en wees naar de whisky op de plank. Hij voelde zich nog niet stevig genoeg in zijn schoenen staan om de vrouw te paard met haar goed gevulde, enorme borstpartij en haar armen als wittebroden aan te spreken. Zijn keel stond nog steeds in brand, de warmte in het vertrek laaide door zijn neusgaten zijn hoofd binnen, en alle woorden op het puntje van zijn tong ontvlamden als benzine en brem. Hij zag drie jonge meiden flakkerend voor de metalen houtblokken zitten, en zijn drie nieuwe vrienden gingen donderend en wild gebarend tekeer in dezelfde verschrikkelijke overdrijving waarmee mensen van vlees en bloed zich als dramatische gevangenen over het witte doek bewegen, voor eeuwig gedoemd hun nietigheid in opgeblazen vormen gestalte te geven.

Hij zei tegen zichzelf: mevrouw Antilope, die onze whisky inschenkt alsof het vier beledigingen zijn, gelooft dat seks een bed is. De liefdesdaad is een daad van het bed; de spiraalveren roepen 'Salto' en daar gaat ze, met paard en al. Ik zie haar al voor me, languit als een houtblok op het bed, vervuld van haat en afkeer gehoor gevend aan de dwingende stem van de losgewoelde lakens.

Hij voelde zich oud, alwetend en onvast. Zijn intuïtieve wijsheid woog zo zwaar op hem dat hij zich aan de rand van de bar moest vastgrijpen en een hand opstak, als een drenkeling in de golven die gebaarde: ik zink!

'Ja hoor, ga maar gauw,' zei mevrouw Dacey, en de hele zaak giechelde meisjesachtig.

Nu weet ik, dacht Samuel onder zijn last, terwijl hij worstelde om boven te komen, wat ze bedoelen met een steunpilaar van de kerk. De lange, kille mevrouw Dacey zou met gemak een hele Bethesda-kapel ginds, boven op haar gebeeldhouwde hoofd overeind kunnen houden en met haar ogen de ver beneden haar rondschuifelende keverzwarte zondaren doen verstenen. Haar grap schalde tegen het plafond.

'Je hebt een vijfje laten vallen, Sam.' Meneer Allingham pakte een stukje papier op en hield het op zijn vlakke, zonverbrande hand voor zich uit.

'Dat is het adres van Lucille Harris,' zei Samuel.

'Waarom bel je haar niet even? De telefoon is de trap op,' wees George Ring. 'Tegenover de Dames.'

Samuel schoof door een gordijn en klom naar boven.

'*Tegenover* de Dames, hoor,' riep een stem uit de wegzakkende ruimte.

Hij las de aanwijzingen boven het toestel, deed er twee pennies in, draaide en zei: 'Met juffrouw Harris? Ik ben een vriend van Austin.

'Ik ben niemands vriend. Ik heb geen banden,' fluisterde hij in de zoemende hoorn. 'Ik ben Lijpo, de vogelvrije. Ik sluip door de nacht in gezelschap van uilen en moordenaars. Toewietoewoe,' zei hij hardop in de hoorn.

Ze nam niet op, en hij schuifelde de trap af, zwaaide het gordijn open en stapte met soepele pas het heldere licht van de bar binnen.

De drie jonge vrouwen waren weg. Hij keek naar het vuur om te zien of hun schoenen er nog stonden, maar die waren ook weg. Mensen laten nooit iets achter.

'Ze was niet thuis of zo,' zei hij.

'Dat hoorden we,' zei meneer Allingham, 'We hoorden je tegen haar uil praten.' Hij hief zijn glas en staarde ernaar, terwijl hij wildverdrietig midden in het vertrek stond, als een man die de vergetelheid in zijn hand houdt. Toen nam hij een beslissing en dronk.

'We gaan op stap,' zei hij, 'we nemen een taxi, en Sam betaalt. We gaan naar West End om Lucille te zoeken.'

'Ik wist wel dat ze een soort Heilige Graal was,' zei George Ring, toen ze met z'n allen in de duisternis van een taxi door de regen rammelden.

Samuel voelde de hand van mevrouw Dacey op zijn knie.

'Vier ridders die ten strijde trekken, wat ontzettend opwindend. Laten we eerst naar de Gayspot gaan, dan naar de Cheerioh en dan de Neptune.

'Vier dolende zielen.'

De hand bleef maar branden op zijn dij, vijf droge vissen stervend op een doek.

'Marble Arch,' zei meneer Allingham. 'Hier paraderen de nichten in het maanlicht.'

En de zich door de regen haastende menigte leek niet van vlees en bloed.

'Park Lane.'

De vele mensen gleden langs de motorkap en de raampjes, hun lege gezichten en hun vloeibare lichamen smolten samen tot een plotselinge gloed, of verdwenen in de stroom licht uit een hoge deur die naar de ingewanden van het rijke, nachtelijke Londen voerde, waar alle vrouwen parels droegen en naalden in hun armen staken.

Een uitlaat knalde.

'Horen jullie de champagnekurken?'

Meneer Allingham zit naar mijn hoofd te luisteren, dacht Samuel, terwijl hij zich van de vingers in de hoek loswerkte.

'Piccadilly. Kom aan boord bij Allingham-tours. Daar heb je de Ritz. Harinkje pikken, Sam?'

De Ritz is voorgoed gesloten. Alle obers zouden achter hun handen staan te bulderen. Gustave, Gustave, riep een man met een hoge hoed, hij daar gebruikt de verkeerde vork. Zijn vlinderstrik zit aan een elastiek. En een vrouw in een avondjurk die zo laag was uitgesneden dat hij de diamant in haar navel kon zien zitten, leunde over zijn tafeltje, trok aan zijn vlinderstrik en liet hem tegen zijn keel schieten.

'Rijke stinkerds,' zei hij. Mijn plaats is tussen de bedelaars en de drop-outs. Met groot vertoon van macht en geweld maakt Samuel Bennet in zijn laatste roman *In de ingewanden*, korte metten met list en bedrog van de beau monde.

'Piccadilly Circus. Het centrum van de wereld. Zie je die man daar onder die lantaarnpaal, die in zijn neus zit te peuteren? Dat is de eerste minister.'

3

De Gayspot was precies een kolenkelder met achterin een bar; er dansten een paar kolenboeren met hun zakken. Bij de deur voelde Samuel, die tussen mevrouw Dacey en George Ring in zwabberde, angstig aan zijn dijbeen. Hij durfde niet naar beneden te kijken voor het geval het onvergeeflijke stempel van zijn gruwel in de taxi zelfs aan de buitenkant van zijn broekspijp zichtbaar was.

'Dit is kosmopolitisch,' fluisterde George Ring. 'Kijk die nikker nou.'

Samuel wreef de nacht uit zijn ogen en zag de zwarte mannen met hun vrouwen dansen; ze zwierden met ze langs de groene rotanstoelen tussen de fruitautomaat en het biljart. Sommige vrouwen waren blank en rookten tijdens het dansen. Ze gleden spiedend door het vertrek, dansten automatisch en voelden de armen om zich heen alsof de lichamen van andere vrouwen omarmd werden: hun ogen waren gericht op de binnenkomende nieuwelingen, ze ondergingen de zwoele dansritmes als vrouwen die de liefde bedreven en ondertussen over de schouders van de mannen naar hun eigen afstandelijke en open gezichten in een spiegel keken. De mannen waren een en al tanden en kont, blitsers en swingers, met smalle heupen en brede schouders, in driedelige streepjespakken en snelle schoenen, allemaal leeftijd- en rimpelloos, klaar voor het grote geld, trots en zwijgzaam, vriendelijk en gretig – ze hosten door de rokerige kelder onder het middelpunt van de wereld op het ritme van een drum en een piano, bespeeld door twee bleke, humeurige jongens met nooit stilstaande lippen.

Toen George Ring Samuel door dansers richting bar zigzagde,

kwamen ze langs een trekkast en Samuel zette een penny op een citroen. Er rolde één pond en sixpence uit.

'Wie wint de derby, Sam?' zei meneer Allingham, achter zijn rug.

'Wat een geluksdichtertje, niet?' zei George Ring.

Mevrouw Dacey had in minder dan een minuut een partner van haar lengte gevonden en danste als een kerktoren door de rook. Hij had zijn gezicht gepoederd om een litteken te maskeren dat van zijn ooghoek tot zijn kin liep.

'Mevrouw Dacey danst met een scheermesman,' zei Samuel.

Dit was een graai uit het Londense leven waarvoor hij gekomen was. Kijk die vrouwen zonder slipjes lonken vanachter hun rotantafeltjes; zie ze wachten in de walm op het binnenstampen van de boerenpummels met hun spaarcenten op zak en stro in 't haar, of de blozende ouwe mannen, bloem in 't knoopsgat, van wie de vrouwen thuis sprankelen als een zak spruitjes. En de dansende, zwarte, snel in het pak gestoken scheermeskoningen met hun kannibalenmonden, die borsten en bloed van hun vrouwen klutsen op het ritme van de drums in de sjofele, zweetgeurige jungle onder het natte trottoir. En een in de krul gezette jongen, die als een meisje danste. En de twee meisjes die bedienden en ruw als kerels waren.

Meneer Allingham bestelde vier witte wijn. 'Maak het nou, dat heeft-ie aan de trekkast overgehouden. Hier zou je je tante nog mee naartoe nemen, of niet, Monica?' zei hij tegen het meisje met het vlinderstrikje dat hun drankjes serveerde.

'Mijn tante niet,' zei Samuel. Tante Morgan Pont-Neath-Vaughan in haar laarzen met elastieken instap. 'Die drinkt geen druppel,' zei hij.

'Laat Monica je fles eens zien. Hij heeft een fles aan zijn vinger.'

Samuel begroef zijn hand diep in zijn de zak van zijn jasje. 'Wat kan haar zo'n stomme fles nou schelen?' Zijn borst begon te kriebelen terwijl hij dit zei, en hij liet twee vingers van zijn rechterhand tussen de knopen van zijn overhemd op zijn blote vel glijden. 'Geen hemd,' zei hij verrast, maar het meisje was al weg.

'Het is net zondagsschool,' zei meneer Allingham. 'Je wijn al geproefd, Sam? Dit paard trekt het niet meer. Dit is een thé dansant. Hier zou je zelfs de vrouw van de dominee mee naartoe kunnen nemen.'

Mevrouw Cotmore-Richards, één meter vierentwintig en een knars in haar kuitlaarsjes.

'Een kerkenraadvergaderingetje,' zei meneer Allingham. 'Zie je die vrouw dansen? Die daar, die in het meel gevallen is. Dat is het nichtje van een bankdirecteur.'

De vrouw met het dode, bleke gezicht glimlachte, toen ze hen in de armen van een goed uitgevulde jongen passeerde.

'Hallo, Ikey.'

'Hallo, Lola. Ze speelt een spelletje, begrijp je. Ze denkt dat ze Starr Faithfull is.'

'Is ze een prostituee, meneer Allingham?'

'Ze is manicure, Sammy. Hoe staat het met je nagelriemen? Geloof niet alles wat je ziet, vooral niet als het donker is. Dit is allemaal maar schijn. Kijk die Casanova daar met de meiden. De laatste keer dat hij een vrouw aanraakte had hij een fopspeen in zijn mond.'

Samuel draaide zich om. George Ring zat met een stel vrouwen in een hoek te hinniken. Hun stemmen snerpten en raspten dwars door de opstandige herrie van de drums.

'Lucy had klappen gekregen de laatste keer dat ik d'r zag,' zei een vrouw met een vals gebit en een kale bontstola. 'Hij zei dat-ie apotheker was.'

'Lucille,' zei George Ring, en schudde ongeduldig met zijn krullenkop. 'Lucille Harris.'

'Met een kleerborstel. Had-ie bij zich in een klein tasje.'

'Typisch een apotheker,' zei een vrouw met een extravagante hoed.

'Hij zal toch niet Lucy Wakefield bedoelen,' zei een andere vrouw.

'Lucy Wakefield zit in de Feathers met een man uit Crouch End,' zei het nichtje van de bankdirecteur in het voorbijdansen. De jongen die met haar danste glimlachte met zijn ogen dicht.

'Misschien had-ie een leren riem in zijn tasje,' zei de vrouw met de bontstola.

'Over honderd jaar maakt het allemaal niks meer uit,' zei de vrouw met de extravagante hoed. Ze boog zich voorover naar haar witte wijn, waarbij ze haar knieën als een aftandse muilezel die uit een poel dronk van elkaar deed, en kwam naar adem happend weer rechtop. 'Ze doen er haarlotion door.'

Dit leek nergens op. Ze praatten als de vrouwen met mannenpetten van thuis in de eerste de beste achterbuurt, die vismanden vol lege flessen en kruiken naar café Kompas sjouwden om bier voor thuis op te halen.

''t Is goed tegen roos.'

Hij verwachtte niet dat vrouwen in nachtclubs onder het trottoir zouden zingen en klinken als sirenen, of hem de knopen van zijn jasje zouden lonken met hun gevaarlijke, paarsaangezette ogen. Londen bij nacht is natuurlijk geen oord waar iedereen groots en gemeen is, net als in de film, en waar de warme, gecapitonneerde deuren altijd uitnodigend openstaan. Maar deze vrouwen, met hun verlopen gezichten en lollige opmerkingen, die zaten te kibbelen boven hun gin, hadden net zo goed uit Llanelly kunnen komen aanwaaien, op een rugby-avondje, aan de arm van gedrongen kerels met een Welse prei op hun revers. De vrouwen aan de tafeltjes, die hij voor liefdevolle wezens had aangezien toen hij versuft uit het donker binnenkwam waren saai als zusters, met hun rode ogen en hoofden zwaar van de verkoudheid. Ze zouden niezen wanneer je ze kuste of de hik krijgen en 'handen thuis' zeggen in de donkere valkuilen van een hotelkamer.

'Zo braaf als wat,' zei hij tegen meneer Allingham. 'Ik dacht dat u zei dat dit een dubieuze plek was, een illegale tent zo ongeveer.'

'Hé, rustig aan. Dat vinden ze niet leuk hier, als je ze dubieus noemt.' Meneer Allingham leunde haast tegen hem aan en sprak vanuit een mondhoek. 'Daar zijn ze net te dubieus voor. Het is een regelrechte inferno,' fluisterde hij. 'Ze draaien nog een beetje warm nu. Straks gooien ze hun kleren uit en gaan ze de hoela-hoela dansen. Dat zal je leuk vinden.'

'Niemand kent Lucille,' zei George Ring. 'Weet je zeker dat het niet Lucy is? Er is een verrukkelijke Lucy.'

'Nee, Lucille.'

'"Zij woont bij de bronnen van Dove." Soms hou ik geloof ik meer van Wordsworth dan van Walter de la Mare. Ken je '*De Abdij van Tintern*?'

Mevrouw Dacey kwam over Samuels schouder heen staan. 'Danst de kleine niet?' Hij rilde onder de aanraking van haar koude hand in zijn nek. Niet hier. Niet nu. Die verschrikkelijke, zakelijke Bethesdaverkrachting van haar vingers. Hij dacht eraan dat ze zelfs tijdens het dansen haar paraplu niet had losgelaten.

'Ik heb een zuster in Tintern,' zei een man achter ze.

'De Abdij van Tintern,' pruilde George, zonder zich om te draaien.

'Nee, niet in de Abdij, ze is serveerster.'

'We hadden het over een gedicht.'

'Ze is verdomme geen non,' zei de man.

De muziek stopte, maar de twee jongens op het verhoginkje bewogen nog steeds hun handen en lippen, tikten de dans geluidloos uit.

Meneer Allingham stak zijn vuist in de lucht. 'Zeg dat nog eens en ik sla je neer.'

'Ik zal jou eens omblazen,' zei de man. Hij bolde zijn wangen en blies. Zijn adem rook naar kruidnagel.

'Kom, kom.' Mevrouw Dacey richtte haar paraplu.

'Nonnen beledigen is stijlloos, dacht ik,' zei meneer Allingham, terwijl de punt van de paraplu tegen zijn vest tikte.

'Ik blaas je van de sokken,' zei de man. 'Ik heb nog nooit een non beledigd. Ik heb zelfs nog nooit met een non gepraat.'

'Kom, kom.' De paraplu ging recht op zijn ogen af en hij ontweek.

'Als u nog één keer blaast,' zei mevrouw Dacey beleefd, 'dan zal ik hem in uw snavel duwen en opsteken.'

'Heb jij ook zo'n afkeer van geweld?' vroeg George Ring. 'Ik ben altijd een verschrikkelijke pacifist geweest. Eén druppel bloed en ik word helemaal week. Zullen we dansen?'

Hij legde een arm om Samuels middel en danste met hem weg van de bar. De band zette weer in, hoewel geen van de stellen was opgehouden met dansen.

'Maar wij zijn twee mannen,' zei Samuel. 'Is dit een wals?'

'Ze spelen nooit walsen hier, je doet maar wat in je opkomt. Kijk, daar dansen nog twee mannen.'

'Ik dacht dat het meisjes waren.'

'Mijn vriend dacht dat jullie meisjes waren,' zei George Ring op luide toon, toen ze langs hen dansten. Samuel keek naar de vloer en probeerde de bewegingen van George Rings voeten te volgen. Een, twee, drie, draai rond, en tik.

Een van de jonge mannen gilde: 'Zeg, kom eens langs, mag je mijn gasoventje zien.'

Een, twee, drie, draai en tik.

'Wat is Polly Dacey eigenlijk voor meisje? Is ze getikt?'

Ik ben net een distelpluisje, dacht Samuel. Ik dwarrel rond, ik warrel alle kanten op, op mijn tenen nu, hup, wiegen met die heupen.

'Niet zo stampen, Sam. Je bent net een kleine Jumbo. Toen ze nog naar school ging stopte ze altijd muizen in de brievenbus en die vraten alle brieven op. En ze spookte van alles uit met jongens in de bijkeuken. Ik heb er geen woorden voor. Je kon ze door het hele huis horen schreeuwen.'

Maar Samuel luisterde al niet meer. Hij draaide en stommelde op een geheel eigen ritme tussen de vliegende benen; hij dook en week, hupte op een been en maakte een pirouette; zijn haar viel over zijn ogen en zijn fles zwaaide. Hij greep zich aan George Rings schouder vast, zigzagde van hem weg en veerde weer dicht naar hem toe.

'Niet met de fles zwaaien. Niet mee zwaaien. Kijk uit. Sam. Sam.'

Samuels arm vloog naar achteren en een kleine vrouw ging onderuit. Ze greep zich vast aan Samuels benen en Sam trok George Ring met zich mee. Er viel nog een man, die de rok van zijn partner vast had. Een lange scheur en zij tuimelde tussen hen in, haar benen in de lucht, haar hoofd in een deinende massa van buiken en armen.

Samuel lag stil. Zijn lippen stijf tegen de krullen in de nek van de vrouw die het eerst was gevallen. Hij stak zijn tong uit.

'Ga van mijn hoofd af, je hebt sleutels in je zak.'

'O, mijn been!'

'Ja zo. Kalm aan. Hupsakee.'

'Wie zit er aan me te likken,' riep de vrouw helemaal onderaan.

Toen stonden de twee barmeisjes plotseling over ze heen; ze sloegen en schopten en trokken ze aan hun haren overeind.

'Het was de schuld van die daar. Die gaf haar een klap op de kop met een fles. Ik heb het gezien,' zei het nichtje van de bankdirecteur.

'Waar had-ie die fles vandaan, Lola?'

Het meisje met het vlinderstrikje sleepte Samuel aan zijn kraag naar voren en wees naar zijn linkerhand. Hij probeerde hem nog in zijn zak te laten glijden, maar een hand als een grote zwarte bokshandschoen sloot zich om de fles. Een groot zwart gezicht boog naar hem toe en staarde in het zijne. Hij zag alleen het wit van de ogen en tanden.

Ik hoef geen snee in mijn gezicht. Haal mijn lippen niet open. Alleen in verhalen gebruiken ze scheermessen. Laat hem alsjeblieft geen verhalen hebben gelezen.

'Kom, kom,' zei de stem van mevrouw Dacey. Het zwarte gezicht schoot met een ruk achteruit toen zij met haar geopende paraplu uithaalde, en Samuels hand was los.

'Gooi hem eruit, Monica.'

'Hij stond te dansen als een aap, gooi hem eruit.'

'Als u hem eruit gooit, kunt u mij er ook uitgooien,' zei meneer Allingham vanaf de bar. Hij stak zijn vuisten in de lucht.

Twee mannen liepen op hem af.

'Denk om mijn bril.' Hij droeg er geen.

Ze deden de deur open en smeten hem op de stoep.

'Verdomde non,' riep een stem.

'Nu jij.'

'En die ouwe taart. Kijk uit voor haar plu, Dodie.'

Samuel viel op de trede onder meneer Allingham en mevrouw Dacey kwam iets later aanvliegen met haar paraplu omhoog.

Het goot nog steeds.

4

'Dat was een kort bezoekje,' zei meneer Allingham. Hij stak zijn hand uit om te voelen of het regende, alsof hij binnen naast een open raam zat. Schoenen plasten voorbij op het trottoir boven zijn hoofd. Natte broeken en kousen raakten op een haar na de rand van zijn hoed. 'D'r in en d'r uit,' zei hij. 'Waar is George?'

Ik ben eruit gegooid, dacht Samuel.

'Ik moet aan mijn man denken.' Het gezicht van mevrouw Dacey ging schuil onder haar paraplu, alsof ze in een privé en haar begeleidende onweerswolk zat. 'Erin en eruit, erin en eruit. Ze hadden hem nog niet gezien of hij vloog eruit, vaste prik.'

O, de Gayspot? Kan ik niet naar toe, jongen. Samuel gaf een vette knipoog in het donker. O, vrachtje bij me. Zwaaide een fles in de rondte. Ze hadden me nog niet gezien of ik vloog er al uit.

'Hij had altijd een schriftje bij zich met alle bars waar hij niet naar binnen mocht, en daar ging hij dan langs, elke zaterdag opnieuw.'

Stom, stom, stom, zei Samuel bij zichzelf.

Plotseling viel er licht over de treden toen de deur zich opende voor George Ring. Hij kwam voorzichtig en ongeschonden naar buiten op een golf van klanken en stemmen die abrupt verstomden met het wegvallen van de rokerige lichtbundel, en bleef op mevrouw Dacey's trede staan, zijn krullenbos stak gouddoorschenen af tegen het verlichte raam boven de deur. Hij was als een god of een centaur die uit de onderwereld opsteeg naar de alledaagse regen.

'Ze zijn pisnijdig,' zei hij. Mevrouw Cavanagh heeft haar rok gescheurd en ze had er niets onder aan. Lieve help, het is net het oude Rome daar beneden, en nu heeft ze de lange broek van een vent aan, en die heeft me toch een spinnenpoten. Pikzwart en behaard. Waarom zitten jullie in de regen?'

'Het is veilig,' zei meneer Allingham. 'Het is prettig en veilig in de regen. Het is prettig en verstandig om op de stoep te zitten in de regen. Hier kun je geen vrouw met een fles onderuitmaaien. Zie je de sterren? Dat is Arcturus. Dat daar is de Grote Beer. Dat is Sirius, zie je, die groene. Venus zal ik maar niet aanwijzen. Sommige mensen schijnen zich pas te vermaken als ze een vrouw ondersteboven kunnen slaan en aflikken op de vloer. Zonder dat beschouwen zij het als een verloren avondje. Ik wou dat ik thuis was. Ik wou dat ik in mijn bed lag, tegen het plafond. Ik wou dat ik onder een stoel lag, net als Rosie.'

'Wie begon er eigenlijk met vechten? Laten we naar de Cheerioh gaan, om de hoek.'

'Mooie afleidingsmanoeuvre.'

Ze klommen naar de straat, eerst George Ring, toen meneer Allingham, toen Samuel en mevrouw Dacey. Ze haakte zijn arm in de hare.

'Maak je geen zorgen. Hou je maar aan mij vast. Koud? Je rilt.'

'Op naar de Cheerioh.'

De Cheerioh was een onheilspellende tent, een hellehol. Trek in het donker een inloopkast open – afgedankte kleren die deinen op een wind van nergens, een geur van mottenballen en natte bontjassen – en tref er een brandende lamp aan, flakkerende kaarsen en een spelende grammofoon.

'Denk erom, jij danst niet,' zei meneer Allingham. 'Jij hebt de ruimte nodig. Jij bent meer iemand voor de Christal Palace.'

Mevrouw Dacey had Samuel nog steeds bij zijn arm. 'Bij mij ben je veilig. Ik val wel op je, ondertussen,' zei ze, 'en als ik eenmaal op iemand val, laat ik hem nooit meer gaan.'

'En vertrouw nooit een vrouw die niet op kan staan.' Meneer Allingham wees naar een vrouw in een stoel achter de speedboot-trekkast. 'Ze probeert de hele tijd overeind te komen.' De vrouw maakte een rukbeweging met haar schouders. 'Nee, nee, eerst de benen.'

'Vroeger was dit een koeienstal,' zei George Ring, 'en lag er echt stro op de vloer.'

Mevrouw Dacey laat nooit los. Samuel zag de warme gevoelens glanzen achter haar brillenglazen en in haar harde muizenvallenmond. Haar koude hand had hem klem. Als hij zich losrukte en er vandoor ging, zou ze hem in een hoek te pakken krijgen en haar paraplu uitklappen in zijn neus.

'En echte koeien,' zei meneer Allingham.

De drinkende mannen en vrouwen konden de oudere broers en zussen van de drinkers en dansers in de club om de hoek zijn, alleen was niemand zwart. Er waren diepgroene gezichten, in zeeverf gedompeld, met geverfde mosselmonden en op de wangen geplakt zeewierhaar; rode en paarse, leigrijze, getijgetekende, ratbruine en klef gewitte gezichten, met violet geïnkte ogen of blauwe lippen; roze open, roze dichtgeslagen, roze als pasgeboren apenbuikjes en nicotinegele gezichten met mosterdbespikkelde ogen en roest die door het bleeksel brak en zwarte haren wagensmerend in een veld van peroxide; er waren koppen met geplette vliegenstoppels op zoutvatnekken duimdik opgepoederd en ingepeperd; en wortelkoppen, eidooierkoppen, zwarte koppen en koppen zo kaal als kadetjes.

'Allemaal blanken hier,' zei Samuel.

'Het zout der aarde,' zei meneer Allingham.

'Het foute zout der aarde. Dronken als een varken. Wel eens een dronken varken gezien? Ooit een aap zien dansen als een mens? Kijk naar de koning der dieren daar. Zie je hem? Die daar, die zijn lippen heeft opgegeten. Die met die glimlach. Die daar, die op huwelijksreis is op haar voeten.'

Verspreide verhalen

Heel vroeg op een ochtend

Heel vroeg op een ochtend in de winter in Wales, bij de zee die er stil en grasgroen bijlag na een nacht van teerzwart denderen en deinen, liep ik het huis uit waar ik een koude vakantie buiten het seizoen doorbracht, om te zien of het nog steeds regende, of het schuurtje was weggeblazen, en aardappelen, heggenschaar, rattengif, garnalennetten en blikken met roestige spijkers in de bomen hingen, en of de kliffen nog overeind stonden. Het was zo'n ruwwoeste avond geweest dat iemand in de rokerige bar met de scheepsprenten had gezegd dat hij zijn grafsteen had voelen schudden of tenminste bewegen, ook al was hij dan niet dood; maar de ochtend straalde helder en stil, precies zoals je je altijd voorstelt hoe de ochtend stralen zal.

De zon verlichtte de stad aan zee, niet in haar geheel – van boven af – maar bestookte de kapel met het zinken dak tot en met de op ratten en ruis na lege, grijze pakhuizen bij de haven in afzonderlijke, heldere vlakken. Daar stak de kade uit, met niemand erop nu, behalve de meeuwen en de windassen als kleine mannen in kokerbroeken. Hier het dak van het politiebureau, zwart als een helm, droog als een dagvaarding, nuchter als zondag. Daar de verlichte kerk, met een wolk in de vorm van een klok erboven, klaar om op drift te raken en in luiden los te barsten. Hier de schoorstenen van de roze gekalkte kroeg, de kroeg die wachtte op zaterdagavond zoals een uitgelaten meisje op de komst van de zeelui wacht.

De stad was nog niet wakker. De melkboer lag nog steeds verloren in het aanhoudend gerinkel en de muziek van zijn Welstalige dromen vol verlangenvervulde tenorstemmen krachtiger dan die van Caruso en zoetgevooisder dan die van Ben Davies, die voorbij Cloth Hall en Manchester House in de berijpte heuvels weg trilden. De stad was nog niet wakker. Baby's in bovenkamertjes van zoutwitte huizen die boven het water hingen, of in villa's met erkerramen, die stijf bij elkaar stonden in kriskras over de heuvel lopende straten met keurige rijtjes bomen, doorsneden het licht met hun huiltjes in halfslaap. Een mengelmoes van gepensioneerde zeekapiteins kwam heel even te voorschijn uit hogere golven dan ooit hun schepen hadden doen slingeren, om meteen weer te verdrinken en onder te gaan in een wellicht mediterraan-blauwe slaapcabine die slingerde op het zeeritme in hun oren. Hospita's, besjaald en bebloesd en beschort met slaap achter de gesloten zwartkatoenen gordijnen van hun kamers die vroeger ongebruikt waren, dachten aan hun liefdes, hun rekeningen en hun gasten – dood, ervandoor, of begraven in de Engelse woestenij tot het trompetgeschal van de volgende dure augustusmaand ze weer zou oproepen tot de wereld van vakantieregen, mistroostige kliffen en zandstrand, waargenomen door huilende erkerramen over een wereld van tafelkleedjes met kwastjes, opgestopte fazanten, varens in potten, fletse foto's van de bebaarde, misprijzend kijkende doden en gastenboeken met een in een lint gewikkelde kleurloze haarlok, die willoos uit de zware zwarte kaft naar buiten hing.

De stad was nog niet wakker. Vogels zongen in dakranden, in struiken, in bomen, op telefoondraden, relingen, schuttingen, palen en natte masten, niet uit liefde of blijdschap, maar om de andere vogels uit de buurt te houden. De gevederde landheren betwistten zelfs het zwevende licht het recht om neer te dalen en plaats te nemen.

De stad was nog niet wakker en ik liep door de straten als een vreemdeling die uit zee was komen lopen, en die wier en branding en donkerte bij elke stap afschudde, of als een onderzoekende schim, vastbesloten om niets te missen – niet het inleidend kuchje in de keel van de ochtendkraaiende haan, niet het eerste gonzende rateltje van de afgestelde tijd in de buik van de wekker op de met snuisterijen beladen ladekast onder de geborduurde spreuk en de ambachtelijke aquarellen van Porthcawl of Trinidad.

Ik liep langs de kleine zeewaarts spiedende ramen met de gesloten, keurige gordijnen waarachter zachtaardige mannen en vrouwen nog verzonken waren in hun, voor zover ik wist, weerzinwekkende en gewelddadige dromen. In het hoofd van juffrouw Hughes, 'De Theemuts', kletsen de cimbalen van een oosters hof tegen elkaar. Eunuchen sloegen op gongs zo groot als de Bethesda-kapel. Sultans met vuriger stemmen dan rondtrekkende predikers riepen op tot een zeer on-Welshe dans. Overal gloeiden en straalden de droomkleuren van de kleine, leigrijze vrouw, paars, magenta, robijnrood, saffierblauw, smaragdgroen, vermiljoen en honinggeel. Geloof het maar niet. Zij, in haar inkeurige slaapwereld, breide een beige wollen lijkkleed met 'gij zult niet' op de borst.

Ik zag Cadwallader Davies, de kruidenier, in zijn droom op de grens van waken en slapen niet hoog in het zadel, dubbelloops en Buffalo Bill-brutaal over de prairie rijden. Nee, hij telde op, hij trok af, hij kwiteerde, hij schreef een vette rekening uit met een in een droge dooier gedoopte kaars.

Welke hoge droomzeeën klotsten in de slaap van de Kapitein? Over welke blauwe-vinvisgolven voer hij door een regenbooghagel van vliegende vissen de muzikale klanken op Circe's varkenseiland tegemoet? Laat hem alsjeblieft niet dromen over dividenden, beugelflessen bier en uien.

Ergens in een huis lag iemand te snurken. Ik telde tien woeste en gebelgde grommen, als van een varken op een modderloze modelboerderij, en de laatste was een ruitentriller, een waskomschudder, een rammelaar van wastafelglazen, een wekker van de slaapmuizen. Hij donderde met me mee tot het hek om de kapel en blies de aftocht.

De kapel stond er grim en grijs bij: denk erom geen flauwekul vandaag. De kapel sliep niet, deed geen hazenslaapjes en knikkebolde noch sloot ooit haar hoge koude oog. Ik liet haar achter in haar ochtendlijke terechtwijzing en de zeemeeuw bleef, terechtgewezen, boven haar zweven.

En terwijl ik dalend en klimmend de stad uitliep, hoorde ik de hanen kraaien op verborgen boerenerven, vanaf hun oude stokken boven golven waar mythische zeevogels misschien 'Neptunus!' riepen. En in de verte klonk de klok van een andere kerk, in een ander dorp, in een ander universum, hoewel de wind de tijd wegblies. En ik liep door de tijdloze ochtend langs een rij witte huisjes, en verwachtte half dat er een eeuwenoude man met een lange baard, een zandloper en een zeis onder zijn in pyjama gestoken arm uit het raam zou buigen om me te vragen hoe laat het was. Ik zou hebben geantwoord: 'Sta op, ouwe hartslagteller van albatrossen, en roep de steedse slapers wakker uit hun spelonken voor een schitterende nieuwe ochtend.' Ik zou gezegd hebben: 'Jij, ongelooflijke Vader van Eva en Dai Adam, kom d'r uit, ouwe schijterd, en breng wat leven in de winterochtendpap met je lepel van een zeis.' Dat zou ik hem verteld hebben – ik zou als een aangebrand spook over de kliffen zijn gesprongen, recht de tweetalige golven in.

Wie woonde er in deze huisjes? Ik was vreemd in het stadje aan zee, vers of verschaald uit de stad waar ik werkte voor mijn brood, waarvan ik wilde dat het zeewierbrood was met gezouten, eigele boerenboter. Vissers natuurlijk; geen schilders behalve van boten; geen vrouwen in mannenkleren met zitstokken en schetsboeken en stemmen als ara's, die de weerbarstige koppen zouden vastleggen van argwanende en ruige inboorlingen die voor pils poseerden tegen de achtergrond van de kerkgrijze zee, die blauwer zou worden opgezet dan de Golf van Napels – hoewel minder diep.

Ik liep verder richting het pad over de kliffen, de stad achter en beneden mij werd uiterst langzaam wakker; ik hield stil, draaide me om, en keek. Eén schoorsteen rookte – die van de schoenmaker, dacht ik, maar van die afstand kan het ook best de schoorsteen van de gepensioneerde verpleger zijn geweest, die in Wales was komen wonen na vele jaren van geslaagd worstelen met de dwaze rijken in zuidelijk Engeland. Hij was niet geliefd. Hij nam je op alsof hij je de maat nam voor een dwangbuis; hij zag je tegen de rubberen muren stuiteren als een gummibal. Geen enkel gedrag kon hem van zijn stuk brengen. Veel mensen in de stad konden zich amper bedwingen hem om een hoek een kwaaie blik toe te werpen, of in een spastische dans los te barsten, of luid lachend en met duivels plezier naar onzichtbare hondengevechten te wijzen, alleen maar om hem te bewijzen dat ze normaal waren.

Rook uit nog een schoorsteen nu. Ze waren hun dromen van de afgelopen nacht aan het opstoken. Uit een andere schoorsteen rees een langharige geest op, als van een oude politicus. Iemand had van de Liberal Party gedroomd. Maar nee, de rookfiguur kringelde zich steeds dunner wordend tot een heel beschaafde en keurige, grijze komma. Iemand had gedroomd dat-ie Charles Morgan las. O, de stad werd wakker nu, en boven het trage spreken van de zee uit, hoorde ik de aanhoudende en duidelijk te onderscheiden stemmen van de stad naar mij opwaaien. En sommige stemmen zeiden:

Ik ben juffrouw May 'De Theemuts,' een allenige lady,
Die wacht in haar huis aan de lelijke zee,
Die wacht tot haar man en haar mooie baby
Eindelijk op komen dagen, als het kan met z'n twee.

Ik ben Kaptein Ukkie Evans, de Kidwelly was mijn schuit,
En mevrouw Ukkie Evans ligt al jaren in het graf,
In de buurt wordt gesomberd: 'Hoe houdt hij het uit,'
Maar 't is heerlijk alleen, ik ben eindelijk van haar af.

Ik ben Clara Tawe Jenkins, gevierd bij 't variété,
Een oude alt, in een ochtendjas gestoken,
En ik zit voor het raam en ik zing naar de zee,
Want de zee hoort het niet dat mijn stem is gebroken.

Ik ben Eerwaarde Thomas Evans, ik zet thee voor het ontbijt,
Slapjes, daar hou ik van, je mag geen blaadje verspillen.
Dat doe ik elke ochtend, alles rustig op z'n tijd,
Alleen denk ik steeds: wat zou God van me willen.

Doe de gordijnen open, steek de kachel aan, waar hangt die werkster toch uit?
Ik ben mevrouw Ogmore Pritchard, en opstaan, daar kan ik niet tegen.
Stof de borden, voer de kanarie, lap de voorkamerruit;
En voor je de zon binnenlaat, laat hem zijn voeten vegen.

Ik ben het maar, meneer Griffiths, bijziend en bovendien te oud.
Na het lepelen van m'n eitje ga ik op m'n sloffen naar school.
O schutspatroon van onderwijzers, maak dat ik orde houd,
En die woorden op het bord vergeet: 'Griffiths is een halvezool.'

Hoor je dat gezang? – Dat doe ik, Desirée,
Ik ben de hulp in Het Koningshoofd, en ik zing het hoogste lied.
Je snapt niet hoe het kan, maar er zit peper in de thee.
Er zijn twintig ontbijters, en ik zeg het lekker niet.

Zo klonken sommige stemmen in het op de kliffen gehurkte stadje in een uithoek van Wales, en verruilden het donker van de slaap voor de pasgeboren eeuwenoude, eeuwig jeugdige ochtend, ze klonken op en stierven weg.

Kerstmis van een kind in Wales

De ene Kerst leek zozeer op de andere, in die jaren in het stadje aan zee waarvan nu niets meer tot mij doordringt dan af en toe wat verre stemmen voor het in slaap vallen, dat ik me nooit kan herinneren of het nu zes dagen en zes nachten sneeuwde toen ik twaalf was, of dat het twaalf dagen en twaalf nachten sneeuwde toen ik zes was.

Alle Kerstmissen rollen bergaf naar de tweetalige zee, zoals een koude maan langs het smalle stukje hemel boven onze straat tuimelde, en komen vlak voor de ijzige franje van de visverkleumende golven tot stilstand; ik laat mijn handen in de sneeuw duiken en haal te voorschijn wat ik maar tegenkom. Mijn hand gaat in die hagelwitte bolle bellentong van vakanties die zijn achtergebleven langs de rand van de kerstliedjes zingende zee, en daar komen mevrouw Prothero en de brandweermannen naar boven.

Het was op de middag voor Kerst, en ik zat samen met haar zoon Jim in mevrouw Prothero's tuin op katten te loeren. Het sneeuwde. Het sneeuwde altijd met Kerst. December, in mijn herinnering althans, is zo wit als Lapland, hoewel zonder rendieren. Maar katten waren er wel. Geduldig, verkleumd en hardvochtig, met onze handen in sokken gewikkeld, wachtten we tot we de katten konden bekogelen. Glanzend en langgerekt als jaguars, met afgrijslijke snorharen, blazend en grauwend, zouden ze steels over de witte muur van de achtertuin sluipen, en Jim en ik, de jagers met de adelaarsblik, de bontmuts en mocassins dragende pelsjagers van de Hudsonbaai om de hoek van Mumbles Road, zouden met onze dodelijke sneeuwballen op het groen van hun ogen mikken.

De verstandige katten lieten zich nooit zien. We waren zulke stille, arctische scherpschutters op eskimovoeten in de allesdempende stilte van de eeuwige sneeuwvelden – eeuwig sinds woensdag – dat we de eerste schreeuw van mevrouw Prothero uit haar iglo aan de voet van de tuin nooit hebben gehoord. Of, als we hem al hebben gehoord, dan was het, voor ons, zoiets als de uitdagende roep in de verte van onze vijand en prooi, de poolkat van de buren. Maar algauw werd de stem luider. 'Brand!' riep mevrouw Prothero, en ze luidde de etensgong.

En wij holden met armenvol sneeuwballen de tuin door naar het huis. En inderdaad, rook stroomde uit de eetkamer naar buiten, en de gong gonsde, en mevrouw Prothero ging onheilspellend tekeer, als een stadsomroeper van Pompeji. Dit was beter dan alle katten van Wales op een rijtje op de muur. We sprongen met sneeuwballen beladen het huis binnen en stopten bij de openstaande deur van het met rook gevulde vertrek.

Geen twijfel aan, daar stond iets in brand; misschien was het meneer Prothero, die er elke middag na het eten een dutje deed met de krant over zijn gezicht. Maar hij stond midden in de kamer en zei maar steeds: 'Een fijne Kerst!' en maaide met zijn slipper door de rook. 'Bel de brandweer,' riep mevrouw Prothero op de gong slaand.

'Die zijn er natuurlijk niet,' zei meneer Prothero, ''t is Kerstmis.'

Er was geen vuur te zien, alleen rookwolken en meneer Prothero, die er middenin stond en met zijn slipper zwaaide alsof hij dirigeerde.

'Doe iets,' zei hij.

En wij gooiden al onze sneeuwballen in de rook – ik geloof dat we meneer Prothero misten – en renden naar buiten, naar de telefooncel.

'Laten we de politie ook maar bellen,' zei Jim.

'En de ambulance.'

'En Ernie Jenkins, want die is gek op brand.'

Maar we belden alleen de brandweer, en al heel gauw kwam de brandweerauto en drie lange mannen met helmen rolden een slang het huis in, en meneer Prothero kon zich nog net uit de voeten maken voor ze hem aanzetten. Niemand zal een lawaaiiger Kerst gehad hebben dan wij. En toen de brandweermannen de slang afsloten, en in de natte, rokerige kamer stonden, kwam Jims tante, juffrouw Prothero, naar beneden om even naar de mannen te kijken. Jim en ik wachtten, heel stil, om te horen wat ze tegen ze zeggen zou. Ze zei altijd precies het goeie. Ze keek naar de drie lange brandweermannen met hun glanzende helmen, zoals ze daar stonden, te midden van rook en as en smeltende sneeuwballen, en zei: 'Kan ik u iets te lezen aanbieden?'

Jaren en jaren geleden, toen ik nog een jongen was, toen er nog wolven waren in Wales, en er vogels met de kleur van rode, flanellen onderrokken over de harpvormige heuvels scheerden, toen wij dag en nacht zongen en rondkropen in holen die naar zondagmiddag in een vochtige boerenvoorkamer roken, en wij met kaakbenen van geestelijken de Engelsen en de beren verjoegen, lang voor de auto, voor het wiel, voor de paarden met hertoginnengezichten, toen wij zonder zadel te paard over de dwaze en dolblije heuvels reden, sneeuwde het aan een stuk door. Maar nu zegt een kleine jongen: 'Vorig jaar sneeuwde het ook. Ik heb een sneeuwpop gemaakt, en mijn broer heeft hem omvergegooid en toen heb ik mijn broer omvergegooid, en toen zijn we gaan eten.'

'Maar dat was niet dezelfde sneeuw,' zeg ik. 'Onze sneeuw werd niet alleen uit witkalkemmers uit de hemel geschud, het kwam uit de grond wimpelen en zwom en dreef uit de armen en handen en lichamen van de bomen; tijdens de nacht wies sneeuw aan op de daken van de huizen als een zuiver en stokoud mos, hechtte zich als een witte klimop aan elk stukje muur en daalde neer op de postbode die het hekje opendeed, het was als een domme, stomme donderstorm van witte, versnipperde kerstkaarten.'

'Had je toen ook postbodes dan?'

'Met tranende ogen en roodgewaaide neuzen, wijdbeens op hun verkleumde voeten knerpten ze naar de voordeur en gaven een roffel met hun want. Maar het enige wat de kinderen konden horen was belgerinkel.'

'Bedoel je dat de postbode boem-der-die-boem deed op de deur, en dat dan de bel klonk?'

'Ik bedoel dat de bel die de kinderen hoorden vanbinnen zat.'

'Ik hoor alleen maar de donder soms, nooit een bel.'

'Je had ook kerkklokken.'

'Ook vanbinnen?'

'Nee, nee, nee, in de vleermuisdonkere, sneeuwwitte klokkentorens, geluid door bisschoppen en ooievaars. En ze lieten hun nieuws over de ingepakte stad klinken, over het bevroren schuim van de poeder- en roomijsheuvels, en over de krakende zee. Het leek wel of alle kerken onder mijn raam stonden te bulderen van blijdschap, en de weerhanen Kerstmis kraaiden op ons hek.'

'Ga verder over de postbodes.'

'Het waren doodgewone postbodes, dol op lopen, honden, Kerstmis en sneeuw. Ze klopten op deuren met blauwe knokkels...'

'Die van ons heeft een zwarte klopper...'

'En stonden op de witte welkom-mat in de kleine, volgewaaide portieken en zuchtten en steunden, bliezen spoken uit op hun adem, en hupten van hun ene voet op hun andere, als kleine jongens die naar buiten willen.'

'En dan de Cadeautjes?'

'En dan de Cadeautjes, na de kerstfooi. Daarna tintelde de koude postbode, met een neus als een rozenknop, het dienbladgladde parcours van de ijzige, flonkerende heuvel naar beneden. Hij glibberde in zijn beijzelde laarzen als over de stenen schoonmaaktafel van de visboer. Zijn postzak wiegde als een bevroren kamelenbult op zijn rug, wankelend op één been ging hij de bocht om, en godallemachtig, weg was-ie.'

'Vertel verder over de Cadeautjes.'

'Er waren Praktische Cadeautjes: van die verstikkende wollen dassen uit de goeie ouwe postkoetstijd, en wanten op walvismaat; gestreepte sjaaltjes van een zijdeachtig soort gummie die je touwtrekvechtend tot aan je overschoenen kon uitrekken; het uitzicht belemmerende theemutsen van Schotse baretten en popperige pels- en bivakmutsen voor slachtoffers van een stam koppenkrimpers; van tantes die altijd wol op hun blote vel droegen, waren er de prikkende en schurende hemden die je je deden afvragen hoe het kon dat die tantes zelfs maar een stukje vel overhadden; en één keer kreeg ik een kleine gehaakte paardenvoederzak van een tante die zelf, helaas, het hinniken is vergaan. En boeken zonder plaatjes waarin kleine jongens, hoewel nadrukkelijk gewaarschuwd dat ze het niet mochten doen, met alle geweld op de vijver van boer Giles wilden schaatsen, en het deden en verdronken; en boeken die me alles vertelden over de wesp, behalve het waarom.'

'Vertel nu over de Onpraktische Cadeautjes.'

'Zakkenvol bontgekleurde kleverige winegums, een gevouwen vlag, een fopneus, een conducteurpet plus een apparaat dat gaatjes knipte en daarbij klingelde; nooit een katapult; één keer, bij vergissing, niemand wist hoe het gekomen was, een kleine strijdbijl; en een eend van hardplastic die, wanneer je erin kneep, het meest oneendachtige geluid ter wereld maakte, een soort miauwerig boegeluid was het, dat alleen een kat met koeambities zou kunnen maken; en een kleurboek waarin ik het gras, de bomen, de zee en de dieren elke kleur kon geven die ik maar wilde, en nog steeds grazen de oogverblindend hemelsblauwe schapen in de rode weide onder grasgroene vogels met regenboogsnavels.

'Zuurtjes, harde en zachte toffees, Engelse drop, brosrepen, chocoladetoffees, pepermuntballen, geglaceerde vruchtjes, marsepein, en Welshe boterbabbelaars natuurlijk. En ook hele troepen tinnen soldaatjes die, als ze niet konden vechten dan toch zeker goed konden rennen. En Mens-erger-je-niet en kwartetten. En eenvoudige hobbydozen voor de Jonge Ingenieur, compleet met handleiding.

'O, geen kunst aan voor onze Leonardo! En een fluit om de honden aan het blaffen te krijgen om de oude man van hiernaast wakker te maken, om hem op de muur te laten bonken met zijn stok, om ons schilderij van de wand te laten trillen.

'En een pakje sigaretten: je stak er een tussen je lippen en dan ging je op de hoek van de straat staan en wachtte urenlang vergeefs op een oud dametje dat tegen je tekeer zou gaan omdat je rookte, waarop je hem met een grijns zou opeten. En dan had je het ontbijt onder de ballonnen.'

'Waren er Ooms zoals bij ons thuis?'

'Er waren altijd Ooms met Kerstmis.

'Dezelfde ooms. En op kerstochtend zwierf ik met mijn hondenverstorende fluit en suikergoedsigaretten door de lappendeken van de stad op zoek naar nieuws uit de wereld van de kleine dingen, en vond altijd wel een dood vogeltje voor het witte postkantoor of op de uitgestorven speelplaats; misschien een roodborstje, uitgeblust, op één vuur na. Mannen en vrouwen, net uit de kerk, die door de sneeuw ploegden, met dronkemansneuzen en windgestriemde wangen, allemaal albino's, sleepten hun stijve, zwarte, krakende verenkleed over de onreligieuze sneeuw.

'Maretak hing aan de gaslampen in alle voorkamers; er was sherry, er waren walnoten, bier in flesjes en knalbonbons naast de dessertlepels; en katten in hun bontjes keken naar het vuur; en het hoogopgetaste vuur spoot vonken en wachtte op de kastanjes en de poken voor de gloeiwijn.

'Een paar grote mannen zaten in de voorkamer, met losse boord, vrijwel zeker Ooms die hun nieuwe sigaren proefden en ze keurend met gestrekte arm voor zich uit hielden, ze weer naar hun lippen brachten, hoestten, en ze dan nogmaals voor zich uit hielden, zich kennelijk afvragend waar de knal bleef; en een paar kleine Tantes die niet welkom waren in de keuken, noch ergens anders trouwens, zaten op het puntje van hun stoel, stil en broos, bang om te breken, als verschoten koppen en schotels.'

Op zulke ochtenden gingen maar weinigen op weg door de dichtslibbende straten: er was altijd die oude man, reebruine dophoed, gele handschoenen en, om deze tijd van het jaar, besneeuwde broekspijpen, die weer of geen weer, kerst- of doemdag, zijn gezondheidswandelingetje maakte naar het witte cricketveld en weer terug; en soms liepen twee energieke jonge mannen bedachtzaam met grote, walmende pijpen, zonder jas en met wapperende sjaals, zwijgend naar de eenzame zee, om hun eetlust te prikkelen, om stoom af te blazen en, wie weet, de golven in te lopen tot er niets van ze over was dan de twee rookslingers uit hun niet te blussen wortelhouten pijpen. Dan, wanneer ik mij achteloos richting huis begaf en mijn neus gevogelte, cognac, pudding, pastei en jus van andermans maaltijden opsnoof, kwam er uit een met sneeuw dichtgeslibd zijstraatje een jongen aangewandeld, mijn evenbeeld, met een roodgepunte sigaret en de violette schaduw van een blauw oog, die pedant als een goudvink wreed voor zich uit liep te grijnzen.

Ik haatte hem op het eerste gezicht en stond op het punt om mijn hondenfluit naar mijn lippen te brengen en hem voorgoed de kerstwereld uit te blazen, toen hij plotseling, met een intense knipoog, *zijn* fluit aan *zijn* lippen zette en zo schril, zo schel, zo waanzinnig hard floot, dat ze in de hele galmende straat hun schrokkende koppen, met hun van gans bolstaande wangen tegen de versierde ramen zouden drukken. We aten kalkoen en geflambeerde pudding, en na het eten gingen de Ooms voor het vuur zitten, maakten al hun knopen los, legden hun grote vochtige handen over hun horlogekettingen, gromden zo'n beetje en vielen in slaap. Moeders, tantes en zussen liepen jachtig heen en weer met terrines. Tante Bessie, die flink geschrokken was, twee keer, van een opwindmuis, stond te jammeren bij het dressoir en dronk een glaasje vlierbessenwijn. De hond stond te kotsen. Tante Dosie vroeg drie keer om een aspirine, maar tante Hannah, die dol op port was, stond midden in de sneeuwoverladen achtertuin als een rondborstige lijster te zingen. Ik blies altijd ballonnen op om te zien tot hoever ze gingen; en wanneer ze knapten, wat ze zonder uitzondering deden, sprongen de Ooms bassend overeind. In de overdadige en loodzware middag, terwijl de Ooms puften als dolfijnen en de sneeuw bleef vallen, zat ik te midden van slingers en lampions en probeerde al dadels etend en geheel volgens de handleiding tot Jonge Ingenieur een oorlogschip na te bouwen, maar produceerde iets wat meer weghad van zeevarend tramstel.

Of ik knerpte de deur uit op mijn splinternieuwe hoge schoenen, de witte wereld in richting zeekant: Jim, Dan en Jack halen, om samen door de stille straten te struinen en enorme, diepe voetstappen achter te laten op het onzichtbare trottoir.

'Ze zullen vast denken dat er nijlpaarden hebben gelopen.'

'Wat zouden jullie doen als je een nijlpaard door je straat zag lopen?'

'Dan dee ik zo, bèng! Ik zou hem over het hekje kieperen en hem de heuvel naar beneden rollen, en dan zou ik hem achter zijn oor kietelen en dan zou-ie met zijn staart kwispelen.'

'Maar wat zou je doen als je *twee* nijlpaarden zag?'

Met ijzer bepantserd en brullend rammelden en beukten hippohengsten door de jagende sneeuw op ons af, net toen we het huis van meneer Daniel passeerden.

'Laten we een sneeuwbal bij meneer Daniel door de bus doen.'

'Laten we "Meneer Daniel is een spaniel" over zijn hele grasveld schrijven.'

Of we liepen over het witte strand.

'Zien de vissen dat het sneeuwt?'

De zwijgende, egaalbewolkte hemel dreef naar zee. Nu waren we sneeuwblinde reizigers, verdwaald in de noordelijke heuvels, en joekels van kwijlende honden met veldflessen om hun nek kwamen, het Excelsior blaffend, gestaag en traag onze kant op sjokken. We liepen naar huis terug door de arme straten waar niet meer dan een paar kinderen met blote, rode vingers in de aangereden sneeuw zaten te rommelen. Ze joelden ons uit, en naarmate we verder de heuvel op ploeterden vervaagden hun stemmen en gingen op in het geroep van de vogels in de haven en het geloei van de scheepshoorns in de warrelende baai. Daarna, bij het avondeten, waren de bijgekomen Ooms vrolijk, en in het midden van de tafel doemde de glazuurcake op als een marmeren grafsteen. Tante Hannah deed een scheut rum in haar thee, het was immers maar eens in het jaar.

Kom nu maar op met de sterke verhalen die we vertelden terwijl het haardvuur knapte en de gaslamp borrelde als een diepzeeduiker. Spoken loeiden als uilen in de lange nachten waarin ik niet over mijn schouder durfde te kijken; beesten zaten in de trapkast waar de gasmeter tikte. En ik herinner me dat we er op een keer opuit gingen om kerstliedjes te zingen, toen er geen sprankje maan was om de zwevende straten de verlichten. Aan het eind van een lange weg was een oprijlaan die naar een groot huis voerde, en we stommelden het donker van die oprit binnen, die avond, ieder van ons even bang, ieder van ons met een steen in de hand, voor het geval dat, en ieder van ons te dapper om ook maar een woord uit te brengen. De wind in de bomen maakte geluiden als van een oude, nare, wellicht zwempotige en zwaar ademende man in een grot. We bereikten de zwarte massa van het huis.

'Waar zullen we ze op trakteren? *Hoor de Heraut*?

'Nee,' zei Jack, *De goede koning Wenceslas*. Ik tel tot drie.'

Een, twee, drie, en we begonnen te zingen. Onze stemmen klonken ijl en leken van ver te komen in de met sneeuwbeklede duisternis rondom het huis, dat niet werd bewoond door iemand die we kenden. We stonden dicht tegen elkaar aan voor de donkere deur.

De goede koning Wenceslas keek toe
Op het feest van St. Stefanus ...

Toen begon er een dun, droog stemmetje, als van iemand die in lange tijd niet heeft gesproken, met ons mee te zingen: een dun, droog eierschaalstemmetje aan de andere kant van de deur. Een dun, droog stemmetje door het sleutelgat. En toen we ophielden met rennen stonden we voor *ons* huis; de voorkamer zag er gezellig uit; ballonnen wiegden onder de als warmwaterzakken gorgelende gaslampen; alles was weer goed en de stad straalde weer.

'Misschien was het een geest,' zei Jim.

'Misschien waren het trollen,' zei Dan, die altijd zat te lezen.

'Laten we naar binnen gaan om te zien of er nog pudding is,' zei Jack. En dat deden we.

Er was altijd muziek op kerstavond. Een oom speelde viool, een nichtje zong *Cherry Ripe* en een andere oom zong *Drake's Drum*. Het was een en al warmte in het kleine huis.

Tante Hannah, die op pastinaakwijn was overgestapt, zong een lied over bloedende harten en de dood, en toen nog een, waarin ze beweerde dat haar hart net een vogelnestje was; en toen moest iedereen weer lachen; en daarna ging ik naar bed. Als ik door mijn slaapkamerraam naar buiten keek, naar het maanlicht en de eindeloze, rookkleurige sneeuw, kon ik de lichtjes in alle andere huizen op onze heuvel zien en hun muziek de lange, gestaag vallende nacht in horen klinken. Ik draaide de gaslamp uit en klom in bed. Ik richtte nog een paar woorden tot het nauwsluitende, heilige donker en was vertrokken.

Herinnering aan een vrije dag

De vrije maandag in augustus. Een riedel op een ijscohoorn. Een veeg zee en een kriebel zand. Een fanfare van openklappende parasollen. Een huiverend gehinnik van zwemmers die het bedrieglijke water in dansen. Het instoppen van jurken en het oprollen van broekspijpen: het halve werk van pootjebaders. Zonnende meisjes en geinende jongens. Een stil tumult van ballonnen.

Ik herinner me een leugens vertellende zee in een schelp die een hele, harmonieuze, holle minuut tegen mijn oor wordt gehouden door een klein, nat meisje in een gedrochtelijk badpak met 'Bedrijfseigendom' erop.

Ik herinner me dat ik het laatste van mijn kleffe broodjes deelde met een jongen en een leeuw. Getaand en wild, met meedogenloze nagels en veelomvattende mond, scheurde en verslond het joch. Wild als een kruidcake, barbaars als een haardkleedje, knabbelde de neerslachtige, luizige leeuw als een muis aan zijn halve broodje, en hikte een keer in het droeve halfduister van zijn kooi.

Ik herinner me een man die eruitzag als een wethouder of een deurwaarder, bolhoed, zonder boordje, met een zak pinda's in zijn hand, die onophoudelijk 'Zet hem op, cowboy!' riep, terwijl hij met duizelingwekkende vaart rondtolde in de zweefmolen boven de omhooggerichte lachende gezichten van de hondsbrutale stadsmeisjes en de jongens met hun opgevulde schouders en messcherpe schoenen; en de pinda's vlogen door de lucht als zoute hagel.

Kinderen gingen de hele dag op in capriolen en geschreeuw aan de rand van de spiegelgladde of aanstormende zee, en het stoomorgel piepte zijn walsen over de armoedige speelplaats en het braakliggende terrein waar de botsautootjes elkaar ontweken, achter de inmaakfabriek.

En moeders gilden hun trotse, roze dochters of zonen waarschuwend toe dat ze die kwal met rust moesten laten; en vaders deden een krant over hun gezicht; en zandvlooien hopten over de meegenomen salade; en iemand had het zout vergeten.

In die altijd stralende, regenloze, lui-lawaaierige en hemelsblauw vervlogen zomers, herinner ik me de laatste maandag in augustus van het opkomen van de zon boven de morsige en koninklijke stad, tot het schor verstommen van de draaimolendeuntjes en het doven van de gaslampen op de kermis aan zee; van het koolprutje tot de allerlaatste zanderige sandwich.

Het was niet nodig, op de ochtend van die vrije dag, om de luie jongens naar de ontbijttafel te schreeuwen; ze tuimelden hun overhoopgehaalde bedden uit, schoten in hun verkreukelde kleren; ze haalden vlug een natte hand over hun gezicht bij de wastafel in de badkamer, waarbij ze er altijd aan dachten de kraan flink te laten lopen, alsof ze zich als mijnwerkers stonden af te schrobben; voor de gebarsten spiegel met sigarettenplaatjes eromheen geprikt, in hun schatoverladen slaapkamers haalden ze een fietsenrek van een kam door hun stugge haar; en met glimmende wangen en neuzen en een rouwrand in hun nek, kwamen ze met drie treden tegelijk naar beneden.

Maar ondanks hun haasten en hollen, herrie op de overloop, met de Franse slag wassen, kammen en tandenpoetsen, en sprongen de trap af, waren hun zussen altijd eerder beneden dan zij. Voor dag en dauw opgestaan hadden ze getut, gekruld en gestreken; en zelfvoldaan in hun bloeiende zomerjurken met vrolijke linten voor de zon, op sneeuwwit gewitte gympen, waren ze keurig en raar in de weer met papieren gebaksschaaltjes en tomaten in de warwinkel van de keuken. Ze waren kalm; ze waren fatsoenlijk; ze hadden hun nekken gewassen; ze maakten geen ruzie; lagen niet dwars; en alleen het kleinste zusje stak haar tong uit naar de lawaaierige jongens.

En de buurvrouw kwam de keuken binnenlopen en zei dat haar moeder, een stokoud, onbestemd lichaam onder een met kersen beladen hoed, het weer eens op haar heupen had gekregen en erop had gestaan om, juist op de ochtend van deze vrije dag, een fotoalbum en een geslepen glazen fruitschaal uit de voorkamer helemaal naar de tramhalte mee te slepen.

Dit was de ochtend wanneer vader, een gat in de thermoskan herstellend, er twee nieuwe bijmaakte; de zon de oorlog verklaarde aan de boter, en de boter het op een lopen zette; wanneer honden, ondanks alle achtertuintjes met hun zoetgeurende afvalemmers om in te kwispelen en te snuffelen en te dollen, hun staart achternazaten in het gewoel van de keuken, strandschoenen te grazen namen, naar vliegen hapten, zich tussen benen wurmden, tussen handdoeken schurkten en glimlachend op picknickmanden plaatsnamen.

En als je bij sommige openstaande huisdeuren in de straat je oor te luister had kunnen leggen, dan had je dingen kunnen horen als:

'Oom Owen zegt dat-ie de flesopener niet vinden kan...'

'Heeft-ie onder de kapstok gekeken?'

'Willy heeft zich in zijn vinger gesneden...'

'Heb je je schepje bij je?'

'Als iemand die hond niet om zeep helpt...'

'Oom Owen vraagt zich af waarom de flesopener in vredesnaam onder de kapstok zou liggen?'

'Dit is eens maar nooit weer...'

'Ik weet dat ik de peper ergens heb gestopt...

'Willy bloedt...'

'Hé, kijk, er zit een veter in mijn emmertje...'

'O, schiet op, schiet nou toch op...'

'Laat eens even zien, die veter in je emmertje...'

'Als ik die hond te pakken krijg...'

'Oom Owen heeft de flesopener gevonden...'

'Willy staat bloed op de kaas te morsen...'

En de trams, die bliezen als ganzen, brachten ons allemaal naar het prachtige strand.

Je had cricket op het zand, en zand op de cake, zandvlooien in de waterkerssalade en kwezelige, halsstarrige, devote ezels die weigerachtig rondjes sukkelden. Meisjes kleedden zich uit in wegslippende fatsoenstentjes; onder onzichtbare parasols kleedden gezette dames zich op de manlijke en onzedelijke zee. Kleine naakte grondwerkers groeven kanalen; kinderen met schepjes en zonder ambities bouwden vergankelijke kastelen; spichtige jongens voor de badhokjes floten naar stevige meiden en honden gingen liever achter een steen aan dan op een reuzenbot te kluiven. Tegendraadse ooms koesterden hun lauwwarme bier in tenten met de tijgerstrepen. Moeders in het zwart zaten als bevende bergen te puffen onder de afgegooide jurken van dochters die gillend de koboldgolven trotseerden. En vaders deden een dutje onder de zon van eenmaal per jaar. O, denk toch eens aan al die dutjes op het met papieren zakken bezaaide strand.

Engels drop, en Welshe boterbabbelaars smolten, en de zuurstokken waaraan we allemaal zogen waren als een rabarberstengel in de vorm van de spiraalpaal van een kapperszaak.

In de verte, omringd door ontgoochelde theoretici en een ijzerhandelaar met een ijzeren ton, schreeuwde een aangebrande man op een sinaasappelkistje dat vrije dagen niet deugden.

En de golven rolden het strand op, bereden door kantoortypes op opblaaseenden.

Ik herinner me de tijdrovende, bewerkelijke en heerlijke hobby, of professie eigenlijk, van het ingraven van familieleden.

Ik herinner me – wat een verrukkelijk tijdverdrijf – het uit de gebalde vuist of een emmertje gieten van fijnzand in een kraag of de hals van een jurk; de gil, de schok, de klap.

Ik kan me de jongen herinneren, op zichzelf, een strandschuimende, eenzame wolf die zich verlangend ophoudt aan de rand van een gezinsspelletje cricket; de veldspeler zonder vrienden, de jongen die niet op de thee of aan het slaghout wordt gevraagd.

Ik herinner me de geur van de zee en zeewier, nat vlees, nat haar, natte badpakken, de warme geur als van een door konijnen bevolkt veld na de regen, de geur van limonade en bespatte parasols en toffees, de stal-en-stro-lucht van warm, opgegooid, omgewoeld, vergraven en drukbetreden zand, de afwaswater-en-gaslamplucht van zaterdagavond, en – hoewel de zon krachtig scheen – uit de bolbuikige biertenten de lucht van azijn op gepelde kokkels, de alikruikenlucht, de geur van garnaal, de frituurvetverzadigde winterse zijstraatlucht van friet in een krant, de lucht van de schepen uit de zonverdoofde dokken om de bocht van de duinen, en de geur van de vertrouwde, pootjebader-, drenkeling- en haringrijke zee, die wegdeinde, alsmaar verder, naar het land van onze tegenvoeters, waar koalaberen, Maories, kangoeroes en boemerangs ondersteboven over de achterkanten van de sterren hingen.

En de herrie van de klappen uitdelende Jan Klaassen, en een vallende Katrijn, en een voor dovemansoren klinkende klok in de van bewoners verstoken stad; af en toe het carillon uit een eenzame kerktoren of een trein op het spoor achter ons, die zijn keel schraapt, en altijd het hopeloze, hunkerende smeken en sneren van de meeuwen, ezels die balken en roepende venters, harmonica's en speelgoedtrompetten, schreeuwen en lachen en zingen, het loeien van slepers en vrachtboten, het klikken van de kaartjesknipper van de strandstoelman, het kuchen van de motorbootjes in de baai, en het bijbelse, psalmzingende klotsen van de zee.

'O, kon het nou maar, kon het nou maar,' zeiden je lippen steeds maar weer, terwijl je in het gloeiende zand kerkers, garages, martelkamers, treintunnels, arsenalen, hangaars voor zeppelins, heksenkeukens, vampiersalonnen, smokkelaarskelders, drankholen voor trollen, en riolen groef onder een massief en scheurend kasteel, 'kon het nou maar altijd zo blijven, voor eeuwig en altijd, amen.' Augustus Maandag over de hele wereld, van Mumbles, waar de tantes als damesbladeren aan een strandboom groeiden om bruin te worden, tot aan het bruine, beer-omhelzende Binnenland en de beschildpadde Ballantyne-eilanden.

'Zouden ezels op het ijs kunnen?'

'Alleen als ze sneeuwschoenen hebben.'

We trokken een meegaande, klagende ezel sneeuwschoenen aan en joegen hem in galop voort in het voetspoor van de torenhoge, Atlas-gespierde Mounties met hun geweren en overlevingskoek, die over de witte Goudkoorts-prairies hun zwart-geaarde-zwart-gebaarde Man achternajoegen en altijd te pakken kregen.

'Zijn er ezels op onbewoonde eilanden?'

'Alleen een soort van ezels.'

'Hoezo, soort van ezel?'

'Inheemse ezels. Ze jagen ermee achter dingen aan!'

'Walrussen en zeehonden soort van dingen?'

'Ezels kunnen niet zwemmen!'

'Deze ezels wel. Ze kunnen zwemmen als walvissen, ze zwemmen als, als noem maar op, als – '

'Leugenaar.'

'Leugenaar, dat ben jezelf.'

En de twee kleine jongens vochten verbeten en zwijgend in het zand, raakten met elkaar verstrengeld tot een bal van benen en billen.

En daarna gingen ze naar de clowns kijken of kochten vanille-ijsjes.

Rondhangend of loltrappend op die smetteloze, bruisende zaligheid van een vrije dag met z'n allen, zag je de grote goden met hun bretels over hun hemd zingen, pitten uitspugen, rook naar wespen blazen, grote slokken nemen en meisjes nakijken, de huur vergeten, een arm om zich heen hebben, poseren voor de foto, platvloers zijn, oksels in alle kleuren van de regenboog hebben, knipogen, boeren en de schuld op de radijs schuiven, naar Ilfracombe turen, psalmen spelen op kam en vloeitje, bananen pellen, krabben, zeewier uit hun panama's vissen, papieren zakken opblazen en laten knallen en naar niets verlangen.

Maar het meest van al dat mooie strandleven herinner ik me de spelende kinderen, ronddartelende jongens en meisjes, bewegende juweeltjes die misschien voor het laatst gelukkig waren. 'Zo gelukkig als een kind,' die woorden zijn waar als de warmte van de zon.

De schemering viel, of rees op uit het zand en de zee; of weefde zich om ons heen vanuit de roepende havens en van de bloedrood smeulende zon. De dag was voorbij, het zand begon plotseling te schuren en te woelen op een zeebezem van koude wind.

En wij zochten de schepjes en emmertjes bij elkaar, en de handdoeken, lege picknickmanden en flessen, parasols en mandjes voor de vis, bats, ballen en breiwerk, en gingen – o, mag het, pa! – naar de kermis in de schemering op de kale strandweide.

Kermis overdag was niks, dan stond alles er maar armzalig en lusteloos bij; de stemmen van de meisjes van het ringwerpen klonken nadrukkelijk als die van een spraakjuf; nog geen kanonskogel zou de kokosnoten van hun stok kunnen krijgen; de schuitjes maakten nuchter en mechanisch hun rondjes; de steile wand was kinderspel; en de houten beesten wachtten de avond af.

Maar 's avonds krasten de ringwerpmeisjes als operakraaien naar de klimmende maan; laat ze vliegen, tien keer gooien voor een daalder, de kokosnoten regenden als korhoenders uit een Schotse hemel uit hun kuipjes met zaagsel; de aangeschoten griffioengeboegde schuitjes zwierden over de duizelende rails, de steile wand was een tollende afgrond vol barbaars geweld en de hinnikende houten paarden namen op de klanken van een opzwepend jagerslied duizend hachelijke hindernissen, lichtvoetig en levendig als gehoefde zwaluwen.

Terwijl we door de schemering het kermisterrein naderden, konden wij, verbrande en zanderige jongens, boven het geruis van de beukende en badgastloze zee uit, de lokkende stemmen van de rauwe, schorre omroepers horen.

'Meemaken, meebeleven!'

In haar tent en haar rollen vlees zat de Dikste Dame ter Wereld aan haar winterjapon te werken, ook een tent, en hield haar kleine oogjes, zwarte bessen in amandelroompudding, strak op de giechelende stoet voorbijkomende geraamtes gericht.

'Komt dat zien, komt dat zien, de grootste rat ter wereld, de Hektor, de Boris van het ongedierte.'

Hier galoppeerde de kleinste pony, als een Shetlandse spitsmuis. En daar maakten de 'Allerintelligentste Vlooien', gedrild, in 't gelid, met hoofdstel en bit, op de vierkante millimeter hun capriolen in een glazen piste.

Voor tenten, stands en stalletjes brandden pennies gaten in honderden zakken.

Bleke jongens met brillantinehaar en Valentino-zwarte bakkebaarden, peuk aan de onderlip, loensten langs hun schele geweren en mikten op pingpongballetjes die op fonteintjes dansten.

In zijn als een rok zo wijde zilvergrijze broek met messcherpe vouw en mouwloze rode ritshemd met gele strepen overdwars, spuugde een mijnwerker bij de kop van jut in zijn handen, hief de slaghamer en haalde uit met donderend geweld. De bel klonk victorie.

Voor zijn kermistent stond een kleerkast van een vuistvechter met een hap uit zijn oor, een neus als een bescheten koolraap, een op zijn wenkbrauwen steunende haarinplant en drie kameelkleurige tanden, die iedere sportieve vent van harte uitnodigde voor een plotse en misselijkmakende afranseling in zijn zandarena, of een pond beloning wanneer men een ronde lang op de been wist te blijven; en horden pezige, eigenwijze, o-benige, koolgetekende, bezopen sportievelingen haanden naar binnen en haspelden naar buiten; en altijd waren die drie tanden, kameelgeel, met stukjes craf, in dat verveelde, teakhouten smoelwerk overeind gebleven.

Uitgeputte en bierbehoeftige moeders met lukraak opgezette hoedjes, tegenwerkende hoedenspelden, scheefgezakte knotjes, uitpuilende tassen en limonadevolle, jambesmeurde klevers van kinderen aan hun rokken, gilden voor lachspiegels om hun plotseling tapse of buisvormige lichamen en waterhoofden, en de kinderen gierden het uit over hun eigen kabouterreflecties die slonken en zwollen in het glas.

Oude mannen, omgeven door een geur van Milford Haven in de motregen, scharrelden, schurkerig en schooiend langs de randen van de paraderende menigte, met geen andere koopwaar dan een handvol kleverige confetti.

Een driest groepje schooljongens, veilig schouder aan schouder, hun vaders gleufhoeden in een wanhopige hoek over één oog, knipoogde en floot naar een processie voorbij de schommels van twee gearmde meisjes: altijd de ene monter en mooi, en altijd de ander met bril.

Meisjes in tunnels met schedels en gekruiste knekels gilden, en werden getroost.

Jongens met moed die uit glazen kwam, stonden, met verwarde haren, rood aangelopen en tegen de voorschriften in, rechtop op de zitjes van de zweefmolen.

Zelfverzekerde meisjes zetten zeelui op hun nummer.

Allemaal kermislol in de snikhete, bruisende nacht. Het Mannetje in de zandgele Maan boven een kanjer van een draaiorgel. De schommelschuitjes die heen en weer zwaaien als schijfjes van de maan. Draken en gevleugelde paarden die vuur en fanfare spuwen op de boegen van de gondola's. Middernachtelijke draaimolen-ruiters in galop onder de kermislichten, jagers op geitenbokken en zebra's, joelend onder een kring van gloeiwormen.

En terwijl we huiswaarts klommen, de gasverlichte heuvel op naar de verstilde huizen boven de murmelende baai, hoorden we de muziek wegsterven en de stemmen verwaaien als zandkorrels. En we zagen de lichtjes van de kermis verflauwen. En ginds aan de overzijde van het veld aan zee staken ze een voor een hun lampen aan in de kermiswagens.

De kruimels van een manjaar

Wiegend als in een hangmat, of windstilte, tussen een voorgoed voorbije Kerst en een naderend nieuwjaar vol meedogenloze verrassingen, kijk ik eigenzinnig en tevreden terug op die verschrompelende twaalf maanden, en zie slechts een dartelend snippertje van de benevelde chaos van dagen, sprankjes van herinneringen, flitsen van vreemde vogels, stukjes en beetjes door de ogen van een dichter.

Van wat het nieuwe jaar brengt weet ik niets, behalve dat alles wat vaststaat als bij donderslag of met komeetgeweld zal komen in de vorm van klavertjes vier, en dat al het onvoorziene zal verschijnen met de vanzelfsprekendheid waarmee de zon elke ochtend weer zijn handjes aan de hemel laat wapperen; en van wat voorbij is weet ik alleen onduidelijke ditjes en datjes, een lappendeken, vlekjes en plekjes, schitter en schijn; een enkele seconde, gevangen in ijlend sneeuwlicht, een moment, vrolijk of droef, plotseling als een vogel of een zeis stilgezet in de boog van zijn vlucht; malend blad en zwerfvuilwervel, handgalop, handgemeen en najager van mensen in ieders straat; onverwacht, de manier waarop een rukwind op een straathoek de kleren striemt en bevriest van een voorbijganger, zodat zij koud en stil in de herinnering zal blijven tot de wereld uitgaat, als een nachtkaars in een kinderkamer; en een waggelend stel kleine voorvallen, komiek als eenden, die al kwakend hun weg vinden door deze rampzalige tijden; ietsjes, pietsjes en nietsjes.

'Kijk om, om,' klaroenschallen de grote stemmen, 'kijk om naar dat zwarte, kolossale jaar,' terwijl de rijke muziek fanfaart en dodenmarst.

Ik kan je slechts wat verstrooide kruimels van één manjaar geven; plus een armzalig deuntje fluit.

Elke willekeurige herinnering aan het lange, rondgaande jaar volstaat, om mee te beginnen.

Ik liep, het was op een middag in augustus, langs de oever van een rivier en dacht dezelfde gedachten die ik altijd denk wanneer ik in augustus langs de oever van een rivier loop. Onder het lopen dacht ik: nu is het augustus en ik loop langs de oever van een rivier. Ik geloof niet dat ik ook maar iets anders dacht. Ik had moeten denken aan wat ik had moeten doen, maar ik dacht alleen maar aan wat ik op dat moment aan het doen was, en het was in orde: het was goed en gewoon, en traag en leeg, en oud, en zeker, en wat ik aan het doen was had ik ook duizend jaar eerder kunnen doen, als ik dan had geleefd, en mezelf was geweest, of wie dan ook. Je had kunnen denken dat de rivier klingelde – bijna kon je de kleine, groene, watervlugge belletjes erin horen zingen: het had de rivier de Elusina kunnen zijn, 'die danst op het geluid van Musick, want van Musick bubbelt zij, en danst, en wordt zanderig, en gaat zo voort tot de musick ophoudt...' of de rivier in Judea, 'die alle zes werkdagen snel stroomt, en op de sabbat stilstaat en rust.' Bomen waaiden, stonden stil, groeiden en bloeiden, bomen waarvan ik de namen nooit heb geweten. (Ooit heb ik inderdaad samen met een vriend een gedicht geschreven dat als volgt begon: 'Alle bomen zijn eiken, behalve sparren.') Er waren vogels actief, of aan het slaapvliegen, in de lucht. (Het gedicht ging verder: 'Alle vogels zijn roodborstjes, behalve kraaien of roeken.') De natuur deed wat ze deed, en dacht aan niets anders dan dat. En ik liep en dacht eraan dat ik liep, en dat het geen al te koude dag was voor augustus. En toen zag ik een stuk papier voorbijdrijven in het water, en ik dacht: misschien staat er iets prachtigs op dat stuk papier. Ik was alleen op de bultige aarde, of alleen gedurende twee groene mijlen, en er kwam een bericht mijn kant op drijven over het bruingrijze water dat zijn weg zocht door de zwartbonte, loeiende velden. Het was een bericht uit een veelsoortig niemandsland, gericht aan mijn eenzame ik. Ik stak mijn stok uit, kreeg het stuk papier te pakken en duwde het tegen de rivieroever aan. Het was een pagina die uit een heel oud tijdschrift was gescheurd. Dat kon ik zien. Ik boog naar voren, en door het water heen las ik het bericht op de gerimpelde pagina. Met de nodige moeite kon ik slechts één zin opmaken: die zin bracht in herinnering dat, meer dan honderd jaar geleden, een man in Worcester, voor een weddenschap, achter elkaar, tweeënvijftig pond pruimen had gegeten.

En elke willekeurige herinnering aan het lange, zich ontvouwende jaar, volstaat om mee te vervolgen.

Hier, op dit moment, komen er vredige flitsen en beetjes van Guy Fawkes-day in me naar boven, overal Guy-stropoppen op straat en vuurpijlen in de lucht, gillende keukenmeiden, voetzoekers en goedaardige bommen die barsten in de geblakerde buurten. De vuurpijlen zijn schaars maar ze sprankelen tussen de daken en hoog tegen de muur van de oorlogloze nacht. 'Wou je een penny voor de Guy?' 'Nee, dit is mijn vader.' De geweldige grap gaat sissend in vuurwerk op. Sirius explodeert in de achtertuin bij de schuilkelder. Schuchtere dames zitten in hun achterkamers, met de radio hard op het programma van de BBC. Mannen die al in bed liggen grauwen onder hun dekens. In de verwilderde tuinen van de steenrijken steekt de tweede butler een rotje af. In ieders straat joelen de kinderen, die geen angst kennen onder de kleine, knusse bombardementen. Maar ik stond op een flakkerende plattelandsheuvel waar ze een hongerig vreugdevuur onder een Guy-pop aan de praat hielden met sprokkelhout, stokken en voetzoekers; de vreugdevuur-Guy riep om meer, en kleine, zwavelige puddingen ontploften in zijn brandende buik, en zijn stekelhaar vatte vlam. Hij maakte een slinger en stootte ordinaire klanken uit. Hij deed lange tijd over zijn dood op de heuvel boven de sterverlichte velden, waar de bruingrijze rivier, zonder bericht, maar met bellen, forellen, blikjes, armbanden, literatuur en katten, alsmaar stroomde in de richting van de nooit ofte nimmer geruisloze zee.

En op een keer, in dit lange, wegsmeltende jaar, herinner ik me op een Londense bus te zijn gestapt in een wijk die ik vergeten ben, en waar ik zeker niet veel goeds in de zin kan hebben gehad, op weg naar een afspraak die ik niet wilde nakomen.

Het was een ontluikende, groene voorjaarsmorgen, lichtvoetig en krokusachtig, en alle jonge vrouwen stapten op kale bloemstelen over de hoofdstedelijke weide, zwaaiden met hun melkemmerhandtassen, zacht, wispelturig, uitnodigend, toegankelijk en bij voorbaat vergoelijkend over elke ongegeneerd obscene begroeting (of overweging daarvan zelfs) en gretig instemmend, terwijl ze zich ingetogen genietend naar schoonheidssalon of typekamer begaven, met alle onuitgesproken vurige, lieve woordjes van ongeschoren vreemdelingen en de knipogen en fluitjes van de satanische jongens met de sandwichborden. De zon zinderde, de bussen dartelden, agenten en narcissen bogen in het voorjaarsbriesje dat naar karnemelk smaakte. Delicaat dronkemansgepraat plaste en kabbelde uit de café's, die nog niet open waren. Ik voelde me een jonge god. Ik deed mijn boordje af en knoopte mijn overhemd open. Ik gooide mijn haar achterover. Mijn hart was een volière, maar zonder uilen of adelaars. Mijn wangen waren gloeiende kersen, ik geurde, dacht ik, naar Engels gras. Op de klanken van madrigalen, gezongen door slanke sopranen in watervalrijke valleien waar ik de enige tenor was, sprong ik op een bus. De bus was vol. Zorgeloos, met open hemd, stralende blik, mijn aderen overlopend van voorjaar zoals de schoenen van een danser zouden moeten overlopen van champagne, stond ik, verliefd en op mijn gemak en eeuwig jong, in het volgepakte gangpad van het benedendek. En een man van exact mijn leeftijd – of misschien was hij een klein beetje ouder – stond op en bood me zijn plaats aan. Hij zei nogal eerbiedig, alsof hij tegen een rechter sprak: 'Alstublieft, mag ik u mijn plaats aanbieden?' om er vervolgens ook nog 'meneer' aan toe te voegen.

Hoeveel verschillende soorten onaanzienlijke nederlagen en teleurstellingen ben ik niet vergeten! Hoeveel schakeringen en silhouetten uit het veelkleurige zebrahuis! Hoeveel bonte jassen heb ik niet laten slingeren in de garderobes van het jaar!

En een manjaar is als een aan de hemel in kaart gebracht wolkenland dat spoedig in de voorgeschreven regendruppels uiteen zal vallen, in dwaze regelmaat, in het donkere licht. Nu drijft de wolk heel langzaam uit het zicht, en ik denk aan al die reizende geografie en zie geen ochtendheuvels met paleizen of uitgestrekte, weelderige valleien in de ondergaande zon, geen van vogels borrelende bossen, herten over heidevelden, gevierde weidegronden en bestierde vlakten, maar alleen – de straat vlak bij station Waterloo, waar een kleine jongen in een vermaakte kakibroek en stalen helm een kinderwagen met brandhout duwde en elke voorbijganger zonder geestdrift toeriep: 'Hé, waar is uw staart?'

Het estuarium aan de voet van het ingestorte kasteel, waar de julijeugd zich in de oermodder wentelde en zich gillend en joelend vermaakte met levensvormen van ver voor de watersalamander.

Het knerpende pad door het veld in deze decembersneeuw, in het aardedonker, waar wij over het begraven gras liepen, als geesten over beschuit.

De dunne lijn langs de voorjaarsgroene rivieroever waar waterratten zich in ganzenpas naar hun werk begaven, en waar de jonge, ongedurige ratten in hun snelle vestjes, altijd in vliegende haast, over de kaalgesleten ruggen van de oudjes sprongen.

Het scheermesgehavende achterafstraatcafé waar een man met bewerkte wangen en aangevreten oren zich boven zijn teerzwarte thee schor en scheel klaagde dat de pasgeboren babypanda in de dierentuin niet in de schijnwerpers stond.

De geuldoorsneden stranden van maart onder de zwiepende, windgestriemde bomen op het klif, toen de wind een spelletje met me speelde en aalscholvers in de verte als speedboten over de baai spoten, en ik me naar de kapseizende stad en de zwarte, luidruchtige Leeuw slingerde, waar de kat, die spinde als een vuurtje, door twee gloeiende kooltjes naar de gestaag innemende zeekapiteins loerde in het o zo verkneukelknusse achterzaaltje.

En de kelderkeuken in een vinnige februari, met luiers aan de lijn van de deur naar de meer dan propvolle kamerhoek, en een fiets, zeer op z'n laatste benen, naast de voorraadkast, en hoeden, meccanobouwsels, flessen en dopsleutels op de kapotte schommelstoel, een deinende zee van kranten, halfingevulde kruiswoordraadsels in een hoop op de radio die altijd voluit stond, de walmende kachel, schilferende uien en het vet van de patat dat altijd siste op de kachelplaat, en kleine mannen in winterjassen discussiërend over zelfdiscipline en een ascetisch leven tot de lucht Woodbine-blauw zag, en de klok benauwd kuchte en het verkeer stilviel.

En dan dat ene moment in die uitgelaten voorjaarsnacht, zeldzaam en onvergetelijk als op een fietsenrek stuiten in de woestijn. Het pad naar het huis dat ik hielp bevolken en bezoedelen, was lang en nat en donker.

'Wie heeft dit in deze hoek laten slingeren?'

'Wat, waar?'

'Hier, dit.'

Een poppenarm, de ingewanden van een klok, een koekenpan vol hoedenbanden.

Het pad zat vol sporen, als van bossige waterwagens, en was zo donker dat je geen hand voor ogen kon zien. De regen kwam met bakken neer. Aan de ene kant kon je de herten die daar huisden niet horen, en aan de andere kant zetten stemmen het op een fluisteren, gedempt, in het holst van de nacht. Een mannenstem en een vrouwenstem. 'Minnaars,' zei ik tegen mezelf. Want 's nachts gaat het hart eropuit, als een kat over de daken. Onhoffelijk richtte ik mijn zaklantaarn. Daar, in de dichte regen, stonden een jongeman en een jonge vrouw heel dicht tegen elkaar aan, vlak bij de heg die snorde in de wind. En een meter bij hen vandaan had zich een andere jongen gevestigd, op de rand van het gazon. Hij had een open boek voor zich waarin hij scheen te lezen. En midden op dat pad, tussen de voren en de plassen, vochten twee honden, met liederlijke overgave en in volmaakte stilte.

Terugreis

Verteller

Het was een koude, witte dag in High Street, en niets kon de snijdende wind uit de haven tegenhouden, want waar eerst de plompe en hoge winkelpanden de stad hadden afgeschermd van de zee, restten nu hun gebombardeerde, platte, sneeuwgemarmerde en door hekken afgezette graven. Fijngevoelig, als katten door een plas, alsof ze handschoenen aan hun poten droegen, trippelden honden over de verdwenen gebouwen. Hard en helder roepend stoeiden jongens op een met de grond gelijkgemaakte drogisterij en schoenenzaak, en een klein meisje met een mannenpet op, gooide een sneeuwbal in een kille, verlaten tuin die ooit het vertrek in de Prins van Wales was geweest waar ze bier voor thuis verkochten. De wind doorsneed de straat met aan zijn staart een zacht zeegeruis, als van een gesmoorde fabrieksfluit. Ik kon de gezwachtelde heuvel de stad uit zien stappen, wat vroeger nooit echt mogelijk was, en ook zag ik de bepoederde velden over de daken van Milton Terrace, Watkin Street en Fullers Row. Met vismanden, boodschappennetjes, paraplu's, puntmutsjes, bontgeschoeid, met blauwe neuzen, paarse lippen, de blik op oneindig, gesjaald, gewant, met galoches, en verder gewikkeld in alles behalve het dekentje van de kat, knerpten drommen winkelende vrouwen blauw en gauw en smachtend naar een kop hete thee door het kleine Lapland van de ooit saaigrijze straat op het moment dat ik aan mijn zoektocht door Swansea begon, koud en in alle vroegte op die venijnige februariochtend. Ik liep het hotel binnen. 'Goeiemorgen.'

De portier in de lobby zei niets terug. Voor hem was ik gewoon sneeuwpop nummer zoveel. Hij wist niet dat ik naar iemand op zoek was, na veertien jaar, en het kon hem niet schelen ook. Hij stond daar maar en rilde, en staarde door het glas van de hoteldeur naar de sneeuwvlokken, die uit de hemel neerdwarrelden als confetti uit Siberië. De bar was net open, maar er stond al een klant te puffen en te bibberen met een vol glas halfbevroren Tawe-vocht in zijn ingepakte knuist. Ik zei goeiemorgen, en het meisje achter de bar, dat de tapkast stond te poetsen alsof het een zeldzaam en kostbaar stuk Swansea-porselein betrof, zei tegen de eerste klant:

Barmeisje
Die film gezien in het Elysium meneer Griffiths wat een sneeuw hè bent u op de fiets onze leidingen zijn gesprongen maandag...

Verteller
Een biertje, graag.

Barmeisje
De keuken staat volledig blank je moet je kaplaarzen erbij aan als je een ei wil koken een shilling en vier pence alsjeblieft...

Klant
Die kou steekt me, hier, op deze plek...

Barmeisje
...en acht pence wisselgeld dat is uw lever meneer Griffiths te veel chocola gedronken, zeker...

Verteller
Ik vroeg me af of je je misschien een vriend van me kunt herinneren. Hij kwam hier vroeger heel regelmatig, een paar jaar geleden. Elke morgen omstreeks deze tijd.

Klant
Precies op deze plek voel ik het. Ik zou niet weten wat er zou gebeuren als ik geen gordel droeg...

Barmeisje
Hoe heet-ie?

Verteller
De Jonge Thomas.

Barmeisje
Bosjes Thomassen over de vloer Thomassen zijn kind aan huis hier nietwaar meneer Griffths hoe ziet-ie eruit?

Verteller
Hij zal een jaar of zeventien, achttien zijn... (Langzaam)

Barmeisje
...ben ik ook ooit geweest, zeventien...

Verteller
één meter achtenzestig en een half. Met dikke speklippen, stompe wipneus, rossige krullen; een gebroken voortand door een spelletje kat en muis in de Meermin, in Mumbles, praat nogal bekakt, is driftig, gewiekst; een beetje een opschepper; knickerbockerdrager, een gat-in-de-dagslaper, je kent dat wel; had gedichten van hem afgedrukt gekregen in de *Herald of Wales*; er was er eentje bij over een openluchtvoorstelling van *Electra* in de tuin van mevrouw Bertie Perkins in Sketty; woonde in Uplands; een bombastische, puberale, provinciale bohémien met een vetgeknoopte kunstenaarsstrik uit de sjaal van zijn zus, waarvan ze zich nog altijd afvraagt waar-ie gebleven is, en een flesgroen geverfd cricketshirt; een snaterende, streberige, would-be ruige, pretentieuze jongen, en nog opdringerig ook.

Barmeisje
Da's een fraaie mondvol waarom zou je zo iemand nou zoeken ik zou hem nog met geen tang beetpakken... u wel, meneer Griffths? Maar toch, je kunt er niks van zeggen. Ik weet nog dat hier altijd een man met een aap kwam. Die bestelde een kleintje pils voor zichzelf en een groot glas voor de aap. En 't was niet eens een Italiaan of zo. Hij praatte Welsh als een prediker.

Verteller
De bar liep vol. Besneeuwde zakenbuiken drukten hun horlogekettingen tegen de tap; zwarte zakenbolhoeden, vochtig en wit geworden als een kerstpudding in z'n doek, dobberden langs de beslagen spiegels. De stem van de commercie galmde streng door de lobby.

Eerste stem
Koud genoeg voor je?

Tweede stem
Hoe staat het met je luchtwegen, meneer Lewis?

Derde stem
Nog één winter als deze en ik heb het gehad, meneer Evans. Ik heb de griep...

Eerste stem
Doe maar een dubbele...

Tweede stem
Hetzelfde...

Barmeisje
Oké, schat...

Klant
Ik geloof dat ik me een jongen herinner zoals je net beschreven hebt. Daar zijn er geen twee van, zou ik hopen. Hij werkte als verslaggever. Ik zag hem altijd in De Drie Lampen. Daar stond-ie te hijsen. (Vertrouwelijk)

Verteller
Hoe is het tegenwoordig in De Drie Lampen?

Klant
Je kent het niet terug. Hij is er niet meer. Foetsie, jongen. Weet je nog de winkel van Ben Evans? Daar is het meteen naast. Ben Evans is er ook niet meer...
(Uitfaden)

Verteller
Ik liep het hotel uit, de sneeuw in en wandelde door High Street, langs de vlakke witte terreintjes waar alle winkels hadden gestaan. Eddershaws Meubelen, Curry's Rijwielen, Donegal Confectie, Dok-

ter Scholl, Burton Kleermakers, W. H. Smith, Boots Voordeeldrogist, Leslie's Warenhuis, Upson Schoenen, de Prins van Wales, Tucker's Vishandel, Stead & Simpson – allemaal gebombardeerde en weggevaagde winkels. Langs het gat in de ruimte waar Hodges & Clothiers hadden gezeten, Castle Street af, voorbij de nog slechts in mijn herinnering bestaande, onzichtbare winkels, de Fifty Shillingzaak van Price en juwelier Crouch, Potter Gilmore Japonnen, Evans Juwelier, Master's Herenmode, Style & Mantle, Lennard's Schoenhandel, De Juiste Maat, Kardomah, R.E. Jones, Dean's Maatkleding, David Evans, Gregory Suikerwaren, Bovega, Burton, Lloyd's Bank, en niets. En Temple Street in. Daar had De Drie Lampen gestaan, de oude Mac, magistraal in zijn hoek. En daar had de Jonge Thomas, naar wie ik zocht, altijd aan de tap gestaan op vrijdagavond nadat er was uitbetaald, samen met Freddie de Halfzachte Midvoor Farr, Bill Latham, Cliff Williams, Gareth Hughes, Eric Hughes, Glyn Lowry, als een man onder de mannen, zijn hoed zwierig op één oor, in dat knusse, kneuterige Edwardiaanse heiligste der bierheiligen...
(Bargeroezemoes op de achtergrond)

Oude verslaggever
Weet je nog, die keer dat ik je voor het eerst meenam naar het lijkenhuis, Jonge Thomas? Hij had nog nooit een lijk gezien, jongens, behalve ouwe Ron dan, op een zaterdagavond. 'Als je een goeie verslaggever wilt zijn,' zei ik, 'moet je de juiste mensen kennen. Dan moet je *persona grata* in het mortuarium zijn, begrijp je.' Man, hij sloeg groen uit.

Eerste jonge verslaggever
Kijkt, hij bloost ervan...

Oude verslaggever
En toen we daar kwamen, nou, wat denk je? Er waren schilders bezig om de boel vanbinnen een opknapbeurt te geven. Ze stonden op ladders het plafond te sauzen. Maar de Jonge Thomas zag ze niet eens, kon zijn bolle ogen niet van de baar houden, en toen een van die schilders op z'n ladder 'Goedemorgen, heren' zei, met zo'n zware stem, maakte hij een luchtsprong en vloog er als een haas vandoor. Lachen man!

Barmeisje
(In de verte) U hebt genoeg gehad, meneer Roberts.
U hebt me wel gehoord.
(Zacht geschuifel)

Tweede jonge verslaggever
(Terloops) Daar gaat meneer Roberts.

Oude verslaggever
Eerlijk is eerlijk, ze bonjouren je d'r netjes uit in deze kroeg...

Eerste jonge verslaggever
Hebben jullie de Jonge Thomas wel eens een voetbalwedstrijd zien verslaan in de Vetch? Hij gaf elke goal drie punten alsof het rugby was.

Tweede jonge verslaggever
En in Mannesmann Hall 'Mooi voetenwerk, meneer!' horen roepen tegen een stel halflamme mijnwerkers die als olifanten door de ring hosten?

Eerste jonge verslaggever
Wat heb je vandaag te rapporteren, Jonge Thomas?

Tweede jonge verslaggever
Twee-Typemachine-Thomas, onze razendsnelle nieuwtjesjager nummer één...

Oude verslaggever
Kom, laat je notitieboekje eens zien. 'Bij Oudstrijdersvereniging langsgegaan: niets. Ziekenhuis geweest: één gebroken been. Veiling in de Metropole. Meneer Beynon bellen over het Hymn Festival. Lunch: bier en saucijzenbroodje in het Singleton met mevrouw Giles. Bazaar in de Bethesda Kapel. Schoorsteenbrandje in Tontine Street. Zondagsschooluitje in Walters Road. Repetitie van de *Mikado* in het Skewen-theater' – allemaal voorpaginamateriaal...
(Uitfaden)

Verteller
De stemmen van veertien jaar geleden hingen verstild tussen sneeuwvlok en puin, en in de gestaag vallende winterochtend liep ik verder door het witte, verwoeste centrum waar ooit een heel jonge jongen die ik kende zich als een dartele mus onledig had gehouden met de roddelkruimels van de stad. Vlak bij het gebouw van de *Evening Post* en een restje Kasteel, sprak ik een man aan wiens gezicht ik herkende van lang geleden. Ik zei: Zou u mij misschien kunnen vertellen...

Voorbijganger
Ja?

Verteller
Hij wierp een schichtige blik uit zijn omhulsel van sjaals en zijn met sneeuwballen bekogelde bivakmuts, als een eskimo met een slecht geweten. Ik zei: Of u me kon vertellen of u vroeger een zekere Jonge Thomas hebt gekend. Hij werkte voor de *Post* en droeg altijd een overjas, soms met de ruit naar buiten, zodat je reuzendam op hem kon spelen. Daarnaast rookte hij een bestudeerde Woodbine...

Voorbijganger
Hoe bedoelt u, bestudeerde Woodbine?

Verteller
... en had een plat hoedje op met een pauwenveer, en hij probeerde erbij te lopen als een ouwe persmuskiet, zelfs wanneer hij naar een wedstrijd van de Gorseinon Buffalos moest...

Voorbijganger
O, *die*! Ik krijg nog een halve kroon van hem. Ik ben hem sinds onze Kardomah-tijd niet meer tegengekomen. Toen was-ie nog niet bij de krant, kwam net van de middelbare school. Hij, Charlie Fisher – Charlie heeft bakkebaardjes tegenwoordig – en Tom Warner en Fred Janes zaten altijd koffie met een tic te drinken en met elkaar te bekvechten.

Verteller
Waarover?

Voorbijganger
Muziek, poëzie, schilderkunst en politiek. Einstein en Epstein, Strawinsky en Greta Garbo, de dood en de godsdienst, Picasso en de meisjes...

Verteller
En verder?

Voorbijganger
Communisme, symbolisme, Don Bradman, Braque, de burgerwacht, vrije liefde, vrij drinken, moord, Michelangelo, pingpong, ambities, Sibelius, en de meisjes...

Verteller
En dat is alles?

Voorbijganger
Hoe Dan Jones de verbazingwekkendste symfonie aller tijden zou componeren, hoe Fred Janes het meest wonderbaarlijk gedetailleerde schilderij zou schilderen, hoe Charlie Fisher de allerfijnste forel zou vangen, en hoe Vernon Watkins en de Jonge Thomas ongehoord bruisende gedichten zouden schrijven, en hoe ze Londen zouden veroveren en de hele stad op stelten zouden zetten.

Verteller
En daarna?

Voorbijganger
Onder het sissen van hun peuken in de gemorste koffie-met en het ochtendlijke gerinkel en gekwekkebek, kletsten onze salonhelden over Augustus John, Emil Jannings, Carnera, Dracula, Amy Johnson, het proefhuwelijk, zakgeld, de zee van Wales, de Londense sterren, King Kong, de anarchie, darts, T.S. Eliot, en de meisjes...Mijn God wat is het koud!

Verteller
En hij haastte zich verder, door de wervelende sneeuw, zonder ook maar een goeiemorgen of een tot ziens, opgesloten in zijn winterse

lagen wol als een man in zijn eigen privé-doofheid, en het voelde alsof hij nooit was gestopt om mij een zoveelste voorbije fase te onthullen in de ontwikkeling van de jongen naar wie ik op zoek was. Het Café Kardomah was met de sneeuw gelijkgemaakt, de stemmen van de koffiedrinkers – beginnende dichters, schilders en musici – waren gesmoord in de onontkoombare jacht van jaren en sneeuwvlokken.

Toen liep ik door College Street, langs mijn herinnering van onzichtbare winkels, Langley, Kasteel Tabak, T.B. Brown, Pullar, Aubrey Jeremiah, Goddard Jones, Richards, Hornes, Marles, Pleasance & Harper, Star Supply, Sidney Heath, de Wesley Kapel, en niets... Mijn zoektocht voerde me terug, via kroeg en baan en café, naar de School. (Uitfaden) (Schoolbel)

Schoolmeester
O, ja, ja, die kan ik me goed herinneren,
hoewel ik niet weet of ik hem nu nog herkennen zou:
niemand wordt er jonger op, of beter,
maar je ziet al vroeg wat er van die jongens worden zal,
hoewel snor en baard je soms op het verkeerde been zetten,
en dan is het lastig om je herinnering aan een kleine,
ongewassen deugniet vol doorzichtige smoezen
over nagelaten huiswerk,
te verenigen met een strijdlustige, met eremetaal behangen sergeant-majoor
met drie kinderen, of een gescheiden, gediplomeerd administrateur;
en het is moeilijk te vatten
dat zo'n kleine pluizenkop van een opstandig stuk vreten, wiens enige faam
onder leeftijdgenoten lag in het onbetwiste
kampioenschap vérspuwen,
nu wellicht de directeur van jouw bank is.
O, zeker, hij staat me nog levendig voor de geest, de jongen die u zoekt:
hij zag eruit als een doodgewone jongen, niet beter, slimmer of beleefder;
hij spiekte, bietste, knoeide met inkt, liet de klep van zijn lessenaar kletteren en verprutste zijn
schooltijd als de beste;

hij kon smeren, draaien, grijnzen, wiebelen, bekken trekken,
drenzen, slijmen, pesten, blozen, bedriegen, slinks
zijn, stotteren, flansen en zodanig gekrenkte trots
of oprechte verontwaardiging spelen, dat hij ervoor
in de wieg gelegd leek;
stuurs en met tegenzin deed hij, vanwege een of ander klein
vergrijp, onder Sergeant Bird, die zo gevat de bijnaam
Oiseau had gekregen, op menige vrije woensdagmiddag lichamelijke
oefeningen,
hij moest geregeld nablijven,
verstopte zich in de garderobe onder wiskunde,
werd, als eersteklassertje, door de grotere jongens
in de struiken van het lage speelplein gesmeten,
en smeet op zijn beurt eersteklassertjes in de struiken van het lage
speelplein toen hijzelf een van de groteren was;
hij zat te wippen bij het bidden,
hij loodste, zelfvoldaan, alle voorspelbare, foute,
oneerbiedige woorden de ochtendgezangen binnen,
hij stelde zich dienstbaar op bij het vernielen van de rabarber van de
bovenmeester,
was drieëndertigste van de klas bij meetkunde,
en bestierde, zoals te verwachten was, de schoolkrant
(Uitfaden)

Verteller
De aula ligt aan stukken, en verschroeid zijn de galmende gangen, waar hij krabbelde en kliederde en gaapte tijdens die lange, zomerse dagen in afwachting van de bel en de stormloop naar het speelplein: de school op Mount Pleasant Hill is van aanzien en opvattingen veranderd. Binnenkort, zeggen ze, zal het een andere school zijn dan die hij kende en koesterde toen hij nog een jongen was die zich alleen maar liet leiden door het bonzen in zijn bloed: de namen zijn uit de aula verdwenen en de ingekerfde initialen uit het gebarsten hout gebrand. Maar namen zijn blijvend. Welke doden kende hij bij name? Wie van de gelauwerde doden kende hij zo lang geleden? De namen van de doden leven altijd voort in hart en hoofd van de levenden. Wie kende hij van alle doden?
(Begrafenisklok)

Stem
Evans, K.J.
Haines, G.C.
Roberts, I.L.
Moxham, J.
Thomas, H.
Baines, W.
Bazzard, F. H.
Beer, L.J.
Bucknell, R.
Tywford, G.
Vagg, E.A.
Wright, G.
(Uitfaden)

Verteller
Toen laveerde ik de sneeuwblinde heuvel af, een orkaan-kat met negen staarten uit zee geselde de kust, en wit en eiderdonzig, als rondstommelende verenmatrassen, liepen de mensen me aan alle kanten door verstikkende windvlagen voorbij. En ik ploeterde enkeldiep door die ene wolk die de stad deed schuimbekken, de platte Gower Street met de gesmolten gebouwen in, en van daar verder door de lange Helen's Road. Nu voerde mijn zoektocht me terug naar de zeekant.
(Zacht ruisen van de zee)

Verteller
Slechts twee levende wezens stonden op de boulevard, vlak bij het gedenkteken. Hun gezichten waren naar de kolkende, kristallen zee gekeerd: een man met een afgesabbelde sjaal en een arbeiderspet, en een kwaaie hond van gemengde origine. De man stond te dubben in de kou, wreef zijn blote, blauwe handen stevig tegen elkaar en wachtte op een of ander teken van de zee of de sneeuw; de hond ging tekeer tegen de elementen en hield zijn bloeddoorlopen ogen strak op Mumbles Head gericht. Maar toen de man en ik elkaar spraken dimde de hond, keek me recht aan en gaf *mij* de schuld van de sneeuw. De man praatte naar de zee. Jaar in jaar uit, weer of geen weer, een keer overdag en een keer 's avonds, ging hij even naar de zee kijken. Hij

kende alle honden en jongens en oude mannen die naar de zee kwamen kijken, die over het strand renden of ravotten, of zich aan de waterkant over de golven bogen als over een wilde, wijde, stampende vuilnisemmer. Hij kende de jonge stellen die zich in de duinen nestelden, de marcherende manwijven die als tijgertemmers naar hun terriërs brulden en de rondlummelende mannen die geen ander werk hadden in de wereld dan het observeren van de grootse werkzaamheid van de zee. Hij zei:

Man op de boulevard
O, ja, ja, die kan ik me nog goed herinneren, alleen wist ik niet hoe hij heette. Ik ken de namen van geen van die strandjongens. Zij kennen de mijne niet. Een jaar of veertien, vijftien, zei je, met een rooie pet op. En hij speelde bij Vivian's Stream. Hij scharrelde altijd onder de spoorbogen, zei je, en pierewaaide langs het spoor of liep naar de zee te schreeuwen. Hij spookte door de duinen en keek naar de tankers, de sleepboten en de bananenboten die de haven verlieten. Hij zou nog eens de wijk nemen naar zee, zei hij. *Ik* kan het weten. Op zaterdagmiddag bij laag water ging hij altijd naar de zee, als-ie dus ver weg was. Naar de misthoorns luisteren, hoewel hij de schepen niet kon zien. En op zondagavond na de kerk schuimde hij altijd samen met zijn vrienden over de boulevard en floot naar de meisjes.
(Gegiechel)

Meisje
Weet je moeder wel dat je hier bent? Hup, wegwezen. Loop ons niet steeds zo achterna.
(Nog een meisje dat giechelt)

Meisje
Zeg jij nou niks, Hetty, je moedigt hem alleen maar aan. Nee, bedankt, meneertje Kapsones, met je bekakte manier van praten en de hoed van je pa! Niks wandelingetje over het strand. Wat zeg je? O, moet je hem horen, Het, die heeft een woordenboek ingeslikt. Nee hoor, dank je, niks laantje in het maanlicht, met niemand niet, en weet je, ik ben geen babysitter. Ik heb je naar school zien gaan in de buurt van Terrace Road, *mister* Flirt, met je leuke rugzakje en je rode pet en zo. Jij hebt mij in mijn wat gezien...bestaat niet. Hetty, pas op

je bril! Hetty Harris, je bent net zo erg als de rest. Ach, rot toch op en ga aan je huiswerk, hup. Brutaaltje! Hetty Harris, laat hem nou niet meelopen! O, het lef! Nou ja, tot aan het eind van de boulevard dan, als het zo nodig moet. Maar geen stap verder, hoor je...

Man op de boulevard
O ja, ik heb hem goed gekend. Bij de duizenden heb ik hem gekend...

Verteller
Zelfs nu was er aan de bevroren waterkant het hoge, verre geluid te horen van een uitgelaten meute jongens, allemaal als de jongen naar wie ik op zoek was; ze gleden over het glas van de kreken en bekogelden elkaar en de lucht met sneeuwballen. Ik keerde de zee de rug toe en liep via Brynmill Terrace omhoog naar Glanbrydan Avenue, waar vroeger Bert Trick zijn kruidenierswinkel had en in de keuken bij broodjes met jam en amandelpudding de heersende klasse met uitroeiing bedreigde. En ik kwam bij de winkels en huizen van Uplands. Hier en hieromtrent was de reis begonnen van degene die ik in zijn verleden volgde.
(Oude bioscoopmuziek op de achtergrond)

Eerste stem
Hier was ooit die smoezelige bioscoop waar hij juichte voor de scalperende indianen met Jack Basset en pauw-pauw riep bij de geweren van de veedieven.

Verteller
Jacky Basset, gedood.

Derde stem
Hier was ooit de winkel van mevrouw Ferguson, ze verkocht de beste wijnballen en verrassingspakjes voor een pennie en ook een zoet soort lijm.

Eerste stem
In het veld achter Cwmdonkin Drive zaten de Murrays hem en elke kat achterna.

Tweede stem
Er zijn geen vuren meer waar vroeger de vuren van de bandieten brandden en de paradijselijke aardappelen in de smeulende sintels poften.

Derde stem
In de Graig aan de voet van Town Hill was hij een eenzame killer, op jacht naar wolven (of konijnen) en de rode Sioux-stam (of de broertjes Mitchel).
(Bioscoopmuziek vermengt zich met kinderstemmen in de verte, die in koor de namen van de graafschappen van Wales opzeggen)

Eerste stem
Op de Mirador School leerde hij lezen en rekenen. Wie maakte de beroerdste raffiamatjes? Wie deed er water in de overschoenen van Joyce, elke morgen opnieuw, vaste prik? 's Middags, als de kinderen lief waren geweest, werd er hardop uit Piet de Smeerpoets gelezen. En als ze ondeugend waren geweest, zaten ze alleen in het lege klaslokaal en hoorden boven hun hoofd de verre, verschrikkelijke, droevige muziek van de late pianoles.
(De kinderstemmen vervagen. De pianoles op de achtergrond houdt aan)

Verteller
En ik liep omhoog, door de witte Grove het Cwmdonkin Park in; de sneeuw dwarrelde nog steeds en de kinderlijke, eenzame, in herinnering komende muziek tokkelde voort op de zachte wind. De schemering omhulde het Park, als een andere, donkerder sneeuw. Binnenkort zou de bel voor het sluiten van de toegangshekken klinken, hoewel er niemand in het Park was. De parkwachter liep langs de vijver, waar zwanen hadden gegleden, terwijl hij zijn witte ronden maakte. Ik liep met hem op en stelde hem mijn vragen; we volgden de bedolven lanen langs ingepakte bloembedden en doorbuigende, volmaakt stille, bontbeklede en vogelloze bomen naar het laatste hek. Hij zei:

Parkwachter
O, ja, ja, die heb ik goed gekend. Hij klom altijd op het hek om de vijver en bekogelde de oude zwanen. Hij rende als een bokje over het

gras waar je niet op mocht. Sneed boomtakken af. Kerfde woorden in de bankjes. Plukte het mos tussen de stenen in de rotstuin weg, liep koppensnellend door de dahlia's. Hij vocht in de muziekkapel. Klom in de olmen en zat als een uil uit de top te turen. Stookte vuurtjes tussen de struiken. Speelde op het groene talud. O, ja, die heb ik goed gekend. Volgens mij was hij altijd gelukkig. Bij de duizenden heb ik hem gekend.

Verteller
We waren bij het laatste hek gekomen. De schemering sloot zich om ons en om de stad. Ik zei: Wat is er van hem geworden?

Parkwachter
Dood.

Verteller
De parkwachter zei:
(De parkbel gaat)

Parkwachter
Dood... Dood... Dood... Dood... Dood... Dood.

De nalopers

Het was zes uur op een winteravond. Een dun en dreinerig regentje sputterde en miezerde langs de verlichte straatlantaarns. De trottoirs glommen langgerekt en geel. In krakende galoches, met de kragen van hun regenjassen omhoog en onder huilende gleuf- en bolhoeden, haastten de jongere mannen zich van het kantoor tegen de venijnige wind in naar huis –

'Goeienavond, meneer Macey.'

'Ga je mijn kant uit, Charlie?'

'Getver, wat een snertweer!'

'Goeienavond, meneer Swan.' –

en werden oudere mannen, die zich aan de grote, zwarte, ronde vogels van hun paraplu's vasthielden, de gasverlichte heuvels opgeblazen, naar de veilige warme pantoffelomgeving van hun waterdichte huizen, hun vrouwen die Moeder heetten, hun ouwe aanhankelijke, luizenbossen van honden en de kwekkende radio.

Kantoormeisjes, die naar een mengsel van parfum, poeder, natte mutsen en haar roken, holden gearmd en giechelend de sissende tram achterna, en slaakten gilletjes toen ze hun kousen natspatten in de met regenbogen van olie overdekte plassen tussen de glibberige rails.

In een etalage hielpen twee meisjes de poppen uit de kleren:

'Waar ga jij naartoe vanavond?'

'Hangt van Arthur af. Een, twee, drie, daar gaat-ie.'

'Voorzichtig met haar hemdje, Edna...'

Voor een ander raam ging het rolluik naar beneden.

Een krantenjongen stond voor een winkeldeur en verkondigde zijn nieuws aan niemand in het bijzonder, heel zacht:

'Aardbeving. Aardbeving in Japan.'

Water uit een goot droop op zijn zak met kranten. Hij stond in zijn eigen privé-regenplas.

Een plat, lang meisje kwam in haar zakdoek snotterend een juwelierswinkel uit scharrelen en trok langzaam de stalen luiken naar beneden met een haak. In de grijze regen leek ze zelf één grote huilbui.

Een man en vrouw in het zwart droegen zwijgend de kransen van voor hun bloemenzaak naar het geurige, doodse donker achter de verlichte etalage. Toen ging de etalage uit.

Een man met een ballon aan zijn pet duwde een handkar met een dekkleed erover een doodlopende steeg in.

Een peuter met een oudemannengezicht zat, doornat, in zijn wandelwagen voor de wijnhandel rustig en aandachtig om zich heen te kijken.

Het was de droevigste avond die ik ooit had meegemaakt.

Een jongen met zijn arm om zijn meisje haalde me lachend in; en zij lachte terug, recht in zijn knappe, akelige gezicht. Dat maakte de avond nog droeviger.

Op de hoek van Crimea Street trof ik Leslie. We waren allebei ongeveer van dezelfde leeftijd: te jong en te oud. Leslie had een dichte paraplu bij zich, die hij nooit opstak en alleen maar af en toe gebruikte om mee aan te bellen. Hij probeerde een snorretje te kweken. Ik droeg een ruitjespet in uitgaansstand. We begroetten elkaar formeel:

'Goeienavond, ouwe jongen.'

'Ha, die Leslie.'

'Precies op tijd, man.'

'Zo is dat,' zei ik. 'Precies op tijd.'

Een plomp, blond meisje dat naar natte konijnen rook en het zelfs op een zo smerige avond nog presteerde om zelfbewust te zijn, trippelde op hoge hakken voorbij. De hakken klakten, de zolen sjompten.

Leslie floot haar na, zacht en bewonderend.

'De zaken gaan voor het meisje,' zei ik.

'Sjonge!' zei Leslie.

'En trouwens, ze is te dik.'

'Ik hou van mollig,' zei Leslie. 'Weet je nog Penelope Bogan? Nog getrouwd ook.'

'Jee, man, maak het nou. Die ouwe trut in de Paradise Alley zeker! Hoe staat het met de financiën, Les?'

'Een shilling en een penny. En jij?'

'Half zoveel.'

‘Zeg jij het maar dan, Het Kompas?’

‘Gratis kaas in de Marlborough.’

We liepen naar de Marlborough, paraplu-spaken ontwijkend, geslagen door onze klapperende jaspanden en bewerkt door vegen van dampend lamplicht; we zagen het doorweekte zwerfvuil van de stad, papier, vodden, slib, schillen, peuken en plukken bont rondfladderen en drijven en door de goten kruipen; we hoorden het sissen en ratelen van de knokige trams, we hoorden een scheepshoorn loeien als een in de mist verzopen uil in de baai, en Leslie zei:

‘Wat doe we daarna?’

‘Dan lopen we iemand achterna,’ zei ik.

‘Weet je nog dat we die oude vrouw achternaliepen in Kitchener Street? Die haar handtas verloor?’

‘Je had hem terug moeten geven.’

‘D’r zat niks in, alleen een boterham met jam.’

‘We zijn d’r,’ zei ik.

Het was koud en leeg in de Marlborough. Er hingen waarschuwingen aan de vochtige muren: Niet Zingen. Niet Dansen. Niet Gokken. Niet Venten.

‘Als jij zingt,’ zei ik tegen Leslie, ‘dan dans ik, daarna spelen we een rondje poker en ga ik met m’n bretels lopen leuren.’

Het barmeisje, met gouden lokken en twee gouden voortanden, als van een konijn in goeie doen, blies over haar nagels en wreef ze glad op haar zwartzijden mouw. Ze keek even op toen we binnenkwamen, maar hervatte toen het geblaas over haar nagels en wreef zonder veel hoop verder.

‘Je kunt wel zien dat het geen zaterdagavond is,’ zei ik. ‘Dag juffrouw. Twee bier.’

‘En een pond uit de la,’ zei Leslie.

‘Kom ’ns op met dat geld van je, Les,’ fluisterde ik, en toen hardop: ‘Elke idioot kan wel zien dat het geen zaterdagavond is. Er staat niemand te kotsen.’

‘D’r is hier niemand om te kotsen,’ zei Leslie.

In het bladderende, leverkleurige zaaltje was misschien nog nooit iemand dronken geweest. Hier vertelden vertegenwoordigers grappen en dronken ze whiskysoda’s in gezelschap van hun gelukkige, kleurgespoelde port-met-citroen-vrouwen; terneergeslagen stamgasten in de hoeken groeiden tot grootse en wazige hoogten onder het verzinnen van verledens waarin ze rijk, belangrijk en geliefd waren geweest; losgeslagen grootmoeders in asemmerzwart kakelden en nipten; invloedrijke nullen zaten de wereld te verbeteren; en een figuur met oorringen, Frilly Willy genaamd, bespeelde de manke, als een onderwaterorgel klinkende piano, tot de bemoeizieke vrouw van de caféhouder zei: 'Genoeg geweest.' Het was een komen en vooral gaan van vreemden. Mijnwerkers kwamen binnenvallen voor negen of tien halveliters bier; soms werd er gevochten; altijd was er wel iets aan de hand, een of ander gehakketak, gegiechel en gebral, horror of geouwehoer, genegenheid, een bom die barst, flauwekul, rust, of de een of andere vreemde vogel die neerstrijkt in de beschonken lucht van dat troosteloze, alledaagse nergens, in die suffe onbeduidende stad aan het eind van de rails. Maar die avond was het het droevigste zaaltje dat ik van m'n leven had meegemaakt.

Leslie zei zacht: 'Denk je dat ze ons er een op de pof zal geven?'

'Eventjes geduld nog, man,' mompelde ik, 'Even wachten tot ze wat ontdooit.'

Maar het barmeisje hoorde me, en keek op. Ze keek dwars door me heen, zo mijn hele kleine levenswandel af tot aan het bed waarin ik was geboren, en schudde toen haar gouden lokken.

'Ik weet niet wat het is,' zei Leslie, toen we in de regen door Crimea Street liepen, 'maar ik voel me soortement van down vanavond.'

'Het is de droevigste avond van de wereld,' zei ik.

We stopten doorweekt en eenzaam voor de foto's bij de bioscoop die wij het Kriebelnest noemden. Jarenlang hadden we er week in week uit op het randje van de stoelen zonder vering gezeten, in het dompige maar knusse, flikkerende donker, eerst met toffees en pinda's, die plaatsvervangend knapten voor de zwijgende pistolen, en daarna met sigaretten: een bijzonder goedkoop merk waarvan een vuurspuwer de sintels van zijn hart zou ophoesten. 'Laten we naar binnen gaan, naar Lon Chaney kijken,' zei ik, 'en Richard Talmadge en Milton Sills en...en Noah Beery,' zei ik, 'en Richard Dix...en Slim Summerville en Hoot Gibson.'

We zuchtten.

'Ach, onze verloren jeugd,' zei ik.

We liepen met stampende voeten verder, en spatten moedwillig voorbijgangers nat.

‘Waarom steek je je plu niet op?’ zei ik.

‘Hij gaat niet open. Probeer jij eens.’

We probeerden het allebei, en plotseling buikte de paraplu open, de spaken rosten dwars door het doornatte doek; de wind liet de rafels dansen; hij ging boven ons in de wind tekeer als een kapotte, mathematische vogel. We probeerden hem in te klappen: een nog niet opgemerkte nieuwe spaak knalde door zijn gerafelde ribbenkast. Leslie sleepte het ding achter zich aan over het trottoir, alsof hij hem had geschoten.

Een meisje, Dulce, dat zich naar het Kriebelnest haastte, grinnikte hallo, en wij hielden haar staande.

‘Er is iets ergs gebeurd,’ zei ik tegen haar. Ze was zo onnozel dat zelfs toen ze al vijftien was, wij haar nog konden wijsmaken dat haar steile haar zou gaan krullen als ze zeep at, en toen Les een stuk toiletzeep was gaan halen, had ze het gedaan ook.

‘Ik weet het,’ zei ze, ‘je plu is kapot.’

‘Nee, je hebt het mis,’ zei Leslie. ‘Het is onze paraplu helemaal niet. Hij is van het dak komen vallen. Voel maar,’ zei hij. ‘Je kunt voelen dat hij van het dak is gevallen.’ Ze pakte de paraplu voorzichtig bij het handvat.

‘Er staat daarboven iemand paraplu’s naar beneden te gooien,’ zei ik. ‘Da’s niet niks.’

Ze begon een beetje zenuwachtig te giechelen en werd stil en bangig toen Leslie zei: ‘Je weet maar nooit, straks worden het nog wandelstokken.’

‘Of naaimachines,’ zei ik.

‘Wacht hier maar even, Dulce, dan zullen we de zaak onderzoeken,’ zei Leslie.

We liepen haastig de straat uit, sloegen een winderige hoek om en begonnen te rennen.

Voor Rabiotti’s café zei Leslie: ‘Het is niet eerlijk tegenover Dulcie.’ We hadden het er niet meer over.

Een nat meisje liep rakelings langs. Zonder een woord te zeggen volgden we haar. Ze galoppeerde op haar lange benen door Inkerman Street en Paradise Passage, met ons op haar hielen.

‘Wat is nou de zin van achter mensen aanlopen, vraag ik me af,’ zei Leslie. ‘Het is tamelijk maf, je schiet er geen steek mee op. Het enige wat je doet is ze volgen tot hun huis en dan door het raam proberen te kijken om te zien wat ze doen, en meestal hebben ze trouwens de gordijnen dicht. Ik durf te wedden dat niemand dit soort dingen doet.'

'Je weet maar nooit,' zei ik. Het meisje ging St. Augustus Crescent in, die in een zee van lampdoorschenen mist gehuld was. 'Mensen lopen voortdurend achter elkaar aan. Hoe zullen we haar noemen?'

'Hermione Weatherby,' zei Leslie. Hij was ijzersterk in namen. Hermione was lang en dun en springerig en liep als een gymlerares, boordevol liefde, door de prikkende regen.

'Je weet het nooit. Je weet nooit wat je nog eens ontdekt. Misschien woont ze in een kast van een huis, met al haar zussen– '

'Hoeveel?'

'Zeven. Allemaal even liefdevol. En wanneer ze thuiskomt trekken ze allemaal een kimono aan en gaan op divans naar muziek liggen luisteren en naar elkaar fluisteren, en het enige wat ze eigenlijk doen is wachten tot er een verdwaald iemand als jij of ik de deur binnenkomt, en dan komen ze met z'n allen als kwetterende spreeuwen om ons heen staan en trekken ons ook kimono's aan, en tot aan onze dood zetten we nooit meer een voet buiten dat huis. Misschien is het wel zo mooi en zacht en lawaaiig als een warm bad vol vogels...'

'Ik hoef geen vogels in mijn bad,' zei Leslie. 'Misschien snijdt ze zich de keel wel door, als ze de luiken tenminste niet dichtdoen. Het kan me niet schelen wat er gebeurt, als het maar interessant is.'

Ze schaatste de hoek om en ging een straat in met keurige, zuchtende bomen en blinkende etalages.

'Ik hoef geen hoop ouwe veren in mijn bad,' zei Leslie.

Hermione liep naar nummer dertien, Strandzicht.

'Ja hoor, je kunt inderdaad strand zien,' zei Leslie, 'als je een periscoop hebt.'

Wij bleven op het trottoir aan de overkant onder een bruisende gaslamp staan wachten tot Hermione haar deur opendeed en toen staken we op onze tenen de straat over, volgden het grindpad, en kwamen achter het huis bij een raam waarvan de gordijnen open waren.

De moeder van Hermione, een ronde, vriendelijke, uilige mevrouw in een schort, stond een frituurpan te schudden boven het keukenfornuis.

'Ik heb honger,' zei ik.

'Sst!'

Toen Hermione de keuken binnenkwam slopen we naar de vensterbank. Ze was oud, bijna dertig, muisbruin jongenskopje en grote ernstige ogen. Ze droeg een hoornen bril, een praktisch, wollen mantelpak en een witte blouse met een verzorgd strikje. Ze probeerde eruit te zien als een secretaresse in een Engelse speelfilm die alleen haar bril maar hoefde af te zetten, iets aan haar haar te laten doen en iets flitsends aan te trekken om in een oogverblindende schoonheid te veranderen en haar baas, Warner Baxter, een halve hartstilstand te bezorgen, het hoofd op hol te brengen en een aanzoek te laten doen; hoewel, als Hermione haar bril af zou zetten, zou ze niet bij machte zijn te zien of het Warner Baxter was of de man die de meterstand kwam aflezen.

We stonden zo dicht bij het raam dat we de frieten konden horen spetteren.

'Leuke dag gehad op kantoor, kind? Wat een weer, zeg,' zei de moeder van Hermione, de frituurpan schuddend.

'En hoe heet zij, Les?'

'Hetty.'

Alles daar in die warme keuken, van het theeblik en de staande klok tot de cyperse kat die zat te spinnen als een waterketel, was goed, saai en toereikend.

'Meneer Truscott was niet te genieten,' zei Hermione, terwijl ze haar slippers aantrok.

'Waar is haar kimono?' zei Leslie.

'Hier, een lekker kopje thee,' zei Hetty.

'Een en al gezelligheid in dat rothol,' zei Leslie mopperend. 'Waar zijn die zeven spreeuwige zussen?'

Het begon een stuk harder te regenen. Het kwam met bakken naar beneden in het zwarte achtertuintje, en op het kleine, oergezellige hondenhok van een huis, en ons, en de verborgen, stilgevallen stad, waar, zelfs op dit moment, in de beschutting van de Marlborough, de onderwaterpiano *Daisy* zou rammelen en de gelukkige, hennagekleurde dames in hun portglaasjes zaten te jubelen.

Hetty en Hermione aten. Twee verzopen jongens keken jaloers toe.

'Doe eens wat worcestersaus op die friet,' fluisterde Leslie, en bij God, ze deed het ook.

'Gebeurt er dan nergens iets?' zei ik, 'in de hele wijde wereld niet? Ik geloof dat ze de hele *News of the World* bij elkaar verzinnen. Niemand die iemand vermoordt. Waar is de echte zonde gebleven, de liefde, de dood, parels en scheidingen, minkjassen of noem maar op, arsenicum in de warme chocola...'

'Waarom zetten ze niet wat muziek voor ons op,' zei Leslie, 'en maken ze geen dansje? Het zal ze heus niet iedere avond gebeuren, dat er twee jongens in de regen naar ze staan te kijken. In elk geval niet *iedere* avond!'

Overal in de verzopen stad stonden kleine verloren mensen zonder cent op zak, en zonder een plek om naartoe te gaan, in de stromende regen door natte ramen naar binnen te loeren, maar er gebeurde niets.

'Ik krijg nog een longontsteking,' zei Leslie.

De kat en het vuur spinden, de staande klok tikte onze levens weg. De tafel werd afgeruimd en Hetty en Hermione, die minutenlang geen woord hadden gezegd – ze waren o zo zelfverzekerd en intiem daar in hun kleine, verlichte doos – keken naar elkaar en begonnen zachtjes te glimlachen.

Ze stonden roerloos in die keurige, snorrende keuken en keken elkaar aan.

'Er gaat iets raars gebeuren,' fluisterde ik heel zacht.

'Het gaat beginnen,' zei Leslie.

We merkten de gure, racende regen niet meer.

De glimlach hield stand op de gezichten van de roerloze, zwijgende vrouwen.

'Het gaat beginnen.'

En we hoorden Hetty in haar dunne geheime stemmetje zeggen: 'Pak het album eens, kind.'

Hermione deed een kast open en haalde er een groot fotoalbum met stevige, gekleurde bladen uit. Ze legde het midden op tafel. Toen gingen zij en Hetty naast elkaar zitten en sloeg Hermione het album open.

'Dat is oom Eliot, die in Porthcawl is gestorven, hij was degene met de kramp,' zei Hetty.

Ze keken liefdevol naar oom Eliot, maar wij konden hem niet zien.

'Dat is Martha-de-wolwinkel, die zul je niet meer kennen, lieverd, bij haar was het wol, wol en nog eens wol; ze wilde in haar trui begraven worden, die lila, maar daar heeft haar man zich uit alle macht tegen verzet. Hij was in India geweest. Daar heb je je oom Morgan,' zei

Hetty, 'hij was van de Kidwelly-tak, weet je nog hoe hij eruitzag, in de sneeuw?'

Hermione sloeg een bladzijde om. 'En dat is Myfanwy, die was plotseling het spoor bijster, weet je nog? Tijdens het melken. Dat is je neef Jim, de dominee, totdat ze erachter kwamen. En dat is onze Beryl,' zei Hetty.

Maar ze praatte voortdurend als iemand die haar lesje opzei, een dierbaar lesje dat ze uit het hoofd kende.

Wij wisten dat zij en Hermione alleen maar naar iets anders uitkeken.

Toen sloeg Hermione weer een bladzijde om. En aan hun vertrouwelijke glimlach lazen wij af dat dit het moment was waarop ze hadden gewacht.

'Mijn zus Katinka,' zei Hetty.

'Tante Katinka,' zei Hermione. Ze bogen zich over de foto.

'Weet je nog die dag in Aberystwyth, Katinka?' zei Hetty zachtjes. 'De dag van het uitje met ons koor?'

'Ik had mijn nieuwe witte jurk aan,' zei een nieuwe stem.

Leslie greep mijn hand.

'En een strooien hoed met vogels,' zei de heldere nieuwe stem.

Hermione en Hetty bewogen hun lippen niet.

'Vogels op mijn hoed stonden me altijd heel goed. Alleen de veren natuurlijk. Het was drie augustus, en ik was drieëntwintig.'

'Drieëntwintig in oktober pas, Katinka,' zei Hetty.

'Je hebt gelijk, schat,' zei de stem. 'Ik was een schorpioen. En we kwamen Douglas Pugh tegen op de boulevard en die zei: "Je ziet eruit als een prinses vandaag, Katinka," hij zei, "Je ziet eruit als een prinses, Katinka," zei hij. Waarom staan die twee jongens hier naar binnen te kijken?'

We renden het grindpad over, de hoek om en de straat in richting St. Augustus Crescent. De regen bulderde uit de hemel om de stad te verdrinken. Daar stopten we om op adem te komen. We zeiden geen woord en keken elkaar niet aan. Toen liepen we verder door de regen. Op de hoek bij Victoria stopten we weer.

'Goeienacht, ouwe jongen,' zei Leslie.

'Goeienacht,' zei ik.

En we gingen ieder onze eigen kant op.

Een verhaal

Als je het een verhaal kunt noemen tenminste. Het heeft niet echt een begin of een eind, en een heel mager midden. Het gaat allemaal over een dagtripje in een janplezier naar Porthcawl, waar de janplezier natuurlijk nooit aankwam, en het gebeurde toen ik niet groter was dan zó, en een stuk leuker.

Ik logeerde bij mijn oom en zijn vrouw. Hoewel zij mijn tante was, heb ik haar nooit anders beschouwd dan als de vrouw van mijn oom, gedeeltelijk omdat hij zo groot, luidruchtig en roodharig was, en elke vierkante centimeter van het benauwde huisje vulde zoals een ouwe buffel een hangkast, en gedeeltelijk omdat zij zo klein, zijig en watervlug was en zo totaal geruisloos op haar vilten voetjes rondtrippelde terwijl ze de porseleinen honden stofte, de buffel voerde en de muizenvallen zette waar ze zelf nooit in terecht kwam; en was ze eenmaal de kamer uitgeglipt om in een hoekje te gaan zitten piepen, of op de hooizolder te gaan knagen, dan vergat je dat ze ooit had bestaan.

Maar hij was er. Altijd! Mijn grote stomende kolos van een oom, met zijn bretels gespannen als kabeltouwen, klem achter de toonbank van het winkeltje in het voorhuis, blazend als een fanfarekorps; of schrokkend en winderig in de keuken aan zijn gulzige avondmaal, te groot voor alles behalve zijn grote zwarte schuiten van laarzen. Wanneer hij at werd het huis kleiner; hij puilde uit het meubilair, de schreeuwerige blokjesweide van zijn vest zat, als na een picknick, onder de sigarettenpeuken, schillen, stukjes kool, vogelbotjes en jus; en de bosbrand op zijn hoofd knetterde tussen de hammen die aan haken aan het plafond hingen. Zij was zo klein dat ze hem alleen een tik kon geven als ze op een stoel klom, en elke zaterdagavond om halfelf nam hij haar onder de arm en zette haar op een keukenstoel, zodat zij hem op zijn hoofd kon slaan met wat er maar voor het grijpen lag, hetgeen zonder uitzondering een porseleinen hond was. Op zondag, én als hij in de olie was, zong hij een hoge tenor, waarmee hij al vaak in de prijzen was gevallen.

De eerste keer dat ik van het jaarlijkse uitje hoorde, was toen ik een keer 's avonds op een zak rijst achter de toonbank zat, onder een van mijn ooms buiken, en het enige las dat er te lezen viel: een advertentie over een luizenmiddel voor schapen. De winkel was al vol door mijn oom, en toen meneer Benjamin Franklyn, meneer Weazley, Noah Bowen en Will Waakzaam binnenkwamen, dacht ik dat de boel uit z'n voegen zou barsten. Het was alsof we met z'n allen in een la zaten die naar kaas, terpentijn, krultabak, koekjes, snuif en vest rook. Meneer Benjamin Franklyn zei dat hij voldoende geld had opgehaald voor de janplezier plus twintig kratjes licht bier *en* nog een pond per persoon extra, die hij tijdens de eerste drinkpauze aan de deelnemers van het uitje zou uitreiken, en verder, zei hij, was hij er doodziek van om steeds maar Will Waakzaam achter zich aan te moeten hebben.

'De godganse dag, waar ik ook ga,' zei hij, 'zit hij me als een eenogige collie op de hielen. Ik heb mijn eigen schaduw en een hond. Ik kan het wel zonder dat Jan en alleman met een viezig sjaaltje me op de nek zit.'

Will Waakzaam kreeg een kleur en zei: ''t Is alleen maar wat vettig. Ik heb een fiets.'

'Een mens heeft ook geen enkele privacy,' ging meneer Franklyn verder. 'Echt waar, hij zit me zo dicht op de lip dat ik niet meer naar de buitenplee durf, voor het geval ik bij hem op schoot beland. Nog een wonder,' zei hij, 'dat-ie niet achter me aankruipt in bed 's avonds.'

'Vindt z'n vrouw niet goed,' zei Will Waakzaam.

En daarmee had hij meneer Franklyn meteen weer op de kast, en ze probeerden hem te kalmeren door te zeggen: 'Let nou maar niet op Will Waakzaam'... 'Hij bedoelt het niet kwaad, onze ouwe Will'... 'Hij houdt alleen het geld een beetje in de gaten, Benjie.'

'Ben ik niet eerlijk soms?' vroeg meneer Franklyn verbaasd. Een poosje was het stil, toen zei Noah Bowen: 'Je kent het comité. Sinds Bob de Ritselaar wantrouwen ze elke nieuwe penningmeester.

'Denk je soms dat ik net als Bob de Ritselaar de uitjeskas naar de kroeg zal brengen?' zei meneer Franklyn.

'Nou, *misschien*,' zei mijn oom traag.

'Ik treed af,' zei meneer Franklyn.

'Maar niet met ons geld, op geen manier,' zei Will Waakzaam.

'Wie heeft er dynamiet in de zalmvijver gegooid?' zei meneer Weazley, maar niemand lette op wat hij zei. En na een poosje gingen ze met z'n allen kaarten in het dichter wordende donker van de snikhete, kazige winkel, en mijn oom blies en bugelde telkens wanneer hij won, en meneer Weazley gromde als een baggermachine, en ik viel in slaap op de naar jus ruikende bergweide van ooms vest.

Op zondagavond, na de kerk, kwam meneer Franklin de keuken binnen, waar mijn oom en ik sardines uit een blik zaten te lepelen, want het was zondag en zijn vrouw wilde niet dat we zouden dammen. Ook zij bevond zich in de keuken, ergens. Misschien hing ze hijgend aan de gewichten in de staande klok. Toen, een seconde later, ging de deur opnieuw open en schuifelde een zenuwachtig aan zijn stevige ronde hoed friemelende Will Waakzaam naar binnen. Hij en meneer Franklin gingen harkerig en mottenballig en zwart in hun kerk- annex begrafenispakken op de bank zitten.

'Ik heb de lijst bij me,' zei meneer Franklin. 'Alle deelnemers hebben volledig voldaan. Vraag het maar aan Will Waakzaam.'

Mijn oom zette zijn bril op, veegde zijn besnorde mond af met een zakdoek formaat Union Jack, legde zijn sardinelepel neer, nam meneer Franklyns namenlijst, zette zijn bril af om te kunnen lezen en liep stuk voor stuk de namen langs.

'Enoch Davies. Ja. Die heeft een paar stevige vuisten. Je weet maar nooit. Kleine Gerwain. Heel melodieuze bas. Meneer Cadwalladwr. Juist. Die voelt de openingstijden beter aan dan mijn horloge. Meneer Weazley. Natuurlijk. Is in Parijs geweest. Jammer dat hij zo beroerd wordt in een janplezier. Heeft ons vorig jaar negen keer laten stoppen tussen de Bijenkorf en de Rode Draak. Noah Bowen, ach ja, heel vreedzaam. Die heeft een tong als een tortelduif. Nooit onenigheid met Noah Bowen. Jenkins Loughor. Daar moet je niet mee over onze economie beginnen. Dat heeft ons een keer een spiegelruit gekost. En tien bier voor de brigadier. Meneer Jervis. Heel keurig.'

'Die heeft geprobeerd een varken in de janplezier mee te nemen,' zei Will Waakzaam.

'Leven en laten leven,' zei mijn oom.

Will Waakzaam werd rood.

'Sinbad van het Zeemanswapen. Met hem moeten we goeie maatjes blijven. De ouwe O. Jones.'

'Waarom de ouwe O. Jones?' zei Will Waakzaam.

'De ouwe O. Jones gaat altijd mee,' zei mijn oom.

Ik keek strak naar de keukentafel. Het blikje sardines was verdwenen. Jezus, zei ik bij mezelf, de vrouw van oom is snel als de bliksem.

'Cuthbert Johnny Fortnight. Dat is een rare knakker,' zei mijn oom.

'Hij fluit naar de vrouwen,' zei Will Waakzaam.

'Doe jij ook,' zei meneer Benjamin Franklyn, 'in gedachten.'

Ten slotte had mijn oom de hele lijst goedgekeurd en hij was onderweg maar één keer gestopt om bij een bepaalde naam op te merken: 'Als we geen christelijke gemeenschap waren, zouden we dat stuk van een Bob de Ritselaar in zee kieperen.'

'Dat kunnen we dan mooi in Porthcawl doen,' zei meneer Franklyn, waarna hij vrijwel meteen opstapte, op de voet gevolgd door Will Waakzaam. Hun zondaggepoetste schoenen knarsten over de plavuizen.

En toen was daar plotseling de vrouw van mijn oom, ze stond voor de keukenkast met een porseleinen hond in de hand. Jezus, zei ik weer bij mezelf, heb je ooit zo'n vrouw gezien, als ze 't al is. Het licht in de keuken was nog niet aan, en ze stond in een woud van schaduwen, de borden op de plank achter haar glansden – als roze-met-witte ogen.

'Als jij meegaat met dat uitje zaterdag, meneer Thomas,' zei ze tegen mijn oom met dat dunne zijden stemmetje, 'dan ga ik naar mijn moeder terug.'

Sodeju, dacht ik, ze heeft een moeder. Dat moet een kale ouwe muis van honderdenvijf zijn die ik niet graag in een donker steegje zou tegenkomen.

'Ik of het uitje, een van tweeën, meneer Thomas.'

Ik zou het meteen geweten hebben, maar het duurde bijna een halve minuut voor mijn oom zei: 'Goed dan, Sarah, lieverd, het wordt het uitje.' Hij nam haar onder zijn arm en zette haar op een keukenstoel, en zij sloeg hem op zijn hoofd met de porseleinen hond. Toen zette hij haar weer op de vloer en ik zei welterusten.

De rest van de week kwispelde de vrouw van mijn oom stil en vlug door het huis met haar zwabberende stofdoek, mijn oom blies, bugelde en vloekte en ik hield mij de hele tijd onledig met het uitbroeden van allerlei kattenkwaad. En toen, bij het ontbijt op zaterdagochtend, de ochtend van het uitje, vond ik een briefje op de keukentafel. Er stond op: 'Er liggen nog wat eieren in de voorraadkast. Doe je laarzen uit voor je in bed stapt.' De vrouw van mijn oom was er in een flits vandoor gegaan.

Toen mijn oom het briefje zag, trok hij de vlag van zijn zakdoek te voorschijn en snoot met zo'n trompetterend geweld dat de borden op de plank ervan rammelden. 'Zo gaat het elk jaar,' zei hij. En toen keek hij naar mij. 'Alleen dit jaar is het anders. *Jij* zult nu ook mee moeten met het uitje, en ik moet er niet aan denken wat de andere deelnemers zullen zeggen.'

De janplezier stopte buiten, en toen de deelnemers aan het uitje zagen dat mijn oom en ik ons gezamenlijk uit de winkel naar buiten wrongen, allebei met gewassen snoet en in onze zondagse kleren, gingen ze als een dierentuin tekeer.

'Neem jij een *jongen* mee?' vroeg meneer Benjamin Franklyn, toen we in de janplezier klommen. Hij keek me vol afschuw aan.

'Jongens mee is lastig,' zei meneer Weazley.

'Hij heeft geen contributie betaald,' zei Will Waakzaam.

'Geen plaats voor jongens. Jongens worden misselijk in een janplezier.'

'Dat moet jij zeggen, Enoch Davies,' zei mijn oom.

'Dan konden we net zo goed ook *vrouwen* meenemen.'

Aan de manier waarop ze dat zeiden hoorde ik dat vrouwen erger waren dan jongens.

''t Is beter dan opa's mee.'

'Opa's mee is ook lastig,' zei meneer Weazley.

'Wat doen we met hem als we stoppen om te drinken?'

'Ik ben zelf opa,' zei meneer Weazley.

'Nog zesentwintig minuten voor ze opengaan,' riep een oude man met een panamahoed, zonder op zijn horloge te kijken. Ze waren me op slag vergeten.

'Die goeie ouwe meneer Cadwalladwr,' riepen ze, en de janplezier reed de dorpsweg op.

Een paar kille vrouwen stonden in hun voordeur en keken ons grimmig na. Een heel klein jongetje zwaaide ons uit, en zijn moeder gaf hem een draai om de oren. Het was een prachtige augustusochtend.

We waren het dorp al uit, de brug over en de heuvel op naar Steeplehat Wood toen meneer Franklyn, met zijn namenlijst in de hand, uitriep: 'Waar is die ouwe O. Jones?'

'Waar is de ouwe O.?'

'We zijn de ouwe O. vergeten.'

'Zonder de ouwe O. kunnen we niet weg.'

En hoewel meneer Weazley aan een stuk door zat te sputteren, keerden we om en reden terug naar het dorp, waar de ouwe O. Jones geduldig en in z'n eentje naast zijn reistas stond te wachten voor de Prins van Wales.

'Ik wilde eigenlijk helemaal niet mee,' zei de ouwe O. Jones, terwijl ze hem in de janplezier hesen, op zijn rug klopten, op z'n plaats duwden en een fles in handen drukten, 'maar ik ga altijd.' En we slingerden de brug over, en de heuvel op, en onder de donkergroene bomen door, en over de stoffige weg; trage koeien en eenden vlogen voorbij, totdat meneer Weazley riep: 'Stop! Ik heb mijn gebit op de schoorsteenmantel laten liggen.'

'Geeft niks,' zeiden ze, 'zul jij niemand bijten,' en ze gaven hem een fles met een rietje.

'Maar even glimlachen hier en daar zou ik misschien wel willen,' zei hij.

'Jij niet,' zeiden ze.

'Hoe laat is het, meneer Cadwalladwr?'

'Nog twaalf minuten,' riep de oude man met de panama terug, en ze begonnen hem met z'n allen te vervloeken.

De janplezier stopte voor het Bergschaap, een klein en droevig uitziend café met een rieten dak als een pruik met ringworm. Aan een vlaggenmast bij de Heren wapperde de Siamese vlag. Ik wist dat het de vlag van Siam was vanwege mijn sigarettenplaatjes. De cafébaas stond in de deuropening om ons te verwelkomen. Hij grijnsde wolfachtig. Het was een lange, magere, man met geblakerde draculatanden, een vettige spuuglok en dwingende ogen. 'Wat een schitterend augustusdagje toch!' zei hij, en ging met een klauw door zijn spuuglok. Zo heeft hij vast ook het bergschaap verwelkomd, voor hij het opvrat, zei ik bij mezelf. De deelnemers rolden blatend naar buiten en de bar naar binnen.

'Hou jij een oogje op de wagen,' zei mijn oom, 'pas goed op dat niemand er mee vandoor gaat.'

'Wie zou dat moeten doen hier?' zei ik, 'behalve die paar koeien,' maar mijn oom stond enthousiast te bugelen in de bar. Ik keek naar de koeien aan de overkant en zij keken naar mij. Wat moesten we anders? Vijfenveertig minuten gleden als een uiterst trage wolk voorbij. De zon scheen op de verlaten weg, op de verloren en verstoten jongen en de koeien met hun ogen als bergmeren. In de donkere bar begonnen ze uit puur geluk de glazen te breken. Een Sjonnie-uien-Breton, met baret en een halsketting van uien, kwam de weg affietsen. Hij stopte voor de deur.

'*Quelle un grand matin, monsieur,*' zei ik.

'Mooi Frans hoor, jochie!' zei hij.

Ik liep achter hem aan de gang door en gluurde in de bar. Ik kon de deelnemers van het uitje nauwelijks herkennen. Ze waren allemaal van kleur veranderd. Rode biet, rabarber en paarsbruin, ze schreeuwden en gingen enorm tekeer daar in dat donkere, vochtige hol, als een stel verschrikkelijke, stokoude kwajongens, en in het midden stak mijn oom roodharig en buikig boven alles uit. Op de vloer lagen glasscherven en meneer Weazley.

'Een rondje voor iedereen!' riep Bob de Ritselaar, een vluchtig mannetje met helderblauwe ogen en een onaangename glimlach.

'Wie heeft de wezen bestolen?'

'Wie heeft zijn baby'tje aan de zigeuners verpatst?'

'Vertrouw op Bob en je krijgt de kous op de kop.'

'Doe je best maar jongens, grap rustig door,' zei Bob de Ritselaar met een grijns als een scheermes, 'ik vergeef het jullie.'

Uit de bedompte en rumoerige ruimte hoorde ik: 'Kom mee naar buiten, dan vechten we het uit.'

'Nee, nu niet, later.'

'Nee, nu, ik ben nu kwaad.'

'Moet je Will Waakzaam zien, die is boven z'n theewater.

'Moet je dat voetenwerk zien.'

'Kijk meneer Weazley bouwt een feestje op de vloer.'

Meneer Weazley kwam blazend als een gans overeind. 'Die jongen heeft me opzettelijk onderuit geduwd,' zei hij, en wees naar mij bij de deur. Ik maakte me stilletjes uit de voeten, door de gang naar buiten naar de zachtaardige, goeie koeien. De tijd vergleed als wolken aan de hemel, de koeien keken verbaasd, ik gooide een steen naar ze, en de koeien liepen, verbaasd, weg. Toen kwam mijn oom naar buiten spuiten, opgeblazen, en een voor een, in een waas van paars, volgden de deelnemers in zijn spoor. Ze hadden het Bergschaap drooggezopen. Meneer Weazley had een streng uien gewonnen die de Sjonnie-uienboer in de bar had verloot. 'Wat moet je nou met een streng uien als je gebit thuis op de schoorsteenmantel ligt,' zei hij. Ik keek door de achterruit van de rommelende janplezier en zag de bar kleiner en kleiner worden. En de vlag van Siam naast de Heren wapperde nu halfstok.

De Blauwe Stier, de Draak, de Ster van Wales, Het Gat in de Muur, de Zure Druiven, het Wapen van de Herder, de Klokken van Aberdovey: ik had in de hele wijde augustuswereld niets anders te doen dan de namen in mijn hoofd te stampen van de plekken waar het uitje stopte en een oogje op de janplezier te houden. En telkens wanneer we een café voorbijreden begon meneer Weazley te hoesten als een ouwe bok en riep: 'Stoppen met die kar, ik stik!' En dan moesten we allemaal terug.

Sluitingstijd had geen enkele betekenis voor de deelnemers aan dat uitje. Achter gesloten deuren bleven ze de hele wondermooie middag doorpsalmen en keet schoppen. En toen een agent via de achterdeur de Bierkraan van de Druïde binnenkwam, en ze zingend achter het bier aantrof, zei Noah Bowen: 'Sst, de kroeg is dicht.'

'Waar komen jullie vandaan?' zei hij met zijn stijf dichtgeknoopte, blauwe stem.

Ze vertelden het hem.

'Daar heb ik een tante wonen,' zei de agent. En binnen de kortste keren zong hij *Asleep in the Deep*.

En daar gingen we weer, eindelijk, de janplezier danste van de tenoren en de heupflacons, en we kwamen bij een beek die haastig haar weg zocht tussen de wilgen.

'Water!' schreeuwden ze.

'Porthcawl!' zong mijn oom.

'Waar zijn de ezels?' zei meneer Weazley.

En ze strompelden naar buiten om te gaan pootjebaden en joelen in het koele, witte, slingerende watertje. Meneer Franklyn probeerde een polka op de spekgladde stenen en ging twee keer onderuit in het water. 'Alle begin is moeilijk,' zei hij waardig, terwijl hij druipend op de oever klom.

''t Is ijskoud!' riepen ze.

''t Is heerlijk!'

''t Is strelend als de neus van een mot!'

''t Is *beter* dan Porthcawl!'

En de schemering daalde warm en zachtjes neer over dertig, wilde, witte, straalbezopen, spetterende mannen, zonder ook maar één zorg in de wereld aan het eind van de wereld in het westen van Wales. En Will Waakzaam riep 'Wie gaat daar?' naar een wilde eend die overvloog.

Ze stopten nog bij het Kluizenaarsnest voor een rum tegen de kou. 'Ik heb voor Aberavon gespeeld, in 1898,' zei een wildvreemde tegen Enoch Davies.

'Gelogen,' zei Enoch Davies.

'Ik heb foto's,' zei de onbekende.

'Vervalst,' zei Enoch Davies.

'En thuis kan ik je mijn pet laten zien.'

'Gejat.'

'Mijn vrienden kunnen getuigen,' zei de onbekende spinnijdig

'Omgekocht,' zei Enoch Davies.

Onderweg naar huis door het flikkerende, maanbesprenkelde donker warmde de ouwe O. Jones zijn avondeten op, op een primus midden in de janplezier. Meneer Weazley hoestte zichzelf blauw in de walm. 'Stoppen die kar,' riep hij, 'ik stik!' Met z'n allen klommen we naar buiten in het maanlicht. Nergens een café te bekennen. En dus haalden ze de nog overgebleven kratjes naar buiten, en de primus, en de ouwe O. Jones zelf, en sleepten alles naar een weiland, en gingen in een kring in het weiland zitten, en dronken en zongen, terwijl de ouwe O. Jones worstjes en puree klaarmaakte en de maan over ons heen vloog. En daar ter plekke viel ik in slaap tegen de berg van mijn ooms vest, en toen ik al sliep, riep Will Waakzaam 'Wie gaat daar?' tegen de overvliegende maan.

Appendix: Vroege verhalen

Brember

Stil gleden de schaduwen de trap af naar de hal. Hij zag het donkere silhouet van de trapleuning in de spiegel weerkaatst, en de boog van de kroonluchter die zijn licht verspreidde. Maar dat was alles. Dichter bij de deur werden de schaduwen groter. Daarna gingen ze volledig op in het donker van de vloer en het plafond. Hij tastte in zijn zak naar een lucifer, en stak de dunne kaars aan die hij in zijn hand hield. Hij hield het nietige vlammetje boven zich, draaide de deurknop om en stapte de kamer binnen. Er hing een lucht van stof en oud hout. Wonderlijk hoe gevoelig hij daarvoor was, hoe het zijn verbeelding versnelde. Oude dames die zijde spinnen bij maanlicht, hun slanke, bleke vingers die over het brokaat glijden, hun leeftijdloze wangen met de kleur als van een klein kind. Daar deed de kamer hem altijd aan denken, al sinds de keer dat hij er voor het eerst op zijn tenen naar binnen liep en ontzet naar de ramen staarde die uitzagen op het grijze gazon en de bomen daarachter. Of aan de keren dat hij, nog steeds een kleine jongen, achter het klavecimbel had gezeten en de stoffige toetsen zo licht aansloeg dat niemand hun geluid kon horen, bang, maar tegelijkertijd geboeid door het zacht opklinken van de muziek. Het was altijd droevig. Hij herkende een desolate droevigheid in de meest lichtvoetige fuga; terwijl zijn hand de toetsen aanraakte vulden zijn ogen zich met tranen, een groot verlangen naar iets dat hij had gekend en was vergeten, iets waarvan hij hield maar dat hij kwijt was.

Dat was een aantal jaren geleden, en nu kwam hetzelfde gevoel van onwerkelijkheid en verlangen weer over hem terwijl hij de lange kaarsen op het klavecimbel aanstak met zijn kleine kaarsje en de muren in het uitdijende licht op hem afkwamen en de fauteuils hem insloten. De toetsen waren stoffig als vanouds. Hij veegde ze lichtjes af met zijn mouw en liet er toen even heel voorzichtig zijn vingers over gaan. Hoe breekbaar was het geluid dat ze voortbrachten. Wat een wonderlijke melodietjes maakten ze, zo droevig en toch zo volmaakt.

Heel even meende hij buiten op de gang kindervoetjes te horen, die het donker in renden. Maar het geluid was al weer weg, en hij moest wel aannemen dat het er nooit was geweest. Nu klonken er vage flarden van gelach in zijn oor; nu was het weer weg. Terwijl hij speelde meende hij het zachte ruisen te horen van een zijden rok die over de vloer sleepte. Toen werd zijn muziek harder en, eenmaal weer zachter, was er niets meer.

Hoe hij het ook probeerde, hij kon zijn redenen om naar het huis te komen niet ontrafelen. Het joeg hem angst aan, en toch kon hij er zich niet van losmaken. Buiten op straat had hij plotseling het verlangen gevoeld om de sluier van de jaren te doorbreken en alles wat dat oude huis voor hem had betekend opnieuw tot zich te laten doordringen, de schemering, de gedempte stemmen op de gang, het klavecimbel, de trap die eindeloos in het donker omhoog wentelde, de duizend details van de kamers, de zachte, insinuerende angst die uit alle hoeken loerde en nooit afliet. Hij was het pad naar de voordeur opgelopen. De leeuwenkop op de klopper grijnsde hem toe. Hij tilde hem op en gaf een tik op het hout. Niemand deed open. Hij klopte en klopte, maar het huis bleef stil. Hij zette zijn schouder tegen de deur. De deur zwaaide open. Hij had behoedzaam door de gangen gelopen, een blik in de kamers geworpen, de vertrouwde voorwerpen aangeraakt. Niets was veranderd. En toen, toen de nacht door de glas-in-loodramen was weggeslopen, had hij de deur van de muziekkamer zacht achter zich dichtgetrokken. Hij voelde een geweldige opluchting. Het verlangen dat altijd ergens in zijn hoofd spookte, was vervuld, het verlorene was hervonden, en het vergeten geraakte herinnerd. Dit was het eind van de reis.

Heel even brandden de kaarsen feller. Hij kon verder om zich heen zien in de kamer. Hij stond op en liep naar de tafel, waar hij een met stof bedekt boek oppakte. *Het Huis Brember.* Hij nam het mee naar het licht. Elke bladzijde was hem vertrouwd, de familie, generatie na generatie, denkers meer dan doeners, allemaal fantasten die de wereld zagen door de wolk van hun eigen droombeelden. Hij sloeg de bladzijden om, tot hij bij de laatste kwam: George Henry Brember, laatste in de rij, gestorven...

Hij staarde naar zijn naam, en sloot het boek.

Jarley's

Op de dag dat de reizende wassenbeeldententoonstelling in de stad kwam, was de bediende verdwenen. De volgende ochtend ging de eigenaar naar het arbeidsbureau en vroeg om een slimme jongen die Engels sprak. Maar de slimme jongens spraken Welsh, en de jongen uit Bristol had een hazenlip. Dus ging de eigenaar terug naar zijn logeeradres en toen hij langs het kanaal kwam zag hij Eleazar, die op de walkant zat te lezen.

'Wil het een beetje?' informeerde hij.

'Ik ben niet aan het vissen,' zei Eleazar in het Engels.

Hij werd op slag aangenomen.

Het was 's avonds laat en de laatste nieuwsgierige bezoeker had de tent verlaten. De eigenaar telde de dagomzet en vertrok, Eleazar alleen in de donkere wassen wereld achterlatend. Eleazar ruimde de laatste peuk van de grond en trok een stofdoek uit zijn zak. Trillend stofte hij het pezige, bruine lichaam van Hiawatha af; trillend bette hij de bleke wangen van Charlie Peace; trillend stofte hij de wassen nek van Circe.

'Je bent mijn linkerkuit vergeten,' zei Hiawatha.

'Je bent mijn bovenlip vergeten,' zei Charlie Peace.

'Je bent mijn rechterschouder vergeten,' zei de verleidster.

Eleazar keek verbijsterd naar de wassen beelden.

'Je hebt me wel gehoord,' zei Hiawatha.

'Je hebt me wel gehoord,' zei Charlie Peace.

'Je hebt me wel gehoord,' zei de verleidster.

Eleazar keek om zich heen. De ingang van de tent was een heel eind verderop. Geen ontkomen aan.

'Kuit,' zei Hiawatha.

'Lip,' zei Charlie Peace.

'Schouder,' zei Circe.

Bevend stofte Eleazar de sterkt gespierde kuit, bevend bette hij de snauwende lip, en bevend haalde hij zijn stofdoek over de wassen schouder.

'Dat is echt een stuk beter,' zei Hiawatha. 'Weet je,' vervolgde hij verontschuldigend, 'ik heb altijd veel gerend, en dan wil je goed gestofte kuiten, waar of niet?'

'Ik snauw flink wat af,' zei Charlie Peace.

'Ik ben nogal een verleidster,' zei de verleidster, 'hoewel, ik zou er zo langzamerhand niet meer zo warm voor moeten lopen, en mijn schouder is ook niet meer wat-ie was. In Aberdare heeft er ooit iemand in gebeten.'

'Die avond kan ik me nog goed herinneren,' zei Hiawatha. 'Iemand zette mij een oude hoed op.'

'Ik herinner me de avond,' merkte de moordenaar op, 'dat ik als kind een naald in mijn kindermeisje stak, het was een stopnaald.'

'Ik weet nog dat ik Minnehaha kriskras over de stroomversnellingen achternazat,' zei Hiawatha. 'Ze ergerde zich altijd dood wanneer ik haar Lachend Water noemde.'

'Ik herinner me de zeegroene ogen van Jason,' zei Circe.

Eleazar kon zich helemaal niets herinneren. Zijn aanvankelijke angst was verdwenen en had plaats gemaakt voor een welwillende nieuwsgierigheid. Hij informeerde beleefd of alles goed ging in wassenbeeldenland.

'Ja hoor,' zei Hiawatha, 'ik heb weinig om over te klagen. Het heeft zo zijn voordelen om van was te zijn. Je hebt weinig zorgen. Een verwonding oplopen zal nauwelijks gaan. De scherpste pijl zou niet veel kunnen aanrichten bij mij: een heel tijdelijke inkeping die maar al te gauw zou worden opgevuld met voor een habbekrats aan was uit de plaatselijke winkel. Ik verbaas me er voortdurend over dat niet meer mensen zich de voordelen van een wassen bestaan realiseren.'

'En hoe gaat het met u, mevrouw?' vroeg Eleazar.

'Nog steeds dat verlangen om te verleiden,' antwoordde de verleidster, 'dat kan ik maar niet de kop indrukken. En ik denk nog altijd aan die bliksemse zeegroene ogen.'

'Moord was een beroep,' begon Charlie Peace...

'Henry Wadsworth,' begon Hiawatha...

'De geschiedenis van de verleiding,' begon de verleidster...

En plotseling zwegen de drie wassenbeelden.

Eleazar schuifelde verder door de tent.

'Eleazar,' zei een aap.

'Ja, meneer?' zei Eleazar.

'Het leven,' zei de aap, 'is een mysterie zonder einde. We worden geboren. Waarom worden we geboren? We sterven. De reden ligt voor de hand. Het leven van het lichaam is maar kort, en de aderen kunnen hun bloed niet eeuwig vasthouden.'

Eleazar zou zijn doorgelopen, maar de aap stak zijn hand op. 'Stop,' zei de aap. 'Vergelijk de mens van vlees nou eens met de mens van was. Voor de mens van was wordt alles gedaan, hij wordt pijnloos en vakkundig gemaakt, er wordt onderdak voor hem gevonden in een mooie waterdichte tent of in het interieur van een groot en schoon gebouw, hij wordt gekleed, gepoetst en gestoft, hij staat volop in ieders belangstelling. Denk eens aan de mogelijkheden die hij geniet tot het bestuderen van zijn nabuur de mens. Dag in dag uit komen er mensengezichten tot vlak bij het mijne. Ik kijk diep in de ogen van de mensen, ik luister naar hun gesprekken. De mens van was is een onveranderlijke, onbevooroordeelde en onbewogen waarnemer van de menselijke komedie.'

'Meneer,' zei Eleazar, 'u praat wonderlijk goed voor een aap.'

'Eleazar,' zei de aap, 'ik zit nog maar twee dagen in deze wassen vorm. Ik was de voormalige bediende.'

'Vertel eens,' zei Eleazar, 'voelt u de kou?'

'Kou noch warmte.'

'Voelt u honger?'

'Honger noch dorst. Ik voel niets. Ik wil niets. Ik ben aan een stuk door gelukkig.'

Eleazar trok zijn jasje en zijn broek uit.

'Schuif eens op – maak plaats,' zei Eleazar.

De volgende morgen ging de eigenaar opnieuw naar het arbeidsbureau en vroeg om een slimme jongen.

'Hij moet ook voorzichtig zijn,' verklaarde hij, want mijn tentoonstelling is net uitgebreid met een kostbare nieuwe figuur.'

'Een historische figuur?'

'Nee, nee,' zei de eigenaar, 'de figuur van een Welshe Druïde in een lang wit hemd.'

In de tuin

Voor niets ter wereld was de jongen zo bang als voor de donkere tuin. Het was er al angstaanjagend genoeg in de schemering, maar wanneer zowel in de lucht als op de grond duisternis heerste en de bomen met elkaar spraken, was de tuin te verschrikkelijk om zelfs maar aan te denken.

Hij probeerde zichzelf ervan te overtuigen dat er helemaal niets was voorbij de rode gordijnen, en dat er helemaal nergens iets was, alleen maar de helder verlichte kamer, zijn moeder en hijzelf. In de ochtend was de tuin een lustoord, het gras was lang en warrig en er stonden zonnebloemen die niemand er had geplant. Tegen de meest verafgelegen muur stond een tuinhuisje, het thuis van kevers, waar hij zijn verzameling vreemde kiezelstenen en zijn ansichtkaarten bewaarde. Daar zat hij altijd zolang als het zonlicht maar duurde, met zijn rug tegen de houten kist op de stoel en zijn voeten op een oude en geheimzinnige koffer. De koffer was des te fascinerender omdat er helemaal niets in zat. Een keer had hij het roestige hangslot geforceerd met zijn zakmes en heel angstig het deksel opgetild, om niets anders aan te treffen dan leegte en de geur van bederf. Hij was ervan overtuigd dat ergens een geheime lade moest zitten met edelstenen zo helder als zonlicht, en mocht hij ze ontdekken, dan was hij van plan de schat aan een rijke handelaar te verkopen in ruil voor een reis naar de papegaai-eilanden.

Maar zodra de laatste flarden zonsondergang achter de hoogste schoorsteen vervlogen, hoorde hij waarschuwende stemmen die hem vertelden dat het tijd werd om te gaan, en hij wist dat zich ergens in de naderende schaduwen de akelige nachtbewoners van de tuin ophielden. Dan deed hij de deur van het tuinhuisje heel langzaam en zorgvuldig achter zich dicht en liep het tuinpad over tot hij de drie stenen treden omlaag naar de bijkeuken bereikte. Die nam hij met één stap, waarna hij snel het huis binnenrende met alle duivels van het donker op zijn hielen.

Het was een bijzonder warme avond. De ramen stonden open en de tollende langpootmuggen warrelden naar binnen om op hun lange poten in de gloed van de gaslamp te dansen. De jongen hield ervan om naar ze kijken zolang ze maar dicht bij het plafond bleven, maar hij had een hekel aan ze wanneer ze duizelig op het tafelkleed vielen, of hem blind in zijn gezicht vlogen, en het meest van alles had hij een hekel aan de grote grijze motten die door de kamer klungelden, want hij wist dat ze samenspanden met de tuindingen van buiten.

'Het is warm binnen,' zei zijn moeder plotseling, 'zet de stoelen op het gras.'

Ze liet hem alleen in de keuken achter. Hij pakte een stoel op, zette hem weer neer en ging naar de bijkeuken. Hij deed de deur naar de tuin open en een geweldige mot vloog tegen zijn gezicht. Toen stapte hij de tuin in en trad de vijand tegemoet.

Met zwarte mutsen en handschoenen stonden ze langs de tuinpaden en op het gras. Hij rechtte zijn schouders en klom dapper naar de bovenste trede. Hij kon de gezichten van de schaduwen niet zien, maar zij dat van hem wel, want hij werd omgeven door het licht dat uit de open deur viel. Hij dacht aan het tuinhuisje in de ochtend, vriendelijk, gevuld met een stoffig licht, en aan de koffer met de schat erin. Hij liep naar de rand van het gazon en kon de waarschuwing van de bomen niet horen, zijn hart bonkte te erg. Terwijl hij vorderde bogen de schaduwen en weken enigszins, waarbij ze ruim baan maakten voor het donker op zijn weg, dat het ergst van alles was.

Toen stopte hij, want hij was banger dan hij ooit had gedacht te kunnen zijn. De tuin kronkelde om hem heen, en de muren en de bomen schoten omhoog, zodat hij de hemel niet kon zien. Het puntdak van het tuinhuisje spoot als een torenspits het donker in. De jongen durfde niet over zijn schouder te kijken, want hij wist dat hij door zijn vijanden werd omringd en dat ze met hun armen ineen gehaakt achter hem stonden. Snel, heel snel, zouden ze hem insluiten, alsof ze zakdoekje leggen met hem deden, en dan zou een van hen een capuchon over zijn hoofd gooien. Hij wachtte en wachtte, maar er gebeurde niets, alleen maar het geleidelijke klimmen van de bomen, de muren en de misvormde toren naar de hemel. Hij kon ze niet zien, want inmiddels waren zijn handen voor zijn ogen. De kring sloot zich. Hij hoorde hun voeten in het pluizige gras en het glijden van hun gewaden over de vochtige grond.

Hij wierp zijn hoofd in zijn nek en keek recht in de ogen van de hoogste schaduw. Hij staarde lange tijd. Toen glimlachte hij naar zijn vriend de schaduw en stak zijn armen uit. De deur van het tuinhuisje sloeg open in de wind, en hij zag dat de koffer, die op zijn kant open lag, gevuld was met vuur. De edelstenen stroomden in zilveren, gouden en blauwe golven naar buiten. De tuin lichtte helder op van hun kleuren.

Hij deed zijn armen wat verder uiteen en de stenen sprongen tegen zijn borst omhoog. Hij glimlachte tegen de zwijgende toeschouwers en ze durfden hem niet in de ogen zien. Langzaam smolten ze weg en met hen de bomen. Hij zocht de juwelen bij elkaar en op zijn knieën glijdend legde hij ze in de schoot van zijn vriend. De deur van het tuinhuisje viel zacht op de klink, de wind ging liggen en de jongen bleef glimlachen en verroerde zich niet.

Zijn moeder riep hem. Ze riep nogmaals en nog steeds gaf hij geen antwoord, dus rende ze de tuin in met zijn naam op haar lippen. Daar, midden op het gras, vond ze de jongen, op zijn knieën en met zijn gezicht in zijn handen, in het verblindende licht van de maan.

Kasper, Melchior en Balthasar*

* Vierkante haken houden weglatingen in en cursieve gedeelten markeren door Dylan Thomas aangebrachte verbeteringen. Deze versie van een ongepubliceerd verhaal geeft enig inzicht in de manier waarop Thomas een eerste versie bewerkte.

Een vliegende vloot kwam uit de schaduw, [de hangaar van schaduwen,] en het arsenaal van de ijzeren mist, zweefde boven het eiland en liet, aan het oog onttrokken door de uitlaatgassen, de dood op de steden vallen. De mannen in de steden renden, onder het opzetten van hun leren maskers [over hun maskers van vlees] naar hun schuilplaatsen, ze renden met open broeken de urinoirs naar buiten, klommen met ongekamde haren uit een duur verworven slaap en puften [hun typistes onaangeroerd latend] de vastgoedkantoren naar buiten, ondertussen hun handen ophoudend voor het exploderende manna. Twee geliefden, die door dezelfde bomscherf waren getroffen, vielen in gelukzaligheid neer. Daar smakte een snijder in vrouwen tegen de grond, een [dame] *vrouw* met ringen aan haar vingers [in het gezamenlijke bloed, een uithongeraarster van baby's, een dief van de portemonnee, een dief van vrije tijd en een dief van liefde] in de nivellerende goot. Kogels versplinterden de hongerige klassen. Kraaienvoer viel in stukken over hen heen [en het rauwe vlees van hun slavenmeesters in de straten, ze stierven van honger in het land van overvloed, ze hunkerden naar het voedsel van het hart, het wuivend graan dat de dood terug de botten indreef. De dood vloog boven de eilandsteden, en toen terug in de hangaar van de schaduw van de dood].

De werkers in het zuiden en het noorden van het eiland, waar de dood dun was gezaaid, werden voorzien van geweren en stalen spiesen [en kleine granaten met pinnen]. Ze spanden hun geweren en lachten omhoog naar de schaduw boven hen [, richtten hun lopen op de hoge heren van het eiland. Ze doodden de gevers van de wapens.

Ze plunderden de winkels en verkrachtten de weduwen, braken in in de harten van de doden en vonden de sleutels van de haat in de geopende hartkamers. Er was liefde en haat op het eiland; uit de geest van de dood stond een nieuw, kwalijk ruikend leven op en uit de laatst gedolven kolen een nieuw vuur]. Straat stond op tegen straat en stad tegen stad. In de vernielde steden, door de verlaten straten, waar de doden op het plaveisel uit elkaar vielen en de stervenden vrouwennamen fluisterden, [en het ongedierte uit de opgeblazen riolen knaagde aan hun lichamen,] waarde een schaduw. Ik zag twee geesten in de straat langs het vernielde park. Ze bewogen zich tussen de doden en keken nieuwsgierig naar elk beschoten gezicht, naar elk [leeg] hol hoofd en onder elk dichtgevouwen ooglid.

De schepen lagen ladingloos in de haven, de locomotieven stonden koud in de stations, de drukpersen lagen stil, en de wachten voor het eilandpaleis stonden levenloos [, als gekloofde kolen,] in hun wachthuisjes. In de parken zongen de vogels, een nieuwe rijp lag over de bomen en de wind blies het zwerfvuil over de paden. [Ik herinner me,] Ik liep die hele ochtend, als een geest [in een exploderende wereld, een massieve man in een wereld die een en al geest was]. Waar ik ook liep, door straten of onder galerijen, over het gras van de groene parken, door stegen en sloppen afdalend naar het kadaverwater, overal zag ik die twee geesten zoeken. Ze bewogen zich tussen de doden, ondervroegen elk dood oog, beroerden ongezien de zomen van de jurken, de jonge driehoekige borsten, *het* zachte hart, [en] *de* harde geslachten.

In de verte werden de kanonnen stiller. De staart van de eerste revolutie stierf weg in het spetterend vuur ten oosten van de grootse stad. [Ik ratelde, zwijgend in mijn leer, als een levende man die was opgesloten en vergeten in een mortuarium,] Ik liep door vreemde hoofdstraten en het onverlichte centrum van de stad, zichzelf vreemd in haar eerste blindheid. In de eerste fasen van de nacht, toen ik op de twee geesten stuitte die zich nu eens bij een donkere hoek ophielden en dan weer in de schaduw van een deuropening, en zich eeuwig over de doorzeefde doden bogen, hield ik mijn sjaal voor mijn gezicht, want de reuk van de doodsachtig bloeiende Zwarte pest zou ontspruiten aan die nog zwartere planten die door de wonden van de onbegraven gevallenen naar de hemel opschoten. Al lopend vormde ik mijn beelden, dollekervel en oepasboom ontsproten voor mijn ogen in de goten.

Het was een minuut voor middernacht dat ik aan het eind van een straat een lantaarn zag slingeren. Hij scheen [als een rode roos] *helder en zoet* tussen de aan mijn zijde stinkende bloemen, maar toen ik dichterbij kwam voelde ik de wind van de twee geesten die langs mij dreven, en ik volgde ze en riep ze bij hun namen. Er stonden mannen op de hoek, donker hologig achter hun lantaarn.

'Wie loopt daar?' [zeiden] *riepen* ze.

Ze zwaaiden de lantaarn voor mijn gezicht heen en weer.

'Laat me er langs,' zei ik.

[Wie ben je kameraad?] Ze [zeiden] riepen nogmaals.

Waar ga je naartoe?

[Laat me er langs]

[Wie ben je kameraad? zeiden ze]

[Een van de wijzen, riep ik, laat me er langs]

[Waar ga je naartoe, kameraad?]

[Idioten, idioten, riep ik, en] Ik bleef niet langer staan *maar* sloeg de lantaarn uit hun handen en stortte mij in het donker, in het spoor van de winderige geesten. *Ik rende en rende, met* het lawaai van de revolvers achter mij, [ik rende en rende,] door een doolhof van steegjes naar een maanverlicht plein.

Daar stonden de twee geesten. Aan hun voeten lag een dode vrouw, naakt, op een sjaal na, met een bajonetwond in haar borsten. Langzaam liep ik naar haar toe. [Ze was hoogzwanger geweest toen ze haar omhaalden.] [Maar] Terwijl ik keek brak, rees [de] *haar* baarmoeder [van de dode moeder] door het vlees.

De twee geesten bogen.

Goud, zei [Kasper] de eerste geest, [die] een *gouden schaduw ophoudend* in het licht van de maan [hield].

Wierook, zei [Melchior] *de tweede geest* en zijn schimmige gift kringelde rokend van hem op.

Het lawaai van de revolvers naderde en naderde.

[Knielend] *Ik knielde neer* waar ik stond, *en* voelde [ik] de nieuwe vreugde van de pijn toen een kogel mijn [long] *borst* binnendrong. Ik viel op het plaveisel neer, vlakbij de twee uitgestoken armen, en [bitter als mirre stroomde,] mijn [verbitterde] bloed stroomde *verbitterd* over *het oprijzende hoofd* [de voeten van de moeder].

Bronnen

Deze lijst is verzorgd door Walford Davies, die ook heeft geadviseerd over de teksten van de verhalen.

Afkortingen

EPW	Dylan Thomas: *Early Prose Writings*, Walford Davies, Londen & New York, 1971.
ML	*The Map of Love (poems and stories)*, London, 1939.
Prospect	*A Prospect of the Sea and Other Stories and Prose Writings*, Daniel Jones, London, 1955.
QEOM	*Quite Early One Morning*, Aneirin Talfan Davies, London, 1954. In datzelfde jaar verscheen ook een uitgebreide Amerikaanse uitgave

Na de kermis. Gedateerd november 1933 in *Red Notebook*. Dit schrift, nu in bezit van de Lockwood Memorial Library, State University of New York te Buffalo, bevat het handschrift van tevens de volgende acht verhalen. *Na de kermis* werd voor het eerst gepubliceerd in *New English Weekly*, 15 maart 1934, verzameld in *Prospect*.

De boom. Gedateerd 28 december 1933 in *Red Notebook*. Oorspronkelijk verschenen in *Adelphi*, december 1934; verzameld in ML en *Prospect*.

Het ware verhaal. Onder de ingang *Martha* in *Red Notebook*, 22 januari 1934. Oorspronkelijk verschenen in *Yellowjacket*, mei 1939; verzameld in EPW.

De vijanden. Gedateerd 11 februari 1934 in *Red Notebook*. Oorspronkelijk verschenen in *New Stories*, juni–juli 1934; verzameld in ML en *Prospect*.

De jurk. Gedateerd maart 1934 in *Red Notebook*. Oorspronkelijk verschenen in *Comment*, 4 januari 1936; verzameld in ML en *Prospect*.

De bezoeker. Gedateerd april 1934 in *Red Notebook*. Oorspronkelijk verschenen in *The Criterion*, januari 1935; verzameld in ML en *Prospect*.

Het hemd. Gedateerd 20 juli 1934 in *Red Notebook*. Oorspronkelijk verschenen in *Yellowjacket*, mei 1939; verzameld in EPW.

De brandende baby. Gedateerd september 1934 in *Red Notebook*. Oorspronkelijk verschenen in *Contemporary Poetry and Prose*, mei 1936; verzameld in ML en *Prospect*.

De boomgaarden. Ontleend aan *Anagram*, gedateerd oktober 1934 in *Red Notebook*. Oorspronkelijk verschenen in *The Criterion*, juli 1936; verzameld in *ML* en *Prospect.*

Het eind van de rivier. Oorspronkelijk verschenen in *New English Weekly*, 22 november 1934; verzameld in *EPW.*

De citroen. Oorspronkelijk verschenen in *Life and Letters Today*, voorjaar 1936; verzameld in *Prospect.*

De spotlach van het paard. Oorspronkelijk verschenen in *Janus*, mei 1936; verzameld in *EPW.*

De heksenschool. Oorspronkelijk verschenen in *Contemporary Poetry and Prose*, augustus-september 1936, verzameld in *EPW.*

De muis en de vrouw. Oorspronkelijk verschenen in *Transition*, herfst 1936; verzameld in *ML* en *Prospect.*

Uitzicht over zee. Oorspronkelijk gepubliceerd in *Life and Letters Today*, voorjaar 1937; verzameld in *Prospect.*

De Zes Heiligen. Oorspronkelijk verschenen in *Contemporary Poetry and Prose*, voorjaar 1937; verzameld in *EPW.*

Inleiding tot een avontuur. Oorspronkelijk verschenen in *Wales*, zomer 1937; verzameld in *EPW.*

Liefdes landkaart. Oorspronkelijk verschenen in *Wales*, herfst 1937; verzameld in *ML* en *Prospect.*

In de richting van het begin. Oorspronkelijk verschenen in *Wales*, maart 1938; verzameld in *Prospect.*

Een avontuur uit een werk in uitvoering. Oorspronkelijk verschenen in *Seven*, voorjaar 1939; verzameld in *EPW.*

Elk verhaal werd voltooid vlak voor publicatie in de verschillende tijdschriften, of als aangegeven.

De perziken. Oorspronkelijk verschenen in *Life and Letters Today*, oktober 1938.

Een bezoekje aan grootvader. Oorspronkelijk verschenen in *New English Weekly*, 10 maart 1938.

Patricia, Edith en Arnold. Oorspronkelijk verschenen in *Seven*, Kerst 1939.

Het gevecht. Oorspronkelijk verschenen in *Life and Letters Today*, december 1939.

Typisch Hoestje. Oorspronkelijk verschenen in *Life and Letters Today*, september 1939.

Als jonge honden. Oorspronkelijk verschenen in *Wales*, oktober 1939.

Waar de Tawe stroomt. Voltooid begin december 1938.

Wie wou je dat er bij ons was? Voltooid begin december 1939.

Ouwe Garbo. Oorspronkelijk verschenen in *Life and Letters Today*, juli 1939.

Een warme zaterdag. Voltooid in juli 1938.

Gebundeld uitgebracht in 1940.

Dit werk is voornamelijk geschreven in de maanden mei en juni van 1941. De drie delen zijn afzonderlijk van elkaar gepubliceerd als:

Een mooi begin. Oorspronkelijk verschenen in *Folios of New Writing*, herfst 1941.

Meubels bij de vleet. Oorspronkelijk verschenen in *New World Writing*, november 1952.

Vier dolende zielen. Oorspronkelijk verschenen *New World Writing*, mei 1953. Postuum in één uitgave verschenen in 1953.

Heel vroeg op een ochtend. Opgenomen voor de BBC Wales, 14 december 1944 (uitgezonden 31 augustus 1945); verschenen in *Wales*, herfst 1946; verzameld in *QEOM*.

Kerstmis van een kind in Wales. Thomas schreef aanvankelijk een script genaamd *Memories of Christmas* voor het kinderprogramma van de BBC, in de herfst van 1945 (uitgezonden 16 december 1945; verschenen in *The Listener*, 20 december 1945, en *Wales* , winter 1946; verzameld in de Engelse editie van *QEOM*). Later schreef hij op basis van ongeveer hetzelfde uitgangsmateriaal een *Conversation about Christmas* voor de *Picture Post* (27 december 1947). Tijdens zijn eerste bezoek aan de Verenigde Staten verwerkte hij de *Memories* en de *Conversation* tot een verhaal voor *Harper's Bazaar, A Child's Memories of Christmas in Wales* (december 1950). Deze tekst, in deze verzameling opgenomen, werd ook gebruikt voor de Amerikaanse editie van *QEOM*.

Herinnering aan een vrije dag. BBC Wales, uitgezonden 25 oktober 1946; verschenen in *The Listener*, 7 november 1946; verzameld in *QEOM*.

De kruimels van een manjaar. BBC Home Service, uitgezonden 27 december 1946; gepubliceerd in *The Listener*, 2 januari 1947; verzameld in *QEOM*.

Terugreis. Geschreven in februari 1947; opgenomen voor de BBC Home Service, 2 april 1947 (uitgezonden op 9 mei 1947); verzameld in *QEOM*.

De nalopers. Oorspronkelijk verschenen in *World Review*, oktober 1952; verzameld in *Prospect*.

Een verhaal. Geschreven voor BBC-televisie, 10 augustus 1953. Verschenen in *The Listener*, 17 september 1953; verzameld in QEOM (Amerikaans editie) en *Prospect*.

Brember. Oorspronkelijk verschenen in de *Swansea Grammar School Magazine*, jaargang 28, nr 1 (april 1931); verzameld in *EPW*.

Jarley's. Oorspronkelijk verschenen in de *Swansea Grammar School Magazine*, jaargang 30, nr 3 (december 1933). Getekend 'Old Boy' en toegeschreven aan Thomas door George H. Gwynne, een vroegere docent aan de school. Thomas had de school in juli 1931 de rug toegekeerd. Verzameld in *EPW*.

In de tuin. Oorspronkelijk verschenen in de *Swansea Grammar School Magazine*, jaargang 31, nr. 2 (juli 1934). Getekend 'Old Boy'; voor het eerst toegeschreven aan Thomas, op grond van bestudering van de tekst, door Ralph Maud. Verzameld in *EPW*.

Kasper, Melchior en Balthasar. Gedateerd 8 augustus 1934, in *Red Notebook.* Oorspronkelijk verschenen in *EPW*.

Ik dank Agnes de Raaf en George Wemyss in Darowen, Wales, voor hun vertaalhulp, veldwerk en achtergrondinformatie. B.M.